KB177658

윌리엄 서머싯 몸(1874~1965)

▲윈스터 처질과 서머싯 몸　몸은 제1차 세계대전 때 군의관으로 근무하다가 첩보부원이 된다. 1917년에는 중요한 임무를 띠고 러시아에 잠입하여 활약했다.

◀서머싯 몸 초상화　그레이엄 서덜랜드. 1949. 테이트 갤러리

▶서머싯 몸 스케치　에드워드 드랜틀러

〈우리는 어디에서 왔고, 우리는 누구이며, 우리는 어디로 가는가〉　폴 고갱. 1897. 보스턴 미술관
1898년 자살을 결심한 고갱은 죽기 전 기념비적 대작으로, 잠든 어린아이부터 죽음을 맞이하는 늙은 여인까지 파노라마처럼 인물들을 부각시켜 그림을 그렸다. 《달과 6펜스》에서는 스트리클런드의 유언에 따라 아타가 이 벽화를 오두막과 함께 불살라 버린다.

〈자화상〉 폴 고갱. 1893. 오르세 미술관
《달과 6펜스》는 고갱의 삶에서 영감을 얻어 쓴 소설로, '달'은 예술과 열정을 의미하고, '6펜스'는 세속의 열망을 상징한다.

〈슈페네커 부인의 초상화〉 에밀 베르나르. 1888.
《달과 6펜스》의 블랑슈 스트루브의 모델로 추정되는 여성. 스트리클런드를 사랑해 남편까지 버린 블랑슈가 그의 냉대로 자살했음에도 그는 조금도 죄책감을 느끼지 않는다.

〈타히티의 여인들〉 폴 고갱. 1891. 오르세 미술관
스트리클런드는 문명에 물들지 않은 원시세계의 타히티섬에 정착해 아타와 동거를 시작한다.

영화 〈달과 6펜스〉 앨버트 르윈 감독, 조지 샌더스·허버트 마샬·도리스 더들리 주연. 1942.

세계문학전집084

William Somerset Maugham

THE MOON AND SIXPENCE/CAKES AND ALE

달과 6펜스/과자와 맥주

서머싯 몸/이철범 옮김

동서문화사

달과 6펜스/과자와 맥주

차례

The Moon and Sixpence
달과 6펜스

1

처음으로 찰스 스트리클런드를 알게 되었을 때, 솔직히 말해, 그가 여느 사람과 다른 인간이라는 인상은 조금도 받지 않았다. 하지만 지금에 와서 그의 위대함을 부정하는 사람은 거의 없을 것이다. 나는 때를 타고난 정치가나 공을 세운 군인의 위대함을 말하는 것은 아니다. 그런 위대함은 인물 그 자체에 있다기보다, 그 인물이 차지하고 있는 지위에서 나오는 것일 뿐이다. 그러므로 그런 사람들은 그 자리에서 물러나게 되면 아주 평범한 존재가 되고 만다. 흔히 보는 예이지만, 공직에서 물러난 수상은 한낱 거드름을 피우는 웅변가에 불과하게 되고 군대를 떠난 장군은 한 마을의 마음씨 좋은 노인이 되고 만다. 거기에 비해 찰스 스트리클런드의 위대함은 진실이었다. 여러분은 그의 예술을 좋아하지 않을지도 모르지만, 전혀 무관심할 수는 없을 것이다. 그는 여러분의 마음을 뒤흔들어 사로잡고 만다. 그가 비웃음의 대상이었던 시대는 이미 지나갔다. 이제는 그를 옹호하거나 칭찬을 해도 조금도 이상하거나 잘못된 일이 아니다. 그의 수많은 결점은 오히려 그의 장점을 돋보이게 하는 필요 조건이 되어버렸다.

물론 오늘날에도 예술가로서의 그의 위치에 대해 이론을 제기할 수 있으며, 찬미자의 찬사에도 비방하는 자의 혹평 못지않게 변덕스러운 점들이 있다. 하지만 한 가지 의심할 여지가 없는 것은 그가 천재였다는 사실이다. 내가 보는 바로는 예술에서 가장 흥미로운 점은 바로 예술가의 개성이라고 생각한다. 그리고 그 개성이 특이하고 독자적이라면 그 외의 결점은 기꺼이 받아들일 수 있다. 아마 벨라스케스는 엘 그레코보다 더 훌륭한 화가였을 것이다. 그러나 벨라스케스에 대한 칭찬은 이미 진부한 관습에 지나지 않는다. 그에 비해 관능적이고 비극적인 이 크레타섬 사람은 마치 제물처럼 자기 영혼의 신비를 그대로 드러내 보이고 있다. 대체로 예술가란 화가, 시인, 음악가를 막론하고, 작품을 최대한 아름답게 장식하여 우리의 심미감을 만족시켜 준다. 그러나 심미감은 원시성을 띠고 있다는 점에서 성적 본능과 서로 통하는 점이 있다. 말하자면 그 자신이라는 위대한 선물을 우리 눈앞에 펼쳐 보여 준다. 예술가의 비밀을 살핀다는 것은 추리 소설을 읽는 매력을 느끼게 한다. 그러나 그것은 우주의 비밀처럼 영원히 풀리지 않는 하나의 수수께끼이다. 아무리 볼품없는 작품이라도 스트리클런드가 그린 그림에는 그의 특이하고 고통에 시달리는 복잡한 개성이 엿보인다. 그렇기 때문에 그의 작품을 싫어하는 사람도 그라는 인간에 대해서 관심을 갖지 않을 수 없으며 그의 인생과 성격에 무척 호기심을 느낄 수밖에 없다.

스트리클런드가 죽은 지 4년째 되는 해 모리스 위레가 〈메르퀴르 드 프랑스〉지(誌)에 글을 실었다. 뜻밖에도 그 글이 사람들 기억에서 잊혀 가고 있던 이 무명 화가를 구했을 뿐 아니라, 그 뒤 비평가들은 추종적이든 비판적이든 간에 위레의 설을 거의 그대로 이어받게 된 것이다. 프랑스에서 위레만큼 오랫동안 변함없는 권위를 지켜온 비평가는 없었다. 따라서 그의 주장을 모르는 체할 수 없었던 것이다. 하기야 그의 주장이 처음에는 좀 이상하게 생각되었을지도 모른다. 그러나 뒤따른 평론들은 그의 평가가 옳았다는 사실을 확인해 주었다. 그러므로 찰스 스트리클런드가 얻은 오늘의 명성도 그 무렵 위레가 세운 이론의 토대 위에 확립된 것이라 할 수 있다. 그 덕분에 스트리클런드가 단숨에 유명해진 것은 미술사에서도 가장 로맨틱한 사건 중 하나이다.

여기서 내가 말하고자 하는 것은 찰스 스트리클런드의 작품이 아니라 오로지 그의 성격에 대해서이다. 문외한 따위가 그림을 어떻게 아나, 보아서 좋다고 생각되면 가만히 지갑을 열면 되지 이런 거만한 말을 하는 화가도 있는데, 나는 그런 견해에 대해선 도저히 찬성할 수 없다. 그것은 예술 작품을 전문가만이 이해할 수 있는 기교의 산물로 보는 터무니없는 생각이다. 예술이란 정서를 표현하는 것이며 정서는 모든 사람에게 통하는 언어이기 때문이다. 물론 기교에 대하여 실질적인 지식이 없는 비평가는 작품의 참된 가치를 논할 자격이 없다는 사실도 나는 알고, 내가 그림에 대해서 눈뜬장님이라는 사실도 순순히 인정한다. 그러나 다행히도 나는 그런 식으로 아는 체할 필요가 없게 되었다. 찰스 스트리클런드의 작품에 대해선 우수한 화가이면서 능숙한 비평가이기도 한 나의 친구 에드워드 레가트가 소책자[1] 속에서 이미 충분히 논했기 때문이다. 불행히도 우리 영국이 프랑스보다 스타일에 있어 미흡함을 인정하지 않을 수 없게 하는 그 훌륭한 책에서 말이다.

모리스 위레는 그 유명한 찰스 스트리클런드론 속에서 독자의 호기심을 자아낼 수 있도록 아주 요령 있게 그의 생애를 말하고 있다. 위레의 참된 목표는 극히 예술 지상주의적이며 독창적인 한 천재에 대해, 지식인의 관심을 불러일으키는 데 있었다. 그리고 뛰어난 저널리스트였던 만큼 그는 책 속에 스트리클런드가 지닌 인간적인 흥미를 덧붙이는 편이 그 목적을 달성하는 데 더 효과적이라는 점을 알고 있었던 것이다. 그 결과 일찍이 스트리클런드와 사귀던 사람들, 즉 런던에서 그와 알고 지내던 작가들과 몽마르트르 카페에서 그를 만난 일이 있던 화가들은, 그때까지 그를 한낱 보잘것없는 그림쟁이 정도로 알았는데, 실은 진정한 천재가 자기들과 어깨를 나란히 하고 지내왔다는 사실에 눈이 휘둥그레졌다. 이어서 갑의 회상기, 을의 감상 비평 등 스트리클런드에 대한 기사가 잇따라 프랑스와 미국 잡지에 실리기 시작했다. 그것으로 스트리클런드의 평판은 한층 높아졌으며 대중의 호기심도 더욱 커졌다. 입에 오르내리기에 딱 맞는 화제였기 때문이다. 바이트브레히트 로트홀츠와 같은 이는 그 방대한 스트리클런드론[2] 속에서 수많은 참고 문헌을 열거하고 있다.

인간은 본래 신화를 만들어 내는 능력을 타고난다. 세상에 조금이라도 두각을 나타내는 사람이 나오면 그 사람의 경력 속에서 뭔가 괄목할 만한 일화나 놀라운 사건을 열심히 찾아내며, 그것을 화제 삼아 전설을 만들어 낸 다음 마침내 완전히 믿어버리게 된다. 평범한 인생에 대해, 말하자면 로맨틱한 반기(反旗)를 드는 것이다. 따라서 주인공이 불후의 명성을 얻는다는 것은 전적으로 그 전설 속 얘기의 덕을 보는 셈이다. 이를테면 월터 롤리 경 이름이 인류의 기억에 영원히 남아 있는 것도 그가 미지의 나라에 대영제국의 이름을 남겨서가 아니라 오히려 영국 처녀 여왕 엘리자베스를 위해 지나는 발밑에 자기 망토를 깔

1) 에드워드 레가트 저 《현대 예술가 찰스 스트리클런드의 작품에 대한 소고(小考)》 마틴 세커사 1917년.
2) 후고 바이트브레히트 로트홀츠 박사 저 《카를 스트리클런드-그 생애와 예술》 쉬빈겔 운트 하니쉬사 1914년.

았다는 얘기 덕분일 것이라고, 세상의 냉소적인 지식인들은 비꼬는 미소를 띠고 생각할 것이다. 찰스 스트리클런드는 이름 없는 화가로 생을 마쳤다. 그는 친구보다는 오히려 적을 만드는 사람이었다. 그런 이유로, 그에 대해 펜을 든 사람들이 그 내용이 부족한 회상을 멋대로의 공상으로 보충했다한들 조금도 이상할 것이 없다. 또 그에 대한 일이 거의 알려져 있지 않았던 만큼 오히려 낭만적인 문필가가 솜씨를 발휘할 만한 여지가 많았으리라는 것도 쉽게 상상할 수 있다. 하지만 그의 생애에는 이상할 정도로 끔찍한 느낌이 드는 데가 있었으며 그 성격에도 어딘가 모르게 잔인한 점이 있었다. 더구나 말년에 가서는 적잖이 남의 눈을 끌 만한 점이 있었던 것만은 사실이다. 그리하여 이 같은 배경 속에서 어느 틈에 하나의 전설이 만들어지고, 현명한 역사가조차 공격을 망설일 만큼 꽉 짜인 하나의 정설(定說)을 이루게 된 것이다.

그런데 찰스의 아들인 로버트 스트리클런드 목사는 그 현명한 역사가들 속에 들지 못했다. 그 목사는 자기 아버지의 만년에 대해 "세상에 유포되어, 생존하는 몇몇 사람들에게 적잖은 폐를 끼치고 있는 여러 오해를 없애기 위해서"라 전제하고 찰스 스트리클런드 전기[3]를 세상에 내놓았다. 그때까지 스트리클런드 전기의 결정판으로 알려져 있던 책에는 점잖은 사람들의 눈살을 찌푸리게 하는 점이 많았던 것이 사실이다. 나는 쓴웃음을 금치 못하는 기분으로 이 전기를 읽었으나, 그 내용이 너무도 보잘것없고 특색이 없어서 오히려 마음이 놓일 지경이었다. 스트리클런드 목사가 그린 찰스는 자상하고 근면하며 착실하여 남편이나 아버지로서 더 바랄 게 없는 인물로 묘사되어 있다.

오늘날 목사들은 해석신학(解釋神學)이라는 학문을 배워서인지 뭐든 그럴듯하게 설명하는 데 놀라운 솜씨를 보이고 있다. 로버트 스트리클런드 목사도 참으로 교묘한 논법으로, 효자로서는 잊어버리는 편이 낫다고 생각되는, 아버지 생애에 있었던 모든 참모습을 목사답게 멋지게 해석하고 있다. 그대로 나가면 틀림없이 머지않아 성직자로서 중요한 자리에 앉게 될 것이다. 아닌 게 아니라 그 늠름한 장딴지를 주교직(主敎職) 각반으로 친친 동여맨 그의 모습이 벌써부터 눈앞에 어른거리는 것 같다. 그러나 그런 필법으로 아버지의 전기를 썼다는

3) 로버트 스트리클런드 저 《스트리클런드 그 인간과 작품》 윌리엄 하이네만사 1913년.

것은 훌륭하다고 할 수 있을지도 모르지만 위험한 모험이었다. 스트리클런드가 명성을 얻은 것은 세상 사람들이 그에 대한 전설을 그대로 믿었다는 사실에 힘입은 바가 크기 때문이다. 즉 그의 작품에 매혹된 사람들 중에는 그의 성격에 대한 혐오감 또는 그의 죽음에 대한 연민으로 인해 마음이 이끌린 사람들이 많았기 때문이다. 그렇기 때문에 효성에서 우러나온 이 노력은 오히려 아버지를 찬미하는 사람들 머리에 찬물을 끼얹는 묘한 결과를 낳고 말았다. 이를테면 로버트 스트리클런드 목사가 아버지의 전기를 출판하여 물의를 일으킨 뒤 아버지의 걸작 가운데 하나인 《사마리아의 여인》[4]이 크리스티 경매에 붙여졌는데, 낙찰 가격이, 9개월 전 어느 유명한 수집가가 사들였던 값보다도—이 사람이 갑자기 죽는 바람에 그 그림이 다시 경매에 붙여진 것이다—무려 235파운드나 떨어졌다는 것은 결코 우연이 아니다. 편리하게도 사람에겐 신화를 만들어 내는 훌륭한 소질이 있어 비범한 것을 동경하는 마음에 찬물을 끼얹는 그런 이야기를 전혀 받아들이지 않았으니 망정이지, 만일 그렇지 않았더라면 찰스 스트리클런드가 제아무리 박력 있고 독창적일지라도 그 추락하는 인기를 돌이킬 수는 없었을 것이다. 그러나 다행히 바이트브레히트 로트홀츠 박사가 그 대작을 발표하여 가까스로 예술 애호가들의 걱정을 말끔히 없애주었다.

로트홀츠 박사는 인간의 본성이 그냥 나쁜 정도가 아니라 극악하다고 보는 역사가 가운데 한 사람이다. 따라서 독자는 이런 사람들이 쓴 작품을 보는 편이, 소설 주인공을 가정 도덕의 본보기로 만들어 놓고 미소 짓는 작가들이 쓴 작품을 읽는 것보다 틀림없이 더 재미있을 것이다. 나 또한 안토니오와 클레오파트라 사이를, 연애 사건은 전혀 없었고 다만 경제상 관련이 있었을 뿐이라는, 그런 밋밋한 내용으로 보고 싶지는 않다. 또 로마의 티베리우스 황제가 영국의 조지 5세 폐하처럼 나무랄 데 없는 어진 군주였다는 말은, 앞으로 확고부동한 증거가 될 사료(史料)라도 나온다면 몰라도—하기야 나올 가망이 전혀 없는 일이므로 다행이지만—도저히 그대로 믿을 수 없다.

바이트브레히트 박사가 로버트 스트리클런드 목사가 쓴 전기를 워낙 형편없

---

4) 이 그림에 대해 크리스티의 목록을 보면 다음과 같이 씌어 있다—냇가에 엎드린 소사이어티 군도의 원주민 여자의 나체화. 배경은 야자나무, 파초, 그밖에 열대 식물이 서 있는 풍경. 가로 60인치, 세로 48인치.

이 깎아내려, 우리는 이 가엾은 목사에 대해 한 가닥 동정을 금할 수 없을 정도이다. 성직자답게 조심성 있는 태도로 나오면 위선자라 낙인찍히고, 구차하게 변명하면 가차없이 거짓말쟁이라며 공격받고, 말없이 있으면 사기꾼이라고 욕을 먹는 형편이었기 때문이다. 더구나 전기 작가로서는 비난받아도 할 수 없지만, 자식으로서는 오히려 마땅하다고 볼 수 있는 이러한 가벼운 허물 때문에 고상한 체한다느니, 거짓말쟁이라느니, 우쭐거린다느니, 사기꾼이라느니, 교활하다느니, 심지어는 요리 솜씨마저도 형편없다고 영국인 전체가 깎아내려지고 있다. 스트리클런드 목사는 이미 정설로 알려진 누군가 자기 부모의 '불화'까지 부인하려고, 찰스 스트리클런드가 파리에서 보낸 편지에서 아내를 '더없이 훌륭한 여자'라 말했다는데, 이것은 내가 보기에 조금 경솔했던 것 같다. 왜냐하면 바이트브레히트 로트홀츠 박사가 그 편지 원본의 복사본을 공개했기 때문이다. 그것은 다음과 같다. '아내 이야기는 꺼내기도 싫네. 그녀는 더없이 훌륭한 여자지. 지옥에나 가버렸으면 좋겠네.' 아무리 가톨릭 교회가 맹위를 떨치던 시대에도 자기에게 불리한 증거가 되는 편지를 놓고 이렇게까지 억지 해석을 하지는 않았을 것이다.

바이트브레히트 로트홀츠 박사는 찰스 스트리클런드의 열렬한 찬미자이긴 했지만 그를 위해 사실을 속이는 짓은 절대로 하지 않았다. 얼핏 보기에는 아무렇지도 않은 행위 뒤에 어쩌다 비열한 동기가 숨어 있는 경우가 있는데, 그런 점을 꿰뚫어보는 데 있어 박사의 눈은 매우 정확했다. 박사는 미술 학도이자 정신병리학자로서, 스스로도 잘 모르고 있는 마음속 비밀까지도 거의 다 꿰뚫어 보았다. 늘 예사로운 일 가운데서 깊은 뜻을 파악하는 것은 어떤 신비주의자도 박사를 당해 내지는 못했다. 신비주의자는 입에 담기조차 삼갈 만큼 신성한 것을 보고, 정신병리학자는 입에 담기조차 꺼려할 만큼 추악한 것을 알아차리는 것이 보통이었다. 이 박학한 저자가 주인공 찰스 스트리클런드의 인기를 떨어뜨릴 만한 일화까지 모조리 뒤져내는 그 끈기에는 오히려 야릇한 호기심까지 느끼게 된다. 주인공의 잔학성과 비열함을 나타내는 그 어떤 사례를 찾아낼 때마다 저자는 주인공에게 점점 따뜻한 애정을 느끼는 것이다. 어떤 일화를 증거로 로버트 스트리클런드의 효심을 뒤엎어 버릴 때는 마치 이단자를 화형에 처하는 종교 재판관 같은 통쾌함을 느낀다. 박사는 찰스 스트리클런드의 일이라면 아무리 사소한 일일지라도 그냥 지나치지 않았다. 값을 치르지 않은 세탁물 청구서가 한 장 남아 있어도 박사는 그것을 낱낱이 발표했을 것이고, 반 크라운 은화 한 닢을 빌려 쓰고 갚기를 꺼린 일이 있다 하더라도 그 앞뒤 사정을 하나도 빼놓지 않고 모두 밝혔을 것이다.

2

찰스 스트리클런드에 대해 그토록 많은 글이 쓰인 터에 새삼 내가 뭔가를 덧붙일 필요는 없을 것 같기도 하다. 게다가 화가의 이름을 영원불멸한 것으로 만드는 것은 무엇보다도 작품이기 때문이다. 대부분 사람들보다 내가 그를 좀더 잘 아는 건 사실이다. 내가 그를 처음 만난 것은 그가 아직 화가가 되기도 전이었다. 그 뒤 그가 파리에서 어려운 나날을 보내고 있을 때도 자주 만나기는 했다. 하지만 세계대전이라는 우연한 계기로 내가 타히티섬에 가지 않았더라면 아마 그에 대한 회상기를 쓰게 되지는 않았을 것이다. 이미 널리 알려져 있듯이 그가 늘그막을 보낸 곳은 이 섬이며, 그의 생활에 대해 잘 알고 있던 사람들을 내가 만난 곳도 바로 이 섬이다. 그러므로 나는 그의 비극적인 생애 가운데, 지금까지 세상에 거의 알려지지 않은 그의 말년에 대해 어느 정도 사실을 밝힐 수 있는 사람이라 할 수 있다. 세상 사람들 말대로 스트리클런드가 참으로 위대한 화가라면 생전에 그를 잘 알고 있었던 사람의 회고담이 쓸데없는 이야기라고는 할 수 없을 것이다. 내가 스트리클런드를 알고 있듯 엘 그레코와 아주 가까운 사람이 있다면 세상은 큰 대가를 치르더라도 그 회고담을 듣고 싶어할 것이다.

그러나 그런 일은 다 핑계에 지나지 않는다. 내가 구하고 있는 것은 따로 있다. 누구였는지 이름은 잊었으나, 사람은 영혼의 안정을 구하기 위해 날마다 자기가 좋아하지 않는 일을 두 가지씩 하는 게 좋다고 말한 사람이 있다. 이 현명한 교훈을 나는 충실히 지켜왔다. 그리하여 나는 아침마다 일어나고 저녁마다 잠자리에 든다. 그런데 본래 나에겐 고행을 자처하는 경향이 있어 매주 그보다 더 가혹한 고통을 자신에게 가하고 있다. 매번 빼놓지 않고 《타임스》의 〈문예면 부록〉을 읽는 것이다. 끊임없이 출판되는 수많은 책과 그 작품에 기대하는 저자들의 달콤한 꿈과 그들이 기다리고 있는 운명을 종합해 보는 것은 우리에게 유익한 훈련이 되기 때문이다. 많은 책 중에서 큰 성공을 거두는 것은 과연 몇 권이나 될까? 그리고 성공을 거두었다 하더라도, 그것은 한때의 일에 지나지 않는 게 아닐까? 그런데도 우연히 그 글을 접할 몇몇 독자들을 위해 겨우 몇 시간의 기분 전환이나 지루한 여행을 달랠 소일거리를 제공하려고 저자가 얼마나 고생하고 얼마나 쓰라린 경험을 감내하며, 얼마나 비통한 생각을 해왔는지 아무도 모를 것이다. 〈문예면 부록〉 서평에 의하면 이러한 책들 속에는 고심을 거듭한 역작이나 좋은 작품이 많으며, 심지어 온 생애의 심혈을 기울인 것까지 있다고 한다. 이런 사실에서 나는 언제나 하나의 교훈을 배우게 된다. 즉 작가란 창작의 기쁨과 가슴속에 쌓여있는 생각을 토로하는 일을 그 보수로 여길 뿐, 그 밖에 칭찬을 받든 비난을 받든, 성공을 하든 실패를 하든 개의치 말아야 한다는 사실이다.

그런데 제1차 세계대전과 함께 새로운 풍조가 생겨났다. 젊은이들은 우리 구세대가 모르는 신에게로 눈길을 돌렸다. 그러므로 청년 세대가 어떤 방향으로 나아갈지는 이미 짐작된다. 힘을 의식하고 소란스러운 그들은 노크도 없이 방으로 밀고 들어와 그대로 털썩 우리들 자리에 앉았다. 그 시끄럽게 떠드는 소리에 귀를 막고 싶을 정도이다. 구세대에 속하는 사람들 중에는 청년들의 익살을 본떠 젊은이에게 지지 않겠다고 목청을 돋우어 악을 쓰고는 있지만, 그 소리도 얼빠진 듯 공허하게 들릴 뿐이다. 마치 바람난 여자가 짙은 화장을 한 채 새된 소리로 발랄한 척하며 그것으로 자기가 젊어진 듯 착각하는 처지와 비슷하여 보기에도 딱할 지경이다. 현명한 사람들은 그런 꼴사나운 짓은 하지 않으며 점잖은 태도를 유지한다. 그 아무렇지 않은 듯한 미소 뒤에는 너그러운 비웃음이 깃들어 있다. 그들 또한 지금 젊은이들과 똑같이 마구 떠들어대면서 현실에 만족하고 있는 낡은 세대를 짓밟은 경험이 있으며, 또 용감한 새 시대의 기수가 된 지금 젊은이들도 머지않아 또 다음 세대에 그 자리를 물려줘야 한다는 것을 내다보고 있기 때문이다. 세상에 마지막 한마디라는 것은 없다. 니네베 사람들이 하늘까지 닿는 탑을 쌓아올리고 그 영화를 자랑하려던 순간 그 새로운 복음은 이미 낡아버렸다. 속삭이는 자들에게 그렇게도 신선하게 들리는 달콤한 사랑의 말도 사실은 억양 하나 틀리지 않게 몇백 번 되풀이되어 온 말일 뿐이다. 역사의 추는 다만 좌우로 크게 흔들리고 있을 뿐이며, 인간은 계속 같은 궤도 위를 빙글빙글 돌고 있을 뿐이다.

때로는 인간이 생각지 않게 오래 사는 수가 있다. 제대로 자기 자리가 있던 시대와는 전혀 상황이 다른 시대에까지 살아남는 것이다. 호기심 많은 세상 사람들의 눈에 인간희극 중에서도 가장 익살맞은 한 장면이 바로 그런 경우이다. 이를테면 오늘날 조지 크래브를 떠올리는 사람이 과연 있는가? 그러나 그즈음에는 꽤 유명한 시인이었고 누구나 그의 천재성을 인정했었다—세상이 더욱 복잡해진 오늘에는 보기 힘든 현상이 되었지만, 크래브는 알렉산더 포프 학파로부터 시작법을 배워 압운대련(押韻對聯)[5] 형식의 교훈적 서사시를 썼다. 그러나 프랑스 혁명이 일어나고 이어 나폴레옹 전쟁이 터지자, 젊은 시인들의 시풍은 새롭게 달라졌다. 크래브만은 10년을 하루같이 압운대련 형식의 교훈적 서사시만을 고집했다. 이 청년 시인들의 작품이 그렇게 큰 선풍을 일으켰으니만큼 그도 그 시를 읽었을 것이며 분명 그 시들을 변변치 못한 졸작으로 여겼을 것이다. 하기야 그 중에는 졸작이 많았지만 키츠와 워즈워드의 서정시, 콜리지가 쓴 시들, 게다가 셸리의 시 몇 편은 이제까지 그 누구도 발을 들여놓은 적 없는 시심(詩心)의 신세계를 개척한 것이다. 시인으로서 크래브의 명맥은 끊어졌지만 그는 끝까지 압운대련 형식의 교훈적 서사시만을 썼다.

나는 오늘날 젊은 시인들의 작품을 지금까지 두서없이 훑어본 데 지나지 않는다. 그러므로 내가 몰라서 그렇지 어쩌면 그들 중에는 키츠보다 더 정열적인 시인이나 셸리 이상으로 초현실적인 시인이 있어 후세 사람들이 즐겨 애송할 불후의 작품을 이미 발표했을지도 모른다. 나는 그들의 세련된 수법—젊은 나이지만 벌써 완성의 영역에 도달해 있으므로 새삼 유망하다고 생각하는 것이 이상할 정도다—그리고 훌륭한 문체에는 경탄하지만, 그처럼 어휘가 풍부하다 해도(지나치게 풍부하므로 그들은 요람 속에 있을 때부터 로젯의 《유의어사전(類義語辭典)》[6]을 뒤적이고 있지 않았을까 하는 생각이 들 정도이다) 중요한 것은 결국 그 말들이 나에게는 전혀 와닿지 않는다는 사실이다. 내가 보기에 그들은 아는 것은 너무 많은 데다 느끼는 것은 너무 뻔한 것 같다. 반가워서 못 견디겠다는 듯 등을 탁 두드리거나, 감격스럽다는 듯 내 가슴에 몸을 던지는 그런 태도를 나는 참을 수 없다. 그들의 정열도 어딘가 혈기가 부족하고 그 꿈 또한 조금은 희미

5) 운문을 쓸 때 한 종류로 이루어진 짝 연행의 처음과 끝, 행간 쉼에 비슷한 음 또는 같은 음을 반복, 문장을 가다듬는 수사법.

6) 비슷한 말을 모아둔 사전.

해 보인다. 즉 나는 혼기를 놓친 노처녀인 셈이다. 나는 이미 한물 간 작가이기 때문에 앞으로도 여전히 압운대련 형식의 교훈적인 이야기만을 쓸 작정이지만, 그것마저 만일 나 자신의 즐거움이 아닌 다른 목적 때문에 쓴다면, 그야말로 나는 더할 나위 없는 웃음거리가 되고 말 것이다.

3

하지만 이런 것은 모두 여담에 지나지 않는다.

나는 꽤 젊었을 적에 첫 작품을 발표했는데 다행히 그 작품이 세상의 눈길을 끌게 되어 여러 분야의 사람들이 나에게 교제를 청해 왔다.

나는 부끄러움과 기쁨이 뒤섞인 마음으로 처음 런던 문단에 선보이게 되었는데, 이제 와 그 무렵의 일을 이것저것 돌이켜보면 어딘지 모르게 우울한 생각이 들지 않는 것도 아니다. 내가 문단에 드나들던 일도 이제는 아득한 옛일이 되었지만, 요즈음 문단의 기질을 그린 갖가지 소설의 묘사가 정확한 것이라면 문단의 양상도 꽤 달라진 것 같다. 문단의 중심도 햄프스테드, 노팅힐 게이트, 켄싱턴의 하이 스트리트에서 첼시와 블룸즈베리로 바뀌었다. 그때는 사십 전이라 말하면 다들 놀라 눈을 휘둥그렇게 떴는데, 지금은 스물다섯만 넘어도 말도 안 된다는 식이다. 생각해 보면 그 무렵 작가들은 수줍어 감정을 밖으로 나타내지 않았고, 세상 사람들의 웃음거리가 될까 두려워 조금이라도 속이 들여다보이는 말이나 거드름 피우는 말은 하지 못했다. 그즈음 점잔 빼던 문인 사이에 특별히 굳건한 정조 관념이 있었다고는 생각지 않지만, 그래도 내 기억으로는 이젠 아주 마땅한 것이 되어버린 그 노골적인 성의 혼란 상태는 보지 못했던 것 같다. 그때 사람들은 바람을 피워도 밖으로 드러내지 않았으며, 그것을 그리 위선적인 태도라고도 생각지 않았다. 정사에 대해서 굳이 곧이곧대로 말하지도 않았으며 여성은 아직 충분한 권리를 인정받지 못했었다.

나는 빅토리아역 가까이에 살고 있었는데 먼 길을 버스에 흔들리며 대접이 융숭한 문인들 집을 자주 드나들던 일이 생각난다. 겁을 먹고 몇 번이나 집 앞을 왔다 갔다 하다가 가까스로 용기를 내 현관 벨을 눌렀는가 하면, 그다음에는 또 불안한 마음으로 가슴을 죄어 가며 손님이 붐벼 환기가 잘 안 되는 방으로 안내되어 연이어 많은 명사에게 소개되기도 했다. 그들이 나의 작품을 칭찬해 주기라도 하면 나는 당황하여 쥐구멍이라도 들어가 버리고 싶은 심정이 되었다. 그럴 때 상대가 흡족한 답변을 기다리고 있다는 것을 알면서도 그 답변의 말이 생각나는 것은 공교롭게도 언제나 파티가 끝난 뒤였다. 그래도 나는 쑥스러움을 감추려고 홍차 잔이며, 조금 서툴게 자른 버터 빵을 돌리며 그 어색한 자리를 벗어나려고 했다. 나로서는 남에게 칭찬받는 일이 오히려 귀찮은 일이었다. 누구의 눈에도 띄지 않은 채 그 명사들을 마음 놓고 관찰하고 그 재치 있는 말에 귀 기울이는 것이 내 목적이었기 때문이다.

자신들의 옷이 갑옷이라도 되는 양 차려입고 높은 콧대와 탐욕스러운 눈초리를 지닌 몸집이 크고 고집스러운 부인들과 아첨하듯 부드러운 목소리를 내면서도 눈매는 날카로운 생쥐처럼 자그마한 몸집의 노처녀들도 기억 속에 남아 있다. 버터 바른 토스트를 먹을 때도 결코 장갑을 벗지 않고 그냥 먹어버리고, 보는 사람이 없으면 태연하게 그 손가락을 의자에 닦고 있는 뻔뻔스러움에는 그저 놀라움이 앞설 뿐이었다. 그 의자야말로 뜻하지 않은 재난을 당했겠지만, 아마 이 집 여주인도 언젠가 친구 집을 방문하면 그 집 의자에 똑같은 앙갚음을 할 것이다.

그녀들 중에는 유행하는 옷차림을 한 여자도 있어 곧잘 이런 말을 하곤 했다.

"작가라고 해서 일부러 초라한 옷차림을 하다니, 그 속내를 이해할 수 없어요. 날씬한 몸매라면 그 점을 최대한 살리는 것이 좋지 않겠어요. 조그만 발에 멋진 구두를 신었다 해서 편집자가 그 사람이 쓴 글을 거절했다는 이야기는 아직 들어 본 적이 없어요."

그러나 그 중에는 유행을 좇는 일은 쓸데없는 짓이라고 생각하는 여자들도 있어 그녀들은 교묘하게 짠 옷감에다 투박스러운 보석으로 몸을 꾸미고 있었다. 그러나 그녀들처럼 튀는 옷차림을 한 남자는 거의 없었다. 그들은 되도록 문사(文士) 같지 않은 차림을 하려 애쓰고 있었다. 즉 세상일에 밝은 일반인으로 보이기를 원했으므로 어디를 가나 시내 회사의 관리직쯤으로 여겼을 것이다. 그들은 언제나 어딘가 모르게 지쳐 보였다. 그때까지 작가라는 사람을 만난 적이 없는 내게 그들이 아주 색다른 사람으로 보인 것은 어찌 보면 마땅했지만, 그래도 내가 보기엔 어딘가 모르게 이 세상 사람 같지 않았던 것만은 사실이다.

그들 사이에서 주고받는 말이 아주 재치 있게 들렸던 것 같다. 작가 친구 한 사람이 사라지자마자 그들은 신랄한 독설을 퍼부어 그를 형편없이 깎아내렸다. 나는 어안이 벙벙해져서 그 말에 귀를 기울이곤 했다. 예술가에겐 다른 사회인들에게는 없는 유리한 점이 한 가지 있다. 바로 친구의 외모나 성격뿐만이 아니라 작품까지도 웃음거리로 삼을 수 있다는 것이다. 그렇게 적절하고 유창한 말을 자유자재로 구사한다는 것은 나로서는 생각할 수도 없었다. 그 무렵엔 대화가 하나의 기술로 연구되고 있었다. 즉 그 자리에서 척척 받아넘기는 말솜씨가 아궁이에서 타는 가시나무 소리[7]보다 높이 평가되고 있었다. 또한 아직 경구(警句)도 미련한 자가 재미있는 사람처럼 보이려고 사용하는 틀에 박힌 대사로까지 전락하지는 않았으므로 교양인의 한담에 톡 쏘는 겨자 역할을 했다. 그처럼 재기 넘치는 대화를 하나도 기억하지 못하는 것은 슬픈 일이지만, 이야기가 우리들 직업—우리가 손대고 있는 예술도 따지고 보면 엄연히 하나의 거래이니만큼—의 내막으로 옮아갈 때만큼 편한 마음으로 느긋하게 이야기했던 일은 없었던 것 같다. 이를테면 최근에 나온 책들에 대한 이야기가 한참 오간 뒤에는 으레 그것이 몇 부나 팔렸는가, 저자가 선금을 얼마나 받았는가, 또 저자가 그것으로 돈을 얼마나 벌겠는가, 하는 식의 이야기가 나온다. 그러고 나면 출판사 이야기가 나와 A사는 인심이 좋은데 B사는 인색하다든가, 인세를 넉넉히 주는 곳과 책의 내용이야 어떻든 책을 잘 팔아 주는 곳 중 어느 쪽을 택하는 것이 상책이라든가, 어떤 회사는 광고를 잘하지만 어떤 회사는 서툴다든가, 어디어디의 경영은 근대적인데 어디어디는 구식이라는 등 이야기꽃을 피운다. 그다음은 출판대리인의 수완과 그들이 해주는 출판계약 따위가 화제에 오른다. 그 뒤엔 편집자의 결점이 입에 오르내리고 그들이 어떤 글감을 환영하느냐, 원고 1,000자 당 얼마를 쳐주느냐, 지불은 잘 해주느냐 미루느냐 하는 이야기로 옮아간다. 문단 형편을 잘 모르는 나로서는 듣는 이야기마다 모두 새로워 마치 비밀 결사의 일원이라도 된 듯 그들에게 매우 친근감이 느껴졌다.

4

그즈음 나에게 가장 친절했던 사람은 로즈 워터퍼드였다. 그녀는 남성적인

---

7) 어리석은 자의 웃음은 아궁이에서 타는 가시나무 소리와 같다《구약성서》.

지성과 여성적인 고집을 함께 가진 작가로, 그녀의 작품은 독창적이고 사람의 허점을 잘 드러냈다. 어느 날 나는 그 여자의 집에서 우연히 찰스 스트리클런드 부인을 만났다. 미스 워터퍼드가 마련한 티파티 자리에서 그녀와 마주하게 된 것이다. 그녀의 좁은 객실에는 그날따라 손님으로 붐볐다. 모두가 이야기를 하고 있는 것 같기에 혼자 우두커니 앉아 있는 것이 어쩐지 어색했다. 그러나 저마다 이야기에 정신이 팔려 있는 자리에 끼어든다는 것이 내성적인 나로선 생각할 수도 없었다. 친절한 미스 워터퍼드는 내가 어쩔 줄 모르고 있는 것을 보고는 내 옆으로 다가왔다.

"스트리클런드 부인과 이야기해 보면 어떻겠어요? 그분께서 당신 소설을 몹시 칭찬하던데요."

"뭘 하시는 분인데요?"

나는 내가 생각해도 어이없을 만큼 세상 물정 모르는 철부지였으므로 스트리클런드 부인이 만일 유명한 작가라면 그 점을 먼저 확인한 다음 이야기하는 게 좋을 것 같아 그렇게 물었다.

로즈 워터퍼드는 대답을 신중하게 하려는 듯 시선을 내리깔았다.

"그분은 곧잘 오찬회를 열지요. 당신도 몇 마디만 이야기를 나눠 봐요. 그러면 꼭 초대를 받으실 거예요."

로즈 워터퍼드는 비꼬기를 좋아하는 성격이었다. 그녀는 인생을 창작의 무대로 보고 대중을 그 소재로 생각하고 있었다. 그 대중 속에서 자기의 재능을 인정해 주는 사람들만을 가끔 초대하여 꽤 융숭하게 대접했다. 그녀는 인기작가라면 껌뻑 죽는 그런 사람들을 속으로는 경멸하면서도 그들 앞에선 인기 있는 여성작가답게 행동했다.

나는 스트리클런드 부인의 자리에 안내되어 10분 남짓 이야기를 주고받았다. 상냥한 목소리의 소유자라는 것 말고는 딱히 이렇다 할 특징이 없는 사람이었다. 부인이 그 무렵 건축 중이던 웨스트민스터 사원이 내려다보이는 아파트에 살고 있다는 이야기가 나와서 나 또한 그 부근에 산다고 하자 웬일인지 서로 친근감을 느끼게 되었다. 육해군 백화점이 템스강과 세인트 제임스 공원 사이에 사는 모든 사람을 하나로 이어주는 다리인 셈이다. 스트리클런드 부인은 내 주소를 물어보았는데, 그로부터 며칠 뒤 과연 오찬회 초대장이 도착했다.

다른 약속이 없었으므로 나는 기꺼이 초대에 응했다. 너무 일찍 도착하는 것이 걱정되어 웨스트민스터 사원 주위를 세 번이나 돌다가 조금 늦었는데, 다른 손님들은 벌써 모두 와 있었다. 미스 워터퍼드와 제이 부인과 리처드 트와이닝과 조지 로드가 보였다. 나를 포함하여 모두 작가들뿐이었다. 이른 봄, 화창한 날이었으므로 다들 유쾌한 기분이었다. 화제가 계속 끊이지 않았다. 샐비어잎 빛깔 옷에 수선화 한 송이를 들고 파티에 나타나는 소녀시절의 탐미적 취향과 하이힐에 파리식 프록코트 차림을 한 경박한 처녀시절 사이에서 갈피를 잡지 못한 듯한 미스 워터퍼드는 그날 새 모자를 쓰고 있었다. 모자가 자신감을 북돋워준 것인지 그날 유독 떠들어댔으며 이제까지 한 번도 들어본 일이 없을 만큼 친구들을 무섭게 깎아내리고 있었다. 음담이 곧 뛰어난 기지의 정수임을 알고 있는 제이 부인은 속삭이는 목소리로 사람은 물론 눈처럼 하얀 테이블보마저 붉게 물들일 것 같은 이야기를 이것저것 꺼내 놓았다. 리처드 트와이닝은 터무니없는 농담을 늘어놓고는 우습다는 듯 데굴데굴 구르고 있었다. 그러나 조지 로드는 사람들이 이미 알고 있는 자기의 재치를 새삼스레 드러낼 필요도 없다는 얼굴로 오로지 음식을 입에 넣기 위해서만 입을 열었다. 스트리클런드 부인은 말수는 적었지만 대화에 모든 사람이 참여하도록 이끌어갈 만한 재치가 있었다. 이야기가 끊기면 한마디 적절한 말을 하여 다시 이야기를 이어나가게 하는 것이었다. 부인은 37세로 키가 조금 큰 편이며 뚱뚱하다는 말은 듣지 않을 정도로 알맞게 살이 찐 여자였다. 미인이랄 수는 없지만, 갈색 눈에 늘 다정한 표정으로 호감이 가는 얼굴이었다. 살갗은 조금 창백한 편이고 짙은 갈색머리를 곱게 빗어올렸다. 세 여성 가운데 화장을 하지 않은 이는 그 여자뿐이었는데, 그것이 오히려 청초한 느낌을 주었다.

식당은 그 시대에 알맞게 아주 검소했다. 흰 나무로 벽 아래쪽을 두르고, 초록빛 벽지 위에는 멋진 검은 액자에 넣은 휘슬러의 동판화가 몇 장 걸려 있었다. 똑바로 늘어뜨려져 있는 공작무늬 초록빛 커튼과, 푸른 잎이 우거진 나무 사이에서 흰 토끼들이 놀고 있는 그림의 초록빛 융단은 어딘가 모르게 윌리엄 모리스[8]의 영향이 엿보였다. 벽난로에는 푸른 델프트 도기(陶器)가 놓여 있었다. 그

8) 1834~1896. 영국시인, 공예 미술가.

즈음 런던에는 이와 똑같은 실내장식을 한 식당이 적어도 500개쯤은 있었을 것이다. 소박하지만 예술적이면서도 지루한.

돌아가는 길에는 미스 워터퍼드와 동행했다. 날씨도 좋은 데다 그녀가 새 모자도 쓰고 있었으므로 우리는 세인트 제임스 공원을 걸어가고 싶은 마음이 생겼다.

"오늘 파티는 정말 즐거웠습니다." 나는 말을 꺼냈다.

"어때요. 음식은 맛있었나요? 나는 늘 그녀에게 말했어요. 작가들을 초대하려거든 맛난 음식을 대접하라고요."

"아주 좋은 충고군요. 그런데 어째서 작가를 초대하고 싶어하나요?"

미스 워터퍼드는 어깨를 움츠렸다.

"이야기를 재미있게 하기 때문이래요. 문단의 움직임을 알고 싶은 거겠죠. 이런 말을 하면 좀 뭣하지만 사람이 단순한 편이에요. 작가는 모두 위대하다고 생각하니까요. 어쨌든 그녀는 우리를 오찬회에 초대하는 걸 즐기고, 우리한테도 나쁠 것 없잖아요? 난 그녀의 그런 점이 마음에 들어요."

돌이켜 보면, 높은 햄프스테드 언덕 꼭대기에 사는 거물부터 제일 아래 체인워크의 단칸방에 있는 무명작가에 이르기까지 유명인의 꽁무니를 쫓아다니는 많은 사람들 가운데 스트리클런드 부인 같은 이는 가장 순진한 사람이었다. 그녀는 시골에서 매우 조용한 소녀시절을 보냈으므로 무디 세책점에서 빌려오는 소설들은 그 작품 자체의 로맨틱한 분위기와 함께 런던 생활의 로맨틱함도 전해주었다. 그녀는 정말 독서를 좋아했다(그 또래의 문학소녀에게는 드문 일이다. 문학소녀란 흔히 소설보다 그것을 쓴 작가에게, 그림보다 그것을 그린 화가에게 관심을 갖는 것이기 때문이다). 그래서 그녀는 언제나 상상의 세계를 만들어 그 속에서 일상에서는 도저히 얻을 수 없는 자유를 맛보았다. 그러다 실제로 작가들과 알게 되자, 그때까지 관람석 쪽에서만 바라보고 있던 무대로 직접 용기를 내어 나가보고 싶은 마음이 들었다. 그녀는 인기배우라도 보는 듯한 눈으로 작가들을 바라보았다. 그들을 대접하기도 하고 저마다 방탕한 생활을 보내고 있는 그들의 소굴로 찾아가기도 하면서 그녀는 자기 시야가 점점 넓어지는 것 같은 기분이 들었다. 그러나 인생이라는 도박에 대한 규칙이 그들 작가에게는 적합하다 여겼지만, 그것으로 그녀 자신의 행동을 규제할 생각은 전혀 없었다. 그 색다른 옷차림, 엉뚱한 이론과 역설적인 의견, 도덕 관념을 벗어난 생활 방식은 분명 흥미 있는 일이었지만, 그렇다고 그녀의 소신을 흔들어 놓을 만한 힘은 조금도 없었다.

"그분에게 남편은 있습니까?"

"그야 있고말고요. 시내에서 무슨 일을 하고 있다나 봐요. 아마 주식중개인일 거예요. 굉장히 재미없는 사람이에요."

"부부 사이는 좋은가요?"

"너무 좋아서 깨가 쏟아지죠. 만찬회에 초대받으면 만날 수 있어요. 하지만 만찬에 초대하는 일은 여간해선 없어요. 어쨌든 남편 되는 사람이 워낙 말이 없는 데다 문학이나 미술에는 손톱만큼도 관심이 없으니까요."

"훌륭한 여성이 어째서 답답한 남자와 결혼하는지 이유를 모르겠어요."

"하지만 똑똑한 남자는 그런 여자와는 결혼하고 싶어하지 않으니까요."

나는 이 말에 뭐라고 대답을 해야 좋을지 몰랐으므로 부인에겐 아이가 있느냐고 화제를 바꿨다.

"있어요. 아들 하나에 딸 하나요. 둘 다 학교에 다니고 있죠."

이것으로 그 집에 대해선 더 할 말이 없었으므로 화제는 자연스레 다른 쪽으로 넘어갔다.

5

그 해 여름 나는 여러 차례 스트리클런드 부인을 만났다. 그녀의 아파트에서 가끔 열리는 즐거운 오찬모임이라든가 조금 부담스런 티파티에도 나갔다. 부인과 나는 마음이 맞았다. 내가 너무 어렸으므로 문학이라는 험한 길에 첫발을 내딛는 나의 손을 잡아주고 싶다는 마음이 부인에게 있었는지도 모른다. 나로서도 사소한 걱정거리라도 있을 때 찾아가면 기꺼이 들어 주고 적절한 조언도 해줄 수 있는 사람이 있는 것은 마음 든든한 일이었다. 스트리클런드 부인은 태어나면서부터 동정심이 많은 사람이었다. 동정심은 분명히 사람 마음을 흐뭇하게 해주지만 한편 스스로가 그것을 의식적으로 남용할 우려가 있는 것이기도 하다. 훌륭한 점을 보이고 싶은 마음에 친구들의 불행을 보면 기다리고 있었다는 듯 달려가는 그 모습에서는 오히려 남의 불행을 기뻐하는 것 같은 점마저 엿볼 수 있기 때문이다. 동정심이 마치 솟구치는 기름샘처럼 멋대로 분출되어 때로는 상대가 당황스럽기조차 하다. 세상에는 그 같은 동정의 눈물에 푹 젖어 나 같은 사람이 새삼 눈물을 흘릴 여지가 없는 그런 이들도 있다. 부인도 가려운 곳을 긁어준다 싶을 정도로 동정심을 베푸는 사람이었다. 그녀의 동정어린 말에 귀를 기울이면 오히려 이쪽이 상대에게 은혜를 베풀고 있는 것 같은 기분이 들었다. 나는 젊은 혈기의 열정으로 언젠가 이 점을 로즈 워터퍼드에게 털어놓았더니 그녀가 이렇게 말했다.

"우유란 맛이 있게 마련이고 거기다 브랜디라도 한 방울 떨어뜨리면 더 맛이 좋아지지요. 하지만 젖소 신세가 되어 보세요. 누가 젖을 짜 주었으면 할 거예요. 젖이 붓는다는 것은 굉장히 괴로운 일이니까요."

로즈 워터퍼드는 신랄하기 이를 데 없는 독설가로, 이런 혹평을 마구 할 수 있는 것도 그녀이기 때문이지만, 또 그녀만큼 사람을 황홀케 하는 말을 할 줄 아는 이도 없었다.

스트리클런드 부인에겐 또 한 가지 내가 좋아하는 점이 있었다. 주변 환경을 언제나 우아한 분위기로 꾸며놓는다는 것이다. 아파트는 늘 화사한 꽃으로 장식하여 깨끗하게 치워 놓았고 응접실의자를 씌운 천 무늬도 화려하지는 않았지만 산뜻하고 아름다웠다. 고상하고 아담한 식당에서 즐기는 식사도 좋았다. 식탁도 훌륭하거니와 하녀들도 차림새가 깔끔하고 귀여웠으며 음식도 맛있었다. 누가 보아도 부인은 훌륭한 주부였다. 분명히 어머니로서도 손색이 없었을 것이다. 거실에는 그녀의 아들과 딸 사진이 있었다. 아들은—아마 로버트라고 한 것 같은데—사립학교인 럭비스쿨에 다니며 16살이었다. 운동복에 크리켓 모자를 쓴 멋진 사진과 빳빳한 칼라를 세운 연미복 차림의 사진이 나란히 놓여 있었다. 소년은 어머니를 닮아 반듯한 이마와 사색적인 눈을 지니고 있었다. 단정하고 건강하며 평범한 소년 같았다.

어느 날 내가 그 사진을 바라보고 있으려니 부인이 말했다.

"머리는 어떤지 모르지만 성격이 좋은 아이예요."

딸은 14살이며 어머니와 똑같은 짙고 탐스러운 갈색머리가 어깨 위로 보기 좋게 늘어져 있었다. 게다가 상냥한 표정과 차분하게 가라앉은 맑은 눈매도 어머니를 쏙 빼닮았다.

"둘 다 어머니를 닮았군요."
"네, 남편보다는 나를 많이 닮았나 봐요."
"왜 주인어른을 한 번도 소개해 주시지 않습니까?"
"정말 만나보고 싶으세요?"
그렇게 말하고 그녀가 살며시 웃었다. 그것은 뭐라 말할 수 없을 만큼 사랑스러운 미소였는데 거기다 얼굴까지 발그레해졌다. 중년부인이 이렇게 쉽게 얼굴을 붉힌다는 것은 드문 일이었다. 아마 이런 순진한 면이 그녀의 가장 큰 매력이었는지 모른다.
"하지만 남편은 문학하고는 담을 쌓은 분이라서요."
말은 그렇게 했지만 조금도 헐뜯는 것은 아니었으며, 오히려 그 말에서 자상한 애정마저 느껴졌다. 마치 남편의 가장 큰 결점을 인정해 놓고 친구들의 비난으로부터 남편을 두둔하려는 것 같았다.
"주식거래소에 다녀요. 이젠 전형적인 중매인이 다 되었죠. 만나 보면 정말 지루하고 답답할 거예요."
"부인께서는 그런 생각을 하고 계십니까?"
"그렇다면 어떻게 함께 살 수 있겠어요? 우린 부부예요. 나는 그이를 아주 좋아해요."
그렇게 말하곤 그녀가 부끄러움을 감추려는 듯 생긋 웃었다. 그 고백으로 나에게 놀림이나 당하지 않을까 신경 쓰고 있는 것 같았다. 상대가 로즈 워터퍼드였다면 틀림없이 그대로 듣고만 있지는 않았을 것이다. 그녀는 잠깐 망설이더니 눈에 상냥한 빛을 띠었다.
"특출한 능력이 없어서인지 거래소에 나가면서도 돈하고는 인연이 없는 편이예요. 하지만 마음씨가 좋고 친절한 분이에요."
"그럼 저하고 마음이 잘 맞을 것 같군요."
"그럼 가까운 시일 안에 식사에 초대할게요. 하지만 이건 아셔야 해요. 본인 의사에 따라 만나게 해드리는 거니까 지루하고 답답한 자리가 되더라도 나를 탓하시면 안 돼요."

6

그리하여 나는 찰스 스트리클런드를 만나게 되었으나 그것은 다만 인사를 주고받는 정도밖에 되지 않는 것이었다. 어느 날 아침 스트리클런드 부인에게서 편지가 왔다. 오늘밤 만찬회를 열 예정이었는데 오기로 한 손님이 못 오게 되었으니 나보고 대신 그 자리를 메워 달라는 청이었다. 편지내용은 다음과 같았다.

> 미리 말씀드립니다만, 퍽 지루하고 답답하실 겁니다. 워낙 재미없는 모임이긴 합니다만 참석해 주시면 정말 고맙겠습니다. 저와 둘이서 잠깐 이야기를 나눌 수도 있을 테니까요.

의리상으로도 거절할 수는 없었다.

스트리클런드 부인이 남편에게 나를 소개하자 그는 그저 무뚝뚝하게 손을 내밀었다. 그녀는 명랑한 얼굴로 남편을 쳐다보며 가벼운 농담을 던졌다.

"제가 이분을 초대한 건 저도 정말 남편이 있다는 걸 보여주기 위해서였어요. 글쎄 이분이 그걸 의심하는 것 같잖아요."

스트리클런드는 무엇이 우스운지 전혀 모르겠지만 상대가 웃으니까 자기도 답례로 웃어야겠다는 표정으로 가볍게 웃어 보일 뿐 아무 말도 하지 않았다. 그때 새로운 손님이 들이닥쳐 부인이 바빠지는 통에 결국 나 혼자 남게 되었다. 이윽고 손님이 모두 모여 식사가 시작되기를 기다리는 동안 나는 '식당으로 안내할' 의무를 지닌 상대 여자와 이야기를 나누며, 문명인들은 어째서 그렇지 않아도 짧은 인생을 이토록 지루한 모임으로 낭비하는지 모르겠다는 생각이 들었다. 그날 밤 모임은 초대한 쪽이나 초대받아 온 쪽이나 어째서 일부러 부르고 또 왔는지 알 수 없을 만큼 맨송맨송한 파티였다. 참석자는 열 사람이었다. 처음부터 모여 봤자 이렇다 할 관심도 없고 헤어지고서는 오히려 안도의 숨을 쉬는 것이 고작이라는, 한낱 사교모임에 지나지 않았다. 스트리클런드 집 쪽에서도 그다지 마음 내키는 일이 아니었지만, 다만 그 사람들에게 만찬 빚이 있기 때문에 그것을 갚는 뜻에서 초대한 것뿐이며, 손님 쪽에서도 초대를 했으니 왔을 뿐이었다. 손님들 입장에서 보면 부부끼리 마주앉아 먹는 권태로운 식사에서 하룻밤만이라도 벗어나고 싶은 마음에서, 또 하인들에게 잠시라도 쉴 시간을 마련해주려고, 무엇보다도 거절할 만한 이유도 없으며 자기들도 만찬에 초대한 일이 있으니 마땅히 초대받을 자격이 있다는 것이 참석 이유인지도 모른다.

식당은 꽉 차서 드나들기가 거북했다. 참석한 손님은 왕실 변호사 부부, 어느 관리 부부, 스트리클런드 부인의 언니와 그 남편인 맥앤드루 대령, 어느 하원의원 부인과 나였다. 그러니까 내가 초대된 것은 이 여자의 남편인 대의원이 국회를 빠져나올 수 없는 형편이 되었기 때문이었다. 어쨌든 너무 점잖기만 한 파티였다. 부인들은 지나치게 고지식해서 화려한 옷차림도 하지 못하고 체면을 신경 쓰는 나머지 마음대로 웃지도 못하는 형편이었다. 남자들은 턱 버티고 앉아 모두 만족스러운 듯 보였다.

그러나 저마다 어떻게든 파티를 잘 이끌어 가고 싶다는 마음에서 여느 때보다 큰 소리로 지껄여댔으므로 식당 안은 매우 시끄러웠다. 게다가 모두 함께 이야기할 수 있는 공통 화제는 없고 저마다 수프와 생선과 주요리가 나올 때면 오른쪽, 나머지 불고기와 단 것과 입가심 음식이 나올 때면 왼쪽, 이런 식으로 옆 사람하고만 말을 나누고 있었다. 정치 이야기, 골프 이야기, 아이들 이야기, 지금 상연되고 있는 연극과 왕립 미술원에 출품된 그림 이야기, 날씨, 휴가 계획 등 이야기는 쉴 새 없이 이어졌으며, 갈수록 소란스러워졌다. 스트리클런드 부인은 속으로 파티의 성공을 기뻐했을는지도 모른다. 그녀의 남편도 주인 노릇을 제대로 하고는 있었지만 아마 말수가 적은 탓이었는지 파티가 끝나갈 무렵에는 양옆에 앉았던 부인들의 얼굴에 지친 기색이 엿보였다. 둘 다 점점 그를 대하기가 힘겨운 눈치였다. 스트리클런드 부인의 어딘가 걱정스러운 듯한 눈길이 한두 번 남편 쪽에게 멈추었다.

마침내 그녀는 자리에서 일어나 부인들을 식당에서 데리고 나갔다. 아내를 내보낸 뒤 스트리클런드는 문을 닫고 식탁 맞은쪽 끝으로 가 왕실변호사와 관리 사이에 자리잡고 앉아 다시 포도주를 한 잔씩 돌린 다음 잎담배를 권했다. 왕실변호사가 포도주 맛을 칭찬하자 그는 그 술을 얻게 된 경위에 대해 말했다. 그러자 한바탕 포도주와 잎담배 이야기가 화제에 올랐다. 변호사는 요즘 맡고 있는 사건에 대해 말했고 대령은 폴로 얘기를 꺼냈다. 나는 할 말이 없어 그냥 가만히 앉아, 되도록 흥미 있는 표정으로 이야기를 듣고 있었다. 누구건 나 같은 사람은 안중에도 없는 것 같았으므로 덕분에 스트리클런드를 자세히 살펴볼 수 있었다. 그는 생각했던 것보다는 몸집이 큰 남자였다. 왜 그랬는지 모르지만, 나는 그때까지 그를 여위고 보잘것없는 남자일 거로 생각해 왔는데 만나보니 어깨가 딱 벌어지고 손발도 큰 남자로, 입고 있는 연미복이 어색해 보일 정도였다. 마치 특별한 행사를 위해 잘 차려입은 마부처럼. 그는 40살이며 잘생긴 남자는 아니었다. 이목구비는 번듯했으나 그것이 지나치게 커서 균형이 잘 맞지 않는 느낌이었다. 면도를 말끔히 해서 큰 얼굴은 더 커 보였다. 붉은 색이 도는 머리를 짧게 깎았으며 푸른빛 같기도 하고 잿빛 같기도 한 작은 눈을 지니고 있었다. 전체적으로 보아 그저 평범하다는 느낌이었다. 그러니까 스트리클런드 부인이 남편에 대해 어느 정도 당혹감을 느끼고 있는 것도 이해가 되었다. 예술이나 문학세계에 연줄을 가져 보려는 여자에게 이렇다 할 자랑거리가 될 만한 남편은 못 되었기 때문이다. 아무리 보아도 사교성이 없는 인물이었다. 하지만 그런 점은 제쳐 두고라도 그에게 남다른 점이라고는 아무것도 없었다. 말하자면 선량하고 정직하지만 무뚝뚝한 한낱 평범한 사람에 불과했다. 사람은 좋아 보이지만 그다지 사귀어 보고 싶은 마음이 들지 않는 남자였다. 아마 그는 어엿한 시민이며, 자상한 남편이자 아버지이고 성실한 중매인이었겠지만, 그렇다고 해서 이런 남자를 상대하느라 귀중한 시간을 허비할 이유는 전혀 찾아볼 수 없었다.

7

사교의 계절도 여름을 타기 시작했다. 내가 아는 사람들은 모두 피서 준비에 바빴다. 스트리클런드 부인도 온 가족이 노퍽 바닷가로 떠날 예정이었다. 아이들이 해수욕하기에도 좋고 남편이 골프를 치기에도 알맞았기 때문이다. 우리는 작별인사를 나누고 가을에 다시 만날 것을 약속했다. 그런데 런던을 떠나려던 날 백화점에서 나오다 마침 아들과 딸을 데리고 나오는 부인과 마주쳤다. 나와 마찬가지로 그녀 또한 런던을 떠나기 전에 마지막으로 물건을 사러 나온 것이었다. 모두 더위에 지쳐 있었으므로, 나는 함께 공원에 가서 아이스크림이라도 먹자고 권했다.

부인은 나에게 아이들을 보여주고 싶었던 모양으로, 두말없이 응했다. 아이들은 사진에서 본 것보다도 훨씬 귀여워서 그녀가 자랑할 만도 했다. 내가 아직 젊었기 때문인지 아이들도 부끄러워하지 않고 계속 여러 가지 즐거운 이야기를 해

주었다. 참으로 귀엽고 건강한 아이들이었다. 우리는 공원의 나무 그늘에서 무척 즐거운 시간을 보냈다.

한 시간 남짓 지나 세 사람이 마차를 타고 돌아가자 나는 늘 다니던 클럽까지 혼자 터벅터벅 걸어갔다. 아마 나도 모르게 쓸쓸한 기분이 들었는지도 모른다. 실은 어느 정도 부러운 마음으로 조금 전에 본 단란한 가족을 생각하고 있었다. 그들은 서로 마음속에서부터 사랑하고 아껴주는 것 같았다. 남이 보기에는 무엇이 우스운지 전혀 알 수 없는, 자기들끼리만 살짝 통하는 농담을 주고받으며 즐거운 듯 웃어댔다. 무엇보다도 기지가 번득이는 대화의 발랄함을 중히 여기는 입장에서 본다면 스트리클런드는 재미없고 지루한 사람임에는 틀림없지만 그의 생활은 그 정도 머리로도 충분했으며, 그것으로 남부럽지 않은 성공은 물론, 행복까지도 마음껏 누릴 수 있었다. 스트리클런드 부인은 사랑스러운 아내였고 게다가 남편을 진심으로 사랑하고 있었다. 아무 걱정 없는 정직하고 구김살 없는 생활, 그리고 온순하고 명랑한 두 아이가 있어, 그들이 속한 민족과 사회적 지위의 정통을 이어나가는 것을 기대할 수 있는 자체만으로도 그들의 생활은 의미가 있다고 나는 생각했다. 그들 부부는 서서히 늙어가고 아들과 딸도 어른이 되어 이윽고 제각기 결혼을 하게 될 것이다. 딸은 아름다운 처녀가 되어 결국은 건강한 아이들의 어머니가 될 테고, 아들은 남자답고 잘생긴 청년으로 자라 틀림없이 군인이 될 것이다. 그럼 늘그막에는 둘 다 편안한 생활을 하게 되고 자식과 손자에게 둘러싸여 보람 있는 행복한 생애를 보내며 오래오래 살다 저세상으로 떠나게 될 것이다.

틀림없이 이것이 수많은 부부가 걷는 인생 행로일 것이고, 그 생활에는 소박한 아름다움이 있었다. 그것은 마치 상쾌한 나무 그늘로 뒤덮인 초원 사이를 흐르다가 그곳을 지난 다음 소리도 없이 굽이쳐 흘러 마침내 넓은 바다에 이르는 조용한 시냇물을 떠올리게 하였다. 그러나 그 바다가 너무 조용하고 고요하며 단조로워 갑자기 사람은 뭐라 말할 수 없는 불안감에 사로잡히게 된다. 대부분 사람들의 그러한 인생행로에 어딘가 잘못된 점이 있다고 느꼈던 것은 이미 그때부터 강력하게 자리잡고 있던 내 비뚤어진 성격 탓인지도 모른다. 나도 그런 생활이 지니는 사회적 가치는 인정했고, 또 그러한 안일한 행복을 모르는 바는 아니었지만, 내 뜨거운 피는 좀더 거친 항로를 찾고 있었다. 나로서는 그런 안이

한 인생의 기쁨 속에 도리어 경계해야 할 그 무엇이 숨어 있는 것 같았다. 나의 가슴속에는 오히려 위험한 길을 택하고 싶다는 야망이 자리 잡고 있었다. 변화, 그리고 미지의 것을 향한 흥분을 위해서라면 울퉁불퉁한 암초도 위험천만한 여울도 나는 두렵지 않았다.

8

이것으로 스트리클런드 가족은 두루 소개한 셈인데, 다시 읽어 보니 나로서도 그 인물들의 면면이 어렴풋하게만 남아 있는 것 같다. 작중 인물이 살아 움직이는 듯한, 뚜렷한 개성이 전혀 묘사되어 있지 않기 때문이다. 그래서 어쩌면 나의 관찰이 모자라서 그런 게 아닌가 하고 그들 모습을, 손에 잡힐 듯한 특징을 어떻게든 생각해 내려고 머리를 쥐어짜고 있는 것이다. 기이한 말투라든가, 남과 다른 묘한 버릇 같은 것을 집어냄으로써 그들에게 개성을 심어 줄 수 없을까 하는 마음에서다. 그렇게라도 하지 않는 한, 마치 빛바랜 태피스트리 속 인물처럼, 인물과 배경의 구별이 뚜렷하지 않고 좀 떨어진 곳에서 보면 그 형태가 흐려진 채 그저 아름다운 빛깔만을 느끼게 되는 것 같다. 변명 같아서 미안한 말이지만, 그들이 나에게 준 인상이 바로 그랬다. 세상에는 고스란히 사회조직 속에 녹아들어 그 속에서라기보다 다만 그것을 따라서만 살아가는 흐릿한 그림자 같은 사람들이 많은데, 그들이 그러했던 것이다. 이 같은 사람들은 유기체 속 세포와 같아서 없어서는 안 될 요소임에는 틀림없지만, 건강할 동안은 보다 중요한 전체 유기체 속으로 완전히 그림자를 감추어 버린다. 스트리클런드 집안은 중산층의 본보기 같은 가정이었다. 문단의 이류인기작가를 좋아하는 순수한 취향의 상냥하고 손님접대를 잘 하는 아내, 자비로운 신의 섭리로 이루어진 현재에 만족하고 자기 본분을 다하는 조금 무뚝뚝한 남편, 잘생기고 건강한 두 아이. 참으로 평범한 가정이라 할 수 있었다. 그들에겐 말 많은 세상사람의 이목을 끌 만한 일은 조금도 없었다고 생각된다.

그 뒤 얼마 안 돼 일어난 사건의 앞뒤를 따져 보면 그때의 스트리클런드에게서 보통사람과는 다른 점을 하나쯤 발견했음직한데, 그렇지 못한 걸 보면 나도 참 어리석었다는 생각이 든다. 분명 그랬을 것이다. 이제는 나의 사람 보는 눈도 그때와 꽤 달라졌다고는 생각된다. 그러나 스트리클런드 가족을 처음 만났을 때, 사람 보는 눈이 지금만큼 예리했더라도 내가 그들을 보는 눈은 마찬가지였을 것이다. 다만 그 뒤에 겪은 경험으로 인간이란 얼마나 예측할 수 없는 존재인가를 알았기 때문에, 지금의 나라면 그 해 가을 초 런던에 돌아가자마자 듣게 된 그 소식에도 아마 그렇게 놀라지는 않았을 것이다.

돌아온 지 하루도 채 되기 전 나는 저민 거리에서 우연히 로즈 워터퍼드를 만났다.

"아주 기분 좋은 것 같군요. 무슨 일이라도 있나요?"

내가 묻자 그녀는 빙긋이 웃었다. 그 눈에는 익히 알고 있던 심술궂은 빛이 감돌고 있었다. 어떤 친구의 스캔들을 듣고, 여성작가다운 육감을 잔뜩 곤두세운 표정이었다.

"혹시 찰스 스트리클런드를 만난 일이 있죠?"

웬일인지 그녀의 얼굴뿐 아니라 온몸에까지 생기가 넘쳐흐르는 것 같았다. 나는 고개를 끄덕이며 가엾게도 그 사람이 거래소에서 쫓겨났다든가 버스에라도 치지 않았나 하는 생각을 했다.

"정말 너무하지 뭐예요! 그 사람이 글쎄 부인을 버리고 집을 뛰쳐나갔어요."

저민 거리 한복판에서 그런 이야기를 길게 할 수는 없다는 것을 알아차렸는지, 미스 워터퍼드는 자못 작가답게 그런 사실만을 알리고 그 밖의 상세한 사정은 조금도 모른다며 입을 다물고 말았다. 아무리 길거리라도 하고 싶은 말을 못하는 그런 여자라고는 도저히 생각할 수 없었지만 어쨌든 상대는 막무가내로 입을 열지 않았다.

"난 정말 아무것도 몰라요." 이쪽에서 다그쳐 묻는 말에 그렇게 답하더니 그녀는 몹시 우습다는 듯 몸을 움츠리며 말했다. "뭐, 시내 어느 찻집에서 일하던 젊은 여자가 바로 얼마 전에 그곳을 그만두었다나 봐요."

그렇게 말하며 생긋 웃더니 그녀는 치과 예약이 있다며 활기찬 발걸음으로 사라져버렸다. 나는 마음이 아프기보다 더욱더 흥미를 느꼈다. 그즈음 나는 아직 직접적인 인생경험이 없었으므로, 아는 사람들 가운데서, 어쩌다 소설 속에 나오는 것과 같은 사건이라도 일어나면 몹시 흥분했었다. 솔직히 말해 지금의 나는 이런 사건에 더없이 익숙해졌지만, 그때는 좀 어이가 없다는 생각이 들기도 했다. 스트리클런드는 분명히 40세였을 것이다. 그런 나이에 연애사건을 일으키다니 추태라고 생각했다. 나는 그때, 젊은이의 건방진 생각에서, 남자가 세상의 웃음거리가 되지 않는 연애를 하려면 아무리 많아도 35살 전이라야 한다고 생각했었다. 게다가 그 소식은 개인적으로도 당황스러웠다. 왜냐하면 나는 시골에서 스트리클런드 부인에게 가까운 시일 안에 런던으로 돌아간다는 편지를 쓰고, 그 끝에 답장이 없으면 어느 날짜에 찾아가겠으니 차라도 대접해달라고 덧붙였기 때문이다. 더구나 오늘이 마침 그 날짜였다. 부인은 아무런 회답도 없었다. 지금 그녀가 과연 나를 만나고 싶어할까? 틀림없이 이번 소동으로 내 편지에 대한 일은 까맣게 잊어버리고 말았을 것이다. 차라리 찾아가지 않는 편이 현명할 것이다. 그러나 또 그녀로서는 이번 사건을 비밀로 해두고 싶다는 생각을 할지도 모른다. 그렇게 되면 그 뜻밖의 뉴스가 이미 내 귀에 들어왔다는 눈치를 보이는 것은 매우 분별없는 짓이 될 것이다. 약속을 어겨 마음씨 좋은 여자의 감정을 상하게 하기도, 그렇다고 폐를 끼치기도 뭣하여 나는 어찌해야 좋을지 몰랐다. 그녀가 괴로워하고 있으리라는 생각은 들었지만 나로서는 도와줄 수도 없는 처지라 그런 얼굴을 보는 것이 싫었다. 그러나 조금은 안됐다는 생각을 하면서도 마음 한구석에는 그녀가 그 괴로움에 어떻게 대처하고 있는지 직접 보고 싶은 생각도 있어 나는 마음을 정할 수가 없었다.

그러다 결국, 모르는 체하고 찾아가 하녀에게 스트리클런드 부인의 안부를 물어보면, 부인이 나를 문 앞에서 돌려보낼 수도 있을 것이라는 생각이 들었다. 그러나 막상 문 앞에 나온 하녀에게 미리 준비해 간 말을 건네며 나는 완전히 흥분하고 말았다. 어두컴컴한 현관에서 대답을 기다리며 금방이라도 도망치고 싶은 마음을 가까스로 참고 있었다. 하녀가 다시 나왔다. 잔뜩 흥분된 내가 보기에도, 그 태도로 보아 하녀 또한 집안의 비극을 모두 알고 있다는 것을 느낄 수 있었다.

"어서 들어오세요."

나는 객실로 안내되었다. 블라인드를 반쯤 내린 어두운 방 안에서 부인은 창문을 등지고 앉아 있었다. 형부인 맥앤드루 대령이 등에 불이라도 쬐는 듯한 자세로 불도 없는 난로 앞에 서 있었다. 공연히 왔다는 생각이 들었다. 두 사람에게는 나의 방문이 뜻밖이었던 모양이다. 부인은 편지로 거절하는 것을 잊었기에 할 수 없이 나를 맞아들인 것 같았고, 대령은 왜 하필 이럴 때 찾아왔나 하고 귀찮아하는 것 같았다.

나는 애써 태연하게 말했다. "잊으셨는지 모르겠습니다. 오늘 찾아뵙겠다고 말씀드려서……."

"물론 기다리고 있었어요. 곧 차를 내오라고 할게요."

방을 어둡게 해놓았지만, 울어서 부어오른 그녀의 얼굴을 보지 않을 수 없었다. 그렇지 않아도 좋지 않은 얼굴이 흙빛으로 변해 있었다.

"제 형부 기억하시죠? 여름휴가 바로 전 만찬회 때 만나셨지요."

우리는 악수를 나누었다. 그러나 나는 몹시 허둥거리며 무엇부터 이야기해야 좋을지 몰라 쩔쩔매고 있었다. 부인이 나에게 여름휴가에 무엇을 하며 지냈느냐고 물어서 나를 곤경에서 구해주었다. 그 덕분에 차가 나올 때까지 그럭저럭 이야기를 이어나갈 수 있었다. 대령은 위스키 소다를 청했다.

"에이미, 처제도 한잔 들지."

"괜찮아요. 저는 홍차가 더 좋아요."

이것이 불행한 사건이 일어나고 있다는 사실을 알려주는 첫마디였다. 나는 일부러 모르는 체하고 되도록 부인을 이야기에 끌어들이려고 했다. 대령은 여전히 난로 앞에 버티고 선 채 아무 말이 없었다. 나는 무례하지 않게 자리를 뜨려면 언제쯤 일어나야 할지 생각하고 있었다. 그런데 문득 부인은 도대체 어쩌려고 이런 자리에 나를 들어오게 했는지 까닭을 알 수 없었다. 방에는 꽃 한 송이 없었고 여름휴가 전에 넣어 두었던 여러 가지 장신구들도 아직 꺼내 놓지 않았다. 언제나 정다운 느낌이 들던 이 방이 지금은 어딘지 모르게 을씨년스러웠고 서먹서먹했으며, 벽 너머 맞은쪽에 시체라도 뒹굴고 있는 듯한 이상한 느낌이 들었다. 나는 차를 다 마셨다.

"담배라도 한 대 피우세요."

그렇게 말하고 부인은 담배 상자를 찾았으나 상자는 보이지 않았다.

"어머, 이곳엔 없는 모양이군요."

불현듯 그녀는 왈칵 울음을 터뜨리더니 허둥지둥 나가 버렸다.

나는 깜짝 놀랐다. 지금 와서 생각해 보니 언제나 그녀의 남편이 가져왔던 담배가 그곳에 없어 자연히 남편 생각이 났는지도 모르며, 또 몸에 밴 가정생활의 조그마한 즐거움이 사라진 것을 느끼고 문득 슬픔이 복받쳐 오른 것인지도 모른다. 지난날의 그리운 생활도 이것으로 끝장이구나 하고 생각했을 것이다. 그렇게 되면 더는 체면 같은 것을 차릴 수 없었을 것이다.

"저는 이만 돌아가는 게 좋을 것 같군요." 대령에게 그렇게 말하고 나는 자리에서 일어섰다. 그러자 갑자기 격한 목소리로 대령이 외쳤다.

"그 불한당 같은 녀석이 처제를 버리고 도망쳤어요! 당신도 아마 그 얘기를 들으셨겠죠?"

나는 대답할 말이 없어 잠깐 머뭇거렸다.

"세상이란 워낙 말이 많은 곳이라 뭔가 심상치 않은 일이 일어났다는 것은 들어서 알고 있었습니다."

"느닷없이 집을 뛰쳐나가 웬 여자와 함께 파리로 내뺐어요. 에이미에게는 동전 한 푼 남겨 놓지 않고."

"정말 안됐군요."

이 말 말고는 뭐라고 할 말이 없었다.

대령은 단숨에 위스키 잔을 비웠다. 키가 크고 마른 쉰 살쯤 된 남자로, 휘늘어진 콧수염에 머리는 반백이었다. 푸르스름한 눈과 여린 입매를 지니고 있었다. 지난번 만났을 때 그가 바보스러운 얼굴로 퇴역을 앞두고 10년 동안 꼬박꼬박 일주일에 사흘간 폴로를 했다며 자랑스러운 듯이 떠들어대던 게 생각났다.

"지금 제가 있으면 부인께 폐가 될 것 같군요. 정말 뭐라고 드릴 말씀이 없다고 부인께 전해 주십시오. 제가 도울 수 있는 일이 있다면 무슨 일이든 기꺼이 하겠습니다."

그러나 그는 내가 하는 말에는 조금도 귀를 기울이지 않는 것 같았다.

"도대체 처제는 앞으로 어떻게 될까요? 게다가 두 아이까지 있으니. 설마 공기만 마시고 살 수도 없을 테고. 벌써 17년이나 되었는데."

"17년이라뇨?"

"결혼하고 살아 온 지가 말입니다." 그가 내뱉듯이 말했다. "나는 처음부터 그자가 탐탁지 않았지만, 어쩔 수 없이 동서니까 되도록 참아 왔지요. 당신도 설마 그 사람이 신사라고는 생각지 않으셨겠죠? 그런 남자와 결혼하게 된 것이 큰 잘못이었던 거요."

"하지만, 이것으로 모든 것이 끝난 건 아니잖습니까?"

"아뇨, 이제 처제로서는 이혼할 수밖에 다른 도리가 없어요. 실은 아까 당신이 들어오기 전에도 그 이야기를 하고 있었지요. 곧 이혼소송을 해라, 그렇게 하는 것이 처제는 물론 아이들을 위해서 옳다고 말이오. 음, 그 녀석은 정신 좀 차려야 합니다. 이번에 나타나기만 하면 반 죽을 만큼 패 줄 테니까."

그러나 내가 본 인상으로, 스트리클런드는 어깨가 딱 벌어진 우람한 남자였으므로, 안된 말이지만 맥앤드루 대령의 손으로는 당해내기 힘들 것 같았다. 하지만 물론 그런 말을 입 밖에 내지는 않았다. 대령의 경우도 그러했지만, 정의파가 아무리 이를 악물어봤자 악인을 단단히 혼내 줄 힘이 없으면 옆에서 보고 있는 쪽에서는 언제나 안타까운 노릇이다. 이번에야말로 어떻게 자리를 뜰까 궁리하고 있는데, 공교롭게도 스트리클런드 부인이 돌아왔다. 눈물을 깨끗이 닦고 콧잔등에 분까지 바르고 있었다.

"눈물까지 보이고, 정말 미안해요. 하지만 아직 있어 주어서 다행이에요."

그렇게 말하고 그녀는 자리에 앉았다. 나는 뭐라고 말해야 좋을지 몰랐다. 어쩐지 마음이 내키지 않았고, 나와 관계 없는 일에 나서고 싶지 않았다. 그때만 해도 나는 들어 주는 사람만 있으면 누구에게든 개인적인 이야기를 털어놓고 싶어하는 여자들의 고질병을 아직 모르고 있었다. 부인은 애써 그런 기분을 억누르고 있는 것 같았다.

"사람들이 뭐라고들 그러죠?" 그녀가 물었다.

불행한 가정사에 대해서 내가 모든 것을 알고 있다고 추측하고 나오는 그녀의 태도에 나도 당황할 수밖에 없었다.

"돌아온 지 얼마 안 돼서요. 만난 사람이라곤 워터퍼드 양밖에 없습니다."

그 말을 듣자 부인은 두 손을 꽉 맞잡았다.

"그럼 그 여자가 뭐라고 했는지 자세히 말해 주시지 않겠어요?"

내가 대답을 망설이자 그녀는 다시 물었다.

"그렇다면 더 알고 싶어요."

"세상 소문이란 다 그렇고 그렇잖아요. 그 여자 말을 그대로 곧이들을 수야 있겠습니까. 뭐 주인께서 집을 나가셨다는 말을 하긴 하더군요."

"다만 그 말뿐이던가요?"

나는 로즈 워터퍼드가 헤어질 때 찻집여자 이야기를 조금 비쳤던 일은 말하고 싶지 않아 모르는 체했다.

"그 밖에 또 주인이 누구하고 같이 도망쳤다는 말은 하지 않던가요?"

"아뇨, 그런 이야기는 전혀……."

"그걸 물어보고 싶었어요."

좀 꺼림칙한 생각은 들었지만, 어쨌든 이쯤에서 자리를 떠도 좋으려니 생각했다. 그래서 부인과 악수를 하고 만일 도와드릴 수 있는 일이 있다면 기꺼이 하겠다고 말했다. 그녀가 힘없이 미소 지었다.

"정말 고맙습니다. 하지만 이런 일은 누가 어떻게 도울 수 있겠어요."

판에 박은 위로의 말을 할 생각은 없었으므로 나는 돌아서서 대령에게 작별 인사를 했다. 그러자 대령은 내 손을 잡지도 않은 채 말했다.

"나도 가봐야겠소. 만일 빅토리아 거리 쪽으로 간다면 함께 갑시다."

"그럴까요, 가시죠."

9

"끔찍한 일이지 뭐요." 밖으로 나오자마자 대령이 말했다.

그가 함께 따라나온 것은 조금 전까지만 해도 처제와 몇 시간에 걸쳐 논의했던 문제를 이번엔 나를 상대로 되풀이하려는 속셈에서였다는 것을 나는 알아차렸다.

"아직 그 여자가 누구인지를 몰라요. 그 불한당 같은 녀석이 파리로 도망쳤다는 것만은 확실한데."

"제가 보기엔 두 분 사이가 퍽 좋았었던 것 같던데요."

"좋았죠. 당신이 들어오기 바로 전만 해도 부부가 된 뒤 오늘까지 말싸움 한 번 한 일이 없다고 에이미가 말하고 있던 참이었어요. 게다가 이 세상에 그만큼 마음씨 고운 여자도 좀처럼 없을 겁니다."

상대가 이렇게 나서서 속이야기를 해왔으므로 나는 몇 가지 질문을 해봐도 될 것 같은 생각이 들었다.

"설마 부인께서 지금까지 전혀 눈치를 못 챘던 것은 아니겠죠?"

"아니오, 아예 그런 눈치를 못 챘어요. 그 사람은 8월에 처제와 아이들과 함께 노퍽에서 지냈지요. 조금도 달라진 데가 없었다는군요. 나도 집사람을 데리고 이삼 일 그곳에 가서 함께 골프를 친 적이 있어요. 9월이 되자 그 사람은 동업자에게 휴가를 줘야 한다며 한발 앞서 런던으로 돌아갔고 에이미만 계속 시골에 남아 있었던 거죠. 6주 계약으로 시골집을 빌려 쓰고 있었으니까요. 그래서 처제는 기한이 끝나기 직전에 그자에게 편지로 며칠 뒤에 런던으로 돌아가겠다고 알린 거예요. 그런데 글쎄 그 답장이 파리에서 왔지 뭡니까. 더구나 그게 이제 부부생활을 청산하겠다는 편지였어요."

"이유가 뭐라던가요?"

"그것이 글쎄, 이유는 한마디도 씌어 있지 않았어요. 나도 그 편지를 읽어 봤어요. 열 줄도 안 되는 짧은 편지였죠."

"아무리 생각해도 이상한 일이군요."

마침 길을 건너야 했으므로 길을 살피느라 이야기가 끊어졌다. 대령이 조금 전에 한 이야기는 아무래도 납득이 가지 않았다. 어쩌면 부인이 그녀 나름대로 이유가 있어 대령에게 진상을 어느 정도 숨기고 있는 것이 아닌가 하는 생각이 들었다. 결혼하여 17년이나 살아 온 남자가 아내를 버렸다면 부부 사이가 순조롭지 않다는 것을 아내 쪽에서도 눈치챌 만한 사건이 반드시 있었을 것이다. 대령이 나를 뒤좇아왔다.

"물론 여자하고 도망쳤다는 것 말고 무슨 이유가 있겠어요. 깊게 말하지 않아도 그런 것쯤이야 알 수 있지 않느냐, 그런 배짱인가 봐요. 그 녀석은 그러고도 남을 녀석이니까요."

"그래 부인께선 어떻게 하실 작정인가요?"

"먼저 확실한 증거를 잡아야겠죠. 그래서 나는 파리로 가볼 생각입니다."

"그러면 거래소 일은 어떻게 되지요?"

"바로 그것이 그 녀석의 빈틈없는 점이죠. 지난 1년 동안 몰래 정리해 왔던 거예요."

"그래 동업자에겐 미리 그만두겠다는 말은 했다던가요?"

"입도 뻥긋 안 했답니다."

맥앤드루 대령도 사업에 관한 한 거의 아는 게 없었고, 나는 완전히 장님이었으므로 스트리클런드가 그의 일에서 손을 뗀 뒤 어떻게 되었는지는 짐작도 할 수 없었다. 다만 배신당한 동업자가 머리끝까지 화가 나 소송이라도 하겠다는 것이었다. 모든 것을 정리해도 동업자 쪽에서 4, 5백 파운드 손해 보게 된다는 말이었다.

"하지만, 아파트에 있는 살림살이가 에이미 이름으로 되어 있어 그나마 다행이에요. 어쨌든 그것만은 처제 것이 될 테니까."

"아까 부인께서 무일푼이 되었다고 하셨는데, 그 말이 사실입니까?"

"물론 사실이죠. 처제가 가지고 있는 것이라고는 2, 3백 파운드의 돈과 그 세간뿐이니까요."

"그것만으로 부인께선 앞으로 어떻게 살아가실 작정이신가요?"

"그걸 누가 압니까."

이야기가 점점 복잡한 부분에 이르자 대령은 점점 화를 내며 욕설을 퍼부어 듣는 나로선 사정을 알 수 있기는커녕 오히려 점점 뭐가 뭔지 알 수 없었다. 그때 마침 대령이 육해군 백화점의 시계를 올려다보고는 클럽에서 트럼프놀이를 하기로 약속했던 일을 떠올려, 나도 그제야 그에게서 풀려나, 세인트 제임스 공원을 빠져나갈 수 있었다.

10

이삼 일이 지나자 스트리클런드 부인에게서 편지가 왔다. 저녁식사 뒤에 잠시 들러달라는 말이었다. 가 보니 부인 혼자 있었다. 엄숙할 만큼 검소한 검은 드레스가 버림받은 여인의 슬픔을 그대로 말해 주고 있었다. 나는 아직 순진했던 만큼 그녀가 마음의 슬픔을 드러내지 않고, 자기 처지에 알맞은 품위 있는 옷차림을 하고 있는 것을 보고 감탄했다.

"만일 무슨 일이 있으면 도와 주시겠다고 요전에 말씀하셨죠?"

그녀가 문득 생각난 듯 말했다.

"네, 그랬지요."

"그럼 죄송하지만 파리에 가셔서 찰리를 만나 주시지 않겠어요."

"제가 말입니까?"

나는 화들짝 놀랐다. 그 사람하고는 딱 한 번밖에 만나지 않았는데, 나로선 부인의 의도를 이해할 수가 없었다.

"프레드는 자기가 가겠다는 거예요." 프레드란 맥앤드루 대령을 말한다.

"하지만 그분이 가면 오히려 곤란해요. 일을 나쁘게 만들어놓기만 할 거예요. 그렇다고 달리 부탁드릴 만한 분도 없고."

그녀의 목소리는 조금 떨렸다. 나는 더는 입을 다물고 있는 것은 가혹하다는 생각이 들었다.

"그러나 저는 남편과는 꼭 한 번 만나 인사만 나누었을 뿐이라, 남편께서 저를 알아보실지 모르겠습니다. 가 보았자, 문전박대나 당할 겁니다."

"그런 일쯤이야 대수로운 일이겠어요?"

그녀가 미소를 띠며 말했다.

"정확히 저더러 어떻게 하라는 말씀입니까?"

그러나 부인은 그 말에는 직접 대답하지 않았다.

"남편이 당신을 모르는 게 더 나을 것 같아요. 그이는 원래 프레드를 싫어했어요. 바보라고 생각했던 것 같아요. 어쨌든 군인 기질이란 걸 이해 못 하던 사람이니까요. 그러니까 프레드가 간다면 보나마나 화를 내어 싸움이 벌어질 거예요. 그렇게 되면 사태는 좋아지기는커녕 도리어 나빠지는 것이 고작이겠지요. 하지만 당신이 나를 위해 일부러 찾아왔다고 하신다면 그이도 설마 이쪽 말도 듣지 않고 그냥 내쫓아 버릴 수는 없을 거예요."

"부인을 알게 된 지도 그리 오래되지 않았고 게다가 자세한 사정도 잘 모르는데 뜻밖에 이런 문제를 떠맡으라니 아무래도 좀 곤란하네요. 제가 나설 자리도 아닌데 뛰어들고 싶지는 않군요. 왜 부인이 나서서 남편을 만나러 가시지 않습니까?"

"그이가 혼자가 아니라는 것을 아셔야 해요."

이렇게 말하는 데는 대꾸할 말이 없었다. 나는 내가 스트리클런드를 찾아가 명함을 내밀고 그가 그것을 엄지손가락과 둘째손가락으로 살짝 끼워들고 방으로 들어와 다음과 같은 말을 주고받는 장면을 상상해 보았다.

'그래, 무슨 일로 오셨나요?'

'댁의 부인 일로 좀 할 이야기가 있어서요.'

'아, 그래요. 하지만 당신도 좀더 나이를 먹으면 쓸데없는 참견은 하지 않는 편이 현명하다는 것을 알게 될 거요. 잠깐, 왼쪽을 보시오. 자, 저쪽이 나가는 문이오. 그럼 이만 실례하오.'

이런 식으로 나온다면, 체면을 깎이지 않고 그 자리를 물러나오기는 좀 어려울 것 같았다. 이럴 줄 알았으면 부인이 이 문제를 해결할 때까지 런던에 돌아오지 말걸 후회했다. 흘끔 부인을 보니 생각에 잠겨 있는 듯 고개를 숙이고 있었다. 그녀는 곧 나를 쳐다보고 한숨을 크게 쉬며 웃어 보였다.

"정말 이렇게 될 줄은 몰랐어요. 결혼한 지 17년이나 되는 걸요. 찰리가 설마 다른 여자에게 빠지는 그런 사람인 줄은 꿈에도 생각지 못했어요. 지금까지 우리 두 사람은 줄곧 사이좋게 살아왔고요. 하기야 나도 그이가 모르는 취미를 꽤 많이 갖고는 있었습니다만."

"그래 부인께서는……." 그 뒤엔 뭐라고 말해야 좋을지 몰라 잠깐 망설였다. "상대라고 할까요. 남편과 함께 도망간 여자가 누구인지 알고 계시나요?"

"아뇨, 전혀 짐작이 안 가요. 정말 이상해요. 흔히 남자가 여자를 좋아하게 되면 둘이서 식사를 한다든가 하여 함께 붙어다니는 것이 남의 눈에 띄고, 결국 그것이 아내 친구나 아는 사람을 통해 아내 귀에 들어오게 마련이잖아요. 그런데 내 경우는 그런 주의를 받아 본 일이 없어요. 그래요, 그야말로 단 한 번도 없어요. 그러니까 그 편지는 나에겐 정말 날벼락이었죠. 나는 그이가 정말 행복한 줄 알았어요."

그녀가 울기 시작했다. 정말 보기에 딱했다. 그러나 조금 지나자 그녀는 차차 마음을 가라앉혔다.

"하지만 울어 봤자 남에게 웃음거리만 되겠죠." 그녀가 눈물을 닦았다. "결국 중요한 것은 어떻게 해야 최선일지 결정하는 일이에요."

그리고 그녀 이야기는 도무지 갈피를 잡을 수 없는 화제로 옮아갔다. 얼마 전 이야기를 하는가 하면 두 사람이 처음 만났던 일이며 결혼생활에 대한 얘기를 하는 둥 걷잡을 수없이 오락가락했다. 그러나 그런 이야기를 듣고 있노라니, 이 부부의 전반적인 삶이 어느 정도 정리된 하나의 두루마리 그림이 되어 내 머릿속에 떠올랐는데, 그것은 내가 전부터 상상했던 것과 거의 비슷한 것이었다. 스트리클런드 부인은 어느 인도주재관리의 딸로, 아버지가 은퇴하자 온 식구가 함께 영국의 깊은 산골로 이사했다. 그러나 해마다 8월이 되면 가족을 데리고 이스트본을 찾아가는 것이 관례였다. 여기서 그녀는 20살 때 처음으로 스트리클런드를 만났다. 그는 그때 23살이었다. 두 사람은 함께 테니스를 치기도 하고 바닷가를 산책하기도 하고 흑인으로 분장한 가수의 노래에 귀를 기울이기도 했다. 이리하여 그녀는 그가 청혼하기 일주일 전부터 이미 그와 결혼하기로 마음먹고 있었다. 두 사람은 런던에서 살기로 했다. 처음에는 햄프스테드에 살다 형편이 나아지자 시내로 옮겨왔다. 그동안 두 아이가 태어났다.

"그이는 두 아이를 늘 귀여워하는 것 같았어요. 그래서 아무리 내가 싫어졌다 해도 어떻게 저 아이들까지 버리고 갔을까 하는 생각이 들어요. 이렇게 되다니, 도저히 믿어지질 않아요. 지금도 사실 같지가 않아요."

마지막으로 부인은 파리에서 온 편지를 보여주었다. 하긴 나도 벌써부터 그 편지가 몹시 보고 싶었는데 차마 보여 달라는 말을 할 수가 없었다.

> 사랑하는 에이미
>
> 당신이 돌아오면 아파트는 모든 준비가 다 되어 있을 것이오. 당신이 이른 대로 앤에게 말해 두었으니 돌아올 때까지는 당신과 아이들의 식사가 모두 준비되어 있을 것이오. 그러나 내가 집에서 당신과 아이들을 맞아들일 수는 없소. 이미 당신과는 별거할 결심으로 내일 아침 파리로 떠날 예정이니까. 이 편지는 파리에 도착한 뒤 보내기로 하겠소. 이제 다시는 돌아오지 않을 작정이오. 이 결정은 돌이킬 수 없소.
>
> 찰스 스트리클런드

"한마디 변명도 없고 미안하다는 말 한마디 없으니, 아무리 생각해도 너무하지 않아요?"

"이런 편지치고는 꽤 간단하군요."

"정신이 이상해졌다고밖에 생각할 수 없어요. 그이를 유혹한 여자가 대체 어떤 종류의 여자인지는 모르지만 어쨌든 그 여자 때문에 그이는 완전히 변해 버린 거예요. 틀림없이 오래전부터 있었던 일일 거예요."

"어째서 그런 말을 하시나요?"

"프레드가 알아냈어요. 남편은 언제나 일주일에 서너 번씩 브리지를 하러 클럽에 간다고 집을 비웠어요. 그런데 프레드가 그 클럽 회원 하나를 알고 있어서, 그 사람 보고 찰스도 브리지를 무척 좋아한다고 말했다나 봐요. 그랬더니 그 사람이 설마 하는 표정으로 찰스가 카드놀이 방에 있는 것을 본 적이 한 번도 없었다고 하더래요. 그래서 모든 것이 들통난 거죠. 집에서는 클럽에 간다 해놓고 그 여자와 함께 있었던 게 틀림없어요."

나는 한동안 입을 다물고 있었는데 문득 두 아이들 생각이 났다.

"이번 일을 로버트 군에게 말할 때 굉장히 괴로우셨겠네요?"

"아직 아이들한테는 한마디도 하지 않았어요. 어쨌든 돌아온 날이 아이들 개학 하루 전이었으니까요. 그래서 차분한 얼굴로 아버지는 일 때문에 출장을 가셨다고만 말해 뒀어요."

갑작스런 불행을 당하고도 아무 일도 없는 듯 웃는 얼굴로 아이들을 기분 좋게 학교에 보내려고 자잘한 곳까지 신경 쓴다는 것은 정말 쉬운 일이 아니었을 것이다. 부인은 다시 울먹거렸다.

"하지만 가엾게도 그 아이들은 앞으로 어떻게 되겠어요. 살아갈 길이 막막해요."

그녀는 이성을 잃지 않으려 두 손을 꽉 쥐어 보기도 하고 펴 보기도 하며 몹시 애를 썼다. 너무도 애처로워 차마 똑바로 쳐다볼 수가 없었다.

"제가 도움이 된다면 물론 파리에라도 가겠습니다만, 그러려면 먼저 부인의 생각을 자세히 알아야지요."

"난 그이가 돌아오기를 바라요."

"하지만 맥앤드루 대령 말씀은 이혼하실 작정이라 하시던데요."

"이혼은 절대로 안 해요." 그녀의 말투가 갑자기 거칠어졌다. "제가 그러더라고 남편에게 전해 주세요. 그런 여자하고는 절대로 결혼하게 할 수 없다고요. 그쪽에서 그렇게 나온다면 나도 오기가 있어요. 난 절대로 이혼 안 해요. 아이들 생각도 해야 하니까요."

지금 생각해 보니 그처럼 그녀가 펄펄 뛰었던 것도 아이들을 위해서 그런 모양인데, 그때 나는 어머니로서 자식을 생각해서라기보다는 오히려 매우 여자다운 질투에서 그러는 줄만 알았다.

"부인은 아직도 남편을 사랑하시는 건가요?"

"잘 모르겠어요. 어쨌든 돌아오기를 바라요. 돌아오기만 하면 이번 일은 없었던 것으로 하겠어요. 이러니저러니 해도 결혼한 지 17년이나 되는 걸요. 나도 그렇게 속 좁은 여자는 아니니까요. 지금이라도 돌아오면 어떻게든지 그럴듯하게 둘러대 아무도 모르게 끝낼 수 있을 거예요."

부인이 세상의 이목에 걱정하고 있는 것을 보니 좀 흥이 깨지는 기분이었다. 남의 평판이라는 것이 여자의 인생에 얼마나 중요한 역할을 하는지 그 무렵의 나는 아직 모르고 있었다. 여자들이 아무리 진실한 감정을 느끼고 있는 경우라도 언제나 그 어떤 허위의 그림자가 어른대는 것은 그런 탓이었다.

스트리클런드가 있는 곳은 알고 있었다. 머리끝까지 화가 난 동업자가 스트리클런드의 거래 은행 앞으로 편지를 보내, 거처를 감추다니 무슨 수작이냐고 그를 나무란 것이다. 스트리클런드는 시치미를 떼고 재치 있는 답장을 써서 동업자에게 정확한 주소를 알려 왔다. 그 편지에 따르면 아무래도 호텔에 묵고 있는 모양이었다.

"그런 호텔 이름은 난 들어본 일도 없어요. 하지만 프레드 말로는 아주 호화로운 호텔이래요."

그녀의 얼굴이 붉어졌다. 아마 남편이 넓고 화려한 호텔방에 들어앉은 모습이며 근사한 레스토랑을 누비고 다니며 식사를 하는 장면, 낮에는 경마, 밤에는 극장을 찾아다니며 날마다 놀아나는 모습을 그려 본 모양이라고 나는 생각했다.

"하지만 그 나이에 그렇게 오래는 못갈 거예요. 어쨌든 그인 벌써 사십인걸요. 젊은 사람이라면 또 몰라도 그 나이에, 더구나 머지않아 성년이 될 아이까지 있는데 이게 무슨 꼴사나운 일이에요. 그리고 몸인들 버텨내겠어요."

분노와 슬픔이 그녀의 가슴 속에서 소용돌이쳤다.

"그이에게 전해 주세요. 온 집안 식구가 몹시 기다리고 있다고요. 모든 일이 전과 조금도 다름없이 보이면서도 실은 모든 것이 변해 버렸어요. 그이 없이는 난 살아갈 수 없어요. 이렇게 살아야 한다면 차라리 자살하는 편이 나을 거예요. 지난 일이며 오랜 부부생활에 대해 잘 말씀드려 주세요. 아이들이 아버지에 대해서 물으면 난 뭐라고 대답해야 좋을지 모르겠어요. 그이가 쓰던 방은 지금도 전과 다름없이 그이가 돌아오기만을 기다리고 있어요."

그리고 그녀는 내가 그에게 전할 말을 일일이 말해 주고 어쩌면 그쪽에서 나올지도 모를 대꾸에 대해서도 적절한 대답을 하나하나 일러주었다.

"절 위해 최선을 다해 주실 거죠?" 그녀는 애원했다.
"제가 지금 어떤 처지에 있는지 전해 주세요."
요컨대 모든 수단 방법을 써서 그의 마음을 돌릴 수 있게 해달라는 것이었다. 그녀는 이제 마음껏 소리내어 울었다. 나도 가슴이 뭉클하여 스트리클런드의 냉혹한 소행에 분개하며 그를 데려오기 위해 최선을 다하겠다고 약속했다. 모레에 떠나서 어떤 식으로든 결정이 날 때까지 파리에 머물러 있어야 한다는 말에도 동의했다. 꽤 늦은 밤이었고 둘 다 서글픈 이야기에 지쳐 있었으므로 나는 그녀에게 작별인사를 했다.

11

파리로 가는 길에 나는 공연한 일을 떠맡았다는 생각이 들었다. 지금은 부인의 한탄을 눈앞에서 보지 않아도 되었으므로 나는 문제를 좀더 냉정한 각도에서 생각해볼 수 있었다. 그녀의 행동에는 납득이 안 가는 모순된 점이 있었다. 나의 동정을 사려고 슬픔을 일부러 부풀려 연기한 것 같았다. 그녀는 처음부터 눈물을 보일 작정이었던 것이다. 미리 손수건을 여러 개나 준비해 놓았으니 말이다. 나는 부인의 용의주도함에 감탄했으나 이제 와서 생각하니 그것이 오히려 남의 슬픔을 자아내는 눈물의 효과를 약화시킨 셈이 되었다. 그녀가 남편이 돌아오기를 바라는 것도 남편을 사랑하고 있어서인지 아니면 말 많은 세상이 두려워서인지 갈피를 잡을 수 없었다. 그녀의 찢겨진 가슴속에도 사랑을 짓밟힌 비통함과 체면을 깎인 분함이—아직 젊은 나의 눈에는 그것이 저열해 보였지만—뒤섞여 있는 것처럼 느껴져 웬일인지 꺼림칙한 기분이 들었다. 사람의 마음이라는 것이 얼마나 모순에 찬 것인지, 성실한 마음에도 얼마나 많은 기만이 있고 고결한 정신 속에도 얼마나 많은 천박함이 숨어 있으며, 사악한 마음속에도 얼마나 많은 선량함이 깃들어 있는지를 나는 아직 모르고 있었다.
그럼에도 이번 여행에는 어딘지 모르게 모험적인 면도 있었으므로 파리가 가까워지자 기운이 솟아올랐다. 또 연극이라도 보는 듯한 눈으로 내 모습을 상상해 보고, 바람난 남편을 너그러이 용서하는 아내 곁으로 데리고 가는 믿음직스러운 친구 역할을 하는 자신을 만족스럽게 생각하기도 했다. 스트리클런드를 만나는 날은 파리에 도착한 다음 날 밤으로 정했다. 시간을 언제로 정하느냐가 중요함을 본능적으로 느꼈기 때문이다. 점심을 먹기 전에 사람의 마음을 움직이려고 해보았자 거의 성공할 가망이 없다. 그 무렵 나 자신도 연애 생각이 밤낮으로 머리에 꽉 차 있었지만, 그래도 차 마시는 시간(영국의 차 시간은 오후 5시) 이전부터 만나서 즐기려는 생각은 해본 적 없었기 때문이다.

나는 내가 머무는 호텔에서 스트리클런드가 묵고 있는 호텔이 어디 있는지 물어보았다. 그 이름은 오텔 데 벨주였다. 그런데 그런 호텔 이름은 들어본 적이 없다고 지배인이 대답하여 나는 조금 당황했다. 부인의 이야기로는 리볼리 거리 뒤쪽에 있는 호화로운 호텔이라고 했다. 지배인과 둘이서 호텔안내서를 살펴보았으나 그런 이름의 호텔은 므완느 거리에 딱 하나 있을 뿐이었다. 그 지역은 상류에 속하기는커녕 오히려 좋지 않은 구역이었다. 나는 고개를 갸웃거렸다.

"설마 이런 데는 아닐 텐데……."

지배인도 어깨를 움츠렸다. 파리에서 그런 이름의 호텔은 그곳밖에 없었다. 나는 문득 아하, 진짜 주소를 숨겼구나 하는 생각이 들었다. 이 주소를 동업자에게 알릴 때 이미 골려줄 생각을 하고 있었을 것이다. 어째서 그렇게 할 생각이 들었는지 지금도 알 수 없는 일이지만, 나는 그때 스트리클런드라는 사나이는 틀림없이 남을 골려주는 장난을 좋아해서 몹시 화가 난 그 주식중개인을 먼 파리의 변두리에 있는 이상한 집에까지 끌어들여 허탕치게 하려는 속셈이었을 것이라고 생각했다. 그러나 여기까지 왔으니 일단 가보기로 했다. 다음 날 저녁 6시쯤 나는 택시를 타고 므완느 거리 모퉁이에 내렸다. 호텔까지 가기 전에 그 주위를 살펴보고 싶었기 때문이다. 거리에는 빈민층의 생활용품을 팔고 있는 구멍가게가 즐비했고 거기에서 왼쪽으로 거리 중간쯤에 오텔 데 벨주가 있었다. 내가 묵고 있는 곳도 싸구려 호텔이었지만 그래도 여기에 비하면 아주 훌륭한 편이었다. 기다랗게 높기만 한 낡은 건물로, 페인트 칠은 벌써 몇 년째나 안 한 모양이었다. 그 건물이 어찌나 지저분한지 양옆에 있는 집들이 깨끗해 보일 지경이었다. 더러운 창문들은 모두 닫혀 있었다. 명예고 의리고 다 내던지고 수수께끼 미녀와 죄의 쾌락을 누릴 스트리클런드가 설마 이런 곳에 살 리가 없다. 나는 뭐가 뭔지 알 수 없게 되었다. 뭔가 우롱당한 듯한 기분이 들어 확인해 보지도 않고 돌아가려다가 부인에게 내가 할 수 있는 일은 모두 해보았다고 보고해야 할 것을 생각하고 안으로 들어갔다.

입구는 어느 가게 옆으로 쑥 들어간 곳에 있었다. 문이 활짝 열려 있어 안으로 들어서니 '사무실은 2층'이라는 안내가 붙어 있었다. 좁은 계단을 올라가니 층계참에 유리를 낀 사무실 같은 곳이 있고 안에는 책상 하나와 의자 두 개가 놓여 있었다. 바깥에도 벤치가 하나 놓여 있었는데, 아마 그 위에서 야경꾼이 뒤숭숭한 마음으로 밤을 새울 것이다. 주위에는 아무도 없었으나 벨 밑에 '웨이터'라고 씌어 있었다. 그 벨을 누르자 잠시 뒤 웨이터가 나왔다. 눈초리가 교활하고 시무룩한 젊은이가 셔츠차림에 벨벳 슬리퍼를 신고 있었다.

왜 그랬는지 나도 모르겠지만 나는 되도록 태연하게 물었다.

"혹시 여기에 스트리클런드라는 사람이 묵고 있소?"

"6층 32호실입니다."

나는 너무 어이가 없어 한동안 말이 안 나왔다.

"지금 방에 계신가?"

웨이터는 사무실 게시판을 쳐다보았다.

"열쇠를 맡겨 놓지 않았으니 손님이 올라가 보시죠."

나는 말이 나온 김에 한마디 더 물어봐도 상관없을 듯싶었다.

"부인도 같이 계신가?"

"그분은 혼자예요."

웨이터는 계단을 올라가는 나를 의심스러운 눈초리로 지켜보았다. 계단은 어둡고 바람도 제대로 통하지 않아 퀴퀴한 곰팡이 냄새가 코를 찔렀다. 3층까지 올라가니 실내 가운을 걸치고 머리가 헝클어진 여자가 문을 열고 나를 흘깃거렸다. 가까스로 6층까지 올라가 32호실 문을 두드렸다. 그러자 안에서 소리가 나고 문이 반쯤 열렸다. 찰스 스트리클런드가 내 앞에 버티고 서 있었다. 그는 아무 말도 하지 않았다. 틀림없이 나를 알아보지 못하는 눈치였다.

나는 되도록 쾌활한 말투로 내 이름을 댔다.

"기억하실지 모르겠습니다만, 지난 7월 댁 만찬회에 참석했던 사람입니다."

"들어오시오." 그가 유쾌하게 말했다. "잘 오셨소. 거기 앉으시오."

들어가 보니 아주 조그마한 방이었다. 그 비좁은 방에 프랑스에선 흔히 루이 필립 식이라고 불리는 가구들이 발 디딜 틈 없이 놓여 있었다. 큰 나무 침대에는 새빨간 오리털 이불이 파도처럼 부풀려 있었고, 커다란 양복장, 둥근 테이블, 아주 작은 세면대, 빨간 천을 씌운 의자 두 개, 이런 것들이 방 안 가득히 있었다. 하나같이 지저분하고 낡아빠진 것들이었다. 맥앤드루 대령이 직접 본 것처럼 허풍을 떨던 사치스러움은 눈곱만큼도 찾아볼 수 없었다. 스트리클런드가 한쪽 의자에 놓여 있던 옷을 마룻바닥 위에 던진 뒤에야 내가 가까스로 앉을 수 있는, 그런 형편이었다.

"무슨 일로 오셨소?"

방이 좁아서 그런지 지난번 보았을 때보다 그는 몸집이 훨씬 더 커 보였다. 노퍽형(型) 윗옷[9]은 꽤 후줄근해 보였고, 며칠이나 수염도 깎지 않은 모양이었다. 전에 만났을 때는 말쑥해 보였으나, 지금은 차림새도 단정치 못했고 머리도 더 부룩했다. 하지만 마음만은 아주 편해 보였다. 내가 이제부터 꺼내려는 말을 그가 어떻게 받아들일는지 도저히 짐작도 할 수 없었다.

"실은 댁의 부인을 대신해 찾아왔습니다."

"마침 저녁 먹기 전에 한잔하러 나갈까 하던 참이오. 같이 갑시다. 압생트를 마시오?"

"예, 합니다."

"그럼 갑시다."

그는 언제 솔질을 했는지도 모를 중산모를 머리 위에 쓰며 말했다.

"같이 식사를 해도 괜찮겠소? 어쨌든 나는 당신한테 저녁을 대접한 일이 있으니까."

"좋습니다. 그런데 혼자 계십니까?"

"물론 혼자요, 사실 말이지 벌써 사흘째나 아무하고도 말을 하지 않았소. 내 프랑스어 실력이 영 형편없어서 말이오."

나는 앞장서서 계단을 내려오며, 그 찻집여자하고는 도대체 어떻게 된 것일까 생각했다. 벌써 싸우고 헤어져 버린 것인가, 아니면 그의 열정이 식어버린 것인가? 그러나 만일 그가 소문처럼 1년에 걸쳐 이 분별없는 모험을 계획해 왔다면 설마 그럴 리 없을 것이다. 우리는 클리시 거리까지 걸어가 어느 카페 테라스에 있는 테이블에 자리를 잡고 앉았다.

---

9) 앞뒤 몸통에 주름이 있고 벨트가 달린 느슨한 재킷.

12

클리시 거리는 그 시간이면 항상 사람들로 붐볐다. 거기서 조금만 상상의 나래를 펴면, 길가는 사람들 속에서 추잡해 보이는 로맨스의 주인공을 얼마든지 찾을 수 있을 것 같았다. 회사원, 여점원, 오노레 드 발자크의 소설 속에서 걸어 나온 듯한 노인, 인간의 약점을 이용하여 돈을 뜯어먹고 사는 남녀, 이런 사람들이 북적거리고 있었다. 파리 빈민가 인파 속에는 사람의 피를 끓게 하고, 언제 무슨 일이 일어날지 모른다는 것을 알려주는 듯한 활력이 넘쳐흐르고 있었다.

"파리는 잘 아십니까?" 내가 물었다.

"아뇨, 신혼여행 때 한 번 와봤을 뿐이오."

"그런데 그런 호텔은 어떻게 찾아내셨어요?"

"어디 싼 숙소가 없느냐고 물었더니 누가 가르쳐주었소."

압생트가 나오자 우리는, 다들 하듯 녹아가는 설탕 위에 몇 방울의 물을 떨어뜨렸다.

"실은 진작 제가 찾아온 이유를 말씀드릴까 했습니다만……." 나는 조금 허둥거리며 말을 꺼냈다.

그의 눈빛이 번득였다. "언젠가 누가 올 줄은 알고 있었소. 에이미로부터 편지도 자주 왔고 해서……."

"그럼 제 용건도 대강은 짐작하시겠군요."

"그런데 그 편지는 아직 읽어 보지도 않았소."

잠깐 시간 여유를 갖기 위해 나는 담배에 불을 붙였다. 어디서부터 말을 꺼내야 좋을지 몰라 망설여졌다. 미리 상대를 설득할 수 있을 만한 애원조와 비분조의 말을 여러 가지 준비해 왔으나, 이 클리시 거리에서는 아무래도 그 말이 어울리지 않을 것 같았다. 갑자기 그가 빙긋 웃었다.

"달갑잖은 임무를 띠고 왔나 보군."

"아뇨, 절대로 그렇게는 생각지……."

"그럼 빨리 말해 봐요. 그 말이 끝나면, 즐겁게 마셔봅시다."

그렇게 나오자 나는 조금 망설여졌다.

"부인이 얼마나 슬퍼하시는지 아십니까?"

"괜찮아질 거요."

그는 도저히 제정신이 아닌 듯한 천연덕스러운 얼굴로 대답했다. 당황스러웠지만 애써 그런 낌새를 보이지 않으려 했다. 그리고 목사였던 나의 삼촌 헨리가 친척들에게 목사보 특별원호회 기부금을 내라고 조를 때 사용하던 그 목소리를 흉내 내기로 했다.

"그럼 솔직히 말씀드려도 상관없겠죠?"

그가 미소를 지으며 고개를 끄덕였다.

"부인이 당신한테서 이런 식으로 대접당할 만한 무슨 큰 잘못을 저질렀나요?"

"아뇨."

"그럼 부인에게 무슨 불만이라도……?"

"없소."

"그렇다면 17년이나 함께 살아 오셨고 더구나 부인에게 아무런 잘못도 없는데 그런 식으로 버리고 나온다는 것은 너무 심한 일이 아닌가요?"

"너무 심한 일이지."

나는 하도 어이가 없어서 그를 흘끔 쳐다보았다. 이쪽에서 하는 말을 이렇게 모두 선선히 긍정하고 나서니 오히려 내가 무안할 지경이었다. 이렇게 되니 나의 입장은 점점 난처해졌다. 나는 설득하고, 애원하고, 권고하고, 타이르고 그래도 안 되면 분개하며 상대를 비난하고 욕까지 퍼부을 마음으로 왔는데, 죄인 쪽에서 이렇게 서슴지 않고 자기 잘못을 인정하고 나오니 아무리 덕이 높은 성자라도 두 손을 들고 말 것이다. 모든 것을 부인하는 게 버릇인 나로서는 이런 경험은 처음이었다.

"그래서요?"

스트리클런드가 말하기를 재촉했다. 나는 자못 경멸조로 말했다.

"그야 뭐 본인이 다 인정한다면 더 말할 것도 없죠."

"그것도 그럴 테죠."

이런 식으로 나가다가는 맡은 임무를 제대로 할 수 없을 것 같아 나는 초조해졌다.

"하지만 그럴 수가 있습니까. 세상에 자기 아내에게 한 푼도 남겨 놓지 않고 집을 나와 버리는 사람이 어디 있습니까?"

"어째서 그게 잘못인가요?"
"도대체 부인은 앞으로 어떻게 살아가란 말입니까?"
"17년이나 벌어먹였으니 이젠 자기 손으로 벌어먹어도 좋을 것 아니오."
"그건 불가능해요."
"한번 해 보라고 해요."
물론 이 말에 대해서는 나도 얼마든지 반박할 수 있었다. 이를테면 여자의 경제적 지위라든가, 남자가 결혼함으로써 암암리에 받아들인 아내 부양의무라든가 그 밖에도 할 말은 얼마든지 있었다. 그러나 가장 중요한 점은 단 하나밖에 없다는 생각이 들었다.
"그럼 이제는 부인을 사랑하지 않는다는 말입니까?"
"그렇소, 조금도."
이 말은 이 일에 관계된 모든 사람에게 아주 심각한 문제였지만, 그의 대답이 너무도 경쾌하고 뻔뻔스러워 나는 웃음이 나오려는 걸 참느라 입술을 꽉 깨물었다. 그러나 나는 마음을 다잡고 다시 그의 매정한 말을 떠올리며 분노하는 마음을 불러일으키려 노력했다.
"전혀 말도 안 되는 소립니다! 아이들 일도 생각해야 하지 않습니까. 아이들에게는 죄가 없습니다. 낳아 달라고 부탁한 것도 아니잖아요. 당신처럼 모든 것을 버리고 모른 체한다면 아이들은 길거리에 나앉을지도 모릅니다."
"그 애들도 다른 아이들보다 오랫동안 편한 생활을 해왔어요. 그리고 또 누군가가 뒤를 돌봐줄 거요. 정 뭣하면 맥앤드루네서 학비쯤은 대줄 거요."
"하지만 아이들이 귀엽지 않습니까? 둘 다 정말 온순하고 착한 아이들이던데요. 그 아이들과도 앞으로 인연을 끊을 작정이신가요?"
"어렸을 땐 귀여웠지. 하지만 이젠 자라서 딱히 그렇지도 않소."
"하지만 인정이란 것은 그런 것이 아니겠죠."
"그야 그럴 테지."
"그러고도 부끄럽지 않습니까?"
"전혀."
나는 다른 방향에서 공격해 보기로 했다.
"그렇게 한다면 세상에선 아무도 당신을 사람으로 보지 않을 겁니다."

"그러라죠."

"모든 사람이 싫어하고 경멸해도 괜찮단 말인가요?"

"상관없소."

그의 짤막한 대답에는 경멸조가 있어 심각한 질문을 하는 내가 도리어 어리석은 것 같은 느낌이 들었다. 나는 잠시 입을 다물고 생각에 잠겼다.

"하지만 사람이란 자기가 세상의 비난을 받고 있다는 것을 알면서도 정말 편안한 마음으로 살아갈 수는 없습니다. 그렇지 않아요? 어떻게 생각하십니까? 결국은 그것이 뼈아프게 느껴지지 않겠어요? 누구라도 어느 정도 양심이 있는 한 언젠가는 그 양심이 고개를 쳐들게 마련입니다. 만일 부인이 돌아가신다 해도 당신은 가책을 느끼지 않을 것 같습니까?"

그는 아무 대답이 없었다. 나는 한동안 잠자코 앉아 그의 대답을 기다렸으나 결국 내가 먼저 입을 열 수밖에 없었다.

"뭐라고 말씀 좀 해보세요."

"당신은 정말 어리석은 사람이라는 말밖에 할 말이 없소."

"싫건 좋건 당신은 부인과 아이들을 돌봐야 합니다."

나는 조금 약이 올라 그렇게 말했다. "법이 보고만 있지는 않을 테니까요."

"아무리 법이라도 설마 돌멩이에서 피를 짜낼 수는 없겠지. 나는 무일푼이오. 다해 봐야 백 파운드나 될까?"

나는 점점 더 당황했다. 그가 묵고 있는 숙소를 봐도 그 말은 거짓이 아닌 것 같았다.

"그럼 그 돈을 다 쓰면, 어떻게 할 셈인가요?"

"일해서 벌어야겠지."

그는 아주 태연했다. 이쪽 질문을 무시하듯 비웃는 눈빛이 엿보였다. 나는 잠시 입을 다물고 이제는 무슨 말을 해야 할까 생각하고 있었다. 그런데 이번에는 그가 선수를 쳤다.

"왜 에이미는 재혼을 안 하죠? 아직 나이도 젊고, 얼굴도 못생긴 편은 아닌데. 아내로서 나무랄 데 없는 여자라는 것은 내가 보증하오. 이혼할 마음이 있다면 내가 합당한 이유를 제공해줄 수도 있는데."

이번에는 내가 웃을 차례였다. 하하, 이 엉큼한 너구리가 이제야 실토하는군.

뭔가 까닭이 있어 여자를 데리고 나왔다는 사실을 감쪽같이 감추려고 지금까지 이러쿵저러쿵 딴소리를 해서 여자가 있는 곳을 숨기려고 했구나. 그렇게 생각하고 나는 딱 잘라 말했다.

"하지만 부인은 당신이 무슨 짓을 하더라도 절대 이혼할 생각은 없다고 하던데요. 아주 단단히 그런 결심을 하고 계십니다. 그러니까 앞으로 당신도 그런 생각은 깨끗이 버리는 것이 좋을 겁니다."

그는 놀라서 나를 쳐다보았다. 분명히 뜻밖이라는 표정이었다. 그의 입술에서 비웃음이 사라지고 그가 진지하게 말했다.

"뭐 나야 상관없소. 나야 둘러치나 메치나 매한가지니까."

나는 웃음을 터뜨리고 말았다.

"바로 그 점이오. 내가 아무리 바보라도 그런 속셈에 넘어갈 줄 알았다가는 큰 잘못입니다. 당신이 여자랑 같이 있다는 소식쯤은 이미 들어 알고 있으니까요."

그는 조금 놀란 듯 눈을 크게 뜨더니 느닷없이 큰 소리로 낄낄 웃었다. 그 소리가 너무나 컸으므로 주위에 앉아 있던 손님들이 모두 이쪽을 쳐다보았다. 그 중에는 덩달아 따라 웃는 사람도 있었다.

"이건 웃을 문제가 아닙니다."

"딱하군, 에이미도." 그가 흰 이를 드러내 보이며 히죽거렸다.

이어서 그의 얼굴에 쓰디쓴 경멸의 빛이 떠올랐다.

"여자들 마음이란 어째서 그렇게 보잘것없을까! 사랑, 자나깨나 사랑밖에 모르지. 남자에게 버림받으면 곧 다른 여자가 생긴 줄 안단 말이야. 그래, 내가 여자 하나 때문에 집을 뛰쳐나올 만큼 어리석은 남자로 보인단 말이오?"

"그럼, 부인을 버린 것이 여자 때문이 아니란 말씀인가요?"

"물론이죠."

"당신 명예를 걸고서?"

그때 왜 이런 말을 했는지 나 자신도 알 수 없는 일이지만, 너무 지나친 말을 한 것 같았다.

"내 명예를 걸고서."

"그럼 도대체 왜 집을 나오셨습니까?"

"그림을 그리고 싶소."

나는 오랫동안 그의 얼굴을 물끄러미 바라보았다. 아무래도 납득이 가지 않았다. 제정신을 가진 사람같이 보이지 않았다. 다시 말하지만 그 무렵 나는 아직 아무것도 모르는 철부지였으므로 내 눈에는 그가 그저 중년남자로 보일 뿐이었다. 벌어진 입이 다물어지지 않았다.

"하지만 당신 나이는 사십입니다."

"그러니까 더 이상 꾸물거릴 수 없었던 거요."

"전에도 그림을 그린 경험이 있으신가요?"

"어렸을 때 화가가 되고 싶었는데, 아버지가 화가가 되면 돈을 못 번다고 나를 장삿길에 들어서게 한 거요. 그래서 한 1년 전부터 조금씩 그리기 시작하여 그동안 줄곧 밤에 그림공부를 하러 다녔죠."

"그럼 부인에겐 브리지를 하러 간다고 하고 갔던 데가 거기였군요?"

"그렇소."

"그럼 왜 그렇다고 솔직히 말씀 안 하셨던가요?"

"나만의 비밀로 해두고 싶어서요."

"그래, 그릴 수 있을 것 같습디까?"

"아직은 안 돼요. 그러나 이제 그리게 될 거요. 그러니까 이렇게 파리에까지 찾아온 것 아니오. 런던에선 내 희망이 이루어지지 않았으니까. 여기서라면 할 수 있을 거요."

"하지만 당신 나이에 시작하여 과연 결실을 볼까요? 보통 열여덟 살에는 시작하지 않습니까?"

"나는 열여덟 살 때보다 지금 더 빨리 배울 수 있소."

"스스로 재능이 있는지 없는지를 어떻게 아십니까?"

그는 말없이 길가는 사람에게 눈길을 보내고 있었는데, 그렇다고 그것을 쳐다보는 것도 아닌 것 같았다. 그 뒤 대답도 전혀 대답 같지 않는 말이었다.

"그리지 않고는 못 배기니까."

"그렇다면 마치 뜬구름 잡는 격이 아닙니까?"

그러자 그는 내 얼굴을 물끄러미 쳐다보았다. 그 눈이 어딘가 모르게 이상한 빛을 띠고 있어 나는 왠지 그 시선에 짓눌리는 듯한 느낌이 들었다.

"몇 살이오, 당신은? 스물셋쯤 되었나?"

이 질문은 오히려 내가 그에게 던질 질문인 것 같았다. 내가 이런 모험을 하려고 한다면 또 모르겠다. 하지만 그는 이미 청춘을 넘어선 사람으로, 안정된 사회적 지위와 아내, 두 아이까지 있는 주식중개인이다. 나 같은 젊은이가 화가를 지망했다면 그다지 이상할 것도 없겠지만, 그가 화가를 꿈꾼다는 것은 정말 어리석은 일이다. 나는 어디까지나 솔직하고 싶었다.

"물론 기적이 일어나는 수도 있으니까 당신이 대단한 화가가 되지 말라는 법은 없습니다. 그러나 솔직히 말해서 그런 가능성은 만에 하나겠죠. 죽도록 고생만 하고 아무 결실도 없이 결국 단념해야 하는 경우라면 그야말로 이럴 수도 저럴 수도 없을 게 아닙니까."

"그래도 나는 그리지 않을 수 없소." 그가 되풀이했다.

"그럼 가령 당신이 앞으로 아무리 애를 써도 삼류화가로 그친다면, 그래도 모든 것을 내팽개친 보람이 있었다고 생각하시겠습니까? 다른 직업이라면 굳이 뛰어나지 않아도 상관없습니다. 다만 맡은 일을 적당히만 해내면 되니까요. 하지만 예술가는 다르죠."

"당신은 정말 바보로군."

"왜 그렇습니까? 뻔한 이치를 말하는 게 바보라면 뭐 할 말이 없지만."

"그리지 않고는 못 견디겠다고 하지 않았소. 이 마음은 나 자신도 어쩔 수 없는 거요. 사람이 물에 빠졌을 때 헤엄을 잘 치고 못 치고를 따지고 있겠소? 어떻게든지 물속에서 빠져나와야 하고 그렇지 못하면 빠져죽는 것 아니오."

그의 목소리에 담긴 진지한 정열에 나도 모르게 감동했다. 폭풍우 같은 것이 그의 가슴속에서 소용돌이 치고 있는 것을 생생하게 느낄 수 있었다. 뭔가 굳세고 압도적인 힘이 그를 옴짝달싹 못하게 꽉 잡고 있는 듯한 느낌이었다. 나로서는 그것이 무엇인지 짐작도 할 수 없었다. 꼭 악마에게 사로잡혀 있는 것 같았고, 그것이 금방이라도 덤벼들어 그의 몸을 갈기갈기 찢어버리는 게 아닌가 하는 생각도 들었다. 그러면서도 그는 아주 태연히 앉아 있었다. 내가 살피는 듯한 눈초리로 그의 얼굴을 뚫어지게 쳐다보아도 전혀 신경 쓰지 않는 것 같았다. 나는 문득 사냥꾼 옷 같은 후줄근한 윗옷을 입고 먼지투성이 중산모를 쓴 채 이곳에 앉아 있는 이 사나이가 낯선 사람의 눈에는 어떻게 비칠지 궁금했다. 헐렁헐렁한 바지, 꾀죄죄한 손, 면도를 하지 않아 붉은 수염으로 더부룩한 턱, 작은 두 눈, 보기 흉할 정도로 큰 코, 아무리 보아도 흉하고 야비한 느낌의 얼굴이었다. 입도 큰 데다 입술도 두툼하고 육감적이었다. 이런 모습이고 보면, 나도 그를 알아보지 못할 것 같았다.

"그럼 절대로 부인 곁으로는 돌아가지 않겠다는 말씀인가요?" 나는 마지막으로 물었다.

"그렇소, 무슨 일이 있어도."

"하지만 부인은 지금까지 일은 모두 없던 것으로 하고 다시 사이좋게 살기를 원하고 계십니다. 물론 원망하지도 않을 겁니다."

"지옥에나 가버리라지."

"그럼 세상 사람들이 당신을 나쁜 놈이라고 욕해도 상관없나요? 부인과 아이들이 구걸을 해도 괜찮고요?"

"전혀 상관없소."

나는 잠시 침묵을 지키다 천천히 신중하게 입을 열었다.

"정말 당신이라는 사람은 아무 짝에도 쓸모없는 비열한 인간이오."

"이제 당신도 가슴이 후련할 테니 슬슬 식사나 하러 갑시다."

13

이런 뻔뻔스러운 제안은 그대로 화를 내고 딱 거절하는 것이 도리였다고 생각한다. 그런 몰인정한 사람하고는 같은 식탁에 앉기조차 불결해 한마디로 거절했습니다, 하고 돌아가서 보고했다면 적어도 맥앤드루 대령만은 나의 남자다움을 인정해 주었을지도 모른다. 그러나 본디 나에게는 턱 버티고 나가는 힘이 없어 그런 얼굴을 대할 때마다 오히려 도학자다운 행동을 하기가 쑥스러워지곤 했다. 더구나 이번에는 아무리 이쪽에서 떠들어 봤자 스트리클런드 같은 남자에게는 쇠귀에 경 읽기려니 싶어 결국 그 말을 입 밖에 내지 못했다. 머지않아 틀림없이 백합꽃이 핀다고 믿고 부지런히 아스팔트 보도 위에 물을 줄 수 있는 것은, 시인이나 성자라면 모를까 생각할 수도 없는 일이다.

나는 두 사람 몫의 술값을 치르고 그와 함께 싼 레스토랑으로 갔다. 손님이 가득 차서 붐비는 곳이었다. 둘 다 실컷 배가 부르도록 먹었다. 나에게는 젊은이의 식욕이, 그에게는 염치없는 인간이 지닌 식욕이 있었기 때문이다. 그리곤 술집에 들러 커피와 리큐어를 마셨다.

나를 파리까지 오게 한 용건에 대해서는 이미 모두 말했다. 이대로 짐을 싸야 한다는 것은 왠지 부인을 배신하는 것 같은 생각도 들었으나 나로서는 그의 냉담함을 도저히 어쩔 수가 없었다. 지칠 줄도 모르고 같은 말을 세 번이나 되풀이하는 그런 태도는 여자들의 기질에나 맞는 것이었다. 그렇게 결정이 났으니 스트리클런드의 마음속이라도 깊이 살펴보면 훗날 참고가 되리라 생각했다. 또 그러는 편이 나에겐 훨씬 재미있었다. 그러나 그것은 그리 쉬운 일은 아니었다. 그는 결코 말을 잘하는 사람이 아니었기 때문이다. 마치 말로는 자기 생각을 10분의 1도 드러내지 못할 것 같은 아주 서툴고 답답한 말솜씨였다. 그래서 나는 상대가 많이 쓰는 말이나 되는 대로 내뱉는 말, 어설픈 몸짓 따위로 그의 참된 의도를 살필 수밖에 없었다. 그러나 입으로는 그리 대수로운 말은 하지 않으면서도 그의 개성 속에 뭔가 비범한 것이 있는 것만은 확실했다. 그건 아마도 진정성이었을 것이다. (신혼여행 말고는) 처음 와보는 파리에 대해서도 그다지 관심이 없는 것 같았다. 그에게는 아주 신기하게 보일 풍경을 보아도 전혀 놀라는 기색도 없었다. 나 같은 사람은 벌써 여러 차례나 파리를 찾아왔지만, 올 때마다 가슴이 설레어 그 거리를 다니면 금방이라도 뜻하지 않은 신나는 일이 일어날 것만 같은 기분이 들었다. 그런데 스트리클런드는 전혀 무관심한 태도를 보이고 있다. 돌이켜 생각해보면 그때 뭔가 환상 같은 것이 그의 마음을 계속 뒤흔들어 그 이외의 것은 아무것도 보이지 않았던 모양이다.

그날 밤 좀 뜻밖의 일이 생겼다. 술집에 몇몇 창부들이 있었는데, 남자와 어울려 있거나 더러는 자기네끼리 앉아 있었다. 이윽고 나는 그 가운데 한 여자가 우리를 쳐다보고 있는 것을 알았다. 그 여자는 스트리클런드와 눈이 마주치자 생긋 웃었다. 그러나 그는 그것을 모르는 모양이었다. 잠시 뒤 그 여자가 밖으로 나가더니 곧 다시 돌아왔다. 그러곤 우리가 앉은 테이블로 다가와 술 좀 사달라고 상냥하게 말했다. 여자가 그대로 자리를 차지하고 앉아 버렸으므로 나는 그 여자와 이런저런 이야기를 주고받았는데, 그 여자는 아무래도 스트리클런드에게 마음이 있는 모양이었다. 이 사람은 프랑스어를 잘 모른다고 내가 여자에게 말했다. 그래도 그녀는 몸짓을 해가며 몇 마디 프랑스어를 섞어 어떻게든 그에게 말을 걸어보려 했다. 그렇게 하면 그가 알아들을 수 있을 거라 생각한 모양이다. 그 또한 단어 몇 마디는 알고 있었다. 하지만 그것만으로는 도저히 말이 통하지 않자 여자는 프랑스어로 유창하게 말한 다음 그 말을 나에게 통역해 달라고 하고는, 그가 뭐라고 대답했느냐고 꼬치꼬치 캐물었다. 그는 매우 친절하게 대했고 조금은 재밌어하는 것도 같았지만 아예 관심이 없었던 것만은 확실했다.

"아무래도 하나 낚은 것 같은데요." 내가 웃으며 말했다.

"그런 말을 들어도 하나도 기쁠 것 없어요."

나였다면 좀더 쑥스러워했을 것이고 당황도 했을 것이다. 그 여자는 생글생글 웃는 눈과 아주 매력적인 입매를 지닌 데다 나이도 젊었다. 여자가 스트리클런드의 어디에 끌렸는지 궁금했다. 그녀는 자기가 마음먹고 있는 일을 조금도 감추려 하지 않고 그것을 나에게 통역해 달라고 했다.

"당신을 따라가고 싶다는군요."

"필요 없어."

이 대답에 나는 살을 붙여 듣기 좋게 전했다. 그런 식의 제안을 거절한다는 것은 조금 실례가 되는 것 같아서, 마침 가진 것이 없어 응할 수 없다고 여자에게 말했다.

"하지만 난 이 사람이 좋은걸요. 그러니까 그렇게 말해줘요. 돈을 바라고 그러는 것이 아니라고."

내가 그 말을 통역하자 스트리클런드는 귀찮다는 듯 어깨를 으쓱했다.

"썩 꺼지라고 말해주쇼."

그의 몸짓으로 보아도 대답의 뜻은 알 수 있었다. 여자는 불현듯 머리를 뒤로 젖혔다. 짙은 화장을 해서 잘 몰랐지만 분명 얼굴이 빨개졌을 것이다. 여자가 벌떡 일어섰다.

"점잖지 못하시군요."

여자는 그렇게 말하고 술집을 나갔다. 나는 살짝 짜증이 났다.

"그렇게까지 모욕을 줄 필요는 없지 않습니까? 상대는 오히려 당신에게 호감을 보인 셈인데요."

"저런 여자를 보면 구역질이 나오." 그가 거칠게 말했다.

나는 어이가 없어 그의 얼굴을 쳐다보았다. 그의 얼굴에는 정말로 혐오감이 나타나 있었으나, 왠지 야성적인 호색한을 연상케 하는 얼굴이었다. 그 여자가 매혹된 것도 아마 이러한 야수성이었을 것이다.

"여자가 필요하다면 런던에도 얼마든지 있소. 그런 것 때문에 여기까지 온 것이 아니란 말이오."

14

영국으로 돌아가며 나는 스트리클런드라는 인물에 대해 여러 가지로 생각해 보았다. 부인에게 전해야 할 부분을 정리해 두고 싶었다. 그러나 아무런 실속이 없는 이야기라서 도저히 그녀 마음을 흡족하게 해줄 수는 없을 것이다. 무엇보다 나 자신이 불만스러웠기 때문이다. 스트리클런드는 전혀 정체를 알 수 없는 사람이다. 어째서 화가가 될 생각을 했는지 그 동기도 잘 알 수 없었다. 물어보아도 대답을 잘 못해서인지 아니면 대답하기 싫어서인지 그것조차 분명치 않았다. 결국 나는 아무것도 알아내지 못했다. 그의 둔한 마음에도 모르는 사이에 반항심이 싹터 그것이 마침내 폭발하게 된 것이 아닌가 하는 생각을 해보기는 했으나, 그렇다면 그가 지금까지 한 번도 그 단조로운 생활에 싫증을 느끼지 않았다는 명백한 사실에 어긋나는 셈이 된다.

사실 지루함을 견디다 못해 가족과 인연을 끊고 현실에서 도피하고 싶은 마음에 화가가 되려는 결심을 했다면 그것은 이해할 만도 하며 또 흔한 일이기도 하다. 그러나 스트리클런드는 흔히 볼 수 있는 그런 남자가 아닌 것 같았다. 이것저것 생각해 본 결과, 내 생각에도 낭만적인 애송이의 억지인 것도 같지만, 어쨌든 그의 동기를 가지고 나름대로 해석해 볼 수밖에 없었다. 그 해석은 이러했다. 즉 처음부터 그의 가슴속에는 창작의 본능이 뿌리 깊게 박혀 있었으나 그것이 생활환경 때문에 오랫동안 잠자고 있었다. 마치 모르는 사이에 암이 인체 조직 안에 무자비하게 자라 퍼지듯이 마침내 그의 마음을 완전히 휘어잡고 그가 행동으로 옮기지 않을 수 없도록 채찍질한 게 아닌가 하는 생각이었다. 이를테면, 다른 새 둥지에서 부화된 뻐꾸기 새끼가 다른 새끼들을 쫓아내고 결국 자기가 신세를 진 그 둥지마저 부숴버리는 것처럼 말이다.

하지만 창조본능이 구태여 이 둔감한 주식중개인에게 달라붙어 마침내는 그 자신을 파멸로 이끌 뿐 아니라 그의 가족까지도 불행하게 만들다니 얼마나 기이한 일인가. 그러나 생각해 보면 이것은, 보이지 않는 신의 손이 마음껏 부와 권세를 누리는 남자들의 마음을 사로잡아 밤낮을 가리지 않고 끈질기게 뒤흔들어 끝내는 그것을 정복하여, 그들에게 이 세상 환희와 이성에 대한 사랑을 버리게 하고 인내와 괴로움에 찬 수도원의 금욕생활을 택하게 하는 것과 비슷한 현상으로, 그렇게 이상할 것도 없었다. 심리적인 전향은 사람에 따라 여러 형태와 갖가지 과정을 거쳐 나타난다. 사나운 격류가 바위를 단번에 산산조각 내듯 과감한 개조를 필요로 하는 경우도 있고, 낙숫물이 바위에 구멍을 뚫듯 서서히 나타나는 경우도 있다. 스트리클런드의 전향에는 광신자의 열성적인 면과 사도(使徒)의 흉포함을 연상케 하는 면이 다 있었다.

그러나 나는 현실적으로 아무리 정열에 사로잡혀 있었다 하더라도 그가 과연 그만한 가치의 작품을 그릴 수 있을지가 의문이었다. 나는 그가 런던에서 밤에 그림을 배우러 다녔다는 말을 했을 때, 그 무렵 같이 배우던 학생들이 그의 그림을 어떻게 생각했는지 물어보았다. 그러자 그가 히죽 웃으며 대답했다.

"다들 장난이라고 생각하는 것 같더군."

"여기서도 어딘가 화실에 다니고 계십니까?"

"다니지. 오늘 아침에도 그 잔소리꾼이—선생 말이오—빙 돌아보다가 내 그림을 보더니 눈썹만 치켜뜨고는 그대로 가버리더군."

그렇게 말하고 스트리클런드는 킬킬 웃었다. 조금도 실망하는 빛이 없었으며 동료들의 의견 따위는 전혀 개의치 않는 것 같았다.

그와 얘기하는 동안 내가 가장 골치를 앓았던 것도 바로 이 점이었다. 세상에는 흔히 남이야 어떻게 생각하건 아랑곳하지 않는 사람이 있는데, 그들 대부분은 자기 자신을 속이고 있는 것에 불과하다. 그들이 그런 행동을 하는 것은 자신의 엉뚱한 짓을 아무도 모른다는 한에서만 가능하다. 최소한 자기 주변 사람들의 지지를 받는다고 생각하면 세상 사람들의 의견을 거슬러 행동하는 것도 그다지 어려운 일이 아니다. 뿐만 아니라 오히려 분수에 맞지 않는 자존심까지 부여받게 된다. 즉 위험에 대한 걱정 없이 나는 용기 있는 남자라는 자기 만족을 얻을 수 있는 것이다. 그러나 남의 마음에 들고자 하는 욕구는 가장 뽑아버리기 어려운 문명인의 본능이 아닐까. 이른바 진보적인 여자일수록 사람들로부터 풍속을 파괴하고 어지럽힌다고 공격받으면 세상에 대한 체면이라는 은신처로 재빨리 도망치고 만다. 그러므로 나는 누군가 세상의 평판 따위는 아랑곳없다며 콧방귀를 뀌어도 그것을 그대로 받아들이지 않는다. 그것은 한낱 허세에 지나지 않기 때문이다. 꼬리를 잡힐 일이 없으니 세상이 뭐래도 겁날 것 없다는 식의 태도에 지나지 않는다.

그런데 여기 세상의 평판이나 관습을 전혀 문제 삼지 않는 남자가 있다. 그는 마치 온몸에 기름을 바른 레슬링 선수같이 전혀 잡을 데가 없이, 어이가 없어 입이 다물어지지 않을 만큼 제멋대로 행동하고 있다. 나는 스트리클런드에게 이렇게 말한 적이 있다.

"만일 모든 이가 당신처럼 멋대로 행동한다면 세상은 엉망이 돼버릴 겁니다."

"멍청한 소리 하고 앉아 있군. 나같이 살려는 사람이 그렇게 흔할 것 같소. 거의 모든 사람은 평범한 생활에 만족하고 있어요."

또 한번은 이렇게 빈정대보기도 했다.

"아무래도 당신은 이런 금언을 믿지 않는 모양이군요. '그대의 모든 행동이 보편적인 법칙이 될 수 있게끔 행동하여라'."

"그런 말은 들어 본 일도 없지만, 쓸데없는 잠꼬대군."

"하지만 이것은 칸트의 말입니다."

"누가 했든 헛소리는 헛소리요."

상대가 이렇게 나오니 아무리 양심에 호소해 봐야 효과가 있을 리 없었다. 마치 산에 가서 물고기를 구하는 것과 같은 일이다. 내가 보기엔 양심이란, 사회가 기성질서를 유지하기 위해 만들어 낸 법규가 제대로 지켜질 수 있도록 인간의 마음속에서 언제나 그것을 지켜보고 있는 파수병과도 같다. 즉 저마다의 가슴속에 자리잡고 위법 행위를 감시하고 있는 경찰이나, 자아라는 성채 깊숙이 숨어든 첩자 같은 것이다. 인간은 남의 마음에 들고 싶은 욕심에 비난받는 일을 더없이 두려워하므로 자신도 모르게 적을 성문 안으로 끌어들이고 마는 곤경에 처하게 된다. 그러므로 양심은 그의 주인이 조금이라도 사회에서 이탈해 나가려는 기미가 보이면 미리 그 싹을 꺾어 버리려고 끊임없이 감시의 눈을 번뜩인다. 그것은 인간으로 하여금 사회의 이익을 자기 이익보다 앞세우도록 강요한다. 그것은 개인을 사회에 묶어놓은 튼튼한 사슬이다. 이리하여 인간은 그 자신의 이익보다 크다고 믿는 사회의 이익에 봉사하고 자진해서 가혹한 주인을 섬기는 노예와 같이 된다. 그 결과 양심을 옥좌에 앉히고, 왕이 채찍을 휘둘러 그 어깻죽지를 때려도 킬킬거리며 웃고 있는 신하처럼 오히려 자기 양심의 예민함을 자랑하게 된다. 그렇게 되면 인간은 양심의 권위를 인정치 않는 자들에게 뭐라 퍼부을 말이 없어진다. 이제는 사회의 일원으로서 그는 자신이 그런 자들에게 전혀 영향력이 없다는 것을 너무도 잘 알고 있기 때문이다. 그러기에 스트리클런드가 제멋대로인 행위에 대한 세상의 비난에 전혀 개의치 않음을 알자, 나로서는 괴물이라도 만난 것처럼 꼬리를 말고 물러설 수밖에 없었다.

작별인사를 하려는데 그가 마지막으로 이렇게 말했다.

"나를 쫓아다녀 봤자 헛수고요. 에이미에게 그렇게 전해줘요. 어쨌거나 가까운 시일 안에 호텔을 옮길 작정이니 찾을 수도 없을 거요."

"제가 보기에도 부인께서는 당신 같은 사람과 헤어지는 편이 나을 것 같습니다."

"바로 그 점이오. 당신이 제발 그 사람에게 이해시켜 주시오. 하지만 여자들이란 워낙 단순해서……."

15

런던으로 돌아와 보니 부인에게서 온 재촉편지가 나를 기다리고 있었다. 저녁을 먹는 대로 곧 와달라는 편지였다. 가보니 맥앤드루 내외가 벌써 와 있었다. 스트리클런드 부인의 언니는 그녀와 어느 정도 비슷하지 않은 것은 아니지만 훨씬 늙어 보였다. 마치 대영제국을 혼자서 짊어지고 있는 것 같은 표정을 짓고 있었다. 어쨌든 고급장교의 부인들은 다른 사람들보다 지위가 훨씬 위라는 우월감에서 그런 표정을 짓고 싶어하는 법이다. 동작도 재빠르고 여느 때의 훌륭한 훈육 탓인지 인간으로 태어나 군인이 될 수 없다면 차라리 점원이 되는 것이 낫다는 신념을 딱히 감추려고 하지도 않았다. 그러나 근위연대의 사관들만은 거만하게 굴어 못마땅해했고, 여간해서 찾아오지 않는 그 부인들의 이야기는 입에 담기도 싫다는 투였다. 차림새는 돈만 많이 들였지 촌스러워 보였다.

스트리클런드 부인은 눈에 띌 만큼 침착성을 잃고 있었다.

"그래 어떻던가요?" 그녀가 물었다.

"남편분을 뵙기는 했지만 아무래도 다시는 돌아올 생각이 없는 모양입니다."
나는 잠시 입을 다물었다가 다시 말했다. "그림을 그리고 싶답니다."
"아니 뭐라고요?" 스트리클런드 부인은 기절할 듯 놀라서 소리쳤다.
"남편께서 그쪽에 대단한 관심을 갖고 있었던 일을 지금까지 한 번도 눈치채지 못하셨습니까?"
"그 녀석 완전히 돌았군." 대령이 소리쳤다.
부인은 잠깐 이맛살을 찌푸리고 기억 속에서 뭔가를 찾고 있는 모양이었다.
"그러고 보니, 결혼하기 전에 곧잘 화구를 들고 돌아다니던 일이 있었어요. 하지만 그림솜씨는 정말 엉망이었어요. 모두 놀려대곤 했죠. 그림에 대한 소질은 전혀 없는 사람이었어요."
"물론 그런 말은 하나의 핑계일 거야." 맥앤드루 부인이 말했다.
스트리클런드 부인은 잠시 생각에 잠겨 있었다. 내 보고를 들어도 밑도 끝도 없이 이해가 안 되는 모양이었다. 그녀의 주부로서의 본능이 낙담을 능가했는지 지금은 응접실도 어느 정도 정돈되어 있었다. 이번 큰일이 있고 처음 찾아갔을 때는 마치 오랫동안 남의 손에 맡겨 두었던 것처럼 어수선했는데, 이제는 그런 느낌도 완전히 없어졌다. 그러나 파리에서 스트리클런드를 만나보고 온 지금 그가 이 방에 있었던 모습은 상상이 되지 않았다. 어쨌든 그에게 뭔가 주위 사람들과는 다른 점이 있다는 것쯤은 그들도 어느 정도 눈치를 챘을 텐데 하는 생각이 들었다.
"하지만, 화가가 되고 싶다면 어째서 그 말을 하지 않았을까요?" 이윽고 부인이 물었다. "그렇게 훌륭한 목적이 있었다면, 이렇게 말하면 뭣하지만, 누구보다도 나만큼 잘 이해해줄 수 있는 여자도 없을 텐데."
맥앤드루 부인은 입을 꽉 다물고 있었다. 그녀는 동생이 예술가에게 빠져 있는 것을 전부터 그리 달갑잖게 생각했던 모양이었다. 그녀는 워낙에도 '교양(컬처)'이라는 말을 얕보는 투로 일부러 '컬초'라고 발음하곤 했다.
스트리클런드 부인은 다시 말을 이었다.
"어쨌든 만일 그 사람에게 그런 소질이 있다면 내가 제일 먼저 북돋워주었을 거예요. 그 일을 위해서라면 비록 어떤 희생을 치르게 된다 해도 상관하지 않았을 거예요. 주식중개인보다는 화가와 결혼하는 편이 훨씬 나을 테니까요. 아이들만 없다면 난 무슨 짓이라도 하겠어요. 첼시의 초라한 화실이라도 이 집에서 사는 거나 다름없이 행복하게 살 수 있을 거예요."

"기가 막혀서!" 맥앤드루 부인이 소리쳤다. "그런 바보 같은 말이 어디 있니. 너 그런 헛소리를 믿는 건 아니겠지?"

"하지만 제가 보기엔 진심인 것 같은데요." 나는 조심스럽게 말했다.

그녀는 여유로운 경멸의 눈빛으로 나를 보았다.

"사십이나 되는 남자가 이제 와서 그림쟁이가 되기 위해 직장과 처자를 버리다니, 그런 일이 있을 수 있어요? 틀림없이 그 뒤에는 여자가 있을 거예요. 왜 그네 주변의 예술가 친구라든가 하는 그런 여자에게 걸려들어 머리가 이상해졌겠지."

그 말을 듣는 순간 스트리클런드 부인의 파리한 볼이 붉어졌다.

"어떤 여자던가요?"

나는 잠시 머뭇거렸다. 그것이 폭탄 선언이란 걸 알고 있었기 때문이다.

"여자는 없어요."

맥앤드루 내외는 도저히 믿을 수 없다는 듯 소리를 질렀다. 스트리클런드 부인이 벌떡 일어섰다.

"그 여자를 만나지 못했다는 말씀인가요?"

"만나고 뭐고 그런 사람이 있어야지요. 남편께선 혼자였습니다."

"그럴 리가 없어요!" 맥앤드루 부인이 소리쳤다.

"그러니까 역시 내가 가야 하는 건데 그랬어. 나 같으면 틀림없이 그 여자를 찾아냈을 텐데." 대령이 말했다.

"정말입니다. 당신이 가셨더라면 저 또한 얼마나 좋았을지 모릅니다." 나는 목청을 돋우어 말했다. "그랬으면 당신의 추측이 전혀 들어맞지 않았다는 것을 알게 되었을 테니까요. 첫째로 그분은 고급호텔에 있지 않았습니다. 한 칸밖에 안되는 아주 작은 방에서 차마 눈뜨고 볼 수 없을 만큼 비참한 생활을 하고 있었어요. 집을 뛰쳐나간 것은 무슨 향락을 위해서가 아닙니다. 그리고 가진 돈도 없다고 하더군요."

"그럼 우리도 모르는 사이에 일을 저지르고 경찰의 눈을 피하기 위해 숨어 사는 게 아닐까?"

이 빗나간 추측은 모든 사람의 가슴에 한 가닥 희망의 빛을 던진 것 같았지만 나로선 그런 일에 구애받을 생각은 없었다.

"하지만 만일 그렇다면 아무리 뭐래도 동업자에게 있는 곳을 알리는, 그런 얼빠진 짓은 하지 않았을 겁니다." 나는 쏘아붙이듯 받아넘겼다. "어쨌든 확실한 것은 그분이 여자와 함께 도망치지 않았다는 사실입니다. 그분은 연애 같은 건 하고 있지 않아요. 그런 일은 전혀 안중에도 없는 것 같아요."

한동안 모두 말없이 나의 말을 마음속으로 곱씹고 있는 모양이었다. 마침내 맥앤드루 부인이 말했다.

"만일 그것이 사실이라면 내가 생각했던 것처럼 골치 아픈 문제는 아니겠군요."

스트리클런드 부인은 언니를 힐끔 쳐다보았을 뿐 아무 말도 하지 않았다. 그녀의 얼굴은 창백해졌으며 그 고운 이마는 우수에 가득 차 일그러져 있었다. 나는 그녀 얼굴에 나타난 표정을 이해할 수가 없었다. 맥앤드루 부인이 말을 이었다.

"그런 한때의 변덕이라면 얼마 안 가 정신을 차릴 테지."

"그 사람이 있는 곳에 가 보는 게 어떻겠소, 에이미?" 대령이 조심스레 제안했다. "1년쯤 파리에서 함께 살아도 될 것 아니오. 아이들은 우리가 돌봐줘도 되니까. 장담하건대 그 사람도 마음이 뒤숭숭하겠지. 그러다보면 머지않아 마음을 잡고 런던으로 돌아올 거요. 뭐 그렇게 걱정할 것은 없어요."

"나 같으면 그렇게 하지 않고 그 사람이 하는 대로 내버려 두겠어. 그러다 보면 제 발로 돌아오겠지." 맥앤드루 부인은 그렇게 말하고 쌀쌀맞게 동생을 돌아다보았다. "아마 너도 그 사람 마음을 이해할 수 없는 점이 있었던 모양이구나. 남자들이란 참 알 수 없다니까. 그러니까 여자 쪽에서 잘 다뤄야 해."

맥앤드루 부인도 보통 여자들과 다름없는 견해를 가지고 있었다. 남자들이란 언제나 인정머리가 없어 자기가 따르는 여자를 오히려 소홀히 하지만, 그렇게 된 데는 여자 쪽에도 책임이 있다는 생각이다. 즉 인간은 이성(理性) 외의 이치를 따라 움직이기 마련이라는 말이다.

스트리클런드 부인이 세 사람의 얼굴을 쭉 둘러보았다.

"그이는 다시 돌아오지 않을 거예요."

"너도 아까 얘기를 들었잖니. 그 사람은 누가 시중을 들어 주지 않으면 잠시도 못 견디던 사람이고 고생도 모르던 사람 아니냐. 그러니까 그렇게 고된 객지 생활은 얼마 안 가 싫증이 날 거다. 게다가 돈도 없다고 하지 않니. 그러니 돌아오지 말래도 돌아오게 되어 있어."

"그이가 여자와 함께 도망쳤다면, 그래도 아직 희망이 있다고 생각했어요. 그런 생활은 도저히 오래 이어 갈 수 없는 일이니까요. 석 달만 지나면 싫증이 나겠죠. 하지만 집을 나간 까닭이 연애문제가 아니라면 우리 사이는 끝난 거예요."

"허어 참, 복잡하게도 생각하는군." 대령은 군인기질과는 전혀 맞지 않은 이런 사고방식을 경멸하듯 힘주어 말했다. "처제가 생각해 봐도 알 것 아니오? 틀림없이 돌아올 거요. 그리고 도로시가 말했듯이 그렇게 잠깐 집을 나갔다고 해서 그것으로 신세를 망치는 일은 없을 테니까."

"하지만 전 그런 사람은 돌아오기를 바라지 않아요."

"에이미!"

스트리클런드 부인은 분명히 노여움에 사로잡혀 있었다. 더욱 얼굴이 창백해진 것도 갑자기 그녀를 사로잡은 차가운 분노 때문이었다. 그녀는 이윽고 숨이 찬 듯 헐떡이며 재빨리 말했다.

"다른 여자와 사랑에 빠져 함께 도망친 거라면 차라리 용서할 수 있어요. 그런 일은 누구에게나 있을 수 있는 일이니까요. 그이를 나무라지도 않겠어요. 한때의 불장난으로 끝날 테니까요. 본디 남자는 약하고 여자는 파렴치한 법이니까요. 하지만 이번 경우는 그것과는 달라요. 난 그이가 정말 미워요. 이제 무슨 일이 있어도 용서할 수 없어요."

맥앤드루 대령은 부인과 함께 그녀를 타이르기 시작했다. 둘 다 매우 놀란 상태였다. 분노로 제정신이 아닌 모양이라고까지 말하며 그녀를 달래었다. 두 사람은 그녀의 마음을 이해할 수 없었다. 스트리클런드 부인은 그 말을 무시한 채 절망적인 눈빛으로 나를 돌아보며 소리쳤다.

"당신은 내 마음을 아시겠죠?"

"글쎄요, 그러니까 여자 때문에 부인을 버렸다면 그를 용서해 줄 수도 있지만, 그 밖에 다른 목적이 있어 버렸다면 용서할 수 없다는 말씀이죠? 한마디로 상대가 여자라면 절대로 지지 않겠지만, 그 밖의 것이라면 어쩔 수 없다고 생각하시는 거죠?"

부인은 아주 밉살스럽다는 듯 나를 힐끔 쳐다보았을 뿐 아무 대답도 없었다. 내 말이 정곡을 찔렀는지도 모른다. 그녀가 나직한 목소리로 떨면서 말을 이었다.

"난 지금까지 설마 이렇게 사람을 미워할 수 있으리라고는 꿈에도 생각지 않았어요. 솔직히 말해서 아무리 오래 헤어져 있어도 그이는 결국 나를 원하게 될 것이라고 지금까지 스스로를 달래 왔던 거예요. 그이도 죽을 때가 되면 나를 부르러 오겠지, 그러면 달려가서 어머니처럼 정성스레 보살펴 주고 마지막이 다가오면 지금까지 있었던 일은 조금도 생각할 필요가 없어요, 나는 언제고 당신을 사랑해 왔으니까요, 지난 일은 다 없었던 것으로 하겠어요, 그렇게 말해 주려고 했었는데."

언제나 생각하는 일이지만, 사랑하는 이의 죽음을 앞두고 이토록 갸륵하게 행동하고 싶어하는 여자들의 심리가 나는 늘 조금 당혹스러웠다. 그뿐만 아니라 때로는 상대가 언제까지고 죽지 않기 때문에, 여자에게 이런 눈물겨운 장면을 펼쳐 보일 기회를 주지 않는 일에 대해 오히려 원망하는 건 아닐까 싶을 때조차 있다.

"하지만 이제, 이것으로 끝장이에요. 남이나 다름없으니까 그런 사람이야 어찌 되든 나는 상관없는 일이에요. 차라리 아무도 상대해 주지 않아 거지 신세가 되어 굶어죽어 버렸으면 좋겠네요. 몹쓸 병에 걸려 객사라도 했으면 좋겠어요. 그런 남자하고는 인연을 끊겠어요."

그래서 나는 스트리클런드가 부탁했던 이혼 이야기를 하는 편이 차라리 좋을 것 같은 생각이 들었다.

"남편께서는 이혼을 원한다면 언제고 거기에 필요한 수속을 해주겠다고 그러더군요."

"그렇게 마음대로 되진 않을걸요."

"남편 쪽에선 꼭 그렇게 해주기를 원하진 않으셨습니다. 다만 그편이 부인에게 더 좋을 것으로 생각하고 계실 뿐이죠."

스트리클런드 부인은 화난 듯 어깨를 움츠렸다. 그때 나는 그녀에게 조금 실망을 느꼈던 것 같다. 그 무렵 나는 지금과는 달리 사람이라는 것을 좀더 한결

같은 것으로 생각하고 있었다. 그런데 그렇게 착한 여성의 마음속에 그처럼 무서운 복수심이 숨어있는 것을 보고 적잖이 놀랐던 것이다. 하나의 인격이 얼마나 다양한 성질로 이루어졌는가를 나는 미처 잘 모르고 있었기 때문이다. 한 인간의 마음속에 인색한 마음과 넓은 도량, 악의와 선의, 미움과 사랑처럼 서로 반대되는 많은 것들이 함께 존재한다는 것을 지금에야 나는 잘 알고 있다.

나는 부인이 참기 힘든 굴욕감으로 괴로워하고 있는 것을 보고 어떻게 위로의 말을 해줄 수 없을까 여러 가지로 궁리하다가 이렇게 말했다.

"제가 보기에는 남편께서 자기 행동에 책임을 질 수 있는 상태가 아닌 것 같습니다. 도저히 제정신이 아닌 것 같아요. 제가 보기엔 뭔가에 씌인 사람처럼, 스스로도 자기 마음을 어떻게 못하는 것 같아요. 마치 거미줄에 걸린 파리처럼 아무리 퍼덕대도 자기 힘으로는 그곳에서 벗어날 수 없는 것 같습니다. 마치 누군가가 그분에게 주문을 걸기라도 한 것처럼요. 한 인간의 마음속에 다른 인격이 들어와 본래의 인격을 쫓아낸다는 그런 이야기가 생각났어요. 인간의 마음이란, 육체 속에 꽉 자리 잡고 있는 것이 아니라 이상하게도 전혀 다른 사람처럼 변할 수도 있더군요. 아마 옛날에 이런 일이 있었다면 찰스 스트리클런드에게 귀신이 씌었다고 했겠죠."

맥앤드루 부인은 가운 앞자락을 쓸어내렸다. 금팔찌가 손목 위까지 흘러내려왔다.

"여러 가지로 말씀하셨지만 내가 듣기엔 당치도 않은 해석 같군요." 그녀가 서슴없이 말했다. "어쨌든 에이미가 남편에게 좀 소홀했던 건 사실인 것 같아요. 얘가 그렇게 자기 일에만 빠져 있지 않았다면, 아무래도 남편의 달라진 점을 눈치챘을 것 아니에요. 나 같으면 앨릭이 1년 가까이나 다른 곳에 마음을 쏟고 있었다면 틀림없이 알아차렸을 거예요."

대령은 허공을 바라보고 있었다. 나는 그 얼굴을 보자, 교활한 데라고는 전혀 없는 이렇게 무사태평한 얼굴이 또 있을까 생각을 했다.

"그렇더라도 스트리클런드가 피도 눈물도 없는 인간이 되지 못하게 막을 순 없겠죠." 그녀가 험악한 눈초리로 나를 쳐다보았다. "그 사람이 왜 동생을 버렸는지 아세요? 그것은 다른 어떤 것도 아닌 순전히 이기심에서 그런 거예요."

"분명 그게 제일 단순한 설명이겠죠."

나는 그렇게 대답했지만 그것만으로는 아무것도 설명되는 게 없다고 생각했다. 내가 피곤하다고 말한 다음 자리에서 일어났을 때 스트리클런드 부인은 나를 잡지 않았다.

16

뒤따른 행동은 스트리클런드 부인이 얼마나 야무진 여자인지 보여주었다. 그녀가 속으로야 얼마나 괴로워하고 있든간에 그것은 조금도 밖으로 드러나지 않았다. 세상이 얼마나 남의 불행에 대한 이야기를 싫어하고, 슬픔에 잠겨 있는 모습을 꺼려하는지를 재빨리 알아차렸기 때문이다. 그녀는 어디를 가나—가까이 지내는 사람들이 그녀의 불행을 동정하여 끊임없이 그녀를 초대하고 싶어했기 때문이지만—절대로 슬픈 모습을 보이는 일이 없었다. 명랑하고 빈틈없는 태도를 보이기는 했지만 결코 지나침이 없었다. 그리고 스스로의 이야기보다는 오히려 남의 괴로움에 귀를 기울이려고 애썼다. 남편 이야기를 할 때에도 절대로 나쁘게 말하는 법이 없었다. 왜 그녀가 남편에 대해 그렇게 좋게 말하는지 나는 이해할 수가 없었다. 어느 날 그녀가 나에게 이런 말을 했다.

"당신이 찰스 혼자 있었다고 그러셨죠? 하지만 분명히 당신이 잘못 알았을 거예요. 그 말까지 할 필요는 없지만, 어디서 들은 바로는 아무래도 그이가 혼자서 영국을 떠난 것 같지는 않아요."

"만일 그렇다면 그 사람은 흔적을 감추는 솜씨가 보통이 아니군요."

그녀는 시선을 돌리며 얼굴을 살짝 붉혔다.

"어머, 그렇지 않아요. 그저, 사람들이 그이가 어떤 여자하고 달아났다는 말을 하더라도 그렇지 않다고 부인하고 나서지는 마시라는 말이에요."

"알겠습니다. 그러지 않겠습니다."

그녀는 이렇게 말한 다음 아무 일도 아니라는 듯 슬쩍 화제를 바꾸었다. 그러나 나는 그 뒤 이상한 소문이 그녀 친구들 사이에 퍼져 있음을 알았다. 스트리클런드가 엠파이어 극장의 발레공연에서 본 프랑스 여자 무용수에게 반하여 함께 파리로 도망쳤다는 소문이었다. 그 소문의 출처는 알 수 없었지만 이상하게도 이 소문 덕분에 스트리클런드 부인은 세상의 동정을 듬뿍 받았을 뿐 아니라 상당한 명성까지 얻게 되었다. 더구나 그것은 생계 일선으로 나서게 된 그녀에게 적잖은 선전까지 되어 주었다. 맥앤드루 대령이 전에 그녀가 무일푼이라고 말한 것은 절대 과장이 아니었으며 그녀는 바로 오늘부터라도 생계를 걱정해야만 했다. 그래서 그녀는 전부터 알고 있던 몇몇 작가들에게서 일을 얻을 셈으로 속기와 타이프를 배우기 시작했다. 본래 교육을 받은 터라 여느 타자수보다 더 나은 점도 있었고, 부탁한 쪽에서도 몹시 동정을 했다. 알고 지내는 작가들은 자기 일을 맡기겠다는 약속을 했을 뿐더러 다른 친구들에게도 소개해 주었다.

아이도 없이 편안하게 지내고 있는 맥앤드루 내외가 그녀의 아이들을 맡아서 돌봐주었으므로 부인은 자기의 입만 해결하면 되었다. 그녀는 아파트 방을 세주고, 살림을 팔아 웨스트민스터에 작은 두 칸짜리 방을 얻어 생활의 첫발을 내딛었다. 워낙 수완이 있고 부지런하였으므로 그녀는 틀림없이 세상의 거친 파도를 잘 헤쳐나갈 것이다.

17

이 사건이 있은 지 그럭저럭 5년이 지난 뒤 나는 얼마동안 파리에서 살기로 했다. 런던에서 살기가 싫어졌기 때문이다. 날마다 똑같은 일만 되풀이하는 게 진저리가 났다. 친구들은 아무 어려움 없이 나름대로의 길을 걷고 있었으므로 그들은 이미 나에게 어떤 자극도 줄 수 없었다. 그들이 무슨 이야기를 할 것인지 만나는 순간부터 짐작할 수 있었다. 그들의 사랑문제마저도 지루하기 짝이 없었다. 우리는 이를테면 종점과 종점 사이를 오가는 전차 같았고 운행구역이 짧은 만큼 매일 실어 나르는 손님의 수까지 알 수 있는 그러한 나날을 보내고 있었다. 편안하기 그지없는 판에 박은 듯한 생활이었다. 나는 갑자기 불안에 사로잡혀 끝내는 작은 아파트 방을 비우고 얼마 안 되는 가재도구를 팔아 새 출발 하기로 마음먹었다.

떠나기 전에 나는 스트리클런드 부인을 찾아갔다. 오랜만에 만나보니 그녀는 많이 달라진 것 같았다. 많이 늙고 야윈 데다 주름이 늘었을 뿐 아니라, 성격까지도 변한 듯했다. 사업이 잘 되어 지금은 챈서리 레인에 사무실을 두고 있었다. 자신이 직접 타이프를 치는 일은 거의 없고 네 명의 타자수를 고용해 그들이 한 일을 정리만 하고 있었다. 원고를 좀더 깔끔하고 보기 좋게 하기 위해 파란색과 빨간색 잉크를 쓰기도 하고 인쇄물 표지로는 엷은 빛깔의 거친 종이를 쓰고 있었다. 일이 깨끗하고 정확하다는 소문 덕분에 돈도 좀 벌었다. 그러나 그녀는 자기가 벌어서 먹는다는 일이 체면에 어긋난다는 생각을 버리지 못하고, 말할 기회가 있을 때마다 자신이 양가 출신이라는 것을 슬쩍 내비쳤다. 이야기하는 동안에도 가까이 지내는 명사의 이름을 줄곧 들추어내며 자기가 사회적으로 뒤떨어져 있지 않다는 것을 상대에게 인식시키려고 했다. 자신의 적극성과 사업수완을 오히려 부끄럽게 여기는 데 비해 다음 날 밤 사우스 켄싱턴에 사는 어느 왕실변호사와의 만찬 약속이 있음을 몹시 자랑스러워했다. 아들이 케임브리지 대학에 다니는 것이 큰 자랑거리였다. 또 딸도 사교계에 나간 지 얼마 안 되는데 벌써 댄스파티 초대장이 밀려든다면서 매우 기쁜 듯이 웃으며 말했다. 그때 나는 지금 생각해도 너무 어리석은 질문을 했던 것 같다.

"언젠가 따님도 함께 일을 하게 되겠죠?"

"천만에요. 그 아이한테까지 이 일을 시킬 생각은 없어요." 스트리클런드 부인이 대답했다. "부모를 닮지 않아 얼굴이 예쁘니까 좋은 곳으로 시집가게 될 거예요."

"아니 난 그렇게 되면 부인에게 도움이 되지나 않을까 해서 그냥 말했을 뿐입니다."

"그 아이에게 배우를 시키면 어떻겠느냐는 말을 가끔 들어요. 하지만 그런 일을 시킬 수도 없죠. 그야 일류 극작가는 모두 알고 있으니 이쪽에서 부탁하면 내일부터라도 즉시 좋은 역을 맡을 수 있겠죠. 하지만 그 아이에게 이 사람 저 사람 닥치는 대로 사귀게 하고 싶지는 않아요."

부인이 뜻밖에 자존심만 높이자 나도 조금 흥이 깨졌다.

"그래, 남편 소식은 좀 들으셨습니까?"

"아뇨, 그 뒤로는 전혀. 아마 죽었는지도 모르죠."

"파리에서 우연히 만날지도 모르니 뭣하면 이쪽 소식을 전해 드릴까요?"

그녀가 잠깐 망설였다.

"만일 그이가 정말 어려운 처지에 있다면 조금은 도와줄 수도 있어요. 당신 앞으로 얼마간 돈을 보내드릴 테니 필요하다면 그이에게 조금씩 전해 줘도 되겠죠."

"그래요, 그것 참 좋은 생각입니다."

그러나 그 말이 호의에서 나온 것이 아니라는 것은 뻔한 일이었다. 고생이 사람의 성품을 고결하게 만든다는 말이 있는데, 그것은 결코 사실이 아니다. 행복은 어쩌다 그런 작용을 하는 수도 있지만 불행은 대개 사람을 인색하고 복수심에 사로잡히게 하는 게 고작이다.

18

사실 파리에 온 지 채 2주도 되지 않아 나는 우연히 스트리클런드를 만났다.

도착하자마자 나는 담 거리의 어느 아파트 5층에 방을 정하고 200프랑 가량을 들여 중고가게에서 꼭 필요한 가구 몇 가지를 사들였다. 그 뒤 아파트 관리인과 아침 커피 제공과 방 청소에 대하여 타협을 보고 친구 디르크 스트루브를 만나러 갔다.

디르크 스트루브라는 사나이는, 생각만 해도 웃음이 터져나오든가, 아니면 차마 못 보겠다는 듯 어깨를 움츠리고 싶어지든가 그것은 사람에 따라 다르겠지만, 어쨌든 그런 인물이었다. 이를테면 타고난 희극배우 같은 사람이었다. 그는 화가였는데, 그 그림솜씨 또한 말할 수 없을 만큼 엉망이었다. 내가 그를 처음 만난 것은 로마에서였는데, 그때 그의 그림을 나는 아직 기억하고 있다. 그림엽서나 될 싸구려 그림소재를 언제나 진지한 태도로 그리고 있었다. 그는 베르니니가 설계한 에스파냐 광장의 유명한 돌계단 근처를 서성이는 사람들 모습을 그 알량한 그림솜씨로 예술적 도취에 빠져 열심히 그리고 있었다. 그의 화실에는, 끝이 뾰족한 모자를 쓴 수염이 더부룩하고 눈이 큰 농부의 그림이며, 누더기를 걸친 장난꾸러기들 그림, 밝은 페티코트를 입은 여자들의 그림이 가득했다. 그리고 거기 그려 넣은 인물들은 교외의 돌계단에 기대 서서 쉬고 있다든가, 구름 한 점 없는 하늘을 배경으로 사이프러스 그늘 밑에서 빈둥거린다든가, 르네상스풍의 우물가에서 사랑을 속삭이고 있다든가, 소가 끄는 마차를 따라 캄파냐 평원을 떠돌아다닌다든가, 거의 장면이 정해져 있었다. 더구나 그 필치와 빛깔은 사진이 무색할 만큼 꼼꼼하고 정확했다. 빌라 메디치에 있던 한 화가는 그를 '초콜릿 상자의 화가'라 부르고 있었다. 그의 그림을 보고 있으면 마치 모네나 마네, 그 밖에 뛰어난 인상파 화가들이 화단에 존재하지 않았던 것 같은 생각마저 든다.

"나는 내가 대단한 화가라고는 생각지 않네." 그가 말했다. "미켈란젤로와 같은 천재가 아니라는 것은 알고 있지만 그래도 재주는 조금 있다네. 첫째로 내 그림은 팔리니까. 여러 계층의 가정에 로맨틱한 분위기를 전해 주고 있단 말일세. 내 그림은 네덜란드뿐 아니라 노르웨이, 스웨덴, 덴마크까지 팔려 간다네. 사는 사람들은 거의 무역상이나 넉넉한 상인들이야. 이런 나라들의 겨울은 상상도 할 수 없을 만큼 길고 어두우며 춥다네. 그래서 모두 이탈리아를 나의 그림과 같은 곳으로 알고 동경하는 거지. 나 또한 이곳에 오기 전에는 이탈리아를 동경했으니까."

지금까지 늘 그를 따라다니며 눈을 현혹시켜 그로 하여금 진실을 보지 못하게 가렸던 것은 바로 이 환영이었다고 생각한다. 그러기에 그의 마음의 눈은 엄연한 현실을 보려고 하지 않고 여전히 이탈리아의 로맨틱한 산적이나, 그림처럼 아름다운 유적만을 좇아 온 것이다. 이를테면 그가 그린 것은 이상(理想)이었다. 오랫동안 팔리지 않는 하찮은 물건처럼 보잘것없는 것이긴 했지만, 그래도 여전히 이상이긴 했다. 그러나 그것이 그에게는 분명 어떠한 매력을 던져 주고 있었다.

그 매력을 알고 있었기 때문에 나는 다른 사람들처럼 스트루브를 단순한 조롱거리로 삼고 싶지 않았다. 화가 친구들은 그의 그림에 대한 멸시를 조금도 감추지 않으면서도 돈에 옹색해지면 언제고 망설임 없이 수입 좋은 그에게 손을 내밀곤 했다. 그는 인심이 좋았다. 우는 소리만 하면 그것을 진실로 받아들이는 그의 순진함을 이용하여 그들은 뻔뻔스럽게 그에게서 돈을 빌려 쓰고 있었다. 그는 또 아주 쉽게 감동하는 성격이었는데, 그것이 상대에겐 오히려 우습게 여겨져 상대는 친절을 받으면서도 조금도 고맙다고 생각하지 않았다. 그에게서 돈을 뜯어내는 것은 마치 어린애에게서 돈을 빼앗는 것처럼 너무도 손쉬운 일이어서 뜯어내는 쪽에서는 차라리 그 어리석음을 비웃어주고 싶어질 지경이었다. 생각해보면, 소매치기로 재빠른 솜씨를 자랑할 만한 거물이 되면 택시에 보석이 잔뜩 든 핸드백을 잊어버리고 내리는 얼빠진 여자들에겐 오히려 분노마저 느끼게 될 것이다. 그는 날 때부터 타고난 세상의 웃음거리였지만 그렇다고 둔감한 남자는 아니었다. 그러므로 끊임없이 자기를 놀려대는 지나친 장난이나 악의 없는 농담에 몹시 괴로워하고 있었다. 그런데도 마치 일부러 그러는 것처럼 줄

곧 언제나 그런 자들 앞에 몸을 드러내놓고 있었다. 늘 괴로워하면서도 사람됨이 더없이 좋아 남을 원망할 생각은 하지 않았다. 이를테면 독사에게 물려도 절대로 물러서는 일 없이 상처가 나으면 곧 또 그 뱀을 가슴에 끌어안는 그런 인간이었다. 그의 생활은 말하자면 엎치락뒤치락하는 희극형태를 띤 한 편의 비극이었다. 그리고 나는 결코 그러한 그를 놀리는 일이 없었으므로, 그는 그것이 고마워, 나에게 평상시 쌓였던 불평을 털어놓곤 했다. 그런데 그것이 또 딱하게도 엉뚱한 이야기라, 눈물겨운 이야기일수록 이쪽은 점점 웃음이 터져나올 뿐이었다.

그는 그림솜씨가 서툴렀지만 그림에 대한 감상안은 매우 뛰어났다. 그 때문에 그와 함께 화랑을 찾는 일은 더없이 즐거웠다. 누구의 작품이든 장점은 진심으로 예찬했고 단점은 가차 없이 비평했으며, 한쪽으로 치우친 태도는 절대로 취하지 않았다. 옛 대가의 가치도 올바르게 판별했고 동시대의 화가들에 대해서도 깊은 이해를 지니고 있었다. 또 한 번 보기만 해도 재능을 찾아내는 혜안을 갖고 있어 거기에 대해 찬사를 아끼는 일이 없었다. 나는 지금까지 그보다 더 정확한 안목을 지닌 사람을 본 일이 없다. 게다가 여느 화가들보다 교육수준도 높았으므로 그들이 모르는, 그림과 연관 있는 다른 예술부문에도 훤했다. 음악과 문학에 대한 이해는 그림을 보는 그의 눈에 깊이와 다양성을 주었다. 나 같은 젊은이에게 그의 조언과 지도는 더없이 귀중한 것이었다.

로마를 떠난 뒤에도 나는 그와 편지를 주고받았다. 두 달에 한 번 꼴로 그에게서 괴상한 영어로 쓴 편지를 받았고 나는 그때마다 침을 튀기고 손짓을 하며 열변을 토하는 그의 모습을 생생히 눈앞에 그려보곤 했다. 그는 내가 파리로 오기 얼마 전에 어느 영국 여성과 결혼하여 지금 몽마르트르 화실에 자리를 잡았다고 했다. 벌써 그와 헤어진 지 4년이나 되었으므로 그의 부인을 만나는 것은 물론 이번이 처음이었다.

19

나는 파리에 왔다는 것을 스트루브에게 알리지 않았었다. 화실 벨을 누르자, 직접 문을 열어주고서도 처음에는, 내가 누구인지 알아보지 못했다. 그러다 곧 기쁨의 환성을 지르며 나를 안으로 맞아들였다. 이렇게 진심으로 반갑게 맞아주니 정말 기뻤다. 부인은 난로 옆에서 부지런히 바느질을 하고 있었는데 내가 들어가자 곧 자리에서 일어섰다.

스트루브가 나를 부인에게 소개했다. "기억나지, 당신도? 왜 내가 이 친구에 대해 늘 말했잖아." 그러고는 이번에는 나를 보며 말했다. "그런데 왜 오면 온다고 알려 주지 않았나? 언제 왔나? 언제까지 여기 있을 예정인가? 한 시간만 빨리 오지 그랬나. 그랬으면 함께 식사를 할 수 있었을 텐데."

그리고 그는 둑이 터진 봇물처럼 나에게 여러 질문을 퍼부었다. 나를 의자에 앉혀 놓고 마치 쿠션인 양 나의 몸을 토닥거리며 잎담배, 케이크, 포도주 등을 내놓고 거듭 권했다. 잠시도 나를 그냥 두지 않았다. 마침 집에 위스키가 없다고 낙심을 했다가는 커피라도 끓여야겠다고 하는 등 어쨌든 나를 대접하고 싶어서 쩔쩔매고 있었다. 계속 눈을 반짝이며 싱글벙글 웃어대고 수선을 떠는 바람에 구슬 같은 땀이 얼굴에 흘러내리고 있었다.

"오랜만인데도 자네는 조금도 변하지 않았군." 나는 그를 향해 미소 지었다.

그 익살스러운 얼굴은 예전에 보았을 때와 조금도 다름이 없었다. 다리가 짧고 몸집이 작은 통통한 모습으로 아직 젊은데도—분명히 아직 삼십 전일 것이다—벌써 이마 위가 훤하게 벗어져 있었다. 달덩이처럼 둥근 얼굴에 혈색이 꽤 좋았으며 흰 살결에 오로지 입술만이 붉은 빛을 띠었고, 얼굴처럼 동그란 푸른 눈에는 금테안경을 쓰고 있었다. 눈썹은 아주 엷은 금빛이었으므로 언뜻 보기에는 있는지 없는지 모를 지경이었다. 마치 루벤스가 그린 뚱뚱하게 살진 명랑한 상인을 떠올리게 하는 남자였다.

한동안 파리에 있을 예정으로 아파트를 빌렸다고 하자, 왜 진작 알려주지 않았느냐고 나를 몹시 나무랐다. 알려주기만 했으면 자기가 아파트를 구하고, 가구도 빌려주며 이사할 때도 거들어주었을 텐데, 일부러 돈을 들여 가구까지 사다니 그런 바보가 어디 있느냐고 나를 꾸짖었다. 자기 손을 조금도 빌리려 들지 않다니, 친구를 그렇게 남처럼 대해도 되냐며 나를 마구 몰아세웠다. 그가 그렇게 수선을 떠는 동안 스트루브 부인은 입가에 부드러운 미소를 띤 채 조용히 앉아 양말을 꿰매면서 남편의 이야기를 듣고 있었다.

"그건 그렇고, 보다시피 나는 결혼했네." 그가 갑자기 이렇게 말했다. "어떤가, 이 사람이?"

그는 아내에게 환한 미소를 던지며 안경을 콧등 위로 밀어올렸다. 땀 때문에 안경이 줄곧 흘러내렸기 때문이다.

"도대체 뭐라고 인사를 해야 할까?"

나는 웃으며 말했다.

"참 당신도……." 스트루브 부인이 미소 지으며 끼어들었다.

"어떤가, 너무 예쁘지 않나? 이봐, 자네도 꾸물거리지 말고 어서 장가를 가게. 나는 이 세상에서 가장 행복한 사람이네. 보라고, 저렇게 앉아 있는 것을 보란 말일세. 한 폭의 그림이지 뭔가. 샤르댕의 초상화라고 할까? 지금까지 숱한 절세 미인들을 보아 왔지만, 마담 디르크 스트루브만 한 미인은 아직 본 일이 없네."

"그만해 두셔요. 그렇지 않으면 전 나가버리겠어요."

"몽 프티 슈(귀여운 사람)."

그 말투 속에 담긴 정열에 당황하여 그녀는 얼굴을 붉혔다. 그의 편지로 아내를 몹시 사랑하는 줄은 알고 있었지만, 막상 만나고 보니 정말 그는 한시도 부인에게서 눈을 떼지 못했다. 그러나 그녀 쪽에서도 그를 사랑하고 있는지는 알 수 없었다. 슬픈 희극배우 같은 그는 결코 여자의 연애감정을 불러일으킬 만한 남자는 아니었기 때문이다. 그러나 그녀의 미소 띤 눈에는 부드러움이 담겨 있었고 어쩌면 그 다소곳한 태도에는 깊은 애정이 숨겨져 있는지도 모른다. 그가 보는 것처럼 사랑스러워 못 견딜 정도로 매혹적인 미인은 아니었지만, 품위 있고 균형 잡힌 얼굴이었다. 키는 좀 큰 편이며 수수하게 잘 만든 잿빛 옷이 그녀의 곡선미를 그대로 드러내고 있었다. 양장점에서보다는 조각가가 좋아할 몸매였다. 탐스러운 갈색머리를 자연스럽게 틀어올렸고, 얼굴빛은 납처럼 파리했으며 이목구비는 특별히 두드러진 점은 없어도 균형이 잘 잡혀 있었다. 눈은 차분한 잿빛이었다. 요컨대 미인이 될 기회를 아슬아슬하게 놓친 듯한 느낌이었다. 스트루브가 그녀를 샤르댕의 그림에 비유한 것은 터무니없는 엉터리만은 아니었다. 그녀를 바라보고 있으면 왠지 모르게 그 거장의 걸작인 실내용 모자를 쓰고 앞치마를 두른 발랄한 주부의 초상화가 떠올랐기 때문이다. 스트루브 부인이 냄비와 솥 사이를 부지런히 오가며, 마치 어떤 의식이라도 치르듯 한 가지씩 부엌일을 정리해 가는, 그리하여 그 부엌일까지 뭔가 도덕적 의미를 띠게 되는 그런 장면이 연상되는 것이었다. 나는 딱히 그녀를 똑똑하다든가 명랑한 성격이라고는 생각하지 않았지만, 그러면서도 그녀의 엄청난 집중력에는 뭔지 모르게 끌리는 것이 있었다. 그러나 그토록 조심스러운 몸가짐에 이해가 안 가는 점이 없는 것도 아니었다. 어째서 이 여자가 스트루브와 결혼했는지, 좀 이상한 생각이 들었다. 영국인이라고는 했지만 나로선 어디 출신인지 확실히 알 수가 없었다. 어떤 계급출신인지 어떤 환경에서 자랐는지 또 결혼 전에는 무엇을 했는지도 확실치 않았다. 그녀는 매우 조용한 여자였지만, 한번 입을 열면 싹싹하게 말했으며 태도도 자연스러웠다.

나는 스트루브에게 지금도 그림을 계속 그리느냐고 물었다.

"그리느냐고? 전보다 솜씨가 늘었다네."

우리는 화실에 있었는데 그가 손을 들어 이젤에 놓여 있는 그리다 만 그림을 가리켰다. 그림을 보고 나는 조금 움찔했다. 여전히 캄파냐풍으로 차려입은 한 무리의 이탈리아 농부들이 로마교회의 돌계단에 기대어 쉬고 있는 장면을 그리고 있었기 때문이다.

"이것이 지금 그리고 있는 작품인가?"

"응, 모델은 로마에만 있는 게 아니라 파리에도 얼마든지 있다네."

"아름답다고 생각하지 않으세요?" 스트루브 부인이 말했다.

"나 참, 이 사람은 내가 위대한 화가인 줄 안다니까."

그는 그렇게 말하며 쑥스러운 듯 웃었지만, 속에서 우러나오는 기쁨은 감출 수 없었다. 그의 눈길이 자기 작품에서 떨어지지 않았다. 남의 작품에 대해서는 그처럼 정확하고 전통에 사로잡히지 않는 그의 감식안이 자기 작품 앞에서는 이렇게 달라져, 이 보잘것없고 속된 그림에 만족을 한다고 생각하면 정말 이상한 느낌이 들었다.

"좀더 보여 드리면 어때요?" 스트루브 부인이 말했다.

"그럼 그럴까?"

그처럼 친구들의 비웃음으로 고민하면서도 한편 스트루브는 칭찬을 받고 싶어하는 만족감에서 자기 작품을 남에게 보이지 않고는 견딜 수가 없었다. 그는 마침내 머리가 곱슬곱슬한 장난꾸러기 이탈리아인 꼬마 둘이서 구슬치기를 하고 있는 그림을 꺼내 왔다.

부인이 말했다. "귀엽죠?"

이어서 그 밖의 다른 그림도 보여주었다. 나는 그가 파리에 와서도 수년 간 로마에서 그랬듯 진부한 수법의 보잘것없는 그림만을 그려왔음을 알았다. 하나같이 거짓이고 위선적이며 조잡했다. 그렇지만 세상에서 스트루브만큼 정직하고 성실하며 사물을 있는 그대로 보는 사람은 없었다. 이 모순은 누구도 풀 수 없는 수수께끼일 것이다.

도대체 무슨 생각에서였는지는 확실치 않은데, 나는 불쑥 물어보았다.

"자네 혹시라도 찰스 스트리클런드라는 화가를 만난 적이 있나?"

스트루브가 소리쳤다. "이건 놀라운데! 자네도 그를 알고 있나?"

"짐승." 그의 아내가 말했다.

그 말을 들은 스트루브가 웃음을 터뜨렸다.

"마 포브르 셰리(나의 소중한 사람)." 그는 부인에게 다가가 두 손에 입을 맞췄다. "이 사람은 그를 싫어한다네. 그런데 자네가 그를 알 줄이야, 꿈에도 생각지 못한 일일세."

"전 예의 없는 사람은 딱 질색이에요." 스트루브 부인이 말했다. 이제껏 웃고 있었던 디르크가 나를 바라보며 이유를 말하기 시작했다.

"실은 전에 그 사람 보고 우리 집에 와서 내 그림을 봐 달라고 그랬다네. 그래서 우리 집에 찾아왔기에 있는 그림을 모두 보여줬지." 거기까지 말하고 스트루브는 매우 당황스러운 듯 망설였다. 어째서 그가 스스로를 깎아먹는 그 얘기를 시작했는지는 모르지만 어쨌든 그는 말을 끝맺지 못하고 우물쭈물했다. "그래서 내 그림을 보기는 했는데, 보기만 했을 뿐 아무 말도 없지 뭔가. 그래서 다 볼 때까지 비평을 삼가고 있는 줄만 알고 모두 보여준 뒤에 '이것이 전부요' 하고 얘기를 했지. 그러자 그 사람은 당신한테 20프랑 꾸고 싶어서 온 거요, 하지 않겠나."

"그런데 이 사람은 거절도 하지 않고 돈을 꾸어 주었답니다." 부인이 옆에서 아주 화가 난다는 듯 말했다.

"나도 정말 어이가 없더군. 그렇다고 딱 잘라 거절할 수도 없었네. 그 사람, 돈을 받아 주머니 속에 넣더니 고개를 끄덕이며 고맙다고 한 뒤 그 길로 돌아가 버렸어."

기가 막힌다는 듯 입을 멍하니 벌리고 이 이야기를 하는 스트루브의 얼빠진 표정을 보고 있자니 웃음이 터져나올 것 같았다.

"그림이 서툴다고 느꼈으면 차라리 그렇다고 솔직히 말해주면 될 것 아냐. 그런데 한 마디도 안 하는 거야. 단 한 마디도."

"당신은 무슨 좋은 말이라고 그 얘길 자꾸 하세요." 부인이 나무라듯 말했다. 나 또한 화를 낼 일이지만, 스트리클런드의 몰인정한 행동에 분개하기보다 오히려 이 네덜란드인의 표정을 보는 것이 더 재미있었다.

부인이 말했다. "전 다시는 그를 만나고 싶지 않아요."

스트루브는 씽긋 웃으며 어깨를 움츠렸다. 벌써 기분이 풀린 것이다.

"그러나 누가 뭐래도 그는 아주 보기 드문 훌륭한 화가야."

"스트리클런드가? 그럼 다른 사람인 모양이군."

"붉은 수염을 기르고 몸집이 큰, 찰스 스트리클런드라는 영국인일세."

"내가 알고 있었을 때에는 수염을 기르지 않았었는데 길렀다면 아마 붉은 수염일 거야. 하지만 내가 말하는 스트리클런드는 그림을 배우기 시작한 지 겨우 5년 정도밖에 안 된단 말일세."

"그럼 분명히 그 사람이군. 그는 위대한 예술가야."

"그럴 리가."

"여보게, 지금까지 내가 한 번이라도 실수한 적이 있던가? 그 사람은 천재일세. 틀림없이 천재야. 앞으로 백 년 뒤에 만일 자네나 내 이름이 조금이라도 세상에 남아 있다면 그것은 오로지 찰스 스트리클런드를 알았다는 이유 때문일 걸세."

나는 전혀 뜻밖의 말에 흥분을 감출 수 없었다. 불현듯 그와 나눈 마지막 대화가 떠올랐다.

"그래 그 사람 작품이 어디 나와 있나?" 나는 말을 이었다. "어쨌든 성공한 셈이군그래, 지금은 어디에 살고 있나?"

"천만에, 성공이 다 뭔가. 아마 아직 한 장도 팔지 못했을 걸세. 그 사람 이야기를 하면 남의 웃음거리가 되기 십상일세. 그러나 나는 그가 위대한 화가라는 것을 알고 있네. 그만한 그림솜씨를 가졌으면서도 마네는 남의 비웃음만 받았고 코로 또한 한 장의 그림도 팔지 못했었네. 지금은 어디 살고 있는지 모르네만, 궁금하면 데리고 가서 만나게 해줌세. 그는 매일 밤 7시만 되면, 으레 클리시 거리의 어느 카페에 나타난다네. 자네만 좋다면 내일 밤이라도 함께 갈 수 있네."

"하지만 그쪽에서 나를 기분 좋게 만나줄지가 의문일세. 내 얼굴을 보면 잊고 싶은 옛일이 생각날지도 모르니까. 그래도 어쨌든 가보기로 하세. 그런데 아무거라도 좋으니 그 사람 그림을 볼 수 없겠나?"

"그에게 부탁해 봐도 그건 안 될 걸세. 한 장도 보여주지 않을 거야. 그런데 다행히 내가 알고 있는 자그마한 화상(畫商)이 그 사람 그림을 두세 장 가지고 있네. 그러나 자네 혼자 갈 생각은 말게. 도저히 이해할 수 없을 테니까. 내가 함께 가서 설명해 줘야 하네."

"여보, 전 당신 이야기를 듣고 있으면 화가 치밀어요. 그런 대접을 받으면서도 화도 안 나는지, 그 사람 그림을 그렇게 말하다니 알다가도 모르겠어요." 그렇게 말하고 그녀는 내가 있는 쪽으로 돌아앉더니 말했다. "사실은 언젠가 대여섯쯤 되는 네덜란드인들이 이 사람 그림을 사러 왔었어요. 그런데 이 사람은 자기 그림은 팔 생각도 않고 자꾸 스트리클런드의 그림을 사라고 권하지 뭐예요. 꼭 한번 보시라며 손수 그 그림을 가지고 왔답니다."

나는 웃으며 물었다.

"그래 부인께선 그 그림을 어떻게 생각하셨나요?"

"끔찍했어요."

"오, 여보. 당신은 이해 못해."

"하지만 그 사람들은 그런 그림을 보여줬다고 화를 냈잖아요. 분명 당신이 놀리는 줄 알았을 거예요."

스트루브는 안경을 벗어 안경알을 닦았다. 발개진 얼굴이 흥분으로 발하고 있었다.

"어쨌든 아름다움은 이 세상에서 가장 귀중한 것인 만큼, 그냥 지나가다 일없이 주울 수 있는 해변의 조약돌 같은 게 아니야. 그것은 예술가가 이 혼돈의 세계에서 고심에 고심을 거듭해서 만들어 낸 거야. 그러나 그 아름다움을 판별해 낼만한 능력이 모든 사람에게 다 주어진 것은 아닐세. 아름다움을 알아보기 위해선 예술가가 맛본 괴로움을 이쪽에서도 맛봐야 해. 즉 아름다움은 예술가가 노래하는 아름다운 멜로디와 같은 것일세. 그러므로 마음의 귀로 그것을 다시 들으려면 이쪽에서도 그만한 지식과 감수성과 상상력이 필요한 법이지."

"디르크, 내가 왜 늘 당신의 그림이 아름답다고 생각하는 줄 알아요? 보자마자 첫눈에 아름다운 그림이라고 생각했거든요."

스트루브의 입술이 조금 떨렸다.

"여보, 당신은 그만 자구려, 나는 이 친구하고 잠깐 산책하고 오리다."

20

다음 날 밤, 스트루브가 찾아와 스트리클런드의 단골 카페로 데려가 주겠다고 말했다. 따라가 보니 그곳은 전에 스트리클런드를 만나러 파리에 왔을 때 그와 함께 압생트를 마시던 카페였다. 그 뒤 그가 줄곧 한 군데만을 다니고 있다는 사실은 그의 특징이라고도 할 수 있는 게으른 습성을 떠올리게 했다.

"보게, 저기 있네." 카페에 닿자마자 스트루브가 말했다.

10월인데도, 따뜻한 밤이어서 테라스는 많은 손님으로 붐볐다. 나는 카페 안을 둘러보았지만 스트리클런드는 없었다.

"저기 구석을 보게나. 체스를 두고 있군그래."

그곳을 보니 과연 한 남자가 체스판 위에 몸을 구부리고 앉아 있는데, 이쪽에선 커다란 펠트 모자와 붉은 턱수염만이 보였다. 우리는 테이블 사이를 지나 그 사람 옆으로 갔다.

"스트리클런드."

그가 얼굴을 들었다.

"여어, 뚱보, 무슨 일로 그러나?"

"당신 옛 친구가 만나고 싶다기에 함께 왔어요."

스트리클런드는 나를 흘끔 쳐다봤지만, 누군지 전혀 생각이 나지 않는 모양이었다. 그가 다시 체스판 위를 들여다보기 시작했다.

"거기 앉게, 하지만 귀찮게 굴면 안 되네." 그는 말했다.

그러고는 말을 하나 움직이더니 곧 체스놀이에 정신을 빼앗기고 말았다. 의기소침한 스트루브는 자못 난처하다는 얼굴로 나를 쳐다보았으나, 나는 그 정도로는 끄떡도 하지 않았다. 마실 것을 시키고 그 판이 끝날 때까지 조용히 기다리기로 했다. 오랜 시간에 걸쳐 스트리클런드라는 남자를 자세히 살펴볼 수 있는 좋은 기회였기 때문이다. 그는 길에서 만나면 도저히 알아볼 수 없을 정도로 변해 있었다. 가장 눈에 띄는 것은 더부룩하게 자란 채 손질도 하지 않은 붉은 턱수염이 얼굴을 뒤덮고 머리가 길게 자란 점이었는데, 무엇보다도 놀란 것은 몸이 몹시 수척해 보인 것이었다. 그래서 그 큰 코는 전보다 더 우뚝 솟아 있었으며 광대뼈도 튀어나오고 눈도 조금 커 보였다. 관자놀이도 푹 꺼져 있었으며 몸은 마치 송장 같았다. 5년 전에 만났을 때의 옷을 아직도 입고 있었는데, 더러운 데다 찢어져 실밥이 너덜너덜했으며 마치 남의 옷을 빌려 입은 듯 헐렁했다. 언뜻 보니 꾀죄죄한 손에 손톱은 자랄 대로 자랐고 살이 빠져 굵은 뼈마디에 힘줄만 앙상하게 남았다. 나는 문득 보기 좋았던 예전 그의 손을 생각했다. 체스에 정신이 팔려 그곳에 앉아 있는 그의 모습은 어떤 무서운 힘을 느끼게 했다. 더구나 뼈와 가죽만 남은 모습이 오히려 그 힘을 더 도드라지게 했다.

이윽고 그는 한 수를 두고 나더니 몸을 뒤로 젖히며 마음을 비운 듯 이상한 눈초리로 물끄러미 상대를 쳐다보았다. 상대는 턱수염을 기른 뚱뚱한 프랑스인으로 한동안 형세를 살펴보더니, 갑자기 크게 소리치며 이제는 졌다는 듯 어깨를 으쓱한 뒤 말을 긁어모아 상자 속에 집어넣었다. 그리고 진 것이 분한 듯 스트리클런드를 향해 몇 마디 억지소리를 퍼붓더니 웨이터를 불러 술값을 치르고 카페를 휑하니 나가 버렸다. 스트루브는 의자를 테이블 앞으로 바싹 당겨 앉았다.

"이제야 이야기할 수 있겠군." 스트루브가 말했다.

스트리클런드는 심술궂은 눈으로 한동안 그를 물끄러미 쳐다보았다. 뭐라고 빈정거렸으면 좋겠는데 공교롭게도 그럴 듯한 말이 떠오르지 않아 할 수 없이 잠자코 있는 것처럼 보였다.

"당신 옛 친구가 만나고 싶다기에 데려 왔어요." 스트루브는 활짝 웃으며 아까 했던 말을 되풀이했다.

스트리클런드는 생각에 잠긴 듯 우두커니 앉아 1분 가까이 나를 바라보았다. 나는 말없이 앉아 있었다.

"전혀 본 기억이 없는데."

어째서 그가 그렇게 말했는지 나는 아직도 알 수 없다. 그때 그의 눈에는 내가 누구인지 알아본 듯한 표정이 엿보였기 때문이다. 그러나 나도 몇 년 전과는 달리 그리 쉽게 당황하지는 않았다.

"얼마 전에 부인을 만났지요. 당신도 그분의 최근소식을 듣고 싶어하실 것 같습니다만."

그는 잠깐 웃더니 눈을 반짝였다.

"언젠가 둘이 유쾌한 저녁을 보냈었지요. 그게 몇 년 전 일이더라?"

"5년 전이지요."

그는 압생트를 한 잔 더 주문했다. 입담 좋은 스트루브는 그가 나와 알게 된 동기며, 어떤 계기로 둘 다 스트리클런드를 알고 있다는 사실이 드러나게 되었는지 떠벌리기 시작했다. 스트리클런드가 그 이야기를 듣고 있는지는 의심스러웠다. 한두 번 반사적으로 나를 쳐다보았는데 내가 보기엔 자기만의 생각에 잠겨 있는 것 같았다. 스트루브가 지껄이는 바람에 그나마 대화가 이루어졌지, 그렇지 않았더라면 서로 가만히 쳐다만 보고 앉아 있었을 것이다. 이윽고 한 30분가량 이야기를 계속 하던 이 네덜란드인은 시계를 쳐다보고 이제 그만 실례하겠다고 말했다. 나에게도 가지 않겠느냐고 물었으나 단둘이 있게 되면 스트리클런드가 무슨 이야기를 할 것 같은 생각이 들어 먼저 가라고 대답했다.

스트루브가 뚱뚱한 몸을 흔들며 나가자 내가 말했다.

"디르크 스트루브는 당신을 위대한 화가로 존경하고 있습니다."

"그래서 어떻다는 말이오?"

"만일 괜찮다면 당신 그림을 보여주지 않겠습니까?"

"내가 왜 그래야 하는데?"

"어쩌면 한 장쯤 사고 싶어질는지도 모르니까요."

"어쩌면 한 장도 팔고 싶지 않을지도 모르지."

나는 웃으며 물었다. "어떻게 생활은 잘 됩니까?"

그가 낄낄댔다.

"그렇게 보이오?"

"금방이라도 굶어죽을 것같이 보입니다."

"거의 굶어죽을 것 같소."

"그럼, 우리 함께 식사나 하러 갑시다."

"그건 또 왜?"

나는 냉담하게 대답했다. "뭐, 자선을 하고 싶어 그러는 건 아닙니다. 솔직히 말해 당신이 굶어죽든 말든 나랑은 전혀 상관없는 일이니까요."

그의 눈이 다시 반짝 빛났다.

"그럼 갑시다." 그렇게 말하고 그는 자리에서 일어섰다. "제대로 한 끼 먹고 싶군."

21

아무 데나 좋은 곳으로 안내하라고 했더니 그는 나를 어느 레스토랑으로 데리고 갔다. 가는 길에 나는 신문을 한 부 샀다. 요리를 주문한 뒤 나는 생 갈미에 술병에 신문을 기대어 놓고 읽기 시작했다. 식사중에 우리는 아무 말도 하지 않았다. 가끔 그가 나를 쳐다본다는 것을 알고 있었지만 나는 일부러 모르는 체했다. 그가 먼저 입을 열게 하고 싶었기 때문이다.

"신문에 뭐 별다른 기사라도 실렸소?" 식사가 거의 끝나갈 무렵이 되자 그가 물었다.

살짝 부아가 치미는 듯한 목소리였다.

"저는 언제나 문예란의 연극 비평을 즐겨 읽습니다."

나는 신문을 접어 옆에 놓았다.

"잘 먹었소." 그가 말했다.

"이제 커피를 마실까요?"

"그게 좋겠군."

둘 다 잎담배를 피워 물었다. 나는 잠자코 담배만 피우고 있었다. 가끔 그가 우스운 듯 미소를 띠고 이쪽을 물끄러미 쳐다보고 있는 것을 느꼈지만, 나는 그가 먼저 말을 꺼내기를 기다렸다.

"그래, 지난번 만남 뒤로 무슨 일을 하고 지냈소?" 마침내 그가 말을 꺼냈다.

나는 그다지 할 얘기가 없었다. 별다른 모험이랄 것 없이 그저 맡은 일을 열심히 하는 한편, 이것저것 실험을 해보기도 하고, 인간과 책에 대한 이해가 차차 깊어져 갔다는 것, 그런 정도였다. 나는 일부러 당신은 무엇을 했느냐는 말은 묻지도 않고 그의 일은 전혀 안중에도 없다는 듯한 태도를 하고 있었다. 그러자 과연 효과가 나타났다. 묻지도 않았는데 그가 자진해서 자기 이야기를 시작했다. 그러나 본디 말재주라곤 없는 사람이라 5년 동안 겪은 자기 체험을 대강 말하는 것이 고작이었다. 그 틈은 내가 상상으로 메울 수밖에 없었다. 나에겐 참으로 흥미로운 인물인데, 이 정도밖에 모르고 넘어가야 하다니 참으로 안타까운 일이었다. 마치 골자가 빠진 원고를 읽고 있는 것 같았다.

그러나 어쨌든 그가 계속 온갖 시련과 싸우며 살아가고 있다는 느낌을 받았다. 보통 사람 같으면 무서워할 여러 가지 일도 그는 전혀 문제시하지 않았다. 세상의 즐거움이란 것에 대해 완전히 무관심하다는 점에서 스트리클런드는 보통의 영국인과는 딴판이었다. 일년 내내 낡고 더러운 방에 들어박혀 있어도 그는 아무렇지도 않았다. 방 안을 아름답게 꾸밀 필요도 느끼지 않았다. 내가 처음으로 그를 찾아갔을 때 보았던 방의 벽지가 얼마나 더러웠는지조차 눈치채지 못했을 것이다. 안락의자에 앉아 편히 쉬고 싶다는 마음도 없고, 오히려 부엌의자가 더 마음 편했다. 음식이 있으면 달려들어 먹었지만 그게 무슨 음식인지는 관심이 없었다. 그에게 있어 음식이란 다만 굶주림의 고통을 없애기 위해 밀어넣는 것에 불과했다. 더구나 그 음식도 먹을 형편이 못 되면 그냥 끼니를 굶고 만다. 어떤 때에는 6개월 동안 매일 단 한 덩이의 빵과 우유 한 병으로 목숨을 이어왔다고 했다. 본디 육감적인 사람인데도 관능적 쾌락에는 전혀 무관심했다. 가난한 것쯤은 아무렇지도 않은 모양이었다. 그처럼 정신적으로만 살아가는 그의 모습에는 뭔가 강한 인상을 주는 점이 있었다.

런던에서 가지고 온 얼마 안 되는 돈을 다 쓴 뒤에도 그는 태연하기만 했다. 그림은 한 장도 팔리지 않았다. 아마 애써 팔려고도 하지 않았을 것이다. 그래서 그는 몇 푼의 돈벌이를 위해 머리를 짜기 시작했다. 싱글싱글 웃으며 반은 농담 삼아 흘린 그의 말을 빌리면 어떤 때는 파리의 밤 생활을 보고 싶어하는 런던 사람들을 안내해 주고 끼니를 이은 일도 있었던 듯싶다. 냉소적인 그의 성격에는 잘 맞는 일이었던만큼, 그럭저럭 그 일을 하다 보니 그는 도시의 점잖지 못한 방면에 꽤 많은 지식을 갖게 되었다. 어쨌든 법적으로 금지된 일을 보고 싶어하는, 얼큰하게 취한 영국인을 찾아 몇 시간이고 마들렌 대로를 헤매었다는 이야기도 했다. 운이 좋았을 때에는 꽤 많은 돈이 생기는 수도 있었지만, 그의 옷차림이 너무 남루해서 나중에는 관광객 쪽에서 겁을 집어먹고 꺼려하게 되었다. 그 뒤 영국 의사를 상대로 한 특허약 광고문을 번역하는 일을 한 적도 있었고, 파업 중에는 페인트공 대신으로 일하기도 했다.

그러는 동안에도 그는 결코 화필을 놓지 않았다. 더구나 화실에 다니는 일은 얼마 안 가 싫증이 나서 완전히 혼자 힘으로 그림을 그려왔다. 궁색하긴 했지만 캔버스와 그림물감을 살 만한 돈은 어떻게든지 마련했으므로 그 밖의 것은 하나도 필요 없었다. 그러나 내가 본 바로는 창작에도 지독한 어려움을 거듭한 모양이었다. 남의 지도를 받기 싫어한 탓에, 선인들이 이미 하나하나 해결해 놓은 여러 기법상의 문제를 혼자 힘으로 해결해 나가느라 많은 시간을 낭비했기 때문이다. 나는 물론, 아마 그 자신도 잘 모르고 있는 듯한 그 무엇을 그는 추구하고 있었다. 전에도 느꼈지만, 그는 마치 뭔가에 홀린 듯 제정신이 아닌 것 같았다. 작품을 보여주지 않으려는 것도 사실은 이제 거기에 대한 흥미를 잃었기 때문인 것 같았다. 꿈속에 사는 사람인만큼 현실은 아무런 뜻도 없기 때문이다. 마음의 눈에 비치는 것을 잡으려고 열중하여 그 밖의 일은 의식하지 못한 채 오직 그 강렬한 개성을 캔버스 위에 쏟아붓고, 일단 작품이 끝나면 거기에 대한 관심을 잃어버리는 것 같았다. 그러나 그림에 대한 관심이라기보다—어느 그림이나 끝까지 그리는 일이 여간해서 없었기 때문에—오히려 그를 불사르고 있던 정열에 대한 관심이었을 것이다. 그가 자기 작품에 만족한 경우는 한 번도 없었다. 그런 건 그의 마음에 계속 따라다니고 있는 꿈에 비하면 하찮은 모양이었다.

"어째서 전람회에 출품하시지 않습니까?" 나는 물었다. "당신 또한 남의 비평을 듣고 싶을 텐데요."

"그렇게 생각하오?"

이 한마디에는 뭐라 말할 수 없는 경멸이 담겨 있었다.

"그럼, 이름이 알려지고 싶지 않다는 말입니까? 대부분의 예술가는 그렇지 않을 텐데요."

"풋내기들이나 그렇지. 개인의 의견도 관심이 없는데, 그 속된 자들의 비평이 신경 쓰이겠소."

"우리 모두가 이성적인 존재인 건 아니니까요." 나는 이렇게 말하고 웃었다.

"이름을 널리 알려 주는 것이 누구요? 비평가, 문인, 주식중개인, 여자들이오."

"그러나 당신이 전혀 알지 못하는 사람들이나 만난 일도 없는 사람들이 당신 작품에서 미묘하고 격렬한 감동을 받는다고 생각하면 당신도 그렇게 나쁘지만은 않겠지요? 힘을 동경하지 않는 자는 없으니까요. 인간의 영혼을 뒤흔들어 동정심을 불러일으키고 공포에 떨게 하는 일만큼 놀라운 힘의 발휘는 저로선 생각하기 힘들군요."

"흔해빠진 감상이지."

"그럼, 왜 작품이 잘되고 못되고를 걱정하십니까?"

"걱정 안 하오. 다만 눈에 비치는 것을 그리고 싶을 뿐이오."

"이를테면, 작품을 써도 아무도 읽어줄 사람이 없다는 것을 알고 있는 무인도에서도 제가 과연 계속 쓸 수 있을는지는 적잖이 의문스러운 일입니다."

스트리클런드는 오랫동안 입을 다물고 있었는데, 그 눈에는 뭔가 그의 영혼을 뒤흔들어 황홀한 경지에 이르게 하는 환상이라도 보고 있는 것 같은 이상한 빛이 감돌고 있었다.

"가끔 나의 머릿속에는 망망대해에 떠 있는 외로운 섬이 떠올라요. 그런 섬의 아무도 모르는 골짜기 속에서 신기한 나무들에 둘러싸여 조용히 살 수 있었으면 좋겠다는 생각이 들어요. 거기에서라면 내가 원하는 것을 찾을 수 있을지도 모르니까요."

그러나 그는 이렇게 알아듣기 쉽게 말하지는 않았다. 적당한 형용사가 떠오르지 않을 때에는 몸짓으로 표현하고 말도 더듬거렸다. 그러므로 그가 하고자 하는 말을 알아차리고 그것을 내 말로 표현했을 뿐이다.

"지나간 5년 동안의 고생을 돌이켜보면 그만한 보람이 있었다고 생각하십니까?"

그는 나를 쳐다보았다. 내가 말하는 뜻을 잘 알아듣지 못할 것 같아 나는 다시 이렇게 덧붙여 말했다.

"당신은 남부럽지 않은 가정과 행복한 생활을 버렸습니다. 사업도 꽤 순조로웠었죠. 그런데 파리에선 비참한 생활을 하신 것 같아서요. 만일 시간을 되돌린다면 그래도 당신은 똑같은 선택을 하실 건가요?"

"물론이오."

"당신은 부인과 아이들 소식은 아무것도 묻지 않으시는군요. 그들 생각은 전혀 하지 않으십니까?"

"안 하오."

"그렇게 무뚝뚝한 대답을 할 줄 몰랐습니다. 집안 식구들을 그처럼 불행하게 만들어 놓고도 조금도 미안하다는 생각이 들지 않습니까?"

그가 미소를 띠며 고개를 가로저었다.

"말씀은 그렇게 하시지만 때로는 옛일이 생각나겠지요. 지금으로부터 칠팔 년 전의 일이 아니라 더 오래된 일, 즉 당신이 처음으로 부인을 만나 사랑에 빠져 결혼했을 때의 일 말입니다. 처음 부인을 가슴에 안았을 때의 기쁨이 생각나지 않습니까?"

"나는 과거를 돌아보는 성격이 아니오. 내게 중요한 것은 다만 영원한 현재일 뿐이오."

나는 잠시 이 말을 마음속으로 되뇌었다. 물론 확실치는 않았지만, 어렴풋하게나마 그가 말하는 뜻을 알 수 있을 것 같았다.

"지금은 행복하십니까?"

"그렇소."

나는 말없이 그의 얼굴을 차분히 들여다보았다. 나의 시선을 되받아치는 그의 눈에 냉소적인 빛이 번뜩였다.

"아무래도 내 말이 마땅치 않은가 보군요."

"무슨 말씀을." 나는 즉각 대답했다.

"상대가 구렁이 같은 사람이라면 좋고 나쁘고도 없으니까요. 그뿐만 아니라 나는 오히려 그런 사람이 갖는 마음의 움직임에 흥미를 느낍니다."

"당신이 나에게 흥미를 갖는 것은 순전히 소설가의 직업 의식에서이겠지."

"옳으신 말씀입니다."

"당신은 나에게 이러쿵저러쿵할 자격이 없소. 그렇게 비열한 사람이니."

"그래서 당신이 나랑 있는 걸 편안해 하나 보군요." 나는 맞받아 쳤다.

그는 냉담한 웃음을 띤 채 아무 말도 하지 않았다. 나에게 이 미소를 묘사할 만한 글재주가 있었으면 한다. 매력적인 웃음은 아니었지만 어쨌든 그 웃음으로 인해 늘 어두웠던 표정이 환해지며 순진하고 짓궂은 표정으로 변했다. 그것은 마치 눈빛 속에 떠오른 채 사라져버리곤 하는 흐린 미소였다. 잔인하지도 부드럽지도 않은 육감적인, 인간보다는 오히려 사티로스의 환희를 연상케 하는 미소였다. 내가 문득 다음과 같은 질문을 하게 된 것도 이 미소 때문이었다.

"파리에 온 뒤 연애를 하신 일은 없습니까?"

"그런 바보 같은 짓을 할 시간이 어디 있소. 사랑과 예술, 둘 모두를 누릴 만큼 인생은 길지 않으니까."

"하지만 당신은 세상을 아예 등진 사람으로는 보이지 않는데요."

"그런 일은 생각만 해도 구역질이 나오."

"인간의 본능이란 골치 아픈 거죠, 그렇지 않습니까?"

"왜 그렇게 히죽대는 거요?"

"당신이 하는 말을 믿지 않으니까요."

"그럼 당신은 머저리요."

나는 말을 멈추고 그의 얼굴을 살피듯 쳐다보았다.

"나를 속여서 대체 무슨 이득이 있습니까?"

"무슨 소리요?" 나는 싱긋 웃었다.

"이렇게 말하긴 뭣하지만, 대여섯 달 동안이라면 그런 마음이 전혀 들지 않을 수도 있겠죠. 그리고 이제 그런 일과는 영영 멀어졌다고 스스로도 생각할 수 있을지 모릅니다. 이제야 비로소 해방되었다, 이제 나의 영혼은 나의 것이 되었다고 생각하게 되겠죠. 마치 밤하늘의 별들 사이로 머리를 쳐들고 걸어 다니는 것 같은 기분이 들겠죠. 그러나 갑자기 더는 참을 수 없게 되어 지금까지 줄곧 자기의 두 다리가 진흙 속을 걷고 있었다는 사실을 알게 됩니다. 그러면 이번에는 오히려 그 진흙 속에 뒹굴고 싶어져서 그야말로 야비하고 천한, 말하자면 소름이 끼칠 정도로 음란하고 파렴치한 여자를 찾아내어, 이쪽에서도 야수처럼 덤벼든단 말입니다. 그리고 욕정에 눈이 멀 때까지 완전히 취해버리는 겁니다."

그는 꼼짝도 않고 내 얼굴을 빤히 보고 있었다. 나는 그를 마주 쳐다보며 천천히 말을 계속했다.

"그리고 이상하게도 이러한 황홀경 상태가 지나가면 그 뒤는 그야말로 거짓말처럼 기분이 순수해지는 법이죠. 마치 육체에서 빠져나온 무형의 영혼만 남은 것 같은 상태에 이릅니다. 그리고 그 미풍이며 신록의 나무들이며, 무지갯빛 냇물의 흐름 같은 것과 마음이 통하는 기분이 듭니다. 마치 신이 된 듯한 기분이 드는 거죠. 그 기분을 제게 설명해 주시겠습니까?"

그는 줄곧 나를 쳐다보더니 말이 끝나자 곧 외면해 버렸다. 그의 얼굴에는 이상한 표정이 떠올랐다. 고문을 당한 끝에 죽은 인간의 얼굴이 그럴 것 같다고 생각했다. 그는 한마디도 하지 않았다. 나는 우리의 대화가 끝이 났음을 알았다.

22

나는 파리에 자리를 잡고 희곡을 쓰기 시작했다. 오전 중에는 일을 하고 오후에는 뤽상부르 공원이나 거리를 산책하는 등 매우 규칙적인 생활을 했다. 루브르는 수많은 미술관 중에서도 가장 친근하고 사색하기에도 알맞은 장소였으므로 그곳에서 여러 시간을 보냈고, 또 조금도 살 마음이 없는 헌책을 뒤적이며 강변을 서성대기도 했다. 그리고 이것저것 닥치는 대로 책을 읽는가 하면 그저 단편적으로 아는 것만으로 충분한 수많은 작가를 만났다. 밤에는 친구들을 만나러 다녔다. 스트루브네 집에도 가끔 들러 함께 조촐한 식사를 하기도 했다. 디르크 스트루브는 이탈리아 요리 솜씨 자랑이 대단했는데, 솔직히 말해 그의 스파게티 요리는 그림 솜씨보다 훨씬 좋았다. 토마토가 듬뿍 들어간, 큰 접시에 먹음직스럽게 담긴 스파게티 요리는 왕의 진수성찬도 부럽지 않은 것이었으며, 거기에 집에서 구운 맛있는 빵과 붉은 포도주가 곁들여졌다. 나는 블랑슈 스트루브와도 차츰 친해졌다. 아마 그녀가 아는 영국인이라고는 나밖에 없었으므로 그녀는 나를 만나는 일이 즐거웠던 모양이다. 밝아 보이는 온순한 여자였으나 늘 말이 없는 편이라 왠지 모르게 어두운 비밀이라도 감추고 있는 것처럼 보였다. 그러나 그런 느낌은 타고난 내성적 성격 탓이었으며 숨김없이 떠들어대는 그녀의 남편 때문에 더 눈에 띄는 것이라고 나는 생각했다. 디르크는 무엇이건 절대 숨기는 성격이 아니며 아무리 내밀한 일이라도 누구 앞이건 서슴없이 말하는 사람이었다. 그 때문에 부인이 얼굴을 붉히는 일도 있는 모양이었다. 꼭 한 번이지만 나도 그런 경우에 부딪친 일이 있다. 그때 디르크는 부인이 말리는데도 듣지 않고 설사약을 먹었을 때 이야기를 너무도 실감나게 설명해주었다. 그 난처한 장면을 너무도 진지하게 말하는 바람에 나는 마침내 배를 움켜쥐고 웃었는데, 스트루브 부인은 그것을 보고 한층 더 어쩔 줄 몰랐다.

"당신도 참, 자신을 남의 웃음거리로 만드는 것이 좋은 모양이죠?"

그녀가 화를 내자 그는 동그란 눈을 더 동그랗게 뜨고 자못 난처한 듯 이마를 찌푸렸다.

"여보, 화났어? 다시는 그런 거 안 먹을게. 그냥 기분이 언짢아서 그랬어. 어쨌든 늘 앉아 있기만 하고 운동을 제대로 해야지. 그때는 사흘 동안 한 번도……."

"제발 그만해 두세요." 그녀는 더 못 참겠다는 듯 눈물까지 글썽이며 그의 이야기를 가로막았다.

그는 꾸중 들은 아이처럼 머리를 숙이고 입술을 삐죽거렸다. 어떻게 손 좀 써 달라는 듯한 눈치였으나 나는 그저 배를 움켜쥐고 웃을 수밖에 없었다.

어느 날 스트루브와 함께, 그곳에 가면 스트리클런드의 그림을 몇 장쯤 볼 수 있다던 그 화상을 찾아갔다. 그러나 가 보니 스트리클런드가 그 그림을 도로 찾아갔다고 했다. 그 이유는 화상도 잘 모르고 있었다.

"하지만 그렇다고 제가 뭐 서운해하는 것은 아니니까 그 점은 염려 마십시오. 그 그림은 본디 스트루브 선생의 얼굴을 봐서 받았던 것이고 혹 팔 수 있으면 팔아 보겠다고 생각했던 것인데, 사실을 말하자면……." 그렇게 말하고 화상은 어깨를 움츠렸다.

"저도 신인들의 작품에는 관심을 꽤 갖고 있습니다만, 설마 선생님께서도 그 그림에 장래성이 있다고는 생각지 않으시겠죠."

"나의 명예를 걸고 하는 말이지만, 내가 보기에는 현재 활약하고 있는 화가 중에서 그만큼 재능 있는 사람은 아무도 없을 거요. 내 말을 믿어요. 당신은 좋은 기회를 놓친 거요. 언젠가 그 그림은 이 가게 안에 있는 그림을 다 팔아도 받을 수 없는 값으로 팔리게 될 테니 두고 보시오. 모네도 그랬지. 그 무렵에는 단 100프랑에도 사겠다는 사람이 없던 그 그림이 지금은 도대체 얼마나 하는지 알아요?"

"그야 그렇지만, 그러나 그즈음에도 또한 모네나 다름없는 그림 솜씨를 가졌으면서도 전혀 팔리지 않는 화가가 많이 있었으니까요. 아무리 값어치 있는 그림도 다만 값만으로 팔린다고는 할 수 없으니까요. 값만으로 정할 수는 없습니다. 그리고 그분의 그림이 과연 값어치가 있는지 여부는 앞으로 두고 봐야 할 문제니까요. 어쨌든 그 사람에게 재능이 있다고 말씀하시는 분은 선생님 한 분뿐이십니다."

"그럼, 당신은 그림이 좋고 나쁜 것을 도대체 어떻게 분간할 수 있단 말이오?"

디르크가 화가 나서 얼굴을 붉히며 물었다.

"그건 오직 한 가지, 잘 팔리느냐로 결정하는 겁니다."

"이런 속물 같으니라구!" 디르크가 소리쳤다.

"하지만 옛날의 위대한 화가들을 생각해 보세요. 라파엘로나 미켈란젤로도 그렇고 앵그르, 들라크르와, 모두 다 잘 팔리지 않았습니까."

"자, 가세." 스트루브가 나를 재촉했다. "여기 있다가는 이 사람을 그냥 두지 못할 것 같으니까."

23

나는 스트리클런드와 꽤 자주 만나 가끔 체스 상대를 해주기도 했다. 그 사람은 정말 종잡을 수가 없었다. 때로는 멍하니 앉아서 남이 있는지 없는지 신경도 안 쓰는 것 같았고 또 어떤 때에는 기분이 좋아서 그 더듬거리는 말로 띄엄띄엄 이야기를 하기도 했다. 결코 신통한 말은 아니었지만, 좀 심한 야유를 섞어가며 상대를 놀라게 하는 수도 있고, 항상 자기가 생각한 바를 그대로 드러내는 사람이었다. 그는 상대가 어떻게 생각하건 아랑곳없이 하고 싶은 말을 했으며, 상대가 감정이 상하면 오히려 즐거워했다. 특히 디르크 스트루브의 기분 따위는 우습게 보고 언제나 너무 심하게 면박을 주었으므로, 그는 다시는 저자와 말을 하면 사람이 아니라고 화를 내며 발길을 돌렸다. 그런데 스트리클런드에게는 어딘가 모르게 이 뚱뚱한 네덜란드인을 끄는 강한 힘이 있었다. 그래서 스트루브는 인사 대신 핀잔을 받는 것이 고작임을 알고 있으면서도, 마치 꼴사나운 개처럼 꼬리를 흔들며 다시 스트리클런드를 찾는 것이었다.

스트리클런드가 어째서 나와 어울렸는지 나는 모른다. 우리의 관계는 기묘한 것이었다. 어느 날 그는 나에게 50프랑을 빌려 달라고 했다.

"나 같으면 꿈도 꾸지 않겠습니다."

"왜 안 되오?"

"나에겐 달가운 일이 아니니까요."

"난 지금 죽도록 쪼들린단 말이오."

"그래서요."

"내가 굶어 죽어도 상관없단 말이오?"

"내가 왜 상관이 있어야 하는데요?" 나는 되받았다.

그는 너저분한 수염을 잡아당기며 한동안 나를 쳐다보았다. 나는 빙긋 웃었다.
"도대체 무엇이 우습소?" 그의 눈에 분노의 빛이 스쳤다.
"당신은 정말 단순하군요. 당신이라는 사람은 의무라는 것을 일절 인정하지 않죠. 그러니 당신에게 의무감을 느껴야 하는 사람도 없는 것이죠."
"만일 내가 방세를 못 치렀다는 이유로 아파트에서 쫓겨나 목을 맸다 해도, 당신은 양심의 가책을 받지 않는단 말이오?"
"네, 전혀."
그가 이를 드러내며 낄낄거렸다.
"공연히 허세 부리지 말아요. 만일 정말 그렇게 된다면 당신은 그야말로 후회막급일 거요."
"그렇게 해 보세요. 그러면 알 게 아닙니까."
그의 눈에 미소가 스쳤고, 그는 말없이 압생트를 휘저었다.
"체스 한 판 두시겠습니까?" 나는 물었다.
"좋지."
우리는 말을 늘어놓았다. 다 차려지자 그는 자못 기분이 좋은 듯 체스판을 둘러보았다. 전투 준비가 완전히 갖추어진 부하들을 바라보듯 그의 눈에 만족감이 일었다.
"정말 제가 당신에게 돈을 빌려줄 줄 알았습니까?"
"안 빌려줄 이유도 없으니까."
"좀 뜻밖이군요."
"왜?"
"당신도 마음속으로는 감상적이라는 것을 알고 실망했어요. 당신이 그렇게 동정심에 호소하는 일은 없었으면 좋았을 걸 그랬어요."
"당신이 그런 호소에 감동했다면 나도 당신을 경멸했겠지."
"그 말은 아까보다 낫군요." 나는 웃었다.
우리는 체스를 두기 시작했다. 둘 다 열중했다. 내기가 끝났을 때 내가 말했다.
"만일 생활이 몹시 곤란한 상황이라면 당신 그림을 보여 주십시오. 마음에 드는 것이 있으면 살 생각이니까요."

"지옥에나 가시지!" 그가 대답했다.

나는 일어서서 밖으로 나가려는 그를 불러세웠다.

"당신은 압생트 값을 내지 않았어요." 나는 싱긋 웃으며 말했다.

그는 나에게 뭐라고 투덜대더니 테이블 위에 돈을 내던지고는 휑하니 나가 버렸다.

그 뒤 며칠 동안 그를 만나지 못했는데, 어느 날 그 카페에 앉아 신문을 읽고 있자니 그가 불쑥 들어와 내 옆에 앉았다.

"결국 목은 안 멨군요."

"그렇소. 일을 맡았지. 지금 나는 200프랑에 장사를 그만둔 어느 배관공의 초상화[10]를 그리고 있는 중이오."

"어떻게 그런 일을 얻게 되었습니까?"

"내가 빵을 사다 먹는 가겟집 여자가 나를 추천해 준 거요. 그 배관공이 자기 초상화를 그려 줄 사람을 찾고 있다는 말을 전부터 그 여자에게 했던 모양이오. 그 여자에겐 20프랑의 수수료를 지불해야 하지만."

"어떤 사람인데요?"

"그게 볼 만하오. 마치 양고기의 넓적다리 살처럼 붉고 커다란 얼굴에, 오른쪽 볼에는 큰 점이 있고 거기에 긴 털이 숭숭 나 있지."

스트리클런드는 아주 기분이 좋았는데, 그 자리에 디르크 스트루브가 찾아와 옆에 앉자 그는 스트루브를 맹렬히 놀리기 시작했다. 지금까지 그에게 있으리라고는 생각지도 못했던 말재주로, 그는 이 불행한 네덜란드인의 제일 아픈 곳을 사정없이 찔러댔다. 가느다란 야유의 칼이 아니라 굵은 독설의 몽둥이를 예고도 없이 휘둘러 댄 셈이라, 스트루브는 방어할 여지조차 없었다. 마치 겁먹고 이리저리 우왕좌왕하는 놀란 한 마리 양 같았다. 그는 너무나도 놀라 멍하니 앉아 있었다. 마침내 그의 눈에서 눈물이 흐르기 시작했다. 게다가 가장 미안한 일은 그런 스트리클런드가 아무리 밉살스럽고 스트루브가 보기에 딱해도 웃지 않을 수 없다는 사실이었다. 디르크 스트루브는 진지한 태도로 나오면 나

---

10) 이 그림은 전에 릴의 돈 많은 어떤 공장주가 간직하고 있었는데 그 사람이 대전시 독일군의 침입을 받자 도망가 버려 지금은 스톡홀름 국립 미술관에 보관되어 있다. 스웨덴 사람은 어쨌든 혼란한 틈을 타서 이익을 찾는 데는 귀신 같은 사람들이다.

올수록 익살맞게 보이는 불운한 사람이었다.

그러나 결국 파리에서 지낸 그해 겨울을 돌이켜보면 가장 즐거웠던 추억은 이 디르크 스트루브와 관련된 일이었다. 그의 아기자기한 가정에는 뭔가 묘하게 잊을 수 없는 것이 있었다. 그와 그의 부인은 상상만 해도 즐거운 한 폭의 그림이었으며, 부인을 향한 그의 솔직한 사랑에는 섬세한 우아함이 있었다. 그의 어리석음은 여전했지만, 그 애정이 지닌 성실함에는 남의 동정을 사는 애틋함이 깃들여 있었다. 그러한 그를 부인이 어떤 마음으로 대하고 있는지 이해할 수 있었고 그녀의 부드러운 애정에 적이 마음이 놓였다. 만일 그녀에게 조금이라도 유머 감각이 있었다면 남편이 자기를 높은 자리에 모셔놓고, 마치 우상이라도 받들듯 순진하게 자기를 숭배하는 것이 우스워서 못 견뎠을 것이다. 그러나 만일 우스웠더라도 그러한 그의 태도에 만족하고 감동했을 것이다. 그는 한결같은 연인이었다. 그렇기에 비록 그녀가 나이를 먹어 몸의 곡선미를 잃고 그 아름다운 용모가 변한다 하더라도 그의 눈에 비친 그녀는 조금도 변함이 없을 것이다. 그에게는 그 여자가 세상에서 가장 아름다운 여자일 것이다. 두 사람의 생활을 지배하는 정연한 질서 속에는 어떤 기분 좋은 우아함이 있었다. 그들이 사는 곳에는 화실과 침실 하나와 좁은 부엌이 있을 뿐이었다. 스트루브 부인은 혼자서 모든 집안 살림을 꾸려 나갔다. 디르크가 시시한 그림을 그리고 있는 동안 그녀는 장을 보러 가고, 점심 준비를 하고, 바느질을 하며 종일 개미처럼 부지런히 일했다. 그리고 밤이 되면 아틀리에에 앉아 다시 바느질을 시작했는데, 이때 디르크는 부인이 도저히 이해할 수도 없는 음악을 연주했다. 연주는 제법 그럴 듯했으나 언제나 필요 이상으로 감정을 더하여 음악 속에도, 정직하고 감상적이며 생기가 넘쳐흐르는 영혼을 쏟아넣었다.

두 사람의 생활은 그 나름대로 하나의 전원시였고 독특한 아름다움을 가지고 있었다. 디르크 스트루브에 관련된 모든 일에 따라다니는 그 익살스러움이 뭔가 융화되지 않는 불협화음처럼 기묘한 맛을 더하고는 있었으나, 더불어 어딘가 모르게 보다 근대적이며 인간적인 냄새가 나기도 했다. 마치 진지한 장면에 튀어나온 거친 농담처럼, 아름다움에 깃든 예리한 슬픔을 한층 높여 주었다.

24

크리스마스를 며칠 앞둔 어느 날 디르크 스트루브가 찾아와 그날 자기와 함께 지내자고 말했다. 그는 크리스마스에 대해 그다운 감상을 지니고 있어 거기에 알맞은 의식 속에서 친구들과 함께 지내고 싶었던 모양이다. 우리는 둘 다 스트리클런드를 이삼 주 동안이나 만나지 못했다. 나는 파리에 잠시 들른 친구들을 만나느라 바빴고 스트루브는 여느 때보다도 격한 싸움 끝에 앞으로는 절대 그를 상대하지 않으리라 결심했기 때문이다. 스트리클런드의 행동에 대해 더는 참을 수 없으므로 다시는 그와 말하지 않겠다고 맹세했었다. 그러나 크리스마스가 가까워지자 그의 마음은 저절로 누그러져, 스트리클런드가 혼자서 크리스마스를 지낼 생각에 가슴이 아팠던 모양이다. 자신의 기분을 그에게 투영한 스트루브는 모두가 즐거이 어울려야 마땅한 특별한 날에 그 고독한 화가가 혼자서 쓸쓸하게 있을 생각을 하니 그냥 있을 수 없었던 것 같다. 스트루브는 화실에 크리스마스트리를 장식했는데, 장식된 나뭇가지에 작은 선물 꾸러미가 매달려 있는 것을 보고 우리가 또 그것을 우습다고 느끼지는 않을까 생각했다. 그리고 그는 스트리클런드를 다시 만나는 것을 부끄럽게 생각하고 있었다. 그토록 심한 모욕을 이렇게 쉽게 용서한다는 것은 다소 굴욕적이었기 때문이다. 그래서 그는 굳게 마음먹은 스트리클런드와의 화해를 위해 그 자리에 나도 같이 있어주기를 바랐다.

우리는 함께 클리시로 찾아갔다. 그런데 늘 있던 카페에 스트리클런드의 모습이 보이지 않았다. 바깥 테라스에 앉기는 너무 추웠으므로 우리는 실내의 가죽을 씌운 긴 의자에 앉았다. 실내는 덥고 답답했으며 공기는 연기 때문에 뿌연 잿빛이었다. 스트리클런드는 오지 않았지만 얼마 안 있어 가끔 그와 체스를 두는 프랑스인 화가가 나타났다. 나도 그와 아는 사이였으므로 그가 우리 테이블에 합석했다. 스트루브는 그에게 스트리클런드를 보았는지 물었다.

"그 사람 앓고 있어요. 모르셨나요?"

"많이 아픈가요?"

"꽤 심한 모양이에요."

스트루브의 얼굴에서 핏기가 사라졌다.

"왜 편지라도 써서 나에게 알려 주지 않았을까? 나도 참 공연히 싸움을 하고!

곧 찾아가 봐야겠군. 그는 돌봐주는 사람도 없을 텐데. 그래 어디 살고 있죠?"

"전혀 모릅니다." 프랑스인 화가는 대답했다.

우리 셋 다 그가 사는 곳을 모르고 있었다. 스트루브는 점점 더 괴로워했다.

"어쩌면 그 사람은 죽을지도 모르겠는데, 죽어도 아무도 모를 테니 무서운 일이군. 그렇게 생각하니 더 참을 수가 없네. 얼른 찾아내야겠어."

무턱대고 그를 찾아 파리 시내를 돌아다니는 일이 얼마나 어리석은 짓인지 나는 스트루브에게 알리려고 노력했다. 먼저 계획을 세워야만 했다.

"하긴 그래. 그렇지만 우리가 이러고 있는 동안에도 그는 어디선가 죽어 가고 있는지도 몰라. 우리가 그곳에 닿았을 때는 이미 때가 늦어 손을 쓸 수도 없을 지경이 될지도 모를 일이야."

"이보게, 좀 진정하고 생각해 보자고." 나는 초조해하며 말했다.

내가 알고 있는 유일한 주소는 벨주 호텔뿐인데 스트리클런드가 그곳을 떠난 지는 벌써 꽤 되었으므로, 그곳에 가본들 아무도 그를 기억할 리 없다. 자기 주소를 비밀로 해두는 묘한 생각을 가진 사람이니, 그곳을 나가며 이사 가는 곳을 알렸을 리도 없다. 더구나 그것은 5년 전 이야기다. 하지만 나는 그가 그곳에서 그리 멀리 가지는 않았을 거라 확신했다. 그가 예전 호텔에 머물렀을 때와 같은 카페에 쭉 나오고 있는 이상 지금 숙소도 여기에서 그다지 멀지 않을 것이다. 그때 문득 생각난 일이 있었다. 스트리클런드는 단골 빵집을 통해 초상화를 그려 달라는 부탁을 받았다고 했다. 그곳에 가면 그의 주소를 알게 될지도 모른다는 생각이 들었다. 나는 전화번호부를 가져오게 하여 빵집을 찾아보았다. 그 근처에는 빵집이 다섯 군데나 있었다. 일일이 다 찾아볼 수밖에 없었다. 스트루브가 마지못해 나를 따라나섰다. 그의 의견은 클리시 거리로 통하는 모든 거리를 돌아다니며 스트리클런드라는 화가가 살고 있는지 집집마다 물어보자는 것이었다. 결국 나의 평범한 계획이 들어맞았다. 두 번째로 찾아간 집에서 계산대 뒤에 있던 부인이 그를 안다고 했다. 어디에 살고 있는지 정확히는 모르지만 맞은쪽에 있는 세 집 가운데 하나일 것이라고 일러주었다. 운이 좋아 첫 번째로 찾아간 아파트 관리인이 꼭대기층에 그가 살고 있다고 알려 줬다. 스트루브가 말했다.

"그 사람 앓고 있는 모양인데요."

"그런지도 모르죠." 관리인은 무관심하게 대답했다. "그러고 보니 벌써 대엿새 동안이나 그 사람을 못 본 것 같군요."

스트루브는 나보다 앞질러 계단을 뛰어올라갔다. 내가 맨 위층까지 올라가니 그는 속옷바람의 노동자와 이야기를 하고 있었다. 그는 스트루브가 두드린 문을 연 사람이었다. 그 노동자는 다른 문을 가리키며 그곳에 살고 있는 사람이 화가일 거라고 했다. 그도 그 화가의 모습을 일주일째 보지 못했다고 했다. 스트루브는 곧 문을 두드리려다가 자못 난처한 듯 나를 돌아보았다. 공포에 사로잡힌 표정이었다.

"만일 죽었으면 어떡하지?"

"그럴 리가……."

내가 문을 두드렸다. 대답이 없었다. 손잡이를 돌려 보니 잠겨 있지 않았다. 내가 안으로 들어가자 스트루브도 뒤따라 들어왔다. 방 안은 캄캄했다. 천장이 경사진 다락방이었다. 희미한 빛이 천장으로 새어들어오긴 했으나 겨우 캄캄한 어둠을 면할 정도였다.

"스트리클런드!"

대답이 없었다. 정말 이상한 노릇이었다. 바로 뒤에 서 있는 스트루브가 떨고 있는 것 같았다. 한순간 나는 불 켜기를 망설였다. 한쪽 구석에 희미하게 침대가 보였지만, 만일 불을 켜면 혹시 그 위에 시체가 누워 있는 것이 아닐까 하는 생각이 들었다.

"정말 바보군. 성냥 없어?"

나는 깜짝 놀랐다. 어둠 속에서 갑자기 스트리클런드의 꺼칠한 목소리가 들려왔기 때문이다.

스트루브가 큰 소리로 외쳤다.

"아아 다행이다! 당신이 죽은 줄 알았어요."

나는 성냥불을 켠 뒤 초를 찾았다. 작은 방 안을 한 바퀴 둘러보았으나 그곳은 거실 겸 화실이었으므로 침대 하나와 벽 쪽으로 돌려놓은 몇 장의 캔버스, 이젤, 테이블, 의자가 전부였다. 바닥에는 양탄자도 깔려 있지 않았고, 난로도 없었다. 그림물감, 팔레트, 칼 같은 것이 널려 있는 테이블 위에 양초 동강이 있었다. 나는 그 초에 불을 붙였다. 스트리클런드는 침대에 누워 있었는데 침대가 너무 작아 거북해 보였다. 몸을 따뜻하게 하려고 옷이란 옷은 죄다 뒤집어쓰고 있었다. 첫눈에도 열이 높다는 것을 알 수 있었다. 스트루브는 침대 옆으로 다가가더니 감정에 복받쳐 목 메인 목소리로 말했다.

"이 딱한 친구, 도대체 어떻게 된 거요? 당신이 이렇게 앓아누운 줄은 전혀 몰랐어요. 왜 나한테 알려 주지 않았소? 당신을 위한 일이라면 뭐든지 해줬을 텐데. 그때 내가 한 말 때문에 그래요? 나는 그럴 작정이 아니었는데. 내가 나빴소. 화를 내다니, 내가 바보였어."

"지옥에나 가버려." 스트리클런드가 말했다.

"자, 말해 봐요. 내가 어떻게든지 걱정 없이 해 줄 테니까요. 당신을 돌봐 줄 사람은 아무도 없나요?"

그가 어이없다는 표정으로 누추한 다락방을 둘러보았다. 그리고 이불을 다시 덮어 주려고 했다. 스트리클런드는 괴로운 듯 숨을 헐떡이며 뿌루퉁한 침묵을 지키고 있었다. 그는 내게 원망스러운 눈길을 던졌다. 나는 한 마디도 하지 않고 그를 바라보았다.

"내게 뭘 해주고 싶으면 우유라도 사다 주게." 이윽고 그가 입을 열었다. "벌써 이틀 동안이나 꼼짝 못하고 있어." 침대 옆에는 빈 우유병이 놓여 있었으며 신문지 위에는 빵부스러기가 남아 있었다.

내가 물었다. "그럼 그동안 무얼 드셨습니까?"

"아무것도."

스트루브가 소리쳤다.

"며칠이나요? 이틀 동안 아무것도 먹지도 마시지도 않았단 말입니까? 이건 너무하군."

"물을 마셨지."

그는 팔을 뻗으면 닿을 만한 곳에 있는 큰 깡통을 한동안 쳐다보았다.

스트루브가 말했다. "곧 갔다 올게요. 또 그 밖에 먹고 싶은 건 없습니까?"

그래서 나는 체온계와 빵과 포도를 사오면 어떻겠냐고 했다. 스트루브는 자기가 도움되는 게 기뻐서 계단을 쾅쾅거리며 내려갔다.

"머저리 같은 놈."

스트리클런드는 중얼거렸다.

나는 그의 맥을 짚어 보았다. 아주 힘없는 맥박이 빠르게 뛰고 있었다. 그리고 한두 가지를 물어보았는데 그는 대답하지 않았다. 다시 한번 되물었더니 성가신 듯 벽 쪽으로 돌아누워 버렸다. 나는 잠자코 기다릴 수밖에 없었다. 10분쯤 있으니 스트루브가 숨을 헐떡이며 돌아왔다. 내가 말한 것 외에 초 몇 자루와 고기즙과 알코올 램프도 사 왔다. 일솜씨가 좋은 스트루브는 잽싸게 우유를 넣은 밀크빵을 준비했다. 스트리클런드의 체온을 재어 보았다. 섭씨 40도였다. 아무리 보아도 중태였다.

25

얼마 뒤 우리는 그곳을 나왔다. 디르크는 저녁식사를 하러 집으로 돌아가고 나는 의사를 불러 스트리클런드를 진찰해 보기로 했다. 그러나 답답한 다락방에서 시원한 거리로 나오자 네덜란드인은 자기 화실로 함께 가자고 했다. 지금 자기가 무슨 생각을 하고 있는데 여기서 말할 수는 없다며, 꼭 함께 가야 한다고 우겨댔다. 나도 의사를 데리고 가 봐야 우리가 한 것보다 더 나은 치료를 할 것 같지도 않아서 그가 하자는 대로 했다. 그의 화실로 가니, 블랑슈 스트루브가 저녁 준비를 하고 있는 참이었다. 디르크는 성큼성큼 그녀 옆으로 다가가 두 손을 잡았다.

"블랑슈, 나를 위해 당신이 해 줬으면 하는 일이 있어요."

그녀는 특유의 매력적인 환한 미소를 띠고 진지한 표정으로 남편을 쳐다보았다. 그의 붉은 얼굴은 땀으로 번들거리고 익살스러울 정도로 흥분한 모습을 보이고 있었는데 놀란 듯한 동그란 눈에서는 간절한 소망이 반짝이고 있었다.

"스트리클런드가 중병을 앓고 있어 다 죽어 가오. 더러운 다락방에 혼자 누워 있는데 돌봐줄 사람이 아무도 없어요. 그를 이리로 데려왔으면 하는데 당신은 어떻겠소."

그녀는 화들짝 손을 뺐다. 그녀가 그렇게 재빨리 움직이는 모습은 처음 보았다. 볼도 달아올랐다.

"안 돼요."

"여보 블랑슈, 제발 안 된다고 하지 말아요. 나는 그를 저대로 내버려둘 순 없어. 그걸 생각하면 밤에 잠도 못 잘 것 같단 말이오."

"당신이 그를 간호해 주는 거라면 또 몰라도."

그녀의 목소리는 차갑고 쌀쌀했다. "하지만 그는 죽을지도 몰라."

"죽으라죠."

스트루브가 잠깐 한숨을 내쉬었다. 그는 얼굴을 닦더니 도움을 청하는 눈초리로 나를 돌아다보았다. 하지만 나로서도 뭐라고 말해야 좋을지 몰랐다.

"그는 위대한 예술가야."

"그게 무슨 상관이에요. 어쨌든 나는 그 사람이 싫어요."

"아아, 나의 사랑하는 소중한 블랑슈, 설마 진심으로 그러는 것은 아니겠지. 제발 부탁이니 그를 데리고 오게 해줘요. 여기 오면 그도 좀 편안할 거요. 우리가 그 사람의 목숨을 구할 수 있을지도 모를 일이오. 당신을 귀찮게 하지는 않을게. 내가 모두 다 할 테니까 화실에 그 사람 잠자리를 마련해 줍시다. 그가 개죽음 당하게 내버려둘 순 없단 말이오. 그렇게 몰인정할 수야 있겠소."

"그럼 병원으로 가면 될 것 아니에요?"

"병원이라니! 그 사람은 애정 어린 손길이 필요하오. 이것저것 세밀한 점까지 신경을 써서 돌봐 줘야 해."

나는 그녀의 마음이 동요되는 것을 보고 좀 뜻밖이라는 생각이 들었다. 그녀는 여전히 식사 준비를 계속하고 있었는데 두 손이 떨리고 있었다.

"당신은 참 답답한 사람이군요. 만일 당신이 아프다면, 그가 당신을 살리기 위해 손가락 하나라도 까딱할 것 같아요?"

"그러나 나의 경우야 그런 일이 문제가 될 리 있소? 나에게는 당신이 있는데. 그 사람 신세를 질 필요가 없지. 그리고 그는 나하고는 처지가 달라. 나에겐 위대한 점이라곤 조금도 없어요."

"당신에겐 남자로서의 기개라고는 전혀 없군요. 땅바닥에 엎드려서 날 밟아 줍쇼, 하고 있는 격이에요."

스트루브는 가볍게 웃어넘겼다. 아내가 어째서 그렇게 나오는지 그도 알고 있는 것 같았다.

"아아, 당신은 그가 내 그림을 보기 위해 여기 왔을 때 일을 생각하고 있군. 그가 내 그림을 조금도 좋게 보지 않는다 해도 상관없는 일이 아니오. 그런 것을 그에게 보인 내가 바보였지. 솔직히 말해 그 그림들은 그다지 훌륭한 것이 아니니까."

그가 슬픈 눈길로 화실 안을 둘러보았다. 이젤 위에는 끝내지 못한 그림이 있었는데, 그 그림은 검은 눈을 지닌 소녀의 머리 너머로 포도송이를 들고 미소 짓는 이탈리아 농부를 그린 것이었다.

"그 사람도 그렇죠. 그림이 마음에 안 들었어도 최소한 예의쯤은 지켜야 할 것 아니에요. 당신을 그렇게 모욕할 필요는 없었어요. 그는 당신을 경멸하고 있다는 것을 보란 듯이 드러내는데, 당신은 강아지처럼 그 사람 손을 핥는군요. 아, 난 그 남자가 싫어요."

"하지만 그는 천재야. 당신도 내가 그런 재주를 가지고 있다고는 생각지 않겠지. 그랬으면 하고 바라긴 하지만. 그러나 난 천재를 보는 순간, 알아볼 수도 있어. 그리고 온 마음을 다해 경의를 표하지. 천재는 이 세상에서 가장 훌륭한 것이니까. 그러나 천재성이란 지니고 있는 사람에겐 무거운 짐이 되는 거요. 그러니까 우리는 그런 사람에게 최대한 인내심을 가지고 너그럽게 대해 주어야만 해요."

나는 이런 부부간의 말다툼에 조금 난처해져 멀찌감치서 보고만 있었는데, 도대체 왜 스트루브가 나를 끌고 왔을까 하는 생각을 하고 있었다. 그의 부인은 금방이라도 울음을 터뜨릴 것만 같았다.

"그러나 내가 그를 데리고 오고 싶은 것은 그가 천재이기 때문만은 아니요. 병들어 누워 있는 한 인간이 불쌍해서 그러는 거지."

"저는 무슨 일이 있어도 그 사람을 우리 집에 들이고 싶지 않아요. 절대로."

스트루브가 내 쪽으로 돌아섰다.

"여보게 부탁이니, 이게 죽느냐 사느냐 하는 중대한 문제라는 것을 이 사람에게 말 좀 해주게. 도저히 그를 그런 끔찍한 굴 속 같은 방에 내버려 둘 수는 없네."

"물론, 그를 이리로 데려와 간호하는 편이 훨씬 좋다는 거야 나도 알고 있지만, 그게 보통 일이 아니라는 것도 확실하지. 낮이나 밤이나 옆에 사람이 붙어 있어야 할 테니."

"그렇게 꽁무니를 빼다니 자네답지 않군."

"그 사람이 이곳에 오면, 저는 나가겠어요."

스트루브 부인이 매우 화난 목소리로 말했다.

"참 당신답지 않은 말을 하는군. 여느 때 당신은 그렇게 친절하고 부드러운 사람이었는데."

"제발 부탁이니 그만해 두세요. 이러다가는 정신이 이상해질 것 같아요."

그러더니 그녀가 울기 시작했다. 의자에 털썩 주저앉더니 두 손에 얼굴을 묻었다. 양어깨가 경련을 일으킨 것처럼 떨렸다. 디르크는 그녀 옆에 무릎을 꿇더니 그녀를 끌어안고 키스하며 온갖 애칭을 불렀다. 눈물이 그의 볼을 타고 흘러내렸다. 이윽고 그녀는 몸을 빼내어 눈물을 닦았다.

"제 걱정은 마세요." 이번에는 그다지 쌀쌀한 말투는 아니었다. 그러곤 나를 보더니 애써 미소를 지으려고 했다. "저를 어떻게 생각하실지 모르겠군요."

스트루브는 어리둥절하여 아내를 쳐다보았다. 그의 이마에는 주름이 잡히고 붉은 입술은 비죽 내밀어져 있었다. 이상하게도 그 모습에서 흥분한 돼지쥐가 떠올랐다.

그가 이윽고 입을 열었다. "그럼 결국 안 된다는 말이군?"

그녀는 기운이 하나도 없어 보였다. 지칠 대로 지쳐버린 것이다.

"이 화실은 당신 거예요, 모든 것이 다 당신 거예요. 만일 당신이 꼭 그를 데려와야 한다면, 그걸 제가 어떻게 말리겠어요."

불현듯 그의 둥근 얼굴에 미소가 번졌다.

"그럼 허락해 주는 거요? 틀림없이 그렇게 나올 줄 알았어. 사랑스러운 당신!"

갑자기 그녀는 몸을 도사리고 까칠한 눈초리로 그를 쳐다보았다. 심장의 고동을 견디지 못하겠다는 듯 두 손을 가슴 위에 얹은 모습이었다.

"여보, 우리가 만난 뒤로 나를 위해 무슨 일을 해 달라고 당신에게 부탁한 일은 없잖아요."

"그야 당신을 위한 일이라면 무슨 일이든 다 해줄 수 있지."

"그럼 부탁이니 제발 스트리클런드 씨를 데려 오지 마세요. 다른 사람이라면 누구라도 좋아요. 도둑도 좋고 주정뱅이도 좋고 거리의 부랑자도 좋아요. 그들을 위해 할 수 있는 일은 기꺼이 하겠다고 약속할게요. 하지만 스트리클런드 씨만은 데려오지 마셔요. 이렇게 머리 숙여 부탁드려요."

"아니 왜?"

"전 그 사람이 무서워요. 왠지는 모르지만 그에겐 뭔가 나를 두렵게 하는 것이 있어요. 그는 우리에게 크나큰 해를 끼칠 거예요. 난 그걸 알아요. 느껴져요. 그를 데리고 오면 결국 안 좋은 일이 터질 거예요."

"그런 터무니없는 말이 어디 있소!"

"아뇨, 그렇지 않아요. 제 말이 맞을 거예요. 뭔가 무서운 일이 우리에게 생길 거예요."

"우리가 좋은 일을 했기 때문에?"

그녀는 숨을 헐떡이고 있었고 그 얼굴에는 뭐라 형용할 수 없는 두려움의 빛이 떠올랐다. 도대체 그녀가 무슨 생각을 하고 있었는지 나는 모른다. 그러나 모든 자제력을 앗아간 형체 없는 두려움에 그녀가 사로잡혀 있다는 것은 쉽게 알 수 있었다. 여느 때의 그녀는 아주 조용한 성격이었으므로 그때 그녀가 보인 동요는 정말 놀라운 것이었다. 스트루브는 한동안 알쏭달쏭한 당혹감 속에서 그녀를 보고 있었다.

"당신은 내 아내요. 이 세상 어느 누구보다도 나에게 소중한 사람이오. 그러니까 당신이 조금이라도 싫어한다면 아무도 데려오지 않겠소."

그녀는 잠시 눈을 감고 있었는데, 나는 그녀가 기절하는 게 아닌가 싶었다. 나도 이 여자에게 화가 좀 치밀었다. 지금까지 그녀가 그렇게 예민한 줄은 몰랐기 때문이다. 그때 스트루브의 목소리가 다시 들려왔다. 그 소리는 묘하게도 주위의 정적을 뒤흔드는 것 같았다.

"당신은 몹시 어려운 지경에 빠져 있을 때 도움의 손길을 받아 본 경험이 한 번도 없소? 그것이 얼마나 고마운 일인지 당신도 알 거요. 당신도 그런 기회가 있으면 누군가에게 친절을 베풀고 싶지 않소?"

참으로 마땅한 말이고, 나에겐 무언가 권고로 들렸으므로 나는 하마터면 웃음이 터져 나올 뻔했다. 그러나 놀랍게도 블랑슈 스트루브에게는 그런 평범한 말도 어떤 효력이 있었던 모양이다. 그녀는 정신이 번쩍 든 듯 한동안 멍하니 남편을 바라보았다. 그는 시선을 떨어뜨린 채 꼼짝 않고 앉아 있었다. 왜 그가 문득 당황한 기색을 보이는지 나로선 알 수 없었다. 그녀의 볼에 엷은 빛이 떠오르더니 다시 창백해졌다. 창백한 정도가 아니라 죽은 사람처럼 해쓱해졌다. 마치 그녀의 육체에서 핏기가 싹 가신 것 같았다. 심지어 두 손까지 창백했다. 그녀의 온몸이 바르르 떨렸다. 화실의 침묵이 서서히 하나로 엉기어 손으로 만질 수 있는 것으로 변했다. 나는 어찌할 바를 몰랐다.

"스트리클런드 씨를 데려 오세요. 최선을 다해 보겠어요."

"오, 여보." 그의 얼굴에 미소가 떠올랐다.

그는 그녀를 끌어안으려 하자 그녀가 피했다.

"손님 앞에서 그러지 마세요, 여보. 제가 얼마나 어리석은 사람으로 보이겠어요."

그녀의 태도는 완전히 정상으로 돌아왔다. 지금의 그녀를 보면, 바로 직전에 그녀가 그처럼 격한 감정에 사로잡혔으리라고는 누구도 상상할 수 없을 것이다.

26

다음 날, 우리는 스트리클런드를 데려왔다. 그를 설득하는 데는 굳은 의지와 그보다 더한 인내심이 필요했다. 그러나 사실상 그는 몹시 앓고 있었으므로 스트루브의 간곡한 부탁과 나의 단호함에 저항할 만한 힘이 있을 수 없었다. 우리 둘이 가까스로 옷을 갈아입히고 그를 아래층으로 떠메고 내려와 마차에 태운 다음, 이윽고 스트루브의 화실로 데리고 오는 내내 그는 다 죽어가는 목소리로 우리에게 욕을 퍼부어 댔다. 그곳에 닿자 그도 몹시 지쳤던지 군말 없이 우리가 시키는 대로 침대에 누웠다. 그는 6주간 앓아누워 있었다. 한때는 몇 시간밖에 더 살지 못할 것 같은 때도 있었다. 그러므로 그가 병을 이겨낼 수 있었던 것은 바로 네덜란드인의 끈질긴 정성 때문이라고 나는 확신한다. 어쨌든 이처럼 다루기 어려운 환자를 만난 것은 난생처음이었다. 덮어놓고 무슨 요구를 하거나 불평을 해서가 아니었다. 반대로 아무 불평도 없고 무엇 하나 요구하는 일도 없으며 전혀 말이 없었기 때문이다. 마치 그를 이렇게 돌봐 주는 일 자체가 분한 것처럼 보였다. 기분이 좀 어떠냐고 묻거나 뭐 필요한 게 없느냐고 물으면 언제나 조롱과 경멸과 욕설로 대꾸했다. 이러는 데는 나도 밉살스러운 생각이 들어 그가 위험한 고비를 넘기자마자 서슴없이 그렇게 말해 주었다.

"지옥에나 가버려." 그는 한 마디를 내뱉었을 뿐이다.

한편 디르크 스트루브는 자기 일을 모두 접어두고 온 정성을 다해 스트리클런드를 간호했다. 그는 환자를 기분 좋게 해주는 비상한 재주를 갖고 있었으며, 어디에 그런 재주가 숨어 있었는지, 도저히 불가능하다고 생각한 나의 예상을 뒤엎고 아주 묘한 꾀를 내어 스트리클런드에게 약을 먹였다. 그로선 귀찮은 일이 전혀 없는 모양이었다. 그들 내외가 살아가기에는 별로 옹색한 살림은 아니지만 낭비할 정도로 여유는 없었을 텐데, 지금은 스트리클런드의 변덕스러운 입맛에 맞춰 제철도 아닌 비싼 음식을 장만하느라 지나친 낭비를 해야만 했다. 영양가 있는 음식을 먹이려고 환자에게 차근차근 타이르던 그의 무던한 참을성을 나는 결코 잊을 수 없다. 스트리클런드의 무례한 말에도 화를 내는 일이 단 한 번도 없었다. 상대가 뚱하니 기분 나빠할 때는 전혀 그런 눈치를 못 챈 것처럼 했고 반대로 상대가 공격적으로 나오면 다만 웃어넘겨 버렸을 뿐이다. 마침내 스트리클런드의 병도 좀 나아지고 그 조소하는 버릇에 혼자 흥이 나서 매우 기분이 좋을 때면, 스트루브는 거기에 박차라도 가하듯 일부러 어리석은 짓을 해 보이곤 했다. 그리고 병자가 이렇게 좋아지지 않았느냐고 말하기라도 하듯, 아주 만족스러운 눈길로 나를 흘끔 쳐다보는 것이다. 스트루브는 정말 훌륭한 사람이었다.

그러나 나를 가장 놀라게 한 것은 블랑슈였다. 그녀는 유능할 뿐 아니라 참으로 헌신적인 간호 솜씨를 보여주었다. 그녀의 그런 태도에서 앞서 스트리클런드를 화실로 데리고 오겠다는 남편의 의견에 한사코 반대했던 모습은 조금도 찾아볼 수 없었다. 환자에게 필요한 시중이라면 꼭 자기가 하겠다고 자진하며 나섰다. 환자를 움직이지 않고도 시트를 갈 수 있도록 머리를 쓴 것도 그녀였다. 환자의 몸을 닦아 주기도 했다. 정말 감탄했다고 내가 칭찬을 하면 그녀는 상냥한 미소를 띠며 전에 잠시 병원에서 일한 경험이 있다고 대답했다. 그처럼 스트리클런드를 싫어했다는 눈치는 조금도 보이지 않았다. 그녀가 먼저 말을 붙이는 일은 거의 없었지만 그가 원하는 것은 눈치 빠르게 알아차렸다. 밤새도록 누가 옆에 있어야 했던 처음 2주 동안 그녀는 남편과 교대로 자리를 지켰다. 오랫동안 캄캄한 어둠 속에서 환자를 지켜보면서 그녀는 무엇을 생각했을까? 끔찍하게 여위고 자랄 대로 자란 붉은 수염이 더부룩한 채, 열이 오른 벌건 눈으로—그 눈은 병으로 인해 더욱 커졌으며, 이상하게 빛나고 있었다—물끄러미 허공을 쳐다보고 있는 스트리클런드의 모습은 괴상했다.

한번은 그녀에게 물어보았다.

"그 사람, 밤에 부인에게 뭐라고 말을 한 적이 있습니까?"
"전혀요."
"지금도 그가 싫으신가요?"
"네, 전보다 더요."
그렇게 말하고 그녀는 차분한 잿빛 눈으로 나를 쳐다보았다. 너무도 침착한 표정이었으므로, 이 여자가 그때 본 것처럼 격한 감정의 소유자라고는 도저히 믿어지지 않았다.
"당신의 도움에 대해 그가 고맙다는 말을 한 적이 있습니까?"
"아뇨." 그녀가 미소 지으며 대답했다.
"정말 사람도 아니군요."
"끔찍한 인간이에요."
물론 스트루브는 그녀의 태도에 매우 기뻐했다. 그가 짊어진 무거운 짐을 함께 짊어지고 헌신적으로 일을 하는 데 대해 말로는 그 감사를 충분히 표현할 수가 없었다. 다만 조금 마음에 걸리는 일은 블랑슈와 스트리클런드가 서로를 대하는 태도였다.
"여보게, 내가 직접 봤는데, 몇 시간이고 같이 앉아 있으면서 단 한 마디도 말을 안 하니 영문을 모르겠네."
마침 스트리클런드도 병세가 많이 좋아져, 앞으로 하루 이틀이면 일어날 수 있을 때였다. 나는 그들과 함께 화실에 있었다. 나는 디르크와 이야기를 하고 있었고 스트루브 부인은 바느질을 하고 있었는데, 손에 들고 있는 와이셔츠는 스트리클런드의 것이었다. 그는 말없이 똑바로 누워 있었다. 그의 눈길이 블랑슈 스트루브 쪽으로 향했는데, 그 속에 이상한 야유의 빛이 담겨 있었다. 그의 시선을 느낀 블랑슈도 얼굴을 들었으므로 한순간 두 사람의 눈이 마주쳤다. 그녀의 표정이 무엇을 나타내는 것인지 나로선 잘 이해할 수가 없었다. 그때 그녀의 눈은 어떤 기묘한 당황과 그리고 틀림없이—왜인지는 알 수 없었지만—놀라움의 빛을 띠고 있었다. 스트리클런드는 곧 시선을 돌려 천장을 쳐다보았지만 그녀는 물끄러미 그를 계속 바라보고 있었다. 나는 그녀의 표정을 도저히 이해할 수 없었다.
이삼 일이 지나자 스트리클런드는 겨우 자리에서 일어나게 되었다. 그는 뼈와 가죽뿐이었으므로 마치 허수아비가 누더기를 걸친 것처럼 보였다. 턱수염은 보기 흉하게 자라고 머리는 더부룩하며 그렇지 않아도 큰 얼굴이 더 크고 괴상하게 보였다. 그러나 이상하게도 추하다고는 말할 수 없었다. 그 모습 속에는 뭔가 엄청난 것이 숨겨져 있었다. 그때 그가 내게 준 인상을 정확히 뭐라고 표현해야 좋을지 모르겠다. 비록 육체라는 칸막이가 거의 투명하게 보였다 하더라도 그곳에 뚜렷이 나타나 있던 것은 결코 영적인 것이라고는 할 수 없었다. 그의 얼굴에는 난폭한 관능이 뚜렷이 드러났기 때문이다. 그러나 그 관능에는, 좀 우습게 들릴지 모르지만 이상하게도 영적인 무엇이 있었다. 그의 몸 속에는 뭔가 원시적인 것이 깃들어 있었다. 그리스인들이 사티로스니 파우누스 등의 반인반수 괴물 속에 구체화한 신비로운 자연의 힘 같은 것이었다. 신을 상대로 감히 노래 시합을 했기 때문에 살갗이 벗겨지는 마르시아스가 문득 머릿속에 떠올랐다. 이상한 화음과 아직 아무도 시도한 일이 없는 양식을 스트리클런드라는 사나이는 마음속에 남몰래 간직하고 있는 것 같았다. 나는 그가 고통과 절망의 최후를 맞으리라는 예감이 들었다. 그가 마치 악마에 사로잡힌 것 같은 사람이라는 느낌을 나는 다시 품게 되었는데, 그것이 반드시 사악한 악마라고는 할 수 없었다. 선이나 악이 생겨나기 이전부터 존재했던 원시적인 힘이라고 생각했기 때문이다.

그는 아직 그림을 그리기에는 몸이 약했으므로 화실에 앉아 명상에 잠기거나 책을 읽거나 하였다. 그가 읽는 책 또한 기묘했다. 곧잘 말라르메의 시를 읽고 있는 것을 보았는데, 읽는 방법도 남달랐다. 마치 아이들이 읽듯 한 마디 한 마디 입으로 내뱉으면서 읽었다. 그 이해하기 힘든 운율과 애매한 글귀에서 그는 도대체 어떤 감정을 끌어내고 있었을까? 또 어떤 때는 가보리오의 탐정소설에 푹 빠져 있었다. 그처럼 책을 선택하는 데도 그의 기이한 성격 속에 담긴 서로 모순되는 양면이 뚜렷이 나타나는 것을 보고 나는 참으로 재미있는 현상이라고 생각했다. 게다가 이상하게도 이 사람은 그처럼 몸이 쇠약한데도 조금도 몸을 아낄 생각을 하지 않았다. 스트루브는 편히 쉬는 것을 좋아했으므로 화실에는 묵직하고 푹신한 안락의자 두 개와 긴 의자가 하나 놓여 있었는데, 스트리클런드는 결코 그런 의자에 앉으려 하지 않았다. 그렇다고 극기심 때문에 그러는 것도 아니었다. 어느 날 내가 우연히 그가 혼자 있는 화실을 찾아갔을 때도 그는 다리가 셋 있는 둥근 의자에 앉아 있었다. 요컨대 그는 편히 쉴 수 있는 안락의자를 좋아하지 않았다. 그는 곧잘 팔걸이가 달리지 않은 부엌용 의자에 앉아 있었다. 때로 그를 보면 나는 공연히 화가 치밀었다. 나는 자신의 주변에 대해 이처럼 전혀 관심이 없는 사람을 본 적이 없기 때문이다.

27

이삼 주가 지났다. 어느 날 아침 나는 하루쯤 쉬어볼까 하고 하던 일을 잠시 내려놓고 루브르 미술관을 찾아갔다. 낯익은 그림들을 보며 끝없이 펼쳐지는 공상에 잠겨 긴 화랑을 거니는데, 뜻밖에도 스트루브가 그곳에 있지 않은가. 동글동글하고 놀란 듯한 표정인 그의 모습을 보고 나도 모르게 웃음이 나왔다. 그런데 가까이 다가가 보니 그는 전에 없이 침울한 표정을 짓고 있었다. 옷을 입은 채 물 속에 빠졌다 가까스로 살아 나왔지만 아직도 겁을 먹고 있는 바보 같은 모습이었다. 그는 돌아서서 한동안 내 쪽을 바라보았는데 아무래도 나를 알아보지 못하는 모양이었다. 안경을 쓴 그의 새파랗고 동그란 눈이 괴로움에 일그러져 있었다.

"스트루브."

내가 부르는 소리에 그는 좀 놀란 표정을 보이더니 곧 웃는 얼굴로 쳐다보았다. 그러나 그 미소는 슬픔에 가득 차 있었다.

"오랜만에 루브르에 와 봤네. 뭐 새로운 게 없나 하고."

"하지만 자네는 이번 주 안에 그림을 한 장 그려야 한다고 그러지 않았나."

"스트리클런드가 내 화실을 쓰고 있어."

"그래서?"

"그것도 내가 그렇게 하라고 말했네. 실은 그가 아직 자기 방으로 돌아갈 만큼 완쾌되지 않은 것 같아서 둘이 함께 쓸 생각이었네. 화실을 같이 쓰고 있는 사람들은 이 카르티에 라탱에는 얼마든지 있으니까. 틀림없이 재미있을 줄 알았지. 일에 지쳤을 때 이야기 상대를 해줄 사람이 있다면 얼마나 즐거울까 하는 생각을 전부터 했었으니까."

그는 천천히 한 마디씩 끊어서 내게 모든 얘기를 들려주었다. 그리고 그 어리석고 착해 보이는 눈으로 나를 물끄러미 쳐다보았다. 눈에는 눈물이 가득 괴어 있었다.

"나는 지금 그 얘기가 무슨 뜻인지 모르겠는데."

"스트리클런드는 화실에서 혼자가 아니면 일을 못한대."

"그런 소리가 어디 있나. 자네 화실 아닌가. 그는 자기 화실을 찾으면 될 것 아닌가."

그는 안타깝다는 듯 나를 쳐다보았다. 입술이 떨리고 있었다.

"도대체 어찌 된 일인가?" 나는 목소리를 높였다.

그는 머뭇거리더니 얼굴이 점점 빨개졌다. 그리고 무척 난처한 표정으로 벽에 걸린 그림을 흘끔 쳐다보았다.

"그가 나에게 일을 못하게 해. 나보고 나가라는 거야."

"그럼 자네는 왜 그런 말을 듣고도 욕을 해주지 않았나?"

"그가 나를 쫓아낸 거야. 그하고 다투고 싶지도 않고. 그가 내 모자를 내던지고 방문을 잠가 버렸어."

나는 스트리클런드에 대해 심한 분노를 느꼈다. 아니 오히려 디르크 스트루브의 어리석음에 웃음이 터지려는 나 자신에 대해 분노했다는 편이 옳을 것이다.

"그래 부인은 뭐라고 하던가?"

"그 사람은 마침 시장에 가고 없었어."

"부인은 안에 들어갈 수 있겠지?"

"글쎄, 모르지."

나는 어이가 없어 스트루브의 얼굴을 가만히 쳐다보았다. 그는 마치 선생에게 꾸중을 듣는 학생처럼 보였다.

"그럼 어디 내가 그 녀석을 쫓아내 줄까?"

그는 조금 놀라더니 그 번쩍이는 얼굴을 삽시간에 붉혔다.

"아냐, 자네는 그 일에 참견하지 말게."

그는 가볍게 인사를 하더니 도망치듯 자리를 떴다. 그 문제에 대해 나와 상의하고 싶어하지 않는 데에는 분명 어떤 이유가 있는 모양인데, 나로선 뭐가 뭔지 갈피를 잡을 수 없었다.

28

그 일에 대해 알게 된 것은 그로부터 일주일 뒤의 일이었다. 시간은 밤 10시경이었다. 나는 혼자 레스토랑에서 식사를 하고 나의 작은 아파트로 돌아와 거실에서 책을 읽고 있었다. 벨소리가 울려 복도로 나가 문을 열어보니 그곳에 스트루브가 서 있었다.

"들어가도 괜찮겠나?"

어두컴컴한 층계참이라 얼굴은 잘 보이지 않았지만 그의 목소리에는 뭔가 나를 놀라게 하는 것이 있었다. 만일 그가 금주가라는 것을 몰랐다면 아마 어디서 한잔하고 온 줄 알았을 것이다. 나는 그를 거실로 안내하며 앉으라고 권했다.

"자네가 있어서 다행일세."

"무슨 일인가?"

나는 전에 없이 격한 그의 목소리에 놀라서 되물었다.

거실에 들어오자 그의 모습을 잘 볼 수가 있었다. 여느 때는 몸차림이 깔끔한 사람인데 오늘 밤 그는 차림새가 아주 단정치 못했다. 마치 갑자기 구지레해진 것 같았다. 틀림없이 한잔 걸치고 왔으려니 생각하자 나도 모르게 웃음이 났다. 자칫하면 도대체 그 꼴이 뭔가 놀릴 뻔했다.

"어디를 가야 하나 고민하던 참일세." 그가 큰 소리로 말했다. "조금 전에도 이곳에 왔었는데 자네가 없더군."

"저녁이 좀 늦어졌거든."

그제야 나는 그가 이렇게 자포자기한 태도를 보이는 것은 술 탓이 아니라는 것을 알았다. 여느 때는 발그레하던 얼굴이 오늘밤에는 이상하게도 반점투성이였다.

"무슨 일이 있었나?"

"아내가 떠났어."

그는 겨우 이 말만 하더니 헐떡이듯 숨을 삼켰다. 둥그런 볼 위로 눈물이 흐르기 시작했다. 나는 뭐라고 위로의 말을 해야 할지 몰랐다. 내가 처음에 생각했던 것은, 그가 스트리클런드에게 정신을 빼앗기고 있는 걸 더는 참을 수 없는데다 이 영국인의 냉소적인 태도에 못 이겨, 스트리클런드를 쫓아내라고 요구한 모양이라고 생각했었다. 무척 얌전해 보이지만 그 정도의 성질은 가지고 있는 여자였다. 스트루브가 그녀의 요구를 거절했다면 다시는 돌아오지 않겠다고 집을 뛰쳐나가고도 남을 사람이다. 그러나 이 작은 사나이가 너무도 풀이 죽어 있었으므로 나는 그냥 웃어넘길 수가 없었다.

"여보게, 그렇게 슬퍼할 것 없네. 부인은 돌아올 거야. 여자가 발끈 화를 냈을 때 그 말을 너무 심각하게 받아들이지 않는 편이 좋아."

"자네는 이해 못 해. 그녀가 스트리클런드에게 반했다네."

"뭐라고!" 이 말에는 나도 깜짝 놀랄 수밖에 없었다. 하지만 너무도 어이가 없어 도저히 믿어지지가 않았다. "왜 그런 바보 같은 말을 하나? 설마 스트리클런드를 질투하고 있는 건 아니겠지?" 그렇게 말하고 나는 하마터면 웃음을 터뜨릴 뻔했다. "부인이 그 사람을 꼴도 보기 싫어한다는 건 자네도 잘 알지 않는가."

"자네는 이해 못 해." 그가 탄식하듯 말했다.

"자네, 정신이 좀 이상해진 모양이야." 나는 좀 안타까워하며 말했다. "위스키소다라도 만들어 줄까. 그럼 기운이 날 걸세."

틀림없이 무슨 까닭이 있는 것 같았다.—인간이라는 것은 자신을 괴롭히기 위해 갖은 궁리를 해내는 법이지만—디르크란 녀석, 자기 아내가 스트리클런드를 좋아한다고 오해한 모양이다. 그리고 서툰 짓을 하는 데는 선수니까 그걸로 부인의 마음을 상하게 했을 수도 있다. 그래서 그녀는 남편의 화를 돋우려고 일부러 그의 질투심을 불러일으켰을 것이다.

"그럼 이렇게 하세, 우리 자네 화실로 가보세. 그리고 만일 자네가 지나친 생각으로 어리석은 짓을 했다면 순순히 부인에게 사과하는 거야. 어쨌든 자네 부인은 그 일을 언제까지나 가슴에 묻어 둘 사람 같지는 않으니까."

"내가 다시 그 화실로 돌아갈 수 있을 줄 아나?" 그는 침울한 목소리로 말했다. "거기에는 그 두 사람이 있는데, 나는 그들에게 그곳을 비워 주고 온 거야."

"그럼 떠난 것은 부인이 아니라 자네 자신이 아닌가."

"제발 부탁이니 그런 식으로 말하지 말게."

나는 그때까지도 그가 진심으로 그런 말을 한다고 생각하지 않았다. 나로선 도저히 그의 말을 믿을 수 없었다. 그러나 그는 진심으로 괴로워하고 있었다.

"그래, 자네는 그 말을 하려고 나를 찾아왔단 말인가. 그렇다면 어떻게 된 일인지 처음부터 자세히 얘기해 주게."

"오늘 오후, 나는 더는 참을 수 없어서 스트리클런드에게 이렇게 말했네. 이제 당신도 거의 나았으니까 집으로 돌아가도 되지 않겠느냐고 말이야. 내가 화실을 쓰려고 말이야."

"상대가 스트리클런드가 아니었다면 그런 말은 일부러 할 필요도 없었을 텐데. 그래 그는 뭐라던가?"

"잠깐 웃더군, 왜 자네도 알지 않는가, 우스워서 웃는 게 아니라 마치 이 바보 같은 놈 하는 듯한 그 비웃음 말이야. 그러고는 곧 나가겠다며 짐을 꾸리기 시작했네. 그에게 필요한 것은 전에 내가 죄다 그의 방에서 가져왔던 거 기억하지? 그러더니 그자는 블랑슈에게 짐을 꾸리겠으니 종이와 끈을 갖다 달라고 하더군."

스트루브는 여기까지 말하더니 숨이 차서 말을 끊었고, 나는 그가 정신을 잃지나 않을까 걱정이 되었다. 그에게 이런 이야기를 들을 줄은 꿈에도 생각지 못했었다.

"아내의 얼굴빛이 파리해지더군. 하지만 이르는 대로 종이하고 끈을 가지고 왔네. 그자는 아무 말도 안 했어. 짐을 꾸리며 휘파람을 불더군. 우리 둘은 안중에도 없고, 특유의 야유하는 듯한 눈에는 미소를 띠고서 말야. 나의 마음은 납덩이처럼 무거웠어. 뭔가 이상한 일이 일어날 것 같아 공연히 그런 말을 했다고 후회했네. 그리고 그자가 자기 모자를 찾고 있는데 아내가 갑자기 이렇게 말하지 않겠나.

'디르크, 나도 스트리클런드 씨와 함께 나가겠어요, 이제는 더는 당신하고 함께 살 수가 없어요.'

나는 뭐라고 말하려고 했지만 도저히 아무 말도 나오지 않더군. 그자는 마치 자기하고는 아무 관계 없는 일이라는 듯, 여전히 휘파람을 불고 있었네."

스트루브는 여기서 또 말을 끊고 얼굴의 땀을 닦았다. 나는 꼼짝도 않고 그의 이야기를 듣고 있었다. 여기까지 듣고 보니 그의 말을 믿지 않을 수 없었다. 나는 정말 어이가 없었다. 그러나 아직도 앞뒤 사정을 완전히 이해할 수가 없었다.

이윽고 그가 떨리는 목소리로 두 볼에 눈물을 흘리며 얘기를 계속했다. 그가 다가가 그녀를 끌어안으려 하자 그녀는 몸을 피하며 자기에게 손대지 말라고 하더라는 것이다. 그는 부탁이니 자기를 버리지 말라고 애원했다. 자기가 얼마나 그녀를 사랑하는지, 지금까지 그녀에게 얼마나 헌신적으로 대했는지, 또 둘이서 얼마나 행복하게 살아 왔는지 그녀에게 말했다. 자기는 그녀에게 화를 내고 있지도 않으며 그녀를 나무라지도 않는다는 말도 했다.

마침내 그녀가 입을 열었다.

"디르크, 아무 말도 하지 말고 나를 조용히 보내 줘요. 내가 스트리클런드를 사랑한다는 것을 아직도 모르겠어요? 저분이 가는 곳이라면 나는 어디든지 따라가겠어요."

"하지만 저 사람은 결코 당신을 행복하게 해줄 수 있는 사람이 아니라는 것을 알잖아. 당신을 위해서라도 가면 안 돼. 앞으로 얼마나 괴로운 일이 기다리고 있는지 아직 당신은 모르고 있는 거요."

"이렇게 된 것도 다 당신 책임이에요. 저분을 이리로 데려오겠다고 우기던 것도 당신이잖아요."

그는 스트리클런드 쪽을 돌아보며 애원했다.

"제발 이 여자를 불쌍히 여겨주시오. 아무리 당신이라도 이 여자가 이렇게 미쳐 날뛰는 것을 그냥 보고만 있지는 않겠지." 스트리클런드가 말했다.

"어떤 결정을 하든 그건 그 여자가 선택한 거요. 나는 강제로 따라오란 말 한 적 없소."

"결정은 이미 내려졌어요." 그녀가 생기 없는 목소리로 말했다.

스트리클런드의 이 뻔뻔스러운 태도 앞에서 스트루브가 지금까지 가까스로 억눌러 오던 자제심은 와르르 무너지고 말았다. 맹목적인 분노가 그를 사로잡아 그는 정신없이 스트리클런드에게 덤벼들었다. 갑자기 덤벼드는 바람에 순간적으로 비틀거렸으나 병을 앓았다곤 해도 스트리클런드는 원래 주먹이 강했다. 어떻게 해서 그렇게 되었는지는 모르지만 정신을 차리고 보니 스트루브는 마룻바닥 위에 쓰러져 있었다.

"정말 웃기는 놈이군." 스트리클런드가 말했다.

스트루브는 가까스로 일어났다. 그는 아내가 꼼짝도 않고 서 있는 것을 보았다. 그녀가 보는 앞에서 웃음거리가 되었다는 생각에 굴욕감은 더 깊어졌다. 격투 중에 벗겨진 안경도 어디 갔는지 찾을 수가 없었다. 그녀는 말없이 안경을 집어 그에게 주었다. 문득 그는 자기의 불행을 뼈저리게 깨달았고 슬픔이 왈칵 솟아올랐다. 자신의 어리석음을 한층 더 드러내는 일인 줄은 알았지만 두 손으로 얼굴을 가리고 엉엉 울기 시작했다. 남은 두 사람은 그대로 서서 말없이 그를 쳐다보고 있었다.

"아아 블랑슈!" 이윽고 그가 탄식하듯 말했다. "어쩜 이리도 잔인할 수가 있소."

"어쩔 수 없어요, 디르크."

"나는 당신을 지금까지 그 누구보다도 숭배해 왔소. 만일 내가 당신 마음에 거슬리는 일을 했다면 왜 진작 말해 주지 않았소? 그랬으면 틀림없이 고쳤을 텐데. 나는 당신을 위해 최선을 다해 왔소."

그녀는 잠자코 있었다. 얼굴빛조차 변하지 않았다. 이윽고 그는, 자기가 아무리 무슨 말을 해도 그것은 다만 그녀를 지루하게 만드는 일에 불과하다는 것을 알았다. 그녀는 외투를 입고 모자를 썼다. 그리고 조용히 문 쪽으로 걸어갔다. 그것을 본 그는, 드디어 가버리는구나 하는 생각이 들었다. 그는 재빨리 그녀 앞으로 다가가 무릎을 꿇고 그녀의 두 손을 꼭 잡았다. 마지막 자존심마저 모두 버린 것이다.

"여보, 부탁이니 제발 가지 말아요. 나는 당신 없이는 살아갈 수 없소. 자살이라도 해버릴 거요. 만일 뭔가 당신을 섭섭하게 한 일이 있다면 용서해 줘. 나에게 한 번만 더 기회를 줘요. 당신을 행복하게 해주기 위해 좀더 노력할게."

"여보 일어나세요. 당신은 스스로를 완전히 웃음거리로 만들고 있어요."

그는 비틀거리며 일어섰으나 그녀를 놓으려고는 하지 않았다.

"도대체 어디로 갈 작정이오?" 그가 다급하게 물었다. "당신은 스트리클런드가 살고 있는 곳이 어떤지 모르고 있소. 그런 데서는 도저히 살 수 없을 거요. 눈뜨고 볼 수 없는 곳이란 말이오."

"내가 상관없다는데 당신이 그렇게 걱정을 할 필요가 어디 있어요?"

"잠깐만 기다려 줘요. 당신에게 할 말이 있소. 이 정도 부탁이야 들어줄 수 있을 것 아니오."

"그런 것이 무슨 소용 있나요? 내 마음은 정해졌어요. 당신이 뭐라고 한들 내 결심은 변하지 않아요."

그는 침을 꿀꺽 삼키고는 마치 가슴의 고통을 가라앉히려는 듯 두 손을 가슴에 댔다.

"당신보고 마음을 바꿔 달라는 게 아니오. 다만 잠깐 들어 줘야 할 말이 있을 뿐이오. 이것이 나의 마지막 부탁이라 생각하고 제발 참아 주오."

그녀는 걸음을 멈추고 특유의 생각에 잠긴 듯한 눈으로 그를 쳐다보았지만, 그것은 너무나 무관심한 눈빛이었다. 그녀는 다시 화실로 들어오더니 테이블에 기대섰다.

"무슨 말인데요?"

스트루브는 필사적으로 마음을 가라앉히려고 했다.

"조금은 냉정해져야 해요. 사람이 공기를 먹고 살 수는 없으니까. 스트리클런드는 돈이라고는 한 푼도 없는 사람이오."

"알고 있어요."

"당신이 그와 함께 산다면 생활에 어떤 곤란이 닥칠지 모르오. 저 사람 병이 그렇게 오래 끈 것도 사실은 굶어 죽어가고 있었기 때문이오. 당신도 알잖소."

"돈은 내가 벌 거예요."

"그래? 어떻게?"

"아직 그것까지는 생각하지 않았지만, 무슨 방법이 있을 거예요."

어떤 무서운 생각이 문득 이 네덜란드인의 머릿속을 스치자 그는 저도 모르게 몸을 부르르 떨었다.

"틀림없이 당신은 제정신이 아니군. 아니 도대체 어떻게 그런 생각이 들었단 말이오?"

그녀는 어깨를 으쓱할 뿐이었다.

"이제 가도 되겠죠?"

"잠시만."

그는 지친 모습으로 화실 안을 둘러보았다. 그가 이곳을 사랑한 이유는 그녀의 존재가 이 화실을 명랑하고 가정적인 분위기로 꾸며 주었기 때문이었다. 그는 한순간 눈을 감았다 뜨고는 한동안 물끄러미 그녀의 얼굴을 바라보았다. 마치 그녀의 모습을 마음속 깊이 새겨두려는 것처럼. 이윽고 그는 벌떡 일어나 모자를 집어들었다.

"아니 내가 나가겠소."
"당신이?"
그녀는 깜짝 놀랐다. 그가 하는 말을 잘 알아들을 수 없었기 때문이다.
"나는 당신이 그 더러운 다락방에서 살 생각을 하면 도저히 참을 수 없소. 이곳은 내 집인 동시에 당신 집이기도 하오. 이곳이라면 당신도 불편 없이 살 수 있을 거요. 적어도 최악의 생활만은 벗어날 수 있겠지."
그는 자기 돈을 넣어 둔 서랍을 열고 거기서 몇 장의 지폐를 꺼냈다.
"여기 모아두었던 돈의 반을 당신에게 주리다."
그렇게 말하고 그는 지폐들을 책상 위에 놓았다. 스트리클런드도 블랑슈도 잠자코 있었다.
그리고 그는 또 다른 일을 생각해 냈다.
"미안하지만 내 옷을 싸서 관리인에게 맡겨 줘요. 내일 가지러 올 테니." 그는 애써 웃으려고 했다. "그럼 잘 있어요. 지금까지 나에게 베풀어준 행복에 감사하오."
그는 밖으로 나와 문을 닫았다.
스트리클런드가 책상 위에 모자를 집어던지고 털썩 앉아 담배를 피워 무는 모습이 내 눈앞에 보이는 듯했다.

29

나는 스트루브의 이야기를 곰곰이 생각하며 잠시 입을 다물고 있었다. 그의 나약한 성격에 화가 치밀었다. 그도 나의 불만을 알아차렸다. "스트리클런드가 어떤 생활을 해왔는지 자네도 알고 있잖은가." 그가 떨리는 목소리로 말했다. "나로선 블랑슈에게 그런 생활을 시킬 수는 없네, 도저히."
"그거야 자네 마음이겠지만."
"만일 자네라면 어떻게 했을 것 같은가?"
"부인은 모든 것을 알고 정한 일이야. 어느 정도 불편을 겪게 되더라도 그건 그녀의 몫이지."
"그건 그래. 하지만 자네는 그 여자를 사랑하고 있는 것이 아니니 알 수 없을 걸세."

"그럼 자네는 아직도 부인을 사랑하나?"

"물론일세. 전보다 더 사랑하네. 스트리클런드는 여자를 행복하게 해줄 남자가 못 돼. 그런 일이 오래 계속될 수는 없지. 무슨 일이 있더라도 나는 그녀를 버리지 않을 거란 사실을 그녀가 알았으면 하네."

"그렇다면 자네는 다시 부인을 받아들일 마음이 있다는 말인가?"

"그야 물론이지, 그렇게 되면 그녀는 지금까지보다 더 나를 필요로 할 테니까. 외톨이가 되어 비참한 기분이 들 때 아무 데도 갈 곳이 없다면 그야말로 무서운 일이지 뭔가."

그는 조금도 원망하는 기색이 없었다. 그의 무기력함에 조금이라도 분노를 느꼈던 내가 오히려 평범한 인간이었던 것 같다. 그도 그런 나의 마음을 알아차렸는지 이렇게 말했다.

"물론 나는 내가 그녀를 사랑하듯 그녀도 나를 사랑해 주기를 바라지는 않네. 나는 어릿광대니까. 난 여자의 사랑을 받을 만한 남자는 아니야. 그 정도는 처음부터 잘 알고 있네. 그러니까 그녀가 스트리클런드에게 반했다고 해도 그녀를 나무랄 생각은 없네."

"정말이지 자네처럼 자존심이 없는 남자는 본 적이 없네."

"나는 나 자신보다도 그녀를 훨씬 더 사랑해. 사랑 속에 허영심이 끼어든다는 것은 결국 누구보다도 자기 자신을 더 사랑하고 있다는 증거일 뿐이라고 생각하네. 어쨌거나, 결혼한 남자는 늘 다른 사람과 바람을 피우지 않나. 하지만 그 고비를 넘어서면 결국 부인에게로 돌아오고, 부인 쪽에서도 돌아온 남편을 기꺼이 맞아들이지. 누구나 이 일을 극히 자연스럽게 생각하고 있지 않은가. 그러니 왜 여자라고 달라야 하나?"

"과연 이치는 맞는 것 같군." 나는 웃었다. "그러나 대부분 남자는 그것과는 좀 다르게 생각하지. 그래서 그렇게는 못 해."

그러나 사실상 나는 스트루브와 얘기를 나누는 동안에도 이 일이 너무 갑자기 이루어진 데 대해 이상한 생각이 들었다. 스트루브가 그 일에 대해 지금까지 조금도 눈치 못 챘을 리는 없을 것이다. 문득 언젠가 블랑슈의 눈 속에 떠올랐던 그 어떤 이상한 표정이 떠올랐다. 그것은 그녀 자신도 놀라고 두려워하던 어떤 감정이 어렴풋이 싹트고 있었다는 것을 의식하기 시작했다는 게 분명하다.

"자네는 그 두 사람 사이에 뭔가가 있었다는 사실을 오늘까지 조금도 눈치채지 못했나?"

그는 한동안 대답이 없었다. 마침 책상 위에는 연필이 한 자루 놓여 있었는데, 그것으로 그는 무의식적으로 압지 위에 사람의 머리 같은 것을 그리고 있었다.

"내가 묻는 말이 듣기 싫다면 그렇다고 말해 주게."

"다 말해 버리는 편이 속이 후련하겠지. 아, 내 마음속의 무서운 괴로움을 조금이라도 자네가 알 수 있다면." 그렇게 말하고 그는 연필을 마룻바닥에 집어던졌다.

"2주 전쯤부터 눈치채고 있었어. 그녀가 알아차리기 전부터 나는 알고 있었네."

"그렇다면 왜 스트리클런드를 쫓아내지 않았나?"

"나는 도저히 그 일을 믿을 수 없었네. 블랑슈는 그 사람 얼굴만 봐도 몸서리가 쳐진다고 했으니까. 그런 일은 도저히 믿을 수 없었던 거야. 그래서 이것은 단순히 내 질투려니 생각했지. 나라는 인간은 전부터 질투심이 강했어. 다만 내색하지 않으려고 애를 써왔다네. 블랑슈와 사귀는 모든 남자에게 나는 질투를 느끼고 있었지. 자네한테도 질투를 했었다네. 내가 그 여자를 사랑하고 있는 만큼 그 여자가 나를 사랑하지 않는다는 것을 잘 알고 있었으니까. 뭐, 마땅한 일이지만. 그러나 그녀는 아무 말 없이 나의 사랑을 받아 주었네. 그것만으로도 나는 매우 행복했지. 그래서 나는 그 두 사람만 남겨둔 채 일부러 몇 시간이고 외출을 하기도 했네. 쓸데없는 의심을 품고 괴로워하는 나 자신을 벌하고 싶었기 때문일세. 그런데 돌아와 보니 나 같은 건 없는 것이 좋겠다는 눈치였어. 스트리클런드가 그렇다는 게 아닐세. 그자는 내가 있거나 말거나 개의치 않으니까. 블랑슈의 눈치가 그렇더군. 내가 키스를 하려고 다가가면 그녀는 몸서리를 치는 거야. 마침내 사실이 뚜렷해지자 나는 어찌해야 좋을지 모르겠더군. 만일 부부싸움이라도 하게 된다면 틀림없이 두 사람의 웃음거리밖에 안 되리라는 생각이 들었네. 그래서 차라리 모른 척하고 있으면 모든 것이 잘 해결되리라고 생각했네. 그래서 나는 공연히 싸움을 할 것이 아니라 조용히 그자를 내보낼 수밖에 없다는 결심을 했지. 그때의 내 괴로움을 자네는 도저히 알 수 없을 걸세."

그리고 그는 스트리클런드에게 나가 달라고 부탁했을 때의 말을 또 했다. 최대한 적당한 기회를 골라 자연스럽게 말하려고 했다. 그러나 그로서는 떨리는 목소리를 어떻게 억누를 수가 없었다. 명랑하고 친숙하게 말하려고 했지만, 그 속에 질투의 원한이 배어나오는 것을 느끼지 않을 수 없었다. 설마 나가라고 해서 스트리클런드가 그 즉시 짐을 꾸릴 줄은 몰랐다. 더구나 부인이 따라나가겠다는 말을 하리라고는 상상도 못한 일이었다. 지금에 와서는 차라리 입을 다물고 있을걸, 후회하는 눈치가 뚜렷이 보였다. 그에게는 이별의 괴로움보다는 차라리 질투의 괴로움이 더 나은 모양이었다.

"그자를 죽여버리고 싶었지만 결국 나 자신을 웃음거리로 만드는 게 고작이었지."

그는 오랫동안 침묵했다. 이윽고 마음속에 품고 있던 것을 털어놓기 시작했다.

"만일 내가 좀더 기다리기만 했다면 모든 일이 잘 되었을 텐데, 그렇게 성급하게 굴지 말걸. 아아, 불쌍한 블랑슈, 내가 그녀를 어디로 몰아넣은 거지?"

나는 어깨만 으쓱했을 뿐 아무 말도 하지 않았다. 사실 나는 블랑슈 스트루브는 조금도 동정하지 않았다. 하지만 그런 생각을 솔직히 말해 보았자 다만 불쌍한 디르크를 괴롭힐 뿐이다.

스트루브는 잠시도 입을 다물고 있을 수 없다는 듯, 싸울 때 주고받았던 말을 한 마디도 빼놓지 않고 되뇌었다. 전에 얘기하지 않았던 일까지 기억해 내서 말했고, 그렇게 말하지 않고 이렇게 말했더라면 좋았을걸 탄식하는가 하면, 이번에는 자신의 맹목적인 태도를 한탄하기도 했다. 자기가 한 일을 후회하기도 하고, 그렇게 하지 말았어야 한다며 자신의 실수를 탓하기도 했다. 그러는 사이에 밤은 깊어갔고 마침내 나까지 그만큼이나 지쳐버렸다.

"이제 어떻게 할 생각인가?" 마지막으로 내가 물었다.

"나야 어쩔 수 없지 않은가. 블랑슈가 부르러 올 때까지 기다리고 있을 수밖에."

"잠시 아무 데고 여행이라도 갔다오지 그래."

"아냐, 그건 안 돼. 그녀가 찾으러 올 때 어디 가까운 곳에 있어야 하니까."

과연 그도 어찌할 바를 모르는 모양이었다. 앞으로 취할 대책도 전혀 생각지 않은 것 같았다. 이제 자는 것이 좋겠다고 권했지만, 그는 도저히 잠이 올 것 같지 않으니 날이 샐 때까지 거리를 쏘다니겠다고 했다. 그러나 아무리 보아도 혼자 내버려둘 수 없는 상태였다. 어쨌든 오늘밤은 내 방에서 자라고 타일러 침대에 눕게 했다. 나는 거실에 있는 긴 의자에서도 잘 수 있을 것 같았다. 그 무렵에는 그도 지칠 대로 지쳐 있어 내 말에 거역할 기력도 없었다. 어쨌든 몇 시간이라도 푹 잘 수 있도록 나는 수면제를 좀 넉넉하게 주었다. 이것이 내가 할 수 있는 최선의 서비스라고 생각했기 때문이다.

30

그러나 잠자리가 그다지 편치 못했으므로 나는 잠을 못 이룬 채, 불운한 네덜란드인이 말해준 일을 이것저것 생각하고 있었다. 내게 블랑슈 스트루브의 행동은 그다지 이해 못 할 것도 아니었다. 그것은 단지 육체적 매력에 끌린 거라고 보았기 때문이다. 그녀가 정말로 남편을 좋아했다고는 생각할 수 없으며, 내가 사랑이라고 생각했던 것도 사실은 애무와 위안에 대한 여성적 반응에 불과한 것으로, 그것이 대부분 여자 마음속에서는 애정으로 여겨지고 있다. 그것은 어떤 나무에서나 자랄 수 있는 덩굴처럼 어떤 대상에 대해서나 불타오를 수 있는 수동적인 감정이다. 그리고 그런 감정이 처녀의 마음을 동요시켜 나중에는 사랑이 솟아날 거라는 확신 아래 구애하는 남자와 결혼하게 만들 경우, 세상의 지혜는 그 힘을 인정하게 된다. 그것은 생활의 안정에 대한 만족, 재산에 대한 자부심, 상대가 나를 원한다는 쾌감, 가정을 지니고 있다는 충족감 따위로 성립되는 감정이며, 여자가 거기에 부여하는 정신적 가치라는 것은 실은 밉지 않은 허영에 지나지 않는다. 그러나 그것은 열정에 휩싸일 경우 아무런 방어력도 지니지 않은 감정이다. 블랑슈의 스트리클런드에 대한 심한 혐오감 속에는 처음부터 막연한 성적 매력이라는 요소가 있었을지도 모른다. 그러나 내가 성의 복잡미묘한 비밀을 풀려고 한다면 그야말로 건방진 일일 것이다. 아마도 스트루브의 정열은 그녀의 그러한 면을 만족시킨 게 아니라 다만 자극한 데 불과했던 것이다. 그리고 그녀가 스트리클런드를 미워한 것은 그녀가 필요로 했던 것을 만족시켜 줄 만한 힘을 그에게서 느꼈기 때문이다. 그녀의 남편이 그를 화실로 데리고 오겠다고 했을 때 그녀가 격렬히 반대한 것은 말로만 그런 것은 아니었을 것이다. 스스로도 이유를 몰랐지만, 그녀는 그가 두려웠던 것이다. 게다가 지금 생각나는 일이지만 그녀는 불행이 닥쳐올 것이라 믿었다. 기묘한 일이지만 그녀가 그에게 느낀 공포는, 그가 아주 묘하게 그녀의 마음을 동요케 했으므로 그녀가 스스로에게 느끼던 공포가 전이된 것이었다고 생각된다. 그의 외모는 거칠고 야성적이었으며, 그 눈에는 초연함이, 입매에는 관능성이 있었다. 또한 크고 건장한 몸에서는 걷잡을 수 없는 열정이 느껴졌었다. 그리고 그녀 또한 그 사람에게서, 물질이 대지(大地)와의 원시적 관련을 유지하면서도 스스로 그러한 정신을 지키며 살던 시대의 야생동물과도 같은 그 사악한 요소를 분명히 느꼈을 것이다. 그러한 그가 그녀에게 어떤 영향을 끼쳤다면 그녀는 그를 사랑하든가, 아니면 미워하든가 둘 중 하나를 택해야만 했을 것이다. 그리하여 그녀는 그를 미워한 것이다.

그리고 환자와 매일 가까이 지냈던 일도 묘하게 그녀의 마음을 움직였을 터이다. 그녀는 음식을 먹이기 위해 그의 머리를 들어 주었는데 그 머리가 그녀의 손에 묵직하게 느껴졌다. 그가 다 먹고 나면 그녀는 그의 육감적인 입술과 붉은 턱수염을 닦아 주었다. 털북숭이인 그의 손발을 씻겨줄 때도 있었는데, 몸이 쇠약해졌음에도 뼈마디가 굵고 억세 보이는 손이었다. 손가락은 가늘고 길었으며, 예술가 특유의 손재주가 있어 보이는 손가락이었다. 그러한 남자의 육체적인 특성이 그녀의 마음속에 어떠한 괴로움을 불러일으켰을지 나로선 다만 상상할 수밖에 없다. 그는 꼼짝도 않고 조용히 잠들어 버리므로 죽은 듯이 느껴질 때도, 오랜 추적 끝에 한가하게 휴식을 취하고 있는 숲속의 야수처럼 보일 때도 있었다. 그럴 때면 그녀는 그가 꿈속에서 어떤 공상을 하고 있을까 상상해 보았다. 사티로스에게 쫓겨 그리스의 숲속을 달리는 님프의 꿈이라도 꾸고 있는 것일까? 발이 빠른 님프는 정신 없이 도망치지만 사티로스는 한 발 한 발 소녀에게 다가가고, 마침내 그녀의 목에 그의 뜨거운 입김이 느껴진다. 그래도 그녀는 말없이 도망치고 그는 여전히 쫓아간다. 드디어 그에게 붙잡혔을 때 그녀의 가슴을 두근거리게 한 것은 공포였을까 아니면 황홀이었을까?

블랑슈 스트루브는 욕망의 잔혹한 손에 붙잡히고 말았다. 아마 그녀는 여전히 스트리클런드를 미워하겠지만 동시에 그를 갈망한다. 지금까지 이루고 있던 그녀의 모든 삶이 이제는 완전히 의미를 잃고 말았다. 그녀는 친절하면서도 화를 잘 내며, 사려가 깊지만 동시에 생각이 부족한, 그런 복잡한 여성의 자리를 벗어나 바쿠스의 신도가 되었다. 욕망 그 자체로 변한 것이다.

어쩌면 이것은 내 지나친 공상일지도 모른다. 그녀는 다만 자기 남편에게 싫증이 났고, 냉담한 호기심에서 스트리클런드를 원한 것뿐인지도 모른다. 또는 그에 대해 이렇다할 감정 없이 다만 상대가 바로 옆에 있어서든 아니면 자신의 무료함 때문에 그의 욕망에 굽히게 되었든, 결국 제 손으로 판 함정에 빠져 꼼짝 못하게 되었는지도 모른다. 어쨌든 그 반듯한 이마와 차분한 잿빛 눈동자 뒤에 숨어 있는 상념이나 감정이 어떤 것인지 내가 어찌 알 수 있겠는가?

그러나 인간처럼 종잡을 수 없는 동물에 대해서는 확신을 갖고 말할 수 없다 하더라도 블랑슈 스트루브의 행동에 대해서는 얼마든지 그럴 듯한 설명을 할 수 있었다. 그런데 스트리클런드는 전혀 이해할 수가 없었다. 아무리 머리를 쥐어짜 봐도 이 사람에 대한 나의 개념과 이처럼 차이가 나는 행동을 도저히 설명할 방법이 없었다. 그가 그토록 무자비하게 친구 신의를 배신했다든가, 조금도 주저하지 않고 남의 행복을 짓밟아 자기의 순간적인 기분을 만족시켰다는 것은, 그의 경우에서 보면 조금도 이상한 일이 아니다. 그의 성격이 바로 그러했기 때문이다. 그는 고맙다는 관념을 전혀 갖지 않았으며 동정도 하지 않았다. 대부분 인간이 공통으로 지니고 있는 이러한 감정이 그에게는 존재하지 않았다. 그렇다고 그런 것을 느끼지 않는 그를 탓하는 것은, 사납고 잔인하다는 이유로 호랑이를 나무라는 것과 마찬가지로 어리석은 짓이다. 그러나 내가 아무래도 이해할 수 없었던 점은 그의 변덕이었다.

스트리클런드가 블랑슈 스트루브와 사랑에 빠졌다고는 믿어지지 않았다. 이 남자가 사랑할 수 있으리라고는 생각할 수 없었기 때문이다. 사랑에 있어 핵심은 부드러움일진대, 스트리클런드는 자신에 대해서나 남에 대해서나 부드러움이라곤 없는 인간이었다.

사랑에는 상대가 약한 것이라는 의식이 있고, 그것을 보호해 주고자 하는 바람이 있으며, 뭔가 도움이 되는 일을 해주고 싶고 즐겁게 해주려는 열망이 있다. 비록 이기심이 아니라고까지는 말할 수 없어도 어쨌든 이기심이 감쪽같이 숨어버리는 법이다. 게다가 어떤 부끄러움 같은 것도 있다. 그러나 나는 이러한 성질을 스트리클런드에게는 상상할 수 없었다. 사랑은 놀라울 정도로 인간의 마음을 한 곳에 몰두하게 하고 그에게서 자의식을 앗아간다. 아무리 멀리 내다보는 인간이라도 자신의 사랑이 끝나리라고는 생각지 못한다. 이성으로는 사랑이 아무것도 아니라는 것을 알면서도 환각이라고 생각하는 것에 몸을 던지고 그 환각을 현실 이상으로 사랑하는 것이다. 사랑은 인간을 조금은 현재의 자신보다 더 나아지게 하기도 하고, 조금은 그 이하로 만들기도 한다. 그 때문에 사랑하는 자는 자기 자신이 아니다. 즉 이미 하나의 인간이 아니라 하나의 사물, 자신의 자아와는 거리가 먼 어떤 목적을 위한 도구로 변하게 된다. 사랑에는 감상적인 면이 결코 배제될 수 없는데, 스트리클런드는 내가 알고 있는 인간 중에서 그런 종류의 약점을 가장 덜 지닌 사람이었다. 그가 사랑에 빠져 다른 사람이 자신을 차지하도록 내버려 둔다는 것은 도저히 믿을 수 없는 일이었다. 그는 외부에서 오는 멍에를 참지 못했다. 자기 자신과 자신도 무엇인지 모르는 무언가를 향해 계속 그를 부추기는 그 불가해한 열망 사이에 훼방을 놓는 것은 무엇이건 마음속에서 뿌리째 뽑아버릴 것임을 나는 믿고 있었다. 비록 거기에는 심한 괴로움이 따르고, 그 뒤에 피투성이로 만신창이가 된다 하더라도 그는 능히 그럴 수 있었다. 만일 내가 스트리클런드라는 인간에게 느낀 복잡한 인상을 전하는 일에 조금이라도 성공했다면 그는 사랑을 하기에는 지나치게 큰 동시에 지나치게 작은 남자라는 것이다. 이렇게 말하더라도 전혀 터무니없는 말로 들리지는 않을 것이다.

그러나 정열에 대한 생각은 저마다 그 사람만의 특성에서 형성되는 것이므로 그것은 제각각 다르리라고 생각한다. 스트리클런드 같은 인간도 자기만의 특유한 방식으로 사랑을 할 것이다. 그러므로 그의 감정을 분석해보려고 해도 그것은 헛일일 따름이다.

31

다음 날 나는 더 묵고 가라고 스트루브를 붙잡았으나 그는 그냥 돌아가 버렸다. 짐은 내가 화실에 가서 가져 오겠다고 했는데도 그는 굳이 자기가 가겠다고 우겨댔다. 아마 그는 그들이 아직 짐을 꾸릴 생각을 하지 않고 있을지도 모르며, 따라서 다시 아내를 만나 자기한테 돌아오라고 간청해 볼 기회가 있을지도 모른다고 기대했을 것이다. 그러나 막상 가 보니 그의 짐은 현관 앞 관리 사무실에서 그를 기다리고 있었으며, 블랑슈는 외출했다고 관리인이 말했다. 그는 관리인 아주머니에게도 자기 괴로움을 이러니저러니 하소연했을 것이다. 나는 그가 아는 사람만 만나면 그 이야기를 털어놓고 있다는 것을 알았다. 물론 동정을 받고 싶었던 것이겠지만 사람들의 웃음거리만 될 뿐이었다.

그는 못난 행동만 골라서 하고 있었다. 아내가 몇 시쯤 장을 보러 나가는지 알고 있었으므로, 어느 날 견디다 못해 길에서 그녀를 기다리고 있었다. 그녀는 그와 말을 하지 않으려 했지만, 그는 어떻게든 그녀와 이야기를 하려 했다. 만일 자기가 그녀에게 뭔가 잘못한 일이 있다면 어떻게든 화가 풀릴 때까지 사과하겠다며 열심히 지껄여댔다. 헌신적으로 그녀를 사랑하고 있으니 제발 돌아오라고 애원하기도 했다. 그녀는 아무 대꾸도 않고 얼굴을 돌린 채 발걸음을 재촉했다. 그가 통통하고 짤막한 다리로 뒤뚱뒤뚱 그녀를 쫓아가는 모습을 상상해보았다. 급하게 쫓아왔으므로 숨을 헐떡이면서 지금 자기가 얼마나 비참한지 이야기했다. 제발 자기를 불쌍히 여겨 달라며 애원했다. 용서만 해준다면 원하는 것은 무엇이든 들어 주겠다고 약속도 하고 여행도 데려 가겠다고 했다. 스트리클런드라는 사람은 머지않아 그녀에게 곧 싫증낼 것이라는 말도 했다. 그 비참한 광경에 대한 이야기를 그의 입을 통해 전해들었을 때 나는 머리끝까지 화가 치밀었다. 그에겐 분별이나 위엄이라는 것은 손톱만큼도 없었다. 그는 부인에게 경멸받을 만한 짓은 하나도 빠뜨리지 않고 모두 해보인 셈이다. 인간의 잔인성 중에서, 무척 사랑하지만 여자 쪽에서는 사랑하지 않는 남자에 대한 그 잔인성만큼 참혹한 것은 없을 것이다. 그런 경우 여자에게는 부드러움은 고사하고 관용도 없고 다만 미칠 듯한 짜증만이 남아있을 뿐이다. 블랑슈 스트루브는 갑자기 걸음을 멈추더니 그야말로 있는 힘껏 남편의 뺨을 후려쳤다. 그리고 그가 당황하고 있는 틈을 타 도망치듯 아파트 계단을 뛰어올라가 버렸다. 그때까지 그녀의 입에서는 단 한 마디 말도 나오지 않았다.

이 사실을 나에게 말해 주었을 때 그는 아직도 그녀가 때린 뺨이 아프기라도 한 듯 한쪽 손으로 어루만졌고, 눈에는 가슴을 에는 고통과 익살스럽다고밖에 볼 수 없는 놀란 표정이 남아 있었다. 마치 몸집만 지나치게 자란 초등학생처럼 보여 나는 그가 정말 딱하면서도 웃음을 참기가 힘들었다.

그런 일이 있은 뒤로도 그는 그녀가 가게에 가려면 꼭 지나다니는 길에서 어슬렁거렸으며 그녀가 지나가면 건너편 길모퉁이에 서서 그 모습을 바라보곤 했다. 다시 그녀에게 말 붙일 용기는 없었지만 동그란 눈에 애절한 빛을 띠고 그녀에게 호소하려고 했다. 이렇게 비참한 그의 모습을 보면 틀림없이 그녀의 마음이 움직일 거라 생각했기 때문일 것이다. 그녀는 장을 보러 가는 시간을 바꾸지도 않았고 다른 길로 갈 생각도 하지 않았다. 그녀의 그러한 냉담함 속에는 어떤 잔인함이 숨겨져 있던 것이 아닌가 하는 생각이 든다. 아마 그녀는 자기가 그에게 주는 고통에서 어떤 쾌감마저 느꼈는지도 모른다. 도대체 왜 그녀는 그렇게도 그를 미워했을까?

나는 스트루브에게 좀더 똑똑하게 굴라고 충고했다. 정말 화가 치밀 만큼 그에겐 남자로서의 기백이 없었다.

"그렇게 해봐야 아무 소용없어. 몽둥이로 그녀의 머리라도 한 대 후려치는 편이 나을지도 몰라. 그렇게 했으면 그 여자도 지금처럼 자네를 경멸하지는 않았을 거야."

잠시 고향에 돌아가 있으면 어떻겠냐고 그에게 권해 보았다. 그는 전에도 곧잘 부모가 살고 있는 네덜란드 북부 어느 조용한 마을에 대해 이야기하곤 했다. 부모는 가난했다. 아버지는 목수였으며, 잔잔히 흐르는 운하 옆에 지어진 아담하고 깨끗한 붉은 벽돌집에 살고 있었다. 고향 거리는 넓고 조용했다. 그 거리는 과거 200년 동안 내리막길을 걸어왔으나, 그곳 집들은 소박하면서도 한창 때의 품위를 그대로 간직하고 있었다. 예전에 멀리 서인도 제도로 상품을 수출하던 부유한 상인들은 그런 집에서 평온하고 풍요로운 생활을 보냈으며, 장사는 점점 쇠퇴해져 갔지만 화려했던 과거의 품격만은 그대로 간직하고 있었다. 수로를 따라 걸어가노라면 이윽고 여기저기에 풍차가 보이는 탁 트인 푸른 들판이 나온다. 그곳에서 얼룩소가 한가롭게 풀을 뜯고 있다 했다. 디르크 스트루브도 소년 시절의 여러 가지 추억이 깃든 그런 환경으로 돌아가면 현재의 불행을 잊을 수 있을 것 같았다. 그러나 그는 고향에 돌아가려고 하질 않았다.

"그녀가 나를 필요로 할 때 나는 이곳에 있어야만 해." 그는 되풀이했다. "만일 어떤 무서운 일이 일어났을 때 내가 곁에 없어 보게. 그야말로 큰일이지."

"무슨 일이 일어난다는 건가?"

"모르지, 하지만 두려워."

나는 어깨를 으쓱했다.

그렇게 괴로워하고 있는데도 디르크 스트루브의 익살스러운 모습은 조금도 달라진 데가 없었다. 만일 그가 수척하게 여위기라도 했다면 사람들의 동정을 샀을지도 모른다. 그러나 그는 조금도 수척해지지 않았다. 전과 다름없이 통통했고, 동글동글하고 발그레한 뺨은 잘 익은 사과처럼 번들거렸다. 옷차림도 깔끔했고, 늘 단정한 검은 웃옷과 작은 듯한 중산모를 쓰고 다녔다. 배도 점점 나와 슬픔의 흔적이라고는 전혀 나타나지 않았다. 그는 마치 경기가 좋은 외판원처럼 보였다. 사람의 외모가 내면의 영혼과 이렇게 판이하게 다를 때가 있다니 정말 드문 일이다. 디르크 스트루브는 토비 벨치[11] 경의 육체 속에서 로미오의 정열을 불태우고 있었다. 부드럽고 너그러운 천성을 지니고 있었지만 항상 못난 실수만 되풀이했다. 아름다움에 대해 참된 감성을 지니고 있었지만 자신은 흔해빠진 것밖에 만들어 내지 못했다. 감수성은 섬세했지만 태도가 형편없었다. 남의 문제에는 발 벗고 나서 해결해 주었지만 자기 일은 전혀 그렇지 못했다. 이처럼 수많은 모순된 요소를 한 인간 속에 한꺼번에 긁어모아 그 사람을 냉혹한 우주 속에 내던져버리다니 자연의 여신도 꽤 잔인한 장난을 친 셈이다.

32

나는 몇 주일이나 스트리클런드를 만나지 않았다. 그가 혐오스러웠으며, 기회가 된다면 기꺼이 면전에다 그렇게 말해주고도 싶었지만 그러기 위해 일부러 찾아갈 이유도 없었다. 그리고 나는 늘 도덕적 분개라는 것을 꺼려왔다. 그런 일에는 일종의 자기 만족적 요소가 있어, 조금이라도 유머 감각이 있는 사람이라면 누구나 그런 것을 어색하게 느낄 수밖에 없다. 자기 자신이 웃음거리로 보이는 일에 철면피가 되려면 매우 의욕적인 열정이 일어야만 한다. 스트리클런드라는 남자에게는 냉소적인 성실함이 있으므로 허세를 연상케 하는 언동에 대해서는 경계를 해야만 했다.

그러나 어느 날 밤, 스트리클런드가 자주 드나드는, 그래서 내가 요즈음 피해 다니는 클리시 거리의 카페 앞을 지나가다 그와 딱 마주쳤다. 그는 블랑슈 스트루브와 함께였으며, 마침 두 사람은 그가 즐겨 앉던 구석자리로 들어가려던 참이었다.

11) 셰익스피어의 희극 《십이야》에 나오는 뚱뚱보 기사.

"아니, 요즈음 대체 어디에 있었소? 난 또 멀리 가버린 줄 알았지."

그의 친근한 태도는 내가 그와 말을 나누고 싶지 않음을 눈치채고 있는 증거였다. 그는 무의미하게 공손한 태도를 취하는 그런 사람이 아니었다.

"아뇨, 멀리 안 갔습니다."

"그럼 왜 여기에 들르지 않았소?"

"파리에 시간을 보낼 카페가 여기 한군데만 있는 것은 아니니까요."

그제야 블랑슈가 나에게 손을 내밀며 인사를 건넸다. 웬일인지 나는 그녀가 조금은 변하지 않았을까 하는 기대를 갖고 있었다. 그러나 그녀는 여전히 늘 입고 있던 잘 어울리는 잿빛 드레스를 입고 있었으며, 화실에서 집안일을 하고 있을 때 내가 보아 온 그 반듯한 이마와 침착한 눈길을 그대로 지니고 있었다.

"우리 체스나 한 판 둘까?" 스트리클런드가 말했다.

그때 왜 내가 거절할 핑계를 생각해내지 못했는지 모르겠다. 나는 시무룩한 표정으로 두 사람 뒤를 따라 스트리클런드가 늘 앉는 자리로 갔다. 그는 체스판과 말을 가져오라고 했다. 둘 다 너무도 태연스럽게 행동했으므로, 나도 그렇게 하지 않으면 안 될 것 같은 생각이 들었다. 스트루브 부인은 무엇을 생각하고 있는지 알 수 없는 표정으로 체스판을 물끄러미 들여다보고 있었다. 그녀는 말이 없었다. 그러고 보면 그녀는 언제나 조용한 여자였다. 나는 그녀가 어떤 생각을 하고 있는지 알아보려고 했다. 뭔가 비밀을 말하려는 눈치나, 실망이나 비통의 암시라도 없을까 싶어 그녀의 눈을 쳐다보았다. 또 마음의 동요를 나타내는 기색을 찾아 이마를 자세히 바라보았다. 그러나 그녀의 얼굴은 아무런 비밀도 드러내지 않는 가면과도 같았다. 두 손을 조용히 무릎 위에 올려놓은 채 살포시 포개고 앉아 있었다. 나는 지금까지 들어 온 바로 판단하여 그녀가 격한 감정의 소유자일 거로 생각하고 있었다. 그녀를 헌신적으로 사랑하는 디르크의 따귀를 갈긴 일은 그녀의 불같은 성질과 무서운 잔인성을 드러낸 것이다. 그녀는 남편의 보호라는 안전한 은신처와 모든 것이 다 갖추어진 안락한 가정을 버리고, 아무리 보아도 위험하기 짝이 없는 것을 택했다. 그것은 모험에 대한 호기심과 하루살이 생활이라도 기꺼이 견뎌내겠다는 것이었지만, 그녀가 가정을 소중히 하던 일이며, 집안 살림을 꾸려 나가는 일을 좋아했다는 사실을 종합해보면 적잖이 놀라운 일이었다. 그녀는 복잡한 성격을 지닌 여자였으며, 그런 격함과 얌전한 외모와의 대조에는 뭔가 극적인 것이 있었다.

나는 그 우연한 만남에 몹시 흥분하고 있었다. 지금 내가 하고 있는 게임에 주의를 집중하려고 노력하면서도 나는 분주히 이런저런 상상을 하고 있었다. 나는 스트리클런드와 내기를 할 때는 언제나 그를 이기려고 온 힘을 다했다. 그는 자기에게 진 상대를 깔보는 성격이었기 때문이다. 승자가 그처럼 의기양양해하면 패배자는 더 괴로운 법이다. 그에 반해 졌을 때의 그는 더없이 흔쾌한 태도를 보였다. 그는 고약한 승리자요, 너그러운 패배자였다. 내기를 할 때만큼 사람의 성격을 잘 나타내는 일은 없다고 생각하는 사람은 이런 경우 빈틈없이 신경 써서 추리를 해야만 할 것이다.

내기가 끝나자 나는 웨이터를 불러 돈을 치르고 그들과 헤어졌다. 결국 그때는 아무 일도 일어나지 않았다. 내가 생각할 만한 문제에 대해서는 한 마디도 없었으므로 내가 어떤 추측을 해보았자 그것을 뒷받침할 만한 것이 없었다. 그만큼 나의 호기심은 더 깊어진 셈이다. 두 사람이 어떻게 지내고 있는지 나로서는 알 도리가 없었다. 내가 육체가 없는 유령이 되어 화실에 있는 두 사람의 모습과 표정을 몰래 엿보거나 오가는 이야기를 엿듣거나 할 수 있다면 얼마나 좋을까 하는 생각도 해보았다. 그러나 나는 상상력의 실마리가 되는 아무런 단서도 얻지 못했다.

33

그로부터 이삼 일이 지나 디르크 스트루브가 나를 찾아왔다.

"블랑슈와 만났다면서?"

"아니 그건 어떻게 알았나?"

"자네가 그들과 함께 있는 것을 본 사람에게서 들었네. 왜 나한테 말해 주지 않았나?"

"자네를 괴롭힐 뿐이라고 생각했기 때문일세."

"괴로워도 상관없네. 그녀에 대해선 아무리 사소한 일이라도 듣고 싶단 말일세. 그런 줄은 자네도 잘 알 텐데……."

나는 그가 질문을 해 오길 기다리고 있었다.

"그래 그녀의 모습은 어떻던가?"

"전혀 변하지 않았어."
"행복해 보이던가?"
나는 어깨를 으쓱했다.
"그런 걸 내가 어떻게 아나? 우리는 카페에서 체스를 뒀네. 그녀와 말할 기회가 없었어."
"하지만 표정으로 알 수 없던가?"
나는 고개를 가로저었다. 나로서는 그 여자의 말로나 아니면 몸짓으로나 마음이 전혀 드러나지 않았다는 말을 되풀이할 수밖에 없었다. 그녀의 자제력이 얼마나 강한지는 나보다 그가 더 잘 알고 있을 것이다. 그는 감정이 복받쳐 두 손을 마주잡았다.
"아아, 나는 무서워서 못 견디겠네, 틀림없이 어떤 무서운 일이 일어날 것만 같아. 그러나 나로선 어떻게 막을 도리가 없네."
"무슨 일이 일어나는데?"
"그건 나도 몰라." 그는 두 손으로 머리를 움켜잡고 신음하듯 말했다. "다만 어떤 무서운 파국이 닥쳐올 것만 같아."
스트루브는 본디 흥분하기 쉬운 남자였지만 이때는 완전히 이성을 잃어 아무리 타일러도 소용이 없었다. 내 생각에도 블랑슈 스트루브가 계속 스트리클런드와 생활해 나갈 수는 없을 것 같았다. 속담 중에 가장 틀린 말이 뿌린 대로 거둔다는 것이다. 경험에 의하면 인간이란 끊임없이 불행을 초래하는 짓을 하면서도, 어떤 우연에 의해 자신의 어리석은 행위의 결과를 모면하며 살아갈 수 있다. 스트리클런드와 싸우면 블랑슈는 그와 헤어져 버리면 된다. 그렇게 되면 그녀의 남편은 모든 것을 용서하며 모든 것을 잊고 겸손한 마음으로 맞이할 것이다. 그래서 나는 그녀에 대해 조금도 동정할 생각이 없었다.
"그 여자를 사랑하지 않으니까 자네는 알 길이 없는 거야."
"어찌 됐든 그 여자가 불행하다는 것을 증명할 만한 건 하나도 없네. 어쩌면 그 두 사람은 아주 행복한 생활을 하고 있는지도 모르지."
스트루브가 슬픈 눈으로 나를 쳐다보았다.
"물론 자네한테야 대수로운 문제가 아니겠지만, 나에게는 아주 중요하고도 심각한 문제일세."

만일 내가 한 말이 너무 성급했거나 경솔하게 들렸다면 미안하게 됐다고 나는 사과했다.

"자네, 나를 좀 도와주지 않겠나?"

"뭐든 도와주겠네."

"나를 대신해 블랑슈에게 편지를 좀 써주게."

"왜 자네가 직접 쓰지 않나?"

"실은 지금까지 여러 번 썼지. 물론 답장을 받을 생각은 하지 않았지만. 아마 읽어보지도 않았을 거야."

"자네는 여자의 호기심이란 것을 전혀 모르고 있는 모양이군. 그런 호기심을 그녀가 견뎌낼 것 같은가?"

"견뎌내겠지. 내 편지에 한해서는……."

나는 재빨리 그를 쳐다보았다. 그는 시선을 떨어뜨렸다. 그의 대답이 나에게는 이상하게 굴욕적으로 들렸다. 그의 필적을 보아도 전혀 아무런 느낌도 받지 않을 만큼 그녀가 무관심한 태도로 그를 대하고 있음을 그는 잘 알고 있었다.

"자네는 정말 그녀가 자네 곁으로 돌아오리라고 믿고 있나?"

"아니야. 다만 최악의 사태가 일어나면 내가 있다는 것만 알아주길 바랄 뿐이네. 자네에게 부탁하는 것도 바로 그 말을 전해달라는 것일세."

나는 종이를 꺼냈다.

"자네가 하고 싶은 말을 정확하게 말해보게."

이것이 그 편지이다.

친애하는 스트루브 부인

디르크로부터 부인에게 전해달라는 말이 있습니다. 언제고 부인이 원한다면 그는 부인에게 도움이 될 수 있는 기회만으로도 기뻐할 것이라고 합니다. 그는 앞서 일어난 일로 당신에게 아무런 나쁜 감정도 품고 있지 않습니다. 당신에 대한 그의 애정은 조금도 변하지 않았습니다. 그는 언제고 다음 주소에서 당신을 기다리고 있습니다.

34

스트리클런드와 블랑슈의 관계가 불행한 결말에 이르리라는 데 대해서는 나도 스트루브 못지않게 확신하고 있었지만, 그처럼 비극적인 파국을 맞을 줄은 전혀 예기치 못했다. 숨 막힐 것 같은 무더운 여름이 찾아와, 밤이 되어도 지친 신경이 쉴 수 있는 서늘한 기운이라곤 조금도 없었다. 태양에 달아오른 거리는 한낮의 열기를 한꺼번에 내뱉는 것 같았고, 길 가는 사람들은 무거운 발걸음을 질질 끌고 있었다. 나는 벌써 몇 주일 동안이나 스트리클런드를 만나지 못했다. 다른 일에 정신이 팔려 그와 그의 문제에 대해서 신경 쓸 겨를이 없었던 것이다. 디르크는 디르크대로 언제나 따분한 한탄만 늘어놓았으므로 나는 되도록 그를 피하고 있었다. 이런 지저분한 문제에는 더는 관여하고 싶지 않은 것이 나의 솔직한 심정이었다.

어느 날 아침 나는 잠옷차림으로 일을 하고 있었다. 마음이 어수선하여, 햇볕 내리쬐는 브르타뉴 해변이며 그곳의 신선한 공기 따위를 생각하고 있었다. 한쪽 옆에는 관리인 아주머니가 갖다 준 빈 카페오레 잔과 식욕이 없어 먹다 남긴 크루아상이 조금 남아 있었다. 옆방에서는 아주머니가 내가 목욕했던 물을 퍼내고 있는 소리가 들려왔다. 그때 벨소리가 났고 나는 아주머니가 열어 주겠지 하고 내버려 두었다. 곧이어 들려온 소리는 내가 방에 있느냐고 묻는 스트루브의 목소리였다. 나는 자리에 앉은 채 큰 소리로 들어오라고 했다. 그는 황급히 들어오더니 테이블로 다가왔다.

"그녀가 자살했어." 그의 목소리는 잔뜩 쉬어 있었다.

"아니 그게 무슨 소린가?" 나는 깜짝 놀라 소리쳤다. 그는 뭔가를 말하려는 듯 입술을 달싹였으나 말소리가 전혀 들리지 않았다. 마치 바보처럼 횡설수설하고 있을 뿐이었다. 나의 심장은 방망이질하듯 두근거렸고, 나도 모르게 벌컥 화를 냈다.

"제발 정신 좀 차리라고, 도대체 무슨 말을 하고 있는 건가?"

그는 두 손으로 절망적인 시늉을 해보였으나 여전히 말소리가 나오지 않았다. 충격을 받아 벙어리가 된 것 같았다. 도대체 왜 그랬는지 알 수 없는 일이지만 나는 그의 두 어깨를 붙잡고 마구 흔들어댔다. 돌이켜보면 내가 그런 바보짓을 했던 것이 화가 난다. 아마 잠을 못 이루는 밤이 쭉 계속되었으므로 나의 신경이 생각했던 것보다 날카로워졌던 모양이다.

"좀 앉아야겠네." 마침내 그가 헐떡이며 말했다.

나는 생 갈미에를 한 잔 따라 그에게 권했다. 마치 어린아이에게 하듯 나는 그의 입에 잔을 갖다 대주었다. 그는 한 모금 꿀꺽 삼켰지만 셔츠 앞부분에 몇 방울이 엎질러졌다.

"누가 자살을 했단 말인가?"

그걸 왜 물어보았는지는 나도 모른다. 그게 누구인지 알고 있었기 때문이다. 그는 마음을 진정하려고 애쓰고 있었다.

"지난밤에 둘이 크게 싸운 모양이야. 그리고 그자는 곧바로 집을 나가 버린 거야."

"죽었나?"

"아니, 사람들이 병원으로 데리고 갔어."

"그럼 도대체 자네는 무슨 말을 하고 있는 건가?" 나는 너무 초조한 나머지 소리를 질렀다. "그럼 왜 자살을 했다고 한 거야?"

"그렇게 화내지 말게. 자네가 그렇게 말하면 나는 뭐라고 할 말이 없지 않은가."

나는 초조한 마음을 가라앉히려고 두 주먹을 불끈 쥐었다. 그리고 웃어 보이려 애썼다.

"미안하네. 천천히 말해 보게. 제발 부탁이니 서두르지 말라구."

안경 너머로 보이는 그의 파란 눈은 공포로 휘둥그레졌다. 안경의 볼록렌즈 때문에 그의 눈은 일그러져 보였다.

"오늘 아침 관리인 아주머니가 편지를 전하려고 올라갔는데, 아무리 벨을 눌러도 대답이 없더라는 거야. 그래 귀를 기울이니 신음소리가 나더래. 마침 문이 열려 있기에 아주머니가 안으로 들어가 보았더니 블랑슈가 침대 위에 누워서 몹시 괴로워하고 있었다는 거야. 테이블 위에는 옥살산 병이 놓여 있고……."

스트루브는 두 손으로 얼굴을 가리더니 신음소리를 내며 몸을 앞뒤로 흔들었다.

"의식은 있었다던가?"

"있었어. 그 여자가 얼마나 고통스러워했을지 자넨 모를 거야. 난 도저히 못 견디겠어, 도저히."

그의 목소리는 날카로운 비명으로 변했다.

"자네가 못 견딜 게 뭔가." 초조한 마음을 감추지 못하고 내가 다시 소리 질렀다. "그걸 견뎌내야 할 사람은 그 여자야."

"어쩌면 자네는 그렇게도 잔인한가?"

"하지만 자네가 잘못한 일이 뭐냐 말이야?"

"아파트 사람이 의사와 나를 부르러 오고 경찰에도 알렸네. 나는 미리 관리인 아주머니에게 20프랑을 주고 혹시라도 무슨 일이 생기면 바로 알려 달라고 부탁해 놓았었거든."

그는 잠깐 숨을 돌렸는데, 앞으로 할 말이 그로서는 참으로 힘겨운 말이라는 것을 알아차릴 수 있었다.

"곧바로 달려갔지만 그녀는 내게 말을 하지 않으려 했어. 나를 내보내라고만 다른 사람에게 말할 뿐이었어. 모든 것을 용서해 주겠다고 맹세했는데도, 들으려 하지 않았지. 머리를 마구 벽에 부딪치기까지 했어. 의사가 하는 말이 내가 곁에 있으면 안 되겠다는 거야. 그녀는 계속 '저 사람을 내보내요' 소리를 지르고. 나는 하는 수 없이 그곳을 나와 화실에서 기다렸지. 그러곤 구급차가 와서 그녀를 들것에 실었을 때, 내가 그곳에 있는 것을 알면 안 된다고 그들이 나를 부엌으로 밀어넣었단 말일세."

스트루브는 내게 병원까지 동행해 달라고 부탁했다. 내가 옷을 갈아입는 동안 그는 부인이 적어도 지저분하고 시끄러운 공동 병실만은 면할 수 있도록 개인 병실을 쓰게 처리하고 왔노라며 말했다. 병원으로 가는 도중 그는 왜 나에게 같이 가달라고 했는지 설명했다. 비록 그녀가 그와의 만남은 거절했다 하더라도 아마 나는 만나주리라는 것이다. 그리고 그가 아직도 그 여자를 사랑하고 있다는 것을 전해달라고 나에게 애원했다. 그녀를 나무랄 생각은 없으며 다만 그녀를 돕고 싶을 따름이다, 그녀에 대하여는 아무런 요구도 없으며 회복한 뒤에도 그에게 돌아오라는 말은 하지 않는다, 그러니까 그녀는 완전히 자유로운 몸이 된다, 이런 사실도 그녀에게 말해달라고 부탁했다.

그러나 우리가 병원에 도착해 보니 그곳은 아주 쓸쓸하고, 보기만 해도 사람의 마음을 우울하게 하는 건물이었다. 우리는 이쪽 사무실에서 저쪽 사무실로 끌려다니는가 하면, 한없이 계속되는 계단을 올라가기도 하고, 휑뎅그렁한 긴 복도를 지나가야 했다. 마침내 우리는 가까스로 담당 의사를 만났지만, 환자의 상태가 매우 좋지 않아 그날은 면회가 불가능하다며 거절당했다. 흰 가운을 입은 그 의사는 턱수염을 기른 자그마하고 무뚝뚝한 사내였다. 환자는 어디까지나 환자요, 옆에서 애를 태우는 가족들은 단호한 태도로 대하지 않으면 안 되는 골칫거리로 생각하는 태도가 분명히 드러나 있었다. 게다가 그로서는 그러한 사건이 아주 흔한 일이었다. 히스테릭한 부인이 정부와 다투고 음독했다는 사실에 지나지 않았기 때문이다. 처음에 그는 디르크가 이 불행의 원인이라고 생각했던 모양이다. 그래서 그에 대해서 필요 이상으로 퉁명스러운 태도를 취했던 것이다. 내가 그는 그 여자의 남편이며 모든 일을 없던 것으로 너그럽게 처리하고자 한다는 사실을 설명하자, 의사는 갑자기 호기심에 찬 눈초리로 그를 살피듯 쳐다보았다. 나는 그의 눈에서 조롱하는 빛을 본 것 같았다. 과연 스트루브는 오쟁이 진 사내의 얼굴을 하고 있었다. 의사가 살짝 어깨를 으쓱했다.

"매우 위급한 상황은 아닙니다." 의사는 우리의 질문에 그렇게 대답했다.

"다만 얼마만큼의 양을 마셨는지 알 수 없어요. 두려움 때문에 약을 먹는 일도 있으니까요. 여자들이란 언제나 사랑 때문에 자살을 기도하지만 대부분 성공하지 않도록 조심하니까요. 일반적으로 사랑하는 남자의 가슴에 연민과 공포를 불러일으키기 위한 하나의 시위죠."

그렇게 말하는 의사의 말투에는 차가운 경멸이 묻어났다. 그에게 있어 블랑슈 스트루브는, 그해 파리 시내 자살 미수자의 통계 수치에 하나 더하는 것에 불과했다. 그는 바쁜 몸이라, 그 이상의 시간을 우리 때문에 낭비할 수는 없었다. 그는 만일 내일 블랑슈의 상태에 좀 차도가 있으면 어느 시간에 남편만은 면회할 수 있을지도 모른다고 말했다.

35

그날 하루를 어떻게 보냈는지 거의 생각이 나지 않는다. 어쨌든 스트루브가 도저히 혼자 있을 수 없다고 해서 나는 그의 마음을 달래 주느라 녹초가 되었다. 우선 그를 루브르 미술관으로 데리고 갔으나 그는 그림을 보는 척만 했을 뿐 사실 아내만을 생각하고 있었다. 억지로 점심을 먹이고 침대에 좀 누우라고 권했으나 그는 잠을 이루지 못했다. 며칠 동안 내 방에서 묵었다 가라고 했더니 그는 기꺼이 제의를 받아들였다. 책도 몇 권 줘 보았지만 겨우 한두 페이지를 읽더니 서글픈 얼굴로 물끄러미 허공만 바라보았다. 저녁에는 피켓놀이를 여러 번 했지만 그는 자기에게 신경을 써주는 나를 실망시키지 않으려는 마음에서 그냥 재미있는 체하고 있을 뿐이었다. 마침내 술을 한 잔 마시게 했더니 꾸벅꾸벅 졸음이 오는 모양이었다.

다음 날 다시 병원에 가서 간호사를 만났다. 그녀는 블랑슈의 병세가 좀 나아졌다고 하며, 병실로 들어가 블랑슈에게 남편을 만나겠느냐고 물었다. 병실 안에서 뭐라고 말을 주고받는 소리가 들리더니 마침내 간호사가 나와, 환자가 아무도 만나고 싶어하지 않는다고 전했다. 그래서 우리는 간호사에게 만일 그녀가 디르크를 만나기 싫다면 나라도 만나주지 않겠느냐고 물어봐 달라고 했다. 블랑슈는 그것도 거절했다. 디르크는 입술이 떨렸다.

간호사가 말했다. "강요할 수는 없어요. 상태가 워낙 나쁘니까요. 아마 하루 이틀 지나면 기분이 좀 달라질지도 모르죠."

"혹 누구라도 만나고 싶은 사람이 없답니까?" 디르크가 물었으나 그 소리가 너무 낮아 마치 속삭이는 것 같았다.

"그분은 그저 조용히 혼자 있고 싶다는군요."

디르크의 두 손이 묘하게 움직였는데 마치 그의 몸과는 아무 관계도 없이 제멋대로 움직이고 있는 것 같았다.

"죄송합니다만, 만일 다른 사람이라도 보고 싶은 사람이 있으면 데려오겠다고 전해주십시오. 저는 그저 아내가 행복하길 바랄 뿐입니다."

그러자 간호사는 그를 차분하고 부드러운 눈으로 쳐다보았다. 이 세상의 모든 전율과 고통을 보아왔지만 죄 없는 세계에 대한 환상을 가질 평온한 눈빛이었다.

"좀더 마음이 가라앉으면 그렇게 전해 드리죠."

디르크는 블랑슈가 불쌍해서 못 견디겠다는 듯 그 말을 즉시 전해달라고 애원했다.

"이 말을 들으면 회복에 도움이 될지도 모릅니다. 제발 지금 물어봐 주십시오."

간호사는 딱하다는 듯 생긋 웃으며 다시 병실로 들어갔다. 간호사의 낮은 목소리가 들려왔고 다음은 알아들을 수 없는 이상한 목소리가 대답했다.

"싫어, 싫어."

간호사는 다시 나와 고개를 가로저었다.

"그 목소리는 환자의 목소리였나요? 아주 달라진 목소리던데요." 내가 물었다.

"아마 산 때문에 성대가 탄 것 같아."

디르크가 나직하게 비탄의 소리를 질렀다. 나는 그에게 간호사와 이야기할 것이 있으니 먼저 나가 현관에서 기다리라고 말했다. 그는 무슨 얘기냐고 묻지도 않고 나가 버렸다. 그는 의지력을 완전히 상실한 것 같았다. 마치 말 잘 듣는 아이처럼 고분고분했다.

"그 여자가 왜 그런 짓을 했는지 당신에게 말했습니까?" 나는 간호사에게 물었다.

"아뇨, 아무 말도 안 하려고 해요. 그냥 조용히 누워만 있어요. 몇 시간이고 꼼짝도 안 하고요. 하지만 울음이 그치지 않아요. 베개가 푹 젖어버렸어요. 너무 힘이 빠져 손수건도 쓸 수 없는 모양이에요. 눈물이 흐르는 대로 그냥 내버려두고 있어요."

그 말을 듣자 나는 가슴이 꽉 죄어드는 느낌이었다. 스트리클런드를 죽여버리고 싶었다. 간호사에게 작별인사를 하는 내 목소리가 떨리는 것이 느껴졌다.

디르크는 현관 앞 계단에서 기다리고 있었다. 그는 아무것도 보이지 않는 듯, 그의 팔을 건드릴 때까지 내가 옆에 와 있다는 것도 모르고 있었다. 우리는 말없이 걸었다. 나는 도대체 무엇 때문에 그 불쌍한 여자가 그처럼 무서운 일을 저질렀을까 곰곰이 생각해보았다. 틀림없이 스트리클런드도 이 일을 알고 있을 것이다. 경찰에서 누가 그를 찾아 갔을 것이고 그는 심문에 응해야 했을 것이다. 지금 그가 어디 있는지는 알 수 없었다. 아마 전에 화실로 쓰고 있던 그 누추한 다락방으로 돌아갔을지도 모른다. 그러나 그녀가 그를 만나려 하지 않는 것은 이상한 일이었다. 아마 그가 올 사람이 아니라는 것을 알고 있기 때문일지도 모른다. 무서운 나머지 목숨을 끊으려고 결심한 이상, 틀림없이 그녀는 어떤 잔혹성의 심연을 들여다보았을 것이다.

36

그다음 한 주일은 참으로 악몽과도 같은 날들이었다. 스트루브는 하루에 두 번씩이나 병원을 찾아가 아내의 용태를 물었고, 그녀는 여전히 그와 만나기를 거절했다. 점점 나아진다는 말만으로도 안심하고 돌아오던 그가 하루는 절망에 가득 찬 모습으로 돌아왔다. 기어코 의사가 염려하던 합병증이 생겨 회복할 가망이 없다는 말을 들었기 때문이다. 간호사는 비탄에 빠진 그를 동정은 했지만 위안이 될 만한 말은 할 수가 없었다. 그 가엾은 여자는 입을 꽉 다문 채, 마치 다가오는 죽음을 바라보듯 허공을 쳐다보며 조용히 누워 있었다. 이제 죽음이 오늘내일하는 상태에 이르렀다. 그러던 어느 날 밤 스트루브가 찾아왔다. 나는 그를 보는 순간 그녀가 죽었다는 소식을 전하러 왔다는 것을 알았다. 그는 아주 지칠 대로 지쳐 있었다. 그렇게 잘 지껄이던 입심도 다 잃어버린 그가 그저 맥없이 소파에 주저앉아 버렸다. 이제 새삼 애도의 말을 해 봤자 소용없을 것 같아서 나는 그를 그대로 두었다. 만일 내가 책을 읽거나 하면 무정한 놈이라고 생각할까 봐 나는 창가에 앉아 파이프를 피워 물고 그가 말을 꺼낼 때까지 우두커니 기다리고 있었다.

"자네한텐 정말 신세가 많았네." 마침내 그가 입을 열었다.

"모두가 참 친절하게 대해 주었어."

"무슨 뚱딴지같은 소린가." 나는 좀 어리둥절해하며 대답했다.

"병원에 가니까 좀 기다려보라고 하더군. 의자를 내주기에 문 밖에서 기다리고 있었네. 그녀가 혼수상태에 빠졌으니 들어와도 괜찮다고 하더군. 그녀의 입이며 턱이 온통 산으로 타버렸지 뭔가. 그 곱던 살결이 아주 몰라보게 변해버렸어. 차마 볼 수가 없더군. 너무 평온하게 숨을 거두어서 나는 간호사가 말해 줄 때까지 죽은 줄도 몰랐어."

그는 너무 지쳐서 울 힘도 없었다. 온몸의 힘이 다 빠져 버린 듯 힘없이 누워 있더니, 잠시 뒤에 잠이 들었다. 이것은 일주일 만에 처음으로 자연스럽게 찾아온 잠이었다. 냉혹하기 이를 데 없는 자연도 때로는 자비를 베푸는 경우가 있는 법이다. 나는 그에게 이불을 덮어준 뒤 불을 껐다. 아침이 되어 눈을 떠보니 그는 아직 세상모르고 자고 있었다. 어젯밤에 누운 그대로 그의 금테 안경도 그때까지 코 위에 걸쳐 있었다.

37

블랑슈 스트루브의 죽음은 사정이 사정인 만큼 까다로운 수속이 필요했으며, 그 모든 절차를 거친 뒤에야 겨우 매장허가가 나왔다. 디르크와 나 두 사람만이 영구차를 따라 묘지까지 갔다. 마차가 갈 때는 천천히 갔으나 돌아올 때는 빨리 달렸다. 영구차의 마부가 말에게 마구 채찍질을 해대는 것이 내게는 왠지 무섭게 느껴졌다. 마치 어깨를 들썩여서 죽음의 신을 털어 버리기라도 하는 것처럼 보였다. 가끔 앞서가는 영구차가 흔들리면 이쪽 마부도 뒤질세라 자기 말을 더 빨리 모는 것이었다. 이번 일을 모두 털어 버리고 싶은 내 기분도 그와 다르지 않았다. 사실상 나와 아무런 관계도 없는 이 비극이 서서히 지겨워지기 시작했다. 스트루브의 마음을 달래기 위해서라고 자신을 타이르면서 나는 홀가분한 마음으로 다른 화제를 꺼냈다.

"잠시 여행이라도 가는 게 좋지 않을까? 이제 파리에 있어야 할 아무런 이유도 없을 테고."

그는 아무 대답이 없었다. 그러나 나는 몰인정하게 말을 이었다.

"앞으로의 계획이 서 있나?"

"아니."

"어떻게든지 마음을 다잡고 새 출발을 해야 하네. 왜 이탈리아에라도 가서 일을 시작해보지 그러나?"

이번에도 그는 대답이 없었다. 그러나 다음 순간 마부가 말을 이어받았다. 잠깐 마차의 속도를 늦추며 뭐라고 말했다. 무슨 말을 하는지 알아들을 수 없어 나는 차창으로 머리를 내밀었다. 어디서 내리겠느냐고 묻는 것이었다. 나는 잠깐만 기다리라고 말한 다음, 디르크를 돌아보았다.

"함께 점심이라도 하세. 피갈 광장에서 내려달라고 하겠네."

"아냐, 괜찮아. 화실에 가볼 생각이네."

나는 잠시 망설였다.

"함께 가줄까?"

"아니, 혼자 가보고 싶어."

"그래."

나는 가야 할 곳을 마부에게 일러주었다. 그리하여 또다시 침묵 속에 마차는 움직이기 시작했다. 그러고 보니 블랑슈를 병원에 입원시킨 그 불행한 아침 뒤로 디르크는 화실에 가지 않았다. 같이 가자는 말을 하지 않아 나는 한시름 놓았다. 문 앞에서 그와 헤어지고 나는 홀가분한 기분으로 걷기 시작했다. 파리의 거리에서 새로운 기쁨이 느껴졌다. 나는 바쁘게 오가는 사람들을 미소 띤 눈으로 바라보았다. 맑게 갠 밝은 날이었다. 내 마음속에 꿈틀거리는 생명의 기쁨이 온몸에 용솟음치는 것을 느꼈다. 그 기분은 나 자신도 억누를 수 없는 것이었다. 스트루브의 일도 그의 슬픔도 다 떨쳐버리고, 나는 그저 이 순간을 즐기고 싶었다.

38

그로부터 일주일가량이나 그를 만나지 못했다. 그런데 어느 날 저녁 7시가 좀 지났을 무렵, 그가 불쑥 나타나 함께 저녁을 먹으러 가자고 했다. 검은 상복 차림을 하고 중절모에도 너비가 넓은 검은 테를 두르고 있었다. 심지어 손수건마저 가장자리가 검은색이었다. 마치 처가 쪽 육촌까지, 이 세상 친척이란 친척은 모조리 잃어버린 엄청난 비극의 주인공이나 되는 듯한 차림새였다. 뚱뚱한 몸집과 혈색 좋은 통통한 볼이 그 비통함 심경과 어울리지 않았다. 불행한 처지에 놓여 있으면서도 어딘가 익살스러움을 지니고 있어야 하는 것은 너무 잔인한 일이다.

그는 파리를 떠나기로 결심했다고 말했다. 그가 가기로 한 곳은 내가 권한 이탈리아가 아니라 네덜란드였다.

"내일 떠날 예정일세. 자네를 만나는 것도 이것이 마지막이겠지."

나는 나름대로 적절하게 대꾸했고, 그는 힘없이 미소 지을 뿐이었다.

"고향에 가본 게 벌써 5년 전이라 이제 기억도 잘 나지 않는군. 이렇게 멀리 떠나 있다가 새삼 부모님을 찾아갈 면목은 없네만, 지금의 내가 쉴 수 있는 곳이라고는 그곳밖에 없을 것 같아."

마음의 상처로 지쳐 버린 그로서는 따뜻한 어머니 품으로 돌아가고 싶을 뿐이었다. 몇 년 동안 견뎌왔던 온 세상의 조소가 이제야 그에게도 부담스러워진 것 같았다. 게다가 블랑슈의 배신이라는 결정적 타격이, 그때까지 그 조소를 명랑하게 받아넘긴 마음의 탄력을 앗아갔는지도 모른다. 그는 이제 더는 그를 보고 웃던 사람들과 함께 웃을 수 없게 되었다. 세상에서 버림받은 외로운 몸이 된 것이다. 그는 깨끗한 벽돌집에서 보낸 소년 시절의 일이며 어머니의 병적인 결벽성 등을 이야기했다. 부엌은 놀라울 정도로 깨끗했다. 물건들은 늘 하나하나 제자리에 정돈되어 있어 티끌 하나도 찾아볼 수 없었다. 정말이지 그녀의 결벽성은 일종의 병이라고 할 만했다. 사과처럼 붉은 볼을 지닌 깔끔한 노모가 오랜 세월 동안 아침부터 밤까지 집 안을 치우고 닦으며 돌아다니는 모습이 눈에 보이는 것 같았다. 몸이 야윈 그의 아버지는 일생 동안 일만 해온 탓에 손마디가 굵었다. 말수가 적은 정직한 노인이며, 저녁이면 소리를 내어 신문을 읽곤 했다. 그 옆에서는 부인과 딸(지금은 작은 고깃배의 선장과 결혼했다)이 시간을 아껴 부지런히 바느질을 하고 있다. 문명의 진보에서 뒤떨어진 이 작은 마을에서는 모든 것이 평온하게 되풀이되어간다. 한 해 한 해가 변함없이 지나가다가 이윽고, 오로지 평생 일만 해 온 사람들에게 휴식을 주려고 죽음이 친구처럼 찾아오는 것이다.

"아버지는 나도 당신처럼 목수가 되기를 바라셨어. 우리 집은 그 직업을 벌써 5대째 이어왔거든. 아마 그것이 인생의 지혜라는 것인가 봐. 아버지 뒤를 이어 한눈 팔지 않고 부지런히 일하는 것 말야. 어렸을 때 나는 이웃집에 사는 마구 만들던 자의 딸에게 장가를 가겠다고 말한 적이 있었지. 파란 눈에 금발 머리를 땋아내린 자그마한 소녀였어. 그 아이와 결혼했더라면 우리 집 살림을 잘해 줬을 테고 내 뒤를 이을 자식도 낳았을 거야."

스트루브는 가볍게 한숨을 내쉬더니 입을 다물었다. 그는 자기가 그렇게 되었을 수도 있는 갖가지 삶의 모습들을 그려보고 있었다. 스스로 거부해 버린 안정된 생활에 대한 동경 같은 것이 그의 가슴을 채웠다.

"세상이란 험하고 냉혹한 곳이야. 왜 왔는지도 모르고 이 세상에 태어나 어디로 가는지도 모르게 가버리는 거야. 인간은 되도록 겸손해야 해. 그리고 침묵이 지닌 아름다움을 알아야 해. 운명의 신의 눈에 띄지 않도록 일생을 수수하게 보내야 한단 말일세. 그리고 단순하고 무지한 사람들처럼 평범한 사랑을 찾아야 해. 그런 사람들의 무지는 우리가 지닌 어떤 지식보다도 존귀한 거야. 우리도 잠자코 자신의 행운에 만족하고 그들처럼 온순하고 부드럽게 살아야 해. 그것이 바로 인생의 지혜라는 거야."

내 귀에는 이런 말이 그의 좌절된 마음을 드러내고 있을 뿐이었다. 나는 그의 이러한 체념에 반발심이 느껴졌지만 그것을 입 밖에 내지는 않았다.

"그런데 왜 화가가 될 생각을 했나?"

그가 어깨를 으쓱했다.

"그림에 소질이 있었는지 학교에서 늘 상을 탔었지. 어머니는 내가 대견해서 그림물감을 선물로 사주셨어. 그리고 내가 그린 그림을 목사며 의사며 판사에게 보여주셨다네. 그래서 그들이 권하는 대로 암스테르담 장학생 시험을 치르러 갔었는데 당당히 시험에 합격한 거야. 어머니는 아주 자랑스러워 하셨어. 나를 떠나보내는 것은 몹시 가슴 아픈 일이었을 텐데도 웃는 얼굴로 보내 주시더군. 아들이 예술가가 된다는 것이 무척 기뻤던 거야. 모두 절약하고 또 절약해서 나만은 돈에 옹색함을 느끼지 않도록 해주었어. 내 그림이 처음으로 전람회에 전시되던 날 아버지와 어머니, 동생까지 모두 암스테르담까지 보러 왔는데, 어머니는 내 그림 앞에서 울음을 터뜨리셨지."

그의 부드러운 눈은 눈물로 반짝이고 있었다.

"지금도 그 낡은 집의 벽이란 벽에는 모두 아름다운 금테 액자에 넣은 내 그림이 걸려 있다네."

뿌듯한 자랑스러움으로 그의 얼굴이 붉어졌다. 나는 농부들이며 사이프러스 나무며 올리브 나무가 있는 그의 생명감 없는 그림을 떠올려 보았다. 그런 그림들이 화려한 금테 액자 속에 넣어져 시골집 벽에 걸려 있는 모습은 정말 기묘할 것이다.

"어머니는 나를 화가로 키워 훌륭한 일을 하신 줄 알지만 지금 와서 생각해보면, 차라리 아버지 의견대로 정직한 목수가 되는 편이 나았을 거란 생각이 들어."

"하지만 예술이 주는 끝없는 기쁨을 안 자네가, 이제 와서 생활방식을 바꿀 수 있을까? 지금까지 예술이 안겨주던 기쁨, 그것을 잃어도 상관없단 말인가?"

"예술은 이 세상에서 가장 위대한 거야." 잠시 입을 다물고 있다가 그는 그렇게 대답했다.

그리고 한동안 생각에 잠긴 듯한 눈으로 나를 쳐다보았다. 뭔가 망설이고 있는 것 같더니 마침내 이렇게 말했다.

"내가 스트리클런드를 만나러 갔던 것 알고 있나?"
"자네가?"
나는 경악했다. 그의 얼굴을 보는 것만도 못 견딜 일일 텐데……. 스트루브가 힘없이 웃었다.
"자네도 알겠지만, 나라는 인간은 자존심이라곤 없으니까."
"그건 또 무슨 소린가?"
그러자 그는 기묘한 이야기를 털어놓았다.

39

가엾은 블랑슈를 묻고 나서 나와 헤어진 스트루브는 무거운 마음으로 집으로 돌아갔다. 알 수 없는 뭔가가 그를 화실로 이끌었다. 눈앞에서 기다리고 있는 고통을 생각하면 역시 두려움에 마음이 떨렸으나, 그는 발을 질질 끌다시피 계단을 올라갔다. 방 안으로 들어갈 용기를 내려고 그는 문 앞에서 오랫동안 주저했다. 몹시 기분이 언짢았다. 단걸음에 계단을 뛰어내려가 나를 불러내 함께 들어가자며 부탁하고 싶은 충동을 느꼈다. 누군가가 화실 안에 있는 것 같은 기분이 들었다. 계단을 뛰어올라와서는 층계참에서 가쁜 숨을 돌리던 일이 곧잘 있었는데, 모처럼 가라앉힌 마음도 블랑슈를 만나고 싶은 초조함 때문에 금방 허물어져 버렸던 과거의 일들이 생각났다. 그녀를 만나는 일은 언제나 그칠 줄 모르는 기쁨이었다. 겨우 한 시간 남짓 집을 비웠을 뿐인데 마치 한 달이나 헤어져 있던 사람처럼 가슴 설레곤 했다. 문득 그는 자기 아내가 죽었다는 사실이 믿어지지 않았다. 지금까지 일어났던 일은 하나의 꿈, 무서운 악몽이라고밖에 생각할 수 없었다. 열쇠를 돌려 문을 열면 그곳에 아내가, 늘 그가 그토록 흠모했던 샤르댕의 〈식전의 기도〉에 나오는 여인처럼 다소곳한 태도로 테이블 앞에 앉아 있을 것만 같았다. 그는 서둘러 주머니에서 열쇠를 꺼내 문을 열고 안으로 들어갔다.
방 안은 비워두었던 방 같지 않았다. 아내의 깔끔한 성격은 그를 기쁘게 해준 것 중의 하나였다. 그 자신이 자란 환경이 정돈의 기쁨에 대해 깊은 공감을 심어주었기 때문이다. 그러므로 그녀가 본능적으로 자기 주변을 깨끗이 정리하려 한다는 사실을 알았을 때 그는 흐뭇한 느낌마저 들었다. 침실을 보면 그녀가 방금 나간 것만 같았다. 화장대 위에는 빗과 두 개의 브러시가 가지런히 놓여 있고, 그 화실에서 마지막 밤을 지낸 침대는 누군가가 깨끗이 치워놓았으며, 잠옷도 작은 상자에 담겨 머리맡에 놓아두었다. 그녀가 다시는 이 방에 돌아오지 않으리라는 것이 도저히 믿기지가 않았다.

갈증을 느낀 그는 물을 마시러 부엌으로 갔다. 그곳 또한 깨끗이 치워져 있었다. 선반 위에는 스트리클런드와 다투던 날 저녁식사 때 쓴 접시가 놓여 있다. 모두 깨끗이 씻어 놓은 것이다. 나이프와 포크는 서랍에 들어 있고 덮개 밑에는 치즈 한 쪽이 남아 있고, 깡통 속에는 먹다 남은 빵이 한 조각 들어 있었다. 그날그날 필요한 분량만 샀기 때문에 다음 날까지 음식을 남기지 않는 것이 그녀의 습관이었다. 경찰의 조사에 따르면 스트리클런드는 저녁을 먹자마자 집을 나갔다는 것이다. 그런데도 그녀가 여느 때처럼 집안을 정돈한 것을 깨닫자 그는 소름끼치는 두려움을 느꼈다. 그녀의 이러한 꼼꼼하고 빈틈없는 점으로 보아 그 자살도 신중히 생각한 끝에 취한 행동이라는 것을 알 수 있었다. 그녀의 침착성에는 사람을 놀라게 하는 그 무엇이 있었다. 갑자기 극심한 고통이 엄습했고, 다리에서 힘이 빠져나가 하마터면 넘어질 뻔했다. 그는 침실로 돌아가 침대에 몸을 던지고는 그녀를 목 놓아 불렀다.

"블랑슈! 블랑슈!"

그녀의 괴로움을 생각하니 가슴이 찢어질 것만 같았다. 부엌이라야 그릇 선반만 겨우 있을 정도의 작은 곳에서 그녀는 서서 접시며 컵, 포크, 숟가락 등을 씻고, 칼을 숫돌에 재빠르게 간 다음 찬장에 넣은 뒤, 개수대를 닦고 나서 행주는 줄에 널었다. 그렇다, 낡은 회색빛 행주가 지금도 그곳에 걸려 있다. 모든 일이 끝나고 그녀는 빠뜨리고 씻지 않은 것은 없는지, 잊어버리고 치우지 않은 곳은 없는지 사방을 둘러보았다. 그러고는 걷어올렸던 소매를 내리고 앞치마를 벗었다. 그 앞치마는 문 안쪽 못에 걸려 있다. 그리고 옥살산 병을 집어들고 침실로 들어간 것이다.

너무나 고통스러워 그는 침대에서 일어나 방을 뛰쳐 나와 화실로 들어갔다. 큰 창문에 커튼을 쳐놓았기 때문에 그곳은 어두컴컴했다. 그는 얼른 커튼을 젖혔다. 환해진 방을 둘러보자 저도 모르게 울음이 솟구쳤다. 그곳은 그가 그렇게도 행복한 나날을 보냈던 장소였으며 변한 것이라곤 하나도 없었다. 스트리클런드는 주위환경에 무관심한 사람이라 남의 화실에 살면서도 무엇 하나 바꾸지 않았다. 이곳은 예술적 분위기를 살리려고 애써 꾸며놓은 화실로, 스트루브가 생각하는 예술가에게 알맞은 환경을 그대로 나타내고 있었다. 벽에는 수놓은 비단이 드리워져 있고 피아노에는 좀 색이 바랜 아름다운 비단 덮개를 씌워 놓았다. 방 한 구석에는 밀로의 비너스, 또 다른 구석에는 메디치의 비너스 모조품이 놓여 있었다. 델프트 도기가 놓인 이탈리아제 장식장이며, 얕은 돋을새김으로 조각한 공예품 따위가 여기저기 가득했다. 또 훌륭한 금테 액자에 넣은 벨라스케스의 〈교황 이노센트 10세〉도 있었다. 이것은 스트루브가 로마에 있을 때 모사(模寫)한 것이다. 그 밖에 스트루브 자신의 그림도 여러 점 있었는데, 장식적 효과를 돋보이게 하려는 듯 훌륭한 액자에 넣어져 있었다. 스트루브는 항상 자기 취미를 자랑했고 어떤 경우에도 화실의 로맨틱한 분위기를 잃는 법이 없었다. 보기만 해도 가슴이 찢어질 것만 같은 지금도 그는 자신이 가장 아끼는 루이 15세 시대의 테이블 위치를 조금 바꿔 놓았다. 그때 문득 벽에 세워놓은 캔버스가 눈에 띄었다. 그가 늘 사용하는 것보다 훨씬 큰 것이었다. 어째서 저런 곳에 두었을까 하고, 그는 이상스럽게 생각했다. 그는 앞으로 다가가 그림을 볼 수 있도록 캔버스를 자기 쪽으로 돌려놓았다. 나체화였다. 순간 심장이 마구 뛰었다. 스트리클런드의 그림이라는 것을 단박에 알 수 있었기 때문이다. 그는 불쑥 화가 치밀어 캔버스를 벽 쪽으로 밀어붙였다. 이런 곳에 내버려 두다니 어쩔 작정인가? 그런데 그 순간 그림은 화면이 아래를 향한 채 마루 위로 엎어져버렸다. 비록 누구의 것이건, 그는 먼지 속에 그림을 내버려 둘 수는 없었다. 그는 캔버스를 집어올렸다. 그리고 호기심이 승리를 거두었다. 자세히 보고 싶은 마음을 뿌리칠 수 없어 그는 그림을 이젤 위에 놓았다. 그리고 뒤로 물러나 찬찬히 바라볼 수 있는 장소에 섰다.

그는 저도 모르게 숨이 막혀왔다. 한 여자가 소파에 누워있는 그림이었다. 한쪽 팔은 베개 삼아 머리를 받치고 다른 팔은 몸 위로 뻗고 있다. 한쪽 무릎은 세우고 다른 한쪽 다리는 곧게 뻗은 고전적인 자세였다. 그는 아찔한 현기증을 느꼈다. 그것은 블랑슈였다. 슬픔과 질투와 분노가 왈칵 솟아올랐다. 그는 거칠게 소리쳤다. 그러나 그 소리는 입 밖으로 나오지 않았다. 그는 보이지 않는 적을 향해 위협이라도 하듯 두 주먹을 불끈 쥐고 휘둘렀다. 있는 힘을 다해 소리

질렀다. 꼭 미친 것만 같았다. 그로선 더는 참을 수가 없었다. 무슨 연장이라도 없나 눈이 뒤집힌 채 사방을 둘러보았다. 이 그림을 발기발기 찢어 버리자, 이런 것은 단 1분도 더 놔둘 수 없다. 그런데 아무 도구도 보이질 않았다. 그림도구를 들추어 보았으나 웬일인지 이렇다할 만한 것이 전혀 보이지 않았다. 완전히 광란 상태였다. 마침내 가까스로 큰 그림 주걱을 찾아냈다. 그는 환성을 지르며 그것을 집어들었다. 그리고 단검이라도 뽑아든 것처럼 그림을 향해 돌진했다.

이 이야기를 하면서도 스트루브는, 그 일이 있었을 때와 다름없이 흥분해 있었다. 그는 우리 둘이 마주 앉아 있는 식탁 위의 칼을 움켜쥐고 마구 휘둘러댔다. 금방이라도 덤벼들 것처럼 팔을 치켜들었다가 갑자기 손바닥을 펴고 칼을 마룻바닥에 떨어뜨렸다. 그는 경련을 일으킨 듯한 웃음을 띠고 나를 쳐다보았다. 그러곤 아무 말도 하지 않았다.

"계속 얘기해보게."

"왜 그런 마음이 들었는지 나도 몰라. 당장에 그 그림 한가운데를 쫙 찢어버리려고 했어. 힘껏 내려치려는 순간 그때 나는 본 거야."

"봤다니, 뭘?"

"그 그림을. 그것은 걸작이었어. 나는 손을 댈 수가 없었어. 무서워진 거야."

스트루브는 다시 말을 멈추었다. 멍하니 입을 벌린 채 그 동그랗고 푸른 눈이 튀어나올 듯 나를 쳐다보았다.

"그것은 정말 위대한 그림이었네. 나는 경외감에 사로잡혔어. 자칫 끔찍한 죄를 저지를 뻔했던 거지. 좀더 자세히 보려고 조금 움직이는 순간 아까 그 주걱에 발이 걸리자 가슴이 서늘해지더군."

스트루브를 사로잡았던 감동이 나에게도 어느 정도 전달된 것 같았다. 이상한 감동이었다. 전혀 가치가 다른 세계로 갑자기 옮겨진 듯한 기분이었다. 주위에 있는 사물에 대한 인간의 반응이 지금까지 알고 있던 것과는 전혀 다른 세계에 온 이방인처럼 나는 갈피를 못 잡고 있었다. 스트루브는 그림에 대해 설명하려고 애쓰는 모양이었으나 그의 말이 뒤죽박죽이어서 무엇을 말하려는 것인지 내가 눈치껏 알아차려야 했다. 스트리클런드는 지금까지 자기를 묶어 놓았던 굴레를 끊어버렸다. 그는 발견했다. 그렇다고 흔히들 말하는 자기 자신을 발견했다는 것은 아니다. 생각할 수도 없는 힘을 지닌 새로운 영혼을 발견한 것이다.

아주 풍부하고 기묘한 개성을 나타내고 있는 것은 그림의 대담한 단순화만은 아니었다. 그 육체는 놀랄 만한 무엇인가를 담은 정열적인 관능으로 그려져 있었다. 그러나 그것은 화법만이 아니었다. 그것은 육체의 무게를 느끼게 하는 이상한 단단함을 지니고 있었지만 그것만도 아니었다. 거기다 어떤 영적인 것, 보는 이의 마음을 뒤흔드는 새로움도 지니고 있었다. 그것은 우리 상상을 생각지도 못한 방향으로 이끌어 영원한 별빛만이 밝혀주는 어두컴컴한 텅 빈 공간을, 벌거벗은 영혼이 새로운 신비를 찾아 두려운 모험의 길을 밟는 그런 공간을 보여주는 것이다.

내가 하는 말이 수사적(修辭的)이라면 그것은 당사자인 스트루브의 말이 수사적이었기 때문이다. (인간은 감동을 느낄 때면 자연과 자기 자신을 소설적으로 표현하는 것이 아닐까?) 스트루브는 지금까지 경험한 일이 없는 감정을 설명해 보려고 했으나 평범한 말로는 아무래도 잘 표현할 수 없었다. 그는 도저히 표현할 수 없는 일들을 억지로 말로 나타내려는 신비주의자 같았다. 그러나 꼭 한 가지 그가 나에게 분명히 해준 점이 있다. 사람들은 아름다움에 대해 지나치게 가볍게 말한다는 사실이다. 우리는 말을 너무 무신경하고 경솔하게 쓰고 있기 때문에 오히려 밖으로 내뱉은 말은 힘을 잃고 만다. 참된 아름다움이라는 말이 나타내는 것을 하찮은 무수한 사건과 섞어 쓰고 있기 때문에 그것은 위엄을 잃고 마는 것이다. 사람은 옷이나 개, 설교 같은 것에 무턱대고 '아름답다'고 하는데, 막상 참된 아름다움을 발견했을 때는 그것을 알아보지도 못한다. 아무런 값어치도 없는 생각을 꾸미려고 과장된 말을 사용하는 잘못을 범했기 때문에 자신의 감수성을 둔하게 만들어버렸다. 어쩌다가 경험하는 영감을 가지고 남을 속이는 사기꾼처럼, 사람은 이 말의 힘을 스스로 없애고 말았다. 그러나 스트루브는 비록 어찌할 수 없는 어릿광대이긴 하지만, 성실하고 정직한 그의 영혼에 못지않을 만큼 진실하게 아름다움을 사랑하고 이해하는 사람이었다. 그에게 있어 아름다움은 신자에게 있어 신이나 다름없는 존재였다. 그러므로 그것을 눈앞에서 보자 두려움을 느낀 것이다.

"그래, 스트리클런드를 만나서 뭐라고 했나?"

"함께 네덜란드로 가지 않겠느냐고 물어보았지."

나는 너무 어이가 없어 입을 벌린 채 멍하니 스트루브의 얼굴만 들여다보았다.

"둘 다 블랑슈를 사랑했으니까. 어머니한테 가도 그 사람이 지낼 만한 공간은 있을 테니까. 게다가 가난하고 순박한 사람들과 함께 지낸다는 것은 그 사람의 영혼에도 얼마나 좋은 일인지 모르네. 그 사람은 그들로부터 유익한 것을 배우게 될지도 몰라."

"그래 그는 뭐라고 하던가?"

"히죽 웃더군. 나를 굉장히 어리석은 자라고 생각했겠지. 그보다 더 중요한 일이 있다고 했어."

좀더 듣기 좋게 거절하는 방법도 있을 텐데, 하는 생각이 들었다.

"블랑슈를 그린 그 그림을 나에게 주더군."

어째서 스트리클런드가 그런 짓을 했을지 궁금했다. 하지만 그 말을 입 밖에 내지는 않았으므로 우리 사이에는 잠시 침묵이 흘렀다.

"자네가 쓰던 물건들은 어떻게 했나?"

"유대인이 들어오게 돼서 꽤 좋은 값으로 그 사람에게 팔았다네. 내 그림들은 집으로 가지고 갈 생각이야. 그 밖에는 옷 상자 하나와 책 몇 권뿐이야. 지금의 나에겐 그것이 전재산일세."

"고향으로 돌아간다니 정말 잘 생각한 일일세."

그가 새 출발을 하면 과거를 다 잊어버릴 것이라고 나는 느꼈다. 지금은 견디기 힘들게 생각되는 슬픔도 시간이 지남에 따라 사라질 것이고, 마침내 자비로운 망각이 그에게 인생의 무거운 짐을 짊어지고 다시 일어설 힘을 안겨 줄 것이다. 그는 아직 젊다. 몇 년이 지나면, 모르는 사이에 지금의 모든 불행을, 일종의 기쁨이 깃든 슬픔으로 돌아볼 수 있으리라. 언젠가는 그곳에 사는 순박한 네덜란드 아가씨와 결혼하여 행복하게 살 것이다. 죽을 때까지 그가 열심히 그려댈 서툰 그림들도 많은 수에 이르려니 생각하자 나도 모르게 웃음이 나왔다.

다음 날 나는 암스테르담으로 떠나는 그를 배웅해 주었다.

40

그 뒤 한 달 동안, 일에 쫓겨 이 비극적인 사건에 관계되었던 사람을 만나 본 일이 없었으므로 내 마음도 어느새 그 일에서 멀어져 버렸다. 그런데 어느 날 볼

일이 있어 길을 걷고 있다가 찰스 스트리클런드와 마주치게 되었다. 그의 모습을 보자 가능하면 잊고 싶었던 그 진저리 나는 사건이 다시 되살아나, 그 장본인인 그에 대해 혐오감이 울컥 치밀어올랐다. 그렇다고 모르는 체하는 것도 점잖지 못할 것 같아 가볍게 인사를 하고 그대로 지나가려고 했다. 그러나 다음 순간 나는 어깨에 그의 손이 와 닿는 것을 느꼈다.

"꽤 바쁜 모양이군요." 그가 친근하게 말을 붙여 왔다.

상대가 피하는 태도를 보이면 상냥하게 나오는 것이 스트리클런드의 특징이었다. 나의 냉담한 태도가 그의 그런 성격을 건드린 모양이다.

"그래요." 나는 짧게 대답했다.

"그럼 당신과 함께 가야겠구먼."

"왜요?"

"당신과 함께 있는 즐거움을 누리고 싶어서랄까."

나는 아무 대답도 하지 않았다. 그는 말없이 나와 나란히 걷기 시작했다. 이렇게 4분의 1마일 가량 걸었을까, 나는 왠지 멋쩍은 기분이 들었다. 이윽고 문구점 앞에 왔을 때 종이라도 사야겠다는 생각이 들었다. 그를 따돌릴 핑계도 될 것 같았다.

"나는 여기 좀 들렀다 가야겠어요. 그럼 실례합니다."

"볼일 끝날 때까지 여기서 기다리고 있겠소."

나는 어깨를 으쓱해 보이곤 그대로 가게 안으로 들어갔다. 그러나 프랑스 종이는 질이 나쁘다는 것이 생각났고, 기왕에 계획이 틀어진 바에야 구태여 불필요한 물건을 사서 짐을 만들 필요가 없다고 생각했다. 그래서 없을 게 뻔한 물건이 있는지 물어보고는 곧 밖으로 나왔다.

"원하는 물건은 샀소?"

"아뇨."

우리는 다시 말없이 걸었다. 이윽고 몇 개의 길이 만나는 교차점에 이르자 나는 멈춰서서 물었다.

"어느 쪽으로 갈 건가요?"

"당신이 가는 쪽으로." 스트리클런드가 빙그레 웃었다.

"나는 집으로 가는 길입니다."

"그럼 같이 가서 담배라도 한 대 피워야겠군."

"이쪽에서 초대할 때까지 기다리는 것이 예의가 아닐까요?" 나는 냉랭하게 대꾸했다.

"그야 그럴 가망이 있다면 그렇겠지."

"저 정면에 있는 흰 벽이 보입니까?" 나는 손가락으로 가리키며 말했다.

"보이다마다."

"그럼 당신과 함께 있고 싶지 않다는 말이 내 얼굴에 씌어 있는 것도 보일 텐데요."

"솔직히 말해 짐작은 하고 있었소."

나는 나도 모르게 웃음이 터져 나왔다. 웃음이 나오게 만드는 사람을 미워할 수 없는 것이 내 성격의 결점이었으나 나는 마음을 다부지게 먹었다.

"정말 진절머리 나는 사람이군요. 당신처럼 이렇게 짐승 같은 사람은 본 적이 없네요. 왜 하필 당신을 이처럼 싫어하고 경멸하는 사람과 같이 있으려고 합니까?"

"이것 보시오. 당신이 나를 어떻게 생각하건 내가 신경이나 쓸 것 같소?"

"제기랄!"

본래 이쪽 동기가 그다지 칭찬할 만한 것이 못 된다는 것을 알고 있었기 때문에, 나는 더욱 난폭하게 말했다. "당신 같은 사람을 친구로 사귀고 싶지 않아요."

"함께 있으면 나쁜 물이 든다고 생각하는 거요?"

그 말을 들으니 너무나 어이가 없었다. 그가 비웃는 표정으로 나를 곁눈질하고 있었다.

"또 돈이 다 떨어진 모양이군요?" 나는 거만하게 말했다.

"나도 당신한테서 돈을 빌릴 수 있다고 생각할 정도로 바보는 아니오."

"아부도 할 수 있게 됐다니, 당신도 볼장 다 봤군요." 그가 히죽 웃었다.

"내가 가끔 좋은 말을 할 수 있는 기회를 주는 한, 당신이란 사람은 진심으로 나를 싫어하지는 못할 거요."

나는 웃음을 참느라 입술을 깨물고 있어야 했다. 화가 치미는 일이지만 그가 하는 말은 사실이었다. 그리고 이 또한 내 결점이지만, 아무리 사악한 인간이라도 단둘이 있게 되면 어쩔 수 없이 사귀게 될 수밖에 없으니 정말 난처했다. 스트리클런드에 대한 나의 증오도 이쪽에서 단단히 무장하고 덤벼들지 않으면 흔적없이 사라져 버릴 것만 같았다. 나는 자신의 도덕적인 약점을 알아차렸지만, 그에 대한 나의 비난 속에는 이미 하나의 허세랄까 그런 것이 내포되어 있다는 것도 알았다. 그것을 내가 느낄 정도니까, 스트리클런드의 날카로운 본능이라면 벌써 꿰뚫어 보았으리라. 틀림없이 속으로는 나를 비웃고 있었을 것이다. 그의 말을 마지막으로 나는 다만 어깨를 으쓱했을 뿐 더는 아무 말도 하지 않았다.

41

우리는 내가 살고 있는 아파트에 도착했다. 나는 들어오라는 말도 하지 않고 잠자코 계단을 올라갔다. 그가 내 뒤를 따라 방으로 들어왔다. 이곳에 처음 오는 것인데도 그는 내가 애써서 꾸며놓은 방을 둘러볼 생각도 하지 않았다. 테이블 위에 담배통이 있는 것을 보자 그는 곧 파이프를 꺼내 담배를 채워넣었다. 그리고 하나뿐인 팔걸이 없는 의자에 앉더니 의자 뒷다리에 무게를 싣고 뒤로 넘어갈 것 같은 자세를 취했다.

"편하려면 안락의자에 앉지 그래요." 나는 초조하게 말했다.

"내가 편하게 앉건 말건 당신이 상관할 문제는 아니잖소."

나도 받아넘겼다. "당신을 걱정해서 하는 소리가 아닙니다. 다만 보기에 거북해서 그럴 뿐이오. 남이 불편하게 앉아 있는 것을 보면 내가 불안해지거든요."

그가 킬킬 웃었지만 움직이지는 않았다. 그리고 더는 나를 거들떠보지도 않고 잠자코 담배만 피워댔다. 아마 계속 뭔가를 생각하고 있는 모양이었다. 도대체 이 사람은 어째서 여기까지 따라왔을까?

작가에게는 오랜 습관으로 감수성이 무디어지지 않은 이상 특이한 인간성에 대해 어쩔 수 없이 강한 흥미를 느끼는 본능이 숨겨져 있는데, 그 본능은 도의심 따위로는 억제할 수 없는 힘으로 작가의 마음을 사로잡아 버리고 만다. 악을 응시하면서 예술적 만족을 느끼고 있는 자신을 알아차리고는 저도 모르게 깜짝 놀라게 된다. 그러나 어떤 행위에 대해 느끼는 비난은 그 행위의 동기에 대한 호기심에는 크게 미치지 못한다는 것이 작가의 거짓 없는 심정이다. 논리적으로 완벽한 악인의 성격은 법이나 질서 면에선 증오해야 마땅하지만, 창조하는 작가로서는 말할 수 없는 엄청난 매력을 풍기는 것이다. 셰익스피어도 악인이아고를 창조해낼 때, 환상으로 달빛을 엮듯이 데스데모나를 묘사할 때는 결코 느끼지 못했던 깊은 예술적 열정에 젖어 있었을 것이다. 그것은 문명 사회의 예의나 관습 때문에 잠재의식이라는 신비의 벽감 속에 깊숙이 간직되어 있는 본능, 그것이다. 작가는 자기가 만든 인물에 피와 살을 불어넣음으로써, 그 밖의 방법으로는 표현할 수 없는 자기 안의 그런 본능에 생명을 부여하고 있다. 작가의 이러한 만족감은 바로 해방감이다.

작가는 판단에 앞서서 조사하고 알아내는 일에 더 관심이 많은 법이다.

내 마음속에는 분명히 스트리클런드를 끔찍이 미워하는 감정이 있지만 그와 함께 그의 동기를 살피고자 하는 냉정한 호기심이 있었던 것 또한 사실이다. 나는 도저히 스트리클런드라는 사람을 알 수가 없었다. 그처럼 친절하게 대해 준 사람들의 인생을 비극으로 몰고간 자신의 행위를 어떻게 생각하고 있는지 무슨 수를 써서라도 알아보고 싶었다. 그래서 나는 대담하게 메스를 대어 보았다.

"스트루브의 말로는 당신 작품 중에서 그의 부인을 그린 것이 가장 걸작이라고 하던데요."

그 말을 들은 스트리클런드가 파이프를 입에서 빼더니 환하게 미소를 지었다.

"그 그림을 그릴 때는 아주 즐거웠지."

"왜 그 그림을 그에게 주었나요?"

"다 그렸기 때문이오. 다 그린 이상 내게는 필요치 않소."

"스트루브가 하마터면 그것을 찢어버릴 뻔했다는 사실을 알고 있나요?"

"아주 만족스럽다고는 볼 수 없으니까."

그는 잠자코 있더니 다시 파이프를 입에서 빼고 싱긋 웃었다.

"그자가 나를 찾아왔었다는 거 알고 있소?"

"그 사람 말에 감동받진 않았습니까?"

"천만에, 어리석기 짝이 없는 감상이라고 생각했지."

"당신이 그 사람의 일생을 망쳐 놓았다는 사실을 깜빡했던 모양이군요."

그는 생각에 잠긴 듯 수염 난 턱을 쓰다듬었다.

"그자는 아주 엉터리 화가요."

"그러나 참 좋은 사람입니다."

"게다가 요리 솜씨는 알아줘야겠더군." 스트리클런드는 비웃으며 덧붙였다.

정말 피도 눈물도 없는 냉혈한이었다. 나는 분개한 나머지 거리낌 없이 물었다.

"그저 호기심에서 물어보는 말인데, 당신은 블랑슈 스트루브의 죽음에 대해 조금이라도 양심의 가책을 느끼고 있습니까?"

얼굴빛이 좀 변하지 않을까 나는 그의 얼굴을 지켜보았다. 그러나 여전히 무표정한 얼굴이었다.

"내가 왜?" 그가 물었다.

"있는 그대로 얘기해 봅시다. 당신은 그때 죽어가고 있었어요. 스트루브가 당신을 자기 집으로 데려와 어머니처럼 간호해 준 것입니다. 그는 당신 때문에 시간과 돈 그리고 생활의 즐거움까지도 모두 희생해 버린 거요. 그렇게 해서 당신을 죽음의 문턱에서 구해준 겁니다."

스트리클런드는 어깨를 으쓱했다.

"그는 얼빠진 작자요, 남을 위해 도와주는 것이 그자의 취미이자 삶이었지."

"스트루브에게 감사할 필요가 없다면, 그렇다고 칩시다. 그런데 왜 그 사람에게서 부인까지 빼앗아야만 했나요? 당신이 나타나기 전에는 그 두 사람은 행복하게 살았습니다. 왜 두 사람을 그대로 내버려두지 못했느냐 말입니다."

"두 사람이 행복했는지 당신이 어떻게 안단 말이오?"

"그것은 분명합니다."

"당신도 꽤 똑똑한 척하는데, 그자가 한 일을 그 여자가 용서할 수 있었다고 생각하오?"

"그건 또 무슨 말인가요?"

"스트루브가 그 여자와 결혼한 이유를 모른단 말이오?"

나는 고개를 가로저었다.

"그 여자는 로마의 어느 공작 집에서 가정교사를 하고 있었다더군. 그런데 그 집 아들의 유혹에 넘어간 거지. 그 여자는 결혼해줄 줄 알았는데 느닷없이 거리로 쫓겨난 거요. 아이까지 가진 몸이라 자살이라도 할 작정이었는데, 스트루브가 나타나 결혼하게 된 거요."

"정말 그 사람다운 짓을 했군요. 나는 그처럼 동정심 많은 사람을 본 일이 없어요."

전부터 나는 어떻게 그처럼 어울리지 않는 남녀가 결혼을 하게 되었는지 이상하게 생각했었다. 그러나 그런 사정이 있을 줄은 꿈에도 몰랐다. 디르크가 부인을 대하는 마음속에는 어딘가 보통 정열과는 다른 것이 있었음을 나도 알아차리긴 했다. 그리고 그녀의 조심스러운 태도에 내가 모르는 무언가가 숨겨져 있는 것이 아닐까 느꼈던 일도 생각났다. 그러나 이제와 생각해 보니 거기에는 부끄러운 비밀을 감추고자 하는 노력 이상의 것이 깃들어 있었다. 그녀의 침착함은 마치 태풍이 한바탕 휩쓸고 지나간 뒤 섬에 밀려드는 음산한 고요와도 비슷했다. 그 쾌활함은 절망적인 쾌활함이었던 것이다. 갑자기 스트리클런드의 목소리가 나의 명상을 가로막았다. 그것은 나를 놀라게 한 엄청난 냉소였다.

"여자란 남자에게 받은 상처는 용서할 수 있지만 남자가 자기를 위해 베푼 희생은 결코 용서할 수 없는 거요."

"그렇다면 당신은 사귀는 여자에게서 원한을 살 위험은 전혀 없겠군요?"

나는 되받아쳤다.

그의 입술에 웃음이 번졌다.

"당신은 재치 있는 말대답을 하기 위해서라면 원칙 따위는 언제라도 버릴 작정이군."

"그럼 배 속의 아이는 어떻게 되었나요?"

"사산이었지. 결혼한 지 석 달인가 넉 달만에."

이윽고 나는 가장 이해할 수 없었던 점을 물어보았다.

"그런데 어째서 당신은 블랑슈 스트루브에게 흥미를 가졌었죠?"

오래도록 대답이 없기에 다시 한번 질문을 되풀이하려고 했다.

그가 가까스로 이렇게 대답했다.

"그런 걸 내가 어떻게 안단 말이오? 그 여자는 나를 보는 것조차 싫어했소. 그게 재미있었지."

"그랬군요."

갑자기 그는 화를 벌컥 냈다.

"젠장, 흥미는 무슨 흥미! 나는 그 여자가 탐이 났던 거야."

그러나 그는 곧 냉정을 되찾더니 미소를 띠고 나를 쳐다보았다.

"처음에 그 여자는 겁을 먹었지."

"당신 쪽에서 그녀에게 말했나요?"

"그럴 필요 없었소. 그쪽에선 다 알고 있었으니까. 나는 한 마디도 하지 않았소. 그녀는 몹시 겁을 먹었지만 결국 내 여자가 된 거요."

이 이야기를 하는 그의 말투에, 왜 그처럼 무서울 정도로 격한 욕정을 생각게 하는 것이 있었는지 모르겠다. 그것은 사람을 불안에 빠뜨리는, 두렵기까지 한 것이었다. 그의 생활은 이상할 정도로 육체적인 일에서 동떨어져 있었으나, 그 때문에 가끔은 육체가 정신에 무서운 복수를 가하는 것 같았다. 그의 내부에 숨어 있던 사티로스가 갑자기 그를 사로잡아, 그는 원시적인 자연의 힘처럼 격렬함을 지닌 본능의 포로가 되어 완전히 무력한 존재로 변하고 만다. 그리하여 온 정신을 빼앗긴 그의 영혼 속에는 분별이나 감사의 마음이 들어앉을 여지가 없어져 버린다.

"그런데 왜 화실을 나올 때 그 여자를 데리고 갈 마음이 들었던가요?"

"그럴 작정은 아니었소." 그가 얼굴을 찌푸리며 말했다.

"함께 따라가겠다는 말을 들었을 때는 나도 스트루브만큼이나 놀랐소. 그래서 이렇게 말해줬지. 내가 당신이 싫어지면 당신은 쫓겨난다고, 그러자 그 여자는 그런 각오쯤은 하고 있다고 하더군." 그가 잠깐 말을 끊었다. "그녀는 훌륭한 몸을 가지고 있었소. 나는 나체화를 그려 봐야겠다는 생각을 했지. 그림이 완성되자 그 여자에게 흥미가 없어졌소."

"그리고 그 여자는 당신을 진심으로 사랑했군요."

그가 벌떡 일어나더니 좁은 방 안을 왔다 갔다 하기 시작했다.

"나는 사랑을 원하지 않소. 나에겐 그럴 시간이 없어요. 그것은 인간의 약점이오. 그야 나도 남자니까 때로는 여자가 그리워질 때도 있지만, 일단 욕정을 채우고 나면 다른 일로 마음이 쏠리고 말아요. 나는 욕망을 이겨 낼 수 없지만 그것을 증오하오. 욕망이란 것은 나의 영혼을 가두기 때문이오. 욕망에서 완전히 자유로워져 아무런 방해물도 없이 내 일에 몰두할 수 있을 때가 오기를 기다리고 있소. 여자들이란 사랑밖에 할 줄 모르니까 그것을 터무니없이 중요시한단 말이오. 남자들에게까지 그것이 인생의 전부라고 설득하려 드는 거요. 사랑이란 인생에 있어선 보잘것없는 일부분에 지나지 않는단 말이오. 육욕이라면 또 몰라도, 그것은 정상적이고 건강한 것이니까. 그러나 사랑은 병이오. 여자는 내 쾌락의 도구에 불과해요. 그런 여자들이 협력자니 친구니 반려자니 하고 떠들어대는 걸 도무지 견딜 수가 없단 말이오."

스트리클런드가 한꺼번에 이렇게 많은 말을 하는 것은 처음 보는 일이었다. 아주 분개한 듯한 목소리였다. 물론 늘 그러하듯, 이것은 그가 말한 것을 그대로 옮겨놓은 것은 아니다. 어휘도 적은 데다 문장을 엮어내는 재능도 전혀 없었으므로 그의 감탄사나 표정, 몸짓, 진부한 어구 따위를 이쪽에서 연결해 그가 말하고자 하는 바를 종합해 볼 수밖에 없었다.

"당신 같은 사람은 여자가 노예고 남자가 노예를 부리던 시대에 태어났더라면 좋을 걸 그랬군요."

"아니, 나는 지극히 정상적인 사람이오."

이렇게 정색을 하고 말하는 데는 나도 웃을 수밖에 없었다. 그러나 그는 여전히 우리 속에 갇힌 야수처럼 방을 왔다 갔다 하며 말을 계속했다. 어떻게든지 자기 마음을 나타내보려고 하는 것 같았지만 앞뒤가 맞는 설명을 하기가 무척 힘든 모양이었다.

"여자들이란 사랑에 빠지면 그 남자의 영혼까지 차지해야 직성이 풀리오. 여자는 약하니까 어떻게든지 지배력을 잡으려고 바동거리는 거지. 그렇게까지 하지 않고는 만족할 수 없는 거요. 여자들의 마음은 좁아서 자기가 이해할 수 없는 추상적인 일은 싫어하지. 물질적인 일에만 마음을 빼앗겨 정신적인 이상에 대해서는 질투심을 느끼게 마련이오. 남자의 영혼은 우주 끝까지 헤매고 다녀도 싫증을 모르는데, 여자는 그것을 자신의 가계부라는 틀 속에 가두려는 거요. 당신도 내 아내를 기억하지? 블랑슈가 조금씩 마누라가 하던 농간을 그대로 부리기 시작하는 것을 알았지. 참으로 끈기 있게 올가미를 씌워 나를 묶어놓으려 했어. 자기 수준으로 나를 끌어내리려고 했던 거요. 나라는 존재는 조금도 생각지 않고 다만 나를 자기 것으로 만들려고 했을 뿐이오. 나를 위해 무슨 일이고 기꺼이 해줬지만, 내가 원하는 단 한 가지만 빼곤 말이지. 즉 나를 가만히 내버려둬 달라는 것만은."

나는 한동안 잠자코 있다가 이렇게 말했다.

"그 여자를 버렸을 때 당신은 그 여자가 어떻게 하리라고 생각했습니까?"

"스트루브에게 돌아갔더라면 좋았을걸……." 그가 초조한 듯 말했다. "그 녀석은 그 여자가 돌아오기를 목이 빠져라 기다리고 있었으니까."

"당신은 사람도 아닙니다. 당신 같은 자에게 이런 말을 해봤자 무슨 소용이겠습니까. 날 때부터 눈이 먼 사람에게 색깔 이야기를 하는 거나 다름없는 일일 테니."

그가 내 앞으로 오더니 나를 물끄러미 내려다보았다. 그 얼굴에서 경멸하는 놀라움이 엿보였다.

"블랑슈 스트루브가 죽었든 살았든 당신은 정말 눈곱만큼이라도 신경이 쓰이오?"

나는 그의 질문을 곰곰이 생각해 보았다. 나의 영혼에만은 거짓 없는 대답을 하고 싶었기 때문이다.

"그녀가 죽었다는 게 나에게 대수롭잖게 여겨진다면, 그것은 아마 나 자신 속에 동정심이 부족하기 때문이겠죠. 그녀에게는 아직도 앞이 창창한 인생이 있는데, 그것을 그렇게 잔인하게도 빼앗기다니 무서운 일이라고 생각합니다. 그런데 사실은 나도 진심으로 걱정을 하지 않으니 부끄러운 생각이 들어요."

"당신한테는 자신의 신념을 밀고나갈 용기가 없군. 인생에 가치 따위는 없소. 블랑슈 스트루브는 내게 버림받아서 자살한 것이 아니라 어리석고 마음의 균형이 잡혀 있지 않았기 때문에 죽은 거요. 그 여자 이야기는 이제 진저리가 나오. 정말 하찮은 여자였소. 그보다 내 그림이나 보러 오지 않겠소."

그는 마치 아이를 어르는 듯한 투로 말했다. 화가 났지만, 그것은 그에 대해서라기보다 오히려 나 자신에 대해서였다. 나는 그 몽마르트르의 기분 좋은 화실에서의 스트루브와 그 부인의 행복한 생활을 떠올렸다. 소박하며 친절하고 진실했던 두 사람이었다. 그것이 무정한 운명의 손에 의해 그처럼 무참히 짓밟혀 버리다니 참으로 잔인하다는 생각이 들었다. 그러나 무엇보다도 잔인한 것은 그럼에도 불구하고 변한 것은 아무것도 없다는 사실이다. 세상은 여전히 잘 돌아가고 있고, 세상 사람들도 그 비극으로 달라진 점이 전혀 없었다. 그렇다, 디르크 또한 감정의 깊이보다 밖에 나타나는 감정의 반응이 더 큰 사람이니까 머지않아 그 일을 잊어버릴 것이다. 블랑슈의 일생이 얼마나 빛나는 희망과 꿈을 지니고 시작되었는지 알 도리는 없지만, 이렇게 되고 보면 차라리 태어나지 않은 편이 좋았을 것 같았다. 모든 것이 헛되고 덧없어 보였다.
스트리클런드는 모자를 집어들더니 나를 내려다보며 말했다.
"같이 가겠소?"
"왜 나를 가까이하려는 거죠? 내가 당신을 미워하고 경멸한다는 것을 알고 있을 텐데요."
스트리클런드가 기분 좋은 듯 킬킬 웃으며 말했다.
"당신이 나에게 진짜로 화가 나는 건 당신이 날 어떻게 생각하든 내가 조금도 개의치 않는다는 데 있을 뿐이오."
나는 갑자기 볼이 확 달아오름을 느꼈다. 무신경한 독선이 얼마나 상대의 기분을 뒤흔들어 놓는지 이 사람에게 이해시킨다는 것은 도저히 불가능한 일이었다. 나는 그가 걸치고 있는 철저한 무관심이라는 갑옷을 어떻게든 꿰뚫어놓고 싶었다. 그러나 그의 말에도 진실이 있다는 것 또한 알고 있었다. 우리는 아마도 무의식적으로, 우리가 타인에게 갖는 의견에 대해 그들이 관심을 보일 때 그들에게 미치는 우리의 영향력을 즐긴다. 그렇기 때문에 그 같은 영향을 전혀 받지 않는 인간에 대해 미움을 갖게 된다. 아마 그만큼 통렬하게 인간의 자존심을 상하게 하는 것은 없을 것이다. 그러나 나는 그에게 화난 모습을 보이고 싶지 않았다.
"타인을 전적으로 무시하고 살 수 있는 인간이 있을까요?"
나는 이렇게 말했지만 이것은 그에게라기보다 오히려 스스로에게 묻는 말이었다.
"당신 또한 살기 위해 하나에서 열까지 남의 신세를 지고 있는 겁니다. 완전히 남을 떠나 자기 혼자 힘으로 살아간다는 것은 있을 수 없는 일이죠. 언젠가 늙고 병들고 쇠약해지면 당신 또한 다시 우리 속으로 기어들 테죠. 당신에게도 위로와 동정을 바랄 때가 닥쳐올 텐데 그럴 때 당신은 부끄럽지 않을까요? 당신은 불가능한 일을 하려는 겁니다. 머지않아 당신 속에 있는 또 다른 당신이 인간으로서의 공통된 유대를 간절히 원할 때가 찾아올 겁니다."
"어쨌든 그림을 보러 갑시다."
"당신은 죽음이라는 것을 생각해 본 일이 있습니까?"
"그런 걸 뭣하러 생각해. 아무래도 상관없는 일인데."

나는 그를 쳐다보았다. 그가 비웃는 듯한 미소를 띠고 가만히 내 앞에 서 있었다. 그럼에도 한순간 나는 육체에 묶여 있기에 잡을 수 없는 어떤 위대한 것을 쫓으며 불꽃처럼 괴로워하는 영혼을 느낄 수 있었다. 뭔가 말로는 표현할 수 없는 신성한 것을 구하는 한결같은 영혼을 엿본 것이다. 나는 눈앞에 있는, 초라한 옷을 입고 큰 코와 번쩍이는 눈에 붉은 턱수염과 더부룩한 머리를 한 남자를 쳐다보았다. 이것은 하나의 껍질에 불과하며 내가 지금 마주 대하고 있는 것은 육체를 벗어난 영혼인 듯한 이상한 감동을 느꼈다.

"그럼 당신 그림이나 보러 갑시다."

42

스트리클런드가 왜 갑자기 그림을 보여주겠다고 했는지 나는 그 까닭을 알 수 없었다. 그러나 어쨌든 더없이 좋은 기회라고 생각했다. 작품은 그 작가 자신을 드러낸다. 사교적인 접촉에서 사람은 오직 자신이 주위 사람들에게 보이고 싶은 겉모습밖에는 드러내지 않는다. 그러므로 무의식중에 보이는 사소한 행위나 자기도 모르게 순간적으로 짓는 표정 같은 데서 그 사람의 참모습을 추측할 수밖에 없다. 때로는 그런 가면을 너무도 그럴듯하게 쓰고 있어 어느 틈에 그 가면이 자기 자신이 되어버리기도 한다. 그러나 어떤 사람이라도 글이나 그림 속에서는 거짓 없는 자신이 드러나는 법이다. 겉치레는 다만 그 사람이 속 빈 강정이라는 걸 폭로할 뿐이다. 색을 칠해 철판처럼 보이게 한들 나무는 어디까지나 나무에 불과하다. 아무리 허세를 부리더라도 진부한 정신을 숨길 수는 없다. 날카로운 감식안 앞에서는 아무리 하찮은 작품이라도 그 속에 깃든 영혼의 비밀이 드러나는 법이다.

스트리클런드가 살고 있는 아파트의 끝도 없이 계속되는 계단을 올라가며 솔직히 나는 어느 정도 흥분하고 있었다. 웬일인지 놀라운 모험에 발을 들여놓은 기분이었다. 나는 신기한 듯 방 안을 둘러보았다. 생각했던 것보다 훨씬 더 작고 텅 비어 있었다. 넓은 화실이 아니면 안 된다느니, 모든 조건이 자기 마음에 들게끔 갖춰지지 않으면 일을 못한다느니 투덜대는 화가 친구들에게 이곳을 보여주면 뭐라고 할까 궁금했다.

"거기 서 있는 게 좋을 거요."

그가 한군데를 가리키며 말했다. 아마 지금부터 보여주는 그림을 감상하기에 가장 알맞은 위치라고 생각되는 모양이다.

"그림에 대하여 이러쿵저러쿵 말을 듣고 싶진 않겠죠." 나는 말했다.

"물론이지, 입은 꼭 다물고 보시오."

그는 그림 한 장을 이젤에 올려놓고 일이 분 동안 보여주더니 그 그림을 내려놓고 다른 그림을 올려놓았다. 그렇게 30점 가량의 캔버스를 보여준 것 같다. 그것은 그가 그림을 그려 온 6년 간의 성과였다. 한 장도 팔지 않았다. 캔버스 크기는 각기 달랐으며, 작은 것은 정물, 제일 큰 것은 풍경이었다. 대여섯 점은 초상화였다.

"이것이 전부요." 마침내 그가 이렇게 말했다.

나는 즉시 그 그림이 지닌 아름다움과 위대한 독창성을 알아보았다고 말하고 싶었지만 사실 그렇지가 못했다. 지금은 그중 대부분을 다시 보았고, 그 밖의 것도 복제로 보아 눈에 익었으니까 그렇지, 그 그림들을 처음 보았을 때는 몹시 실망을 느꼈던 나 자신이 어이가 없을 뿐이다. 예술품만이 줄 수 있는 고유한 전율을 그 무렵 나는 전혀 느끼지 못했던 것이다. 스트리클런드의 그림에서 받은 인상은 당혹스러움이었다. 그리고 늘 후회하고 있는 일이지만 나는 그것을 살 생각도 하지 않았다. 정말 좋은 기회를 놓쳐버린 것이다. 지금은 그 반 이상이 박물관에 들어가 있고 나머지도 돈 많은 미술 애호가의 비장품이 되어 버렸다. 여기서 내 나름대로의 변명을 해야겠다. 먼저 나의 취향은 그다지 나쁘지 않다. 다만 거기에 독창성이 없다는 것은 나도 알고 있다. 게다가 그림에 대해서는 극히 빈약한 지식밖에 없으며 남이 개척해 놓은 길을 가까스로 좇아가는 수준이다. 그 무렵 나는 인상파 화가들을 가장 존경하고 있었다. 시슬리나 드가의 작품을 탐내고 있었고, 그 중에서도 마네를 가장 숭배하고 있었다. 마네의 〈올랭피아〉를 근대 회화에서 최고의 작품이라고 생각했으며, 〈풀밭 위의 점심〉에서도 깊은 감명을 받았다. 이런 작품이야말로 회화의 최고 걸작이라고 생각했었다.

여기서 나는 스트리클런드가 보여준 그림을 굳이 설명할 생각은 없다. 그런 설명은 보나마나 지루하게 마련이고, 게다가 그런 방면에 흥미를 가질 만한 사람이라면 그 그림들은 모두 낯이 익을 테니 말이다. 그의 그림이 근대 회화에

막대한 영향을 미친 지금, 그리고 그가 최초의 개척자로 발을 들여놓은 이 신천지도 다른 사람들이 샅샅이 탐구한 지금, 스트리클런드의 그림은 비록 처음 보는 사람이라도 감상할 자세가 되어 있을 것이다. 그런데 나는 그때까지 그런 종류의 그림을 한 번도 본 일이 없었다는 것을 잊어서는 안 된다. 무엇보다도 그 기교의 치졸함에 놀라지 않을 수 없었다. 이제까지 거장들의 그림들에 눈이 익어 앵그르를 근대 최고의 기교가라고 생각하던 내 눈에 그의 그림솜씨는 형편없었다. 그가 노린 단순화에 대해서 나는 아무것도 몰랐다. 지금까지도 잊히지 않는 것은 접시에 오렌지를 담은 정물화인데 그 접시는 둥글지 않았고 오렌지는 다 찌그러진 모양으로 그려져 있는 것을 보고 어이가 없을 뿐이었다. 초상화는 대개 실물보다 좀 컸는데 그것 때문에 인물은 더 흉하게 보였다. 아무리 보아도 나에겐 그 얼굴들이 풍자화로밖에 보이지 않았다. 완전히 새로운 기법의 그림들이었다. 풍경화는 나를 더욱 당황하게 했다. 퐁텐블로 숲을 그린 그림 두세 점과 파리 거리를 그린 그림 대여섯 장이 있었는데, 보는 순간 이것은 술 취한 역마차의 마부가 그린 것이 아닌가 하는 느낌을 받았다. 정말 나는 뭐가 뭔지 알 수 없었다. 빛깔은 빛깔대로 흉측했다. 어쩌면 이것은 도저히 알 수 없는 한 막의 희극인지도 모른다는 생각이 뇌리를 스치고 지나갔다. 이제와 돌이켜보면 스트루브의 날카로운 통찰력에는 갈수록 머리가 숙여질 뿐이다. 그는 처음 스트리클런드의 그림을 본 순간 예술에 혁명이 일어났음을 본 것이다. 지금은 온 세상이 인정하는 그의 천재성을 그는 그때 이미 알아보았던 것이다.

그러나 어이가 없고 뭐가 뭔지 모른다고 해서 그 그림에서 내가 아무런 인상도 받지 않았다는 것은 아니다. 그 엄청난 무지 속에서도, 거기에는 표현을 하려고 괴로워하는 참된 힘이 있다는 것을 느끼지 않을 수 없었다. 나는 흥분했고 흥미를 느꼈다. 그 그림은 분명히 나에게 무언가를 호소하고 있었다. 나로선 그것이 무엇인지 확실히 몰랐지만, 매우 가치가 있는 중요한 그 무엇을 지니고 있는 것 같았다. 그의 그림은 흉측하게 보이면서도 거기에는 대단히 깊은 뜻을 가진 신비로움이 느껴졌었다. 묘하게 보는 이의 마음을 애태우는 것이……. 어쨌든 그것들은 내게 분석하기 힘든 감동을 주었다. 말로는 도저히 표현할 수 없는 그 무엇을 담고 있었다. 스트리클런드는 물질적인 것들 속에서 어렴풋이 정신적인 어떤 것을 발견했는데 그것을 다만 어설픈 상징으로밖에 암시할 수 없었던 것 같았다. 마치 우주의 혼돈 속에서 새로운 양식(樣式)을 발견하여, 영혼이 심대한 고민에 괴로워하면서도 그것을 묘사하기 위해 아주 서툰 솜씨로 애쓰는 듯한 느낌이었다. 나는 표현의 해방을 구하려고 몸부림치는 한 영혼을 발견했다.

나는 그를 돌아보며 말했다.

"당신은 표현 수단을 잘못 택한 것이 아닌가요?"

"그게 무슨 뜻이오?"

"당신은 무엇을 말하려고 하는 것 같군요. 그것이 무엇인지 나로선 확실히 모르겠습니다만, 어쨌든 회화라는 수단으로 그것을 표현하려는 것이 과연 최선의 방법인지는 확신을 가질 수 없습니다."

그림을 보면 그의 불가해한 성격을 이해할 수 있는 실마리를 잡을 수 있으리라고 생각했던 것은 나의 잘못이었다. 알 수 있기는커녕 놀라움이 더해질 뿐이었다. 나는 점점 더 혼란에 빠져버렸다. 다만 하나만은 나도 확실히 알 것 같았다. 물론 그 또한 한낱 공상에 지나지 않을지도 모르지만 그는 자기를 묶어 놓은 힘에서 벗어나려고 필사적으로 허우적거리고 있다는 사실이다. 그러나 그것이 어떤 힘인지, 또 그 자유가 어떤 방향을 취하는 것인지는 막연하여 파악할 수가 없었다. 우리는 모두 다 이 세상에서 외톨이이다. 황동(黃銅)탑 속에 갇혀서 동료들과는 부호로 의사를 소통하고 있을 뿐이다. 더구나 그 부호 또한 공통된 가치를 지닌 것이 아니며 그 뜻은 애매하고 불확실하다. 어떻게든 마음속에 간직한 소중한 것을 남에게 전하려 피나는 노력을 하지만 상대에겐 그것을 받아들일 만한 힘이 없다. 그리하여 우리는 어깨를 나란히 하면서도 동료들을 알 수 없으며, 그들 또한 나를 알지 못한 채 맞닿는 법이 없는 평행선상을 오로지 혼자 쓸쓸히 걸어가는 것이다. 이를테면 마음속으로는 여러 가지 아름다운 것과 신비로운 것을 생각하면서도 이국(異國)에 살기 때문에 결국 회화책의 진부한 말밖에 할 수 없는 사람들과 비슷하다. 머릿속에는 온갖 생각이 용솟음치고 있는데도 할 수 있는 말이라곤 '정원사의 이모의 우산이 집에 있습니다' 정도인 것이다.

내가 받은 마지막 인상은 어떤 영혼의 상태를 표현하려는 피나는 노력이었다. 이 속에서야말로 그처럼 나를 몹시 곤혹스럽게 했던 점을 설명할 수 있을 것 같았다. 스트리클런드에겐 색채나 형태가 독자적 의미를 지니고 있었던 것만은 확실했다. 자기가 느끼고 있는 그 무엇을 어떻게든지 전달해야만 했던 그는 다만 그 의도만으로 색채와 형태를 만들어 냈다. 자신이 추구하는 미지의 것에 조금이라도 가까이 갈 수만 있다면 단순화나 왜곡도 주저 없이 행했다. 낱낱의 사실은 그에게는 무의미했다. 서로 관계없는 사실이 모인 곳에서 그는 자신만의 의미를 지닌 무언가를 탐구하고 있었기 때문이다. 그것은 마치 그가 우주의 영혼이 있다는 것을 알아차렸으므로 꼭 그것을 표현해야 하는 처지에 놓인 것 같았다.

나는 그 그림을 보고 놀라기도 하고 곤혹스럽기도 했지만, 거기에 뚜렷이 드러난 정열에는 감동하지 않을 수 없었다. 그리고 결코 스트리클런드에게는 느낄 수 없으리라 생각했던 감정이 나도 모르게 솟아 올랐다. 그것은 압도적인 연민이었다.

"당신이 왜 블랑슈 스트루브에 대한 감정에 지고 말았는지 이제야 겨우 알 수 있을 것 같군요."

"어째서?"

"당신의 용기가 좌절된 거요. 육체의 허약함이 당신의 영혼에까지 옮아간 거죠. 어떤 끝없는 동경이 당신을 사로잡고 있는지는 모르지만, 그 동경 때문에 당신은 자신을 괴롭히고 있는 정신에서 완전히 벗어날 수 있다고 생각되는 목적지를 찾아 위험하고 고독한 길을 헤매고 있는 겁니다. 실제로는 존재하지 않는 신전을 찾아 방랑의 여행을 계속하는 영원한 순례자처럼 말이오. 당신이 지향하고 있는 것이 어떤 불가사의한 열반인지 나는 모릅니다. 당신은 알고 있겠죠? 아마 당신이 구하고 있는 것은 '진리와 자유'인지도 모릅니다. 그리고 잠깐 동안 '사랑' 속에서 구원의 손길을 찾을 수 있으리라 생각한 때도 있겠죠. 당신의 지친 영혼은 여자의 품에서 휴식을 구했죠. 그러나 그것도 여의치 않다는 것을 알자 당신은 그 여자가 미워진 거요. 여자에 대해 가엾다는 생각은 전혀 하지 않았어요. 자기 자신에게조차 가엾다는 생각은 조금도 없으니까요. 그뿐만 아니라 당신은 두려운 나머지 그 여자를 죽여 버렸어요. 왜냐하면 당신은 가까스로 피한 그 위험에 대해 아직도 떨고 있기 때문이죠."

그가 멋쩍은 미소를 띤 채 턱수염을 문지르며 듣고 있다가 이윽고 이렇게 말했다.

"당신은 대단한 감상주의자군."

그 뒤 1주일쯤 지나 나는 스트리클런드가 마르세유로 떠났다는 말을 우연히 들었다. 그리고 다시는 그를 만나지 못했다.

43

찰스 스트리클런드에 대해 여기까지 쓴 내용을 돌이켜보면, 분명히 이 이야기는 만족스럽지 못하리라고 생각한다. 나로서는 내가 알고 있는 것을 다 쓴 셈이지만, 그 이유에 대해서는 나 자신도 모르기 때문에 여전히 모든 것이 모호하게 끝난 셈이다. 그 중에서도 특히 이상한 일, 즉 스트리클런드가 어째서 갑자기 화가를 지망했는지는 아무래도 변덕이라고밖에 볼 수 없다. 물론 그의 생활환경에 여러 가지 원인이 있었겠지만 나는 그에 대한 상세한 일은 전혀 모른다. 그 자신의 이야기로는 납득할 만한 이유를 조금도 알아낼 수가 없었다. 이것이 만일 어떤 기묘한 인물에 대해 내가 알고 있는 사실만을 충실하게 쓰는 것이 아니고 하나의 소설을 쓰는 것이라면, 나도 그 갑작스런 변심을 설명할 수 있을 만한 일을 여러 가지로 생각했을 것이다. 이를테면 소년 시절에 이미 천재적인 재질을 뚜렷이 보인 자가 아버지의 반대로 그 뜻이 좌절되었다든가, 생계를 유지하기 위해 부득이 희생을 강요받았다든가 하는 일도 있을 수 있겠고, 또 현실 생활의 구속에 못 이겨 그렇게 되었다고 쓸 수도 있었을 것이다. 그럼으로써 예술에 대한 정열과 현실 생활의 의무감 사이에 끼어 고민하는 그에 대해 독자의 동정을 불러일으킬 수도 있었을 것이다. 그렇게 그를 좀더 장엄한 인물로 만들어 제2의 프로메테우스로서의 면모를 부여할 수도 있었을 것이다. 아마 거기에는 인류의 행복을 위해서는 신의 저주도 기꺼이 받아들인 현대판 영웅을 만들어 낼 기회까지도 있었을지 모른다. 그것은 어느 세대에나 변하지 않는 감동적인 주제이다.

한편 결혼 관계의 영향이라는 면에서 그의 동기를 찾아낼 수 있었을지도 모른다. 그것을 전개해 나갈 방법은 수없이 생각해낼 수 있다. 즉 가끔 부인이 만나던 화가나 작가들과의 친분이 실마리가 되어 지금까지 숨어 있던 재능이 갑자기 나타났다고도 할 수 있을 것이고, 또 가정적인 불화로 그의 마음이 자기 자신을 향하게 되었다고도 할 수 있었을 것이다. 아니면 연애 문제가 원인이 되어 지금까지 그의 가슴속에 쌓여 있던 격한 예술의 불꽃이 갑자기 당겨졌다고 도 쓸 수 있었을 것이다. 그 경우 나는 마땅히 스트리클런드 부인이라는 여성을 완전히 다르게 묘사했을 것이다. 즉 사실을 아예 무시하고 그녀를 아주 극성맞은 여자로 등장시키든가, 인간의 정신적인 요구에는 손톱만큼의 동정도 없는 무지한 여자로 그렸을 것이다. 그리고 스트리클런드의 결혼 생활은 도피처를 찾아가는 것 외에는 방법이 없는 고뇌의 연속이 되었을 것이고, 나는 오히려 어울리지 않는 배우자에 대한 그의 끈기와 그를 압박하던 부부의 연을 본의 아니게 끊어야 했던 그의 고민을 강조함으로써 그에 대한 동정을 얻으려 했을 것이다. 그 경우 아이들의 존재는 분명 빼놓았을 터이다.

또 그가 우연히 어느 노화가와 알게 되었다는 상상 하에 재미있는 이야기를 만들어 낼 수도 있었을 것이다. 살아가기 위해서, 아니면 돈을 벌기 위해서, 젊은 날의 재능을 헛되이 묻어버린 그 노화가가 뜻밖에 스트리클런드 속에서 자신이 낭비해버린 재능의 가능성을 발견했다고 하자. 스트리클런드는 그 노화가에게 감화되어 마침내 모든 것을 내동댕이치고 오로지 신성한 예술적 욕구에 몸을 내맡겨 버린다. 만일 그처럼 묘사했다면 인생에서 성공해 돈과 명예를 거머쥔 그 노인이 현재 생활보다 더 훌륭한 것임을 알면서도 실제로는 동경만 했던 그 생활을 타인에게서 구하려는 모습에 어떤 아이러니를 담아 볼 수도 있었을 것이다.

그러나 사실은 그보다 훨씬 평범하다. 스트리클런드는 학교를 졸업하자마자 그다지 싫어하는 기색도 없이 주식중매인 사무실에 들어갔다. 결혼 전의 생활도 거래소에서 과하지 않게 도박을 한다든지 더비 경마나 옥스퍼드 대 케임브리지의 보트 경기에 기껏 1, 2파운드를 거는 정도의, 다른 동료들과 조금도 다름없는 극히 평범한 것이었다. 일하는 틈틈이 권투도 조금 한 모양이다. 벽난로 위에는 랭트리 부인이며 메리 앤더슨의 사진이 놓여 있었고, 〈펀치〉와 〈스포팅 타임스〉를 읽었다. 때로는 햄프스테드로 춤을 추러 가기도 했다.

그렇게 오랫동안 내가 그의 모습을 보지 않았다는 것도 그다지 문제가 되지 않는다. 힘들게 그림의 기술을 익히느라 발버둥 치는 그 몇 년 동안에도 그의 생활은 참으로 단조로웠으며, 먹고살기 위해 택했던 생활수단에 대해서도 특별히 이야기할 만한 것이 있다고는 볼 수 없다. 그런 것을 지금 이곳에 상세히 써

본들 누구에게나 있는 평범한 일을 나열하는 데 불과할 것이다. 적어도 그것이 그의 인격에 무슨 영향을 미쳤다고는 볼 수 없다. 분명히 그도 오늘날의 파리를 무대로 한 악한(惡漢) 소설의 소재를 제공할 정도의 경험은 많이 쌓았으련만 어쨌든 그는 초연했다. 그 자신의 이야기로 판단하면 그동안 특별한 인상을 줄 만한 일은 단 한 번도 없었던 모양이다. 아마도 파리로 갔을 때의 그는 그 휘황찬란한 환경에 현혹되기엔 너무 나이를 먹었는지도 모르겠다. 이렇게 말하면 좀 묘하게 들릴지도 모르지만 그 사람은 언제나 현실적일 뿐 아니라 극도로 사무적인 인간으로 보였다. 그 시절 그의 생활은 틀림없이 낭만적이었겠지만, 그 자신은 거기에서 아무런 낭만도 보지 못했다. 아마 인생의 낭만을 실감하기 위해서는 어느 정도 배우적인 소질을 지녀야 할 것이다. 자기 자신으로부터 벗어날 수 있어야 할 뿐 아니라, 적당한 거리를 두면서도 열정을 가지고 스스로의 행동을 지켜볼 줄 알아야 한다. 그런데 이 점에 대해 스트리클런드만큼 단순한 인간은 없었다. 그 사람만큼 자의식이 없는 인간을 나는 아직까지 본 적이 없다. 그러나 어쨌든 그가 어떻게 분투하여 그처럼 훌륭한 기법을 습득했는지에 대해 한 마디도 쓸 수 없다는 것은 참으로 안타까운 일이다. 왜냐하면 만일 여기에 실패에도 굴하지 않고, 절망의 구렁텅이에 빠져도 용기를 잃지 않으며, 또 예술가 최대의 적인 자기회의에도 꿋꿋이 이겨낸 그의 모습을 묘사할 수 있다면, 내가 지나치게 신경을 쓰고 있는지는 모르지만, 이 지독하게 매력 없어 보이는 인물에 대해 조금은 동정을 살 수 있었을지도 모르기 때문이다. 그러나 실제로는 그런 근거를 하나도 가지고 있지 않다. 나는 스트리클런드가 일하고 있는 모습을 한 번도 본 적이 없으며, 다른 사람이 보았다는 이야기도 들은 일이 없다. 그는 자신과의 투쟁을 아무에게도 보이지 않았다. 비록 화실에서 하느님의 천사와 필사적인 격투를 벌였다 해도 그는 그 고뇌를 아무에게도 알리지 않았다.

그리고 블랑슈 스트루브와 그의 관계에 있어서는 내가 알고 있는 사실이 너무도 단편적인 데에 화가 날 뿐이다. 만일 이 이야기에 일관성을 부여하려면 그들의 비극적 결합의 진행 과정을 말해야 하겠지만 사실상 그들이 동거 생활을 한 3개월 동안에 대해 나는 전혀 아는 바가 없다. 어떻게 살았는지, 어떤 말을 주고받았는지조차 모른다. 결국 하루는 24시간이나 되며, 그 가운데 인간이 감정의 고조를 경험하는 시간은 잠깐일 뿐이다. 그 나머지 시간을 어떻게 보냈는지 나로서는 상상해볼 도리밖에 없다. 햇빛이 있고 블랑슈의 체력이 견디는 한 아마 스트리클런드는 오로지 그림에만 몰두했을 것이다. 그리고 그처럼 일에만 몰두하고 있는 그의 모습에 틀림없이 그녀는 신경이 곤두섰을 것이다. 그럴 때의 그녀는 그에게 있어 이미 정부가 아니라 모델에 불과할 뿐이다. 때로 두 사람은 오랜 시간을 나란히 침묵 속에 함께 보냈으며, 그럴 때 그녀는 틀림없이 두려웠을 것이다. 블랑슈가 그에게 굴했다는 사실에는 그녀가 최악의 곤경에 처했을 때 그녀를 구출해준 디르크 스트루브에 대한 그녀의 승리감이 포함되어 있다고 스트리클런드가 암시했을 때, 이 말을 통해 여러 가지 불길한 억측이 일기도 했다. 나는 그것이 진실이 아니기를 바랐다. 그렇다면 너무 끔찍하다는 생각이 든다. 그러나 그 누가 인간의 마음속에 들어 있는 미묘함을 알 수 있단 말인가? 적어도 건전한 정서와 정상적인 감정만을 기대하는 사람들은 모를 것이다. 스트리클런드의 욕정이 폭발하는 정열의 순간에도 불구하고 다른 때는 언제나 초연하기만 한 그를 보고 블랑슈는 가슴이 답답했을 것이다. 그리고 그런 격정이 용솟음치는 순간에도 그녀는 자기가 한 인간으로서가 아니라 다만 쾌락의 도구밖에 지나지 않음을 알고 있었으리라. 여전히 낯선 타인일 뿐인 그를 자기 자신에게 꽉 잡아매려고 그녀는 안쓰러울 정도로 여러 방법을 동원해 보았을 것이다. 생활의 안락을 줌으로써 그의 마음을 잡아보려고 애를 썼겠지만 그것은 그가 그런 것에 전혀 무관심하다는 사실을 인정하지 않으려 한 것이었다. 그녀는 정성스레 그가 좋아하는 음식을 요리했으나, 그것은 그가 음식에 대해 전혀 무관심한 남자라는 사실을 힘껏 외면하려는 노력이었다. 그를 혼자 있게 내버려두는 것이 너무나 두려운 나머지, 그녀는 그야말로 온갖 정성을 다해 그를 좇았고 그의 정열이 잠들어 있을 때는 그 잠을 깨우려 애썼다. 적어도 그 순간만은 그를 가지고 있는 것 같은 환상을 지닐 수 있었기 때문이다. 마치 유리 창문을 보면 벽돌을 집어던지고 싶은 충동을 느끼는 것처럼, 그녀가 만든 포박의 사슬이 오히려 그의 파괴본능을 일깨우리라는 것을 그녀도 알고 있었을 것이다. 하지만 머리로는 파멸이 온다는 것을 알고 있으면서도 그녀의 가슴은 그런 방향을 강요했다. 그녀는 틀림없이 불행했을 것이다. 그러나 맹목적인 사랑은 그녀로 하여금 자신이 원하는 것이 진실이라고 믿게 만들었다. 그리고 그녀의 사랑이 너무도 컸기 때문에 당연히 상대에게도 그와 똑같은 크기의 사랑을 일깨울 수 있으리라 생각했을 것이다.

그러나 스트리클런드의 성격 연구에는 사실에 대한 나의 무지 이상으로 중대한 결함이 있는 것 같다. 나는 명백하게 눈에 띄는 그의 여자관계에 대해 이야기하긴 했어도, 사실 그것은 그의 생활 속에서 지극히 작은 부분에 불과하다. 그 일이 타인들에게 그처럼 비극적인 영향력을 끼쳤다는 사실은 참으로 아이러니한 일이다. 하지만 그의 참된 생활은 꿈과, 놀라울 정도의 열성을 기울인 예술작업으로 이루어진 것이다.

그렇게 보면 소설이라는 것은 너무도 비현실적일 수밖에 없다. 즉 보통 남자의 경우 사랑이란 하루의 일과 중에 잠깐 얼굴을 내미는 하나의 에피소드에 불과하기 때문이다. 따라서 소설에서 사랑에 특별히 중점을 두는 것은 현실에 맞지 않는 중요성을 강조하는 것이다. 인생에서 사랑이 가장 중요하다고 생각하는 남자는 극히 드물며, 있다 하더라도 그다지 흥미 있는 존재가 못 된다. 사랑이란 문제에 최대의 흥미를 지니고 있는 여자들조차 그런 남자를 경멸하는 법이다. 그녀들도 그런 남자들 때문에 우쭐해지고 들뜨면서도 한편 그런 이들은 한심스럽다는 불안한 마음도 갖게 마련이다. 남자들이란 연애를 하는 짧은 시간에도 다른 일에 마음을 쏟는다. 생계를 위한 직업에 정신을 빼앗기는 수도 있고, 스포츠에 열중하는 수도 있으며, 예술에 흥미를 느끼는 수도 있다. 대부분 그들은 여러 부문에서 다양한 활동을 계속하고 있으며, 한동안 다른 일은 일절 잊고 오로지 한 가지 일에만 몰두할 수도 있다. 어느 순간, 마음을 빼앗긴 한 가지 일에 모든 신경을 집중시킬 수 있는 능력을 그들은 지니고 있는 것이다. 그리고 그 한 가지 일에 다른 일이 침입해 오면 그들은 초조해진다. 함께 사랑을 하면서도 남녀가 다른 점은, 여자는 하루 종일 사랑을 계속할 수 있지만 남자는 그럴 수 없다는 데 있다.

스트리클런드의 경우 성욕은 그의 생활 중에서 극히 일부분을 차지할 뿐이다. 중요한 일이기는커녕, 오히려 귀찮은 일이었다. 그의 영혼은 다른 방향을 지향하고 있었다. 그는 욕정이 강한 편이라 때로 욕정이 그의 육체를 사로잡으면 그야말로 그 자리에서 육욕의 포로가 되어버렸지만, 자제력을 빼앗아가는 그러한 본능을 그는 증오하고 있었던 것 같다. 일단 자제력을 되찾고 나면, 방금 자기 욕정을 만족시켜 준 그 여자의 모습을 보는 것조차 몸서리치게 싫었던 것이다. 그때 이미 그의 마음은 하늘 위를 조용히 떠다니고 있으며, 그것은 마치 꽃에서 꽃으로 날아다니는 고운 나비가 막 자기가 빠져나온 흉측한 번데기를 보면서 느끼는 것과 같은 전율이다. 예술이란 본래 성적 본능의 한 표현이라고 생각한다. 사랑스러운 여자를 대하거나, 달빛 아래 빛나는 나폴리 항구를 보거나, 티치아노의 〈매장〉 같은 그림을 볼 때 우리 마음속에 이는 감동은 다 같은 것이다. 스트리클런드가 성욕의 정상적인 발산을 증오했다는 것도 아마 그것이 예술적 창조에서 얻는 만족감에 비해 너무도 동물적이라는 이유에서였을 것이다. 잔혹하고 이기적이며, 동물적이고, 육욕적인 한 인간을 그리며, 한편으로 그가 위대한 이상주의자라고 말하는 것은 나 자신이 생각해도 이상한 일이지만, 그것이 사실임에는 변함이 없다.

그는 노동자보다 더 비참한 생활을 했다. 그러나 누구보다도 열심히 일했다. 그는 대부분 인간이 인생을 즐겁게 하거나 아름답게 한다고 생각하는 일에는 일절 관심이 없었다. 돈에도 무관심했고 명예에도 전혀 신경 쓰지 않았다. 보통 사람이라면 굴복하고 마는 세상과의 타협에 대해 그가 그 유혹을 뿌리쳤다고 칭찬할 수는 없다. 왜냐하면 그는 그런 유혹 자체를 느끼지 않았기 때문이다. 그의 머릿속에 타협이라는 개념은 존재하지 않았다. 그는 파리에서 테베 사막에 사는 은둔자보다 더 고독한 삶을 살았다. 그가 동료에게 요구한 것도 다만 자기를 혼자 내버려두라는 것 말고는 아무것도 없었다. 그는 단 하나의 목적을 갖고, 그 목적을 추구하기 위해 자신만이 아니라 (그 정도라면 할 수 있는 사람이 많지만) 남까지도 서슴없이 희생시킨다. 그에게는 환상이, 꿈이 있었던 것이다.

스트리클런드는 혐오스러운 인간이다. 그렇지만 나는 여전히 그가 위대한 인물이었다고 생각한다.

44

예술에 대한 화가들의 견해는 어느 정도 들을 만한 가치가 있다. 그러니 이 기회에 과거의 위대한 예술가에 대한 스트리클런드의 의견에 대해서도 내가 아는 범위 안에서 소개하는 것이 시의적절하겠다. 다만 기록할 만한 것은 거의 없다는 점이 유감이다. 스트리클런드는 말재주가 있는 사람이 아니었다. 상대의 기억에 남는 인상적인 문구로 적절히 표현해내는 재주도 전혀 없었다. 재치 또

한 찾아볼 수 없었다. 그의 유머라는 것도, 만일 내가 다소나마 그의 말투를 재현하는 데 성공했다면 이미 알겠지만 남을 비꼬아대는 것뿐이었다. 그의 응수 또한 대단히 난폭한 것이었다. 때로는 진실을 말해 사람들을 웃기는 일도 있었지만, 그런 종류의 유머는 어쩌다 한 번 사용해야 효과가 있는 것이지 늘 쓰이면 그야말로 무미한 것이 되고 만다.

스트리클런드는 아무리 좋게 말해준다 해도 지적인 사람이라고는 할 수 없었다. 따라서 그의 회화론은 평범한 수준을 조금도 벗어나지 못했다. 이를테면, 그 자신의 그림과 비슷한 데가 있는 세잔이라든가 반 고흐 같은 화가들에 대해 그가 말하는 것을 나는 한 번도 들어 본 일이 없다. 그가 과연 그들의 그림을 보았는지조차 의심스럽다. 그는 인상파 화가에 대해서는 그다지 흥미가 없었다. 그들의 기교에는 감탄하고 있었지만 그들의 마음가짐은 평범하다고 생각한 모양이다. 언젠가 스트루브가 모네를 마구 추켜세웠을 때도 그는 단 한 마디 "나는 빈터할터가 더 좋더군"이라 말했을 뿐이다. 그러나 이 말은 분명히 스트루브의 비위를 건드리려고 한 말에 불과했다. 만일 그렇다면 그것은 확실히 성공적이었다.

과거의 거장들에 대한 그의 의견에는 엉뚱한 점이 있었지만, 그것을 하나도 서술할 수 없다는 것이 유감스럽다. 그의 성격에는 이상한 면이 다분했으므로 터무니없는 의견이라면 오히려 스트리클런드의 인간상을 선명하게 드러낼 수 있었을 것이다. 그래서 그의 선배들에 대한 독특한 의견을 억지로라도 그의 입에서 나오게끔 하고 싶어도, 사실 알고 보면 그의 의견은 보통 사람과 비슷하다는 데 입맛이 씁쓸할 뿐이다. 그는 엘 그레코도 몰랐을 것이다. 벨라스케스에 대해서는 다소 못마땅한 점도 있는 모양이었지만 입에 침이 마르게 칭찬했다. 샤르댕은 좋아했고 렘브란트에 대해서는 그야말로 황홀할 정도로 감동하고 있었다. 렘브란트에게서 받은 인상에 대해서는 나에게도 말해 준 일이 있는데 그때 그가 사용한 음란한 말을 여기서 되풀이할 수는 없다. 그가 흥미를 느낀 유일한 화가로 뜻밖이었던 사람은 브뤼헐 부자 중 아버지 쪽이었다. 그즈음 나는 이 화가에 대해 전혀 아는 것이 없었고 스트리클런드 또한 자신의 느낌을 제대로 설명해 줄 능력이 없었다. 그때 그의 비평이 너무 알아들을 수 없는 말이라서 나는 지금도 그 말을 기억하고 있다.

"이 녀석은 정말 훌륭해." 스트리클런드가 말했다. "틀림없이 그에겐 그림 그리는 일이 마치 지옥과도 같은 괴로움이었을 거요."

그 뒤 비엔나에서 피터르 브뤼헐 그림을 몇 장 보았는데, 나는 그제야 그 그림이 왜 스트리클런드의 마음을 끌었는지 알 수 있을 것 같았다. 그도 자기만의 특이한 세계의 환상을 품었던 사람이었기 때문이다. 그때 그에 대해 뭔가 써볼 작정으로 적어두었던 꽤 많은 분량의 메모는 이래저래 다 없어지고, 지금은 다만 그때 느꼈던 감정들만이 기억 속에 남아 있을 뿐이다. 그는 주위에 있는 인간을 기괴한 존재로 바라보았고, 그들이 기괴했기 때문에 그들에 대해 울분을 느꼈다. 인생이란 어리석고 비열한 사건의 혼돈이며 참으로 웃기는 일이라고 생각했지만, 그 웃음은 슬펐다. 내가 브뤼헐에게 받은 인상은, 다른 표현 형식을 써야 적절하게 표현할 수 있을 것 같은 감정을 엉뚱한 형식으로 표현하려고 버둥대는 인간이랄까, 그런 것이었다. 스트리클런드가 그에게 공감했다는 것도 어렴풋하게나마 그것을 의식하고 있었기 때문일 것이다. 어쨌든 두 사람 모두 문학으로 표현해야 적당할 것 같은 관념을 그림으로 표현해내려 애쓰고 있었던 것 같다.

그때 스트리클런드는 이미 마흔일곱을 바라보는 나이였다.

45

앞에서도 이미 말했지만, 만일 내가 우연히 타히티섬을 찾지 않았다면 결코 이 책을 쓰게 되지 않았을 것이다. 찰스 스트리클런드가 오랜 떠돌이 생활 끝에 이른 곳이 이 섬이며, 또 그의 명성을 확립한 많은 걸작을 그린 것도 이곳에서였다. 자기 마음에 간직한 꿈을 완전히 실현하는 예술가는 아마 있을 수 없겠지만, 기교 문제로 계속 괴로워하던 스트리클런드의 경우에는 특히나 마음의 눈이 바라본 환상을 표현하는 일이 다른 사람보다 더 힘들었으리라 생각한다. 그러나 타히티에서는 모든 환경이 그의 편이었다. 그의 영감을 실현시키기 위해 필요한 여러 조건이 그의 주위에 얼마든지 있었기 때문이다. 그래서인지 그의 말년의 작품들을 보면 그가 추구하던 것이 무엇이었는지 알아내는 데 도움이 된다. 그 그림들은 뭔가 새롭고 이상한 상상력을 제공해 준다. 이를테면 육체를 떠나 안식처를 찾아 헤매던 그의 정신이 이 머나먼 이국에서 다시 그 육체를 찾았다고나 할까. 상투적으로 말하자면 그는 여기서 자기 자신을 발견한 것이다.

여러분은 우연히 이 먼 섬을 찾아온 내게 곧바로 스트리클런드에 대한 흥미가 되살아나지 않았을까 싶을 것이다. 하지만 그 무렵 나는 내 일에 바빠 다른 일은 일절 생각할 여유가 없었다. 그와 이 섬과의 관계를 생각하게 된 것은 내가 이곳에 도착한 지 며칠 흐른 뒤였다. 어쨌든 그와 헤어진 지 15년이나 되었고, 그가 죽은 지도 벌써 9년이었다. 타히티에 도착하면 당면한 그 어느 문제보다도 그를 생각하게 될 것 같은데, 실은 1주일이 지나도 나는 조용한 생활로 들어갈 수가 없었다. 아마 도착한 다음 날은 꽤 일찍 일어났던 것 같다. 호텔 테라스에 나가보니 아직 아무도 일어나지 않았었다. 부엌 쪽으로 돌아가 보았으나 그곳도 잠겨 있었고 바깥 벤치에는 원주민 웨이터가 자고 있었다. 좀처럼 아침식사가 준비될 것 같지 않아 나는 어슬렁어슬렁 해안 쪽으로 걸어갔다. 중국인들은 벌써 가게에서 바쁘게 움직이고 있었다. 하늘은 아직 파리한 새벽빛으로 물들어 있었고 초호(礁湖)에는 유령 같은 침묵이 감돌고 있었다. 10마일 밖에는 무레아섬이 마치 성배(聖杯)를 지키는 높은 요새처럼 그 신비로운 자태를 드러내고 있었다.

나는 내 눈을 믿을 수가 없었다. 웰링턴을 떠난 뒤 며칠 동안은 모든 것이 신기하고 이상하게만 느껴졌다. 웰링턴은 깨끗하고 아담한 영국식 마을로 어딘지 모르게 영국 남부의 항구 도시를 연상케 하는 데가 있었다. 그 뒤 사흘 동안은 파도가 몹시 일었다. 잿빛 구름이 꼬리를 물고 하늘을 가로질렀다. 그러더니 마침내 바람이 그치고 바다는 다시 청명하고 고요해졌다. 태평양은 다른 어느 바다보다도 황량하고 광대해 보여, 대수롭지 않은 항해조차 모험이라도 하는 듯한 기분을 느끼게 한다. 숨 쉬는 공기마저도 뭔가 생각지도 않은 기대로 가슴을 설레게 하는 영약(靈藥) 구실을 해준다. 또 배가 타히티섬에 다가설 때처럼, 그 공상의 황금 왕국에 다가가는 기분을 느끼게 하는 곳은 이 세상 어딜 가도 없을 것이다.

먼저 자매(姉妹)섬인 무레아의 당당한 암초가, 마치 마술지팡이에 의해 홀연히 나타난 것처럼, 그 황량한 바다에서 신비로운 모습으로 솟아오른다. 그 울퉁불퉁한 윤곽은 꼭 태평양의 몬세라트와 비슷한데, 마치 폴리네시아 기사들이 신비한 의식(儀式)으로 인간의 접근을 거부하는 신비를 지키고 있는 듯한 모습이다. 배가 점점 다가감에 따라, 마침내 베일이 하나씩 벗겨져 그 아름다운 산봉우리가 보다 뚜렷하게 보이면서 섬의 아름다운 모습이 완전히 눈앞에 펼쳐진다. 그러나 배가 바로 옆을 지나갈 때 이 섬은 마치 범접할 수 없는 요염한 아름다움을 여전히 간직한 채, 가까이하기 힘든 일종의 신성함마저 띠고 굳게 몸을 지키고 있는 것만 같다. 배가 산호초 사이로 들어가는 입구를 찾아 더 가까이 다가가는 동안 갑자기 시야에서 섬이 사라져버린다. 태평양의 푸른 바다만이 다시 외롭게 펼쳐지는데, 그것은 조금도 놀라운 일이 아닐 것이다.

타히티는 짙푸른 계곡이 이중삼중으로 겹쳐져 있고, 그 그늘은 조용한 골짜기를 상상하게 하는 높이 치솟은 푸른 섬이다. 깊은 신비감에 싸여 있는 그 어두운 골짜기에는 차가운 시냇물이 흘러내리고, 이러한 산그늘에 자리한 마을에는 사람들의 기억이 미치지 못하는 태곳적 생활이 옛 모습 그대로 영위되고 있을 것 같은 느낌이 든다. 물론 여기에도 슬픔과 공포가 있겠지만, 그런 인상은 순간적인 것이어서 오히려 그 뒤에 찾아드는 환희를 보다 예리하게 느끼게 해줄 뿐이다. 그것은 마치 관객들이 어릿광대의 재담에 폭소를 터뜨리고 있을 때 그의 눈동자 속에 비치는 한 줄기 쓸쓸함 같은 것이다. 웃음의 소용돌이 속에서 견디기 힘든 고독을 느끼기 때문에 그의 입술은 미소를 띠고 그 익살은 보다 즐거운 것으로 보이는 것과 같은 이치이다. 미소와 다정함이 가득한 타히티는 매력과 아름다움을 아낌없이 뿌리는 사랑스러운 여자와도 같다. 배가 파페에테항구로 들어갈 때만큼 마음이 온화하게 가라앉을 때는 없다. 부두에 정박하고 있는 스쿠너는 아주 아담하고 깨끗해 보이고, 바닷가에 자리잡은 조그만 시내는 말쑥하고 세련되어 보이며, 붉은 꽃은 마치 정열의 외침인 양 푸른 하늘을 배경으로 한층 선명하다. 그것은 부끄럼을 모르는 격렬한 욕망으로 보는 이를 숨 막히게 할 정도로 관능적이다. 배가 부두에 닿으면 부둣가에는 벌써 명랑하고 쾌활한 사람들이 떼 지어 모여 있다. 와글와글 떠들어대고, 가벼운 손짓 발짓으로 의사를 표시하는 사람들로 북새통을 이룬다. 그것은 갈색 얼굴들이 커다란 바다를 이루고 있는 것 같은 느낌이다. 타오르는 듯한 푸른 하늘을 배경으로 한 하나의 색채의 흐름이라고나 할까. 수하물을 내리는 일부터 세관검사에 이르기까지 모든 것이 시끌벅적함 속에서 행해지고 모두가 당신을 향해 미소를 보낸다. 타는 듯한 더위와 화려한 색채로 눈이 부실 지경이다.

46

내가 니컬스 선장을 만난 것은 타히티섬에 온 지 얼마 안 되어서였다. 어느 날 아침 호텔 테라스에서 아침식사를 하고 있는데 그가 찾아와 자기소개를 했다. 어디서 들었는지 내가 찰스 스트리클런드에 대해 흥미를 갖고 있다는 것을 알고 그에 대해서 이야기하러 왔다고 말했다. 이곳 타히티에 사는 주민들도 영국 사람들과 다름없이 남의 이야기하기를 좋아해서 내가 스트리클런드의 그림에 대해 몇 마디 물어본 것이 그새 쫙 퍼진 모양이다. 나는 이 낯선 방문객에게 아침은 먹었느냐고 물어보았다.

"그럼요. 저는 일찌감치 커피를 마시죠. 위스키 한 잔쯤이야 상관없겠지만."

나는 중국인 소년을 불렀다.

선장이 말했다. "하지만 술을 마시기엔 너무 이르지 않을까요?"

"그건 당신하고 당신 간이 결정할 문제죠."

"사실은 전 금주를 하고 있답니다." 그는 캐나디언 클럽을 큰 잔에 반이 넘게 따르며 말했다.

웃을 때마다 누런 이가 보였다. 그는 중키에 몹시 마른 사내였다. 반백의 머리는 짧게 깎았으며 코밑에는 짧고 억센 잿빛 수염이 자라 있었다. 요 며칠 동안 면도를 하지 않은 모양이었다. 깊게 주름진 얼굴은 갈색으로 그을려 있었고 작고 푸른 눈을 유난히도 이리저리 굴리고 있었다. 그의 두 눈동자는 나의 사소한 동작에도 재빠르게 따라 움직였으며, 마치 어떻게 손쓸 수 없는 건달 같은 인상을 주었다. 그러나 그날만큼은 아주 친절함이 넘치는 호인처럼 보이기도 했다. 그는 낡아빠진 카키색 옷을 입고 있었으며, 손은 좀 씻고 왔으면 좋겠다는 생각이 들 정도로 꾀죄죄했다.

"제가 스트리클런드를 잘 알고 있습니다요." 그는 의자 등받이에 기대어 내가 권한 잎담배에 불을 붙이며 말했다. "그가 이 섬에 오게 된 것도 실은 저 때문이죠."

"어디서 그 사람을 만났습니까?"

"마르세유였지요."

"거기서 무슨 일을 하고 계셨는데요?"

그는 환심을 사려는 듯한 미소를 지어 보였다.

"글쎄요. 말하자면 부두에서 어정거리는 건달이었죠."

그의 모습으로 보아 지금도 그는 그때나 다름없이 궁색한 처지에 있는 것 같았다. 그렇다면 이쪽에서도 사귀기 쉬울 것 같다는 생각이 들었다. 부둣가의 건달패들이란 사귀면 좀 부담이 되기도 하지만, 상황에 따라 도움이 될 때도 많은 법이다. 그들은 가까이 하기 쉽고, 붙임성도 좋다. 여간해서 잘난 체하는 일이 없고 한잔 술에도 속마음을 털어 놓는다. 그들과 가까이 지내기 위해 특별히 노력할 필요는 없다. 그들의 이야기에 귀 기울여 주기만 하면 그들의 신뢰뿐 아니라 고마움까지 받을 수 있다. 그들은 사람과 이야기하는 자체를 인생 최대의 기쁨으로 여기며, 그런 점을 통해 그들이 얼마나 문명인인지를 증명한다. 그들은 대체로 이야기를 재미있게 하고 경험과 상상력도 풍부하다. 전혀 악의가 없는 사람이라고는 할 수 없지만 법 효력이 뒷받침하고 있는 한 법에 대해 높은 경의를 표하고 있다고 보아도 될 것이다. 이들을 상대로 포커를 즐기는 일은 모험일지 모르나 뛰어난 솜씨로 인해 세계 최고의 게임에 어떤 절묘한 흥분을 더해준다. 그리하여 나는 타히티를 떠날 때까지 니컬스 선장과 퍽 친하게 지냈다. 덕분에 나는 꽤 많은 것을 얻었다고 생각한다. 내가 부담한 그의 잎담배나, 위스키(그는 언제나 금주를 한다고 하며 칵테일은 사양했지만), 그리고 마치 내게 호의라도 베풀듯 꾸어간 몇 달러 돈이 있긴 했지만, 그가 나에게 베풀어 준 즐거움에 비하면 그다지 손해랄 것도 없다. 오히려 내가 빚을 지고 있는 형편이었다. 보통 때 같으면 이쯤해서 곧 주제(主題)로 들어갈 것이지만, 그런 곡절이 있기 때문에 그 사람에 대한 이야기를 몇 줄로 간단히 처리해 버리기에는 양심상 조금 미안한 생각이 든다.

니컬스 선장이 처음 무슨 이유로 영국을 떠났는지는 모른다. 그는 거기에 대해서는 아무 말이 없었으며, 또 그와 같은 사람에게 그런 것을 대놓고 묻는다는 것은 그다지 분별 있는 방법이 못 된다. 다만 자기가 억울하게 불행을 짊어지게 된 사람이라는 것만은 비친 일이 있다. 스스로를 사회 부정의 희생자로 간주하고 있는 것만은 틀림없었다. 나는 사기나 폭력과 관계 있는 여러 가지 경우를 생각해 보았다. 그가 고국의 관리들은 돼먹지 못하게 형식만 내세운다는 말을 했을 때 나도 동감한 바 있었다. 그러나 본국에서 받은 불쾌한 대우에도 불구하고 그가 아주 열렬한 애국심을 간직하고 있음을 알자 기뻤다. 그는 곧잘 영국이 세계에서 가장 훌륭한 나라라고 내세웠고, 미국 사람, 식민지 사람, 남유럽 사람, 네덜란드 사람, 원주민 등에 대해 뚜렷한 우월감을 느끼고 있었다.

그러나 나는 그가 행복한 인간이라고는 생각지 않았다. 소화불량으로 고생하고 있어 자주 펩신 정을 복용했다. 그래서인지 아침에는 거의 식욕이 없었다. 단순히 그 병만이라면 그도 그처럼 기운이 없진 않았을 텐데, 실은 그보다 더 큰 불만을 품고 있었던 것이다. 약 8년 전에 그는 되는 대로 성급하게 결혼을 했다. 세상에는 자비로운 신의 섭리에 의해 분명 평생을 독신으로 지내도록 정해진 남자들이 있는 법이다. 그런데 그들은 고집 때문인지 어쩔 수 없는 사정에서인지는 모르지만 그러한 신의 뜻을 정면으로 거역해버린다. 세상에서 결혼한 독신자만큼 불쌍한 존재는 없을 것이다. 니컬스 선장이야말로 바로 그런 사람이었다. 나도 그의 아내를 만난 일이 있다. 분명 28살이었다고 생각되는데, 하기는 이런 유형의 여성이란 나이를 짐작할 수가 없다. 그녀는 스무 살 때에도 지금이나 별로 다르지 않았을 것이고 사십이 되어도 그렇게 나이 들어 보이지 않을 것이다. 그녀는 매우 빈틈없는 인상을 주는 여자였다. 얄팍한 입술을 지닌 평범한 얼굴도 빈틈없어 보였고, 피부도 빈틈없이 탱탱하게 유지하고 있었다. 웃는 모습이나, 머리 모양, 옷맵시 등 모든 것이 조금도 빈틈이 없었다. 그 하얀 능직(綾織) 옷도 그녀가 입고 있으면 검은 상복처럼 보였다. 니컬스 선장이 왜 그 여자와 결혼했는지, 또 결혼했다 하더라도 왜 헤어지지 않았는지 그 사정에 대해서는 나의 상상이 미치지 못했다. 아마 도망친 일도 여러 번 있었으리라. 그러나 그때마다 실패를 거듭했기 때문에 아마 오늘과 같은 우울한 상태가 되었을 것이다. 아무리 먼 곳까지 도망치고 아무리 은밀한 장소에 숨더라도, 운명처럼 가혹하고 양심처럼 무자비한 니컬스 부인은 틀림없이 그를 찾아내고 말았으리라. 원인이 결과를 피할 수 없듯 그는 무슨 수를 쓰더라도 그녀에게서 벗어날 수가 없을 것이다.

건달이라는 자들도 예술가나 신사들과 마찬가지로 자기가 속한 계급이라는 것이 없다. 그들은 부랑자의 몰염치에도 놀라지 않으며 귀족의 예의범절에도 당황하는 법이 없다. 그런데 니컬스 부인은 최근 들어 급속히 발언권을 얻은 소위 중산층에 속해 있었다. 그녀의 아버지는 경찰이었다. 틀림없이 유능한 경관이었을 것이다. 그녀가 과연 어떤 이유로 선장을 붙잡고 있는지 나로선 알 수 없지만 그것이 사랑이 아니라는 것만은 상상할 수 있다. 나는 그녀가 이야기하는 것을 한 번도 들어 본 일이 없지만 아마 단둘이 있을 때는 대단한 수다쟁이일 거라고 생각했다. 어찌 됐든 니컬스 선장은 그녀를 죽도록 두려워하고 있었다. 나와 함께 호텔 테라스에 앉아 있을 때도 그녀가 거리를 지나가는 모습을 보고 깜짝 놀랄 때가 있었다. 그녀는 그에게 말을 붙이려 하지도 않고 그의 존재를 알아차린 것 같은 눈치도 보이지 않았다. 다만 태연하게 왔다 갔다 할 뿐이다. 그런데 선장은 갑자기 불안감에 사로잡힌 듯이 으레 손목시계를 보고는 한숨을 내쉬는 것이었다.

"전 이제 그만 가봐야겠습니다."

이렇게 되면 재미있는 이야기도 소용없었고 위스키도 그를 붙잡아 놓을 수 없었다. 이 사람도 전에는 아무리 심한 태풍이나 폭풍이 몰아쳐도 당당하게 맞서고, 상대가 흉기를 가지고 있지 않다면 권총 한 자루만 가지고도 흑인 십여 명쯤은 능히 대적하고도 남았을 것이다. 가끔 니컬스 부인은 창백하고 뿌루퉁한 표정의 일곱 살 난 딸을 호텔로 보내기도 했다.

"엄마가 오시래요."

딸은 칭얼거리는 목소리로 코를 훌쩍이며 말했다.

"그래, 곧 가마."

그는 즉시 벌떡 일어나 딸을 데리고 허둥지둥 밖으로 나가곤 했다. 나는 이것을 정신력이 물질에 승리한 좋은 예라고 생각한다. 이 한 가지 교훈만으로도 나의 여담은 의미가 있었다고 할 수 있겠다.

47

나는 니컬스 선장이 기회 있을 때마다 스트리클런드에 대해 이야기해 준 여러 일들을 서로 적절히 연결시켜 써 보려고 한다. 그들은 내가 파리에서 스트리클런드를 마지막으로 만났던 그해 겨울이 끝날 무렵에야 알게 되었다. 그때까지 몇 달 동안 스트리클런드가 어떻게 지내 왔는지는 전혀 알 수 없는 일이지만, 니컬스 선장이 그를 처음 만난 것이 무료숙박소였다는 점으로 미루어보아 몹시 곤경에 처해 있던 것만은 확실하다. 마침 그 무렵 마르세유에선 파업이 벌어져, 가지고 있던 돈을 몽땅 써 버린 스트리클런드로서는 하루하루 먹고살 정도의 돈을 벌기도 어려웠던 모양이다.

무료숙박소란 돌로 지은 커다란 건물로 확실한 신분증명서를 가지고 있거나, 노동자임을 수도사들이 인정만 해주면 극빈자나 부랑자라도 1주일 동안 잠자리를 얻을 수 있는 곳이다. 니컬스 선장은 문이 열리기를 기다리고 있는 무리 속에서 독특한 풍채와 유달리 큰 몸집을 가진 스트리클런드를 발견했다. 사람들은 이리저리 서성거리기도 하고 벽에 기대어 있기도 하면서, 또 길가의 돌 위에 앉아 도로의 배수로에 발을 걸쳐놓은 채, 모두 지루한 듯이 문이 열리기를 기다리고 있었다. 이윽고 그들이 사무실 안으로 우르르 들어왔을 때, 니컬스 선장은 수도사가 스트리클런드의 신분증명서를 읽고 그에게 영어로 말하는 것을 들었다. 그러나 그와 말할 기회는 없었다. 그가 집회실로 들어갔을 때는 벌써 수도사가 성서를 들고 들어와 방 가장자리에 있는 연단에서 예배를 시작하고 있었기 때문이다. 비참한 부랑자들은 숙박 장소를 제공해주는 대가로 이 예배만은, 어떻게든 참고 들어야 했다. 그와 스트리클런드는 각각 다른 방에 들게 되었다. 이윽고 다음 날 아침 5시가 되자 건장한 수도사의 기상 명령에 따라 잠자리를 정리하고 세수를 끝마쳤을 때는 이미 스트리클런드의 모습은 보이지 않았다. 니컬스 선장은 얼어붙을 것 같은 추위 속에서 한 시간이나 그를 찾아 헤맸다. 마침내 그는 뱃사람들의 집합 장소인 빅토르 젤뤼 광장 쪽으로 발길을 옮겼다. 그리고 어느 동상의 받침돌에 기대앉아 꾸벅꾸벅 졸고 있는 스트리클런드를 발견했다. 그는 스트리클런드를 슬쩍 걷어차 깨우고는 말했다.

"이봐, 같이 아침 먹으러 가자고."

"지옥에나 가."

스트리클런드가 대답했다.

내 친구의 입버릇이던 그 말을 듣자 나는 바로 니컬스 선장을 믿을 수 있었다.

"한 푼도 없나?"

"꺼져."

"같이 가자니까. 아침은 먹게 해주지."

스트리클런드는 잠시 망설이더니 비틀거리며 일어섰다. 마침내 두 사람은 함께 빵 배급소로 갔다. 그곳에서는 굶주린 자에게 빵 한 조각을 주는데, 가지고 갈 수는 없고 그 자리에서 먹어야만 한다. 그리고 나서 두 사람은 수프 배급소로 갔다. 여기서는 1주일 동안 11시와 4시에 멀겋고 짠 수프를 먹게 해준다. 엄청 굶주린 자가 아니면 이 두 곳을 이용할 엄두도 나지 않게 하려는 듯 이 두 건물은 꽤 멀리 떨어져 있었다. 그들은 이렇게 아침을 마쳤다. 그때부터 찰스 스트리클런드와 니컬스 선장의 색다른 우정이 시작되었다.

그 뒤로 두 사람은 마르세유에서 4개월가량을 함께 살았던 모양이다. 그날그날 겨우 하룻밤 잠자리와 굶주림을 면할 만한 빵을 마련하는 것이 고작이었던 그들의 생활은, 전율이 넘치고 예기치 않은 사건들로 이어지는 그런 모험과는 거리가 멀었다. 그러나 나는 니컬스 선장이 그 생생한 화술로 내 상상력에 불을 지핀 다채롭고 생기 넘치는 묘사를 여기에 소개하고자 한다. 항구 도시의 비참한 생활 속에서 발견한 갖가지 일들은 그것만으로도 재미있는 책 한 권이 되었을 것이다. 또 그들이 만난 다양한 인간 군상들을 차례로 잘 정리한다면 그야말로 완벽한 부랑자 사전을 만들어 낼 수도 있을 것이다. 그러나 여기서는 몇 구절을 소개하는 것으로 만족하여야 할 것 같다. 나는 그의 이야기에서 강렬하고 잔인하며, 야만스러우면서도 다채롭고 발랄한 생활의 인상을 받았다. 거기에 비하면 지금까지 내가 알고 있던 마르세유, 화사한 몸짓의 부유한 사람들이 모이는 쾌적한 호텔과 레스토랑이 있는 마르세유는, 무기력하고 진부한 것으로 생각되었다. 니컬스 선장이 이야기해 준 것과 같은 삶의 모습을 직접 눈으로 보고 온 사람이 나는 부러웠다.

무료숙박소 기한도 끝나자 스트리클런드와 선장은 터프 빌의 신세를 지게 되었다. 터프 빌은 선원 숙박소 주인으로 튼튼한 뼈대에 유달리 몸집이 큰 흑인 혼혈이었다. 그가 있는 곳을 찾아가면 실직한 선원들에게도 다시 배를 탈 수 있을 때까지 식사와 잠자리만은 제공해주었다. 그들은 거기서 한 달쯤 지내며 잠자리로 제공되는 텅 빈 두 개의 방에서 스웨덴 사람, 흑인, 브라질 사람 등, 12명과 함께 묵었다. 그들은 매일 선원을 찾으러 오는 선장들이 모이는 빅토르 젤뤼 광장으로 주인과 함께 나갔다. 그의 부인은 미국 사람으로 뚱뚱하고 행실이 바르지 못한 여자였다. 도대체 어떤 경로를 거쳐 그 여자가 그의 인생에 들어오게 되었는지는 신만이 아실 것이다. 숙박인들은 매일 번갈아 가며 그녀의 일을 거들어 주었다. 스트리클런드만은 터프 빌의 초상화를 그린다는 구실 아래 그 일에서 벗어났는데 니컬스 선장은 속으로 잘된 일이라며 쾌재를 부르고 있었다.

터프 빌은 스트리클런드에게 캔버스나 그림물감, 화필 값 따위를 지불해 줬을 뿐만 아니라 밀수입한 담배까지 1파운드 주었다. 내가 알기로는 분명 그 그림은 지금도 졸리에트 부두 근처 어느 황폐한 작은 집 응접실에 걸려 있을 텐데, 지금 팔면 아마 1,500파운드는 받을 수 있을 것이다. 어쨌든 스트리클런드의 생각은 오스트레일리아나 뉴질랜드 행 배를 타고 그곳에서 다시 사모아섬이나 타히티섬으로 가는 것이었다. 그가 어째서 남태평양으로 가고 싶다는 생각을 갖게 되었는지는 나로선 알 수 없지만, 그가 오래전부터 짙푸른 바다(북위권에서 볼 수 있는 바다보다 훨씬 푸르다)에 둘러싸인 진초록 섬의 환영에 사로잡혀 있었다는 것만은 기억한다. 그가 니컬스 선장과 계속 함께한 이유도 니컬스가 그 방면에 대해 잘 알고 있었기 때문일 것이다. 타히티섬이 살기 좋다고 그를 설득한 것도 실은 선장이었다.

"타히티는 프랑스 땅 아닙니까. 프랑스인들이란 그렇게 깐깐하게 형식을 따지는 친구들이 아니니까요." 그는 나에게 말했다.

그가 말하는 뜻은 나도 알 것 같다.

스트리클런드는 물론 선원증명서 같은 것을 가졌을 리가 없었다. 그러나 돈벌이만 된다면 그런 것에 구애받는 터프 빌이 아니었다. 그는 자기 집에서 신세를 지고 있는 선원에게 일자리를 소개해 주면 그 대가로 첫 달 월급을 자기가 챙겼다. 그리하여 마침 신세를 지다 죽어버린 어느 영국인 화부(火夫)의 서류를 스트리클런드에게 주었다. 그러나 니컬스 선장과 스트리클런드는 함께 동쪽으로 갈 예정이었는데 일자리가 난 배는 모두 서쪽으로 가는 배였다. 스트리클런드는 미국으로 가는 화물선을 두 번, 뉴캐슬로 가는 석탄배 한 번, 합해서 세 번이나 거절해버렸다. 터프 빌은 자기가 손해를 보게 되는 이런 고집을 그냥 두고보는 사람이 아니었으므로 마침내 스트리클런드와 니컬스 선장을 두말없이 쫓아내 버렸다. 두 사람은 떠돌이 생활로 되돌아갔다.

터프 빌의 집에서 주던 식사는 너무 빈약했으므로 식사를 마치고 일어설 때도 처음 식사를 하려고 식탁에 앉을 때나 다름없는 배고픔을 느꼈었다. 그러나 그들은 쫓겨난 뒤 며칠 동안 그 집에서 나온 것을 몹시 후회했다. 굶주림의 괴로움을 뼈에 사무치게 느꼈기 때문이다. 수프 배급소나 무료숙박소에도 신세를 지지 못하게 된 현재 그들의 굶주림을 달래주는 것이라곤 다만 빵 배급소에서 나눠주는 한 조각 빵뿐이었다. 두 사람은 닥치는 대로 아무 데서나 잤다. 어떤 때는 역 근처 대피선에 있는 빈 무개 화물차 안에서도 잤고, 또 어떤 때는 창고 옆 수레 안에서도 잤다. 그러나 어쨌든 살을 에는 듯한 추위였으므로 한두 시간 자는 둥 마는 둥 하고는 일어나 다시 거리를 쏘다니곤 했다. 가장 못 견디게 괴로웠던 일은 담배를 피울 수 없는 것이었다. 특히 니컬스 선장은 담배 없이는 한시도 못 사는 사람이었다. 결국 그는 밤길을 산책하던 사람들이 버리고 간 담배꽁초나 피다 남은 잎담배 동강이를 찾아 쓰레기통을 뒤지기까지 하였다.

"그따위 잡동사니를 파이프에 담아 피워본 일은 없을 겁니다."

그는 내가 권한 잎담배를 두 개나 꺼내 하나는 입에 물고 또 하나는 주머니 속에 넣더니, 세상사를 초월한 듯한 태도로 어깨를 들썩해 보이며 말했다.

어쩌다 잔돈푼이 좀 들어오는 일도 있었다. 이따금 우편배가 들어오고는 했는데 니컬스 선장은 그 기회를 놓치지 않고 잽싸게 감독과 안면을 터 두 사람 몫의 하역 일을 얻어 왔기 때문이다. 만일 그 배가 영국 배일 때는 그들은 재빨리 선원들 방으로 기어들어가 그들로부터 아침을 배불리 얻어먹을 때도 있었다. 그런 때 배의 고급선원과 마주치게 되면 장홧발에 걷어차이며 허둥지둥 트랩을 뛰어내려오는 위험을 겪어야 했다.

"그야 배만 부르면 엉덩이 차이는 것쯤이야 아무것도 아니죠. 개인적으로 그 일은 조금도 나쁘게 생각하지 않아요. 책임자라면 배의 규율도 생각해야 하니까요."

그 좁은 트랩을 머리끝까지 화가 난 일등 항해사 발에 차이며 구르듯 도망가는 니컬스 선장의 모습, 그리고 과연 참된 영국인답게 상선(商船) 정신에 감탄하고 있는 그의 모습이 눈앞에 선했다.

어시장에 가면 뭔가 일거리를 얻을 수 있었다. 한번은 부두에 내려놓은 많은 오렌지 상자를 화차에 실어주고 둘이서 각각 1프랑씩 받은 일도 있다. 어느 날 그들은 행운을 만난 적도 있었다. 희망봉을 경유하여 마다가스카르에서 온 화물선의 페인트칠 계약을 어느 하숙집 주인이 얻어다준 것이다. 그래서 며칠 동안은 온종일 뱃전에 매단 판자 위에서 녹슨 선체에 페인트 칠을 했다. 이것은 그 비꼬기 좋아하는 스트리클런드에겐 적합한 일이었을 것이다. 나는 이처럼 괴로운 생활을 그가 어떻게 견뎌냈느냐고 니컬스 선장에게 물어보았다.

"불평하는 소리 한 번 들어보지 못했는걸요. 하기야 때로는 기분 나빠할 때도 있긴 했지요. 하지만 아침부터 빵 한 조각 입에 넣지 않아도, 심지어 그 '되놈 집'에 낼 돈 한 푼 없어도 기운은 여전히 펄펄했어요."

나는 이 말에는 그다지 놀라지 않았다. 스트리클런드는 보통 사람 같으면 의기소침해질 환경에서도 태연하게 배겨내는 사람이었기 때문이다. 다만 이것이 과연 정신적 평정에서 오는 것인지 아니면 반항적인 그의 기질에서 오는 것인지는 뭐라고 말할 수 없는 일이다.

'되놈 집'이란 애꾸눈 중국인이 경영하는, 부트리 거리의 보잘것없는 주막집을 말한다. 그 이름은 부랑자들이 붙인 것으로 6수만 내면 간이침대에서 잘 수 있고 마룻바닥에서 자려면 3수만 내면 되었다. 그들은 여기서 같은 처지에 놓인 사람들과 친해졌다. 주머니가 텅 비고 날이 추운 밤에는 낮에 한 푼이라도 번 친구들에게서 지붕 밑에서 잘 만한 돈을 빌렸다. 부랑자들은 다들 인색하지 않았다. 돈이 있으면 두말하지 않고 없는 사람들과 나누어 썼다. 그들의 국적은 가지각색이었지만 그런 것이 서로의 우정에 지장이 되는 일은 없었다. 왜냐하면 그들은 자기네들 전체가 위대한 코카인 왕국에 속한 자유시민이라고 느끼고 있었기 때문이다.

"그러나 스트리클런드란 친구는 한번 화를 내면 걷잡을 수 없는 사람이었어요." 니컬스 선장은 그때를 회상하는 듯한 목소리로 말했다. "언젠가 광장에서 터프 빌과 딱 마주쳤을 땐데요, 그 녀석이 찰리에게 주었던 선원증명서를 내놓으라는 거예요.

그러자 찰리는 '원하면 네가 와서 가져가'라고 한 거예요.

터프 빌은 힘이 좋은 사내였죠. 아무래도 찰리의 태도가 못마땅했던지 시비를 걸어왔어요. 나오는 대로 욕을 마구 퍼붓는데 굉장했어요. 정말 볼 만하더군요, 찰리는 한동안 듣고 있더니 마침내 한 발짝 앞으로 다가서 이렇게 말했어요. '꺼져, 돼지 새끼야!' 그뿐이었습니다. 그런데 터프 빌은 얼굴이 노랗게 질려 아무 말도 못 하고, 마치 누구와 만날 약속이 생각나기라도 한 것처럼 슬금슬금 도망치고 말았어요."

니컬스 선장의 말에 의하면 그때 스트리클런드가 한 말은 내가 여기 쓴 것과 똑같은 말은 아니었지만, 이 책이 가정에서 읽힐 책이라는 것을 감안해 조금 진실과 다르더라도 보통 가정에서 쓰이고 있는 표현으로 쓰는 편이 좋을 것 같다.

터프 빌도 물론 한낱 선원에 지나지 않는 자에게 모욕을 당하고 잠자코 있을 사람은 아니다. 그의 역량 여하는 그의 위신에 관계되는 일이다. 그러다 보니 그 집에 묵고 있던 선원들이 그들을 찾아와, 터프 빌이 반드시 스트리클런드를 해치워버리겠다고 벼르고 있다는 정보를 전해주었다.

어느 날 밤 니컬스 선장과 스트리클런드는 부트리 거리의 어느 술집에 있었다. 부트리 거리라면 방이 하나밖에 없는 단층집들이 늘어선 좁은 골목이다. 그 집들은 마치 붐비는 시장통의 구멍가게나 서커스에서 쓰는 짐승 우리처럼 보였다. 그리고 집집마다 문 앞에 여자가 하나씩 서 있었다. 어떤 여자는 울적한 듯 기둥에 기대서서 콧노래를 부르거나 귀에 거슬리는 쉰 목소리로 지나가는 사람을 부르기도 하고, 또 어떤 여자는 맥없이 책을 읽고 있기도 했다. 프랑스 여자도 있고 이탈리아, 에스파냐, 일본 여자와 흑인 여자 등 온갖 인종의 여자들이 있었다. 뚱뚱한 여자도 있고 야윈 여자도 있었다. 그녀들의 짙은 화장과 시커멓게 그린 눈썹과 새빨갛게 칠한 입술 밑으로는 나이를 숨길 수 없는 주름과 방탕한 생활의 흔적이 엿보였다. 어떤 여자는 검은 속옷에 살색 스타킹을 신었고, 노랗게 염색한 곱슬머리에 소녀처럼 짧은 모슬린 원피스를 입은 여자도 있었다. 활짝 열린 문으로 붉은 타일 바닥과 커다란 나무침대, 주전자와 세면기가 놓여 있는 전나무 테이블 등이 보였다. 거리에는 그야말로 가지각색의 군중이 웅성대고 있었다. P&O 기선 회사 배에서 내린 인도 선원, 스웨덴 범선으로 항해해 온 금발의 북유럽인, 군함에 타고 있던 일본인, 영국인 선원, 에스파냐 사람, 프랑스 순양함 소속의 쾌활해 보이는 사람들, 미국 화물선에서 내린 흑인도 있었다. 낮에는 더럽기만 한 이 거리도 밤이 되면 이런 작은 집들의 불빛을 받아 뭔가 사악한 아름다움을 띠게 된다. 사방의 공기에 가득 차 있는 무서운 욕정에는 오싹 소름을 끼치게 하는 것이 있다. 그런데도 그 광경 속에는 사람들의 마음을 붙잡아두는 뭔가 신비로운 것이 깃들여 있었다. 마치 혐오감을 주면서도 매혹되지 않을 수 없는 어떤 원시적 힘이랄까? 여기서는 모든 문명의 가면이 벗겨지고 사람들은 암담한 현실을 직면하게 된다. 그곳에는 강렬하고도 비극적인 분위기가 감돌고 있었다.

스트리클런드와 니컬스가 들어간 술집에서는 자동 피아노가 댄스음악을 요란하게 연주하고 있었다. 사람들은 홀 가장자리에 늘어놓은 테이블에 앉아 있었다. 이쪽에서는 대여섯 명의 선원들이, 그리고 저쪽에는 한 무리의 군인들이 술을 마시며 큰 소리로 떠들어댔다. 홀 한가운데에서는 남녀들이 떼를 지어 춤을 추고 있었다. 검게 그은 얼굴에 턱수염을 기른 선원들은 그 우악스러운 손으로 상대를 꽉 끌어안고 춤을 추고 있었다. 여자들은 모두 속옷 차림이었다. 가끔 선원 둘이 한 쌍이 되어 춤을 추기도 했다. 귀가 멍멍할 정도로 시끄러웠다. 모두 노래를 부르고 소리를 지르며 웃었다. 한 남자가 무릎 위에 앉힌 여자에게 오랫동안 키스를 하자 영국인 선원들의 야유 소리가 터져 나왔고 장내는 한층 소란스러워졌다. 실내 공기는 남자들의 커다란 장화가 풀썩이는 먼지로 혼탁했으며 담배연기로 인해 뿌옇게 흐려 있었다. 무더운 날이었다. 계산대 뒤에서는 한 여자가 아기에게 젖을 물린 채 앉아 있었고, 주근깨투성이의 납작한 얼굴을 한 몸집이 작은 웨이터는 맥주잔으로 가득 찬 쟁반을 들고 우왕좌왕하고 있었다.

잠시 뒤에 터프 빌이 우람한 몸집의 흑인 둘을 데리고 들어왔다. 그가 이미 거나하게 취했다는 것은 보기만 해도 알 수 있었다. 그는 시빗거리를 찾아 두리번거리다 세 명의 군인이 앉아 있는 테이블에 비틀거리듯 기대어 서더니 맥주컵 하나를 깨뜨렸다. 말다툼이 시작되고 술집 주인이 터프 빌에게 나가라고 말했다. 그 주인이라는 사람은 아주 힘이 센 사람으로 비록 손님이라도 비위에 거슬리는 일을 하는 걸 그냥 내버려두는 성질이 아니었다. 터프 빌은 한순간 주저했다. 경찰을 등에 지고 있는 이 주인은 그에게 만만한 상대가 아니었다. 그는 할 수 없이 뭐라고 투덜대더니 홱 돌아서서 나가려고 했다. 그러나 그때 그의 눈에 스트리클런드가 들어왔다. 그는 잠자코 성큼성큼 그쪽으로 걸어갔다. 그리고 입안에 침을 모으더니 스트리클런드의 얼굴을 향해 뱉었다. 스트리클런드는 마시고 있던 컵을 집어들더니 터프를 향해 힘껏 내던졌다. 춤을 추던 사람들이 일제히 춤을 멈추었고 실내는 갑작스런 침묵에 휩싸였다. 그러나 다음 순간 터프 빌이 스트리클런드에게 덤벼드는 것을 보자 싸움의 불길이 모든 이의 마음을 사로잡아 버렸다. 여기저기서 치고받는 난투극이 벌어진 것이다. 테이블이 뒤집히고 컵은 박살이 나 마룻바닥에 흩어졌다. 여자들은 문밖이나 계산대 뒤로 뿔뿔이 흩어지고 지나가던 사람들까지 우르르 몰려들어왔다. 사람들은 저마다 자기네 나라 말로 욕을 퍼부었다. 때리는 소리와 악 쓰는 소리. 홀 한가운데에서는 십여 명의 남자들이 필사적으로 싸우고 있었다. 그때 갑자기 경찰이 뛰어들어와 모두 허둥지둥 문쪽으로 도망쳐 버렸다. 그제야 겨우 술집이 조용해져 자세히 살펴보니 터프 빌은 머리를 많이 다쳐 실신한 채 마룻바닥에 쓰러져 있었다. 니컬스 선장은 팔에서 피가 흐르는 스트리클런드를 질질 끌다시피 하여 밖으로 데리고 나갔다. 옷은 갈기갈기 찢어져 있었다. 선장 자신도 코를 얻어맞아 얼굴이 온통 피투성이였다.

"자네, 터프 빌 녀석이 병원에서 나오기 전에 일찌감치 마르세유를 뜨는 게 좋겠군."

중국인 하숙집으로 돌아가 몸을 씻으며 니컬스가 스트리클런드에게 말했다.

"닭싸움은 댈 것도 아니군." 스트리클런드는 말했다.

비웃음을 띠고 그렇게 말하는 그가 눈앞에 환히 보이는 것 같았다.

니컬스 선장은 은근히 걱정이 되었다. 터프 빌의 끈질긴 성격을 잘 알고 있었기 때문이다. 스트리클런드는 그때 그 혼혈아를 두 번이나 메다꽂았는데 술이 취하지 않은 그는 그리 만만하게 볼 상대가 아니었다. 그는 반드시 때가 오기를 기다릴 것이다. 결코 서둘지는 않을 것이다. 하지만 어느 날 밤 스트리클런드가 등에 칼이 꽂힐 것이고 하루 이틀 사이에 신원불명의 부랑자 시체가 항구의 더러운 물 위에 떠오를 것이다. 니컬스는 다음 날 저녁 터프 빌의 집에 가서 눈치를 살펴보았다. 그는 아직 병원에 있었으나, 병원을 다녀온 부인이 남편은 병원을 나오는 대로 스트리클런드를 죽여 버리겠다고 벼른다는 말을 했다.

그리고 1주일이 지났다.

"그래서 나는 늘 이렇게 말한답니다." 니컬스 선장은 곰곰이 생각하며 말했다.

"이왕 손대려거든 끝장을 내버리라고요. 그 뒤의 일은 나중에 천천히 생각하면 어떻게든 해결되게 마련이니까요."

사실 스트리클런드의 경우는 운이 좋았다. 오스트레일리아로 가는 배의 선원 하나가 지브롤터 근해에서 일시적 정신착란을 일으켜 투신자살을 해서, 그 대신 화부를 한 사람 구한다고 선원 숙박소에 부탁해 온 것이다.

"빨리 부두로 가보라구."

선장은 스트리클런드에게 말했다.

"그리고 바로 계약서에 서명을 하는 거야. 아직 증명서는 가지고 있으니까."

스트리클런드는 곧바로 떠났다. 그리고 그것이 선장이 본 스트리클런드의 마지막 모습이었다. 그 배는 단 여섯 시간밖에 항구에 머무르지 않았다. 니컬스 선장은 그날 저녁, 겨울바다를 헤치고 동쪽으로 떠나는 배에서 뿜어내는 연기가 점점 사라져가는 것을 오래도록 지켜보았다.

지금까지 나는 되도록 충실하게 썼다고 생각한다. 왜냐하면 애슐리 가든에서 살며 증권이나 주식 일로 여념이 없던 그 무렵에 내가 알던 스트리클런드의 생활보다 이런 몇몇 에피소드가 내게는 더 흥미로웠기 때문이다. 그러나 사실은 니컬스 선장이란 사내가 터무니없는 허풍쟁이라는 것을 알고 있다. 어쩌면 그가 나에게 해준 이야기도 모두 거짓말인지도 모른다. 그는 스트리클런드를 한 번도 만난 적이 없으며, 마르세유에 대한 그의 지식도 어느 잡지에서 얻은 것이라 할지라도 나는 그다지 놀라지 않을 것이다.

48

사실, 나는 이쯤에서 이 책을 마무리할 작정이었다. 내가 처음에 생각한 것은 타히티섬에서 보낸 스트리클런드의 만년과 그 처참한 죽음에서 시작한 다음, 다시 거슬러 올라가 내가 아는 그의 초기생활을 이야기하는 것이었다. 다른 뜻이 있어서가 아니라, 다만 스트리클런드가 그 고독한 영혼 속에서, 어떤 신비로운 미지의 섬에 대한 공상의 불꽃을 태우며 배를 타고 떠나는 장면에서 붓을 놓고 싶었기 때문이다. 보통 사람 같으면 이미 안정된 생활궤도에 올라 있어야 할 47세라는 나이에 새로운 세계를 향해 출발하는 그의 모습이 좋았다. 싸늘한 북서풍에 하얀 파도가 일렁이는 잿빛 바다로 나가 다시는 보지 못하게 될 프랑스 해안이 점점 시야에서 멀어져가는 모습을 물끄러미 지켜보고 있는 그의 모습을 상상한 것이다. 그런 태도에는 뭔가 불굴의 정신이 깃들어 있는 것 같았다. 이처럼 나는 희망을 남겨놓고 이 책을 끝맺고 싶었다. 그렇게 함으로써 비로소 한 인간의 불굴의 정신이 강조된다고 여겼기 때문이다. 그러나 나는 그렇게 할 수가 없었다. 웬일인지 이야기가 제대로 순조롭게 풀리지 않았다. 그래서 몇 번 되풀이한 끝에 결국 단념해 버렸다. 그리고 다시 처음부터 시작하여 일반적인 방법으로 써나갔다. 써나가는 동안 나는 스트리클런드의 생활에 대해 알고 있는 사실을 순서대로 이야기할 수밖에 없다는 생각을 하게 되었다.

그러나 내가 지금 알고 있는 사실도 단편적인 것에 불과하다. 마치 단 하나의 뼈 조각을 보고 멸종한 동물의 형태는 물론, 그 습성마저 알아내야 하는 생물학자와 같은 입장처럼. 스트리클런드는 타히티에서 알게 된 사람들에게 이렇다 할 특별한 인상도 주지 않았다. 스트리클런드는 그들에게 늘 돈에 쪼들리는 부둣가의 부랑자로 비쳤을 뿐이며, 다만 한 가지 다른 점은 그가 그림을 그린다는 것이었다. 더구나 그 그림들은 그들 눈에는 참으로 어이없는 것이었다. 그가 죽은 뒤 몇 년이 지나 파리와 베를린의 화상 대리인들이 그가 그린 그림이라면 뭐든 좋다고 혈안이 되어 섬 안을 찾아나섰을 때야 비로소, 그들은 자기네들 사이에 그렇게 위대한 인간이 살고 있었나 하고 생각할 정도였다. 그리고 지금이야 비싼 값을 부르게 되었을지 모르지만 그 무렵에는 그야말로 단돈 몇 푼으로 살 수 있었는데 참으로 아까운 기회를 놓쳐버렸다고 발을 동동 구르며 아쉬워했다. 그곳에 코엔이라는 유대계 상인이 있었는데, 그는 묘한 인연으로 스트리클런드 그림을 한 장 가지고 있었다. 그는 부드러운 눈길과 상냥한 미소를 띤 자그마한 프랑스 노인으로 무역상과 선원을 겸하고 있었다. 이 사람은 작은 배를 한 척 가지고 있어, 파우모투 군도와 마르키즈 제도 사이를 누비며 여러 가지 상품을 팔았으며 그 대신 코프라(야자씨), 조개, 진주 같은 것을 가져왔다. 어느 날 그가 커다란 흑진주를 싸게 팔려고 한다는 말을 들은 나는 그를 찾아나섰다. 그러나 그것이 나로서는 도저히 감당할 수 없는 값임을 알고 간 김에 스트리클런드 이야기를 꺼내보았다. 그 남자는 스트리클런드를 잘 알고 있었다.

"그러니까, 그 사람이 화가라서 흥미를 느꼈었죠." 그가 말하기 시작했다. "이 섬에는 화가가 그리 많지 않아요. 다만 그 사람이 아주 형편없는 그림을 그리는 화가라 딱하게 생각했어요. 아마 내가 그 사람에게 첫 일자리를 주었을 겁니다. 사실은 이 섬에 농장을 하나 가지고 있어서 마침 백인 감독을 한 사람 구했으면 했거든요. 어쨌든 백인 감독이라도 둬야 원주민들에게 일을 시킬 수 있으니까요. 그래서 나는 그 사람에게 '그곳에 가면 그림 그릴 시간은 얼마든지 있고 돈도 좀 생길 테니……' 하고 말을 꺼내 보았죠. 그 사람은 당장 끼니가 곤란할 정도라 얼마를 주어도 상관없었지만, 급료를 꽤 많이 줬어요."

"그 사람이 감독 노릇을 하다니 상상이 안 가는군요." 나는 웃으며 말했다.

"그야 나도 여러 모로 편의를 봐준 셈이죠. 나는 언제나 예술가에겐 이해심이 넓은 편이니까요. 우리 피는 속일 수 없나 봅니다. 그런데 그는 겨우 두어 달 있다가 그만두었어요. 그림물감이며 캔버스를 살 돈이 생기자마자 그냥 가버린 거죠. 이 섬의 경치가 그 사람 마음에 들어 그냥 숲속으로 들어가고 싶어진 거예요. 그 뒤로도 나는 가끔 그를 만났죠. 그는 이삼 개월마다 파페에테를 찾아와서 한동안 머물렀으니까요. 그리고 아무 데서고 돈을 구하면 또 모습을 감춰버리는 거예요. 한번은 그런 식으로 왔다가 불쑥 나를 찾아왔어요. 200프랑만 빌려달라고 하더군요. 1주일은 굶은 것 같은 비참한 모습이라 도저히 거절할 수가 없었어요. 물론 그 돈을 받을 생각은 아예 하지도 않았죠. 그런데 1년쯤 있다 그 사람이 나타난 거예요. 그림을 한 장 가지고 왔는데, 빌린 돈 이야기는 꺼내지도 않고 느닷없이 이것이 당신 농장을 그린 그림인데 나한테 주려고 그렸다 하더군요. 그 그림을 보고 나로서는 뭐라고 해야 될지 모르겠더군요. 하지만 물론 고맙다고 한 뒤 그림을 받았죠. 그리고 그가 간 다음 아내에게도 보여 주었어요."

"어떤 그림이었나요?" 나는 물었다.

"묻지 마세요. 도대체 뭐가 뭔지 통 알 수 없는 그림이라서요. 어쨌든 그런 그림을 본 것은 생전 처음이었어요. 그래서 어떻게 하면 좋겠느냐고 아내에게 의논을 했었죠. 그랬더니 아내는 그런 것은 남의 웃음거리가 될 테니 방 안에는 걸어놓을 수 없다는 거예요. 아마 다락방으로 가져 가 다른 잡동사니와 함께 처박아두었던 모양입니다. 뭐든 버리지 않고 모아 두는 게 그 사람 성격이니까요. 좀 심한 기벽이죠. 그런데 한번 상상해 보세요. 전쟁이 일어나기 바로 전, 파리에 계신 형님이 편지를 보낸 겁니다. 타히티에 살고 있는 영국인 화가를 알고 있느냐? 아무래도 그 사람이 천재인 모양이다. 그 사람 작품은 값이 굉장히 나가니, 아무 거라도 되는 대로 나한테 보내라. 굉장한 돈벌이가 될 거다 라는 내용의 편지였어요. 그래서 아내에게 스트리클런드에게서 받은 그림은 어떻게 했느냐, 아직 그대로 다락방에 있느냐고 물어보았습니다. 그러자 물론이죠, 뭐든 버리지 못하는 것이 내 병이 아니냐고 그러잖겠어요. 그래서 곧 다락방에 올라가 보니 과연 이 집에 살던 30년 동안 쌓인 온갖 잡동사니 속에서 문제의 그림이 나왔어요. 그래서 나는 다시 한번 그 그림을 자세히 보았죠. 그리고 아내를 보고 '여보, 200프랑을 빌려줬던 예전 농장감독이 천재라니 누가 꿈에라도 생각한 일이겠소? 이 그림을 알아보겠소?' 물어보았죠. 그러자 아내는 이렇게 말했어요. '전혀 모르겠어요. 첫째로 그 농장과 조금도 비슷하지 않고, 게다가 푸른 잎을 가진 코코넛 나무가 어디 있어요. 하지만 파리는 지금 그 사람 그림으로 떠들썩하다니까, 형님에게 보내드리면 아마 빌려 준 200프랑어치는 될지도 모르겠군요.' 그래서 어쨌든 그 그림을 형님한테 보내 드렸죠. 얼마 안 있다가 기다리던 편지가 왔어요. 거기 뭐라고 써 있었는지 아세요? '그림 잘 받았다. 솔직히 말해 처음에는 네가 장난을 친 줄 알았다. 만일 그렇다면 우송료를 지불하지 않겠다고 생각했단다. 그래서 그 이야기를 해준 신사에게 그 그림을 보여줄 것이 좀 걱정이 되었다. 그런데 웬걸, 이것은 걸작이다. 3만 프랑에 사겠다는 말을 들었을 때 내 놀라움이 상상이 가니? 아마 그는 좀더 비싸더라도 살 의향이 있었던 모양인데, 솔직히 말해 나는 너무 어이가 없어 머리가 좀 이상해졌던 것 같다. 그래서 이것저것 생각할 겨를도 없이 그렇게 하라고 승낙해 버렸다.' 이렇게 쓰여 있었어요."

그리고 코엔 씨는 끝으로 근사한 말을 했다.

"가엾게도, 스트리클런드가 아직 살아 있었으면 얼마나 좋았겠습니까. 만일 '당신 그림 값이오' 하고 29,800프랑을 내주면 그 사람은 과연 뭐라고 했을까요?"

49

나는 플뢰르 호텔에 머물고 있었는데 그곳 여주인인 존슨 부인도 아까운 기회를 놓쳤다며 아쉬워했다. 스트리클런드가 죽은 뒤 그의 가재도구 일부가 파페에테 시장에서 경매된 적이 있었다. 그 속에 전부터 갖고 싶어하던 미국식 난로가 있다는 말을 듣고 일부러 시장까지 찾아가 27프랑에 샀다고 했다.

"그림도 분명히 10여 장 가량이나 있었어요. 하지만 액자에 들어 있는 것도 아니라 사는 사람이 없었어요. 그 가운데는 10프랑에 팔린 것도 있었지만, 대부분은 5, 6프랑 정도였어요. 생각해 보세요. 만일 내가 그때 그 그림을 사놓았다면 지금쯤은 큰 부자가 되었을 거예요."

그러나 티아레 존슨이란 여자는 비록 어떤 환경에 놓인다 하더라도 도저히 부자가 될 사람은 아니었다. 그녀는 돈을 모으는 체질이 아니었다. 원주민 여자와 타히티에 눌러 살게 된 영국인 선장 사이에서 태어난 이 여자를 내가 처음 보았을 때는 이미 오십이 다 되었었다. 나이보다 늙어 보였고 굉장히 뚱뚱했는데, 사람 좋아 보이는 얼굴에 친근감이나 부드러운 표정마저 없었다면 누구나 그녀에게서 상당한 위압감을 받았을 것이다. 팔은 마치 양의 넓적다리살 같았고, 가슴은 커다란 양배추 두 개를 매달아 놓은 것 같았다. 넓적하고 살찐 얼굴은 오히려 너무 많이 노출된 듯한 인상을 주었으며 큰 겹겹의 턱은 널따란 가슴속으로 휘어들어가고 있었다. 보통때는 늘 핑크색 머더 허버드[12]를 입고 종일 큰 밀짚모자를 쓰고 있었다. 그러나 가끔 자랑 삼아 보여주는 긴 머리를 늘어뜨리면 검은 머리가 구불구불 아름다워 보였다. 눈은 아직도 젊고 생기 있게 반짝이고 있었다. 게다가 웃음소리는 그야말로 일품으로, 나는 지금까지 그처럼 매력적인 웃음소리를 들어 본 일이 없다. 우선 목에서 낮게 울려 나오기 시작하여 점점 크게 퍼지면서 이윽고 산더미 같은 그녀의 온몸을 흔들어댔다. 농담과 포도주와 잘생긴 남자, 그녀는 이 세 가지를 더없이 사랑했다. 어쨌든 그녀를 알게 된 것은 분명히 영광이었다.

그녀는 또 이 섬에서 최고의 요리사였고 맛있는 음식의 예찬자이기도 했다. 아침부터 밤까지 부엌에 있는 낮은 의자에 앉아 중국인 요리사 하나와 원주민 여자아이 두셋에게 이것저것 지시하기도 하고 서로 어울려 정답게 지껄이기도 하며 그녀가 생각해낸 요리를 맛보기도 했다. 친구를 제대로 대접하고 싶은 날이면 그녀는 손수 요리를 했다. 손님을 정성껏 대접하는 것은 그녀에겐 하나의 정열이었다. 그러므로 플뢰르 호텔에 먹을 것이 떨어지지 않는 한, 여기에서 한 끼 대접을 받지 않고 가는 사람은 이 섬에는 한 사람도 없었다. 비록 식사 값을 지불하지 못하는 손님이라도 내쫓는 법이 결코 없는 여자였다. 낼 때가 되면 언제고 내겠지 하는 느긋한 태도였다. 언젠가도 형편없이 망해 버린 남자가 있었는데 그녀는 그 남자를 몇 달 동안이나 먹이고 재워주었다. 중국인 세탁소에서 돈을 내지 않으면 빨아줄 수 없다고 거절하면 그녀는 자기 것과 함께 보내어 그 사람 옷을 세탁하게끔 해주었다. 아무리 궁색하더라도 남자에게 더러운 셔츠를 입힐 수는 없으며, 또 그가 남자인 이상 담배를 안 피울 수는 없다며 담뱃값으로 하루에 1프랑씩 주었다. 더구나 그녀는 1주일에 한 번씩 어김없이 계산을 치르는 손님과 다를 바 없이 그를 상냥하게 대해주었다.

12) 1880년대 이후 여성들이 입었던 헐렁한 긴 소매 원피스.

나이로 보나 또 지나치게 뚱뚱한 점으로 보나 남녀간의 정사(情事)를 운운할 처지는 아니지만 젊은이들의 정사에는 특별한 흥미를 지니고 있었다. 그녀는 정사라 하면 남녀를 불문하고 인간의 자연스러운 행위라고 생각하고 있었다. 그래서 늘 그녀 자신의 풍부한 경험에서 나온 교훈과 실례를 기꺼이 남에게 들려주곤 했다.

"나에게 애인이 있다는 것을 아버지가 알게 된 건 아직 내가 열다섯도 되기 전이었어요. 그 사람은 '열대조'라는 배의 삼등 항해사였죠. 참 미남이었어요."

그렇게 말하고 그녀가 한숨을 쉬었다. 여자들이란 언제나 첫사랑은 잊지 못하고 그리워한다고 하지만 그녀의 경우는 반드시 그렇지만도 않은 것 같았다.

"아버지는 분별 있는 분이었죠."

"어째서요?"

"나를 그야말로 죽도록 두들겨 팬 다음, 존슨 선장과 결혼시켰어요. 그다지 싫지는 않았어요. 물론 꽤 나이가 많긴 했지만 미남이기야 했으니까요."

티아레는 스트리클런드에 대해 많은 것을 기억하고 있었다. 말이 나온 김에 하는 말이지만 '티아레'란 향기가 좋은 하얀 꽃 이름인데, 그 향기를 한번 맡은 사람은 비록 아무리 먼 곳에서 떠돌더라도 그 내음에 이끌려 반드시 다시 타히티로 돌아온다고 한다. 그녀의 아버지는 그 꽃 이름을 딸에게 붙인 것이다.

"이곳에도 가끔 왔었고 파페에테 근처를 돌아다니는 것도 자주 보았어요. 정말 보기 딱했어요. 차마 볼 수 없을 정도로 몸이 수척했고 돈이 있을 때도 없었으니까요. 그래서 나는 그 사람이 이곳에 왔다는 말을 들으면 늘 웨이터를 보내어 집에 와서 저녁을 같이 먹자고 했었죠. 일자리도 한두 번 구해 준 적이 있지만 어디고 한군데 오래 붙어 있지를 않았지요. 얼마 안 있으면 또 숲속으로 가고 싶어서 슬그머니 자취를 감춰 버리는 거예요."

스트리클런드는 마르세유를 떠난 지 약 반년이 지난 뒤 타히티섬에 도착했다. 오클랜드에서 샌프란시스코로 가는 배에서 일하며 찾아온 것이다. 도착했을 때 가지고 있던 것은 그림도구가 든 상자 하나와 이젤 하나, 캔버스 한 다스 가량이었다. 그 밖에 시드니에서 번 몇 파운드가 주머니에 들어 있었다. 그는 변두리에 있는 원주민 집에 작은 방 하나를 빌렸다. 타히티에 도착하는 순간 그는 적이 마음이 놓였던 모양이다. 언젠가 티아레에게 이렇게 말한 적이 있었다고 한다.

"내가 갑판을 닦고 있는데 갑자기 누군가가 '저기다!' 말하더군요. 그래서 얼굴을 들어보니 이 섬의 윤곽이 보입디다. 나는 곧 저곳이야말로 내가 지금까지 줄곧 찾아 헤매던 곳이라고 생각했어요. 이윽고 다가와 보니 아무래도 와본 적이 있는 장소 같더군요. 가끔 이 섬을 산책하노라면 눈에 띄는 모든 것이 낯익어 보여요. 분명히 전에 이곳에서 살았던 적이 있는 것 같은 기분이 든단 말이에요."

"아무래도 이 섬에 그런 면이 있는 모양이에요." 티아레가 말했다. "타고 온 배에 짐을 싣는 두어 시간 동안 있다가는 그대로 눌러앉은 사람이 꽤 여럿 있어요. 그런가 하면 회사에서 1년가량 이곳에 와 있는 동안 정말 사람 살 곳이 못 된다며 불평을 하고 떠날 때에는 이런 데 또다시 올 바에야 차라리 죽는 게 나을 거라며 큰소리를 탕탕 치고 간 사람이 반 년 뒤에는 이 섬에 다시 찾아오는 거예요. 다른 곳에서는 도저히 살 수 없다는 듯한 표정으로 계속 머물러 사는 예를 얼마든지 알고 있어요."

50

내 생각에, 어떤 이들은 자신이 예정되지 않은 곳에서 태어나는 것 같다. 어쩌다 특정한 환경 속에 내던져졌지만, 그들은 늘 미지의 고향에 대한 향수를 느끼고 있다. 태어난 곳에선 오히려 나그네 처지이고, 어렸을 때부터 익히 보아온 푸른 오솔길이며 장난치고 뛰놀던 번잡한 시가지도 그들에게는 한순간 스쳐 지나가는 장소에 불과하다. 혈연 간에도 일생을 남처럼 냉담한 마음으로 지낼지 모르며, 또 그들이 알고 있는 유일한 풍경에 대해서도 친근감을 느끼지 못한 채 끝나는 경우도 있을 것이다. 사람들이 어쩐지 잊을 수 없는 영원한 무언가를 구하여 먼 여행을 떠나는 일이 있는 것은 어쩌면 바로 이 낯섦 때문일지도 모른다. 아니면 깊숙이 뿌리박힌 격세유전(隔世遺傳)이라는 것이 나그네의 발길을 먼 역사의 여명 시대 속에 그들의 선조가 버리고 간 고장으로 끌어들이는 것인지도 모른다. 그러다 때로 불가사의하게 자신이 속한 곳이라는 느낌을 주는 장소를 만나기도 한다. 여기에서 그는 고향을 찾은 것이다. 마치 태어났을 때부터 익숙한 듯 느껴지는 본 적 없는 풍경들, 알지 못하는 사람들 사이에 그는 정착한 것이다. 여기에서 비로소 그는 휴식을 찾는다.

나는 세인트 토머스 병원에서 알게 된 어떤 남자 이야기를 티아레에게 해주었다. 에이브러햄이라는 금발의 건강한 유대인 청년이었는데, 내성적이고 아주 겸손한 사람이었다. 그러나 그는 머리가 비상하여 그 병원에도 장학금을 받고 들어왔으며, 5년의 수업과정을 거치는 동안 상이란 상은 혼자서 모두 휩쓸 정도로 수재였다. 그리고 병원에서 내과와 외과 의사를 겸임했다. 아무도 이의를 제기하는 일이 없는 뛰어난 재능의 소유자였다. 마침내 그는 그 병원 간부로 선출되고 그의 장래는 확실히 보장되었다. 세상의 앞일을 내다볼 수 있다면 분명히 그는 의사로서 최고의 지위에 오를 터였다. 명예와 부가 탄탄대로를 예고하고 있었다. 그런데 새로운 자리에 앉기 전 그는 휴가를 다녀오겠다고 말했다. 그다지 재산이 있는 것도 아니어서 외과의사 자격으로 어느 부정기(不定期) 항로의 배를 타고 레반트로 떠났다. 전에는 선의(船醫)가 없는 배였는데, 병원의 선배 외과의사 하나가 그 선박 회사의 중역과 알고 있어 특별히 그 배의 선의로 채용된 것이다.

몇 주 뒤 병원 당국은 누구나 탐내는 간부 하나가 자리를 그만두겠다는 그의 사표를 받았다. 모두 눈이 휘둥그레져 온갖 소문이 떠돌았다. 뭔가 터무니없는 일을 하는 사람이 나타나면 으레 동료들은 가장 불명예스러운 일을 상상하게 마련이다. 그러나 어쨌든 에이브러햄의 자리에는 곧 다른 사람이 들어앉았다. 그리고 에이브러햄에 대한 일은 사람들의 머릿속에서 사라졌다. 소식은 끊어지고 그의 존재는 잊혀져버렸다.

그리고 10년쯤 지났을까, 어느 날 아침 알렉산드리아에 상륙하려고 하는데 배 안에서 위생 검사가 있다고 하여 나는 다른 승객들과 함께 줄을 서 있었다. 검사의는 낡은 옷을 입은 건장한 남자였다. 모자를 벗으니 그는 완전히 대머리였다. 나는 아무래도 어디서 본 듯한 얼굴이라고 생각했다. 그러자 갑자기 기억이 났다.

"에이브러햄!"

나를 돌아다본 그는 어리둥절한 표정을 짓더니 내 얼굴을 알아보고 손을 덥석 잡았다. 서로가 뜻밖의 만남에 몹시 놀랐으나, 내가 오늘 밤 알렉산드리아에 머물 예정이라고 하자 그럼 영국인 클럽에서 저녁이라도 함께 하자며 그가 제안했다. 클럽에서 다시 만났을 때 나는 이런 데서 자네를 만나다니 정말 뜻밖이라고 말했다. 그의 직업은 대단치 않아 보였고 생활도 쪼들리는 듯싶었다. 이윽고 그가 이야기를 시작했다. 휴가를 얻어 지중해로 떠났을 때는 분명 런던으로 돌아가 세인트 토머스 병원에서 새 자리에 취임하는 일을 마땅한 것으로 생각하고 있었다. 어느 날 아침 그는 알렉산드리아에 입항하여 갑판에서 아침 해에 번쩍이는 시가와 부둣가에 모인 사람들의 모습을 내려다보고 있었다. 더러운 개버딘 옷을 입은 원주민, 수단에서 온 흑인들과 와글와글 몰려드는 그리스인, 회교도 모자를 쓴 진지한 표정의 터키인, 그리고 아침해와 파랗게 갠 하늘을 바라보았다.

그때 그의 마음에 변화가 일어났다. 말로는 설명할 수 없는 것, 푸른 하늘에 날벼락이라고 할까? 아니 그렇다기보다 계시라고 하는 편이 좋을 거라고 그는 말했다. 뭔가 알 수 없는 것이 그의 마음을 꽉 죄는 것 같았다고 한다. 그러고는 갑자기 격한 기쁨을 느꼈는데 그것은 힘껏 고함치고 싶게 하는 해방감이었다. 그는 고향에 돌아온 것처럼 한없이 마음이 편해지는 것을 느꼈고, 그 자리에서 곧바로 알렉산드리아에 남기로 결심했다. 선의를 그만두는 것은 간단했고 채 24시간이 지나기도 전 그는 해변에 서 있었다.

"선장은 틀림없이 자네가 완전히 돌았다고 생각했겠군." 나는 웃으며 말했다.

"남이 뭐라고 생각하건 문제가 아니었어. 내가 아니라 마음속에 있는 더 강력한 뭔가가 발동한 거야. 사방을 둘러보다 아담한 그리스인 호텔로 갈 생각을 했지. 그러자 그 호텔이 어디에 있는지 알 것만 같더군. 나는 그곳까지 곧장 걸어갔다네. 그리고 호텔이 눈에 띄자 그 집인 걸 바로 알았지."

"알렉산드리아엔 처음이었나?"

"그럼, 그때까지 영국 밖으로는 한 발짝도 나간 일이 없었지."

얼마 안 가 그는 정부 기관에 들어갔고 그 뒤 줄곧 그곳에서 살아 온 것이다.

"후회한 적은 없나?"

"전혀. 단 일 분도, 그럭저럭 먹고살 정도의 벌이지만, 만족한다네. 죽는 날까지 이대로 살아갈 수 있다면 더 바랄 게 없어. 인생은 참 멋지다네."

그다음 날 나는 알렉산드리아를 떠났다. 그 뒤 바로 얼마 전까지도 에이브러햄에 대한 일은 잊고 있었다. 나의 또 한 친구 알렉 카마이클이란 의사가 영국으로 휴가를 왔을 때 둘이 식사를 하기까지 말이다. 나는 그 의사를 거리에서 우연히 만났는데 우선 전쟁중에 세운 공로로 그가 기사 작위를 받은 것에 대해 축하의 말을 했다. 하룻저녁 만나 그동안 쌓였던 회포라도 풀자고 이야기가 되어 내가 저녁을 함께 하는 데 동의하자 그는 단둘이만 만나고 싶으니 아무도 부르지 말자고 했다. 그의 집은 퀸 앤 거리에 있는 유서깊은 훌륭한 저택으로, 취미가 고상한 그는 여러 가지 감탄할 만한 장식을 갖추고 있었다. 식당 벽에는 훌륭한 벨로토 그림이 걸려 있고 탐나는 조파니 그림이 두 점이나 걸려 있었다. 금실로 짠 옷을 입은 키가 훌쩍 큰 미인인 그의 부인이 자리를 떴을 때 나는 옛날 의대생 시절에 비하면 너무 달라졌다고 말하며 웃었다. 참으로 그 무렵에는 웨스트민스터 브리지 거리에 있는 싸구려 이탈리아 레스토랑에서 식사를 하는 일조차 대단한 사치였던 것이다. 지금 알렉 카마이클은 여러 병원의 간부가 되어 있었다. 수입도 1년에 1만 파운드는 됨직했으며, 이번에 받은 기사 작위도, 앞으로 그에게 주어질 수많은 영예로 본다면 한낱 시작에 지나지 않았다.

"나도 꽤 성공은 했다고 보지만." 그가 말했다. "그러나 묘한 것은 이 모든 성공이 단 하나의 행운에서 시작되었다는 것일세."

"그건 무슨 뜻인가?"

"자네 에이브러햄이란 친구를 기억하고 있나? 앞날이 매우 촉망되던 사람이었지. 학생 시절엔 우리들 중에서 그를 당할 사람이 없었어. 내가 노리고 있던 상이나 장학금은 모두 그가 차지해 버렸으니까. 나는 언제나 그 녀석 꽁무니만 쫓다가 만 셈이지. 그 녀석이 그대로 밀고 나갔다면 지금 내가 차지한 지위는 모두 그 녀석 것이 되었겠지. 참으로 그 친구는 외과의술에 있어선 천재적이어서 그를 쫓아갈 생각은 아예 하지도 못했어. 그 녀석이 세인트 토머스 병원 간사로 임명되었을 때 내가 그곳 직원이 될 가망은 사실상 사라졌어. 나는 개업의가 되어야 할 판국이었는데, 자네도 알다시피 개업의의 장래야 뻔한 것 아닌가. 그런데 그 에이브러햄이 그만두는 바람에 내가 그 자리를 얻게 된 거야. 내게는 그것이 절호의 기회였어."

"그럴지도 모르지."

"정말 호박이 덩굴째 굴러온 셈이지. 아무래도 에이브러햄에겐 좀 기이한 점이 있었던 것 같아. 정말 딱한 녀석이야, 완전히 밑바닥으로 처지고 말았으니. 그 녀석은 알렉산드리아에서 말이 의사지 아주 형편없는 생활을 하고 있는 모양이야. 뭐 검역관이라든가. 들리는 말에 의하면 늙고 볼품없는 그리스 여자와 같이 살며 선병질(腺病質)에 걸린 아이들이 대여섯이나 된다는군. 정말이지 사람이란 머리만 좋아도 소용없어. 문제는 기개야. 에이브러햄에겐 기개가 없었어."

기개? 다른 방식의 삶에서 더욱 강렬한 의미를 발견했다는 이유만으로 단 삼십 분의 생각 끝에 승승장구하던 경력을 내팽개칠 수 있는 것이야말로 엄청난 용기가 아닐까? 뿐만 아니라 그런 파격적인 전환에 대해 조금도 후회하지 않으려면 그보다도 훨씬 강한 기개가 필요한 것이 아닐까. 그러나 나는 아무 말도 하지 않았다. 그러자 알렉 카마이클은 생각에 잠겨 말을 이었다.

"물론 에이브러햄이 취한 행동을 내가 아쉬워하는 척한다면 그건 위선이겠지. 결국 나는 그 덕을 본 셈이니까." 그는 피우고 있던 코로나 담배연기를 기분 좋게 뿜어냈다. "그러나 내 개인의 입장을 떠나 생각하면 그렇게 인생을 낭비하다니 안됐다고 생각하네. 그 친구처럼 일생을 그처럼 허무하게 마친다는 것은 어리석기 짝이 없는 노릇이야."

나로선 과연 에이브러햄이 일생을 망친 것인지 의심스럽다. 자기가 원하는 것을 실행하고 자기 마음에 드는 환경 속에서 마음 편하게 사는 것이 인생을 망친 것일까? 연수입 1만 파운드의 유명한 의사가 되어 미인 마누라를 얻어 사는 것이 성공일까? 요컨대 그것은 자기가 인생의 뜻을 어떻게 보느냐로 결정되는 일이며, 사회가 자기에 대한 요구를 어느 정도 인정하느냐에 관련된 문제라고 생각한다. 그러나 이번에도 나는 잠자코 침묵을 지켰다. 나 따위가 어찌 감히 기사의 말에 왈가왈부하겠는가!

51

이 이야기를 듣자 티아레는 나의 분별을 칭찬해 주었다. 그리고 한동안 우리는 아무 말 없이 완두콩을 깠다. 그러면서도 부엌일에 조금도 눈을 떼는 일 없이 신경을 쓰고 있는 그녀의 눈에 중국인 요리사의 못마땅한 행동이 뜨였는지 그녀의 얼굴은 갑자기 화난 표정으로 변했다. 요리사 쪽을 돌아본 그녀의 입에선 기관총을 쏘아대듯 욕이 터져나왔다. 그러자 그 중국인도 질세라 대거리를 하여 순식간에 시끄러운 말다툼이 되고 말았다. 두 사람은 원주민 말로 악을 쓰고 있었다. 나는 그 고장 말을 잘 알지는 못했지만 어쨌든 이 세상이 끝나기라도 할 것처럼 핏대를 돋우고 고함을 질러댔다. 그러나 두 사람은 금세 화해를 했고, 티아레는 요리사에게 담배를 권했다. 두 사람은 기분 좋게 함께 담배를 피웠다.

"그 사람에게 마누라를 얻어준 게 바로 나라는 거 모르시지요?" 티아레는 그 커다란 얼굴에 웃음을 띠며 물었다.

"요리사 말인가요?"

"아뇨, 스트리클런드 씨 말이에요."

"하지만 그 사람에겐 부인이 있었는데요."

"그 사람도 그러더군요. 하지만 그것은 영국 이야기고, 영국은 지구의 반대쪽에 있지요."

"그렇죠."

"그 사람은 두세 달에 한 번씩, 그림물감이나 돈이 필요하면 파페에테로 나왔어요. 그때 그 사람은 마치 들개처럼 쏘다니곤 했지요. 그게 안됐더라구요. 그 무렵, 방청소 같은 것을 시키던 아타라는 여자아이가 이곳에 있었어요. 그 아이는 나하고 먼 친척 관계가 되는 아인데 아버지도 어머니도 모두 죽어서 우리 집에 오게 된 거예요. 스트리클런드 씨는 가끔 이곳에 들러 제대로 된 식사도 하고 웨이터와 체스를 두기도 했어요. 그 사람이 왔을 때 그 애의 눈빛을 알아차린 나는 그 애에게 그가 좋으냐고 물어보았어요. 그랬더니 굉장히 좋다고 하지 뭐예요. 이 근처의 여자들이 어떤지 손님도 아시죠. 언제고 백인과 어울리는 것을 무척 좋아하지요."

"그 아이는 원주민이었어요?" 나는 물었다.

"네, 백인의 피는 한 방울도 섞이지 않았어요. 그래서 나는 그 아이와 이야기를 마친 다음 스트리클런드 씨를 부르러 보냈죠. 그리고 이렇게 이야기했어요. '이제 당신도 자리를 잡을 때가 됐어요. 스트리클런드 씨, 당신 나이에 부둣가의 여자들과 시시덕거려서야 되겠어요. 그런 여자들은 쓸 만한 여자들이 못 돼요. 같이 어울리다간 좋은 꼴 못 봐요. 당신은 돈도 없고 게다가 일자리가 생겨도 몇 주일을 못 견디는 사람이잖아요. 이젠 당신을 써 줄 사람도 없어요. 그야 당신은 이렇게 말할 수 있겠죠. 아무 때고 숲속에 들어가서 원주민 여자와 같이 살면 된다고. 당신이 백인이니까 원주민 여자들이야 좋아하겠죠. 그렇지만 그것은 백인으로서 그다지 잘하는 짓은 못 돼요. 그러니 스트리클런드 씨, 내 말 좀 들어 봐요.' 말이에요."

티아레는 영어와 프랑스어를 섞어가며 말했다. 그녀는 둘 다 유창하게 말할 수 있었다. 말투는 꼭 노래하는 것 같았는데 결코 듣기 싫지는 않았다. 만약 새가 영어를 한다면 그렇게 말할 것 같은 투였다.

"'그러니 아타와 결혼하면 어때요? 그 아이는 마음씨도 착하고 아직 열일곱밖에 안 되었어요. 이 근처 여자들처럼 아무하고나 어울릴 아이도 아니에요. 그야 선장이나 일등 항해사 정도라면 상대할지 모르지만, 원주민에게는 한 번도 손을 대지 못하게 하는 아이란 말이에요. 그러니까 긍지를 가지고 있다 이거죠. 오아후호 사무장도 얼마 전에 기항했을 때 이 근처의 섬에서 저렇게 좋은 아이는 본 일이 없다고 그러더군요. 그 아이도 이제 시집갈 나이가 됐고 게다가 선장이나 일등 항해사 같은 사람들에게도 좀 변화 있는 환경을 만들어줘야 하겠고 그래서 우리 집에선 한 여자아이를 오래 두지 않아요. 그 아이는 타라바오 옆에 땅도 좀 가지고 있어요. 그곳에서 생산되는 코프라를 내다 팔면 둘이서 편히 살 수 있을 거예요. 집도 있고 원하는 대로 그림 그릴 시간도 생길 거예요. 어때요?' 내가 이렇게 말했죠."

티아레는 말을 멈추고 숨을 돌렸다.

"그 사람이 영국에 있는 부인 이야기를 나에게 한 것은 바로 그때였죠. '참 한심한 분이군.' 나는 그 사람에게 말해 줬어요. '아내 없는 사람이 어디 있어요. 그러니까 일부러 이런 섬에 오는 게 아니겠어요. 아타는 영리한 아이니까 시장 앞에서 식을 올릴 생각도 안 할 거예요. 또 신교도라서 가톨릭 신자처럼 이런 문제를 까다롭게 생각지도 않고요.' 그 사람이 '하지만 아타의 마음이 어떤지 알아야죠.' 말하더군요. '당신이 마음에 드나봐요.' 나는 대답했죠. '그 아이는 당신만 마음에 있다면 좋다는 거예요. 이리로 부를까요?' 말하자 그 사람은 아주 기묘한 웃음을 짓더군요. 그래서 나는 그 아이를 불렀죠. 그 아이는 내가 무슨 이야기를 했는지 다 알고 있었어요. 깜찍한 것. 곁눈질로 보니 그 아이는 내가 세탁해 놓으라던 블라우스를 빨아서 다리미질을 하는 체하며 이쪽 얘기에 열심히 귀를 기울이고 있지 뭡니까. 그 아이는 곧 왔어요. 생글생글 웃고 있었지만 좀 수줍어하고 있었던 모양이에요. 스트리클런드 씨는 잠자코 그 아이를 보고 있었어요."

"그 아이는 미인이었나요?"

"그다지 밉진 않았어요. 손님도 아마 그 아이를 그린 그림을 여러 장 보았을걸요. 그 사람은 그 아이를 모델로 여러 장의 그림을 그렸으니까요. 파레오를 걸치고 있는 것도 있고, 아무것도 걸치지 않은 것도 있어요. 그래요, 꽤 예뻤어요. 게다가 요리도 곧잘 했고. 내가 직접 가르쳤죠. 스트리클런드가 생각에 잠겨 있는 것을 보고 나는 이렇게 말해 줬어요. '이 아이에겐 후한 월급을 주고 있었는데 그것을 모두 저금했어요. 게다가 낯익은 선장이나 일등 항해사들도 이따금 돈을 집어 주었으니까 몇백 프랑은 될 거예요'라고 말이에요. 그 사람은 그 큰 붉은 수염을 잡아당기며 빙긋 웃더군요. '그래, 아타.' 그 사람이 물었어요. '너는 나를 남편으로 삼고 싶으냐?' 그러자 그 아이는 아무 말도 않고 생글생글 웃고 있었어요. '참 스트리클런드 씨도 답답하군요. 이 아이는 당신을 좋아한다니까요.' 내가 말했죠. 그러자 그 사람은 '나는 너를 때릴 거다.' 그 아이를 쳐다보며 말했어요. 그랬더니 '그렇지 않으면 당신이 나를 사랑하고 있다는 걸 어떻게 알겠어요.' 그 아이가 이렇게 대답하지 뭐예요."

티아레는 거기서 잠시 말을 끊고, 감회 어린 목소리로 다시 말을 이었다.

"첫 남편 존슨 선장은 곧잘 나를 때렸어요. 남자다운 사람이었죠. 6피트 3인치나 되는 잘생긴 남자였는데 술에 취하기만 하면 말릴 장사가 없었어요. 그래서 며칠 동안은 온 몸이 멍으로 시퍼렇게 붓곤 했어요. 그이가 죽었을 때는 나도 엉엉 울었죠. 정말 그 슬픔이란 걷잡을 수 없더군요. 하지만 조지 레이니와 재혼하고야 비로소 정말 그이가 좋았었다는 것을 알았어요. 남자들이란 함께 살아보지 않고는 그 속을 알 수 없어요. 조지 레이니한테만큼 감쪽같이 속아본 적은 없어요. 그도 키가 크고 멋진 남자로 존슨 선장 못지않게 생겼죠. 그런데 다 겉보기뿐이었어요. 술도 안 마시고 나에게 손가락 하나 대는 법이 없었어요. 선교사나 되는 것이 좋았을 거예요. 나는 섬에 닿는 고급 선원마다 놀아났는데도 조지 레이니는 아무런 눈치도 못 채는 거예요. 결국 그 사람에게 울화통이 터져 이혼해 버렸어요. 그따위 남편이 무슨 소용이 있어요? 딱하게도 이 세상에는 여자를 다룰 줄 모르는 남자도 있어요."

나는, 정말 혼이 났었군요 하고는 티아레를 위로해 주고, 조용한 목소리로 남자들이란 언제나 여자를 속이기 일쑤라고 말한 다음 스트리클런드 얘기를 더 계속해 달라고 했다.

"'하지만.' 나는 그에게 말했어요. '뭐 서두를 것은 없어요. 천천히 여유를 갖고 잘 생각해 봐요. 아타에겐 별채에 아주 좋은 방을 주고 있어요. 그러니까 한 달이라도 함께 살아 보고 좋아질 수 있을지 보도록 해요. 식사는 여기 와서 먹으면 되고요. 그리고 한 달 뒤에 결혼해도 좋다고 생각되거든 곧 나가서 저 아이 집에서 살면 돼요.' 그 사람도 좋다고 했죠. 아타는 전과 다름없이 빨래며 청소 일을 봐주고 나는 약속대로 식사를 그냥 제공해 줬어요. 나의 경험으로 보아 틀림없이 그 사람이 좋아할 거라 생각되는 요리 만드는 법을 몇 가지 아타에게 가르쳐 주었지요. 그 사람은 그림도 그다지 많이 그리지 않고, 산속을 이리저리 헤매고 다니거나 냇가에서 목욕을 하기도 했어요. 그리고 바닷가에 주저앉아 초호를 들여다보기도 하고, 해가 지면 곧잘 아래로 내려가 모레아 섬을 물끄러미 쳐다보았죠. 또 산호초로 고기잡이를 나간 적도 있어요. 항구 근처를 왔다 갔다 하며 원주민들과 이야기하는 것을 무척 좋아하는 것 같았어요. 정말 말이 없는 좋은 사람이었어요. 그리고 매일 밤 저녁식사가 끝나면 아타를 데리고 별채로 가버리는 거예요. 그 사람이 산속으로 가고 싶어하는 눈치기에 한 달이 지났을 때 어떻게 할 작정이냐고 물어봤지요. 그러자 아타만 좋다면 자기도 기꺼이 같이 가겠다고 대답하는 거예요. 그래서 나는 결혼 축하 요리를 만들어 대접했죠. 직접 말이에요. 완두 수프에 포르투갈식 요리, 그리고 카레와 코코넛 샐러드, 손님에겐 나의 자랑거리인 코코넛 샐러드를 대접할 일이 없었죠? 떠나시기 전에 꼭 만들어 드리겠어요. 거기다 아이스크림까지 곁들였어요. 샴페인도 넉넉히 준비했고 나중에는 리큐르도 나왔어요. 정말 나는 조금도 손색없이 하려고 신경 썼어요. 그리고 응접실에서 춤을 췄죠. 그즈음엔 이렇게 뚱뚱하지 않았고 나는 늘 춤추는 걸 좋아했거든요."

플뢰르 호텔의 응접실은 아담한 방으로 작은 피아노가 놓여 있고 무늬가 있는 벨벳을 씌운 마호가니 가구 세트가 벽 쪽으로 나란히 놓여 있었다. 둥근 테이블 위에는 앨범이 있었고 벽에는 티아레와 그녀의 첫 남편 존슨 선장의 사진이 크게 확대되어 걸려 있었다. 티아레는 이제 나이가 먹고 뚱뚱했지만, 기회만 있으면 바닥에 깐 브뤼셀 양탄자를 둘둘 말아 밀어놓고, 하녀와 친구들 몇 명을 불러다 춤을 추곤 했다. 특히 그때는 지글거리는 소리를 내는 낡은 축음기 음악이 반주였다. 베란다에는 티아레 꽃의 짙은 향기가 감돌고, 활짝 갠 하늘에는 남십자성이 반짝이고 있었다.

추억 속으로 사라진 먼 옛날의 화려한 생활을 머릿속에서 그리며 티아레는 환하게 웃으며 말을 이었다.

"우리는 새벽 3시까지 춤을 추었고 잠자리에 들었을 때는 꽤 취해 있었어요. 나는 두 사람에게 내 마차를 타고 갈 수 있는 데까지 가라고 그랬죠. 그러고 나서도 걸어갈 거리가 꽤 되니까요. 아타의 땅은 그만큼 깊은 산골짜기에 있었어요. 두 사람은 동틀 때 떠났는데 내가 딸려 보낸 웨이터는 다음 날이 되어도 돌아오지 않았으니까요. 그래요. 이렇게 해서 스트리클런드가 이곳에서 결혼을 하게 된 거예요."

52

그로부터 3년간은 스트리클런드의 생애에서 가장 행복했던 때가 아닌가 생각한다. 아타의 집은 섬을 에워싸고 있는 도로에서 8킬로미터나 들어간 곳에 있었다. 우거진 열대 식물 사이로 구불구불한 시골길을 따라가면 아타네 집이 나타난다. 생나무로 만든 방갈로식 집인데 아담한 방이 두 개 있고 바깥쪽으로는 작은 오두막이 딸려 있어 부엌으로 사용했다. 가구래야 침대 대신 쓰는 돗자리와 흔들의자 하나가 베란다에 놓여 있을 뿐이다. 집 바로 옆에는 바나나나무가 마치 비운을 한탄하는 여왕의 낡은 예복처럼 들쭉날쭉한 커다란 잎을 펼치고 서 있었다. 바로 뒤에는 아보카도 열매가 달린 나무가 한 그루 있었다. 둘레에는 야자수 숲이 있어 그것이 그 땅의 재원을 이루고 있었다. 아타의 아버지는 집 둘레에 파두나무를 심어 놓았는데 그것이 눈이 부실 정도로 찬란한 색을 자랑하며, 마치 타오르는 불꽃이 집을 에워싸고 있는 것 같았다. 집 안에는 망고가 한 그루 서 있고 개간한 땅 가장자리에 불꽃나무 두 그루가 우거져 있어 야자 열매의 황금빛에 도전이라도 하듯 새빨간 꽃을 피우고 있었다.

바로 이곳에서 스트리클런드는 살았고, 여기서 난 것을 먹었으며 좀처럼 파페에테에 나가는 일이 없었다. 집에서 그리 멀지 않은 곳에 냇물이 흐르고 있어 그는 거기서 목욕도 했다. 어쩌다 물고기가 떼를 지어 그곳에 몰려오면 원주민들이 작살을 들고 소리 지르며 바다를 향해 허겁지겁 도망치는 물고기를 찔러 잡았다. 가끔 스트리클런드는 산호초까지 내려갔다. 아름다운 빛깔의 작은 물고기며 왕새우를 바구니 가득 잡아오는 수도 있었다. 아타는 그것을 야자기름에 튀겨 요리했다. 때로는 아타 자신이 발 밑으로 달아나는 커다란 게를 잡아 맛있는 요리를 만들기도 했다. 산에는 야생 오렌지나무가 무성하게 자라고 있어 아타는 가끔 마을에서 온 몇몇 여자들과 어울려 산에 올라가 녹색의 달고도 감미로운 열매를 한아름 따 왔다.

그리고 코코넛 열매가 먹기 좋게 익어 가면 그녀의 사촌들은(모든 원주민이 그렇듯 그녀도 일가붙이가 많았다) 떼를 지어 나무를 타고 올라가 잘 익은 큰 야자 열매를 아래로 떨어뜨렸다. 그들은 이렇게 딴 열매를 쪼개 햇볕에 말렸다. 그리고 코프라를 도려내 자루에 넣은 다음 초호 옆 마을에 있는 상인 집까지 가져갔다. 그러면 상인이 코프라 대신 쌀과 비누, 통조림 그리고 돈도 조금 주곤 했다. 때로는 근처에서 술 잔치가 벌어지는 일도 있었는데 그러면 그곳에 모여 돼지를 잡아 실컷 먹고 춤추며 노래 불렀다.

그러나 아타네 집은 마을에서 멀리 떨어진 곳에 있었다. 타히티섬 사람들은 게으름뱅이다. 여행을 좋아하고 잡담도 좋아하지만 걷는 것은 질색이었다. 그래서 몇 주일이고 계속 스트리클런드와 아타는 두 사람만의 생활을 보내는 것이다. 그럴 때면 그는 그림을 그리거나 책을 읽었고 저녁이 되어 어두워지면, 둘이 함께 베란다에 나가 앉아 담배를 피우고 밤하늘을 바라보며 시간을 보냈다. 그러다가 아타는 아기를 낳았고 산파를 맡았던 노파가 그대로 눌러 앉았다. 곧 노파의 손녀딸이 와서 살게 되었고 청년 하나가 나타났다. 그가 어디서 왔으며 누구의 친척인지 아무도 아는 사람이 없었지만 그는 태평스럽게 그대로 눌러앉았고 그들은 모두 다 함께 살게 되었다.

53

"저기 브뤼노 선장이 있어요."

어느 날 티아레가 말했다. 그 무렵 나는 그녀가 스트리클런드에 대해 이야기해 준 것들을 정리하고 있는 중이었다.

"저 사람이 스트리클런드 씨를 잘 알아요. 그가 사는 집까지 찾아간 적도 있고요"

처다보니 그곳에는 중년의 프랑스인이 서 있었다. 희끗희끗한 턱수염에 볕에 그을린 얼굴, 번쩍이는 큰 눈을 지닌 사나이로, 산뜻한 즈크 천으로 된 옷을 입고 있었다. 나도 점심 때 이 사람을 보았었다. 중국인 웨이터 아린의 말에 의하면 그날 입항한 배로 파우모투 군도에서 온 모양이다. 티아레가 나를 그 사람에게 소개하자 그는 명함을 내놓았는데, 큼직한 명함에 '르네 브뤼노'라고 적혀 있고 그 밑에 '롱 쿠르 호 선장'이라고 인쇄되어 있었다. 우리는 부엌 바깥쪽 작은 베란다에 앉아 있었는데 티아레는 자기 집 심부름하는 여자아이에게 입힐 드레스를 만들고 있었다. 선장도 그곳에 앉았다.

"그럼요. 스트리클런드라면 제가 잘 알고 있어요." 그가 얘기를 시작했다.

"나는 체스를 워낙 좋아해서요. 그 사람도 체스라면 사양하는 법이 없었지요. 타히티에는 일 관계로 1년에 서너 번씩 오는데, 그 사람도 파페에테에 있으면 곧잘 이곳에 와서 체스를 두었죠, 그가 결혼했을 때……." 여기까지 말한 브뤼노 선장은 어깨를 으쓱하며 웃었다.

"어쨌거나 그 사람이 티아레가 말해 준 아이와 함께 살게 되었을 때, 나보고 자기 집에 놀러오라고 하더군요. 물론 피로연에는 저도 초대받았었거든요." 그가 티아레 쪽을 쳐다보고 웃자 티아레도 덩달아 즐거운 듯 웃었다.

"그 뒤로 그 사람은 파페에테에는 오는 일이 거의 없어졌지요. 그럭저럭 1년쯤 지났을 무렵 나는 무슨 볼일인지는 잊어버렸습니다만 어쨌든 그 사람이 살고 있는 쪽으로 갈 일이 생겼답니다. 그래서 볼일을 마친 뒤 여기까지 와서 스트리클런드를 만나지 않고 갈 수는 없다는 생각이 들더군요. 원주민 몇 명한테 그의 집을 물으니, 마침 내가 있는 곳에서 5킬로미터도 채 떨어져 있지 않은 곳에 산다고 하더군요. 그래서 찾아갔죠. 그때 받은 인상은 잊을 수 없습니다. 내가 지금 살고 있는 환초(環礁) 위 낮은 섬은 초호를 둘러싸고 있는 기다란 땅으로, 훌륭한 바다와 하늘, 다채로운 초호의 아름다움, 우아한 야자수가 너무나 아름다운 곳이었어요. 그런데 스트리클런드가 살던 곳은 에덴 동산을 방불케 했습니다. 정말이지 당신에게 그런 황홀한 아름다움을 보여드릴 수 없는 것이 안타깝군요. 도저히 이 세상이라고는 할 수가 없어요. 머리 위로는 푸른 하늘이 펼쳐져 있고 울창한 수목들이 짙푸르게 우거져, 정말 색채의 향연을 벌이고 있는 것 같았어요. 게다가 뭐라 말할 수 없는 향기가 풍기고 싱그러움이 가득했어요. 그 낙원의 아름다움이란 뭐라고 말로는 표현할 수 없어요. 그런 곳에서 그는 세상을 잊고 세상도 그를 잊은 채 살고 있었던 겁니다. 하기야 유럽인의 눈에는 눈살을 찌푸릴 정도로 불결해 보였을지도 모르죠. 그 집은 낡을 대로 낡아 결코 깨끗하다고는 할 수 없었으니까요. 서너 명의 원주민이 베란다에 누워 있었는데, 아시다시피 원주민은 모여들기를 좋아하니까요. 젊은 남자 한 명이 파레오 하나만 걸치고 쭉 뻗고 누워 담배를 피우고 있더군요."

파레오란 기다란 무명천으로 빨갛거나 파란 바탕에 흰 무늬가 찍혀 있다. 허리 둘레에 걸치는데 그 자락은 무릎까지 내려온다.

"열다섯 살가량 된 계집애가 판다누스 잎으로 모자를 만들고 있었고 노파 한 명이 웅크리고 앉아 파이프 담배를 피우고 있더군요. 그리고 아타가 보였어요. 그녀는 갓 낳은 아기에게 젖을 물리고 있었고 그 발치에는 또 하나의 어린아이가 발가벗은 채 놀고 있었어요. 그녀는 나를 보자 스트리클런드를 큰 소리로 부르더군요. 그러자 그가 문 밖으로 나왔는데 그 사람도 파레오만 걸치고 있었어요. 그 붉은 수염과 더부룩한 머리와 털이 수북한 가슴이라니, 참으로 기이한 모습이었어요. 발은 딱딱하게 굳살이 박혀 상처투성이기에 늘 맨발로 다닌다는 걸 알았죠. 정말이지 원주민이 다 된 모습이었어요. 나를 보자 몹시 반가워하며 저녁때 닭 한 마리 잡으라고 아타에게 말했어요. 그는 나를 집 안으로 불러들여 마침 그리고 있던 그림을 보여주었어요. 방 한구석에 침대가 놓여 있고 한가운데에는 캔버스를 올려놓은 이젤이 놓여 있었어요. 전에 나는 불쌍한 생각이 들어 싼 값으로 그 사람 그림을 두어 장 산 일이 있거든요. 또 프랑스에 있는 친구들에게도 몇 장인가 보내주기도 했구요. 처음 사게 된 동기는 동정심에서였지만 방에 걸어놓고 바라보는 동안 어쩐지 좋아지기 시작하더군요. 사실 그의 그림에는 이상한 아름다움이 있다는 것을 그때야 비로소 알았어요. 다들 나보고 머리가 이상해졌다고들 했지만 지금 와서 보니 내가 잘못 본 건 아니잖아요. 이 근처 섬에선 내가 그의 첫 숭배자인 셈이니까요."

그는 짓궂은 눈초리로 티아레를 쳐다보았다. 그러자 그녀는 스트리클런드의 유품이 경매에 붙여졌을 때 그림에는 전혀 거들떠보지 않고 미제 난로만 27프랑에 샀던 이야기를 후회스럽다는 듯 되풀이했다.

"아직도 그 그림을 가지고 계십니까?" 나는 물어보았다.

"네, 딸이 시집갈 나이가 될 때까지 가지고 있을 작정입니다. 그때 팔면 그것만으로도 지참금이 될 테니까요." 그리고 그는 스트리클런드를 찾아갔을 때 이야기를 계속했다.

"그날 밤 일은 평생 못 잊을 겁니다. 처음에는 한 시간만 있다가 돌아갈 생각이었는데 그가 하도 자고 가라 붙잡아서요. 나는 망설였어요. 사실 말이지 그 사람이 잠자리라며 내놓은 돗자리를 보고 썩 마음이 내키지 않았으니까요. 하지만 결국 승낙하고 말았죠. 나도 파우모투에 집을 지었을 때 집 밖에 있는 딱딱한 침대에서 몇 주일이고 잔 일이 있어요. 우거진 야생 관목을 지붕 삼아서요. 독벌레 걱정은 없었죠. 어쨌든 내 피부는 단단해서 벌레 따위로는 끄떡도 하지 않으니까요.

아타가 저녁 준비를 하는 동안 우리는 냇가에 나가 목욕을 하고 왔습니다. 식사가 끝난 뒤 모두 베란다에 나가 앉았죠. 거기서 담배도 피우고 이야기도 했어요. 그 젊은 남자가 손풍금을 가지고 나와 10여 년 전 뮤직홀에서 유행했던 곡을 켰어요. 문명에서 몇천 마일이나 떨어진 열대지방에서 듣는 그 곡은 이상한 여운을 남기고 어둠 속으로 사라져갔어요. 이렇게 외진 곳에 살아서 권태를 느끼지 않느냐고 나는 스트리클런드에게 물어봤지요. 그는 머리를 가로저으며 모델이 될 수 있는 것들이 가까이 있어서 좋다고 하더군요. 얼마 뒤 원주민들은 하품을 하며 자러 갔고, 스트리클런드와 나만 남게 되었어요. 그날 밤 그 강렬한 적막함을 도저히 말로 설명할 수가 없군요. 내가 사는 파우모투 군도에선 밤에도 결코 그런 완벽한 정적은 흐르지 않아요. 바닷가에선 무수한 동물이 돌아다니는 것 같은 소리가 나요. 마치 작은 조개류가 모조리 나와 바스락대고 기어다니는 것 같은 소리예요. 게다가 게가 분주히 돌아다니는 소리도 들리고 초호에선 간혹 물고기가 뛰는 소리며 또 갈색 상어가 놀라 도망치는 작은 물고기들을 쫓아갈 때의 물 튀기는 소리도 들려요. 게다가 시간의 흐름처럼 끊임없이 산호초로 밀려오는 철썩이는 파도 소리도 들려오고요. 그런데 그곳에서는 아무 소리도 들리질 않았어요. 밤에 피는 하얀 꽃들의 향기만이 주위에 가득할 뿐이었습니다. 어찌나 아름다운 밤이었는지, 영혼은 육체라는 감옥에 갇혀 있는 것을 견딜 수 없어 하더군요. 끝없이 펼쳐진 하늘로 날아오르는 듯한, 그리고 죽음마저 사랑하는 친구처럼 여겨지는 그런 밤이었습니다.

티아레가 크게 한숨을 내쉬었다.

"아, 다시 열다섯 살 소녀로 돌아갔으면!"

그때 그녀는 부엌 식탁 위에 놓여 있던 보리새우 접시를 노리고 있는 고양이를 보았다. 그녀는 재빠른 솜씨로 도망치는 고양이 꼬리를 향해 책을 집어던지고 마구 욕을 퍼부었다.

"아타하고 사니까 행복하냐고 그에게 물었어요. '아타는 나를 내버려 두오.' 그것이 그의 대답이었지요. '내게 밥을 지어주고 아이들을 돌보며, 시키는 일을 하오. 그녀는 내가 여자한테 바라는 것을 주지.'

'유럽에는 미련이 없소? 파리나 런던의 가로등이며 친구나 동료들과의 만남이라든가, 극장이나 신문, 그 밖에 자갈을 깐 도로를 달리는 합승마차의 덜컹대는 소리, 그런 것이 그리워질 때가 없소?' 물어봤어요.

그는 한동안 대답이 없더니 이렇게 말하더군요.

'나는 죽을 때까지 여기 있을 거요.'

'말은 그렇게 하지만 지루하거나 쓸쓸해지는 일은 없소?' 또 물었죠. 그는 그 말에 킬킬 웃었어요. 그리고 '당신은 분명 예술가가 뭔지 모르는군요.'라고 말하지 않겠소."

브뤼노 선장은 나를 바라보며 조용히 웃었다. 그의 부드러운 검은 눈에는 근사한 표정이 떠올랐다.

"그건 그 사람이 잘못 본 거예요. 나도 꿈을 갖는다는 것이 뭔지 아니까요. 나도 꿈이 있어요. 나름대로, 나 또한 예술가죠."

우리는 한동안 잠자코 있었다. 그러자 티아레가 커다란 주머니에서 담배를 한 줌 꺼냈다. 그녀는 그것을 한 개씩 나누어 주었고 우리 셋은 함께 담배를 피웠다. 이윽고 그녀가 입을 열었다.

"이분은 스트리클런드 씨에 대한 일을 알고 싶어하니까 쿠트라 선생에게 안내해 드리면 어떨까요? 거기 가면 그 사람이 병든 일이며 죽었을 때의 일을 알고 있을 테니까 말이에요."

"그거야 문제없죠." 선장은 나를 쳐다보며 대답했다.

"6시가 지났군요. 지금 가면 집에 있을 거예요."

나는 지체 없이 자리에서 일어났다. 그리고 그와 함께 박사의 집을 향해 발길을 옮겼다. 박사는 교외에 살고 있었는데, 플뢰르 호텔은 시내에서 떨어진 곳에 있으므로 우리는 곧 시골길로 접어들었다. 후추나무들이 그 넓은 길에 그늘을 드리운 채 있었고 길가에는 코코넛 야자와 바닐라 농장이 펼쳐졌다. 해적새의 날카로운 울음소리가 우거진 종려나무 잎 사이로 흘러나오고 있었다. 얕은 개울에 놓인 돌다리가 있는 곳에 도착했을 때 우리는 잠시 발을 멈추고 원주민 아이들이 목욕하고 있는 모습을 내려다보았다. 그들은 소리를 꽥꽥 지르고 신나게 웃어대며 서로를 뒤쫓고 있었다. 물에 젖은 갈색 몸이 햇빛을 받아 반짝거렸다.

54

나는 걸어가며 최근 스트리클런드에 대해 들은 이야기에서 기억나는 한 가지 사실을 생각하고 있었다. 그는 고국에서는 혐오감을 샀었는데 이 먼 섬에 와서는 혐오감이 아닌 동정을 받았던 것 같다. 그의 괴상한 행동에 대해서도 섬 사람들은 관대했다. 원주민이든 유럽인이든 이곳 사람들에게 그는 한 명의 괴짜에 불과했다. 그리고 그들은 별로 그를 이상하다고 생각지 않았다. 세상에 괴짜는 얼마든지 있는 것이다. 인간은 자기가 원하는 대로 되는 것이 아니라 운명에 의해 만들어지는 것에 불과하다고 그들은 생각했는지도 모른다. 영국이나 프랑스에서 그는 동그란 구멍 속에 박힌 네모난 못과 같은 것이었다. 그러나 이곳에는 온갖 형태의 구멍이 존재했고, 어떤 형태의 못이라도 그다지 문제될 게 없었다. 여기에서라고 그가 고분고분해지거나 덜 이기적이거나 덜 잔인해진 건 아닐 것이다. 다만 그에게 있어 환경이 좋아졌을 뿐이다. 그도 이와 같은 환경 속에서 일생을 보냈더라면 특별히 별난 사람으로 취급받지 않아도 되었을지 모른다. 사실 여기서 그는 고국에서는 생각지도 않고 바라지도 않았던 것을 받았다. 그것은 사람들의 공감이었다.

그런 것을 생각하자 아주 이상한 생각이 들어 나는 그 놀라움을 브뤼노 선장에게 전해보려고 했다. 한동안 그는 대답이 없었다.

"어쨌거나 내가 그 사람에게 공감했다는 것도 생각해보면 마땅한 이야기죠." 그가 겨우 입을 열었다. "서로가 깨닫지 못했을 뿐, 우리 두 사람은 같은 것을 추구하고 있었어요."

"당신과 스트리클런드처럼 전혀 비슷하지도 않은 두 사람이 같은 것을 추구하다니 도대체 그게 무슨 말씀입니까?" 나는 웃으며 물었다.

"아름다움 말입니다."

"그건 또 거창한 말씀인데요." 나는 중얼거리듯 말했다.

"사랑에 빠진 사람이 그 밖의 것은 보이지도 않고 들리지도 않는다는 사실을 아십니까? 노예선 안에 사슬로 묶인 노예들처럼 그런 사람들의 마음은 자기 마음대로 할 수 없는 거예요. 스트리클런드의 마음을 사로잡은 정열도 그런 사랑에 빠진 마음이나 다름없이 폭군과 같은 힘을 가지고 있던 거죠."

"그렇게 말씀하시니까 아주 이상한 생각이 드는군요! 실은 나도 오래전에 그 사람은 악마에게 홀린 사람이라고 생각한 적이 있었습니다."

"더구나 스트리클런드를 사로잡았던 정열은 아름다움을 창조하고자 하는 정열이었어요. 그 정열은 그의 마음을 끊임없이 재촉하여 조금의 평화도 허락하지 않았어요. 신성한 노스탤지어에 사로잡혀 영원한 순례자가 된 거예요. 그의 몸 안에 자리잡은 악마는 무자비했죠. 세상에는 진리를 구하는 나머지, 그것에 도달하기 위해 자기들이 서 있는 토대마저 못 쓰게 만들어 버리는 사람이 있습니다. 스트리클런드도 그런 사람 가운데 하나였죠. 다만 그의 경우에는 진리 대신 아름다움을 구했다는 것만이 다를 뿐. 정말이지, 그 사람에게는 진심으로 연민을 느끼지 않을 수 없어요."

"꽤 재미있는 이야기군요. 실은 그 사람에게 엄청난 상처를 입은 사람이 있었는데 그 사람도 그를 몹시 동정한다고 하더군요."

나는 잠깐 입을 다물었다.

"나에겐 오랫동안 도저히 납득이 가지 않던 한 성격에 대해 설명하셔서 놀랐습니다. 어떻게 그런 생각을 하시게 되었나요?"

그가 웃으며 나를 쳐다보았다.

"아까 말했잖습니까. 나도 나름대로 예술가라고. 나 또한 그 사람이 정열을 불태웠던 그 욕구를 뚜렷이 느끼고 있었습니다. 다만, 그의 경우에는 그 매체가 그림이었고 나에게는 인생입니다."

그런 다음 브뤼노 선장은 나에게 이야기를 하나 들려주었다. 그것은 다만 대비가 된다는 뜻에서만이 아니라 스트리클런드가 나에게 주는 인상에 조금이나

마 도움이 될 것 같고, 그 자체가 아름다움을 지니고 있는 것처럼 보여 이 기회에 다시 말해보고자 한다.

브뤼노 선장은 브르타뉴 사람으로 프랑스 해군에 근무한 적이 있었다. 결혼하자 그는 해군을 그만두고 캥페르 근처에 있는 한 마을에 정착했다. 거기서 여생을 조용히 보낼 작정이었다. 그런데 어느 변호사의 실수로 그는 하루 아침에 빈털터리가 되고 말았다. 그때까지 나름의 지위를 누리던 마을에서 가난한 생활을 해야 한다는 것은 그에게나 부인에게나 몹시 괴로운 일이었다. 그래서 해군 시절 남태평양을 순항한 경험을 살려 그곳을 찾아가 자기 운명을 개척해야겠다는 생각을 했다.

그는 몇 달간 파페에테에 살며 여러 계획을 세우며 경험을 쌓았다. 그리고 프랑스의 친구에게서 빌린 돈으로 파우모투 군도에 있는 작은 섬 하나를 샀다. 그곳은 깊은 초호로 둘러싸인 환상의 무인도로, 잡목과 야생 구아바가 우거진 섬이었다. 대담한 기질의 아내와 몇 명의 원주민을 데리고 그는 그 섬으로 들어가 집을 짓고, 코코넛 숲을 만들 작정으로 잡목 숲을 일구기 시작했다. 그것이 벌써 20년 전 이야기며, 그때는 불모지였던 그 섬이 이제는 정원으로 바뀌었다.

"처음에는 힘들고 괴로운 일이었지만 우리는 피땀을 흘려가며 일했죠. 나와 아내 말입니다. 매일 날이 밝기가 무섭게 일어나 숲을 갈고 코코넛을 심고, 집을 지었습니다. 해가 져서 침대 위에 쓰러지면 그대로 날이 샐 때까지 업어가도 모를 정도로 푹 잤지요. 아내도 나 못지않게 열심히 일했어요. 그리고 아이가 태어났지요. 첫째가 남자아이고 둘째가 여자아이였어요. 아내와 나는 선생님이 되어 알고 있는 모든 것을 가르쳤습니다. 프랑스에서 피아노를 한 대 구해와 아내가 아이들에게 피아노를 가르쳤고 영어도 가르쳤어요. 나는 라틴어와 수학을 담당하고 역사도 함께 공부했죠. 아이들은 꽃을 다룰 줄도 알았고 수영도 원주민이나 다름없이 잘했어요. 섬의 일이라면 아이들이 모르는 것은 하나도 없었죠. 우리가 심은 나무는 무럭무럭 자랐고 산호초에는 조개류도 있어요. 이번에 타히티에 나온 것은 스쿠너를 한 척 사려고 온 겁니다. 조개류도 넉넉하게 타산이 맞고 혹시 진주를 따게 될지 누가 알아요. 아무것도 없던 곳에 나는 무언가를 만들어낸 겁니다. 나 또한 아름다움을 만든 셈이죠. 아, 그 높다랗게 자란 싱싱한 숲을 바라보며 그 하나하나를 내 손으로 심은 것이라고 생각할 때의 기분을 당신은 아마 모를 겁니다."

"그럼 당신이 스트리클런드에게 하셨다는 질문을 이번에는 제가 당신에게 하겠습니다. 당신은 프랑스 일이며 브르타뉴의 옛집 생각이 전혀 나지 않습니까?"

"언젠가 딸이 시집가고 아들이 장가들어 이 섬을 나 대신 돌볼 사람이 생기면 나와 아내는 고향으로 돌아가 내가 태어난 옛집에서 여생을 보낼 작정입니다."

"그럼 그때는 즐거웠던 이곳 생활이 생각나시겠군요."

"그야 물론이죠. 우리 섬에는 짜릿한 자극이라고는 없죠. 우리는 바깥 세계와 완전히 떨어져 있어요. 생각해 보세요, 타히티에 오는 데도 나흘이나 걸리니까요. 하지만 우리는 섬에서 충분히 즐거운 생활을 보내고 있어요. 한 가지 일에 마음을 쏟아 그것을 완성하는 기쁨이란 그렇게 흔히 맛볼 수 있는 것이 아니니까요. 우리 생활은 검소하고 순수하답니다. 지나친 야심에 괴로워할 필요도 없고 우리의 자랑이라면 우리 손으로 완성한 일을 생각하는 것뿐이니까요. 남의 악의에 고민하는 일도 없고, 남을 시기할 일도 없어요. 정말이지 흔히 사람들이 입에 담는 노동의 기쁨이란 무의미한 말이에요. 그러나 나는 그 의미를 아주 잘 안답니다. 나는 정말 행복한 사람이에요."

"물론이죠." 나는 환하게 웃으며 말했다.

"나도 그렇게 생각하고 싶어요. 과연 내가 완벽한 친구이자 배우자이고 또 완벽한 주부이자 어머니였던 아내에 대해 부끄럽지 않은 인간이었나 하고요."

이렇게 말하는 선장의 말을 통해 상상할 수 있는 생활에 대해 나는 한때 여러 생각을 해보았다.

"그러한 삶을 이끌어가면서 그토록 커다란 성공을 거두기 위해서는 두 분 다 강인한 의지와 굳센 성격을 가져야 했겠죠."

"하기야 그렇겠죠. 그러나 또 한 가지 꼭 필요한 것이 있었어요. 그것이 없었으면 아무것도 못했을 겁니다."

"그건 또 뭡니까?"

그는 조금 극적으로 보이려는 듯 발을 멈추고 한쪽 팔을 뻗었다.

"신에 대한 믿음이죠. 그것이 없었더라면 우리는 도중에 좌절하고 말았을 겁니다."

그때 우리는 쿠트라 박사의 현관 앞에 와 있었다.

55

쿠트라 박사는 매우 키가 크고 뚱뚱한 프랑스 노인이었다. 그의 몸은 마치 거대한 오리알 같았다. 인품이 좋아 보이는 날카로운 푸른 눈으로 가끔씩 만족스러운 듯 불룩하게 튀어나온 배를 내려다보고 있었다. 얼굴빛은 불그레했고 머리는 백발이었다. 그는 상대에게 단박에 친밀감을 느낄 수 있는 성격의 인물이었다. 우리를 맞아들인 방은 프랑스 시골집에서 볼 법한 방이었으며, 한두 개 폴리네시아 장식품은 기묘한 분위기를 띠고 있었다. 그는 내 손을 감싸 쥐었는데, 참으로 큰 손이었으며, 마음속까지 따뜻해지는 시선으로 나를 바라보았다. 그 눈에는 예리함이 번쩍이고 있었다. 그는 브뤼노 선장과 악수를 하며 부인과 아이들도 잘 있느냐고 예의 바르게 물어보았다. 한동안 안부와 섬 이야기, 코프라와 바닐라의 수확 예상 이야기 따위가 오간 뒤 나는 찾아온 용건을 꺼냈다.

나는 쿠트라 박사의 이야기를 그대로 전하기보다 나 자신의 말로 전할 작정이다. 도저히 박사의 그 생기 넘치는 말투를 정확히 전달하기 힘들 것 같기 때문이다. 박사의 목소리는 그 거대한 체구만큼이나 굵직하고 낮았으며 울림이 컸다. 게다가 극적 효과에 대해서도 날카로운 감각을 지니고 있었다. 그의 이야기를 듣고 있노라면 흔히 말하듯, 마치 연극이라도 보고 있는 것 같았다. 아니 웬만한 연극보다 훨씬 재미있었다.

어느 날 쿠트라 박사는 병에 걸린 늙은 여추장을 진찰하기 위해 타라바오까지 왕진을 갔던 모양이다. 거대한 침대 위에 누워 담배를 피우며 숱한 흑인 부하들에게 둘러싸여 있던 뚱뚱한 늙은 추장의 모습은 박사의 이야기 속에서 눈앞에 보듯 생생한 것이었다. 그 늙은 추장을 진찰한 박사는 다른 방으로 안내되어 식사대접을 받았다. 생선회에다, 튀긴 바나나라든가 병아리 요리, 대강 이런 것이었다(이것이 원주민들의 대표적인 음식이다). 한참 식사를 하고 있는데, 박사의 눈에 문 밖으로 쫓겨나며 눈물을 흘리고 있는 한 여자아이 모습이 보였다. 그때는 별로 마음에 두지 않았지만 돌아갈 무렵 마차를 타려고 하는데 조금 떨어진 곳에 아직도 그 여자아이가 서 있었다. 그녀는 슬픔이 가득한 눈으로 박사를 쳐다보고 있었다. 두 볼에는 눈물이 끊임없이 흐르고 있었다. 옆에 있던 원주민에게 저 여자아이가 왜 우느냐고 물어보았더니, 어떤 백인이 병이 나 박사에게 진찰을 받으려고 산에서 내려왔는데, 이곳 사람들이 선생님은 바빠서 안 된다고 거절했다는 것이었다. 그 말을 듣고 박사는 직접 그 아이를 불러 무슨 용건이냐고 물어보았다. 그러자 아이의 대답이 자기는 전에 플뢰르 호텔에 있었던 아타의 심부름으로 왔다며, '붉은 수염 아저씨'가 아프다고 말했다. 그녀는 박사의 손에 꼬깃꼬깃 구겨진 신문지를 쥐어주었다. 박사가 그 신문지를 펴보니 안에서 100프랑짜리 지폐가 한 장 들어있었다.

"붉은 수염 아저씨라니 누구를 말하는 거요?" 옆에 있던 원주민에게 물어보았다.

원주민 말에 의하면 그들은 영국인 화가를 그렇게 부르고 있는데, 거기서 7킬로미터 가량 들어간 산 속에서 아타와 함께 살고 있는 남자였다. 이야기 내용으로 보아 그것이 스트리클런드라는 것을 알았는데, 거기까지 마차는 들어갈 수 없고, 박사는 도저히 걸어갈 수 없다는 것이다. 그것이 원주민들이 그 여자아이를 내쫓은 이유였다.

"솔직히 말해서." 박사는 나를 쳐다보며 말했다.

"나도 망설였어요. 걷기 힘든 산길을 왕복 14킬로미터나 걸어야 하다니 달가운 일이 아니었고, 간다고 하면 그날 밤으로 파페에테까지 돌아올 가망은 없으니까요. 게다가 스트리클런드는 내게는 썩 마음에 드는 사람이 아니었어요. 게으른 데다 아무 쓸모도 없는 사람으로 우리들처럼 생활을 위해 부지런히 일하는 게 아니라 원주민 여자와 함께 사는 그런 작자였으니까요. 정말이지 그 사람의 천재성이 세상의 인정을 받는 날이 오게 되다니, 신이 아닌 이상 나 같은 사람이 알 까닭이 없지 않겠소. 나는 여자아이에게 그 아저씨가 내가 있는 곳까지 올 수 없을 정도로 아프냐고 물어보았죠. 그러나 그 아이는 대답을 하지 않으려는 거예요. 나는 왜 대답을 하지 않느냐고 심하게 나무랐습니다. 사실 그때는 화가 났어요. 그러나 그 아이는 땅바닥만 내려다보고 있더니 와락 울음을 터뜨렸어요. 어쩌겠어요. 어쨌거나 가 보는 것이 의사의 의무일지도 모른다는 생각에 그럼 길을 앞장서라고 아이에게 퉁명스럽게 말했죠."

그곳에 도착했을 때도 박사의 기분은 조금도 나아지지 않았다. 땀은 비 오듯 쏟아지고 목은 바싹 타올랐다. 아타가 박사를 기다리다 못해 벌써 마중나와 있었다.

"환자를 보기 전에 마실 것 좀 주시오. 목이 타서 죽을 것 같소." 박사는 큰 소리로 말했다.
"여기 야자 열매라도 좀 따 와요."
아타가 부르니 남자아이 하나가 뛰어나왔다. 소년은 나무 위로 올라가 익은 열매를 하나 따서 내려보냈다. 아타가 그 열매에 구멍을 뚫어 박사에게 주자 박사는 아주 맛있게 꿀꺽꿀꺽 마셨다. 그러고 나서 담배를 한 대 말아 입에 무니 그제야 기분이 나아졌다.
"그런데 '붉은 수염 아저씨'는 어디 있소?" 박사가 물었다.
"집에서 그림을 그리고 있어요. 그 사람한텐 알리지도 않고 선생님을 불렀어요. 안에 들어가셔서 봐주세요."
"아니 도대체 어디가 아프단 말이오. 그림을 그릴 수 있을 정도라면 타라바오까지 내려올 수도 있을 것 아니오, 나를 이 먼 곳까지 오게 하지 말고. 내 시간이 그 사람 시간보다 하찮은 건 아닌 것 같소만."
아타는 아무 말 없이 소년과 함께 박사를 따라 집 안으로 들어갔다. 박사를 안내해 온 여자아이는 이제 베란다에 앉아 있었는데 그곳에는 또 한 사람의 노파가 벽에 등을 기대고 누워 담배를 말고 있었다. 아타는 문을 가리켰다. 박사는 모든 사람의 행동이 이상한 것을 불안하게 생각하며 방 안으로 들어갔다. 방 안에서는 스트리클런드가 팔레트를 닦고 있었다. 이젤 위에는 그림 한 장이 놓여 있었다. 스트리클런드는 허리에 파레오를 걸쳤을 뿐, 반은 벌거벗은 모습으로 문을 등지고 서 있다가 구두 소리에 휙 돌아서서 짜증난 표정으로 박사를 쳐다보았다. 박사의 입에서 헉 소리가 흘러나왔다. 그는 바닥에 붙박인 채 눈을 부릅뜨고 스트리클런드를 바라보았다. 그는 이런 걸 예상했던 게 아니었다. 박사는 공포에 사로잡혔다.
"노크도 없이 들어왔군요." 스트리클런드가 말했다.
"무슨 용건이오?"
박사는 마음을 고쳐먹었으나 말이 목에 걸려 나오지 않았다. 조금 전까지 끓어오르던 화는 사라지고 박사는, 이건 틀림없는 진심이오, 참을 수 없는 동정심이 솟아오름을 느꼈다.
"나는 의사 쿠트라요, 마침 여추장을 진찰하러 타라바오까지 왔던 참인데 당신을 진찰해달라며 아타가 사람을 보냈소."

"공연한 일을 하긴, 바보 같으니라고. 요즘 여기저기가 아프고 쑤시며 열도 좀 있긴 하지만 대수롭지 않아 곧 나을 거요. 누가 파페에테에 나가는 길이 있으면 키니네나 좀 사오라고 할 작정이었는데."

"거울로 그 몰골을 좀 봐요."

스트리클런드는 박사를 흘끔 쳐다보고 히죽 웃더니 벽에 걸려 있는 작은 싸구려 거울로 갔다.

"어떻다는 거요?"

"얼굴에 이상한 변화가 있는 걸 모르겠소? 얼굴 전체가 퉁퉁 부어 있소. 뭐라고 하면 좋을까? 의사들은 '사자의 얼굴'이라고 부르고 있소만, 그것을 모르겠소? 당신이 무서운 병에 걸려 있다는 것을 내 입으로 말해야 되겠소?"

"내가?"

"거울에 비친 얼굴을 보면 전형적인 나병 환자라는 걸 알 수 있을 것 아니오?"

"농담 마시오." 스트리클런드가 말했다.

"나도 농담이면 좋겠소."

"내가 문둥병에 걸렸다는 말이오?"

"안 된 일이지만 의심할 여지가 없소."

쿠트라 박사는 이제껏 많은 사람에게 죽음의 선고를 내려왔지만 두려움이 온몸에 퍼지는 것을 막을 수가 없었다. 죽음의 선고를 받은 환자가 정상적이고 건강한, 생명의 기쁨을 누리고 있는 의사와 자신의 몸을 비교하며 느낄 극심한 증오에 대해 박사는 늘 생각하고 있었다. 스트리클런드는 잠자코 박사를 쳐다보았다. 저주스러운 병에 걸려 이미 흉하게 변한 그의 얼굴에서는 아무런 감정도 읽을 수 없었다.

"모두 알고 있소?"

가까스로 입을 연 그는, 뭐라 설명할 수 없는 기이한 침묵 속에서 베란다에 앉아 있는 원주민들을 가리키며 말했다.

"이 사람들은 이 병을 잘 알고 있어요. 다만 그것을 당신에게 알리기를 두려워하고 있을 뿐이오."

스트리클런드는 문 앞으로 걸어가 밖을 내다보았다. 그의 얼굴에 뭔가 소름끼치는 징조가 나타나 있었을 것이다. 원주민들은 갑자기 큰 소리로 울음을 터뜨리더니 구슬프게 엉엉 울어댔다. 그들의 울음소리는 커져만 갔다. 스트리클런드는 아무 말도 하지 않았다. 잠시 그들의 모습을 바라보더니 방 안으로 돌아왔다.

"내가 앞으로 얼마나 더 살 것 같소?"

"그건 아무도 모릅니다. 때로 병이 20년이나 계속되는 일도 있으니까요. 그러나 증세가 빨리 진행된다면 차라리 다행이오."

스트리클런드는 이젤 앞으로 가더니 거기 놓여 있는 그림을 물끄러미 쳐다보았다.

"당신은 먼 길을 찾아와 주었소. 중요한 소식을 알려준 사람에게는 사례를 하는 것이 마땅한 일이죠. 이 그림을 가져가시오. 당장엔 쓸모없는 그림일지도 모르지만 언젠가는 가지고 있기를 잘했다고 생각하게 될 때가 올지도 모르니까요."

쿠트라 박사가 왕진비는 필요없다고 말했다. 그 100프랑 지폐도 이미 아타에게 돌려주었다. 그러나 스트리클런드는 꼭 그림을 가지고 가라며 간곡히 부탁했다. 그 뒤 두 사람은 함께 베란다로 나갔다. 원주민들은 하늘이라도 내려앉은 듯 흐느껴 울고 있었다. "이봐 조용히 해. 눈물을 닦으라고." 스트리클런드는 아타를 향해 말했다. "대수로운 일은 아니야, 나는 곧 떠날 테니까."

"그들이 당신을 데려가진 않겠죠?" 그녀가 외쳤다.

그때만 해도 섬에서는 격리가 엄격하지 않아 나병 환자도 마음대로 돌아다닐 수 있었다.

"나는 산으로 갈 거야."

그러자 아타는 일어나 스트리클런드 앞에 섰다.

"가고 싶으면 모두 가라고 해요. 하지만 난 당신을 떠나지 않겠어요. 당신은 제 남편이고 저는 당신 아내입니다. 당신이 저와 헤어진다면 저는 뒤뜰에 있는 나무에 목을 매고 죽어버리겠어요. 하느님께 맹세코 그럴 거예요."

그녀의 말투에는 뭔가 격한 데가 있었다. 그녀는 이제 온순하고 부드러운 여자가 아니라 단호한 한 명의 여자였다. 놀라울 정도로 그녀는 달라져 있었다.

"왜 나하고 같이 있겠다는 거야? 파페에테로 돌아가면 또 다른 백인을 만날 수 있을 텐데. 아이들은 저 노파가 돌봐 줄 테고, 네가 돌아가면 티아레가 좋아할 거야."

"당신은 저의 것이고, 저는 당신 것이에요. 당신이 가는 곳이라면 어디든 따라 가겠어요."

순간 스트리클런드의 굳센 의지가 흔들렸다. 두 눈에서 솟아난 눈물이 조용히 볼을 타고 흘러내렸다. 그러더니 그는 곧 예의 그 비웃음 어린 미소를 띠었다.

"여자란 참 묘한 동물이오." 그는 쿠트라 박사에게 말했다. "개 취급을 받고, 팔이 아프도록 두들겨 맞아도 여전히 남자를 사랑하지."

그는 어깨를 으쓱했다. "말할 것도 없이 여자에게 영혼이 있다는 것은 기독교가 만들어 낸, 가장 어리석은 착각 중 하나요."

"선생님에게 무슨 말씀을 하고 계신 거예요?" 아타는 의심스러운 듯 물었다. "설마 당신, 집을 나가는 것은 아니겠죠?"

"네가 정 그렇게 말한다면, 여기에 있겠어."

아타는 그의 앞에 무릎을 꿇더니 두 팔로 그의 다리를 끌어안고 입을 맞추었다. 스트리클런드는 희미하게 웃으며 쿠트라 박사 쪽을 쳐다보았다.

"결국 여자가 이긴 셈이군. 일단 잡히고 보면 어쩔 수 없는 거요. 살갗이 희건 검건 여자는 다 똑같지."

쿠트라 박사는 그런 무서운 병에 걸린 환자에게 새삼 안됐다는 말을 하기도 뭣해 그대로 자리를 떴다. 스트리클런드는 남자아이 타네에게 박사를 마을까지 안내해주라고 일렀다. 쿠트라 박사는 여기서 말을 잠시 끊더니 나를 향해 이렇게 덧붙였다.

"나는 그 사람에게 호감을 가질 수 없었어요. 아까도 말했지만 도저히 그 사람을 좋게 볼 수 없었으니까요. 그런데 천천히 타라바오까지 내려오며 생각하니, 인간이 겪는 괴로움 중에서도 가장 무서운 그 질병을 꾹 참고 있는 그 용기에는 정말 감탄할 수밖에 없었어요. 타네와 헤어질 때 도움이 될 만한 약을 보내주었지요. 하기야 스트리클런드가 그 약을 먹을지도 의심스럽고, 만일 먹는다 해도 조금이나마 효과가 있을지 어떨지도 몰랐죠. 나는 또 부르러 오면 언제든 가겠다고 아타에게 전하라고 일렀어요. 인생은 참으로 가혹한 것이고, 자연은 때때로 자기 아이를 괴롭히며 회심의 미소를 짓는 일이 있으니까요. 파페에테의 집에 돌아와서 쉬면서도 마음은 무겁게 가라앉기만 하더군요."

오랫동안 아무도 입을 여는 사람이 없었다.

"그러나 아타는 나를 부르러 오지 않았어요." 이윽고 박사가 말을 이었다.
"그리고 나 또한 그 뒤로는 그쪽으로 갈 기회가 없었어요. 그래서 스트리클런드의 소식도 알 수 없었죠. 한두 번 아타가 그림재료를 사러 파페에테까지 왔었다는 말은 들었지만 만나지는 못했어요. 그로부터 2년이 훨씬 지난 뒤에야 다시 타라바오에 갈 일이 생겼어요. 그때도 그 늙은 여추장을 진찰하러 간 거죠. 나는 스트리클런드에 대해 무슨 말을 못 들었느냐고 그곳 사람들에게 물어봤죠. 그즈음에는 이미 모두가 그가 나병에 걸려 있다는 사실을 알았으니까요. 처음에는 그 남자아이 타네가 집을 나갔고 뒤이어 노파와 손녀딸이 나갔다고 하더군요. 스트리클런드와 아타만이 아이들과 같이 남게 된 거죠. 이제는 아무도 그 농장에 가까이 가려는 사람이 없었어요. 아시다시피 원주민들도 그 병에는 엄청난 공포를 갖고 있으니까요. 옛날에는 나병 환자는 발견되면 죽였어요. 그러나 때로 마을 아이들이 산에서 놀다가 그 붉은 수염의 백인이 어정대는 것을 보았다고 하더군요. 아이들은 얼굴빛이 변하여 도망쳤대요. 이따금 아타가 밤중에 마을에 내려와 상인을 깨워 생활에 필요한 여러 물건을 사갔다고 하더군요. 원주민들이 스트리클런드만이 아니라 함께 살고 있는 그녀까지도 무서워하여 피하고 있다는 사실을 알고 있었으므로 사람들 눈에 띄지 않으려 했던 거죠. 어떤 때는 몇몇 여자들이 용기를 내어 농장 가까이 갔다가 그녀가 냇물에서 빨래를 하는 모습을 보고 아타에게 돌을 던지기도 했대요. 그런 뒤 여자들은 다시 냇물에서 빨래를 했다가는 남자들을 시켜 집에 불을 지르겠다는 말을 어떤 상인에게 전하게 했대요."
내가 말했다. "짐승 같은 인간들이군."
"그렇지 않아요. 사람이란 다 그런 거예요. 공포심이 인간을 잔인하게 만드는 거죠. 나는 스트리클런드를 만날 결심을 했어요. 그래서 여추장의 진찰을 마치자 남자아이에게 길을 안내하라고 했죠. 그런데 아무도 가려고 하지 않는 거예요. 그래서 나는 혼자서 길을 찾아가야만 했어요."
농장에 도착한 쿠트라 박사는 불안한 생각이 들었다. 산길을 걸어와서 온몸이 후끈했는데도 박사는 차가운 소름이 끼쳤다. 뭔지 모르게 살벌한 공기가 박사의 걸음을 멈추게 했다. 눈에 보이지 않는 힘이 박사의 앞길을 막고 있는 것 같았다. 눈에 보이지 않는 손이 뒤에서 잡아끄는 것 같았다. 아무도 야자를 따러 오는 사람이 없었으므로 그 근처에는 썩어가는 열매가 나뒹굴고 있었다. 어디를 보나 황폐해 있었다. 잡목이 자랄 대로 자라 그토록 애써서 개척한 땅이 다시 울창한 원시림으로 되돌아가는 것이 아닌가 하는 생각이 들었다. 마치 고뇌의 소굴 같다는 생각에 박사는 몸서리를 쳤다. 집 가까이 가보니 기분 나쁠 만큼 조용했다. 처음에 박사는 아무도 살고 있지 않는 줄 알았다. 그런데 아타의 모습이 눈에 띄었다. 부엌에 쪼그리고 앉아 부글부글 끓고 있는 냄비를 들여다보고 있었다. 그녀 곁에서는 작은 남자아이가 흙투성이가 되어 놀고 있었다. 박사의 모습을 보아도 그녀는 웃지 않았다.

"스트리클런드를 만나러 왔습니다."

"그렇게 전하죠."

그녀는 베란다로 연결되는 낮은 계단을 통해 안으로 들어갔다. 박사도 그녀를 뒤따라가려 했지만 그녀가 손으로 말리는 바람에 밖에서 기다리고 있었다. 그녀가 방문을 열었을 때 나병 환자에게서 나는 메스껍게 달착지근한 냄새가 코를 찔렀다. 아타의 목소리가 들리고 스트리클런드의 대답이 들려왔다. 그러나 그 목소리는 변해 있었다. 쉰 듯한, 불분명한 소리였다. 쿠트라 박사는 눈살을 찌푸렸다. 병마가 이미 그의 성대까지 침범한 것이었다. 그때 아타가 다시 밖으로 나왔다.

"만나지 않겠대요. 돌아가세요."

쿠트라 박사는 꼭 만나 봐야겠다고 고집을 부렸으나 그녀는 박사를 안으로 들어가지 못하게 했다. 쿠트라 박사는 어깨를 움츠리고 잠깐 생각한 다음 발길을 돌렸다. 그녀도 함께 따라왔다. 그녀 또한 박사가 돌아가기를 바라는 눈치였다.

"내가 뭐 도와줄 일은 없겠소?"

박사가 물었다.

"그이에게 그림물감을 보내 주세요. 그이에게 필요한 것은 그것뿐이에요."

"아직도 그림을 그릴 수 있나요?"

"지금은 집안 벽에 그리고 있어요."

"가엾게도 당신이 고생이 많겠군."

그러자 비로소 그녀는 생긋이 웃었다. 그녀의 두 눈에는 초인적인 사랑의 빛이 깃들여 있었다. 그것을 보자 쿠트라 박사는 깜짝 놀랐다. 너무도 두려운 생각에 아무 말도 할 수 없었다.

"하지만 그이는 제 남편이에요."

"어린애 하나는 어디 있소?" 박사가 물었다. "요전에 왔을 때는 둘인 것 같았는데."

"네. 한 아이는 죽었어요. 망고나무 밑에 묻어 줬죠."

아타는 박사를 한동안 따라오더니 이제 돌아가야겠다고 말했다. 너무 멀리 내려갔다가는 마을 사람이라도 만날까 봐 두려워하고 있는 것 같았다. 박사는 다시 한번 내가 필요하게 되면 즉시 달려오겠노라 그녀에게 말했다.

56

그로부터 또 2년이 지났다. 아니 어쩌면 3년이 지났는지도 모른다. 어쨌든 타히티에서는 모르는 사이에 세월이 흐르므로 그것을 기억해둔다는 것은 무척 어려운 일이다. 마침내 스트리클런드가 위독하다는 소식이 쿠트라 박사에게 날아왔다. 아타가 파페에테로 우편물을 싣고 가는 마차를 중간에서 기다리고 있다가 박사에게 그 말을 전해달라고 마부에게 부탁한 것이다. 그러나 소식이 왔을 때 공교롭게도 박사는 외출 중이어서 밤이 되어서야 그것을 알게 되었다. 그리고 그렇게 늦게 떠날 수도 없어 날이 새기를 기다렸다가 출발했다. 타라바오에 도착하자, 그는 7킬로미터나 되는 비탈길을 터벅터벅 걸어올라 마지막으로 아타의 집을 방문했다. 오솔길에는 잡초가 우거져 있어 아무리 보아도 몇 년 동안은 거의 아무도 지나간 흔적이 없었다. 길을 찾는 것도 쉬운 일이 아니었다. 비틀거리며 냇가를 따라 걸어가기도 하고 사방에 우거진 가시나무 사이를 빠져나가기도 했다. 또 머리 위 나무에 달린 호박벌집을 피하기 위해 할 수 없이 몇 번이고 바위 위를 기어 올라가기도 했다. 주변은 소름 끼칠 만큼 조용했다.

가까스로 페인트칠을 하지 않은 그 작은 집을 찾아냈을 때 그는 자기도 모르게 안도의 숨을 내쉬었다. 집은 눈을 의심할 정도로 황폐해져 있었고 또한 소름이 끼칠 정도로 조용했다. 가까이 다가가니 작은 남자아이가 양지 쪽에서 무심히 놀다가 그의 모습을 보곤 깜짝 놀라 도망쳐버렸다. 그 아이에겐 낯선 사람은 모두 적으로 느껴졌는지도 모른다. 박사는 그 아이가 나무그늘에 숨어 자기를 쳐다보고 있는 기척을 느꼈다. 문은 활짝 열려 있었다. 불러 보았으나 대답이 없다. 집 안으로 들어가 방문을 두드려보았지만, 대답이 없었다. 손잡이를 돌리고 방 안으로 발을 들여놓은 순간 지독한 냄새가 코를 찔러 그는 심한 메스꺼움을 느꼈다. 그러나 손수건으로 코를 막은 채 꾹 참고 안으로 들어갔다. 눈부신 햇살 속에 있다가 어두운 방 안으로 들어왔으므로 처음에는 아무것도 보이지 않았으나 마침내 그는 흠칫 놀랐다. 도대체 자기가 지금 어디에 있는지 알 수 없게 되었다. 갑자기 마법 세계로 들어온 것만 같았다. 울창한 원시림과, 그 나무 사이를 나체로 배회하고 있는 인간 무리가 흐릿하게 그의 눈에 들어왔다. 이윽고 박사는 그것이 벽 전체에 그려진 벽화라는 것을 알았다.

"아무래도 더위 때문에 머리가 이상해진 모양이군." 그가 중얼거렸다.

그 순간 무언가 움직이는 것 같아서 자세히 살펴보니 아타가 방바닥에 엎드려 소리도 없이 흐느껴 울고 있었다.

"아타." 그가 불렀다. "아타."

그녀는 대답하려고도 하지 않았다. 코를 들 수 없는 악취에 다시 정신이 아득해지는 것 같아 그는 허둥지둥 잎담배에 불을 붙였다. 눈이 점점 어둠에 익숙해져감에 따라 벽화를 보며 그는 압도적인 감정에 사로잡혔다. 그림에는 눈뜬장님이나 다름없는 그였으나, 그 그림에는 어딘가 모르게 영혼을 뒤흔드는 듯한 이상한 힘이 깃들여 있었다. 바닥에서 천장까지 벽 전체가 정교한 그림으로 뒤덮여 있었다. 말로는 표현할 수 없을 만큼 훌륭하고 신비한 것이었다. 그는 자기도 모르게 숨을 삼켰다. 뭐가 뭔지 전혀 알 수 없는 감정이 그의 가슴을 가득 채웠다. 그는 천지창조를 눈앞에서 본 사람이 느낄 수 있는 이상한 두려움과 환희를 맛본 것이다. 그 그림에는 엄청나게 관능적인 정열이 넘쳐 있으면서도 한편 사람들로 하여금 두려움을 느끼게 하는 소름 돋는 요소도 깃들어 있었다. 그것은 아무도 모르게 대자연 속으로 파고들어 가 아름답고도 무시무시한 비밀을 포착한 인간의 작품이었다. 그것은 인간에겐 허용되지 않은 여러 신성한 비밀을 찾아낸 작품으로 어딘가 모르게 원시적이고 참혹한 아름다움이 감돌고 있었다. 도저히 인간의 손으로는 창조해낼 수 없는 것이었다. 그는 그것을 보며 전에 들은 적이 있는 악마의 비법이라는 말을 멍하니 생각하고 있었다. 너무도 아름다웠으며 음란했다.

"세상에, 이자는 천재군!"

무심코 그의 입 밖으로 튀어나온 말이었다.

이윽고 그는 방 한쪽 구석에 깔린 돗자리 위로 시선을 떨어뜨렸다. 그는 그 옆으로 다가갔다. 그러자 그의 눈에 비친 것은 전에 보던 스트리클런드와는 전혀 딴판인, 팔다리가 모두 뭉그러진 차마 눈뜨고 볼 수 없는 무서운 몰골이었다. 그는 이미 숨을 거둔 것이다. 쿠트라 박사는 마음을 단단히 먹고 그 뭉그러진 끔찍한 시체 옆에 쭈그리고 앉았으나, 다음 순간 벌떡 일어섰다. 등골이 얼어붙는 것 같은 공포가 엄습했다. 등 뒤에서 인기척이 느껴진 것이다. 아타였다. 그는 여자가 일어나는 것도 모르고 있었다. 그녀 또한 옆에서 시체를 내려다보고 있었다.

그가 말했다. "맙소사, 내 신경도 어떻게 된 모양이군. 당신 때문에 하마터면 간 떨어질 뻔했소."

다시 그는, 전에는 인간이었지만 이제는 한낱 추악한 살덩이에 지나지 않는 그 시체를 들여다보았다. 그러다 놀라서 뒤로 물러섰다.

"이런, 눈이 멀었었군!"

"그래요, 그이는 벌써 1년 전부터 앞을 볼 수 없었어요."

57

마침 그때 쿠트라 부인이 외출에서 돌아오는 바람에 이야기는 중단되었다. 그녀는 마치 돛에 바람을 안은 배처럼 위풍당당하게 방으로 들어왔다. 풍만한 가슴과 살집 좋은 몸을 코르셋으로 꽉 졸라맨 뚱뚱하고 키가 큰 여자였다. 살이 많은 매부리코와 이중 턱을 이룬 우람한 체구를 허리에 자라도 댄 듯 꼿꼿이 뒤로 젖히고 있었다. 사람을 무기력하게 하는 열대의 마력에 굴하기는커녕 온대에 사는 사람이 설마 하고 생각할 만큼 활동적이고 세상 일에 능숙하며 민첩했다. 척 보기에도 말이 많아 보였는데 그때도 들어오자마자 숨도 쉬지 않고, 알려지지 않은 세상 이야기며 그 내막까지 들추어 떠들어댔다. 그 이야기를 듣고 있자니 아까 우리가 했던 이야기는 마치 딴 세상 이야기 같았다.

이윽고 쿠트라 박사가 나에게 말했다.

"나는 스트리클런드가 준 그림을 지금도 진찰실에 걸어놓고 있습니다. 어디

한 번 보시겠습니까?"

"네, 보여주십시오."

자리에서 일어서자 그는 앞장서서 집을 둘러싸고 있는 베란다 쪽으로 우리를 안내했다. 우리는 걸음을 멈추고 뜰에 잔뜩 피어 있는 아름다운 꽃들을 바라보았다.

박사가 회상하듯 말했다.

"벽 전체를 뒤덮은 스트리클런드의 그 비범한 그림이 오랫동안 머릿속에 아로새겨져 도저히 잊어버릴 수가 없었어요."

나도 아까부터 계속 그것을 생각하고 있었다. 그 그림 속에서 스트리클런드는 마침내 자기 자신을 완전히 표현한 것이 아닌가 하는 생각이 들었다. 그것이 마지막 기회임을 알고, 그는 조용히 화필을 움직여 인생에 대해 알고 있는 모든 것과, 예상했던 모든 것을 그렸을 것이다. 아마 그러면서 그는 마침내 평화를 발견했을 것이다. 그의 마음을 사로잡고 있던 악마가 드디어 추방되고, 인생 전체가 그것을 위한 고통스러운 준비에 지나지 않았던 역작이 완성됨과 동시에 영원한 휴식이 그의 고고하고 괴로움으로 가득 찬 영혼 위에 내려앉았을 것이다. 그리고 마침내 자신의 소명을 이루었기에 그는 죽음을 기꺼이 맞이했을 것이다.

"그림의 주제는 무엇이었습니까?" 내가 물었다.

"잘은 모르지만 어쨌든 지금까지 본 일이 없는 환상적이고 기묘한 작품이었어요. 태초의 세계, 아담과 이브가 살던 에덴 동산을 그린 모양이에요. 말하자면 남녀를 불문하고 인간 육체의 아름다움에 대한 찬가이며, 웅대하고, 비정하고, 감미롭고 냉혹한 대자연에 대한 찬미와 같은 것이었습니다. 시간과 공간의 무한함에 대해 경외감을 느끼게 하는 그림이었어요. 그 사람의 그 그림 안에는 흔히 볼 수 있는 코코넛 야자니, 벵골보리수니, 불꽃나무, 아보카도 같은 식물이 그려져 있었는데, 그 그림을 본 뒤로는 그런 것을 보는 나의 눈이 아주 달라졌어요. 웬일인지 그런 식물 속에 정체를 알 수 없는 요정 같은 것이 숨어 있어 손에 잡힐 것 같으면서도 언제까지고 잡히지 않는 그런 느낌입니다. 빛깔도 우리가 늘 보는 그런 것이었는데도, 또한 어딘가 달랐어요. 빛깔들이 저마다 독특한 맛을 지니고 있지요. 남자며 여자의 나체도 마찬가지였습니다. 지상에 있는 인간이었지만 역시 어딘가 이 세상 사람 같지 않은 느낌이 들었어요. 즉 흙덩이로 이루어진 인간의 체취를 다분히 지니면서도 어딘가 모르게 신과 비슷한 느낌을 지니고 있어요. 원시적인 본능을 남김없이 드러낸 인간의 모습이 거기 있었습니다. 그것을 보고 두려웠던 것은 거기서 나 자신의 모습을 보았기 때문이지요."

쿠트라 박사는 어깨를 으쓱이며 조용히 웃었다.

"내 얘기가 우습게들 들리겠지요. 어쨌든 나는 유물론자인 데다 보시다시피 이렇게 뚱뚱하게 살이 쪘으니까요. 마치 셰익스피어의 《헨리 4세》에 등장하는 폴스타프 같죠? 서정적인 감상 따위는 나에게 맞지 않아요. 그런데 말입니다. 이런 말을 하면 웃음거리밖에 안 되겠지만 그처럼 깊은 감명을 받은 그림은 처음입니다. 하기야 로마의 시스티나 성당에 갔을 때 이와 비슷한 감동을 받은 일이 있어요. 거기서도 그 천장에 그림을 그린 인간의 위대함에 경외감을 느꼈습니다. 분명히 그것은 천재의 작품이라고 생각했죠. 웬일인지 내가 아주 보잘것없는 존재처럼 느껴졌어요. 그러나 미켈란젤로의 위대함은 보는 쪽에서 이미 그는 위대하다는 마음의 준비가 되어 있어요. 그런데 그 그림에서 나는 갑작스런 충격을 받은 것이었습니다. 어쨌든 문명에서 멀리 떨어진 타라바오 깊은 산골짜기에 있는 한 원주민 집에서 그것을 보게 된 거니까요. 게다가 미켈란젤로의 작품은 분별 있고 건전해요. 그의 걸작 속에는 숭고한 고요함이 감돌고 있어요. 그런데 그 사람 그림 속에는 아름다우면서도 뭔가 사람을 불안하게 하는 것이 있었지요. 그것이 무엇이었는지 나로선 짐작이 가지 않습니다만, 어쨌든 보고 있는 동안 나는 어떤 불안에 사로잡혔어요. 이를테면 방에 앉아 있을 때 옆방에 아무도 없다는 것을 잘 알면서도, 어쩐지 누가 거기 있는 것 같은 기분에 휩싸이는 때가 있는데 그때의 기분이 바로 그랬지요. 그럴 리가 있나 하고 스스로를 나무라기도 하고 약한 마음 탓인 줄 알고 있으면서도 역시……. 그리고 웬일인지 눈에 보이지 않는 공포에 사로잡혀 무서워서 꼼짝도 못하게 되는 그런 상태였지요. 그래서 나는 그 이상한 걸작이 타버렸다는 말을 들었어도 그다지 아까운 생각이 들지 않았습니다."

"타버렸다고요?"

나는 나도 모르게 소리 질렀다.

"그렇습니다. 모르셨어요?"

"모르는 게 당연하죠. 그 작품에 대해 듣는 것은 이번이 처음이니까요. 그러나 조금 전까지만 해도 개인 수집가의 손에 넘어간 줄만 알았습니다. 스트리클런드의 그림에 대해서는 아직도 확실한 작품 목록이 없으니까요."

"눈이 보이지 않게 된 뒤로는 그 두 방의 벽화 앞에 몇 시간이고 앉아 보이지 않는 눈으로 그 완성된 작품을 물끄러미 쳐다보고 있었다는군요. 아마 실명하기 전보다 모든 것이 더 뚜렷이 보였는지도 모르죠. 아타의 말에 의하면 한 번도 자기의 비극적인 운명을 슬퍼하거나 의기소침한 적이 없었답니다. 끝까지 평온한 마음을 잃지 않았고 이성을 잃는 일도 전혀 없었대요. 그런데 그는 아타에게 이런 약속을 하게 한 거예요. 자기를 묻고 나면, 아까도 말했듯이 나는 내 손으로 직접 그 사람 무덤을 팠어요. 원주민들은 병균이 우글대는 그 오두막이 무서워 아무도 가까이 오려고 하지 않았기 때문이죠. 그래서 아타와 나 둘이서 파레오 세 개를 이어 꿰매어 그것으로 시체를 싼 다음 망고나무 밑에 묻어 주었죠. 하여간 그 약속이란, 매장이 끝나는 대로 그 오두막을 불태워야 하며, 나무 조각 하나 남지 않도록 모두 타버릴 때까지 그 자리를 떠나면 안 된다는 것이었어요."

나는 생각에 잠겨 잠시 아무 말도 할 수 없었다. 그러다 이윽고 이렇게 말했다.

"그러니까 스트리클런드는 마지막까지 정신이 말짱했군요."

"나의 마음을 잘 알아주리라고 생각합니다만, 물론 나는 그때 벽화를 태우지 말라고 아타에게 충고했죠. 그것이 나의 의무라고 생각했기 때문입니다."

"하지만 조금 전 박사님께서는 그다지 아까운 생각이 들지 않았다고 하셨잖습니까?"

"그래요. 그렇지만 나도 그것이 천재의 작품이라는 것쯤은 알았으니까요. 그것을 이 세상에서 말살시킬 권리는 우리에게 없다고 생각했어요. 그러나 아타는 도무지 내 충고를 받아들이지 않았어요. 약속을 한 이상 어길 수 없다는 거죠. 나는 차마 그런 잔혹한 행위를 볼 수 없어 돌아서고 말았죠. 그러니까 그 뒤의 소식은 나중에 들은 겁니다. 잘 마른 마룻바닥과 판다누스 돗자리 위에 석유를 뿌리고 불을 붙였다나 봐요. 삽시간에 오두막은 잿더미로 변해버리고 걸작도 자취를 감추고 만 거죠."

"그럼 스트리클런드 자신도 그것이 걸작이라는 것을 알고 있었군요. 그 사람은 자신이 갈구하던 것을 달성하고 그의 생애를 마친 셈입니다. 즉 하나의 세계를 창조하여 이것으로 됐다고 생각한 것이지요. 그러고 나서, 자부심과 경멸이 섞인 기분으로 그것을 태워버린 거겠죠."

"이야기는 이쯤 해두고 그림을 보러 갈까요." 쿠트라 박사는 그렇게 말하며 걸음을 옮겼다.

"그 뒤에 아타와 아이는 어떻게 되었습니까?"

"모자는 마르키즈 제도로 갔습니다. 그곳에 친척이 있다나 봐요. 들리는 말에 의하면 아들은 캐머런의 범선에서 일한다는군요. 자기 아버지를 그대로 닮았대요."

베란다에서 진찰실로 들어가는 문 앞에서 박사는 잠깐 멈춰서더니 미소 지었다.

"실은 과일 그림인데요. 진찰실에 둔다는 게 좀 뭣하게 생각될지도 모르지만 아내가 응접실에 걸기를 싫어해서요. 그림이 너무 외설적이라는 이유로요."

"아니 과일 그림이요!" 나는 놀라서 소리쳤다.

진찰실에 들어가니 그 그림이 눈에 띄었다. 나는 오랫동안 그 그림을 쳐다보았다.

그것은 망고, 바나나, 오렌지, 그 밖에 내가 모르는 과일을 담아놓은 그림이었다. 언뜻 보기에는 대수롭지 않은 그림이었다. 어쩌면 후기 인상파 전람회 같은 데서 가작이긴 하지만 그다지 눈여겨볼 만한 작품도 아니어서 그대로 지나쳐버리는 그런 그림이었다. 하지만 아마도 얼마 뒤 그 그림이 눈앞에 다시 떠오를 것이며 그러고 나면 스스로도 이유를 알 수 없이 다시는 깨끗이 잊을 수 없는 그런 작품이었다.

색채도 아주 기묘해서 보는 이에게 말할 수 없는 마음의 동요를 일으키게 했다. 흐릿한 푸른 빛은 마치 정교한 조각을 한 청금석(靑金石) 그릇 같은 은근한 빛을 띠고 더구나 신비한 생명의 고동을 연상케 하는 것처럼 은은한 광택을 띤 채 떨리고 있다. 자줏빛은 날고기 같은 기분 나쁜 빛깔이었으나 그러면서도 헬리오가발루스의 옛 로마 제국을 상기시키는 듯한 정열에 빛나고 있다. 붉은 색은 서양 감탕나무 열매처럼 선명하고 영국의 크리스마스와 눈, 그리고 잔치며 아이들의 기쁨을 연상케 했는데, 그것이 또 마술에라도 걸린 듯 점점 색조가 엷어지며 비둘기의 가슴털 빛처럼 사라지는 듯한 색상으로 끝나고 있었다. 짙은 노란 색은 일종의 변태적인 욕정을 떠올리게 하면서도 그것이 슬그머니 녹색으로 변해간 곳은 봄의 새싹처럼 향기롭고 반짝이는 시냇물처럼 깨끗했다. 도대체 어떠한 영혼의 고통에서 이런 과일이 생겨난 것일까? 그것은 말하자면 남태평양의 헤스페리데스 자매[13]들이 지키던 과수원의 산물이었다. 그림 속 과일에는 기이한 생기가 깃들여 있었다. 그것은 마치 아직 만물이 지금처럼 정돈된 형태를 취하고 있지 않았던 지구의 암담한 혼돈기에 창조된 것 같았다. 모든 것이 탐스럽게 익었다는 느낌이며 열대의 향기가 짙게 풍겼다. 과일 특유의 정열이 그 속에 고스란히 간직되어 있었다. 말하자면 그것은 마술의 과일이며 만일 그것을 맛볼 수 있다면 아무도 모르는 영혼의 비밀과 신비한 상상의 문을 열 수 있을지도 모른다. 그 과일은 뜻하지 않은 위험을 품고 조용히 입을 다물고 있었다. 그 과일을 한 입 베어물면 인간은 짐승이 될 수도, 신이 될 수도 있을 것 같았다. 건전하고 자연스러운 모든 것, 인간의 행복에 연결되는 모든 것, 그리고 단순한 기쁨 그 모두가 완전히 화면에서 사라져버렸다. 그럼에도 불구하고 그곳에는 두려운 매력이 있었다. 그것은 마치 선악과처럼 미지의 세계를 향한 모든 가능성을 품고, 보는 사람의 마음을 공포에 떨게 하는 뭔가가…….

이윽고 나는 그림에서 눈을 떼었다. 스트리클런드는 그 비밀을 무덤까지 가지고 사라져버린 것이었다.

"여보." 쿠트라 부인의 커다랗고 밝은 목소리가 들려왔다.

"아까부터 무얼 하고 계시는 거예요? 아페리티프가 나왔어요. 손님에게 킹키나 뒤보네 한잔 드시지 않겠느냐고 여쭤보세요."

"네, 고맙습니다, 부인." 나는 베란다로 나가며 대답했다.

마법은 깨어졌다.

58

이윽고 타히티를 떠날 때가 왔다. 이 섬의 아름다운 관습에 따라 나 또한 우연히 알게 된 모든 사람들로부터 야자수 잎으로 만든 바구니며, 판다누스 돗자

13) 그리스 신화에서 황금낙원을 지킨 네 자매.

리며 부채 등 여러 선물을 받았다. 특히 티아레는 작은 진주알 세 개와 그 투실투실한 손으로 만든 구아바 젤리를 세 병이나 선물로 주었다. 웰링턴에서 샌프란시스코로 가는 도중에 이곳에서 24시간을 머무는 우편선이 승선의 고동을 울리자 그녀는 나를 그 커다란 가슴에 꽉 끌어안았다. 나는 마치 큰 파도가 굽이치는 바다 속으로 가라앉는 듯한 기분이 들었다. 그녀의 빨간 입술을 나의 입술에 갖다대었다. 그녀의 눈에는 눈물이 반짝이고 있었다. 초호를 천천히 미끄러져 나온 기선이 조심스레 산호초 사이를 빠져나와 확 트인 대양으로 진로를 돌리자, 갑자기 서운한 마음이 밀려왔다. 산들바람에는 아직도 섬의 산뜻한 향기가 깃들여 있었다. 어쨌든 타히티란 이 세상 끝에 있는 섬이라 다시 찾아올 일은 없을 것 같았다. 이것으로 내 생애의 한 장(章)이 끝나고 피할 수 없는 죽음의 운명으로 한 걸음 더 다가선 것이다.

그로부터 한 달도 채 되기 전에 나는 런던 땅을 밟았다. 우선 급한 볼일을 마치고 나는 스트리클런드 부인에게 편지를 보냈다. 그녀도 남편의 만년에 대해 알고 싶어하리라 생각했기 때문이다. 전쟁이 시작되기 훨씬 전부터 부인하고는 만난 일이 없었으므로 주소를 찾는 데도 전화부를 뒤져야 하는 형편이었다. 부인이 만날 날짜와 시간을 정해 왔으므로 나는 캠던 힐에 있는 아담한 집으로 그녀를 찾아갔다. 그녀는 이미 육십이 가까웠지만 나이에 비해 늙지 않아, 누가 보아도 오십 이상으로는 볼 것 같지 않았다. 주름도 그다지 눈에 띄지 않는 갸름한 얼굴로 사실 대단한 미인은 아니었는데도, 젊었을 때는 얼마나 아름다웠을까 하는 생각을 하게끔 품위 있는 모습으로 곱게 나이 든 얼굴이었다. 아직 흰 머리도 그다지 눈에 띄지 않는 머리를 어울리게 잘 빗었으며 검은 가운도 유행에 맞는 차림이었다. 언니 맥앤드루 부인이 남편을 잃고 3년도 되기 전에 세상을 뜨자 그 유산이 스트리클런드 부인 앞으로 돌아왔다는 소문은 들었는데, 사는 형편이라든가 안내하러 나온 하녀의 깨끗한 몸차림으로 보아 그 유산이 미망인의 조촐한 생활을 이끌어 나가기엔 넉넉한 금액임을 알 수 있었다.

응접실로 들어가니 손님이 한 사람 와 있었다. 나중에 그 손님의 신분을 알고 보니 나를 그 시간에 오라고 한 것에는 까닭이 있었다. 손님은 반 부시 테일러라는 미국인으로 스트리클런드 부인은 손님에게 사과하는 듯한 매력적인 웃음을 보이며 나에게 상세한 사정을 설명해 주었다.

"우리 영국 사람들은 정말 어이가 없을 만큼 무지하답니다. 굳이 설명해야 하는 걸 용서하세요."

상대에게 그렇게 말해놓고 그녀는 나를 보았다.

"반 부시 테일러 씨는 미국의 유명한 평론가세요. 이분 저서를 읽지 않았다면 문명인의 수치일 거예요. 아직 읽지 않으셨다면 곧 읽도록 하세요. 오늘 오신 것은 찰리에 대한 얘기를 쓰시는 데 제가 도움이 될까 해서랍니다."

반 부시 테일러는 키가 크고 몹시 마른 몸에 반들반들한 대머리의 소유자였다. 지붕처럼 크고 둥근 머리 때문에 주름이 깊게 잡힌 노란 얼굴이 더 작아 보였다. 말끝마다 굽실거리며 지나치게 공손하게 구는 인물이었다. 그가 쓰는 영어에는 뉴잉글랜드 사투리가 섞여 있었고, 그 태도에는 어딘가 모르게 냉혈동물과 같은 차가움이 느껴졌다. 어째서 하고 많은 사람 중에 이런 사람이 찰스 스트리클런드에게 손을 대려고 하는지 나로서는 알 수 없었다. 아까부터 스트리클런드 부인이 남편 이름을 말할 때마다 간이 녹을 것 같은 부드러운 목소리로 말했으므로 나는 다소 낯간지러운 생각이 들었다. 두 사람이 말을 나누고 있는 동안 나는 방 안의 가구들을 하나하나 살펴보고 있었다. 스트리클런드 부인의 취향은 시대와 함께 달라져 있었다. 그 모리스 스타일 벽지도 안 보였고, 수수한 크레톤 천을 씌운 의자도 보이지 않았으며, 전에 애슐리 가든 응접실 벽을 장식했던 아런델 프린트도 눈에 띄지 않았다. 그런 것 대신 방 안이 환상적인 색채로 반짝이고 있었다. 그녀는 다만 유행을 따라 한 것이겠지만 이같은 색채의 변화 자체가 남태평양의 작은 섬에서 비참한 생애를 마친 한 화가의 꿈에서 나온 것임을 그녀는 과연 알고 있을까 하는 생각이 들었다. 그러나 부인의 다음 말로 보아 그녀는 전혀 모르고 있었다.

"이건 아주 훌륭한 쿠션이군요." 반 부시 테일러가 말했다.

"어머, 마음에 드세요?" 그녀는 생긋 웃으며 말했다. "박스트 작품이에요."

그러나 벽에는 베를린의 모 출판사 기획으로 나온 원색판 스트리클런드 걸작집 중에 몇 장이 걸려 있었다.

"저 그림을 보고 계신가요?"

그녀가 내 시선을 의식한 듯 말했다. "물론 원화야 구할 수 없지만 이것만으로도 위로가 돼요. 출판사에서 직접 보내주셨답니다. 저 그림들은 커다란 위안이 돼요."

반 부시 테일러가 말했다. "저 그림들과 함께 생활하시는 건 정말 즐거우시겠습니다."

"그래요, 또 워낙 장식적이니까요."

테일러가 맞장구를 쳤다. "그렇습니다. 저도 그와 같은 일면이 있다는 것을 굳게 믿고 있습니다. 뛰어난 예술은 항상 장식적이라고요."

두 사람은 아기에게 젖을 물리고 있는 나체 여인을 그린 그림을 보고 있었다. 여자아이 하나가 두 모자 옆에 무릎을 꿇고 아무것도 모르는 아기에게 꽃 한 송이를 내밀고 있다. 그리고 뼈와 가죽만 남은 쪼글쪼글한 노파가 그 세 사람을 내려다보며 서 있는 그림이었다. 이것은 스트리클런드가 개인적인 해석에 의해 구상한 〈성(聖)가족〉인 것이다. 아마 이 그림의 모델이 된 것은 타라바오 산속에 살고 있던 그 집 식구들일 것이다. 어머니와 아기는 아타와 그의 장남일 것이다. 스트리클런드 부인은 과연 그런 사실을 알고 있을지 궁금했다.

두 사람은 계속 이야기를 나누고 있었다. 나는 그 이야기를 들으며, 상대의 비위에 거슬릴 것 같은 이야기는 일절 피하고 듣기 좋은 이야기만 하는 반 부시 테일러의 빈틈없는 태도며, 거짓말은 하지 않았지만 마치 언제나 부부 사이가 원만했던 것처럼 말하는 스트리클런드 부인의 천연덕스러운 말솜씨에 적잖이 놀랐다. 이윽고 반 부시 테일러가 자리에서 일어섰다. 그는 여주인과 악수를 나누며 아주 겸손하고 정중하게 고맙다는 인사를 하고 돌아갔다.

"지루한 자리가 아니었길 바라요." 문이 닫히자, 그녀가 나에게 말했다. "하기야 나도 어떤 때는 성가실 때도 있어요. 하지만 역시 찰리를 되도록 세상에 널리 알리는 것이 옳은 일인 것 같아요. 천재의 아내였으니까 나에게도 어느 정도는 책임이 있다고 생각해요."

그녀는 20여 년 전이나 조금도 다름없는 그 부드럽고 애교 있는 눈초리로 나를 보았다. 이쪽을 조롱하는 것이 아닌가 하는 생각마저 들었다.

"물론 이제 일은 안 하시겠죠?"

"네, 그만두었어요." 그녀가 명랑하게 대답했다. "그건 그냥 심심풀이로 했을 뿐인걸요, 뭐. 그나마 아이들도 그만두라는 거예요. 몸에 무리가 간다고요."

나는 스트리클런드 부인이 생계를 위해 일을 했다는 수치스러운 사실마저 이제는 완전히 잊어버렸음을 알았다. 그녀는 교양 있고 점잖은 여자들은 다른 사람이 벌어오는 돈으로 살아야 남부끄럽지 않고 체면이 선다고 생각하는 상류층 부인들의 본능을 그대로 갖춘 여자였다.

"마침 아이들도 집에 와 있어요. 아버지 이야기를 듣게 되면 아이들도 굉장히 기뻐할 거예요. 로버트 기억하시죠? 이번에 전공(戰功) 십자훈장을 받게 되었어요."

그녀는 방문 앞에 가서 아이들을 불렀다. 성복(聖服)처럼 스탠드 칼라가 달린 군복차림의 키 큰 청년이 들어왔다. 다소 어두워 보이는 면도 있었지만 아주 잘생긴 청년이었다. 그러나 그 솔직해 보이는 두 눈은 내 기억에 있던 어렸을 때의 모습과 똑같았다. 오빠 뒤를 따라 동생도 들어왔다. 그녀는 내가 스트리클런드 부인을 처음 만났을 때와 비슷한 나이일 것이다. 게다가 어머니를 꼭 닮은 얼굴이었다. 그녀 또한 어렸을 때는 더 예뻤으리라는 착각을 갖게 하는 여자였다.

"아마 이 두 아이를 완전히 잊어버리셨겠죠." 스트리클런드 부인이 자랑스럽게 웃으며 말했다.

"딸아이는 이제 로널드슨 부인이 되었고 남편은 포병 소령이에요."

"제 남편은 앞으로 진짜 군인이 될 작정이에요. 아직 소령에 머물고 있는 것도 그 때문이에요." 로널드슨 부인이 명랑하게 말했다.

나는 전에 웬일인지 그녀가 장차 군인의 아내가 될 것 같은 예감이 들었던 것이 생각났다. 지금 와서 생각하니 그것이 그녀의 운명이었다. 그녀는 군인의 아내로서 모든 장점을 갖추고 있었다. 온순하고 싹싹했으나 그러면서도 보통 여자와는 좀 다르다는 점을 내세우는 면도 있었다. 로버트는 아주 쾌활한 청년이었다.

"오랜만에 선생님이 찾아오셨는데, 마침 제가 런던에 있게 되어 정말 다행입니다." 그가 말했다. "휴가가 사흘밖에 안 되거든요."

"이 아이는 전선으로 돌아가고 싶어 못 견디는 모양이에요." 그의 어머니가 말했다.

"이렇게 말씀드리면 어떻게 생각하실는지 몰라도, 저는 전선에 있는 것이 정말 재미있어요. 친한 친구들도 많고요. 최고의 삶입니다. 물론 전쟁은 싫지만 인간의 가장 좋은 점이 나타나는 것도 또한 전쟁에서라는 걸 부정하지 못 할 거예요."

그러고서 나는 타히티에서 들은 찰스 스트리클런드 이야기를 모두 말해 주었다. 아타와 그 어린애에 대한 말은 굳이 할 필요가 없을 것 같아 그 사실만 덮어 두었을 뿐 나머지 일은 되도록 상세하게 말했다. 그리고 스트리클런드의 비장한 죽음을 끝으로 말을 맺었다. 모두 한동안 숨을 죽이고 있었다. 이윽고 로버트가 성냥을 그어 담배에 불을 붙였다.

"하나님의 절구 찧는 솜씨는 느리긴 해도 매우 곱게 찧느니라." 그가 다소 인상적으로 말했다.

스트리클런드 부인과 로널드슨 부인은 짐짓 경건한 표정으로 고개를 숙이고 있었다. 그 모습으로 보아 두 사람은 아마 이 구절이 성서에서 인용된 것으로 잘못 알았는지도 모른다는 생각이 들었다. 웬일인지 나는 그때 아타가 낳은 스트리클런드의 아들을 생각했다. 들은 바에 의하면 명랑하고 마음씨 착한 젊은이라고 했다. 무명바지 하나만 입고 범선 갑판 위에서 일하고 있는 그의 모습을 상상했다. 어둠이 깔리면 배는 산들바람을 안고 미끄러지듯 바다 위를 달린다. 선원들은 갑판에 모이고 선장과 화물 감독은 파이프 담배를 피우며 갑판 의자 위에 누워 있다. 그런 때 아타의 아들은 직직거리는 손풍금 소리에 맞추어 다른 젊은이들과 신나게 춤을 추고 있다. 올려다보면 푸른 하늘에 별들이 총총하고, 둘러보면 주위는 망망한 태평양이다.

문득 성서의 한 구절이 입 밖으로 튀어나오려는 것을 나는 가까스로 참았다. 성직자들은 자신들의 영역에 속인들이 들어오는 것을 마치 신을 모독하는 행위인 것처럼 생각한다는 것을 잘 알고 있기 때문이다. 휫스터블에서 27년간이나 교구 목사 노릇을 했던 내 숙부 헨리는 이러한 경우 곧잘, 악마라도 성서의 구절은 마음대로 인용할 수 있다[14]는 말을 입버릇처럼 했었다. 그럴 때 숙부의 머리에는 단 1실링으로 훌륭한 그 고장 굴을 열세 개나 살 수 있었던 옛날 일이 떠오르는 모양이었다.

---

14) 《베니스의 상인》에서 나오는 구절.

Cakes and Ale
과자와 맥주

1

외출했을 때 누가 전화를 걸어 중요한 용건이 있으니 돌아오면 바로 전화해 달라는 전갈을 남겼다면, 그 일은 이쪽보다 저쪽에게 더 중요한 일인 경우가 많다. 대부분 선물을 하거나 친절을 베풀려고 할 때는 그다지 서두르지 않는 법이다. 나는 그 사실을 익히 알고 있었으므로, 그날 하숙집에 돌아가서 하숙집 여주인인 미스 펠로스가 앨로이 키어 씨한테서 전화가 왔는데 나더러 곧 전화해 달라고 하더라는 말을 듣고도 별 관심이 없었다. 저녁 파티에 가기 전에 차 한 잔 마시고, 담배 한 대 태우고, 옷을 갈아입을 시간밖에 없었던 것이다.

"그분 작가시죠?" 여주인이 물었다.

"맞아요."

여주인은 반색을 하며 전화를 바라보았다.

"제가 걸어드려요?"

"아뇨, 됐습니다."

"또 걸려오면 뭐라고 할까요?"

"전갈을 받아두세요."

"알았어요."

여주인은 입을 꾹 다물었다. 그리고 빈 탄산수 병을 치우고 꼼꼼하게 방을 청소한 뒤 나갔다. 그녀는 소설을 아주 좋아한다. 로이의 책도 아마 전부 읽었을 것이다. 내가 로이에게 냉담한 것을 좋게 생각하지 않는 것을 보면 틀림없이 로이의 애독자일 것이다. 파티가 끝나 집에 돌아오자, 여주인이 굵고 시원시원한 글씨로 쓴 메모가 탁자 위에 놓여 있었다.

키어 씨한테서 두 번 전화가 와서, 내일 점심을 함께 할 수 있는지, 만약 안 된다면 언제가 좋겠는지 전해 달랍니다.

나는 적이 놀랐다. 로이를 만난 것은 석 달 전, 그것도 어느 파티에서 몇 분 얘기한 게 모두였다. 늘 그렇듯이 친절했고, 헤어질 때는 자주 만나지 못하는 것을 아쉬워했다.

"런던은 정말 마음에 안 드는 곳이야. 만나고 싶은 사람을 도저히 만날 수가 없으니 말이야. 어때, 언제 만나서 점심 같이할까?"

"그러지 뭐." 내가 대답했다.

"집에 돌아가서 수첩 좀 살펴보고 전화하겠네."

"알았어."

로이와는 그럭저럭 20년 정도 알고 지냈으니, 그가 스케줄을 써넣은 수첩을 조끼 왼쪽 윗주머니에 언제나 넣고 다니는 걸 알고 있었다. 그때 수첩을 꺼내지 않는 걸 보고, 그 뒤 그에게서 소식이 없어도 놀라지 않았다. 그런데 이제 와서 갑자기 점심을 같이 먹자니. 아무래도 무슨 속셈이 있는 것 같았다. 자기 전에 파이프를 한 대 피우면서 로이가 만나고 싶어하는 이유를 추측해 보았다. 로이의 애독자 가운데 누군가가 나를 소개해 달라고 졸랐거나, 미국의 출판사 직원이 런던에 온 김에 나와 연결시켜 달라고 부탁했을지도 모른다. 하지만 그 정도 부탁을 로이가 스스로 처리하지 못할 거라고 생각한다면, 그건 그의 처세술을 과소평가하는 것이다. 게다가 그는 내 형편에 맞춰서 날짜를 정하라고 하지 않았는가. 그렇다면 누군가를 소개하려는 속셈은 아닐 것이다.

동료 소설가가 인기를 얻었을 때, 로이만큼 그에게 진심으로 친절을 베푸는 사람은 아마 없을 것이다. 그러나 그 소설가가 게으르거나 실패해서, 또는 다른 작가의 성공에 묻혀서 명성을 잃어버렸을 때, 로이만큼 손바닥 뒤집듯이 달라져서 모른 척할 수 있는 사람은 없을 것이다. 작가란 으레 변덕이 죽 끓듯 하기 마련이다. 그 무렵에 내가 호평을 받지 못하고 있었던 건 가슴에 사무치도록 잘 알고 있었다. 로이의 권유를 정중하게 거절할 구실을 찾아내지 못할 것도 없었다. 그러나 그는 집요한 사람이어서, 무슨 이유로 한번 만나야겠다고 마음먹었다 하면 이쪽에서 거절하는 건 쉬운 일이 아니었다. 대놓고 "뒈져 버려!" 말하지 않는 이상 달아날 방법이 없었다. 나는 호기심을 느꼈고, 또 로이에게 어느 정도 호감도 있었다.

나는 로이가 문단에서 점점 두각을 나타내는 과정을 꽤나 감탄하면서 지켜보았다. 그 과정은 이제부터 문학 세계에 들어서려는 젊은이라면 크게 헤아려 볼 만한 것이었다. 그 정도 재능으로 그렇게까지 성공한 작가는 아마 이 시대에 둘도 없을 것이다. 로이의 재능이래야 실은 건강을 위해 매일매일 챙겨먹어야 한다는 영양제 한 숟가락 정도밖에 안 된다. 그건 그 자신도 잘 알고 있어서, 그만한 재능으로 벌써 30권이나 되는 책을 낸 것은 기적에 가깝다고 생각하고 있으리라. 토머스 칼라일이 만찬 뒤 연설에서, 천재란 한없이 수고를 아끼지 않는 능력이라고 단언한 것을 읽고, 로이는 아마 하늘의 계시라고 여긴 모양이다. 그는 이 발언을 곰곰이 생각해 보고는, 그렇다면 나도 다른 사람 못지않게 천재가 될 수 있다는 결론에 이르게 된 것이 틀림없다. 어느 여성신문 평론가가 그의 저서 중 하나에 감격하여 "저자는 천재인 게 분명하다"고 했을 때는(요즘 비평가들은 천재라는 말을 너무 가볍게 쓰는 듯하다), 로이도 오랫동안 매달린 크로스워드 퍼즐을 마침내 다 푼 사람처럼 안도의 한숨을 내쉬었으리라. 그의 지칠 줄 모르는 근면함을 오랫동안 관찰해온 자라면, 어쨌든 로이는 천재라 불릴 가치가 있다는 것을 부정할 수 없으리라.

로이는 훌륭한 가정에서 태어났다. 고급관리의 외아들로, 아버지는 홍콩에서 오랫동안 총독의 최고고문으로 일한 뒤 자메이카 총독을 지내다가 화려하게 은퇴한 명사였다. 활자가 빼곡한 신사록(紳士錄)의 페이지를 넘겨 앨로이 키어를 조사하면, '성 마이클·성 조지 상급훈작사(上級勳爵士), 빅토리아 상급훈작사 레이먼드 키어 경과 인도 육군소속 고(故) 퍼시 캠퍼다운 소장의 막내딸 에밀리 사이에서 태어난 외아들'이라고 적혀 있다. 그는 윈체스터와 옥스퍼드 대학 뉴칼리지에서 교육을 받았다. 학생회 회장을 지냈고, 운 나쁘게 홍역에 걸리지만 않았어도 보트 경기의 정규 선수가 될 수 있었을 것이다. 성적은 그리 나쁘지는 않았지만 아주 빼어나지도 않았다. 졸업할 때 빚은 전혀 없었다. 그는 쓸데없는 낭비를 하지 않고 돈을 아끼는 착한 아들이었다. 부모님이 비싼 교육비를 마련하느라 애쓰고 계시다는 것을 잘 알고 있었기 때문이다. 아버지는 은퇴한 뒤 글로스터셔주의 스트라우드에서 수수하지만 초라하지도 않은 집에서 살며, 이따금 런던에 가서 자기가 옛날에 다스렸던 식민지와 관련된 공식 만찬회에 참석했다. 그럴 때면 자기가 가입한 애서니엄 클럽에 자주 얼굴을 내밀었다.

로이가 옥스퍼드를 나왔을 때, 아버지는 이 클럽의 오랜 친구에게 부탁하여 어느 저명한 귀족의 병약한 아들의 가정교사 자리를 얻어주었다. 그리하여 로이는 일찍부터 상류사회에 드나들 기회를 얻었다. 그는 그 기회를 잘 활용했다. 그림이 실린 신문을 통해서 상류사회 이야기를 겨우 주워들은 작가의 작품에서는 매우 치명적인 오해가 종종 발견되는데, 이것이 로이의 작품에는 전혀 없었다. 공작들은 서로 어떤 말투로 대화를 하는지, 국회의원, 변호사, 출판업자, 또는 하인이 공작에게 각각 어떤 경어를 사용하는 것이 옳은지 로이는 정확하게 알고 있었다. 그가 전기(前期) 작품 속에서 총독, 대사, 수상, 왕족, 귀부인 같은 사람들을 참으로 쉽게 구별하여 그려낸 것을 보면 그 솜씨에 혀를 내두르게 된다. 그의 필치는 호의적이지만 생색을 내는 것 같지 않고, 친숙하지만 무례하지 않다. 독자에게 상류층 사람의 신분을 의식하게 하지만, 그러면서도 그들도 같은 인간이라는 안도감 같은 것을 느끼게 한다. 그런데 귀족들의 삶이라는 주제가 점점 순수 문학에서 설 자리를 잃게 되자, 유행에 민감한 로이는 후기 소설에서는 변호사와 공인회계사, 농산물 중개인 등의 내면을 다루기 시작했다. 이것이 나로서는 정말 유감이었다. 그가 더는 예전처럼 자신 있게 대상을 그릴 수 없게 되었으니까.

로이와 알게 된 것은 그가 가정교사를 그만두고 문학에 전념하게 된 지 얼마 안 되었을 때였다. 그때 그는 구두를 벗고도 키가 6피트나 될 정도로 늘씬하고 늠름한 청년이었다. 운동선수처럼 어깨가 넓고 행동거지에는 자신감이 있었다. 잘생긴 미남은 아니어도 솔직해 보이는 크고 푸른 눈, 연갈색 고수머리, 약간 짧지만 큼직한 코, 각진 턱은 남자다우면서 좋은 인상을 주었다. 정직하고 청결하며 건강해 보였다. 운동 실력도 꽤 좋았다. 그의 초기 소설에는 사냥개와 함께 달리는 묘사가 있는데 매우 참신하고 정확하여, 실제 경험에서 나온 것임을 의심할 수 없을 정도였다. 최근까지도 그는 때때로 서재에서 벗어나 하루 종일 사냥하러 다니기도 했다. 그가 첫 작품을 낸 그 즈음, 여러 작가들은 정력을 과시하려고 맥주를 진탕 마시고 크리켓을 하곤 했다. 몇 년 동안 이 크리켓 팀 명단에서 그의 이름이 보이지 않는 일은 거의 없었다. 이 팀의 작가들은 대부분, 왜 그런지는 모르겠지만 곧 건강을 잃고 독자에게도 외면당했다. 크리켓은 계속하고 있는 것 같지만 글을 써도 출판해 주려는 데가 없었다. 그러나 로이는 크리켓을 깨끗이 그만두고 클라레[1] 애호가가 되었다.

자신의 첫 소설에 대해서 로이는 겸허했다. 짧지만 간결하게 잘 쓴 글이었다. 그 뒤의 작품과 마찬가지로 나무랄 데 없는 정취가 있었다. 그는 그 작품을 당시의 일류 작가들에게 정중한 편지와 함께 드렸다. 편지에서 그는, 자신이 선생의 작품에서 얼마나 깊은 감명을 받았으며 얼마나 많은 것을 배웠는지, 또 선생이 개척하신 길을 뒤에서나마 계속 따라가기를 얼마나 간절하게 원하고 있는지 따위를 적었다. 이 책을 위대한 예술가의 발밑에라도 두는 영광을 허락해 주신다면, 그것은 문학의 길에 들어선 젊은이가 항상 스승으로서 우러러보는 분에게 바치는 헌상물이 될 것입니다, 신출내기의 보잘것없는 작품으로 매우 바쁘신 분의 시간을 빼앗으려 하는 것이 얼마나 염치없는 일인지 잘 알고 있지만, 가능하다면 고매한 비판과 지도편달을 앙청하는 바입니다, 이렇게도 썼다.

이 편지에 대한 답장으로 어느 것도 적당히 어물쩍 넘어가려는 것은 없었다. 로이가 편지를 보낸 작가들은 로이의 찬사에 우쭐해져서 긴 글의 답장을 보냈다. 모두 작품을 칭찬했다. 로이를 점심식사에 초대한 사람도 있었다. 선배작가들은 로이의 솔직한 태도에 사로잡혀 그 열정에 감탄했다. 로이가 조언을 구하는 겸허한 태도는 갸륵할 정도였고, 조언에 성실하게 따르려는 자세는 감동적이었다. 누구나 그를 눈여겨볼 만한 청년이라고 생각했다.

그의 소설은 굉장한 성공을 거두었다. 덕분에 문단에서 친구가 생겼고, 곧 블룸즈베리와 캠던 힐, 웨스트민스터 등의 다과회에 꼬박꼬박 참석하게 되었다. 손님에게 버터 바른 빵을 나눠주거나, 나이가 든 여성의 빈 찻잔을 치워주기도 했다. 무척 젊고 솔직하며 명랑하고, 누가 농담이라도 하면 매우 유쾌하게 웃는 로이는 자연히 누구에게나 호감을 샀다. 당시 빅토리아 거리나 홀본의 호텔 지하에서는 문인과 젊은 변호사, 리버티 백화점의 비단옷을 입고 구슬 목걸이를 한 여성들이 3실링 6펜스짜리 값싼 음식을 먹으면서 예술과 문학을 논하는 만찬회가 자주 열리고 있었는데, 로이도 거기에 가담했다. 이윽고 그는 식후 연설

1) 보르도 지방에서 나오는 가벼운 레드와인.

을 잘한다고 소문이 났다. 너무나 인상이 좋아서, 경쟁자나 동년배를 포함한 모든 동료작가들은 그가 신사계급에 속한다는 사실마저 관대하게 봐주었다. 로이는 동료작가의 유치한 작품을 너그럽게 칭찬하며, 그들이 원고를 보내 비평을 청하면 결점이 하나도 없다고 말해 주었다. 동료들은 로이가 좋은 친구일 뿐만 아니라 실력 있는 비평가라고 생각했다.

두 번째 작품을 썼다. 선배작가들의 조언을 살려서 매우 심혈을 기울여 쓴 작품이었다. 여러 선배작가들은 마땅히 로이의 청에 응하여, 그가 미리 교섭해둔 신문에 비평을 써주었다. 내용도 당연히 호의적이었다. 그리하여 두 번째 작품도 성공했지만, 경쟁자들이 질투할 만한 대성공은 아니었다. 로이가 엄청난 대성공을 거둘 만한 인물은 못 된다는 추측을 두 번째 작품이 증명한 셈이었다. 정말 좋은 친구지만 위협적인 라이벌이 되지는 않을 거라고 모두들 안심했다. 갈수록 성공을 거두어 명성이 계속 높아질 가능성이 없는 작가에게라면 아무도 조언을 아끼지 않는 법이다. 이 판단이 잘못된 것임을 알고, 이제 와서 쓴웃음을 짓고 있는 몇몇 작가를 나는 알고 있다.

그러나 로이가 잘난 체한다고 숙덕거리는 사람이 있다면 그건 잘못된 것이다. 로이는 젊은 시절 그의 가장 큰 매력이었던 겸손함을 결코 잃어버리지 않았다.

"내가 위대한 소설가가 아니라는 건 잘 알고 있네." 그는 자주 그렇게 말했다. "위대한 작가와 비교하면 나 같은 건 아무 가치도 없어. 전에는 언젠가 나도 위대한 작품을 쓰고 싶다고 생각했지만, 지금은 그런 건 바라지도 않는다네. 사람들에게 저 친구도 최선을 다하고 있구나, 하는 말을 듣는 것만으로도 충분해. 난 열심히 하고 있어. 적당히 하는 건 나 스스로 받아들일 수가 없어. 나도 재미있는 얘기를 쓸 수 있고 진실한 인물을 창조할 수도 있어. 백 마디 말보다 증거 하나가 중요하잖아? 《바늘구멍》은 영국에서 3만 5천 부, 미국에서는 8만 부가 팔렸네. 다음 작품을 연재하는 계약도 최상의 조건으로 따냈다네."

지금도 그가 자기 책을 칭찬해준 평론가에게 편지를 보내 감사의 마음을 전하고 점심에 초대하는 것은 겸허 그 자체가 아니고 무엇이겠는가? 그뿐만이 아니다. 누군가가 그의 작품을 혹평했을 때 그는 어떻게 할까? 어쨌든 유명해진 뒤부터는 적의에 찬 험담을 견디지 않으면 안 되었다. 보통사람 같으면 어깨를 한번 으쓱하고, 자기 작품을 좋아하지 않는 상대에게 속으로 모욕의 말을 퍼붓고는 그것으로 잊어버리지만, 로이는 달랐다. 그는 그 비평가에게 이렇게 편지를 쓴다. 제 작품을 마음에 들어 하지 않는 것은 유감이지만, 선생의 비평은 그 자체로서 무척 재미있고, 이렇게 말하면 분에 넘치나 탁월한 안목과 남다른 감성을 보여주셔서, 꼭 한 말씀 올리고 싶었습니다. 저는 남들 못지않게 향상심이 많고, 새로운 것을 배울 능력도 있다고 생각합니다. 그러하오니 폐가 되지 않는다면 수요일이나 금요일에 시간이 되시면, 사보이에서 함께 점심을 하면서 제 작품의 결점에 대해 얘기를 나누고 싶은데 어떠신지요?

식사를 잘 대접하기로는 로이를 앞지를 자가 없다. 초대받은 비평가는 신선한 굴 여섯 개와 새끼양 등심 한 점을 다 먹을 때쯤이면 비판의 말도 함께 삼켜버리고 만다. 로이의 다음 작품이 나왔을 때, 이 비평가가 신작은 훨씬 나아졌다고 생각하며 그렇게 서평을 쓰는 것은 지극히 자연스러운 과정이다.

살아가면서 잘 처리해야 할 문제들 가운데 하나는 친구관계이다. 옛날에는 무척 친했지만 어느새 서먹서먹해진 친구를 어떻게 다룰 것인가. 만약 둘 다 출세를 못한 상태라면 자연스럽게 헤어지게 되어 나쁜 감정이 남지 않는다. 그러나 한쪽이 유명해지면 미묘한 상황이 된다. 유명해지면 친구도 많아지는데, 옛친구는 그런 사정은 배려하지 않고 옛날과 똑같은 교제를 원한다. 이쪽은 바빠지는데 그런 건 안중에도 없다. 하자는 대로 하지 않으면 한숨을 내쉬며 어깨를 으쓱하고 이렇게 말하는 것이다.

"알았네, 자네도 다른 사람들과 다를 게 없군. 이제 성공했으니 나 같은 친구는 필요 없다는 거겠지."

실은 그렇다고 맞장구를 치고 싶지만, 차마 그럴 용기가 없다. 마음이 약해져서 친구의 초대를 받아들이고 만다. 일요일 저녁 그의 집으로 찾아가 식사를 한다. 차가운 로스트비프는 딱딱해서 씹을 수가 없다. 호주산 냉동 고기를 점심때부터 너무 오래 구운 것이다. 와인은 프랑스 부르고뉴 와인이라고 하는데 그중에서 최하품이다. 이 친구는 본 지구의 호텔 드 라 포스트에서 진짜 부르고뉴 와인을 맛본 적이 없는 게 틀림없다. 다락방에서 빵 한 개를 나눠 먹던 옛날 추억을 얘기하는 건 물론 즐겁지만, 지금 앉아 있는 방이 그 다락방과 다르지 않은 것을 생각하면 민망할 뿐이다. 친구가 자기 책은 팔리지도 않고 단편을 실어줄 잡지도 없다고 말하는 것을 들으면 마음이 불편해진다. 극장 지배인들은 내 희곡 따위는 읽지도 않는다네, 지금 상연되고 있는 작품(여기서 친구는 이쪽을 노려본다)과 비교하면 누가 뭐래도 나만 불쌍하지. 그 말을 들으면 이쪽은 거북해져서 슬그머니 시선을 돌린다. 그리고 자신도 작품 판매에 실패한 경험을 얘기하고, 이쪽도 만만찮게 고생하고 있다는 걸 친구에게 알리려고 한다. 큰맘 먹고 자기 작품에 대해 보잘것없다고 얘기하면, 친구가 그 말에 동의하고 나와서 적이 당황한다. 화제를 돌려 일반대중이 얼마나 변덕스러운지에 대해 이야기하면서, 자신이 지금 얻고 있는 인기도 오래가지 않으리라 생각하고 친구가 안심하도록 머리를 굴려본다. 친구는 다정하지만 엄격하게 비판한다.

"자네의 최신작은 읽지 않았네만, 그 전 작품은 읽었는데……. 제목이 뭐더라?"

가르쳐준다.

"그건 좀 실망했네. 자네의 다른 작품에 비하면 좀 그래. 내가 가장 좋아하는 작품이 뭔지 알고 있지?"

다른 친구한테서도 같은 의견을 들은 적이 있기에, 곧 첫 소설의 제목을 말한다. 스무 살 때 쓴 미숙한 작품이어서 페이지마다 경험이 부족한 풋내가 나는 것은 뚜렷했다.

"자넨 앞으로 그보다 뛰어난 작품은 쓸 수 없을 거야." 친구가 자신 있게 단언한다. 그런 말을 들으면, 마치 첫 작품의 운 좋은 성공 이후 지금까지 계속 뒤로 처진 것 같다. "자넨 그때 촉망받는 작가였지만 결국 기대만으로 끝난 것 같아."

가스난로가 뜨거워서 발은 화상을 입을 지경이지만 손은 얼음장같이 차다. 손목시계를 몰래 보면서, 만약 10시밖에 안 됐는데 그만 돌아가겠다고 하면 옛 친구가 화를 내지 않을까 생각한다. 운전기사에게는 길모퉁이에서 기다리고 있으라고 지시해 놓았다. 괜히 현관 앞에서 기다리라고 했다가 좋은 차 때문에 친구네의 가난함이 눈에 띄면 곤란하니까. 그런데 현관에서 친구가 말한다.

"저쪽 끝에 버스 정류장이 있으니까 거기까지 바래다줌세."

뜨끔해서 실은 차가 기다리고 있다 고백한다. 운전기사가 모퉁이에 차를 세워 두다니 이상하군, 그가 말한다. 아니, 그건 운전기사의 버릇이라고 설명한다. 차 있는 데까지 오자 그는 뭐야, 별로 대단하지도 않네? 하는 듯이 차를 바라본다. 이쪽은 어물거리면서 언제 저녁식사라도 같이하자고 말해본다. 곧 연락하겠다고 약속하고는 차에 탄다. 그리고 만약 클라리지 호텔에 초대하면 잘난 척 한다고 생각할까, 그렇다고 소호의 음식점에 초대하면 인색하다고 생각하지 않을까 머리를 굴린다.

이러한 마음의 갈등은 로이 키어와는 무관하다. 로이는 누구한테든 얻을 것을 다 얻고 나면 철저하게 등을 돌린다. 이렇게 말하면 좀 가혹해 보일지도 모른다. 그러나 가혹하지 않게 말하려면 에둘러 말하거나 농담처럼 얼버무리거나, 아니면 고상하게 귀띔하는 수밖에 없다. 어차피 가혹하다 해도 진실은 진실이므로 굳이 고쳐서 표현하지는 않겠다. 보통사람이라면, 아니 신사라도 도리에 어긋나는 짓을 남에게 했을 때는 언짢은 기분을 느끼게 마련인데, 로이의 심장은 아주 튼튼해서 쓸데없는 감정은 전혀 품지 않는다. 상대를 마음껏 이용하고 내버린 뒤에도 찜찜한 기분 따위는 조금도 없다.

"스미스였나? 좋은 녀석이지만, 그 친구도 최근에는 자꾸 삐딱하게 나와서 곤란하단 말이야. 뭔가 해주고 싶긴 하지만, 글쎄 벌써 몇 년이나 만나지 못했어. 예전 친구와 계속 사귀는 건 좋을 게 없어. 나나 그 친구나 괴로울 뿐이거든. 시간이 지날수록 서로 차이가 벌어지는 건 마땅한 일이야. 그러니까 눈 딱 감고 버리는 수밖에 없지."

그런데 왕립미술원 모임 같은 데서 우연히 스미스와 맞닥뜨리기라도 하면, 또 로이만큼 친절하게 구는 사람도 없다. 힘주어 악수하면서 만나서 정말 반갑다고 얘기한다. 낯빛이 환해지면서 햇살처럼 따뜻한 우정을 퍼붓는다. 스미스는 친구의 두터운 우정에 마음이 따뜻해진다. 그가 이렇게 말한다. "로이가 글쎄, 나도 자네 최신작의 반만큼이라도 되는 훌륭한 작품을 쓸 수 있다면 얼마나 좋을까, 라고 말하더군. 그 친군 정말 착해." 그런데 만약 스미스가 자기를 못 본 것 같다 싶으면 로이는 슬쩍 시선을 피해버린다. 그러나 스미스는 사실 로이를 알아봤다. 그는 로이가 자기를 보고도 못 본 척했다고 분개한다. 옛날에는 초라한 식당에서 스테이크 하나를 반씩 나눠먹거나, 세인트아이브스 어촌에서 한 달 동안 휴가를 함께 즐긴 사이였는데, 스미스가 말한다. 그리고 로이는 속물이라느니 사기꾼이라느니 하면서 욕하는 것이다.

사기꾼이라는 것은 스미스의 오해다. 로이의 가장 큰 특징은 진실함이다. 25년 동안 계속 사기를 칠 수는 없는 노릇이다. 사기, 즉 위선이라는 것은 매우 어렵고 신경이 바닥나는 악덕으로, 결코 쉽게 할 수 있는 일이 아니다. 끊임없는 노력과 남다른 뻔뻔함이 없어서는 안 된다. 위선이라는 것은 불륜을 저지르거나 폭식을 하는 것처럼 이따금 짬이 날 때 할 수 있는 일이 아니다. 그것은 늘 계속해야 하는 일이고, 또 냉소적인 유머 감각도 필요하다. 로이는 많이 웃는 편이지만 유머 감각이 탁월하지는 않은 듯싶다. 냉소적으로 말하는 재주가 없는 것은 분명하다. 그의 소설 가운데 내가 끝까지 읽은 것은 드물지만, 읽다가 만 책은 많다. 페이지마다 그의 진실함이 배어 있는 것은 확실하다. 그것이 그의 변하지 않는 인기 비결이다. 지금까지 로이는 세상 사람들이 그때그때 믿는 것을 언제나 진심으로 믿었다. 귀족에 대해 썼을 때 귀족은 방종하고 부도덕하지만, 일종의 기품이 있고 대영제국을 통치할 만한 능력을 타고났다고 진심으로 믿었다. 후기 들어 중산계급에 대해 썼을 때는 그들이 영국의 기둥이라고 진심으로 믿었다. 그가 그리는 악당은 언제나 악당이고, 남자주인공은 늘 훌륭한 인물이며, 여자는 순결했다.

호의적인 서평을 쓴 비평가를 점심에 초대하는 것은 친절한 견해에 대해 진심으로 감사하기 위해서이고, 비판적인 서평을 쓴 비평가를 초대하는 것은 자신의 창작력을 향상하고자 하는 성실함 때문이다. 텍사스나 호주 서부에 사는 낯선 찬미자가 런던까지 찾아왔을 때 그들을 국립미술관에 안내하는 것은, 애독자에게 교양을 배울 기회를 주기 위해서일 뿐만 아니라, 미술에 대한 사람들의 반응을 관찰하고 싶은 성실한 열정 때문이다. 로이의 강연을 들으면 그 성실함에 고개를 끄덕이지 않을 수가 없다.

강단에 설 때는 야회복을 멋지게 갖춰 입거나, 그 자리에 더 어울린다고 생각되면 오래되기는 했지만 잘 만들어진 신사복을 입는다. 그러고서는 진지하고 솔직한 태도로 청중을 대하는데, 그 겸손한 태도가 매력적으로 느껴질 뿐만 아니라 그가 강연에 완전히 몰두하고 있다는 사실도 뚜렷이 드러난다. 그는 얘기하다가 가끔 일부러 말문이 막히는 척하는데, 그러면 이어지는 말은 극적인 효과를 얻게 된다. 목소리는 굵고 남성적이다. 이야기도 잘해서 결코 지루하지 않다. 영미의 젊은 작가들에 대해 자주 강연하는데, 청중에게 젊은 작가들의 장점을 선배로서 친절하게 설명한다. 그런데 너무 자세하게 얘기해서 그런지, 강연을 듣고 나면 이미 모두 알아버렸기 때문에 그 작품을 읽을 필요가 없다고 생각하게 된다. 그래서 로이가 강연한 지방도시에서는 그가 얘기한 작가의 책은 전혀 팔리지 않고, 로이의 책에 대한 수요만 높아지는 것이다.

그는 감탄스러울 정도로 정력적이었다. 미국 각지뿐만 아니라 영국 전체를 돌아다니면서 강연을 했다. 아무리 작은 클럽이라도, 회원의 향상을 도모하는 아무리 보잘것없는 단체라도, 로이는 요청만 있으면 반드시 한 시간 정도는 흔쾌히 마련해 주었다. 이따금 강연한 내용을 정리하여 아담한 책자로 만들어 발표하기도 했다. 그쪽 분야에 관심이 있는 사람이라면 《현대소설가》, 《러시아소설》, 《작가론》 같은 로이의 작품을 다 읽지는 않아도 띄엄띄엄 골라서 훑어보기는 했을 것이다. 이러한 책에서 문학에 대한 참된 열정과 매력적인 인품이 배어나는 것을 부정할 사람은 아무도 없다.

그러나 그의 활동은 거기서 끝나지 않는다. 작가의 이익을 늘리거나, 병들고 늙어서 빈궁해진 작가를 도우려고 설립된 단체에서도 활약했다. 저작권을 둘러싸고 법적 문제가 발생하면 반드시 적극적으로 견해를 밝혔고, 외국작가와 친선을 도모하기 위한 사절단에는 언제라도 참여했다. 공식 만찬에서는 문학계를 대표하여 인사하는 역할을 언제나 기꺼이 맡아주었다. 외국에서 오는 저명한 작가를 환영하기 위한 위원회에 반드시 이름을 올렸다. 바자회가 열리면, 거기에 어김없이 그의 서명이 든 책이 적어도 한 권은 있었다. 인터뷰를 거절한 적은 한 번도 없었다. 자신이 글을 써서 먹고사는 일이 얼마나 어려운지 누구보다 잘 알고 있기 때문에, 신출내기 저널리스트가 자신과 즐겁게 얘기를 나눔으로써 몇 기니를 벌 수 있는데 그것을 거절할 만큼 냉정하지는 않다고 말했다. 그것은 거짓말이 아니었다. 인터뷰를 할 때 로이는 보통 상대를 점심에 초대하여 처음부터 좋은 인상을 준다. 로이가 내거는 조건은 오직 하나, 기사를 발표하기 전에 보여 달라는 것이었다. 유명인에게 시도 때도 없이 전화를 걸어, 신문 독자들이 선생에 대해 알고 싶어한다면서, 신을 믿느냐, 아침에 무엇을 먹었느냐 따위를 묻는 부류들이 있는데, 로이는 그런 자들에게도 절대로 화를 내지 않는다. 모든 공개토론회에 참석하기 때문에 사람들은 누구나 금주, 채식주의, 재즈, 마늘, 체조, 결혼, 정치, 가정에서 여성의 지위 등에 대한 로이의 견해를 알고 있었다.

그의 결혼관은 추상적이었다. 그는 많은 예술가가 자신의 직업과 양립되기 어렵다고 생각하는 결혼이라는 어려움을 용케도 회피했다. 그가 몇 년 동안이나 어느 지체 높은 유부녀에게 덧없는 애정을 품어온 사실은 널리 알려져 있었다. 그 여성에 대해 말할 때는 언제나 공경하고 찬미하는 어투로 말하지만, 부인은 그를 매정하게 대했다는 소문이 있었다. 그의 중기 소설은 드물게도 어두운 분위기를 띠고 있는데, 아마도 보람 없는 사랑이 그를 괴롭혔기 때문이리라. 그러나 그 괴로운 경험 덕분에 열광적인 팬 가운데 행실이 좋지 않은 미녀들의 유혹을 능숙하게 피할 수가 있었다. 지위가 불안정한 그 여자들은 인기작가와 결혼함으로써 안정된 생활을 보장받으려고 했다. 그들의 반짝이는 눈동자 속에서 결혼에 대한 갈망을 발견하자, 로이는 일생에 단 한 번뿐인 사랑을 위해 누구하고도 결혼할 수 없다고 둘러댔다. 이 거룩한 사랑 이야기를 듣고, 그녀들이 화를 낼지언정 모욕을 받았다고 생각하지는 않았다.

가정생활에서 즐거움과 자식을 얻는 기쁨을 영원히 버려야 한다고 생각하면 로이도 한숨이 나왔다. 하지만 그것은 작가로서의 이상을 위한 일일 뿐만 아니라, 그의 아내가 될지도 모르는 여성을 위해서도 지불해야 하는 희생으로 여기고 견뎌야 했다. 그는 사람들이 작가나 화가 같은 예술가 부인들을 좋아하지 않는다는 것을 잘 알고 있었다. 어디에 가든 부인을 데려가는 예술가는 성가신 존재가 되어, 결국 초대받고 싶은 저택에도 초대받지 못하게 된다. 그렇다고 아내를 집에 두고 외출하면 집에 돌아와서 바가지를 긁히므로, 마음이 불편해지고 일에도 최선을 다할 수 없게 된다. 따라서 이미 쉰 살이 된 앨로이 키어는 앞으로도 계속 독신으로 남아 있을 것이다.

작가가 근면, 상식, 정직, 목적과 수단의 교묘한 조합 등을 통해서 무엇을 해낼 수 있는지, 얼마나 출세할 수 있는지를 더없이 잘 보여주는 본보기가 바로 로이였다. 그는 좋은 사람이고, 항상 트집만 잡으려 하는 못된 사람 외에는 아무도 그 성공을 시기하지 않을 것이다. 누워서 로이에 대해 이런저런 생각을 하다 보면 틀림없이 숙면할 수 있을 것 같았다. 나는 하숙집 여주인에게 전할 메시지를 휘갈겨 쓰고, 파이프 재를 턴 뒤, 거실 불을 끄고 잠자리에 들었다.

2

이튿날 아침 벨을 눌러 편지와 신문을 가져오게 하자 여주인에게 일러둔 전갈에 대한 로이의 회답이 와 있었다. 앨로이 키어가 세인트제임스 거리에 있는 자기 클럽에서 1시 15분에 기다리겠다는 내용이었다. 그래서 나는 1시 조금 전에 내 클럽에 들러 칵테일을 한 잔 마셨다. 로이가 칵테일을 내올 것 같지는 않았기 때문이다. 그런 다음 쇼윈도를 일없이 들여다보면서 세인트제임스 거리를 천천히 걸어 내려갔다. 몇 분쯤 여유가 있기에(나는 약속 시간을 정확하게 지키고 싶지 않았다) 혹시 괜찮은 물건이 있나 하고 크리스티 상점에 들렀다. 그날의 경매는 벌써 시작되어, 키 작고 거무스름한 사내들이 빅토리아 시대의 은제품을 서로 돌려가면서 들여다보고 있었다. 경매인은 그 남자들의 몸짓을 지겨운 듯한 눈길로 좇으면서 밋밋한 목소리로 외친다. "10실링, 11실링, 11실링 6펜스." 6월 초 화창한 날씨였다. 킹 스트리트의 공기는 밝게 빛나고 있었다. 그래서 그런지 크리스티 상점 벽에 걸린 그림들이 무척 어두워 보였다. 나는 밖으로 나갔다. 사람들이 평온하게 거리를 거닐고 있었다. 마치 그날의 느긋한 분위기가 마음속에 스며들어, 갑자기 하던 일을 멈추고 세상 구경이나 하고 싶어져서 산책하러 나온 것 같았다.

로이의 클럽은 조용했다. 대기실에 늙은 문지기와 급사가 있을 뿐이었다. 회원들 모두가 급사장의 장례식에 참석하고 있나? 갑자기 우울한 기분이 밀려왔다. 로이의 이름을 대자, 급사가 모자와 지팡이를 맡아주겠다면서 텅 빈 홀로 나를 데려가더니, 거기서 빅토리아 시대 정치가들의 실물크기 초상화가 걸려 있는 휑뎅그렁한 거실로 안내했다. 로이가 가죽소파에서 일어나 나를 반갑게 맞이했다.

"바로 식당으로 갈까?" 그가 말했다.

칵테일이 나오지 않을 거라는 내 예상은 적중했다. 나는 자신의 눈치 빠름에 우쭐했다. 그가 위풍당당하게 앞장서서 두꺼운 카펫이 깔린 계단을 올라갔다. 도중에 아무도 만나지 않았다. 우리는 외부인용 식당에 들어갔는데 그곳에도 역시 우리 말고는 손님이 없었다. 식당은 매우 깨끗하고 꽤 넓었는데, 벽은 흰색이고 창문은 애덤 양식이었다. 우리가 창가에 앉자 급사가 점잖은 얼굴로 메뉴를 내밀었다. 쇠고기, 양고기와 새끼양고기, 차가운 연어, 사과 타르트, 루바브 타르트, 구스베리 타르트. 판에 박은 듯한 메뉴를 훑어본다. 왠지 한숨이 나왔다. 모퉁이를 돌아가면 근사한 식당이 있는데. 맛있는 프랑스 요리가 있고, 활기찬 이야기소리가 들리며, 여름옷을 입은 어여쁜 아가씨들도 있는 식당이.

"송아지 고기와 햄을 넣은 파이를 권하고 싶네만." 로이가 말했다.

"좋지."
"샐러드는 내가 직접 섞겠네." 로이가 가볍게, 그러나 두말 못하게 하는 어조로 급사에게 말했다. 그러더니 다시 한번 메뉴를 훑어보면서 퍽이나 인심 쓰듯이 말했다. "하나 더 먹자. 아스파라거스도 추가할까?"
"응, 그거 좋네."
그는 약간 더 위엄 있는 말투로 이야기했다.
"아스파라거스 2인분 부탁하네. 요리장한테 직접 맛보라고 해. 그런데 술은 뭐로 할까? 독일산 백포도주 어때? 여기 백포도주가 괜찮아."
내가 동의하자 그는 소믈리에를 불러 달라고 급사에게 말했다. 온화하면서도 위엄 있게 명령하는 그의 태도에 감탄이 절로 나왔다. 그 옛날 품위 있는 국왕이 사령관을 부를 때도 이랬을 거라고 생각했다. 검은 옷을 입은 뚱뚱한 소믈리에가 목에 직함을 표시하는 은목걸이를 걸고, 손에 와인 목록을 들고 힘차게 걸어 들어왔다. 로이는 거만하고 편안한 태도로 고개를 끄덕거렸다.
"이보게, 암스트롱, 21년산 립프라우밀히를 내오게나."
"알겠습니다."
"재고는 아직 있나? 있겠지? 앞으로는 구하기 힘들 텐데."
"네, 그럴까 봐 걱정입니다."
"하지만 앞일을 미리 걱정할 필요는 없겠지. 안 그래, 암스트롱?"
로이는 암스트롱에게 붙임성 있고 쾌활하게 말했다. 암스트롱은 클럽 회원들을 오래 상대해 왔기 때문에 이 말에는 대답해야 한다는 것을 알았다.
"그럼요, 선생님."
로이는 웃으면서 나를 돌아보았다. 암스트롱은 보통내기가 아니야, 눈짓으로 말하는 듯했다.
"좀 차갑게 해주게. 너무 차갑게 하지는 말고, 적당히. 우리 클럽이 손님을 잘 대접한다는 것을 보여드리고 싶네." 로이는 와인을 주문하고 나서 나에게 말을 걸었다. "암스트롱은 여기서 45년이나 일했다네." 소믈리에가 물러가자 말을 이었다. "자네를 이곳으로 초대하길 잘했어. 조용해서 이야기하기에 좋을 거라고 생각했지. 자네와 제대로 얘기해 본 지도 무척 오래됐지? 아주 건강해 보이는데."

그 말에 나도 새삼스레 로이의 얼굴을 살펴보았다.
"자네에 비하면 어림도 없지." 내가 대답했다.
"나야 뭐, 착실하게 금욕적인 생활을 하는 덕택이지. 일도 많이 하고 운동도 충분히 하니까. 그런데 골프 실력은 좀 늘었나? 언제 한 판 겨뤄보세."
로이는 누구하고나 대등하게 겨룰 수 있으니까 나처럼 서투른 사람과 함께 시합하는 것만큼 따분한 일은 없으리라. 그 사실은 알고 있지만, 이런 애매한 초대라면 받아들여도 무방할 것 같았다. 그는 그야말로 건강 그 자체처럼 보였다. 곱슬머리는 상당히 희끗희끗해졌지만 그게 또 잘 어울렸고, 오히려 그 덕분에 진솔해 보이는 검게 탄 얼굴이 더욱 젊어 보였다. 세상의 모든 것을 진지하게 뚫어져라 바라보는 그 눈이 맑게 빛나고 있었다. 젊었을 때는 날씬했지만 지금은 그렇지도 않아서, 급사가 롤빵을 권하자 로이가 호밀빵을 달라고 말하는 것을 듣고도 나는 놀라지 않았다. 하지만 약간 살이 쪄서 더욱 위엄이 느껴졌다. 말을 할 때도 무게가 있었다. 행동거지가 전보다 약간 느릿한 것이, 이 사람이라면 신뢰해도 좋을 것 같은 느낌을 주었다. 의자에 앉을 때도 하도 묵직하게 앉아 있어서 어쩐지 기념비의 대좌 위에 앉아 있는 것 같았다.
로이가 급사에게 하는 말은 대체로 그리 멋지지도 않고 재치 있지도 않다는 것을 독자 여러분께 전달하고 싶었는데, 잘 전달이 되었을지 모르겠다. 그는 유창하게 이야기하는 데다 스스로가 요란하게 잘 웃는다. 그래서 그가 재미있는 말을 하고 있다는 착각이 들 때가 종종 있다. 그는 결코 말이 막히는 일이 없었고, 요즘 유행하는 화제에 대해서도 술술 얘기하기 때문에, 이야기를 듣는 사람은 조금도 어색함을 느끼지 않았다.
작가들은 대부분 스스로 언어의 전문가라고 자부하고 있어서, 일상적인 대화에서도 너무 세심하게 언어를 선택하는 나쁜 버릇이 있다. 무슨 말을 할 때, 자기도 모르게 신중하게 말을 고른다. 쓸데없는 말은 하지 않고 이야기의 핵심만 엄밀하고 정확하게 표현하려고 노력한다. 그래서 작가는 상류계급 사람들과 매끄럽게 대화할 수 없다. 상류계급 사람들은 정신생활이 지극히 단순해서 마땅히 한정된 어휘밖에 사용하지 않으므로, 작가와 얘기를 하면 이내 불쾌해지고 만다. 그래서 웬만하면 작가와 교제하지 않으려 하는 것이다. 그런데 로이하고는 누구나 부담 없이 교제할 수 있었다. 그는 춤을 좋아하는 근위병과 이야기할 때는 근위병이 제대로 이해할 수 있는 언어를 쓰고, 경마를 좋아하는 자작 부인과 이야기할 때는 그 집 마구간에서 일하는 소년의 언어를 썼다. 사람들은 로이가 전혀 작가 같지 않다면서 안심하고 감격했다. 그에게 그보다 듣기 좋은 찬사는 없었다.

현명한 사람들은 늘 몇 가지 상투어(지금은 '대단한데!'라는 말이 흔히 사용되고 있다)나 유행하는 형용사('굉장하다' '낯간지럽다' 등), 동료로서 함께 생활해보지 않으면 잘 알 수 없는 동사('쑤석거리다' 등)를 사용하여 잡담에 활력을 불어넣는 동시에, 머리를 쓸 필요성을 없애 버린다. 미국인은 지구상에서 가장 능률을 중시하는 국민이라서 이러한 언어 사용법을 완벽한 수준에까지 끌어올리고, 낡은 것부터 생기 있는 것까지 폭넓게 유행어를 만들어냈다. 그것을 구사하면 내용에는 전혀 신경 쓰지 않고도 재미있고 신나는 대화를 계속할 수 있었다. 그 결과 비즈니스나 불륜 같은, 더욱 중요한 문제를 생각하는 데 머리를 쓸 수 있는 여유가 생긴다. 로이는 화제가 풍부하고 유행어를 습득하는 감각도 예민한 편이다. 유행어 덕분에 그의 대화는 적당히 맛깔스러워졌다. 그가 그 말을 사용할 때는 언제나 스스로 머리를 써서 만들어낸 신조어인 것처럼 자랑스럽게 열심히 사용했다.

로이는 우리 둘 다 아는 친구 이야기, 화제의 책, 오페라 등등 이런저런 이야기를 늘어놓았다. 그는 무척 쾌활했다. 언제나 붙임성이 좋은 친구지만, 오늘은 유달리 감탄할 만큼 사근사근했다. 그는 나와 만날 기회가 별로 없다는 것을 아쉬워했다. 그리고 그의 장점인 솔직한 태도로, 나에게 얼마나 호감을 갖고 있는지, 내 작품을 얼마나 높이 평가하고 있는지 얘기했다. 그러니까 나도 왠지 호의를 보여야만 할 것 같았다. 지금 내가 쓰고 있는 책에 대해서 그가 묻자, 나도 로이에게 무엇을 쓰고 있는지 물어보았다. 우리 둘 모두 열심히 노력하고 있지만 그에 걸맞는 만큼의 성공을 거두지는 못하고 있다고 서로를 추켜세웠다. 우리는 송아지 고기와 햄이 들어간 파이를 먹었다. 로이는 주절주절 설명을 하면서 샐러드를 섞었다. 그리고 백포도주를 마시고 입맛을 쩝쩝 다셨다.

그런데 도대체 언제 본론으로 들어갈 생각인가.

런던의 사교시즌이 한창인데, 그 유명한 앨로이 키어가 비평가도 아니고 어느 방면에도 영향력을 행사하지 못하는 나 같은 사람과, 마티스나 러시아 발레나

마르셀 프루스트를 논하기 위해 한 시간을 할애하리라고는 도무지 믿기 어려웠다. 더욱이 그가 쾌활하게 행동하고 있기는 해도, 뭔가에 계속 신경 쓰고 있다는 것이 막연하게 느껴졌다. 그가 주머니 사정이 좋다는 걸 모른다면 백 파운드쯤 꿔 달라고 저러나 보다 하고 생각했을 것이다. 그가 마음속에 품고 있는 말을 꺼내지 못한 채 점심이 끝날 것 같았다. 로이가 신중하다는 것은 처음부터 알고 있었다. 오랜만에 만났으니 이번 만남은 우리의 친근한 관계를 회복하는 것으로 끝내는 것이 좋겠다, 오늘의 맛있는 식사를 말하자면 '밑밥'인 거라며 생각하고 있는지도 몰랐다.

"커피는 옆방에 가서 마실까?" 그가 물었다.

"좋을 대로."

"거기가 더 편안할 거야."

나는 그를 따라서 옆방으로 이동했다. 그곳은 식당보다 훨씬 넓었고, 커다란 가죽 안락의자와 거대한 소파가 있었다. 테이블에는 신문과 잡지가 놓여 있다. 구석에서 두 신사가 나직한 목소리로 얘기를 나누고 있었다. 이쪽을 불쾌한 듯이 쳐다보았지만 그 정도에 굴할 로이가 아니다. 그는 붙임성 있게 커다란 목소리로 인사했다.

"안녕하시오, 장군!"

나는 잠시 창가에 서서 활기찬 대낮 풍경을 내다보면서, 세인트제임스 거리의 유서 깊은 건물에 대한 지식이 없는 것을 유감으로 생각했다. 길 건너 클럽의 이름조차 모르는 것이 창피했다. 로이에게 물어보면 되지만 웬만한 신사라면 다 아는 것을 모른다고 경멸할 것 같아서 그만두었다. 그가 등 뒤에서 물었다. "커피 외에 브랜디도 들겠나?" 내가 사양하자 그는 한번 마셔보라고 권했다. 이 클럽의 브랜디는 유명하다는 것이다. 우리는 우아한 벽난로 옆 소파에 나란히 앉아서 여송연에 불을 붙였다.

"에드워드 드리필드가 마지막으로 런던에 왔을 때 여기서 함께 점심을 먹었지." 로이가 무심한 듯이 말했다. "선생에게 여기 브랜디 맛을 보여드렸더니 무척 좋아하시더군. 실은 지난 주말에 선생의 미망인을 찾아갔었네."

"그래?"

"부인이 자네에게 꼭 안부 전해 달라고 하시더군."

"아주 친절한 부인이시군. 나를 기억해 주시다니 뜻밖인데?"

"뜻밖은 무슨. 잘 기억하고 계셨어. 6년 전에 거기서 점심을 함께했다던데. 부인 얘기로는 선생이 자네를 다시 만나서 무척 기뻐하셨다더군."

"하지만 부인은 그렇지 않았을걸."

"아니야, 전혀 아니야. 하기야 부인이 신경을 좀 곤두세우기는 했겠지. 선생을 만나려는 사람들이 워낙 많아서 말이야. 부인으로서는 남편의 건강을 염려하지 않을 수 없었을 거야. 선생은 자기 몸을 제대로 돌보지 않으시니까, 그만큼 부인이 고생이 많았지. 선생이 여든넷이 될 때까지 그렇게 몸도 마음도 건강하게 유지할 수 있었던 건 다 부인 덕분이야. 선생이 돌아가신 뒤 부인을 여러 번 만났는데 무척 외로워하시는 것 같았어. 어쨌든 그분은 25년 동안이나 오직 남편을 위해 헌신했으니까. 남편이 죽고 나자 갑자기 할 일이 없어진 거야. 정말 안됐어."

"아직 젊은 편이니 어쩌면 재혼할지도 모르잖아."

"아니 아니, 그런 일은 없을 거야. 말도 안 돼."

얘기가 끊어지자 우리는 브랜디를 홀짝거렸다.

"무명시절의 드리필드를 아는 사람 가운데 지금까지 살아 있는 사람은 몇 안 되는데, 자네도 그중 한 명이지. 한때는 자주 만나지 않았나?"

"글쎄, 그때 난 햇병아리였고 그는 중년이었네. 그러니까 서로 허물없는 친구였다고는 할 수 없어."

"그랬을 테지. 하지만 선생에 대해 다른 사람들보다는 더 잘 알고 있겠지?"

"뭐, 그럴지도 모르지."

"그런데 그의 회상기 같은 것을 써야겠다는 생각은 안 해봤나?"

"뭐? 아니, 전혀 생각도 안 해봤네!"

"써야 하지 않을까? 그분은 현대의 가장 위대한 작가니까 말일세. 빅토리아 시대의 마지막 작가이기도 하고. 그야말로 거장이었어. 내 생각에는 지난 수백 년 동안 나온 작품들 중에서도 선생의 작품이 가장 오래도록 살아남을 걸세."

"글쎄, 난 그분의 작품은 어느 것이나 다 지루하다고 생각하는데."

로이가 재미있다는 듯이 눈을 반짝이면서 나를 바라보았다.

"정말이지 자네다운 말이야. 하지만 자네의 견해는 소수 의견이라는 걸 인정하게. 난 선생의 소설을 한 여섯 번은 되풀이해서 읽었는데, 읽으면 읽을수록 더 좋은 것 같아. 그가 사망했을 때 나온 추모기사는 봤나?"
"몇 개는 봤지."
"견해가 모두 일치하더군. 정말 놀랐어. 난 모조리 다 읽었다네."
"전부 다 똑같다면 굳이 다 읽을 필요도 없었을 텐데?"
로이가 화내는 기색도 없이 그저 커다란 어깨를 으쓱했다. 하지만 내 말에는 대답하지 않았다.
"《타임스》의 〈문예면 부록〉이 훌륭했지. 선생이 읽어봤더라면 얼마나 좋아했을까. 게다가 《쿼털리》에서는 다음 호에 논문을 실을 예정이라더군."
"그래도 난 역시 그의 소설은 지루하다고 생각하네."
로이는 너그럽게 웃었다.
"유명한 비평가들과 의견이 다르다고 생각하면 불안하지 않나?"
"별로. 나도 글을 쓴 지 벌써 35년이나 되네. 그동안 작가들이 나타났다 사라지는 걸 많이 보아왔지. 천재라고 추앙받으면서 짧은 시간 동안 영광을 누린 뒤 망각의 저편으로 사라져간 사람이 얼마나 많았는지! 그 사람들 지금은 어떻게 되었을까? 죽었거나 정신병원에 갇혀 있거나, 아니면 과거를 숨긴 채 월급쟁이로 살고 있으려나? 어쩌면 시골마을에서 의사나 독신 여성들에게 몰래 자기 소설을 빌려주고 있는지도 모르지. 이탈리아의 어떤 하숙집에서 아직도 인기작가로 통하고 있을지도 모르고."
"맞아, 그들이 일종의 불꽃같은 무리라는 건 나도 알고 있다네."
"알고 있는 정도가 아니라, 자네는 그들에 대해 강연까지 하고 있지 않나."
"그 정도야 해야지. 어차피 성공할 리 없다는 건 알아. 그래도 도움의 손길을 내밀고 싶다네. 그만한 친절을 베푸는 건 일도 아니잖아. 하지만 드리필드 선생은 그런 부류와는 전혀 달라. 그의 전집은 37권이나 되고, 얼마 전 소더비즈에 나온 세트는 78파운드에 팔렸다더군. 그만하면 알 수 있지. 판매부수도 해마다 꾸준히 오르는데 작년에는 정점에 다다랐어. 지난번에 찾아갔을 때 미망인이 계산서를 보여주더군. 틀림없이 후세까지 이름을 남길 거야."
"그걸 누가 알겠나?"
"마치 자네는 알고 있다는 듯한 말투인데?"
로이가 모지락스럽게 응했지만 나는 화내지 않았다. 내가 그의 속을 긁어놓는 데 성공했다는 사실을 깨닫고 기분이 좋아진 것이다.

"나는 내가 어렸을 때 본능적으로 내린 판단이 옳았다고 생각하네. 모두 칼라일은 위대한 작가라고 말하더군. 그래서 《프랑스 혁명》이나 《의상철학》 같은 책들을 도저히 읽을 수 없는 나 자신이 부끄러웠지. 하지만 지금 그런 것을 읽는 사람이 있을까? 다른 사람들의 견해가 내 견해보다 옳을 거라고 생각해서 조지 메러디스는 거장이라고 나 자신에게 주입시켰지. 하지만 속으로는 그가 거들먹거리고 산만하며 성실하지 않다고 생각했네. 요즘은 많은 사람들이 그렇게 생각하고 있지 않나? 월터 페이터를 존경하는 것이 교양 있는 청년의 증거라고 모두 말하기에 나도 월터 페이터를 존경했다네. 하지만 사실 《마리우스》는 끔찍하게 지루하더군."

"맞아, 페이터를 읽는 사람은 이젠 아무도 없을 거야. 메러디스도 한물갔고, 칼라일은 잘난 체하는 허풍쟁이지." 로이가 맞장구를 쳤다.

"30년 전에는 그들이 얼마나 인기 있었는지 아나? 그 명성은 영원할 것 같았지."

"자네는 실수로 잘못 판단한 적이 한 번도 없었나?"

"한두 번은 있었지. 뉴먼을 지금보다 과소평가했고, 피츠제럴드가 쓴 가벼운 느낌의 4행시를 전에는 굉장히 높이 평가했지. 괴테의 《빌헬름 마이스터》도 읽을거리가 못 된다고 생각했는데 지금은 걸작이라고 생각하네."

"그때도 지금도 변함없이 걸작이라고 생각하는 건?"

"글쎄, 《트리스트럼 섄디》, 《에밀리아》, 《허영의 시장》, 《보바리 부인》, 《파르마의 수도원》, 《안나 카레니나》. 그리고 워즈워스, 키츠, 베를렌 정도?"

"실례가 될지 모르지만, 별로 독창적인 선택은 아닌 것 같군."

"그래, 맞는 말이야. 내 판단에 어떻게 그리 자신이 있느냐고 자네가 물어서 대답한 것뿐이네. 전에는 소심해서 여론에 따라 존경하는 척했지만, 그 당시 일류라고 존경받던 작가들을 난 사실 높이 평가하지 않았네. 시간이 지날수록 점차 나의 본능적인 판단이 옳았다는 것이 증명되었지. 그리고 전에 내가 본능적으로 진심으로 좋아한 작품들은 시련을 이겨낸 끝에, 이제는 나도 비평가들도 높이 평가하고 있다네."

로이는 잠시 말이 없었다. 그는 찻잔 바닥을 들여다보았다. 커피가 남아 있나 보려고 그랬는지 이야깃거리를 찾느라고 그랬는지 알 수 없었다. 나는 벽난로 선반 위에 놓인 시계를 힐끗 보았다. 몇 분만 있으면 자리를 뜨기에 적당한 시간이 되리라. 어쩌면 내가 로이를 오해했는지도 모른다. 오늘 나를 초대한 것은 셰익스피어에서 글래스 하모니카에 이르기까지 여러 가지 화제로 잡담을 나누기 위한 것이었는지도 모른다. 무슨 속셈이 있을 거라고 넘겨짚은 것이 미안해서 속으로 반성했다. 새삼스럽게 그를 바라보았다. 만약 그가 적당히 잡담이나 하려는 목적밖에 없었다면, 이제까지 나를 상대하느라 지치고 실망했을 것이 분명했다. 사심이 전혀 없었다면, 적어도 지금은 상대의 비위를 맞춰가며 가까이하는 건 어지간히 피곤한 일이라고 생각하고 있을 것이다. 그러나 내가 시계를 보는 걸 알고 로이는 다시 입을 열었다.

"60년 동안이나 계속 글을 쓰면서 해마다 작품을 발표하고 꾸준히 독자를 늘려온 드리필드가 높이 평가받을 만한 가치가 없다고? 나로서는 자네 생각을 이해할 수 없군. 어쨌든 펀코트 저택에는 여러 선진국의 언어로 번역된 그의 작품이 가득 진열된 서가가 있다네. 물론 지금 보면 구식이다 싶은 작품도 많기는 해. 그건 나도 기꺼이 인정하네. 그가 활약한 시대의 풍조에 따르다보니 작품이 대체로 산만해지기는 했어. 줄거리는 대부분 멜로드라마 같고. 하지만 그의 작품 전체에는 누구나 인정할 수밖에 없는 놀라운 특질이 하나 있네. 그건 바로 아름다움이야."

"흠, 그래?" 내가 말했다.

"가장 중요한 건 아름다움이 가득하지 않은 페이지가 하나도 없다는 사실이네."

"그래?"

"그분의 팔순 잔치 때 친구들이랑 다 같이 초상화를 선물하러 저택에 찾아갔거든. 그때 자네도 있었으면 좋았을걸. 정말 기억에 남을 만한 장면이었어."

"신문에서 본 것 같네."

"작가들만 모인 게 아니었어. 과학, 정치, 사업, 미술계를 대표하는 저명인사들이 참석했지. 블랙스터블에 도착한 열차에서 그렇게 많은 명사들이 한꺼번에 내린 건 아마 그때가 처음이었을걸? 수상이 그에게 공로훈장을 주었을 때는 정말 감동적이었지. 선생의 연설도 훌륭했고. 그걸 들으면서 눈물을 흘리는 사람도 있었을 정도니까."

"드리필드도 울었나?"

"아니, 선생은 이상하게 침착했어. 평소와 똑같았지. 조금 멋쩍은 표정을 짓고 계셨지만 온화하고, 또 무척 정중하셨어. 손님들에게 물론 감사하고 계셨지만 조금 덤덤하기도 했고. 부인은 남편이 너무 무리하지 않도록 신경을 썼어. 우리가 식당에서 점심을 먹는 동안 남편은 서재에서 혼자 식사하도록 했지. 사람들이 커피를 마시고 있을 때 나 혼자 서재에 가봤는데, 선생님은 파이프를 피우면서 초상화를 바라보고 계셨어. 감상을 여쭈었더니 대답 대신 희미하게 미소를 짓더군. 그분이 이제 틀니를 빼도 괜찮을까 묻기에, 안 됩니다, 대표단이 곧 작별 인사를 하러 들어올 겁니다 대답했어. 그러고 나서 오늘은 정말 멋진 하루였다고 말했더니 선생님은 '덧없어, 아주 덧없어' 하시더군. 사실은 몹시 지쳐 있었던 것 같아. 선생님은 만년에 식사할 때마다 음식을 흘렸고, 담배를 피울 때도 마찬가지였어. 파이프에 담배를 채울 때는 온몸에 담배 가루를 뒤집어쓰곤 했지. 드리필드 부인은 남편의 그런 모습을 다른 사람에게 보여주고 싶어하지 않았어. 물론 나는 괜찮다고 했지만. 난 선생이 흘린 것을 치우고, 사람들 앞에 나서도 부끄럽지 않도록 해 드렸네. 그러자 모두 들어와서 선생님과 악수를 하고 돌아갔지."

나는 일어섰다.

"자, 이제 그만 가야겠네. 만나서 무척 즐거웠어."

"난 레스터 화랑의 초대전에 갈 참이야. 아는 사람들이 참석하거든. 자네도 같이 가겠나?"

"아니, 사양하지. 나도 초대장은 받았지만, 별로 가고 싶은 생각이 없군."

우리는 계단을 내려와서 모자를 받았다. 밖으로 나가 피커딜리 광장을 향해 걷기 시작했다.

"광장까지 함께 가세." 그렇게 말하고 로이는 보조를 맞췄다. "자네, 첫 번째 부인에 대해 알고 있지?"

"누구 부인?"

"드리필드 말이야."

"아!" 나는 드리필드 이야기는 까맣게 잊어버리고 있었다. "알지."

"잘 아나?"
"꽤 아는 편이지!"
"끔찍한 여자였다던데?"
"그건 아닐걸."
"아주 천박한 여자였을 거야. 술집 여자였다지, 아마?"
"맞아."
"도대체 뭣 때문에 선생이 그런 여자와 결혼했는지 모르겠네. 그 여자가 몹시 불성실하다는 이야기를 자주 들었거든."
"확실히 행실이 좋지는 않았지."
"그 여자에 대해 조금이라도 기억하고 있나?"
"아주 생생하게 기억하네. 상냥한 여자였어."
로이가 한순간 웃음을 지었다.
"사람들의 평판과는 다르군."
나는 대답하지 않았다. 피커딜리에 이르렀을 때 나는 걸음을 멈추고 로이에게 손을 내밀었다. 그는 악수는 했으나 여느 때와 같은 열의가 느껴지지 않았다. 그가 실망한 것은 명백한데, 이유가 무엇인지 힌트조차 주지 않아서 대응할 수도 없는 노릇이었다. 리츠 호텔의 아케이드 아래를 지나 공원 울타리를 따라 하프문 거리까지 천천히 걸으면서, 내 태도가 심하게 냉담했는지 생각해 보았다. 어쨌든 로이는 오늘 같은 상황에서 나에게 뭔가를 부탁할 수는 없다고 판단한 게 분명했다.
나는 하프문 거리를 걸어 올라갔다. 피커딜리의 왁자지껄한 소음에서 벗어나니 조용하고 쾌적한 분위기가 나를 맞이했다. 이 거리는 고요하고 기품이 있었다. 대부분 집들은 방을 세놓고 있었는데, '임대 문의' 같은 노골적인 광고 팻말을 드러내놓는 일은 하지 않았다. 어떤 집은 병원처럼 광을 낸 커다란 놋쇠 간판을 내걸고, 또 어떤 집은 현관 위 창문에다가 '하숙집'이라고 페인트로 예쁘게 써놓기도 했다. 몇몇 집은 좀더 점잖게 집주인의 이름만 써놓았다. 그래서 잘 모르는 사람이 보면 양복점이나 전당포로 착각할 만했다. 이곳은 저민 거리처럼 하숙집이 많았지만 그만큼 교통이 혼잡하지는 않았다. 이 거리에서는 군데군데 멋진 자동차가 집 앞에 주차되어 있거나, 가끔 택시에서 중년여성이 내리는 일도 있었다. 이 동네에서 방을 빌린 사람들은, 저민 거리의 사람들처럼 화려하고 다소 저속한 사람들—이를테면 숙취에서 깨어나려고 해장술을 찾는 도박광—은 아니었다. 런던의 사교시즌에 맞춰 시골에서 올라와 6주일 동안 이곳에 머무는 고상한 부인이나, 유명한 클럽 회원인 나이 지긋한 신사 같은 사람들이었다. 그들은 해마다 같은 하숙방을 이용하고 있는 것 같았는데, 어쩌면 집주인이 옛날에 어느 저택에서 집사로 일하던 무렵부터 서로 알고 지낸 사이인지도 모른다. 우리 하숙집 여주인 미스 펠로스도 전에는 어느 저택의 요리사였다. 하지만 그녀가 셰퍼드 시장에서 장을 보는 모습을 목격한다 해도, 그녀의 옛날 직업을 짐작할 수 있는 사람은 아무도 없을 것이다. 요리사라면 뚱뚱하고 얼굴이 붉으며 좀 지저분할 거라고 흔히들 생각하겠지만, 그녀는 전혀 달랐다. 몸은 말랐고 자세가 똑바르며, 소박하면서도 유행에 맞는 옷을 입은 야무지게 생긴 여자였다. 입술에는 립스틱을 바르고 안경을 쓰고 있었다. 일처리가 시원시원하고 차분하며 냉소적인 데다 무척 사치스러웠다.

내가 세든 방은 1층에 있었다. 거실에는 오래된 대리석 무늬 벽지를 발라놓았고, 벽에는 말 탄 기사가 귀부인에게 작별인사를 하는 장면이나, 넓은 홀에서 연회를 열고 있는 낭만적인 장면을 그린 수채화가 걸려 있다. 커다란 양치식물을 심은 화분이 몇 개 있고, 빛바랜 가죽을 씌운 안락의자도 있었다. 방 안에는 어딘지 모르게 1880년대의 분위기가 감돌았다. 창밖을 내다보면 크라이슬러 자동차가 아닌 이륜마차가 서 있을 것 같았다. 창문에는 골지게 짠 묵직한 붉은색 커튼이 드리워 있었다.

3

그날 오후에는 할 일이 많았지만 로이와 주고받은 이야기의 영향인지 내 마음은 기억의 오솔길을 거닐기 시작했다. 사실 오로지 로이와의 대화 때문만은 아니었다. 옛날에 대한 추억, 즉 아직은 그렇게까지 늙지 않은 사람들의 마음속에 자리 잡고 있는 과거에 대한 그리움이, 내 방에 들어선 순간 왠지 모르게 평소보다 강하게 되살아났기 때문이기도 했다. 마치 나보다 먼저 이 하숙집에 살았던 모든 사람들이, 옛날에 유행한 풍습에 따라 기묘한 옷차림을 한 채로 내 방에 몰려 들어온 것 같았다. 남자들은 아래로 내려갈수록 퍼지도록 구레나룻을 다듬고 프록코트를 입었으며, 여자들은 버슬과 주름장식이 있는 치마를 입었다. 우리 집은 하프문 거리 언덕 위에 있는데 거기까지 런던 시내의 소음이 들리는 건지 아니면 단순한 나의 상상이었는지 알 수 없지만, 그 소음과 더불어 쾌청한 6월 낮의 아름다움('처녀처럼 생기 있고 아름다운 오늘'이라고 말라르메는 노래했다)은 내 환상에 찌르는 듯한 자극을 주었다. 하지만 결코 불쾌하지는 않았다. 내가 보고 있는 과거는 현실미를 잃었다. 나는 어두운 관중석 뒷줄에 앉아 연극의 한 장면을 보듯이 그것을 바라보고 있었다. 하지만 장면은 그런대로 선명했다. 살다 보면 다양한 인상들이 끊임없이 밀려오면서 하나하나의 인상은 윤곽이 희미해지게 마련이지만 이 장면은 그다지 흐릿하지는 않았다. 빅토리아 시대 중기의 화가가 세밀하게 그린 풍경화처럼 뚜렷하고 명료한 장면이었다.

생활에서는 40년 전에 비하면 지금이 더 재미있다는 느낌이 든다. 사람들도 지금이 훨씬 더 순하다고 생각한다. 옛날 사람들이 더 훌륭하고 품행이 바르며 똑똑했다고 하는데, 과연 그럴까? 옛날 사람들이 걸핏하면 화를 낸 것은 분명하다. 폭음과 폭식을 하고 운동은 거의 하지 않았기 때문이다. 그래서 간이 나빠지고 소화기능도 약해져서 늘 신경질적이었다. 아니, 런던 사람들이 그렇다는 것은 아니다. 나는 성인이 될 때까지 런던에 대해서는 전혀 몰랐다. 또 사냥을 즐기는 훌륭한 양반들을 꼬집는 것도 아니다. 시골구석에 살고 있는 평범한 사람들이 그렇다는 것이다. 가난한 신사, 목사, 은퇴한 관리 같은 지역사회의 구성원들이다. 그들의 생활은 어찌나 단조로운지 믿을 수 없을 정도였다. 동네에 골프장 같은 것은 아예 있지도 않았다. 몇몇 집에 손질이 덜 된 테니스장이 있긴 했지만 테니스를 치는 사람은 젊은이들뿐이었다. 1년에 한 번씩 공회당에서 무도회가 열렸다. 마차를 소유한 사람은 오후에 드라이브를 하러 나갔고 마차가 없는 사람들은 건강을 위해 산책을 했다. 특별한 오락 같은 것은 없었지만, 처음에 오락을 접한 적이 없어서 아무도 아쉬워하지 않았던 것 같다. 가끔 다과회에 서로 초대하면, 악보를 가지고 가서 모드 발레리 화이트나 토스티가 작곡한 노래를 부르면서 즐기기도 했다. 그러나 하루하루는 길고 지루했다. 서로 1마일 정도 거리 내에 살 수밖에 없으면서도 서로 싸우며 미워했고, 그래도 작은 마을이라 매일같이 얼굴을 마주치고는 시선을 피한다. 그것이 20년이나 변치 않고 계속되는 것이다. 사람들은 잘난 체하고 완고하며 이상했다. 어쩌면 그런 생활

환경 때문에 특이한 인물들이 태어났는지도 모른다. 요즘에는 너나 나나 다 비슷하지만, 전에는 그렇지 않았고 각자 독특한 개성을 지니고 있었기에 눈에 띄었다. 어쨌든 사귀기 쉬운 사람들은 아니었다. 요즘 사람들은 경박하고 무심할지 모르지만, 괜히 신경의 날을 세우지 않고 서로를 순순히 받아들인다. 지금은 풍속과 관습이 철저하지 않지만 서로를 배려하는 점은 있다. 다들 예전에 비해 유연해져서 그다지 까다롭지가 않다.

나는 켄트주 해안에 있는 작은 도시 변두리에서 숙부 내외와 함께 살았다. 블랙스터블이라는 마을에서 숙부는 목사로 지내고 있었다. 숙모는 독일 사람이었다. 가난한 귀족의 딸이었으므로 시집올 때 가지고 온 것이라고는 17세기의 조상이 만들었다는 상감 세공한 책상과 술잔 한 세트뿐이었다. 내가 그 집에서 살게 되었을 때는 몇 개 안 남은 술잔이 응접실에 장식되어 있었다. 나는 표면에 멋진 문장(紋章)이 빈틈없이 조각되어 있는 그 술잔을 무척 좋아했다. 혼인을 맺은 여러 집안의 문장을 숙모는 늘 자랑스럽게 설명해주곤 했다. 문장을 받치고 있는 동물들도 훌륭했고, 특히 왕관에서 뻗어나온 장식은 기가 막히게 낭만적이었다. 숙모는 소박한 노부인으로, 그리스도교도답게 얌전한 성격이었다. 그러나 정해진 봉급 외에는 수입이 거의 없는 가난한 목사와 결혼한 지 30년이 넘었는데도, 자기가 귀족 출신이라는 사실을 한시도 잊지 않았다. 어느 해 여름, 런던의 부유한 은행가—오늘날 그 이름은 금융계에 널리 알려져 있다—가 휴가차 이웃의 별장을 빌렸을 때 숙부는 그를 방문했지만(특별성직자협회에 기부해 달라고 부탁하기 위해서였을 것이다), 숙모는 장사꾼하고 사이좋게 지낼 수는 없다면서 방문하지 않았다. 하지만 숙모를 거만한 속물이라고 말하는 사람은 한 사람도 없었다. 다들 마땅한 일이라고 생각했다. 은행가에게는 내 또래의 아들이 있었는데 어쩌다 보니 나하고 친해졌다. 그 아이를 목사관에 데리고 와도 되느냐고 물어보았을 때 일어났던 논쟁은 아직도 기억하고 있다. 그분들은 마지못해 허락했지만 내가 답례차 그 집을 방문하는 것은 금했다. 숙모는 다음에는 광부네 집에 가려고 할 것이라고 말했고, 숙부는 근묵자흑(近墨者黑)이니 조심하라고 말했다.

은행가는 일요일 오전에는 으레 교회에 와서 헌금접시에 반 파운드짜리 금화를 넣었다. 그러나 자기가 인심 좋게 돈을 쓰면 주위 사람들이 감탄할 거라고 생각했다면 착각이다. 블랙스터블 사람들은 그가 헌금을 잘한다는 사실은 알고 있었지만 단순히 돈 자랑이라고 생각했다.

블랙스터블 중심가에는 바다로 통하는 길고 꾸불꾸불한 큰길이 있었다. 거기에는 작은 이층집들이 늘어서 있었는데 대부분 일반주택이지만 상점도 꽤 있었다. 또 최근에 만들어진 골목길이 큰길에서 많이 뻗어 나와서, 한쪽은 시골, 또 한쪽은 늪지대에서 끝나고 있었다. 항구 가까이에는 좁고 구불구불한 길이 빽빽하게 모여 있었다. 석탄 운반선이 뉴캐슬에서 블랙스터블로 석탄을 날라 오기 때문에 항구는 늘 활기에 차 있었다. 혼자 외출할 수 있는 나이가 되자 나는 종종 항구로 산책을 갔다. 그곳에서 몇 시간이고 돌아다니면서, 더러운 셔츠를 입은 거친 사나이들의 모습과 석탄을 운반하는 광경을 구경했다.

나는 블랙스터블에서 에드워드 드리필드를 처음 만났다. 열다섯 살 나던 해에 여름방학을 맞아 학교에서 집으로 돌아왔을 때였다. 집에 돌아온 다음 날 아침, 나는 수건과 수영복을 가지고 바닷가로 나갔다. 구름 한 점 없이 맑고 무더운 날이었다. 그러나 북해(北海)의 바람이 상쾌한 바다내음을 실어 와서 숨만 쉬고 있어도 기분이 좋았다. 겨울이면 이곳 블랙스터블 사람들은 차가운 바람에 되도록 피부가 노출되지 않도록 몸을 웅크리고 사람이 드문 거리를 잰걸음으로 걸어가는데, 지금은 다들 느긋하게 걷고 있다. 흥청대는 듀크 오브 켄트와 베어 앤드 키, 두 술집 사이의 공터에 사람들이 모여 있었다. 동부 잉글랜드 사투리로 시끄럽게 떠드는 소리가 들려왔다. 약간 느리고 거친 사투리이기는 하지만 내 귀에는 그리움 때문인지 느긋하니 기분 좋게 들렸다. 그들은 탱탱한 피부에 눈이 파랗고, 광대뼈는 툭 튀어나왔으며 머리는 밝은 색이었다. 깨끗하고 정직하며 솔직한 표정들이었다. 그리 영리한 편은 아니지만 성실했다. 참으로 건강해 보이고 키는 작아도 튼튼하며 활발했다. 그 무렵 블랙스터블에는 자동차가 별로 없었기 때문에, 길바닥에 모여서 잡담을 나누는 사람들은 의사가 탄 이륜마차나 빵집 마차가 올 때 말고는 길을 비킬 필요도 없었다.

은행 앞을 지나갈 때 나는 지배인에게 인사를 하러 들어갔다. 그는 숙부님 교회의 교구위원이었다. 거기서 나오다가 교회 부목사를 만났다. 낯선 남자와 함께 있었는데 나를 그에게 소개해 주지는 않았다. 그는 턱수염을 기른 작달막한 남자로, 선명한 갈색 니커보커스 바지를 입고 있었다. 무릎 밑에서 졸라맨 헐렁한 반바지에 남색 긴 양말, 검은 부츠를 신고 중산모까지 써서 차림새가 무척 화려했다. 니커보커스 바지는 그 당시 블랙스터블에서는 흔치 않은 복장이었다. 그때 나는 아직 어렸고, 남학교에서 갓 돌아와서 기세등등했기 때문에 이 사람은 아니꼬운 작자라고 섣불리 단정해버렸다. 내가 부목사와 이야기를 나누는 동안 그는 엷은 푸른색 눈에 미소를 띠고 친근하게 나를 바라보았다. 그가 금방이라도 대화에 끼어들 것 같아서 나는 일부러 무시하는 듯한 태도를 지었다. 사냥터지기처럼 니커보커스 바지나 입은 녀석이 말참견하는 꼴을 보고 싶지 않았다. 친숙한 듯이 싱글거리고 있는 것이 마음에 들지 않았다. 그때 나는 하얀 플란넬 바지를 입고, 가슴에 학교 배지를 단 푸른색 웃옷을 걸치고, 챙이 넓은 흑백 밀짚모자를 쓴 빈틈없는 차림새였다. 잠시 뒤 부목사가 그만 가봐야겠다고 말했다. 듣던 중 반가운 말이었다. 나는 거리에서 아는 사람을 만나면 좀처럼 헤어지지 못하고 계속 우물쭈물하기 때문이다. 부목사는 오후에 목사관에 들를 테니 숙부님께 그렇게 전해 달라고 말했다. 헤어질 때 그 낯선 남자가 나에게 고개를 끄덕이며 미소를 보냈으나 나는 차가운 시선으로 쳐다보기만 했다. 이 사람은 단순한 피서객이다. 블랙스터블 사람들은 피서객들과는 어울리지 않는다. 우리는 런던 사람들이 상스럽다고 생각했다. 매년 여름마다 도시에서 이렇게 상스러운 사람들이 몰려오는 건 불쾌하다고들 말했지만, 그래도 상인들에게는 그들이 소중한 손님이었다. 하지만 그 상인들조차 9월 말이 되어 그런 자들이 물러가고 블랙스터블이 다시 조용해지면 안도의 한숨을 내쉬었다.

점심을 먹으려고 집에 돌아갔을 때는 머리카락이 아직 덜 말라서 머리에 찰싹 달라붙어 있었다. 나는 아까 부목사를 만났는데 오후에 우리 집에 들르겠다더라는 말을 숙부에게 전했다.

"아, 셰퍼드 할머니가 돌아가셨기 때문일 거다." 숙부가 설명했다.

부목사의 이름은 갤러웨이였다. 키가 크며 말랐고 얼굴도 못생겼다. 검은 머리는 언제나 헝클어져 있으며 얼굴은 작고 혈색이 좋지 않았다. 아직 젊은 나이인데도 나에게는 중년으로 보였다. 말이 아주 빠르고 손짓 몸짓이 부산스러웠다. 그래서 사람들은 그를 이상한 사람이라고 생각했다. 숙부 또한 그가 아주 부지런한 사람만 아니었어도 되도록 고용하고 싶지 않았을 것이다. 하지만 게으른 편인 숙부는 귀찮은 일거리를 대신 처리해주는 사람이 곁에 있어서 다행으로 여기고 있었다. 갤러웨이 씨가 숙부와 함께 처리해야 할 일을 끝낸 다음 숙모에게 인사하러 오자, 숙모는 차를 마시며 가라고 붙들었다.

"오늘 아침에 함께 있던 사람은 누구예요?" 나는 그가 자리에 앉자 물어보았다.

"아, 에드워드 드리필드 씹니다. 소개하지 않아서 미안해요. 하지만 당신이 그런 사람과 인사하는 걸 숙부님이 좋아하실 것 같지 않아서요."

"맞아, 그런 사람과 알고 지내면 안 돼." 숙부가 말했다.

"왜요, 도대체 어떤 사람인데요? 블랙스터블 사람 아니에요?"

"이 교구에서 태어나긴 했지. 아버지는 펀코트의 울프 씨네 관리인이었어. 하지만 그 집 사람들은 개신교였단다."

"그 사람은 블랙스터블 여자와 결혼했습니다." 갤러웨이 씨가 말했다.

"국교회 교회에서 결혼했지요, 아마. 상대는 레일웨이 암스라는 술집에서 일하는 여급이었다던데. 정말인가요?" 숙모가 물었다.

"그런 데 있었던 것 같기는 해요." 갤러웨이 씨가 히죽거리면서 말했다.

"오래 머물 건가요, 그 사람?" 숙모가 다시 물었다.

"아마도 그럴 겁니다. 조합 교회 예배당이 있는 새로 생긴 거리에다가 집을 얻었으니까요." 부목사가 대답했다.

그때 블랙스터블에 새로 생긴 거리에도 물론 이름이 있었지만, 아는 사람은 거의 없었고 알고 있어도 사용하지 않았다.

"교회에는 나온다던가?" 숙부가 물었다.

"그런 얘기는 아직 못 들었습니다. 하여튼 아주 교육을 많이 받은 사람이에요."

"그게 도무지 믿어지지가 않는단 말이야." 숙부가 말했다.

"제가 알기로는 하버샴 고등학교에 다녔고 장학금과 상도 많이 탔지요. 옥스퍼드의 워덤 칼리지에서도 장학금을 타게 되었지만 진학하지 않고 그냥 선원이 되었어요."

"그래, 무모한 사람이라고 듣기는 들었지." 숙부가 말했다.

"뱃사람 같아 보이지는 않던데요." 내가 말했다.

"아, 벌써 몇 년 전에 그만뒀으니까요. 그 뒤로는 이것저것 하고 있답니다."

"소문난 잔치에 먹을 게 없다더니, 재주는 많아도 실속이 없구먼." 숙부가 말했다.

"지금은 작가가 되었다고 들었습니다."

"어차피 오래 못 갈 테지."

작가라니 처음 듣는 소리였다. 나는 왠지 흥미가 생겨서 물어봤다.

"뭘 쓰는데요? 책?"

"아마 그럴걸요. 책이나 기사를 쓰겠죠, 뭐. 지난봄에는 소설책을 냈나 봐요. 나한테 빌려주겠다고 약속했어요."

"그런 시시한 책을 읽는 건 시간 낭비일 것 같은데." 숙부가 말했다. 그는 《타임스》와 《가디언》밖에 읽지 않는다.

"소설 제목이 뭔데요?" 내가 물었다.

"들었는데 잊어버렸어요."

"아니, 네가 알아서 뭐하게? 너절한 소설 따윈 절대로 읽으면 안 돼. 방학 때는 밖에 나가서 신선한 공기를 마시는 게 최고란다. 게다가 너, 방학숙제도 있지?" 숙부가 말했다.

숙제는 《아이반호》 독후감이었다. 열 살 때 이미 읽었는데 그걸 다시 읽고 감상문을 써야 한다니, 아주 귀찮은 일이었다.

에드워드 드리필드가 그 뒤 작가로서 대단한 명성을 얻었다는 사실을 생각하면, 그 옛날 숙부네 집에서 나누었던 이 대화가 그렇게 우스울 수가 없다. 얼마 전 드리필드가 세상을 떠나자 그를 우러르는 사람들은 웨스트민스터 사원에 그를 묻으려고 했다. 그때 숙부의 다음다음 후계자인 지금의 목사가 〈데일리메일〉에 투고하여, 드리필드는 이 교구에서 태어나 오랜 세월, 특히 만년에 25년이나 이 지방에서 살았을 뿐만 아니라, 대표작 무대로서 이곳을 선택했다는 점을 지적했다. 그러므로 그의 유골은 웨스트민스터 사원이 아니라, 부모들이 느릅나무 아래 고이 잠들어 있는 이곳 켄트주의 교회 무덤에 모시는 것이 가장 어울린다고 목사가 주장했다. 웨스트민스터 사원의 수석사제가 다소 냉정하게 매장을 거부하고, 이어서 드리필드 부인이 신문사에 정중한 편지를 보내, 죽은 남편을 생전에 그토록 잘 알고 사랑했던 소박한 사람들 곁에서 잠드는 것이 그의 간절한 소망이었다고 말했을 때, 블랙스터블 사람들은 모두 안도의 한숨을 내쉬었다. 그런데 블랙스터블의 명사들이 예전과 크게 달라지지 않았다면 아마 '소박한 사람들'이라는 말에 기분이 상했을 것이다. 나중에 알게 된 일이지만 그 곳 사람들은 드리필드의 두 번째 부인을 매우 싫어했다고 한다.

4

앨로이 키어와 점심을 함께 한 지 이삼일 뒤에 놀랍게도 에드워드 드리필드 씨 미망인한테서 편지가 왔다. 내용은 다음과 같다.

친애하는 친구에게

지난주에 로이와 남편에 대해 오랫동안 얘기를 나누셨다고 들었습니다. 그 이에 대해 좋은 말씀 해주셔서 감사합니다. 남편은 선생님에 대한 얘기를 자주 했어요. 재능이 많은 분이라며 매우 존경하셨고, 언젠가 우리와 점심을 같이하러 오셨을 때는 그이가 아주 즐거워하셨지요. 그런데 실례지만 혹시 그이가 보낸 편지를 가지고 계신지요. 만약 가지고 계신다면 제가 사본을 만들어도 괜찮을까요? 그리고 저희 집에 며칠 오셔서 머무를 수 있으시다면 영광이겠습니다. 지금 저는 아주 조용한 생활을 하고 있습니다. 파티를 열 생각은 없으니, 선생님께서 편하신 시간을 택해서 와주시면 감사하겠습니다. 다시 만나 뵙고 옛날이야기라도 나눌 수 있다면 좋겠습니다. 특별히 부탁드릴 일도 있사오니 고인을 위해서라도 꼭 들어주시리라 믿습니다.

에이미 드리필드 올림

드리필드 부인을 딱 한 번 만나봤지만 특별한 흥미는 느끼지 못했다. '친애하는 친구에게'라는 첫머리부터가 별로 탐탁지 않았다. 그것만으로도 초대를 거절할 이유는 충분했다. 하지만 아무리 그럴듯한 구실을 댄다 해도, 초대를 거절하는 것은 결국 가고 싶지 않기 때문이라는 것이 드러나게 마련이어서 화가 났다. 드리필드의 편지는 한 통도 가지고 있지 않았다. 몇 년 전에 짧은 편지를 몇 번 받은 적은 있지만, 그때 그는 아직 무명작가였다. 나에게 편지를 모아놓는 습관이 있었다 해도 뭣 때문에 일부러 그의 편지를 보관했겠는가. 그가 현대의 가장 위대한 소설가로 주목을 받게 되리라고 생각인들 했겠는가? 그런데도 곧장 거절하지 못하고 주저한 것은 드리필드 부인이 편지에서 꼭 부탁할 일이 있다고 했기 때문이다. 분명히 성가신 일이겠지만, 내가 할 수 있는 일인데도 안 해준다면 무례한 사람이 될 것 같았다. 또 누가 뭐라 해도 드리필드가 대작가인 건 틀림없는 사실이었다.

그 편지는 아침 일찍 배달된 것이었다. 아침식사를 마치고 로이에게 전화를 걸어보았다. 이름을 말하자 비서가 곧 연결해 주었다. 만약 내가 추리소설 작가였다면 그가 내 전화를 기다리고 있었다는 걸 바로 눈치챘을 것이다. 로이의 굵직한 목소리가 "여보세요" 반갑게 말하는 것을 듣고 내 짐작이 옳았다는 것을 알았다. 아침부터 이렇게 기분 좋은 목소리로 전화를 받는 건 흔한 일이 아니다.

"아침잠을 방해한 건 아닌가?"

"별소리를!" 로이의 힘찬 웃음소리가 전화선을 타고 물결처럼 흘러왔다. "7시에 벌써 일어났어. 말을 타고 공원을 한 바퀴 돌고 온 참이야. 이제부터 아침을 할 건데 함께하지 않겠나?"

"자네를 아주 좋아하긴 하지만 아침식사를 같이하고 싶지는 않아. 게다가 이미 식사는 마쳤고. 그나저나 방금 드리필드 부인한테서 편지를 받았네. 며칠 묵으러 오라는군."

"아, 자네를 초대할 거라는 얘긴 들었네. 그래, 함께 가지 않겠나? 그곳에는 잔디밭이 좋은 테니스장이 있어. 부인도 매우 실력이 좋고. 마음에 들 거야."

"나에게 부탁할 것이 있다던데 무슨 일인가?"

"그건 부인이 직접 말하고 싶지 않을까."

로이의 목소리는 부드러웠다. 아내가 임신했기를 기대하고 있는 남편에게 의사가 축하한다고 말할 때처럼 부드러웠다. 하지만 그런 술수는 나에게는 안 통한다.

"그런 식으로 말하지 말게. 내가 넘어갈 줄 아나? 솔직하게 얘기해 보게."

전화 저편에서 잠시 침묵이 흘렀다. 로이가 내 말을 불쾌하게 여기고 있음을 느낄 수 있었다.

"오전에는 바쁜가? 괜찮으면 찾아가고 싶은데." 로이가 말했다.

"좋아, 와주게. 1시까지 집에 있을 거니까."

"한 시간 안에 가겠네."

수화기를 내려놓고 파이프에 불을 붙였다. 드리필드 부인의 편지를 다시 읽었다.

부인이 편지에서 말한 점심은 또렷하게 기억하고 있다. 그때 나는 주말에 터캔베리에서 멀지 않은 곳에 있는 호드마시 부인 댁에 머무르고 있었다. 이 현명하고 아름다운 미국 여성의 남편인 준남작은 운동을 좋아하고 머리는 텅 비었지만 사람을 대하는 태도가 훌륭했다. 부인은 가정생활의 지루함을 달래기 위해선지, 파티를 열어 집에 예술가를 부르는 것이 취미였다. 파티는 온갖 사람들이 모여들어 밝고 신나는 분위기였다. 귀족과 신사들은 화가와 작가, 배우와 한자리에 있는 것이 어색해서 어쩔 줄 몰라 했다. 부인은 초대하는 작가의 책은 읽지 않고, 화가의 그림도 보지 않았지만, 그들과 어울리면서 예술계 사정을 훤히 아는 듯한 기분을 즐겼다. 그때 파티에서 우연히 근처에 사는 저명인사인 드리필드의 이름이 나왔다. 내가 옛날에 그를 잘 알고 있었다고 말했더니 부인이 갑자기 제안했다. 손님들이 런던으로 돌아가는 월요일에 몇 명이서 그 집을 방문하여 점심이라도 함께하면 어떻겠느냐고. 나는 반대했다. 벌써 35년 전의 일이어서 저쪽은 나를 잊어버렸을 것이고, 만일 기억한다 해도—이건 말하지 않았지만—별로 즐거운 추억은 아니라고 생각했기 때문이다. 그런데 그 자리에 스캘리언 경이라는 젊은 귀족이 있었다. 그는 문학에 심취하여, 귀족원 의원이라도 되어 국가를 위해 일하면 좋을 텐데 괜히 추리소설을 쓰는 데 온 정력을 기울이고 있었다. 그가 드리필드를 만나보고 싶은 호기심에 호드마시 부인의 제안을 적극적으로 찬성하고 나섰다. 게다가 그날 파티의 주빈인 젊고 뚱뚱한 공작부인이 또 드리필드를 매우 숭배하고 있어서 그를 만날 수 있다면 런던에서의 약속을 취소하고 오후까지 출발을 연기하겠다는 것이었다. 그러자 호드마시 부인이 말했다.

"그럼 방문자는 네 명이군요. 더 많으면 저쪽도 곤란할 테니 딱 좋아요. 즉시 드리필드 부인에게 전보를 치기로 하죠."

나는 그들과 함께 드리필드를 방문하는 것이 내키지 않아서 그 계획에 찬물을 끼얹었다.

"그분이 싫어하지 않을까요? 모르는 사람들이 우르르 몰려가면 그 사람도 퍽

난감할 겁니다. 연세도 상당히 많으시니까."

"그러니까 더더욱 만날 수 있을 때 만나야 하지 않을까요? 언제 돌아가실지 알 수 없는 일이니까요. 부인의 얘기로는 선생은 사람 만나는 걸 좋아하신대요. 의사와 목사밖에 구경을 못하니 기분전환이 될 거예요. 내가 재미있는 분을 모시고 오는 건 환영한다고 하더군요. 물론 부인은 신중하게 행동할 수밖에 없겠죠. 오로지 호기심 때문에 선생을 만나고 싶어하는 온갖 어중이떠중이들이 있으니까요. 게다가 인터뷰를 원하는 신문기자, 자기 작품을 읽어 달라는 작가, 어리석은 열광적인 팬으로부터도 선생을 보호해야 해요. 부인은 남편이 만나도 될 사람을 신중하게 가리고 계시죠. 만나고 싶어하는 사람 모두를 만나게 하다간 선생은 아마 지쳐 돌아가실지도 몰라요. 그래서 선생의 체력을 늘 걱정하고 계신 거죠. 하지만 우리라면 만나도 괜찮을 거예요."

물론 나라면 괜찮겠다 싶었지만, 함께하는 사람들을 바라보니 공작부인도 스캘리언 경도 자기만은 괜찮다는 얼굴이었다. 이러니 반대해도 소용없을 것 같았다.

화려한 노란색 롤스로이스를 타고 펀코트로 향했다. 블랙스터블에서 3마일 거리였다. 1840년 무렵에 지은 회반죽을 칠한 건물로, 소박하고 단출하지만 실용적인 집이었다. 앞뒤 구조는 똑같았다. 현관이 있는 아래층 양쪽에는 커다란 돌출창이 두 개 있었다. 2층에도 커다란 돌출창이 있고, 수수한 난간이 낮은 지붕을 가리고 있었다. 집은 1에이커쯤 되는 정원 속에 위치했는데, 정원수가 높이 뻗어 있지만 손질이 잘되어 있었다. 응접실 창문에서 아름다운 숲과 초록빛 목초지가 내다보였다. 응접실은 그야말로 시골에 있는 작은 집 응접실답게 꾸며져 있어서, 약간 어리둥절할 정도였다. 편안해 보이는 의자가 있고, 산뜻하며 밝은 광목천을 씌운 커다란 소파가 있었다. 커튼도 마찬가지로 밝은색 광목이었다. 조그마한 치펜데일[2] 테이블에는 말린 꽃을 채운 동양풍의 커다란 그릇이 놓여 있었다. 크림색 벽에는 금세기 초의 유명한 화가가 그린 아름다운 수채화가 걸려 있었다. 보기 좋게 꽂은 생화가 탐스럽게 장식되어 있고, 그랜드피아노 위에는 저명한 여배우와 타계한 작가, 방계 왕족들의 사진이 은으로 만든 액자 속에

2) 18세기 영국의 가구 양식.

장식되어 있었다.

공작부인이 "정말 아름다운 방이군요!" 감탄한 것도 당연했다. 일류 작가가 만년을 보내는 데 딱 어울리는 방이었다. 드리필드 부인은 겸손하면서도 당당한 태도로 우리를 맞이했다. 나이는 마흔다섯 정도 됐을까. 혈색이 좋지 않은 작은 얼굴에 이목구비는 야무지고 날카로웠다. 검은 종모양의 모자를 머리에 딱 맞게 쓰고, 회색 상의와 치마를 입고 있었다. 키는 중간쯤 되었고 몸집이 작았다. 전체적으로 빈틈없고 유능하며 예민해 보였다. 대지주의 딸이 남편을 잃고 친정으로 돌아가서, 뛰어난 조직력을 발휘하여 영지를 관리하고 있는 듯한 느낌이었다. 부인이 블랙스터블의 목사 부부에게 우리를 소개했다. 그들은 우리가 방에 들어가자 자리에서 벌떡 일어났다. 호드마시 부인과 공작부인은 자신들은 신분의 차이는 조금도 개의치 않는다는 것을 보여주기 위해 곧 알랑거리듯이 친절하게 굴었다.

이윽고 드리필드가 나타났다. 신문에서 그의 사진은 자주 보았건만, 직접 보니 충격적이었다. 내 기억보다 작고 몹시 말랐다. 머리에는 가느다란 은발이 조금 남아 있을 뿐이고 수염은 없으며 피부는 거의 투명해 보였다. 푸른 눈은 색깔이 연하고 눈가는 붉었다. 가느다란 실 하나에 대롱대롱 매달려서 목숨을 부지하고 있는 쇠약한 노인으로 보였다. 새하얀 틀니 때문에 웃는 표정이 부자연스럽고 딱딱했다. 옛날에는 늘 턱수염을 기르고 있었지만 그것도 이제는 깎아버렸다. 입술은 얇고 핏기가 없었다. 새로 지은 푸른색 서지 양복을 입었는데, 낮은 옷깃 사이즈가 너무 커서 그 사이로 주름진 여윈 목이 훤히 보였다. 검은 넥타이를 단정하게 매고 진주 핀을 꽂고 있었다. 스위스에서 여름휴가를 보내고 있는 사복 차림의 수석사제라고 해도 될 것 같았다.

부인은 남편이 나타나자 힐끗 보고는 그 정도면 되겠다는 듯이 미소를 지었다. 단정한 모습에 만족한 모양이었다. 그가 손님과 악수를 나누면서 각자에게 한마디씩 인사를 했다. 나에게 오더니 그는 이렇게 말했다.

"요즘 한창 바쁘신 인기작가께서 이 늙은이를 만나러 와주시다니 영광이오."

마치 처음 만나는 사람에게 인사하는 듯한 말투여서 나는 주춤했다. 다른 사람들에게 전에는 친했다고 이미 말해 놨는데, 그게 다 허풍으로 보일까 걱정되었다.

"몇 년 만에 다시 뵙는 건지 기억이 가물가물하군요." 나는 되도록 정다운 목소리로 말했다.

그가 나를 쳐다보았다. 그저 몇 초였을 뿐인데도 나에게는 매우 긴 시간으로 느껴졌다. 그때 나는 깜짝 놀랐다. 그가 나에게 윙크를 했기 때문이다. 순간적인 일이어서 아무도 보지 못했고, 노대가의 얼굴에 나타난 그 표정이 너무나 뜻밖이어서 나 자신도 눈을 의심했다. 다음 순간 그의 얼굴은 처음처럼 평온하고 지성적인 눈길로 조용히 모든 것을 지켜보는 표정으로 돌아갔다. 점심 준비가 다 되었다는 전갈이 와서 모두 식당으로 이동했다.

식당도 정말 취향이 고상하다고 표현할 수밖에 없었다. 치펜데일 식기장 위에는 은촛대가 놓여 있었다. 손님들은 치펜데일 의자에 앉아 치펜데일 테이블에서 식사했다. 테이블 한가운데에 장미를 꽂은 은제 꽃병이 있고, 그 주위에 초콜릿과 박하사탕이 든 은접시가 몇 개 놓여 있었다. 반짝반짝 빛나는 은제 소금병은 조지 왕조 시대의 물건인 듯했다. 크림색 벽에는 피터 렐리 경이 그린 여인상의 동판화가 걸려 있고, 벽난로 위 선반에는 푸른 델프트 도기 장식품이 있었다. 갈색 제복을 입은 하녀 두 명이 식사 시중을 들었는데, 드리필드 부인은 능숙하게 대화에 끼어들면서도 끊임없이 그녀들을 지켜보고 있었다. 이렇게 통통하고 귀여운 켄트주 아가씨들(건강한 피부색과 높은 광대뼈로 보아 시골 아가씨라는 것을 금방 알 수 있었다)을 어떻게 가르쳤기에 저렇게 나무랄 데 없이 일을 잘하는지 감탄스러웠다. 음식은 이런 자리에 딱 알맞게 훌륭하면서도 사치스럽지는 않았다. 저민 넙치 살을 둥글게 말아 화이트소스를 끼얹은 것, 햇감자와 완두콩을 곁들인 로스트치킨, 아스파라거스, 구스베리로 만든 디저트가 나왔다. 식당도 그렇고, 요리도 그렇고, 접대도 그렇고, 모든 것이 저명하면서도 부자는 아닌 작가에게 딱 어울리는 것이었다.

드리필드 부인은 작가의 아내들이 대부분 그렇듯이 대단한 이야기꾼이었다. 그녀가 앉아 있는 테이블에서는 대화가 끊기는 법이 없었다. 그래서 별로 크지도 않은 테이블 반대쪽에 앉아 있는 선생에게 무슨 말을 걸려고 해도 소용없는 일이었다. 부인은 밝고 건강했다. 남편이 나이가 많은 데다 건강이 좋지 않아서 1년의 대부분을 시골에서 지내지 않을 수 없었지만, 그래도 가끔 런던에 가서 세상이 어떻게 돌아가는지 최신 정보를 얻으려고 애쓰고 있었다. 부인은 곧 런던에서 상연중인 연극과 왕립미술원의 엄청난 혼잡함에 대해 스캘리언 경과 활발하게 논의하기 시작했다. 전시되어 있는 그림을 전부 보기 위해 두 번이나 가야 했어요. 그래도 수채화를 볼 시간은 없었답니다. 네 맞아요, 전 수채화를 아주 좋아해요. 수수한 것이 좋더군요. 뭐든지 야단스러운 건 질색이에요…….

주인 부부가 테이블 양쪽 끝에 앉아 있었다. 목사는 스캘리언 경 옆에 앉고 그의 아내는 공작부인 옆에 앉았다. 공작부인은 노동자들의 주택 문제에 대해 목사 부인과 이야기를 나눴는데 상대보다 그 문제에 훨씬 정통해 보였다. 덕분에 나는 아무하고도 이야기할 필요가 없었으므로 마음껏 드리필드를 관찰했다. 그는 호드마시 부인과 대화를 나누고 있었다. 부인이 그에게 소설 쓰는 방법을 알려주면서 참고할 만한 책들을 늘어놓고 꼭 읽어보라고 권하는 듯했다. 그가 침착하게 관심을 표하면서 귀를 기울였다. 이따금 짧게 대꾸하기도 했지만 소리가 작아서 들리지 않았다. 부인이 농담을 던지자(부인은 꽤 재미있는 농담을 자주 던지곤 했다) 드리필드는 낄낄 웃더니 힐끗 부인을 보았다. 이 여자가 아주 바보는 아니구먼, 하고 말하는 듯했다. 나는 옛날 일을 떠올리면서 그가 지금 무슨 생각을 하고 있을지 추측해보았다. 오늘 이렇게 찾아온 지체 높은 손님들과, 일을 깔끔하게 처리하는 야무진 아내와, 이 우아한 저택을 그는 과연 어떻게 생각하고 있을까. 파란만장한 젊은 시절을 후회하고 지금 생활에 만족하고 있을까, 아니면 온화한 가면 뒤에 끔찍한 지루함을 감추고 있을까? 내 뜨거운 시선을 느꼈는지 그가 문득 고개를 들어 이쪽을 보더니, 한동안 생각에 잠긴 듯이 나를 바라보았다. 부드러우면서도 왠지 이쪽을 탐색하는 듯한 눈빛이었다. 그러다가 갑자기 또 윙크를 했다. 이번에는 잘못 볼 수도 없었다. 쭈글쭈글 시든 얼굴에 그토록 익살스러운 표정을 지으니, 놀라는 정도를 넘어서서 난처할 지경이었다. 나는 어쩔 줄 모르고 그저 모호하게 웃음 지었다.

그때 공작부인이 그쪽 이야기에 끼어들었다. 자유로워진 목사 부인은 내 쪽으로 몸을 돌려 나지막하게 물었다.

"전부터 저분과 알고 지내셨다면서요?"

"네."

부인은 아무도 이쪽을 안 보는지 확인하려는 듯이 주위를 한번 둘러보고 나서 말을 이었다.

"드리필드 부인께서 무척 염려하고 계세요. 선생님께서 저분의 괴로운 과거를 상기시키지나 않을까 걱정하시는 거죠. 아시다시피 저분은 많이 쇠약해지셔서 사소한 일에도 쉽게 충격을 받으시거든요."

"알겠습니다. 조심하지요."

"부인의 정성은 정말 놀라워요. 남편에게 헌신하는 그 모습은 그야말로 모든 아내의 귀감이랍니다. 자신이 얼마나 중대한 책임을 맡고 있는지 잘 알고 계시지요. 자기 자신조차 돌보지 않고 언제나 남편을 우선시하는 모습을 보면 믿어지지 않을 정도예요." 그녀가 더욱 목소리를 낮춰 이야기를 계속했다. "선생님이 좀 연세가 많으시잖아요. 노인을 시중들다 보면 힘들 때도 분명히 있을 텐데, 부인이 화내시는 모습은 한 번도 본 적이 없어요. 드리필드 부인은 어떤 의미로는 남편만큼이나 훌륭한 분이세요."

나는 뭐라고 대답해야 할지 알 수 없었다. 하지만 상대가 대답을 기다리는 눈치여서, 결국 애매하게 대꾸할 수밖에 없었다.

"글쎄요, 하여튼 선생님은 꽤 정정해 보이시는군요."

"그게 모두 부인 덕분이지요."

점심을 마치고 다 같이 응접실로 돌아왔다. 몇 분쯤 지나자 에드워드 드리필드가 다가왔다. 나는 목사와 이야기하는 중이었는데, 마땅한 화제가 없어서 창밖의 아름다운 풍경을 칭찬하고 있었다.

"저기 줄지어 있는 오두막집들이 그림같이 아름답다는 이야기를 하고 있었습니다."

"여기서 보면 참 멋지지요." 내 말에 드리필드가 맞장구치면서 그쪽을 보았다. 얇은 입술에 냉소적인 미소가 떠올랐다.

"나도 저런 집에서 태어났소. 이상하지요?"

그때 부인이 종종걸음으로 다가와 발랄하고 고운 목소리로 말했다.

"여보, 공작부인께 당신 서재를 보여드려야 하지 않을까요? 부인께서 바쁘신가 봐요. 곧 떠나셔야 된대요."

"정말 유감스럽지만 터캔베리에서 3시 18분에 떠나는 차를 타야 하거든요." 공작부인이 말했다.

우리는 나란히 줄지어 서재로 들어갔다. 서재는 응접실 반대쪽에 있었는데,

돌출창 너머에는 식당과 같은 풍경이 펼쳐져 있었다. 야무진 아내가 글 쓰는 남편을 위해서 방을 꾸미면 딱 이렇게 꾸미겠거니 싶었다. 구석구석까지 깨끗이 정리된 방 곳곳에는 커다란 꽃병이 놓여 있어 여성적인 분위기가 감돌았다.
"바깥양반은 이 책상에서 후기 작품을 전부 쓰셨어요." 드리필드 부인이 말하면서 책상 위에 엎어져 있던 책을 다시 접어 정리했다. "호화판 전집 제3권 책머리에 책상 사진이 실려 있죠? 그게 이거예요. 오래된 가구랍니다."
모두 정말 훌륭한 책상이라고 칭찬했다. 호드마시 부인은 아무도 안 보는 줄 알았는지, 책상 밑을 슬쩍 손가락으로 문질러서 진품인지 확인해 보았다. 드리필드 부인은 밝은 미소를 띠며 우리를 바라보았다.
"원고도 구경하시겠어요?"
"네, 물론이죠. 보고 나서 얼른 가봐야겠어요."
공작부인이 대답하자 드리필드 부인은 책장에서 푸른 모로코가죽 표지가 달린 원고를 꺼냈다. 다들 얼굴을 맞대고 원고를 구경하는 동안, 나는 방 안에 있는 책들을 둘러보았다. 보통 작가들이 다 그렇듯이 나도 혹시나 내 책이 있을까 찾아봤지만 아무래도 없는 것 같았다. 그 대신 앨로이 키어의 전집과, 그 밖에 호화롭게 꾸며진 알록달록한 소설책들이 눈에 들어왔다. 읽어본 흔적은 없는 듯했다. 아마 작가들이 위대한 소설가 선생에게 증정한 책이리라. 혹시 선생이 책을 읽고 칭찬이라도 한마디 해준다면 바로 출판사 광고에다 실을 생각이었는지도 모른다. 모든 책이 너무 가지런히 깔끔하게 정리되어 있어서 거의 손도 안 댄 듯한 인상을 주었다. 《옥스퍼드 대사전》 및 필딩, 보즈웰, 해즐릿 등 영국 고전작가들의 훌륭한 표준판도 진열돼 있었다. 바다에 대한 책도 많았는데, 해군성에서 펴낸 여러 가지의 항해안내서가 뒤섞여 꽂혀 있었다. 원예 책자도 여러 권 있었다. 작가가 일하는 서재라기보다는 대문호의 기념관 같았다. 재미있는 볼거리를 찾아 이리저리 돌아다니던 나그네가 아무 생각 없이 이곳에 들어오는 모습이 벌써부터 눈에 보이는 듯했다. 손님 없는 박물관에서 나는 퀴퀴한 곰팡내가 코끝을 스치는 것 같았다. 드리필드가 지금도 무슨 책을 읽는다면, 아마 〈원예 소식〉이나 〈항해 시보(時報)〉 정도가 아닐까. 실제로 방구석 테이블에는 그런 종류의 잡지가 한 뭉치 쌓여 있었다.
여자들이 보고 싶어하던 것들을 모두 보고 나서 우리는 드리필드 부부에게 작별인사를 했다. 그런데 똑똑한 호드마시 부인은 오늘 이 방문의 계기가 되었던 내가 드리필드와 거의 이야기하지 않았다는 사실을 문득 눈치챈 모양이었다. 현관에서 부인이 나에게 정다운 미소를 보내며 말했다.

"드리필드 선생님, 옛날에 여기 어센든 씨랑 아는 사이셨다고 들었는데요. 뜻밖의 이야기라서 다들 놀랐답니다. 그런데 어센든 씨는 착한 소년이었나요?"

드리필드는 곧바르고 냉소적인 시선으로 나를 한번 보았다. 혹시 주위에 아무도 없었다면 혀를 날름 내밀었을지도 모른다. 그가 질문에 대답했다.

"부끄럼쟁이였지요. 내가 이 사람한테 자전거 타는 법을 가르쳐 줬어요."

우리는 커다란 노란색 롤스로이스를 타고 그곳을 떠났다.

"매력적인 분이네요. 찾아뵙기를 잘했어요." 공작부인이 말했다.

"무척 예의바른 분이셨어요." 호드마시 부인이 말했다.

"설마 그렇게 나이 드신 분이 완두콩을 포크에 얹어 드실 거라고 기대하시지는 않았겠죠?" 내가 말했다.

"그렇게 얹어 드셨으면 좋았을 텐데요. 굉장했을 텐데." 스캘리언 경이 말했다.

"나이프로 포크에 콩을 얹어 먹는 게 얼마나 어려운데요. 나는 아무리 해도 안 되던걸요. 콩이 자꾸 떨어져요." 공작부인이 말했다.

"포크 끝으로 쿡 찔러 드시면 되잖아요." 스캘리언 경이 말했다.

"안 돼요, 안 돼. 포크 등에다 올려야 되는데, 콩알이 자꾸 굴러떨어진단 말이지요."

"드리필드 부인은 어땠나요?" 호드마시 부인이 말했다.

"내조를 아주 잘하고 있는 것 같던데요." 공작부인이 말했다.

"드리필드 선생은 많이 늙으셨으니까 누가 곁에서 잘 보살펴 드려야 해요. 그래, 그 부인이 전에는 간호사였다지요?"

"아, 그래요? 나는 비서나 타이피스트인 줄 알았어요." 공작부인이 말했다.

"드리필드 부인은 좋은 분이에요." 호드마시 부인이 친구를 편드는 듯이 말했다.

"네, 그렇죠."

"드리필드 선생은 20년 전에 병에 걸려서 오랫동안 누워 지내셨어요. 그때 그 분을 돌봤던 간호사가 바로 드리필드 부인이죠. 병이 다 나은 뒤에 두 사람은 결혼식을 올린 거예요."

"신기하네요. 그런 식으로 결혼하는 남자분이 꽤 많은 것 같아요. 부인이 훨씬 나이가 어리죠? 기껏해야 마흔, 마흔다섯?"

"아뇨, 그 정도는 아니에요. 마흔일곱일 거예요. 소문으로는 그 부인이 남편을 정말 헌신적으로 돌보고 있답니다. 선생이 부끄럽지 않은 모습으로 남들 앞에 나설 수 있는 것도 다 부인 덕분이래요. 앨로이 키어가 그러던데, 옛날에 드리필드 선생은 격식 따위 신경도 안 쓰는 보헤미안이었대요."

"보통 작가 부인은 밉살스럽지 않나요?"

"네, 사귀기 싫은 사람들이죠."

"맞아요. 그런데 왜 자기들 스스로는 깨닫지 못하는 걸까요?"

"글쎄요. 가엾게도 그 부인들은 자기가 남들의 관심을 끌고 있다고 착각하는 모양이에요." 내가 중얼거렸다.

차는 터캔베리에 이르러 공작부인을 기차역에 내려준 다음 계속해서 달렸다.

5

에드워드 드리필드가 나에게 자전거 타는 법을 가르쳐 준 것은 사실이었다. 우리 만남은 거기에서 시작되었다. 자전거가 언제 발명됐는지는 모르지만, 그때 내가 살던 켄트주 근처에서는 자전거를 거의 찾아볼 수 없었다. 누가 자전거를 타고 지나가면 신기한 나머지 계속 쳐다보면서 그 뒷모습을 끝까지 바라다보곤 했다. 중년 신사들은 그 모습이 우스웠는지 "부모님께 물려받은 두 다리면 충분하다"고들 했다. 나이 든 부인들은 자전거가 다가오면 무서워서 길가로 펄쩍 뛰어 도망쳤다. 나는 학교에 자전거를 타고 통학하는 친구들이 무척 부러웠다. 핸들에서 손을 떼고 교문을 지나가는 모습은 정말 근사했다. 그래서 여름방학이 시작될 때까지 자전거를 사 달라고 숙부한테 졸랐다. 숙모는 위험하니까 안 된다고 하셨지만, 내가 끈질기게 조르자 숙부는 결국 내 부탁을 들어주셨다. 어차피 내 재산으로 사는 것이었으니까. 방학 전에 주문한 자전거는 며칠 뒤 터캔베리에서 우리 집으로 배달되었다.

나는 자전거 타는 법을 혼자 익히려고 했다. 학교 친구들은 1시간이면 충분하다고 했다. 하지만 아무리 연습해도 소용없었다. 나는 내가 유난히 둔하다는 결론에 도달했다. 할 수 없이 부끄러움을 무릅쓰고 정원사에게 나를 좀 붙잡아 달라고 했다. 그러나 오전 내내 연습했는데도 여전히 자전거를 탈 수가 없었다. 다음 날에는 바깥에 나가서 연습하기로 했다. 목사관 길이 너무 안 좋아서 자전거를 제대로 탈 수 없는 거라고 생각했으니까. 별로 멀지 않은 도로로 나가면, 길도 평탄하고 똑바른 데다 인적도 드물어서 속 편하게 연습하기 딱 좋을 것 같았다. 그곳에 가서 몇 번 자전거에 올라타려고 노력해봤다. 하지만 그때마다 번번이 넘어졌다. 정강이가 페달에 긁혀 아팠다. 짜증이 나고 화가 치밀었다. 이런 짓을 1시간이나 계속했더니, 하느님은 내가 자전거 타는 걸 허락하지 않으실 모양이라는 생각까지 들었다. 하지만 블랙스터블에서 하느님의 대변자로 일하고 있는 숙부한테 놀림 받고 싶지는 않았다. 그래서 좀더 연습하기로 결심했는데, 그때 유감스럽게도 이 한적한 길에 불청객이 나타났다. 두 사람이 자전거를 탄 채 다가오고 있었다. 나는 얼른 자전거를 길가에 대고 울타리에 앉아 태연하게 바다를 바라보았다. 마치 여기까지 자전거를 타고 와서 드넓은 바다를 구경하고 있는 것처럼. 두 사람이 다가와도 모르는 척 바다만 바라보고 있었다. 하지만 곁눈으로 그들이 남자와 여자라는 것을 알았다. 그런데 갑자기 여자가 내 쪽으로 심하게 기울어지더니 나를 들이받고 땅바닥에 나동그라져버렸다.

"아, 미안해요! 학생을 봤을 때부터 넘어질 줄 알았어요."

더는 바다를 보는 척하면서 시치미 떼고 있을 수 없었다. 나는 얼굴이 새빨개져서 괜찮다고 말했다. 그때 남자가 다가와 자전거에서 훌쩍 뛰어내렸다. 그는 나에게 물었다.

"다친 곳은 없소?"

"네, 괜찮아요."

나는 그제야 그가 에드워드 드리필드라는 것을 알았다. 얼마 전에 부목사와 함께 있었던 작가였다.

"지금 자전거를 배우는 중인데, 가다가 뭐가 눈에 띄기만 하면 꼭 넘어져요." 여자가 말했다.

"목사님의 조카분이시죠? 전에 잠깐 뵈었을 때 갤러웨이가 가르쳐 줬어요. 이쪽은 내 아내입니다." 드리필드가 말했다.

여자는 놀랍도록 털털한 태도로 나에게 손을 내밀었다. 그 손을 붙잡자 진심

어린 악수가 이어졌다. 그녀의 눈도 입도 모두 웃고 있었다. 그 미소 속에는 뭔가 묘하게 즐거운 느낌이 깃들어 있었다. 나는 무척 낯을 가리는 편이라 수줍어서 어쩔 줄 몰랐다. 그녀를 똑바로 쳐다볼 수도 없었다. 그저 몸집이 큰 금발머리 여성이라는 인상만 받았다. 그때 바로 눈치챘는지 나중에 기억해 냈는지는 잘 모르겠지만, 그녀는 풍성한 푸른색 서지 치마와 가슴에 풀을 먹인 분홍 블라우스를 입고, 역시 빳빳하게 풀을 먹인 옷깃을 달고, 아름다운 금발머리 위에 꼭대기가 납작한 '보터' 밀짚모자를 쓰고 있었다.

"자전거는 참 재미있지요?" 그녀가 울타리 옆에 세워놓은 내 멋진 자전거를 보고 말했다. "잘 타면 얼마나 좋을까요."

내 재주를 칭찬하는 걸까. 나는 그녀에게 대답했다.

"연습하면 누구나 잘 탈 수 있어요."

"난 오늘이 겨우 세 번째예요. 남편은 꽤 나아졌다고 하지만 실은 끔찍해요. 어찌나 못 타는지 나 자신을 발로 뻥 걷어차 버리고 싶어요. 학생은 잘 타게 되는 데 얼마나 걸렸어요?"

나는 머리끝까지 새빨개졌다. 부끄러워서 말도 제대로 안 나왔다.

"저, 실은 못 타요. 오늘 자전거를 샀거든요. 오늘 처음 타봤어요."

거짓말이 좀 섞이긴 했지만 어쩌겠는가. 양심의 가책 때문에 속으로 살짝 덧붙였다. '어제 우리 집 마당에서 연습한 건 예외로 치고.'

"그래요? 그럼 내가 가르쳐 줄까요?" 드리필드가 유쾌하게 제안했다. "자, 이리 오세요."

"아뇨, 아뇨, 됐습니다."

"왜요? 배우면 되잖아요. 남편이 가르쳐 주겠다는데. 당신이 배우는 동안에 나는 좀 쉴래요."

드리필드 부인이 반짝거리는 푸른 눈에 친근한 미소를 띠고 말했다. 드리필드가 내 자전거를 일으켜 세웠다. 나는 별로 내키지 않았지만, 지나치게 친절한 그 제안을 결국 거절하지 못하고 자전거에 엉거주춤 올라탔다. 자전거는 이리저리 비틀거렸지만 드리필드가 단단히 잡아줬다.

"더, 좀더 빨리!" 그가 말했다.

나는 페달을 밟으면서 비틀비틀 나아갔다. 그는 자전거 옆에 딱 붙어서 같이 달렸다. 그가 열심히 도와줬지만 금세 또 넘어지고 말았다. 같이 구르면서 둘 다 땀범벅이 되었다. 이런 상황에서 목사님 조카가 울프 씨네 하인의 아들한테 보여야 할 위엄 있는 태도를 유지하기란 어려운 노릇이었다. 우리는 다시 출발점으로 돌아갔다. 나는 혼자서 그럭저럭 30~40야드나 자전거를 타고 달렸다. 드리필드 부인이 길 한복판에 뛰어들어 두 손을 허리에 짚고 "힘내요, 힘내, 우리 편 잘한다!" 외친 순간, 나는 사회적 체면 따위 깡그리 잊어버리고 웃음을 터뜨렸다. 혼자서 무사히 자전거에서 내려왔을 때에는 아주 의기양양한 표정을 짓고 있었을 것이다. 연습한 첫날에 이렇게 자전거를 잘 타게 되다니 대단하다고 드리필드 부부가 칭찬해 줬을 때에도 나는 스스럼없이 기쁘게 받아들였다.

"나도 혼자서 타볼래요!" 부인이 말했다. 나는 다시 울타리에 걸터앉아 그녀가 헛되이 노력하는 모습을 드리필드와 함께 구경했다.

실망한 부인이 좀 쉬려고 이쪽으로 와서 앉았다. 드리필드는 파이프에 불을 붙였다. 우리는 수다를 떨었다. 그때는 몰랐지만 지금 돌이켜보면 부인의 태도에는 왠지 남의 마음을 편하게 해주는 솔직함이 있었다. 부인은 어린아이처럼 신나게 이야기했다. 눈은 항상 매력적인 미소로 반짝였다. 그 미소가 어째서 내 마음을 그토록 사로잡았는지 모르겠다. 실은 약간 엉큼한 미소였는데, 엉큼하다고 하면 부정적인 인상이 강하니 이렇게 표현하기도 좀 그렇다. 그 미소는 엉큼하다고 하기에는 너무 순수했으니까. 오히려 익살스럽다는 표현이 어울릴까. 어른한테 들키면 혼날 줄 알면서도 재미있는 장난을 치고 싶어하는 어린애 같은 느낌이랄까. 어차피 어른도 어린애 장난에 진심으로 화낼 리가 없다. 그걸 잘 알기에, 혹시 어른이 눈치채지 못하면 스스로 이런 짓을 저질렀다고 고백하려는 어린애 같은 익살스러움이 그녀의 미소에 숨어 있었다. 하지만 그때 나는 다만 그녀의 미소가 사람을 편안하게 해준다고 느꼈을 뿐이다.

문득 드리필드가 시계를 보았다. 그는 슬슬 가야겠다고, 다 같이 멋지게 자전거를 타고 돌아가자고 했다. 하지만 그때는 마침 숙부와 숙모가 산책할 시간이었다. 그분들이 싫어하는 사람과 함께 있는 장면을 들키기라도 하면 어쩌나 싶었다. 난처해진 나는 나보다 속도가 빠른 두 분이서 먼저 돌아가시라고 했다. 부인은 싫다고 했지만, 드리필드가 나를 야릇한 눈으로 가만히 쳐다보았다. 아마 내 속을 꿰뚫어 본 것이리라. 나는 얼굴이 붉어졌다.

"로지, 그냥 우리끼리 돌아가자. 혼자서 탈 시간을 주자고. 그러면 더 잘 탈 수 있을 테니까."

"알았어요. 그럼 내일도 여기로 올래요? 우리는 올 건데."

"저도 올게요."

드리필드 부부는 떠나갔다. 잠시 뒤 나도 자전거를 타고 뒤따라갔다. 의기양양한 기분으로 목사관까지 한 번도 넘어지지 않고 무사히 돌아갔다. 점심 때 식구들에게 굉장히 자랑했던 기억이 난다. 하지만 드리필드 부부를 만났다는 이야기는 한마디도 안 했다.

이튿날 11시 정도에 차고에서 자전거를 끌어냈다. 차고라고 해봤자 이름뿐이라서 소형 이륜마차 한 대조차 없었다. 정원사는 이곳에 제초기와 땅 고르는 기계를 보관했고, 메리 앤은 닭 모이 자루를 놔두었다. 나는 차고 입구까지 자전거를 끌고 가서 간신히 걸터앉아, 터캔베리 거리를 따라 달려갔다. 그리고 옛날에 요금소가 있었던 조이 거리로 돌아들어 갔다.

하늘은 새파랬고 공기는 무덥지만 상쾌하여 마치 열기가 바작바작 타오르는 것 같았다. 햇빛은 밝았지만 눈부시지 않았다. 하얀 도로에 세차게 부딪친 햇살은 고무공처럼 힘차게 튀어 올랐다.

자전거를 타고 왔다 갔다 하면서 드리필드 부부를 기다리고 있자니까 이윽고 그들이 다가오는 것이 보였다. 나는 두 사람을 향해 손을 흔든 다음, 방향을 바꿔(그러느라 잠시 자전거에서 내려야 했지만) 그들과 함께 달렸다. 부인과 나는 솜씨가 몰라보게 늘었다고 서로를 칭찬해 주었다. 부인도 나도 핸들을 필사적으로 붙든 채 조심조심히 타고 있었으나 기분은 정말 끝내줬다. 드리필드는 좀더 실력이 늘거든 같이 자전거로 이 지방을 돌아보자고 제안했다.

"이 근처에 있는 기념비 탁본(拓本)을 뜨고 싶소." 드리필드가 말했다. 무슨 뜻인지 알 수 없었지만 그는 더 설명하지 않았다.

"조만간 보여드리지요." 그가 말했다. "그런데 내일은 멀리까지 탈 수 있을 것 같소? 왕복 14마일 정도인데."

"탈 수 있어요." 내가 말했다.

"좋소, 그럼 종이와 왁스는 내가 준비할 테니 당신도 같이 가서 탁본을 떠봐요. 아, 그 전에 숙부님께 가도 되냐고 여쭤보는 게 좋겠소."

"아니, 그럴 필요 없어요."
"그래도 여쭤보는 게 좋을걸요."
부인이 특유의 익살스럽고도 친근한 눈길로 나를 바라보자 내 얼굴은 홍시처럼 붉어졌다. 하지만 숙부한테 물어보면 반대할 것이 뻔했으므로 굳이 말하고 싶지 않았다. 그런데 길 맞은편에서 의사가 탄 이륜마차가 다가오는 것이 보였다. 의사 곁을 지나칠 때 나는 똑바로 앞만 보고 있었다. 내가 쳐다보지만 않으면 의사도 나를 알아보지 못할 거라고 헛된 기대를 품었던 것이다. 왠지 불안했다. 혹시 의사가 나를 알아봤다면 숙부랑 숙모 귀에도 금세 소문이 흘러들어갈 것이다. 그렇게 들킬 바에야 차라리 내가 비밀을 고백하는 편이 낫겠다는 생각이 들었다. 그날 목사관 정문 앞에서(거기까지는 함께 갈 수밖에 없었다) 두 사람과 헤어질 때, 드리필드는 혹시 내일 같이 갈 수 있거든 되도록 빨리 자기네 집에 와 달라고 부탁했다.
"우리 집이 어딘지 아시지요? 조합교회 옆에 있는 라임 코티지라는 곳이오."
점심을 먹으면서 나는 드리필드 부부를 우연히 만났다는 이야기를 자연스럽게 꺼낼 기회를 노렸다. 그러나 블랙스터블에서 소문이 퍼지는 속도는 상상을 초월할 정도였다.
"오전에 누구랑 같이 자전거를 탔니? 아까 시내에서 앤스티 선생님을 만났을 때 얘기 들었다. 너를 봤다던데?"
숙모가 물었다. 숙부는 로스트비프를 질겅질겅 씹으면서 못마땅한 얼굴로 그릇만 내려다보고 있었다.
"드리필드 부부랑 같이 탔어요." 나는 태연하게 말했다. "왜, 갤러웨이 씨랑 알고 지낸다는 작가분 말이에요."
"아주 평판이 나쁜 사람들이야. 가까이하지 마라." 백부가 말했다.
"아니, 왜요?" 내가 물었다.
"이유 같은 거 묻지 말고 안 돼. 가까이하면 안 된다니까. 그뿐이다."
"너 어쩌다가 그런 사람들이랑 가까워진 거니?" 숙모가 물었다.
"자전거 타다가 만났어요. 가까이 오더니 같이 타겠냐고 했어요." 나는 사실을 조금 꾸며대서 대답했다.
"뻔뻔스럽기도 하지!"

나는 몹시 기분이 상했다. 식사 뒤 디저트로 맛있는 라즈베리 타르트가 나왔는데도 화났다는 티를 내려고 일부러 안 먹겠다고 했다. 그러자 숙모는 혹시 어디가 불편하냐고 물었다.

"아뇨. 괜찮아요." 나는 퉁명스레 대답했다.

"한 입이라도 먹으렴."

"배불러요."

"그래도 만든 성의를 봐서 먹어봐, 응?" 숙모가 말했다.

"배가 부르니까 안 먹나보지."

숙부가 말했다. 나는 숙부를 째려보면서 대답했다.

"알았어요. 조금만 먹을게요."

숙모는 타르트를 큼직하게 한 조각 잘라주었다. 나는 마지못해 먹는 척했다. 맛있는 라즈베리 타르트였다. 메리 앤은 입안에서 사르르 녹을 듯이 달콤한 타르트를 만들곤 했다. 하지만 숙모가 좀더 먹으라고 권하셨을 때에도 나는 쌀쌀맞게 거절했다. 숙모도 억지로 더 먹으라고 하지는 않았다. 숙부가 감사기도를 마치자, 나는 속이 부글부글 끓는 기분으로 자리를 떠나 응접실로 갔다.

시간이 흘러 하인들이 점심을 끝냈겠다 싶을 즈음에 나는 부엌으로 갔다. 에밀리가 은그릇을 닦고 있었다. 메리 앤은 설거지 중이었다. 나는 메리에게 물어봤다.

"있지, 드리필드 말인데. 그렇게 나쁜 사람이야?"

메리 앤은 열여덟 살 때부터 목사관에서 일하면서 어린 나를 돌봐주었다. 목욕도 시켜주고, 내가 부탁하면 자두 잼에 설탕도 넣어주고, 책가방도 꾸려주고, 아플 때는 보살펴주고, 심심할 때는 책을 읽어주고, 장난칠 때는 꾸지람도 했다. 에밀리는 덜렁거리는 여자였으므로, 메리 앤은 혹시라도 에밀리가 나를 돌봤더라면 큰일 났을 거라고 늘 말했다. 메리 앤은 이 고장에서 태어나 자랐다. 런던에는 한 번도 못 가봤을 것이다. 터캔베리에도 겨우 서너 번쯤 갔을까. 지금까지 앓아누운 적도 없고 휴가를 얻은 적도 없었다. 연봉은 12파운드. 일주일에 하루는 목사관 빨래를 담당하는 어머니를 만나러 갔고, 일요일 저녁에는 교회에 갔다. 그런데 메리 앤은 블랙스터블에서 일어나는 일은 뭐든지 다 알고 있었다. 누가 어떤 사람이고, 누구랑 누가 결혼했고, 누구 아버지가 왜 돌아가셨고, 어느 부인이 애를 몇이나 낳았고 애 이름은 또 무엇인지, 하나부터 열까지 낱낱이 알고 있었다.

내가 물어보자 메리 앤이 젖은 행주를 거칠게 설거지통에 던져 넣으면서 말했다.

"주인님께는 아무 잘못도 없어요. 나도 도련님이 내 조카였으면 그런 사람들이랑 어울리게 놔두지 않았을 거예요! 도련님한테 자전거를 같이 타자고 했다고요? 원 참, 어이가 없어서! 정말 뻔뻔한 사람들도 다 있네요."

식당에서 오간 이야기를 메리 앤도 이미 다 알고 있는 듯했다.

"하지만 나도 어린애가 아닌걸."

"그래서 더더욱 문제라니까요. 어휴, 대체 무슨 낯짝으로 돌아왔는지 몰러!" 메리 앤이 흥분해서 사투리를 섞어 썼다. "집이나 빌려갖고 신사 숙녀인 체하는 꼬라지하고는! 아, 도련님, 건들지 마세요!"

마침 라즈베리 타르트가 부엌 식탁에 놓여 있기에 손가락으로 떠먹으려는 참이었다.

"우리가 먹을 거예요. 더 드시고 싶으면 그때 드시지, 왜 가만히 계셨어요? 하여튼 드리필드는 뭐 하나 진득하게 하지를 못하는 사람이에요. 교육은 잘 받았죠. 그 사람 어머니만 불쌍하다니까요. 그는 날 때부터 지금까지 줄곧 어머니 속만 썩였거든요. 그러고도 모자라 로지 갠이랑 결혼하다니! 드리필드네 어머니가 그 결혼 소식을 듣고 그대로 앓아누워 3주일이나 아무하고도 말을 안 했대요."

"드리필드 부인 이름이 로지 갠이었다고? 어디 사는 갠?"

갠이란 블랙스터블에서 가장 흔한 성 가운데 하나였다. 교회묘지에도 갠의 무덤이 수두룩했다.

"도련님은 모르실 거예요. 로지의 아버지는 조사이어 갠 노인인데, 이 사람도 아주 특이했어요. 전쟁터에 나갔다가 의족을 달고 돌아왔죠. 자주 그림을 그린다면서 멀리 나갔지만 실제로는 일이 없을 때가 많았어요. 라이 거리에서는 우리 옆집에 살았지요. 그래서 나는 로지하고 같이 주일학교에 다녔어요."

"하지만 그 사람은 아줌마보다 훨씬 젊잖아?" 나는 버릇없이 말했다.

"어머, 아녜요. 그 사람도 서른은 넘었어요."

메리 앤은 코가 납작하고 충치도 있지만, 피부가 매끈매끈해서 서른다섯은 넘지 않을 것 같았다.

"로지는 나보다 겨우 너덧 살 어릴 뿐이에요. 젊은 아가씨인 척하려고 두껍게 화장하고 다녀서 사람들이 못 알아볼 정도라고 하던데요."

"그 사람이 술집에서 일했다는 게 정말이야?"

"그럼요. 레일웨이 암스에서 일하다가 하버샴에 있는 프린스 오브 웨일스 페더스로 옮겨 갔어요. 레일웨이 암스의 리브스 부인 밑에서 일했는데, 품행이 안 좋아서 결국 쫓겨나고 말았지요."

레일웨이 암스는 런던 채텀 도버 철도회사 정거장 맞은편에 있는 조그만 선술집이었다. 왠지 기분 나쁘게 화려한 곳이었다. 겨울밤에 그 근처를 지나가면 유리창 너머로 사내들이 카운터 앞에 앉아 빈둥거리는 모습이 눈에 띄었다. 목사이신 숙부님은 이 술집이 풍기를 어지럽게 한다고 비난하시면서, 오래전부터 영업 허가를 취소시키려고 애쓰셨다. 손님은 주로 철도역 짐꾼, 광부, 농민이었다. 블랙스터블의 성실한 주민들은 아무도 그 집에 드나들지 않았다. 술이 당길 때에는 베어 앤드 키나 듀크 오브 켄트로 갔다.

"뭐? 그 사람이 무슨 짓을 했는데?" 나는 눈이 휘둥그레졌다.

"무슨 짓이냐고요? 아, 안 되는데. 도련님께 이런 이야기를 했다가 주인님한테 들키면 큰일 날 텐데. 하지만……. 글쎄, 그 여자는 술집 손님들 모두랑 관계를 맺었대요! 아무나 안 가리고 말이죠. 누구 하나랑 사귄 게 아니라 이놈 저놈 돌아가면서 사귀었대요. 어휴, 진짜 엄청났나 봐요. 한데 거기에 조지 경이 나타난 거죠. 그런 사람이 드나들 만한 가게가 아닌데, 어느 날 기차가 늦게 도착하는 바람에 시간이나 때우러 들어갔다가 로지를 봤대요. 그 뒤로는 술집에 눌러앉아서 지저분한 노동자들하고 어울려 지내게 됐다나요. 목적이야 뻔했죠. 로지예요. 그가 로지와 눈이 맞았다는 것은 다들 알고 있었어요. 처자식도 있는 남자가 말이죠! 부인만 불쌍하죠, 뭐. 조지 경이 로지랑 바람났다고 소문이 나니까 이제는 리브스 부인도 더는 못 참게 되었어요. 그래서 로지한테 급료를 다 치러주고 보따리 싸서 나가게 했대요. 아, 더러운 계집을 그렇게라도 쫓아내서 정말 다행이지 뭐예요!"

조지 경이라면 나도 알고 있었다. 이름은 조지 켐프인데 무척이나 점잔을 부리기 때문에 다들 장난삼아 경(卿)을 붙여서 불렀다. 그는 석탄장사를 하면서 부동산에도 손을 댔고, 또 두세 군데 석탄운반회사에 투자도 하고 있었다. 새로 지은 벽돌집에 살면서 자가용 마차를 타고 다녔다. 뾰족한 턱수염을 기른 땅딸막한 남자였는데 얼굴색이 좋고, 붉은 얼굴에 푸른 눈이 강렬하게 빛나고 있었다. 지금 돌이켜보면 해묵은 네덜란드 그림에 흔히 나오는 쾌활한 붉은 얼굴의 상인이랑 꼭 닮은 얼굴이었다. 그는 언제나 화려하게 차려입고 다녔다. 큰 단추가 달린 연갈색 승마용 코트를 입고 갈색 중산모를 비스듬히 쓰고, 단춧구멍에는 붉은 장미 한 송이를 꽂은 채 마차를 타고 큰길을 신나게 달려가는 모습은 항상 모든 이들의 눈길을 끌었다. 일요일에는 번쩍번쩍한 실크해트를 쓰고 프록코트 차림으로 교회에 왔다. 그가 교구위원이 되고 싶어한다는 사실은 누구나 눈치챌 수 있었다. 그만큼 정력적인 사람이 교구위원이 된다면 분명히 교회에 큰 도움이 될 터였지만, 숙부님은 "내 눈에 흙이 들어가기 전에는 안 된다"며 그 소원을 들어주지 않으셨다. 화가 난 조지 경은 보란 듯이 조합교회 예배당에 1년 정도 다녔지만, 숙부는 끝까지 고집을 꺾지 않았다. 거리에서 우연히 만나도 철저하게 무시했다. 누가 중재에 나서서 두 사람은 겨우 화해할 수 있었지만, 그래도 숙부는 그에게 교구위원 보좌역을 맡기는 데 그쳤다. 그 이상은 양보할 수 없다는 것이다. 신사들은 그를 품위 없다고 생각했다. 실제로 그는 허영심이 많고 잘난 척하는 남자였다. 목소리도 크고 웃음소리도 귀에 거슬렸다. 그가 길 맞은편에서 누구랑 얘기하면 이쪽까지 다 들릴 정도였다. 게다가 그의 태도도 비난을 받았다. 그는 너무 허물없이 굴었다. 신사들하고 어울릴 때도 마치 스스로 장사치가 아닌 것처럼 행동해서 뻔뻔하다는 소리를 들었다. 친하게 지내려는 태도, 공공사업을 위한 활동, 매년 보트 경기나 수확제에 흔쾌히 기부하는 돈, 누구에게나 베푸는 친절……. 이런 것들이 그와 블랙스터블 주민들 사이의 벽을 허물어 주리라고 생각했다면 큰 오산이다. 이웃들과 친하게 지내려는 그의 노력은 오히려 반감만 샀다.

한번은 이런 일도 있었다. 의사 부인이 우리 숙모를 찾아왔을 때였다. 그 자리에 에밀리가 나타나서, 조지 켐프 씨가 만나러 오셨다고 숙부에게 알렸다.

"뭐? 현관 초인종이 울린 것 같았는데?" 숙모가 에밀리에게 물었다.

"네, 현관으로 오셨어요."

순간 난처한 침묵이 흘렀다. 이런 이례적인 사태에 어떻게 대처해야 할지 모두 당황하는 눈치였다. 에밀리도 어쩔 줄을 몰랐다. 누가 현관으로 들어오고, 누가 옆문으로 들어오고, 또 누가 뒷문으로 들어와야 할지 잘 알고 있었으니까. 마음씨 착한 숙모는 어처구니없는 실수를 저지른 상대의 입장을 진심으로 동정하는 듯했지만, 의사 부인은 경멸하듯이 콧방귀를 뀌었다. 드디어 숙부가 정신을 가다듬고 사태를 수습했다.

"서재로 모시게. 차를 다 마시면 만나러 갈 테니까."

그러나 조지 경은 언제나 뻔뻔하고 명랑했다. 큰 소리로 떠들면서 시끄럽게 굴었다. 블랙스터블은 죽은 듯이 조용하니 자기가 두들겨 깨워야겠다, 관광열차를 개발하도록 철도회사에 압력을 넣어야겠다, 이 동네도 마게이트 못지않게 번화한 도시가 될 수 있다, 누가 시장(市長)으로 취임해서 이 동네를 이끌면 좋겠다, 펀베이에도 시장이 있지 않은가.

"자기가 시장이 되고 싶은 거야." 블랙스터블 사람들은 말했다. 그리고 불쾌한 듯 입을 꾹 다물었다. 다들 저러다 큰코다칠 거라고 쑥덕거렸다. 숙부는 "말을 물가로 데려갈 수는 있어도 억지로 물을 마시게 할 수는 없다"고 한마디 했다.

나도 다른 사람들과 마찬가지로 조지 경을 경멸했다. 우리 사이에 사회적 신분의 차이 따위는 없다는 듯이 그가 거리에서 나를 함부로 불러 세우고 시끄럽게 떠들어 대면 그야말로 분통이 터졌다. 그에게는 내 또래의 아들이 있었는데, 걔랑 같이 축구라도 하면 어떻겠냐는 말까지 들었다. 하지만 그의 아들은 이 지방 학교에 다니고 있었다. 나하고는 생활환경 자체가 달랐다.

메리 앤이 해준 이야기는 충격적이었다. 나는 몹시 당황했다. 도무지 믿을 수가 없었다. 소설책도 지나치리만큼 많이 읽었고 학교 친구들한테 들은 얘기도 많아서 스스로 연애에 대해서는 다 안다고 자부했는데, 그때는 연애란 젊은이들의 전유물이라고 믿고 있었다. 나만큼 장성한 아들이 있는 수염 난 사내가 연애를 한다고? 말도 안 되는 얘기였다. 어차피 결혼하는 순간 연애는 끝나게 마련이다. 서른이 넘은 사람이 연애를 한다고 생각하니 구역질이 날 것 같았다.

"하지만 그 두 사람이 구체적으로 뭘 하지는 않았지?" 나는 메리 앤에게 물었다.

"글쎄요. 소문을 듣자니 로지 갠은 별짓을 다 했다던데요. 상대는 조지 경 말고도 잔뜩 있었나 보지만."

"아니, 그럼, 왜 애가 안 생겼는데?"

내가 읽은 소설에서는 아름다운 처녀가 몸을 함부로 굴리면 꼭 애를 배었다. 어쩌다 애가 생기는지는 매우 막연하게 묘사되어 있었고 때로는 숨김표로 암시되어 있기도 했지만, 결과는 항상 같았다.

"처신을 잘했다기보다는 그저 운이 좋았을 뿐이지요." 메리 앤은 그렇게 대답하다가 말이 지나쳤다는 사실을 깨달았는지, 바쁘게 접시를 닦던 일손을 멈추고 말했다. "도련님은 몰라도 될 것까지 많이 알고 계시나 봐요?"

"물론 알지. 나도 벌써 어른인걸."

"하여튼 한 가지 확실한 건, 로지가 처음 일하던 술집에서 쫓겨났을 때 조지 경이 새로운 일자리를 소개해줬다는 거예요. 하버샴에 있는 프린스 오브 웨일스 페더스였죠. 그는 밤이면 밤마다 마차를 타고 그 술집에 갔대요. 하버샴이든 이 동네든 맥주 맛은 다 똑같을 텐데."

"그럼 테드 드리필드는 왜 그런 여자하고 결혼한 거야?"

"그걸 어떻게 알겠어요? 그는 프린스 오브 웨일스 페더스에서 로지를 만난 모양이에요. 뭐, 달리 그 사람하고 결혼해줄 여자가 없었던 게 아닐까요? 정상적인 여자가 그런 남자를 상대할 리 없으니까요."

"테드는 로지가 어떤 여자인지 알고 있었을까?"

"직접 물어보시지 그래요?"

나는 입을 다물었다. 뭐가 뭔지 알 수 없었다.

"요즘 로지는 어떻게 지낸대요? 결혼하고 나서는 한 번도 못 만났거든요. 레일웨이 암스에서 그런 짓을 저질렀다는 소문을 듣고는 아주 학을 떼버렸죠."

"잘 지내나 보던데." 내가 말했다.

"나를 기억하는지 한번 물어봐요. 뭐라고 대답할지 참 궁금하네."

6

나는 이튿날 아침에 드리필드 부부와 함께 놀러 가기로 결심했다. 숙부에게 허락해 달라고 해봤자 소용없을 게 뻔했다. 그래, 그들과 사이좋게 지내다가 들켜서 숙부한테 혼난들 뭐 어떠랴. 혹시 테드 드리필드가 숙부한테 허락은 받았냐고 물으면 그렇다고 대답할 생각이었다. 그런데 뜻밖에도 거짓말을 할 필요가 없어져버렸다. 그날 오후에는 밀물이어서 수영을 하러 바닷가에 갔는데, 숙부도 시내에 볼일이 있어서 중간까지 나와 함께 갔다. 그런데 베어 앤드 키 앞을 지나칠 때 테드 드리필드가 거기서 나왔다. 그는 우리를 보더니 곧장 숙부에게 다가왔다. 그 태도는 놀랄 정도로 침착했다.

"안녕하세요, 목사님. 혹시 저를 기억하십니까? 어릴 때 성가대에서 노래했던 테드 드리필드입니다. 아버지는 울프 씨네 집에서 일하는 일꾼이었지요."

숙부는 무척 소심한 사람이라 주춤거렸다.

"아, 잘 지냈소? 부친께서 돌아가셨다는 얘기는 들었소. 안타깝구려."

"네, 뭐. 그보다 목사님의 조카분이랑 친해졌는데요. 내일 같이 자전거 타고 소풍을 가고 싶은데, 그래도 될까요? 혼자서는 자전거 타는 것도 심심하지 않겠습니까. 그러니까 함께 가서 편 교회 기념비의 탁본을 뜨고 싶은데요."

"아니, 말씀은 고맙지만……."

숙부는 거절하려 했으나 드리필드가 말허리를 잘랐다.

"조카분이 혹시라도 실수하시지 않도록 제가 책임지고 잘 보살피겠습니다. 탁본을 만들어보고 싶으실 거예요. 분명 재미있을 겁니다. 종이랑 왁스는 제가 준비할 테니 돈도 따로 안 들고요."

숙부는 냉철한 사람이 아니었다. 종이와 왁스를 사주겠다는 테드의 말에 자존심이 확 상해서, 나를 드리필드와 같이 가지 못하게 해야 한다는 중요한 문제는 싹 잊어버리고 말았다.

"얘도 종이랑 왁스 정도는 자기 돈으로 살 수 있어요. 용돈은 충분히 주고 있으니까. 군것질이나 해서 배탈이 나는 것보다는 그런 문방구를 사는 게 훨씬 낫겠죠."

"네, 맞습니다. 그럼 헤이우드 문구점에 가서, 내가 산 것과 같은 종이와 왁스를 달라고 해요."

"네, 얼른 갔다 올게요."

나는 숙부의 마음이 변하기 전에 서둘러 뛰어갔다.

7

드리필드 부부는 왜 나를 귀여워했을까. 단순한 친절이 아닌 다른 이유가 있었다고는 생각하기 어렵다. 나는 무뚝뚝하고 말수도 적은 소년이었다. 혹시 내가 테드 드리필드를 조금이라도 즐겁게 해주었다면 다 무의식적으로 한 것이리라. 어쩌면 내 거만한 태도가 우스웠는지도 모른다. 드리필드는 울프 씨네 집 일꾼의 아들이고 숙부님 말씀으로는 삼류 글쟁이에 불과한 남자였으니, 나는 목사님 조카로서 커다란 은혜를 베풀어 그와 사이좋게 지내준다고 생각했던 것이다. 한번은 꽤 건방진 태도로 저서를 빌려 달라고 그에게 말한 적이 있었다. 드리필드가 내가 읽기에는 별로 재미가 없을 거라고 대답했다. 나는 그 말을 곧이곧대로 받아들여 더는 부탁하지도 않았다. 숙부는 내가 드리필드 부부와 어울리는 것을 한번 허락한 다음부터는 더는 이의를 제기하지 않았다. 우리는 이따금 같이 요트를 탔다. 때로는 경치 좋은 곳으로 놀러 가서 테드가 수채화를 그리기도 했다. 그때는 영국 날씨가 지금보다 좀 나았는지 아니면 젊은 청춘의 환상인지는 모르지만, 하여튼 그해 여름은 날씨가 매일 화창했다. 나는 이런저런 굴곡이 있는 풍요롭고 우아한 시골 풍경에 이상한 애정을 품게 되었다. 꽤 멀리 소풍을 나가서 차례차례 교회를 방문하여 기념비, 갑옷 입은 기사, 페티코트로 치마를 부풀린 여인상 등의 탁본을 떴다. 테드 드리필드의 열정적인 탁본 취미에 감화되어 나도 탁본에 푹 빠졌다. 매번 목사관에 돌아가서 그 성과를 숙부에게 자랑했던 것 같다. 숙부는 내가 누구와 함께 가든 간에 교회에서 뭔가를 하는 이상 문제가 될 리는 없다고 생각하셨나 보다. 남자들이 탁본을 뜨는 동안 드리필드 부인은 혼자 교회 정원에서 빈둥빈둥 놀았다. 자수를 하거나 독서하는 모습은 본 적이 없다. 오랫동안 아무것도 안 하고 멍하니 있어도 전혀 지루하지 않은 모양이었다. 가끔은 나도 밖에 나가서 그녀와 함께 풀밭에 앉아 있기도 했다. 학교생활, 친구들, 선생님, 블랙스터블 사람들, 그 밖에 아무거나 되는 대로 이야기했다. 나를 '어센든 씨'라고 불러주는 것이 기뻤다. 나를 그렇게 부른 사람은 부인이 처음이었다. 나는 왠지 어른이 된 기분이었다. 사람들이 나를 '윌리 도련님'이라고 부르면 괜히 화가 났다. 정말 웃기는 이름이라고 생각했다. 사실 나는 내 이름도 성도 싫었다. 나에게 좀더 어울리는 이름을 찾으려고 오랫동안 고민해보기도 했다. 로더릭 레이븐스워스는 어떨까. 나는 이 이름이 마음에 들어서, 멋지게 서명해보려고 연습하느라 종이를 몇 장이나 낭비했다. 루도빅 몽고메리도 괜찮은 것 같았다.

메리 앤이 드리필드 부인에 대해서 해준 이야기는 좀처럼 잊을 수 없었다. 남녀가 결혼하면 어떤 일을 하는지 이론상으로는 알았고 언어로 정확히 표현할 수도 있었지만, 실은 전혀 이해를 못하고 있었다. 뭔가 불쾌하고 이상해서, 사람들이 그런 짓을 한다는 게 도무지 믿어지지 않았다. 지구가 둥글다고 이론적으로는 알아도 실제로는 평평하다고 느끼는 것과 같은 이치였다. 드리필드 부인은 매우 솔직하고 명랑하게 웃었다. 행동거지도 젊고 활기차서 때로는 유치하게 느껴질 정도였다. 이런 사람이 뱃사람이랑 관계를 맺었다고? 도저히 상상할 수가 없었다. 게다가 그 상스럽고 무서운 조지 경이랑 놀아났다니, 그야말로 있을 수 없는 일이었다. 부인은 소설에 나오는 타락한 여자하고는 전혀 달랐다. 물론 고상한 여자는 아니었다. 블랙스터블 사투리를 심하게 썼으며 발음도 별로고 문법도 놀랄 만큼 엉망이었다. 하지만 나는 부인을 좋아하지 않을 수 없었다. 메리 앤이 새빨간 거짓말을 했다는 생각밖에 안 들었다.

하루는 메리 앤이 우리 집에서 요리사로 일하고 있다는 이야기를 부인에게 했다.

"예전에 라이 거리에서 옆집에 사셨다고 들었는데요."

나는 부인이 그런 사람은 모른다고 대답할 줄 알았다. 하지만 부인은 푸른 눈을 반짝이면서 생긋 웃었다.

"아, 맞아요. 메리 앤이 주일학교에 나를 데려가곤 했어요. 내가 하도 떠들고 장난쳐서 말리느라 힘들었을 거예요. 목사관에 일자리를 얻었다는 소문은 들었는데 아직 거기에 있나요? 그래요, 그러고 보면 참 오랫동안 못 만났네요. 한번 만나서 옛날 얘기라도 하고 싶어요. 아, 안부 좀 전해주세요. 괜찮으면 쉬는 날 우리 집에 놀러오라고 해주시겠어요? 같이 차라도 마시고 싶은데."

나는 깜짝 놀랐다. 드리필드 부부는 지금 세들어 사는 집을 마음만 먹으면 구입할 수 있을 만큼 부자였고 일꾼도 거느리고 있었다. 그런데 메리 앤을 다과회에 초대하겠다니! 격에 안 맞는 일이었다. 내 입장도 난처해질 것이 뻔했다. 이 부부는 도대체 해도 될 일과 안 될 일을 구별할 줄 모르는 것 같았다. 그들은 보통 필사적으로 숨기려고 할 만한 과거조차 태연하게 이야기해서 듣는 사람을 당황하게 만들곤 했다. 그때 내 주위에 있는 사람들이 실제보다 더 부유하고 훌륭한 사람으로 보이기 위해 행동했는지는 잘 모르겠지만, 돌이켜보면 그들이 모두 체면을 무척 중시했다는 것만은 확실하다. 그들은 점잖은 가면을 쓰고 생활했다. 남들 앞에서 흐트러진 꼴로 테이블에 다리를 올려놓는 짓은 절대로 하지 않았다. 여자들은 멋진 드레스를 잘 차려입기 전에는 사람들 앞에 코빼기도 내밀지 않았다. 살림이 어려워서 어쩌다 오는 손님한테는 밥 한 끼 대접하기 힘들면서도, 파티를 열면 꼭 상다리가 부러지도록 호화로운 만찬을 차렸다. 무슨 재난을 당해도 다들 머리를 꼿꼿이 치켜든 채 아무렇지도 않다는 듯 행동했다. 아들이 천한 여배우와 결혼한다고 해도 부모는 그 불행을 입에 올리지 않았으며, 이웃들도 정말 끔찍한 일이라고 수군거리면서도 부모 앞에서는 시치미를 뗀 채 연극의 연 자도 꺼내지 않았다. 최근에 스리 게이블스로 이사온 그린코트 소령 아내가 장사꾼 집안 출신이라는 소문은 이미 온 마을에 퍼졌지만, 소령도 아내도 그 사실을 애써 숨기고 있었다. 사람들은 뒤에서 그들 부부를 깔봤지만 막상 얼굴을 마주하면 예의를 차렸다. '도자기'란 단어는 결코 쓰지 않았다. 소령 부인의 친정이 도자기 장사를 했기 때문이다. 그때만 해도 자식들의 신분을 뛰어넘은 결혼에 화가 난 부모가 아들한테 고작 1실링만 주고 내쫓으면서 의절을 선언한다든가, (우리 어머니처럼 사무변호사 나부랭이하고 결혼한) 딸한테 다시는 친정에 돌아오지 말라고 하는 것도 드문 일은 아니었다. 나한테는 이 모든 것이 익숙해서 매우 마땅한 일처럼 여겨졌다. 오히려 테드 드리필드가 옛날에 홀본에서 식당 종업원으로 일했다고 거리낌 없이 말하는 것이 더 충격이었다. 그가 집을 떠나서 한동안 배를 탔다는 사실은 이미 알고 있었다. 낭만적이라고 생각했다. 소설을 보면 소년들이 가끔 그런 짓을 저질렀다가 아슬아슬한 모험을 겪은 끝에 부잣집 또는 백작 딸과 결혼하곤 하니까. 하지만 항해를 마치고 돌아온 테드 드리필드는 메이드스톤에서 마부 노릇을 했고, 버밍엄에서 매표원으로도 일했다. 드리필드 부인도 자전거를 타고 레일웨이 암스 앞을 지나칠 적에 여기서 3년간 일했다고 태연하게 말했다. 마치 누구나 다 하는 일이라는 투로.

"처음에는 여기서 일했어요. 그다음에는 하버샴에 있는 프린스 오브 웨일스 페더스에서 일했고요. 결혼하고 나서 관뒀죠."

부인은 추억을 즐기는 것처럼 웃었다. 나는 뭐라고 대꾸해야 할지, 눈을 어디에 둬야 할지 몰랐다. 꿀 먹은 벙어리가 되어 얼굴만 붉힐 뿐이었다. 하루는 멀리 나갔다 돌아오는 길에 펀베이를 지나가게 되었는데, 날이 더워서 목이 말랐으므로 부인의 제안에 따라 돌핀 술집에 들러 맥주나 한잔하고 가기로 했다. 안에 들어가자 부인은 카운터 뒤에 있는 여급한테 말을 걸더니, 자기도 5년간 술집에서 일했다고 당당하게 말했다. 나는 너무 놀라서 말문이 막혔다. 가게 주인이 우리한테 다가오자 테드가 그에게 한 잔 권했다. 로지는 저 여급한테도 포도주 한 잔 대접하라고 했다. 그러고 나서 한동안 그들은 술집 경기, 특정 맥주 회사와 계약을 맺은 술집, 물가 상승 따위에 대해 이야기꽃을 피웠다. 그동안 나는 혼자 붉으락푸르락 달아올랐다 식었다 하면서 어찌할 바를 몰랐다. 가게를 나올 때 로지가 말했다.

"나는 저 아가씨가 정말 맘에 들어요. 분명히 스스로 행복을 거머쥘 거예요. 아까 아가씨한테도 말했지만, 술집 일은 힘들기는 해도 참 재미있거든요. 술집에서 일하면 남녀관계에 대해서도 훤히 알게 되지요. 똑똑하게 처신만 잘하면 좋은 남자와 결혼할 수도 있어요. 보니까 그 아가씨가 약혼반지를 끼고 있기에 물어봤더니, 남자 손님들이 놀리길 바라면서 일부러 끼고 있는 거래요."

드리필드가 웃음을 터뜨렸다. 로지는 나를 보았다.

"있죠, 나는 술집에서 일할 때 정말 즐거웠어요. 하지만 그 일을 평생 계속할 수는 없죠. 장래 계획을 세워야 해요."

이어서 이보다 훨씬 충격적인 사건도 일어났다. 9월도 반쯤 지나 여름방학이 거의 끝나갈 무렵이었다. 내 정신은 온통 드리필드 부부에게 쏠려 있어서 집에서도 자꾸만 그들 이야기를 하고 싶었다. 하지만 숙부가 내 말을 가로막았다.

"네가 새로 사귄 친구들 얘기만 하루 종일 듣다가 귀에 딱지 앉겠다. 다른 얘기도 좀 하지 그러냐? 아니, 그나저나……. 테드 드리필드는 이 교구에서 태어났고 매일 너랑 어울려 다니면서도 왜 교회에는 코빼기도 안 보인다니?"

그래서 나는 테드에게 말했다.

"숙부님이 교회에 나오시면 좋겠다고 하시던데요."

"아, 그래요? 좋소. 이번 일요일에 교회에 갑시다, 로지."

"좋아요."

메리 앤에게 드리필드 부부가 온다는 이야기를 했다. 나는 지주석(地主席) 바로 뒤 목사 가족석에 앉아 있느라 뒤돌아볼 수가 없었지만, 통로 맞은편에 앉은 사람들의 반응으로 보아 드리필드 부부가 왔다는 것을 알아차렸다. 다음 날 나는 기회를 봐서 메리 앤에게 그들을 봤냐고 물어봤다.

"그래요. 왔더군요." 메리 앤이 퉁명스럽게 대답했다.

"그러면 예배 끝나고 로지랑 얘기는 해봤어?"

"뭐라고요?" 메리 앤이 벌컥 성을 냈다. "어휴, 도련님! 당장 주방에서 나가세요! 여기서 하루 종일 알짱대면서 일을 방해하실 거예요? 대체 왜 그러세요?"

"아, 알았어. 화내지 마."

"도련님을 그런 인간들하고 같이 싸돌아다니게 놔두다니, 주인님이 대체 무슨 생각을 하고 계신지 모르겠네! 어휴, 속 터져! 그 여자, 모자를 아주 꽃밭처럼 꾸미고 왔던데! 도대체 무슨 낯짝으로 나다니는지 몰라? 뻔뻔한 데도 정도가 있지! 자, 자, 도련님, 방해하지 말고 나가세요. 어서 나가요."

메리 앤이 왜 이렇게까지 화를 내는지 이해할 수 없었다. 하지만 로지 얘기는 두 번 다시 꺼내지 않았다. 그런데 한 이삼일 지났을 때 뜻밖의 사건이 일어났다. 그날 나는 뭘 좀 찾으려고 부엌에 들어갔다. 목사관에는 부엌이 두 개 있었다. 평소에 요리하는 작은 부엌 말고도 큰 부엌이 하나 있었다. 옛날에 시골 목사는 가족이 많았고 이따금 시골 유지를 초대해 호화로운 만찬회를 벌이기도 했는데, 그때 이 부엌을 썼던 것이리라. 하루 일이 끝나면 메리 앤은 이곳에서 바느질을 했다. 목사관 식구들은 저녁 8시에 가벼운 찬 음식을 먹었으므로, 티타임이 끝나면 저녁때까지는 하녀가 할 일이 별로 없었다. 7시가 다 되어 땅거미가 내렸다. 에밀리가 외출하는 날이었으므로 메리 앤 혼자 남아 있을 줄 알았다. 그런데 복도를 지나갈 때 뜻밖에도 부엌에서 웃고 떠드는 소리가 들렸다. 누가 메리 앤을 만나러 온 걸까. 램프에 불은 켜져 있었지만 진녹색 전등갓을 씌워 놔서 부엌은 거의 어둠에 잠겨 있었다. 테이블 위에 놓인 찻주전자와 찻잔이 보였다. 이렇게 늦은 시각에 메리 앤이 친구와 차를 마시고 있는 것이다. 내가 문을 열자 대화가 뚝 끊겼다. 그리고 누가 인사했다.

"안녕하세요."

메리 앤을 찾아온 친구가 로지라는 사실을 깨닫는 순간, 날벼락이라도 맞은 기분이었다. 내가 눈을 휘둥그레 뜨고 쳐다보자 메리 앤이 살짝 웃으면서 말했다.

"로지 갠이 같이 차나 마시자고 찾아왔어요."

"옛날 얘기 좀 하고 있었어요." 로지가 말했다.

메리 앤은 이런 장면을 들켜서 좀 부끄러운 눈치였다. 하지만 나는 그보다 두 배나 더 부끄러웠다. 로지는 익살스러운 어린애 같은 미소로 나를 맞이했다. 아주 침착해 보였다. 왠지 그녀의 옷차림에 눈길이 갔다. 이렇게 화려하게 꾸민 모습은 처음 보는 것 같았다. 허리는 가늘게 졸라매고 소매는 크게 부풀린 연푸른색 드레스를 입었는데, 긴 치마 아래에 프릴이 달려 있었다. 커다란 검정 밀짚모자에는 장미꽃과 잎사귀와 나비 리본이 잔뜩 꾸며져 있었다. 일요일에도 아마 이렇게 차려입고 교회에 왔을 것이다.

"메리 앤이 우리 집에 올 때까지 기다렸다가는 할머니가 다 될 것 같아서요. 내가 직접 찾아온 거예요."

로지가 나에게 말했다. 메리 앤이 멋쩍은 미소를 지었지만 기분이 나빠 보이지는 않았다. 나는 원하는 물건을 찾자마자 두 사람을 남겨두고 서둘러 부엌을 나왔다. 정원까지 뛰쳐나와 한동안 정처 없이 서성거렸다. 도로까지 걸어가서 문 너머로 바깥을 쳐다봤다. 벌써 사방에 어둠이 깔려 있었다. 그때 천천히 움직이는 한 사내가 눈에 들어왔다. 처음에는 그다지 신경 쓰지 않았지만, 그가 이리저리 왔다 갔다 하면서 누군가를 기다리고 있다는 사실을 곧 깨달았다. 테드 드리필드인가? 나는 말을 걸려고 했다. 그때 사내가 멈춰 서더니 파이프에 불을 붙였다. 이럴 수가, 조지 경이었다! 대체 여기서 뭐하고 있는 걸까. 잠깐 의문이 들었지만 이내 답이 떠올랐다. 로지를 기다리고 있는 것이다. 심장이 쿵쾅거리기 시작했다. 아마 어두워서 내 모습은 안 보일 테지만 왠지 불안하여 얼른 정원수 그림자 속에 숨었다. 잠시 뒤 옆문이 열리고 메리 앤의 배웅을 받으면서 로지가 밖으로 나왔다. 자갈길을 밟으며 점점 다가오는 로지의 발소리가 들린다. 발소리는 이윽고 대문에 도착한다. 조그만 삐걱 소리를 내며 문이 열린다. 그러자 조지 경이 길 맞은편에서 건너와, 그녀가 채 나가기도 전에 안으로 미끄러져 들어왔다. 그는 두 팔 벌려 그녀를 열렬하게 끌어안았다. 그녀가 조그맣게 웃으며 속삭였다.

"내 모자 조심해요."

나와 그들은 3피트 정도밖에 떨어져 있지 않았다. 그들에게 들킬까봐 간이 콩알만 해졌다. 두 사람은 태연해 보였지만 나는 너무나 수치스러워서 참을 수 없었다. 흥분해서 온몸이 덜덜 떨렸다. 조지 경은 그렇게 한동안 로지를 끌어안고 있었다.

"여기서 할까?" 그가 작은 소리로 물었다.

"안 돼요, 그 애가 여기 있단 말이에요. 저기 들판으로 가요."

그는 로지의 허리를 끌어안은 채 대문을 지나 어둠 속으로 사라졌다. 나는 심장이 미친 듯이 뛰어서 숨조차 못 쉴 지경이었다. 방금 목격한 장면이 너무 충격적이라 머리가 멍해져 아무 생각도 안 났다. 누구한테 모조리 이야기해 버리고 싶은 충동이 들었다. 하지만 이건 아무에게도 밝힐 수 없는 비밀이었다. 반드시 지켜야 할 비밀을 졸지에 떠맡아 버린 것이다. 무거운 책임감이 나를 짓눌렀다. 느릿느릿 집으로 돌아가 옆문으로 들어갔다. 문 열리는 소리를 듣고 메리 앤이 말을 걸었다.

"윌리 도련님?"

"응."

부엌을 보니 메리 앤이 식당으로 가져갈 저녁을 쟁반에 담고 있는 중이었다.

"로지 갠이 찾아온 건 주인님께 비밀로 해주시겠어요?"

"응, 당연하지."

"아, 정말 깜짝 놀랐어요. 누가 옆문을 두드리기에 열어봤더니 글쎄 로지가 서 있더라고요! 너무 놀라서 선 채로 기절하는 줄 알았어요. 그런데 로지가 '메리 앤!' 하고 반갑게 부르면서 와락 달려들어 내 얼굴에다 온통 키스를 퍼붓지 뭐예요. 그러니 어쩌겠어요. 반갑다고, 어서 들어오라고 해야지 뭐. 또 그렇게 초대했으니 할 수 없이 차라도 대접해야죠."

메리 앤은 내 오해를 풀려고 열심히 변명했다. 내 앞에서 그토록 로지를 욕했으면서, 이렇게 사이좋게 같이 차를 마시며 담소하는 모습을 나한테 들켰으니 그럴 만도 했다. 하지만 나는 메리 앤을 놀릴 기분이 들지 않았다.

"저기, 그렇게 나쁜 여자는 아니지?"

내 말에 메리 앤은 생긋 웃었다. 까맣게 벌레 먹은 이빨이 드러났지만, 그녀의 미소는 상냥하고 매력적이었다.

"글쎄요, 뭐랄까요. 로지한테는 뭔가 사람을 홀리는 매력이 있어요. 방금 여기서 1시간쯤 놀다 갔는데요. 처음부터 끝까지 거드름도 안 피우고 털털하게 굴더라고요. 오늘 입은 옷이 1야드에 13실링 반이나 하는 천으로 지은 거라던데, 분명 거짓말은 아닐 거예요. 그런데도 전혀 잘난 척하지는 않더라고요. 게다가 기억력도 좋아서 옛날 일도 잘 기억하데요. 어릴 때 내가 자기 머리를 빗어준 일이라든가, 차 마시기 전에 그 작은 손을 씻어준 일이라든가……. 모두 기억하고 있었어요. 우리 집에 자주 놀러와서 간식을 먹기도 했어요. 그때는 정말 귀엽고 예쁜 아이였는데."

메리 앤은 과거를 회상했다. 주름 잡힌 얼굴에 그리운 표정이 떠올랐다. 그녀가 잠깐 뜸을 들이더니 말을 이었다.

"뭐, 생각해보면 로지가 다른 여자들보다 특별히 나쁜 건 아닐지도 몰라요. 단지 남들보다 유혹을 받을 기회가 많았다 뿐이죠. 로지를 손가락질하는 여자들도 만약 로지와 같은 처지였다면 똑같이 행동했을지도 몰라요."

8

날씨가 갑자기 나빠졌다. 쌀쌀해지고 비가 많이 내렸다. 나와 드리필드 부부는 더는 함께 소풍을 다니지 못하게 되었다. 하지만 별로 서운하진 않았다. 로지가 조지 켐프와 남몰래 만나는 장면을 목격한 뒤로는 그녀 얼굴을 똑바로 쳐다볼 자신이 없었기 때문이다. 충격도 받았지만 그보다는 기가 막히고 놀라웠다. 그런 늙은이한테 입맞춤을 받아서 대체 뭐가 좋을까? 도무지 이해할 수 없었다. 나는 상상력을 총동원하여 말도 안 되는 망상까지 했다. 아마 소설책을 지나치게 많이 읽은 탓이리라. 나는 로지가 조지 경한테 무슨 약점을 잡혀서 그런 역겨운 포옹에 억지로 몸을 맡긴 거라고 상상했다. 중혼, 살인, 문서위조 등등, 온갖 무시무시한 사건들을 생각해봤다. 소설에 나오는 악당들은 그런 범죄를 깡그리 떠벌리겠다고 협박하여 불쌍한 여인을 손아귀에 넣고 주물럭거리는 것이다. 어쩌면 로지는 빚보증을 섰는지도 모른다. 보증이라는 게 정확히 어떤 건지는 몰라도, 하여튼 신세를 망치는 길이라는 것만은 잘 알고 있었다. 나는 로지가 어떤 고통을 겪고 있을지 상상했다. 이를테면 그녀는 잠 못 이루는 기나긴 밤에 아름다운 금발을 길게 늘어뜨린 채 잠옷 차림으로 창가에 앉아 새벽이

오기를 멍하니 기다릴 것이다. 그럼 여기서 내가 나타난다. 일주일에 겨우 6펜스를 용돈으로 받아 쓰는 열다섯 살 소년이 아니라, 턱수염에 왁스를 바르고 고급 야회복을 입은 강철처럼 건장한 신사인 내가. 나는 의협심과 교묘한 재주를 발휘하여 무시무시한 악당의 협박으로부터 그녀를 구해준다. 하지만 이런 공상을 하면서도 현실을 잊을 수는 없었다. 로지는 분명히 조지 경의 애무를 그렇게 싫어하지만은 않았다. 그녀의 웃음소리가 귀에 달라붙어 사라지지 않았다. 그런 웃음소리는 처음 들었다. 그 소리를 떠올리자 이상하게도 숨이 턱 막혔다.

그로부터 여름방학이 끝날 때까지 드리필드 부부하고는 딱 한 번 만났다. 시내에서 우연히 마주쳤는데 그들이 나에게 말을 걸었다. 나는 부끄러워서 몸 둘 바를 몰랐다. 그런데 로지는 조금도 켕기는 구석이 없어 보였다. 오히려 내가 당황해서 얼굴이 벌개졌을 정도다. 평소처럼 로지는 익살맞게 어린애 같은 푸른 눈으로 나를 상냥하게 바라보았다. 가끔 입을 살짝 벌리고 금방이라도 웃음을 지을 듯했다. 입술은 붉고 도톰했다. 그 얼굴은 정직하고 천진했으며, 순진함과 솔직함도 배어 있었다. 그때는 이처럼 말로 정확히 표현할 수는 없었지만, 그래도 그 비슷한 무언가를 마음으로 강하게 느끼기는 했다. 로지에 대해 느낀 점을 한마디로 표현한다면 '참 솔직한 사람'이었다. 로지가 조지 경과 몰래 바람을 피웠다고? 말도 안 되는 이야기였다. 나는 내 눈으로 직접 보고서도 믿을 수 없었다. 틀림없이 뭔가 사연이 있을 거라고 생각했다.

이윽고 개학하는 날이 다가왔다. 트렁크는 이미 마차에 실어 보냈으므로 나는 빈손으로 역에 갔다. 숙모가 바래다주겠다고 하셨지만 다 큰 청년답게 혼자 가고 싶어서 거절했다. 그런데 막상 거리를 혼자 걸으니 기분이 우울해졌다. 터캔베리까지 가는 지선(支線) 기차는 시내에서 떨어진 바닷가 근처 역에서 출발했다. 나는 표를 산 다음 삼등칸 구석에 앉았다. 그때 갑자기 누가 "저기 있네!" 소리쳤다. 보니까 드리필드 부부가 기운차게 달려오고 있었다.

"배웅하러 왔어요. 학교에 돌아가려니까 아쉽죠?"

"아뇨, 괜찮아요."

"조만간 다시 돌아오실 거지요? 아, 크리스마스 때 오시거든 또 우리랑 같이 놀아요. 스케이트는 탈 줄 아세요?"

"몰라요."

"난 탈 줄 아는데. 내가 가르쳐줄게요."

로지의 명랑한 태도에 내 마음은 사르르 풀어졌다. 그들이 일부러 배웅하러 와준 것이 기쁘고 고마워서 왠지 눈물이 나왔다. 하지만 티를 안 내려고 애쓰면서 씩씩하게 말했다.

"이번 학기에는 럭비를 열심히 할 거예요. 잘하면 후보 팀에 들어갈 수 있을 것 같거든요."

로지가 눈을 빛내며 상냥하게 나를 바라보았다. 붉고 도톰한 입술이 미소로 벌어진다. 나는 그 미소를 무척 좋아했다. 그녀의 목소리는 웃음 때문인지 울음 때문인지 가늘게 떨렸다. 순간 그녀가 나에게 키스할지도 모른다는 생각이 들었다. 나는 몹시 당황했지만, 로지는 보통 어른이 학생에게 그러듯이 은근히 나를 놀리면서 이야기를 계속했다. 드리필드가 말없이 그 옆에 서 있었다. 그는 눈웃음을 띠고 나를 쳐다보면서 턱수염을 만지작거렸다. 이윽고 차장이 찌그러진 호각을 불고 붉은 깃발을 흔들었다. 로지가 나한테 악수를 청했다. 드리필드가 앞으로 나섰다.

"그럼 잘 다녀오시게. 이건 약소한 작별선물일세."

그가 조그만 꾸러미를 나에게 건네줬다. 기차는 증기를 뿜으며 움직이기 시작했다. 꾸러미를 풀어보니 화장지에 싸인 반 크라운짜리 은화 두 개가 나왔다. 내 얼굴은 순식간에 홍당무가 되었다. 용돈이 5실링이나 늘어난 건 기뻤지만, 세상에, 테드 드리필드가 감히 나한테 용돈을 주다니! 분노와 굴욕감이 치밀어 올랐다. 어떻게 내가 그한테서 뭔가를 받을 수 있겠는가? 물론 그와 함께 자전거도 타고 배도 탔지만, 그는 결코 훌륭한 신사(Sahib ; 이 말은 인도에서 온 그린코트 소령이 가르쳐줬다)는 아니었다. 그런데도 감히 나한테 5실링을 선물하다니, 실례도 이만저만이 아니었다. 처음에는 아무 말 없이 돈만 되돌려주려고 했다. 그의 무례한 짓이 나를 얼마나 화나게 했는지 침묵으로써 알려주고 싶었다. 하지만 이어서 무슨 답장을 쓸지 머릿속에 그려봤다. 형식적인 딱딱한 감사 편지를 쓸까? 신사가 남이나 다름없는 사람한테서 용돈을 받을 수 없다는 것쯤은 아셔야 한다고 써 보내고 싶었다. 이삼일 동안 나는 어떡하면 좋을지 내내 생각해봤다. 그러나 점점 5실링과 헤어지기 어려워졌다. 드리필드가 나쁜 마음으로 그런 것은 아니었다. 단지 예의를 모를 뿐이다. 이 돈을 그대로 돌려주면 그도 속상해할 것이다. 그래서 결국 나는 그 돈을 다 써버렸다. 그러나 감사 편지는 보내지 않음으로써 내 상처받은 자존심을 겨우 달랬다.

그래도 크리스마스 휴가철이 되어 다시 고향으로 돌아갔을 때 가장 만나고 싶었던 사람은 드리필드 부부였다. 블랙스터블같이 심심한 동네에서 내 호기심을 자극하는 바깥세상과 인연이 있는 사람은 오직 그들뿐이었다. 하지만 내 발로 그들을 찾아갈 용기가 나지 않았다. 시내에서 우연히 마주치길 바랄 뿐이었다. 그러나 아쉽게도 날씨가 안 좋았다. 거리에는 찬바람이 쌩쌩 불었다. 볼일 때문에 할 수 없이 외출한 몇몇 여인들은 치마가 풍선처럼 부풀어, 마치 폭풍우를 만난 고깃배처럼 당장이라도 날려갈 듯 위태롭게 흔들렸다. 차가운 빗발이 돌풍을 타고 비스듬히 쏟아져 내렸다. 여름에는 정다운 시골풍경을 기분 좋게 감싸고 있던 하늘도 지금은 거대한 검은 장막이 되어 무시무시하게 지면을 뒤덮고 있었다. 이래서야 드리필드 부부를 거리에서 우연히 만날 수 있을 리 없었다. 그래서 나는 없는 용기를 쥐어짰다. 다과회가 끝난 뒤 용감하게 그들을 찾아가기로 했다. 역까지 가는 길은 칠흑같이 어두웠지만 거기서부터는 희미한 가로등이 드문드문 켜져 있어서 그럭저럭 편하게 걸어갈 수 있었다. 드리필드 부부는 어느 골목에 있는 조그만 이층집에 살고 있었다. 내닫이창이 나 있는 칙칙한 노란색 벽돌집이었다. 현관을 두드리자 곧 하녀가 나와서 문을 열었다. 드리필드 부인은 집에 계시냐고 물어봤다. 하녀가 미심쩍은 얼굴로 나를 보더니, 잠깐 기다리시라면서 나를 복도에 세워 놓고 안으로 들어갔다. 아까부터 옆방에서 사람 소리가 들렸는데, 하녀가 문을 열고 들어가서 다시 문을 닫자 소리가 뚝 그쳤다. 왠지 이상한 기분이 들었다. 숙부님 친구 댁을 방문하면 난로에 불기가 없더라도, 가스등이 꺼져 있더라도 일단 손님은 응접실로 안내하는 것이 기본이었다. 그때 갑자기 문이 열리고 드리필드가 나타났다. 복도가 어두워서 그는 누가 찾아왔는지 처음에는 알아보지 못하는 눈치였다. 그러나 곧 나라는 것을 알았다.

"아니, 이게 누구야! 안 그래도 언제쯤 자네를 다시 만날 수 있을까 생각했었는데!" 그러고는 안을 향해 소리쳤다. "로지! 어센든 씨가 오셨어!"

안에서 큰 소리가 나더니 순식간에 로지가 복도로 뛰쳐나왔다. 그녀는 내 손을 붙잡고 흔들었다.

"아, 어서 와요, 잘 왔어요! 우선 코트부터 벗어요. 어휴, 날씨가 정말 끔찍하죠? 오느라 고생 많이 했지요?"

로지가 내 코트와 목도리를 벗기고 내 손에서 모자도 낚아채더니 곧장 나를 방 안으로 끌고 들어갔다. 가구로 꽉 채워진 그 방은 덥고 답답했다. 난로에서는 붉은 불꽃이 타오르고 있었다. 목사관에는 없는 가스등도 있었는데, 불투명한 둥근 유리 속에 든 심지 3개가 강렬한 빛으로 실내를 환히 밝히고 있었다. 온 방에 담배연기가 자욱했다. 너무 정신없이 성대하게 환영받는 바람에 나는 그저 얼떨떨한 기분이었다. 내가 들어가자 안에 있던 두 사내가 자리에서 일어났지만 누구인지 알아볼 수도 없었다. 잠시 뒤 나는 그들이 부목사 갤러웨이와 조지 경이라는 것을 알았다. 부목사는 약간 긴장한 듯이 나와 악수를 나누었다.

"안녕하세요? 드리필드 씨한테 빌린 책을 돌려드리러 왔다가, 부인께서 친절하게도 차를 대접해 주셔서 잠시 눌러앉아 있었습니다."

그 말을 들은 드리필드가 부목사를 짓궂게 쳐다본 듯했다. 그는 '부정축재(不正蓄財)'에 대해 이야기했다. 일종의 인용구일까? 하지만 무슨 뜻인지 나로선 알 수 없었다.

"글쎄요, 모르겠군요. '세금 징수꾼과 죄인'은 어떨까요?"

부목사가 웃으면서 말했다. 그것도 무슨 뜻인지 알 수 없었지만 왠지 부적절하고 좋지 않은 발언처럼 느껴졌다. 잠시 멍하니 있다가 나는 곧 조지 경에게 붙들렸다. 그에게서는 긴장한 기색이라고는 전혀 찾아볼 수 없었다.

"아, 젊은 총각. 방학이라 집에 온 거요? 이야, 그새 많이 컸네."

나는 다소 쌀쌀하게 악수를 했다. 이럴 줄 알았으면 오지 말걸 그랬다고 속으로 후회했다.

"좀 기다려요, 진하고 맛있는 차를 타드릴게요." 로지가 말했다.

"차는 집에서 마시고 왔는데요."

"그래도 한잔 더 드시게." 조지 경이 집주인이라도 되는 듯한 말투로 권했다. 보면 볼수록 뻔뻔한 남자였다. "한창 성장기 아닌가. 버터나 잼 바른 빵쯤이야 몇 개든 꿀꺽할 수 있지, 안 그래? 게다가 우리 부인께서 고운 손으로 손수 케이크를 잘라주실 텐데."

찻그릇이 놓인 테이블을 둘러싸고 사람들이 모두 자리에 앉았다. 나도 새로 마련된 의자에 앉았다. 로지가 케이크를 잘라줬다.

"마침 테드한테 노래 한 곡 부르라고 조르던 참이었어요. 자, 테드. 한 곡 뽑지?"

조지 경이 말했다. 그러자 로지도 거들었다.

"해봐요. 〈군인에게 반한 마음〉 어때요? 나 그거 좋아하는데."

"아니, 〈먼저 다 같이 바닥청소〉를 불러줘요."

"흠, 괜찮다면 둘 다 불러드리죠."

테드는 작은 피아노 위에 놓여 있던 밴조를 들고 현을 두어 번 튕기더니 노래를 부르기 시작했다. 성량이 풍부한 바리톤이었다. 이렇게 모임에서 누가 노래를 부르는 것은 낯설지 않은 풍경이었다. 목사관에서 다과회가 열리거나, 소령이나 의사네 집에서 파티를 할 때는 누구나 악보를 들고 왔다. 하지만 일부러 가져와서는 꼭 현관홀에다 두고 들어갔다. 곡을 연주하거나 노래해 달라고 부탁받기를 바라지 않는다는 의사 표시였다. 그러나 차를 마시고 나면 주인은 으레 손님들에게 물어봤다. 혹시 악보 가져오신 분? 손님은 수줍은 듯이 실은 가져왔다고 고백한다. 그러면 목사관에서는 보통 내가 악보를 가지러 간다. 가끔은 이미 피아노 연주를 그만둬서 악보도 안 가져왔다고 대답하는 아가씨도 있지만, 그럴 때는 어머니가 재빨리 끼어들어 실은 자기가 가져왔다고 한다. 그런데 이런 자리에서 우스운 노래를 부르는 사람은 없었다. 보통은 〈그대에게 애러비 노래를 바치리〉, 〈잘 자요, 내 사랑〉, 〈내 마음의 여왕〉 따위를 불렀다. 한번은 공회당에서 해마다 열리는 연주회에서 포목상 스미스슨이 웃기는 노래를 불렀는데, 뒤쪽에 모인 사람들은 박수치고 깔깔대며 웃었지만 신사들은 시큰둥한 반응을 보였다. 어쩌면 정말로 노래가 재미없었을지도 모르지만. 하여튼 다음 연주회가 열릴 때까지 스미스슨은 노래 좀 신중하게 고르라는 잔소리를 들어야 했다("숙녀들도 듣는데 뭐하는 짓이냐"는 것이다). 그는 결국 〈넬슨의 죽음〉을 노래했다. 이날 드리필드가 부른 노래에는 후렴이 있어서 부목사와 조지 경이 소리 높여 합창을 했다. 그 노래는 다음에도 여러 번 들었지만 지금은 넉 줄밖에 기억이 안 난다.

먼저 다 같이 바닥청소

계단 위로 질질 아래로 질질
온 방을 질질 끌고 다니자
테이블 밑으로 의자 위로

노래가 끝나자 나는 파티 예법에 따라 로지에게 말을 걸었다.

"부인은 안 부르시나요?"

"부르지요. 하지만 잘 못 불러서 테드가 항상 말려요."

드리필드는 밴조를 내려놓고 파이프에 불을 붙였다.

"테드, 집필 작업은 어때? 잘되어 가나?" 조지 경이 활기차게 물었다.

"아, 잘되고 있어. 열심히 쓰고 있지."

"죽마고우 테드와 그의 소설이라." 조지 경이 웃음을 터뜨렸다. "테드, 좀더 그럴싸한 일을 할 생각은 없나? 우리 회사에 한자리 얻어줄 수도 있는데."

"아니, 됐어."

"조지, 이이 좀 내버려둬요. 소설 쓰는 게 좋다는데 왜 그래요. 글을 써서 행복해진다면 마음껏 쓰면 되잖아요. 뭐가 문제죠?" 로지가 말했다.

"흠, 나는 소설에 대해서는 아는 게 없어서." 조지가 말했다.

"모르면 굳이 얘기하지 마." 테드가 빙글빙글 웃으며 말을 잘랐다.

"내 생각에는 《아름다운 항구》 정도 쓸 수 있으면 부끄러워할 필요가 없을 것 같은데요. 비평가들이 뭐라고 떠들든 신경 쓰지 마세요." 갤러웨이 씨가 말했다.

"테드, 나야 자네랑 어릴 때부터 친하게 지냈지만 그 책만큼은 아무리 애써도 못 읽겠던데." 조지 경이 말했다.

"아, 됐어요, 됐어. 소설 얘기는 그만해요. 여보, 노래나 한 곡 더 불러줄래요?" 로지가 말했다.

"아, 저는 이만 가보겠습니다." 부목사가 말하더니 나를 보았다. "어때요, 같이 일어나실래요? 아 참, 드리필드 씨. 혹시 다른 책도 좀 빌려주실 수 있나요?"

드리필드는 방구석에 산더미처럼 쌓여 있는 신간 소설을 가리켰다.

"아무거나 가져가쇼."

"우와, 엄청 많네요!" 나는 순간 부러워서 외쳤다.

"전부 쓰레기야. 다들 서평이나 써 달라고 보내온 거요."

"그래요? 그럼 어떻게 처분해요?"

"터캔베리에 가져가서 헐값에 팔아 치워야지. 그러면 고기 값 정도는 벌 수 있으니까."

부목사와 나는 작별인사를 하고 나왔다. 그가 책을 몇 권이나 옆구리에 낀 채 나에게 물었다.

"이 집을 방문하겠다고 숙부님께 말씀은 드렸나요?"

"아뇨, 안 드렸어요. 그냥 산책하러 나왔다가 갑자기 여기 들르고 싶어져서……."

물론 거짓말이었다. 하지만 내가 이 나이가 되도록 여전히 애 취급을 받으면서 숙부님이 인정하는 사람하고만 사귐을 허락받고 있다는 부끄러운 사실을 부목사에게 밝히고 싶지는 않았다.

"도련님이 숙부님께 알리고 싶지 않다면 저도 그냥 입 다물고 있겠습니다. 드리필드 부부는 참 좋은 사람들이지만, 숙부님은 아무래도 껄끄러워하시는 것 같으니까요."

"네, 맞아요. 숙부님이 이상하신 거예요."

"물론 드리필드 부부는 신분이 낮기는 해요. 하지만 그의 소설은 꽤 훌륭합니다. 게다가 출신을 생각하면 글을 쓴다는 것 자체가 놀라운 일이죠."

후기 빅토리아 시대 최고의 소설가로서 오랫동안 명성을 누리게 된 위대한 소설가를 우리 숙부의 부목사가 이렇게 동정적으로 평가하다니! 독자 여러분은 쓴웃음을 흘릴지도 모르겠다. 하지만 그때 블랙스터블 사람들은 흔히 그렇게 생각했다.

하루는 그린코트 부인 저택을 방문했는데, 때마침 옥스퍼드 대학 교수와 결혼한 부인의 사촌이 그곳에 머물고 있었다. 아주 교양 있는 부인이라는 소문이 자자했다. 이름은 엔콤 부인이었다. 쭈글쭈글한 얼굴에 진지한 표정을 띤 자그마한 여성이었다. 백발을 짧게 자르고 검은 서지 치마를 입었는데, 치맛단이 내려온 길이가 발끝이 네모난 장화 목에 겨우 닿는 정도라서 보는 사람마다 깜짝 놀랐다. 그녀는 블랙스터블에 출현한 최초의 '신여성'이었다. 우리는 화들짝 놀라 방어 태세를 취했다. 부인이 워낙 훌륭한 지식인처럼 보여서 주눅이 들었던 것이다. 그러나 나중에는 다들 그녀를 깔보게 되었다. 숙부는 숙모에게 이런 말도 했다. "당신이 그렇게 똑똑하지 않아서 참 다행이야." 그러자 숙모는 난롯가에 데우려고 놔뒀던 숙부의 슬리퍼를 집어 자기 장화 목에다 대고는 "보세요! 나도 훌륭한 신여성이죠?" 하고 농담까지 했다. 사람들은 입을 모아 이야기했다. "그린코트 부인은 정말 신기한 사람이야. 다음에는 무슨 짓을 할지 모르겠어. 뭐, 숙녀가 아니니 어쩔 수 없지." 즉 부인의 아버지가 도자기 장사를 하고 할아버지가 직공이었다는 사실을 마을 사람들은 한시도 잊어버리지 않는 것이었다.

그래도 엔콤 부인이 아는 사람 이야기를 해주면 모두 재미있게 들었다. 숙부도 옥스퍼드 출신이었으나 그가 소식을 물어본 사람들은 이미 다 고인이 된 모양이었다. 엔콤 부인은 험프리 워드 부인을 안다면서 《로버트 엘스미어》를 칭찬했다. 숙부는 그건 부도덕한 작품이라고 비난했지만, 그리스도교도임을 자처하는 글래드스톤 씨가 그 책을 높이 평가하는 것을 듣고 깜짝 놀랐다. 숙부와 엔콤 부인은 그 소설에 대해 제법 열띤 토론을 벌였다. 숙부는 이 소설이 민심을 흐트러뜨리고 알아봤자 해롭기만 한 지식을 제공한다고 주장했다. 엔콤 부인은 숙부가 워드 부인을 만나봤다면 그런 생각은 절대로 안 할 거라고 했다. 워드 부인은 매슈 아널드의 조카로서 매우 고상한 인물이며, 숙부가 이 작품을 어떻게 생각하든지(엔콤 부인도 몇 군데는 지우는 것이 낫겠다고 동의하기는 했다) 저자의 집필 동기가 매우 훌륭하다는 것은 틀림없는 사실이라는 것이다. 엔콤 부인은 브로튼이라는 여성 소설가도 알고 있었다. 아주 좋은 집안 출신인데 왜 그런 소설을 썼는지 이해할 수 없다고 말했다.

"어머, 그 여자 작품이 뭐가 어때서요? 나는 재미있게 읽었는데. 특히 《붉은 장미 같은 그대》가 정말 좋았어요." 의사의 아내 헤이포스 부인이 말했다.

"그걸 따님한테 읽으라고 하시겠어요?" 엔콤 부인이 날카롭게 물었다.

"글쎄요, 아직은 좀 이른 것 같네요. 하지만 시집간 다음에는 읽어도 될 것 같아요. 반대할 생각은 없어요."

"아, 그런 게 좋으세요? 그럼 이것도 좋아하시겠네요. 제가 작년 부활절 때 피렌체에서 위다를 소개받았는데."

"어머, 그건 다른 문제지요. 숙녀라면 위다의 책은 절대로 읽지 않을 거예요."

"그래요? 전 궁금해서 한 권 읽어봤어요. 영국 숙녀가 아니라 프랑스 사내가 쓴 것 같은 소설이었어요."

"아, 위다는 사실 영국인이 아니라던데요. 본명이 마드모아젤 드 라 라메라고 했나……?"

그때 갤러웨이가 에드워드 드리필드의 이름을 꺼냈다.

"아시다시피 이 동네에도 작가가 한 분 있지요."

"딱히 자랑스럽게 떠들 수는 없지만요. 울프 씨네 일꾼 아들인데 술집 여자하고 결혼했어요."

"어머, 글은 잘 쓰나요?" 엔콤 부인이 물었다.

"뭐, 그가 신사가 아니라는 것은 금방 알 수 있지요. 하지만 그가 여러 가지 어려움을 이겨내고 지금만큼 글을 쓸 수 있게 된 것도 굉장한 일입니다." 갤러웨이 씨가 말했다.

"그 사람은 우리 윌리의 친구이기도 하지요."

숙부가 말하자 사람들이 모두 나를 쳐다봤다. 나는 아주 난처해지고 말았다.

"지난여름에 같이 자전거를 타고 소풍을 다녔어요. 윌리가 학교에 돌아가고 나서, 그 사람 소설을 도서관에서 빌려 봤습니다. 대체 어떤 소설을 쓰는지 궁금해서요. 하지만 딱 한 권 읽고 반납해버렸어요. 그리고 어떻게 이런 책을 대여하느냐고 도서관 사람한테 편지로 따끔하게 충고했더니, 다행히 열람 금지를 시키더군요. 만약에 내 책이었으면 당장 아궁이에 처넣었을 겁니다."

"나도 한 권 읽어봤습니다. 꽤 재미있던데요. 이 동네가 배경이고 낯익은 사람들도 나와서 좋더군요. 하지만 작품 자체는 마음에 들지 않았습니다. 지나치게 품위가 없어요." 의사가 말했다.

"저도 드리필드 씨한테 그 점을 지적했습니다." 갤러웨이가 말했다. "그랬더니 뉴캐슬로 가는 석탄 운반선 선원이나 어부나 농부들이 신사숙녀처럼 우아하게 행동할 리도 없고, 고상하게 말할 리도 없다고 대꾸하더군요."

"아니, 왜 꼭 그런 하층민들을 소재로 쓴대요?" 숙부가 물었다.

"제 말이 그 말이에요. 이 세상에 천하고 품위 없는 사람들이 있다는 거야 누구나 아는 사실이지요. 하지만 그런 인간들을 주제로 소설을 써가지고 뭘 어쩌겠다는 걸까요? 대체 무슨 의미가 있다고?" 헤이포스 부인이 말했다.

"저는 그를 변호할 생각은 없습니다. 본인이 한 말을 그대로 전했을 뿐이에요. 그러면서 그는 디킨스를 예로 들더군요." 갤러웨이가 말했다.

"디킨스? 말도 안 돼." 숙부가 말했다. "두 사람은 전혀 달라요. 디킨스의 《픽윅 보고서》를 비판할 사람이 어디 있겠소?"

"글쎄요, 그건 취미에 따라 다른 것 같아요." 숙모가 말했다. "나는 디킨스가 참 품위 없다고 생각하거든요. 그렇게 이상한 시장통 사투리로 떠들어 대는 사람들의 이야기는 읽고 싶지도 않아요. 하여튼 요즘 날씨가 안 좋아서 다행이에요. 우리 윌리가 드리필드 씨랑 같이 자전거를 타고 돌아다닐 수 없으니까. 그는 윌리가 사귈 만한 사람이 아니에요."

갤러웨이와 나는 속으로 혀를 찼다.

9

블랙스터블에서 열리는 크리스마스 축제는 그다지 재미가 없었다. 그 시간에 나는 조합교회 옆에 있는 아담한 드리필드네 집을 자주 방문했다. 그곳에는 언제나 조지 경이 와 있었고 갤러웨이도 종종 놀러 왔다. 갤러웨이와 나는 비밀을 서로 지키면서 점점 친해졌다. 목사관이나 예배가 끝난 뒤 제의실(祭衣室)에서 마주치면 서로 장난스러운 눈짓을 주고받곤 했다. 우리는 비밀을 입에 올리지는 않았지만 충분히 즐기고 있었다. 숙부를 속이는 게 재미있었다. 그런데 조지 켐프가 거리에서 우연히 숙부와 마주쳐 "조카분과 드리필드네 집에서 자주 만난다"고 말하지나 않을까 문득 걱정이 되었다. 나는 갤러웨이에게 물어봤다.

"조지 경이 실수하지나 않을까요?"

"괜찮을 겁니다. 제가 주의를 줬거든요."

우리는 킬킬대고 웃었다. 나는 왠지 조지 경이 좋아졌다. 처음에는 쌀쌀맞게 대하면서 일부러 철저히 예의를 차렸지만, 그가 신분의 차이에는 완전히 무관심하기 때문에 내가 아무리 거드름을 피워도 소용없다는 사실이 곧 밝혀졌다. 그는 언제나 명랑하고 활기차며 친절하게 행동했다. 그가 교양 없이 나를 놀려대면, 나는 고등학생다운 재치로 맞받아주었다. 그러면 와르르 웃음이 터진다. 그에 대한 편견은 점차 사라지고 호감이 생겼다. 조지 경은 자신의 원대한 계획을 요란하게 떠벌리곤 했는데, 내가 늘 차가운 농담으로 핀잔을 놓아도 그는 화낼 줄을 몰랐다. 그가 블랙스터블의 저명인사들에 대해 들려주는 이야기도 재미있었다. 거기에는 그들의 어리석음이 낱낱이 드러나 있었다. 조지 경이 그들의 웃기는 행동을 너무나 그럴싸하게 흉내내자 나는 배를 잡고 웃었다. 그는 익살스럽고 저속하며 복장도 늘 충격적이었다(나는 뉴마켓에 가본 적도 없고 말 조련사를 본 적도 없지만, 아마 뉴마켓의 말 조련사는 저런 옷을 입을 거라고 생각했다). 그는 또 식사 예절도 형편없었다. 하지만 시간이 흐를수록 모든 게 익숙해져서 이제는 화도 나지 않았다. 그는 매주 스포츠신문 부록을 나한테 주었다. 나는 그 책을 겉옷 주머니에 몰래 숨겨 와서 잠자리에서 읽었다.

나는 항상 목사관에서 다과회를 마치고 나서 드리필드네 집을 방문했다. 그곳에 가면 또 다과가 나왔다. 차를 마신 다음에는 테드 드리필드가 우스꽝스러운 노래를 불렀다. 밴조를 칠 때도 있고 피아노를 연주할 때도 있었다. 그는 근시라서 악보에 코를 박은 채 한 시간쯤 노래를 불러댔다. 입술에는 늘 미소를 띠었고 합창 부분은 다 같이 부르는 것을 좋아했다. 우리는 휘스트 놀이도 자주 했다. 나는 어릴 때 이 놀이를 배웠는데, 숙부랑 숙모랑 같이 3인 휘스트를 하면서 목사관의 기나긴 겨울밤을 보내곤 했다. 숙부는 늘 더미[3] 역할을 했다. 무슨 내기를 한 것은 아니지만, 숙모랑 내가 질 때마다 나는 속상해서 탁자 밑에 기어들어가 훌쩍훌쩍 울었던 것 같다. 테드 드리필드는 카드놀이에 참가하지 않았다. 머리 쓰는 게임은 못하겠다는 것이다. 우리가 휘스트를 시작하면 그는 난롯가에 앉아 손에 연필을 쥐고 책을 펼쳐들었다. 런던에서 서평을 해 달라고 보내온 신간 서적들이었다. 나는 네 사람이 같이 하는 휘스트를 해보는 건 처음이라서 좀처럼 실력을 발휘하지 못했다. 하지만 로지는 타고난 도박사였다. 보통 때는 동작이 느린 편인데도 카드놀이를 할 때는 번개같이 민첩하게 움직였다. 로지는 우리 모두의 코를 납작하게 눌러버렸다. 평소에는 입이 무겁고 말투도 느리지만, 게임을 한 판 마치고 그녀가 내 실수를 굳이 지적해줄 때에는 어찌나 유창한지 웅변가 저리 가라 할 정도였다. 조지 경은 누구에게나 그러듯이 로지를 신나게 놀려댔다. 로지는 거의 소리내어 웃지 않는 편이라 그저 미소만 지을 뿐이었지만, 가끔은 멋지게 반격하기도 했다. 두 사람은 애인이라기보다는 사이좋은 친구처럼 보였다. 아마 로지가 이따금 당황스러울 정도로 야릇한 눈길을 조지 경에게 던지지만 않았다면, 나는 그들에 관한 소문은 물론이고 내가

3) 트럼프 패를 정하는 선언자와 한편인 사람.

목격한 장면까지 깨끗이 잊어버렸을 것이다. 로지의 눈은 마치 인간이 아닌 의자나 테이블 보듯이 조지 경을 가만히 바라본다. 그 눈에는 익살스러운 천진한 미소가 어려 있다. 로지가 뚫어져라 쳐다보면 조지 경은 얼굴을 갑자기 부풀리면서 의자 위에서 불안하게 몸을 꿈틀거렸다. 혹시 갤러웨이도 무슨 낌새를 알아차렸을까? 나는 슬쩍 그쪽을 보았지만, 그는 카드에 열중해 있거나 파이프에 불을 붙이고 있었다.

나는 그 덥고 비좁으며 담배 연기 자욱한 방에서 거의 날마다 한두 시간을 보냈다. 그런 나날은 번개처럼 빠르게 지나가 이윽고 휴가도 막바지에 접어들었다. 학교에서 또 석 달을 지루하게 보낼 생각을 하니 기분이 몹시 우울해졌다.

"당신이 떠나버리면 아쉬워서 어쩌죠? 셋만 남으면 누가 더미 역할을 해야겠네요." 로지가 말했다.

내가 없어서 카드놀이를 할 수 없다면 나로서는 기쁜 일이었다. 내가 학교 예습이나 하고 있는 동안에 그들은 자기들끼리 그 작은 방에 모여서 나 따위는 까맣게 잊고 카드놀이에 열중할 거라고 생각하면 기분이 나빴으니까.

"부활절 방학은 얼마나 되죠?" 갤러웨이가 물었다.

"보통 3주 정도예요."

"그럼 그때 우리 재미있게 지내요." 로지가 말했다. "오전에는 자전거로 소풍을 다녀오고, 오후에는 다과를 들고 휘스트를 해요. 당신도 이제는 꽤 실력이 붙었잖아요? 부활절 때 돌아와서 일주일에 서너 번씩만 하면 분명 누구한테도 지지 않게 될 거예요."

10

학기가 겨우 끝이 났다. 다시 블랙스터블로 돌아와 기차에서 내리자 기분이 날아갈 듯했다. 그새 나는 키가 좀 컸다. 터캔베리에서 근사한 푸른색 서지 양복을 새로 맞춘 데다가 넥타이도 하나 샀다. 나는 목사관에서 다과회를 마치고 곧장 드리필드네 집으로 달려갈 생각이었다. 배달부가 제시간에 맞춰 온다면 새 양복을 멋지게 입고 갈 수 있으리라. 그 옷을 입으면 아주 어른스러워 보였다. 나는 그동안 콧수염을 빨리 기르려고 매일 밤 입술 위에 바셀린을 바르고 잤다. 시내에서 드리필드네 집 앞을 지나칠 적에는 혹시나 그들 부부랑 마주칠까 싶어서 주위를 두리번거렸다. 가능하다면 집에 잠깐 들러 인사라도 하고 싶었다. 그러나 테드는 오전에는 일하느라 바쁘고, 로지도 아직 몸치장을 하지 않았으리라는 것쯤은 알고 있었다. 그들에게 하고 싶은 이야기가 무척 많았다. 운동회 100야드 경주에서는 예선을 통과했고, 장애물 경주에서는 2등을 했다. 하기(夏期) 역사 콘테스트를 목표로 이번 방학 동안에는 영국사를 열심히 공부할 예정이었다. 동풍이 불었지만 하늘은 푸르고 따뜻한 봄기운이 느껴졌다. 큰길은 비바람에 씻겨 깨끗한 빛깔을 드러내고 있었다. 그 윤곽은 마치 새 펜으로 그은 것처럼 선명했다. 새뮤얼 스콧의 그림같이 평화롭고 신선하며 기분 좋은 풍경이었다. 하지만 이것도 지금 돌이켜보면 그렇다는 거지, 그때는 그저 평범한 블랙스터블의 큰길로만 보였다. 육교까지 가보니 새로 짓는 집이 두세 채 보였다.

"오, 조지 경이 활약하고 계시나보군!"

저 건너 들판에서는 새끼 양들이 뛰놀고 있었다. 느릅나무 가지에는 새싹이 돋아나고 있었다. 나는 옆문으로 들어갔다. 숙부는 난롯가의 안락의자에 앉아 《타임스》를 읽고 있었다. 큰 소리로 숙모를 부르니 숙모가 단걸음에 계단을 뛰어내려왔다. 그분은 내 얼굴을 보자 너무 기뻐서 여윈 뺨에 홍조까지 띠고 있었다. 숙모는 말라빠진 두 팔로 내 목을 끌어안으면서 매우 옳으신 말씀을 했다.

"얘야, 그새 많이 컸구나! 어머나, 곧 콧수염도 나겠는데?"

나는 숙부의 벗겨진 이마에 입을 맞췄다. 그리고 벽난로를 등진 채 두 다리를 약간 벌리고 당당하게 섰다. 나는 아주 어른이 된 기분으로 자랑스럽게 숙부와 숙모를 바라보았다. 이어 2층으로 올라가서 에밀리한테도 인사하고, 부엌에 가서 메리 앤과 악수한 다음 밖으로 나가 정원사하고도 인사를 했다.

배가 슬슬 고파졌을 무렵에 점심을 먹었다. 숙부가 양고기 다리를 잡수실 때 나는 숙모에게 물었다.

"저 없는 동안에 동네에서 무슨 일은 없었어요?"

"응, 별건 없었어. 그린코트 부인이 멘톤에 가서 6주일쯤 머물다가 며칠 전에 돌아왔지. 소령은 또 통풍을 앓았고."

"그리고 네 친구 드리필드 부부가 야반도주를 했단다." 숙부가 말했다.

"네?"

"야반도주했다고. 갑자기 짐을 싸더니 한밤중에 런던으로 도망가버렸어. 여기저기다 빚을 잔뜩 진 채. 집세도 안 내고 가구도 외상이고. 해리스네 고깃간에는 거의 30파운드나 빚을 졌다던데."

"뭐라고요! 세상에!" 나는 소리쳤다.

"고깃간도 그렇지만, 하녀한테도 석 달이나 월급을 안 줬다지 뭐니." 숙모가 말했다.

나는 정신을 차릴 수가 없었다. 가슴이 콱 막혔다.

"그래서 하는 얘긴데, 앞으로 나랑 네 숙모가 사귀지 말라는 사람하고는 절대 사귀지 마라." 숙부가 말했다.

"그 인간한테 속은 사람들이 불쌍해요."

"뭐, 그래도 싸지. 처음부터 그런 놈하고 거래를 한 게 문제야. 그 부부가 겉만 번드르르한 사기꾼이라는 건 척 보면 알았어야지."

"전부터 궁금했는데, 그 사람들은 대체 이곳에 뭐하러 왔을까요." 숙모가 말했다.

"그저 뽐내보려고 온 게 아닐까? 이곳에는 아는 사람이 많으니까 뭐든지 외상으로 하기 쉬울 거라고 생각했겠지."

뽐내보려고 왔다고? 외상으로 하기 쉬울 것 같아서? 뭔가 앞뒤가 맞지 않는다고 생각했지만 반박할 기운조차 없었다.

나는 기회를 봐서 메리 앤을 붙잡고 사정을 물어봤다. 놀랍게도 메리 앤은 숙부나 숙모하고는 전혀 다른 의견을 갖고 있었다. 그녀가 낄낄대면서 말했다.

"다들 깜빡 속아 넘어갔지요. 그렇게 돈을 물 쓰듯이 펑펑 쓰니까 어지간히 부자인가 보다고 착각한 거예요. 그래서 고기를 사러 오면 꼭 최고급 목살만 내주고, 스테이크를 만든다고 하면 최상급 안심살을 넙죽넙죽 갖다 바친 거예요. 그 사람들, 아스파라거스든 포도든 뭐든 간에 무조건 제일 비싼 놈으로 잔뜩 주문했죠. 온 동네 가게에 청구서가 산더미처럼 쌓였어요. 그것 참, 속아 넘어간 멍청이들이 그렇게 많을 줄 누가 알았겠어요?"

하지만 그것은 장사꾼들에 대한 얘기였지 드리필드 부부에 대한 얘기는 아니었다.

"저기, 그런데 어떻게 아무한테도 안 들키고 야반도주를 했대?"

"그래요, 다들 그게 궁금한가 봐요. 들리는 소문으로는 조지 경이 도와줬다고 하던데요. 하기야 그 사람이 마차를 빌려주지 않았다면 어떻게 짐을 역까지 옮겼겠어요?"

"그래서 조지 경은 뭐라고 해?"

"그 사람이야 아무것도 모른다고 딱 잡아떼고 있죠. 드리필드 부부가 도망쳤다는 사실이 알려지자 온 동네가 발칵 뒤집혔어요. 하지만 난 그냥 웃음밖에 안 나오더라고요. 아하하! 조지 경은 그 부부가 파산한 줄은 전혀 몰랐다고 하면서 다른 사람들처럼 깜짝 놀라는 척했어요. 하지만 내 눈은 못 속여요. 그건 거짓말이에요. 결혼 전에 로지가 그하고 사이좋게 지냈다는 거야 다들 아는 사실이지만, 실은 결혼한 뒤에도……. 아, 이건 비밀인데요. 하여튼 그 뒤에도 그런 관계가 계속 이어졌던 것 같아요. 지난여름에 두 사람이 찰싹 붙어서 들판을 돌아다니는 걸 누가 봤대요. 게다가 조지 경은 매일같이 그 집에 슬쩍 드나들었고."

"저기, 도망간 줄은 어떻게 알았어?"

"아, 그건요, 그 집에서 일하는 하녀가 있었거든요. 드리필드 부부가 그 애한테 하룻밤 집에 가서 어머니랑 같이 지내고, 다음 날 아침 8시에 돌아오라고 그랬대요. 그래서 아침에 돌아왔더니 글쎄 집 문이 잠겨 있잖아요? 문을 두드리고 초인종을 울려도 아무 소용이 없었죠. 옆집에 가서 하소연을 했더니 경찰서에 가보라고 하고, 그래서 경찰이랑 같이 돌아와서 다시 문을 두드리고 초인종을 눌러봐도 여전히 묵묵부답인 거예요. 그때 경찰이 물었죠. 그동안 월급은 잘 받았냐고. 하녀가 석 달치가 밀렸다고 하니까 경찰이 그럼 야반도주한 거다, 딱 잘라 말했대요. 그러고서 간신히 들어가 보니 안이 텅 비어 있었대요. 죄다 들고 튄 거죠. 옷이고 책이고 모두. 테드 드리필드는 책을 아주 많이 가지고 있었다던데, 뭐 그거랑 자기네 옷이랑 싹 다 가져가 버린 거예요."

"그 뒤로는 아무 소식도 없고?"

"아뇨, 아니에요. 도망친 지 일주일쯤 지났을 때 하녀가 런던에서 온 편지를 받았대요. 내용은 없었지만 석 달치 월급에 해당하는 어음이 들어 있었답니다. 불쌍한 아이의 돈을 떼먹을 만큼 양심 없는 사람들은 아니었던 거죠."

하지만 나는 메리 앤보다 훨씬 큰 충격을 받았다. 나는 항상 남을 의식하고 체면을 무척 중시하는 인간이었다. 독자 여러분들도 이미 눈치채셨겠지만, 나는 내가 속한 계급의 관습을 마치 자연법처럼 받아들이고 있었다. 소설에서야 큰

돈의 빚도 낭만적으로 보였다. 빚쟁이나 고리대금업자도 내 상상 속에서는 익숙한 인물이었다. 하지만 소규모 장사꾼의 돈을 떼먹다니, 뭔가 비겁하고 못된 짓이라는 생각이 자꾸만 들었다. 남들이 내 앞에서 드리필드 이야기를 하면 나는 몹시 난처해졌다. 누가 친한 사이였냐고 물어도 "아뇨! 그냥 아는 사이였어요" 차갑게 대답했다. "그 사람들은 신분이 무척 천하다면서요?" 이런 질문에도 나는 대충 얼버무려 대답했다. "뭐, 영국에서 제일가는 고귀한 집안 출신이라고 생각할 수야 없었죠."

한편 불쌍한 갤러웨이 씨도 무척 당황한 것 같았다.

"그야 나도 그들이 엄청난 부자라고 생각하지는 않았지만……. 그래도 그럭저럭 살 만한 줄은 알았어요. 집에다 좋은 가구랑 새 피아노까지 가져다 놨었잖아요? 그런데 그게 다 외상으로 산 거였다니, 누가 상상이나 했겠어요! 하여튼 돈을 아껴 쓰는 사람들은 절대 아니었죠. 그런데 대체 왜 나를 속였을까? 그게 정말 화가 나요. 자주 만나면서 친해졌다고 생각했는데. 내가 찾아갈 때마다 반갑게 맞아줬다고요. 당신이 믿어줄지 모르겠지만, 마지막으로 악수하고 헤어질 적에 드리필드 부인은 내일도 또 놀러오라고 했어요. 테드도 내일 다과회 때는 머핀을 내놓겠다고 했고요. 그런데 실은 그때 벌써 2층에다 짐을 싸놨던 거죠! 그리고 그날 밤 런던으로 가는 막차를 탄 거예요. 맙소사!"

"조지 경은 뭐라던가요?"

"솔직히 말하자면 요즘에는 얼굴도 안 봐요. 아, 정말 좋은 교훈을 얻었어요. 친구를 잘못 사귀면 큰 변을 당한다는 격언을 앞으로는 꼭 명심하고 살아야겠어요."

조지 경에 대해서는 나도 동감이었다. 왠지 신경이 쓰였다. 혹시 크리스마스 때 내가 드리필드네 집을 자주 방문했다는 사실을 조지 경이 떠들고 다니기라도 하면? 그 소문이 숙부 귀에 들어갔다가는 불쾌한 일이 벌어질 게 뻔했다. 숙부는 내가 자기 충고를 무시하고 자기를 속이면서 신사답지 못한 짓을 했다고 불같이 야단칠 것이다. 하지만 내가 입이 열 개라도 무슨 변명을 하겠는가? 숙부 성격에 그게 한 번으로 끝날 리도 없다. 아마 몇 년이 지나도 끈질기게 과거를 들추면서 빈정거릴 것이다. 조지 경하고는 아예 인연을 끊는 편이 좋을 것 같았다. 그런데 어느 날 거리에서 그와 딱 마주치고 말았다.

"오, 안녕하쇼, 도련님!" 그는 내가 특히 싫어하는 말투로 말을 붙였다. "방학이라 돌아오신 거요?"

"네, 잘 아시네요."

나는 아주 차갑게 대답했다. 그러나 유감스럽게도 그는 너털웃음을 터뜨릴 뿐이었다.

"정말 면도날처럼 날카로운 분이시구먼. 조심하지 않으면 당신 몸까지 베겠소!" 그는 활기차게 말을 이었다. "그래, 아쉽게도 이제는 다 같이 휘스트를 할 수 없겠구려. 분에 넘치는 생활을 하면 어떻게 되는지 이번 일로 잘 아셨겠지요. 내가 젊은이들한테 종종 하는 말인데, 1파운드 벌어서 19실링 6펜스를 쓰면 부자가 되지만, 20실링 6펜스를 쓰면 가난뱅이가 된다 이거요. 푼돈이라도 아껴 써야지. 티끌 모아 태산이라지 않습니까!"

말은 이렇게 해도 드리필드 부부를 비난하는 기색은 전혀 없었다. 그가 껄껄 웃으면서 속으로는 그 훌륭한 속담을 비웃고 있는 듯했다. 나는 그에게 물었다.

"당신이 야반도주를 도와주셨다면서요?"

"내가 도와줬다고?" 그는 천만뜻밖이라는 듯이 놀라는 표정을 지었으나 눈이 교활하게 빛나고 있었다. "어이쿠, 농담도 잘하시는구려. 드리필드 부부가 야반도주했다는 소식을 들었을 때는 나도 놀라 자빠지는 줄 알았소. 석탄 값을 4파운드 17실링 6펜스나 떼먹혔단 말이오. 우리 모두가 속아 넘어갔지. 갤러웨이 씨도 머핀을 못 얻어먹었다던가?"

그때만큼 조지 경이 뻔뻔스러워 보인 적도 없었다. 무슨 말이라도 쏘아붙여 묵사발을 만들고 싶었지만 아무 말도 떠오르지 않았다. 할 수 없이 나는 그만 가봐야겠다면서 대충 고개만 끄덕하고 헤어졌다.

11

앨로이 키어가 오기를 기다리면서 나는 이런 추억에 잠겨 있었다. 에드워드 드리필드가 무명시절에 저지른 황당한 야반도주 사건과 만년의 기막히게 고상한 생활을 비교하니 웃음이 절로 나왔다. 옛날에 내 주변 사람들이 드리필드를 하도 무시했기 때문일까? 지금은 최고의 비평가들이 입을 모아 그의 업적을 경이롭다고 칭찬하고 있건만, 나는 도무지 그를 대작가라고 생각할 수 없었다. 그는 오랫동안 잘못된 영어로 글을 쓴다는 평가를 받았다. 실제로 그의 작품은 뭉툭한 몽당연필로 쓴 것 같았다. 문체는 고풍스러움과 비속함이 기묘하게 뒤섞여 있어서 자연스러운 맛이 없었고, 대화도 사람 입에서 나오는 말 같지 않았다. 후기에 접어들어 작품을 구술로 쓰게 되자 그의 문체는 구어체다운 평이함을 띠면서 유창하고 부드러워졌다. 그러자 비평가들은 그의 중기 소설 문체를 다시 검토하여, 거기에 쓰인 영어가 작품 내용과 잘 어울리는 간결하고 강력한 언어라고 주장하기 시작했다. 그는 화려한 미사여구가 유행하던 시절에 활동을 시작했는데, 자연을 묘사한 그의 작품들은 현재 영국 산문선집에 모범적인 예문으로 실려 있다. 바다, 켄트주 숲속의 봄, 템스강 하류의 석양을 묘사한 글은 특히 유명하다. 그러나 안타깝게도 나는 그 문장을 읽을 때마다 불쾌한 기분만 느낀다.

내가 젊었을 때 그의 작품은 별로 팔리지도 않았고 그중 몇 권은 여러 도서관에서 열람 금지 처분까지 받았다. 그런데 지식인이라면 그의 작품을 칭찬해야 한다는 풍조가 퍼져 있었다. 사람들은 그를 대담한 사실주의 작가라고 생각했다. 그의 작품은 세상 속물들을 공격하기에 좋은 무기였다. 어떤 비평가는 하늘의 영감이라도 얻었는지, 드리필드가 마치 셰익스피어처럼 뱃사람이나 농부들을 묘사한다고 주장했다. 자칭 진보주의자들은 시골뜨기 드리필드의 솔직하고 노골적인 유머에 미친 듯이 열광하여 박수갈채를 보내기도 했다. 그쯤이야 에드워드 드리필드가 쉽게 제공할 수 있는 것이었다. 그러나 나는 그의 소설에서 배의 선실이나 술집 카운터가 나올 때마다 마음이 무거워졌다. 거기서부터 인생이니 도덕이니 불멸의 영혼이니 하는 것들에 대한 우스꽝스러운 해설이 장장 6쪽에 걸쳐 사투리로 이어질 게 뻔했으니까. 그래, 고백하자면 나는 그 유명한 셰익스피어의 어릿광대도 지루하다고 생각하는 인간이다. 그러니 나중에 나온 수많은 아류작들을 어떻게 참아낼 수 있었겠는가.

드리필드의 역량은 그가 잘 알고 있는 계층을 묘사할 때 가장 뚜렷이 드러났다. 즉 농장주, 농장 일꾼, 가게 주인, 바텐더, 선장, 항해사, 요리사, 유능한 뱃사람 등을 다루는 것이 그의 특기였다. 드리필드가 그보다 신분이 높은 사람들을 작품에 등장시킬 때에는 아무리 열렬한 그의 추종자라도 위화감을 느끼지 않을 수 없었으리라. 그가 묘사하는 훌륭한 신사는 믿을 수 없을 만큼 훌륭하고,

귀부인은 지나칠 정도로 착하고 순수하며 고상한 부인이라서 거들먹거리며 장황한 말투만 쓰는 게 당연하다 싶을 정도였다. 그의 작품에 나오는 여자는 살아 있는 사람 같지가 않았다. 물론 이것은 나 혼자만의 생각인지도 모른다. 일반 독자들이나 훌륭한 비평가들은 그가 묘사하는 여성이 활기차고 발랄하며 고상한 매력적 영국 여성의 전형이라고 한결같이 칭찬하고 있으니까. 때로는 셰익스피어에 등장하는 유명한 여주인공과 비교되기도 했다. 아니, 여자도 변비에 걸린다는 것은 세상이 다 아는 사실이건만 여자는 화장실도 안 간다는 식으로 묘사하다니, 기사도 정신을 발휘해도 너무 발휘한 게 아닌가. 그런데 놀랍게도 여성 독자들은 그런 묘사를 좋아한다.

비평가들은 아주 보잘것없는 작가를 주목하도록 대중을 이끌어갈 수 있고, 대중은 장점 따위 하나도 없는 작가에게 푹 빠질 수도 있다. 그러나 둘 다 오래가지는 못한다. 에드워드 드리필드처럼 오랫동안 일반 독자들을 사로잡으려면 뛰어난 재능이 있어야 한다. 스스로 특별하다고 생각하는 작가는 인기를 하찮게 여긴다. 인기란 평범함을 나타내는 증거라는 것이다. 그러나 그들은 중요한 사실을 잊고 있다. 후세 사람들은 한 시대의 무명작가가 아니라 유명한 작가 속에서 뭔가를 선택한다는 것을. 불멸의 걸작이 햇빛도 보지 못하고 안타깝게 사라지는 일도 있겠지만, 후세 사람들이 그걸 무슨 수로 알겠는가. 그들은 어쩌면 현대의 베스트셀러들을 전부 쓰레기통에 처넣을지도 모른다. 하지만 무슨 작품을 선택한다면 그 쓰레기통에서 고를 수밖에 없다. 하여간 에드워드 드리필드는 유명세를 타고 있었다. 그러나 나는 그의 소설을 지루하며 장황하다고 생각한다. 어리석은 독자들의 흥미를 끌려는 멜로드라마 같은 사건들도 나한테는 아무 매력이 없었다. 다만 그는 성실하기는 했다. 그의 대표작은 신비로운 생명력을 지니고 있었다. 어느 작품에나 저자의 수수께끼 같은 인격이 묻어난다. 그의 초기작품은 사실주의 경향이 강해서 칭찬도 욕도 골고루 먹었다. 비평가들은 저마다 자기 취향에 따라 그것을 진실한 작품으로 높이 받들기도 하고 질 낮은 쓰레기라고 헐뜯기도 했다. 그러나 사실주의에 대한 사람들의 관심은 이윽고 시들해졌다. 현재 도서관을 이용하는 사람들은 아마 한 세대 전 사람들이 심하게 반발했던 장해물도 가볍게 뛰어넘을 것이다.

지금 이 책을 읽고 있는 교양 있는 독자들은 드리필드가 죽었을 때 《타임스》

〈문예면 부록〉에 실렸던 사설을 기억할 것이다. 집필자는 드리필드의 소설을 주제로 '미(美)에 대한 찬가' 같은 글을 썼다. 그것을 읽은 사람은 제레미 테일러의 고상한 산문을 연상시키는 거룩한 미문에 깊은 감명을 받았을 것이다. 거기에는 드리필드를 숭배하고 경애하는 숭고한 감정이 적당히 다듬어진 아름다운 문체로 표현되어 있었으니까. 그 사설 자체가 미에 대한 찬가라고 할 만했다. 에드워드 드리필드는 생전에 해학가였으니 너무 틀에 박힌 찬사만 늘어놓지 말고 다소 해학을 곁들이는 편이 나았을지도 모른다고 누가 비판한다면, 추도문이니까 마땅히 이래야 하지 않겠냐는 반론이 따라 나올 것이다. 또 알다시피 '미'는 '해학'이 수줍게 다가와도 그다지 좋아하지 않는다. 앨로이 키어가 내 앞에서 드리필드 이야기를 하면서 이렇게 말했다. 그의 작품 전체에 흘러넘치는 아름다움은 모든 결점을 덮고도 남을 정도라고. 돌이켜보면 그날 나눴던 대화에서 그 말이 가장 내 신경에 거슬렸던 것 같다.

30년 전 문단에서는 신이 유행했다. 신을 믿는다는 것은 훌륭한 일이었다. 저널리스트들은 문장을 아름답게 꾸미거나 조화를 이루려고 신을 열심히 가져다 썼다. 그러나 이윽고 신은 사라지고(신기하게도 크리켓, 맥주와 함께 물러났다), 그 자리에 판[4]이 나타났다. 수많은 소설의 잔디 위에 목신의 갈라진 발굽 자국이 새겨졌고, 시인들은 런던 공유지의 수풀 사이에 숨어 있는 목신을 보았다. 산업혁명시대의 요정이라 할 수 있는 서리주의 문학소녀들은 이상하게도 목신의 거친 포옹에 자기들의 순결을 바쳤다. 소녀들은 정신적으로 완전히 다른 세상으로 넘어가버렸다. 그러나 이윽고 목신도 사라지고 이번에는 미가 등장했다. 문장, 넙치, 개, 날[日], 그림, 행동, 의복 따위, 모든 것에서 사람들은 미를 찾기에 이르렀다. 좋은 소설을 내놓은 젊고 유망한 여성작가들이 미에 대해서 입을 모아 떠들어 댄다. 그들은 미에 대해 뭔가를 넌지시 암시하다가도 갑자기 익살스럽게 열정적으로 떠들면서 매력을 뽐낸다. 옥스퍼드를 갓 졸업하여 아직 영광의 구름에 휩싸인 채 주간지에서 예술·인생·우주 따위를 논하고 있는 청년작가들은 미라는 단어를 빽빽한 글 속에 아주 대충대충 늘어놓고 있을 뿐이다. 그리하여 미는 애처로울 만큼 닳아빠져 버렸다. 너무 혹사당한 것이다. 이상(理想)에는 여

4) 그리스신화에 나오는 이마에 뿔이 달린 사람의 상반신과 염소의 다리와 꼬리를 가진 반인반수의 목신(牧神).

러 별명이 붙어 있다. 미도 그중 하나일 뿐이다. 지금처럼 미에 열광하는 풍조는 결국 현대의 기계문명에 적응하지 못하고 있는 사람들이 내지르는 비명이 아닐까. 이 소심한 시대의 가련한 소녀 넬[5]과도 같은 미에 대한 정열은 역시 감상(感傷)에 불과하지 않을까. 인생의 스트레스에 대응할 수 있는 다음 세대 사람들은 현실에서 도피하지 않고, 현실을 적극적으로 수용해서 창작의 영감을 얻게 되지 않을까.

남들은 몰라도 나는 미를 오랫동안 감상하고 있을 수가 없다. 키츠는 〈엔디미온〉 첫 줄에서 "아름다움은 영원한 기쁨"이라 했지만, 이렇게 심한 거짓말을 한 시인이 또 있을까? 아름다운 것이 나에게 감각적인 마법을 걸면 내 마음은 갑자기 방황하기 시작한다. 풍경이나 그림 하나를 몇 시간이나 계속 감상한다니! 그런 사람이 이 세상에 있다는 게 믿을 수 없다. 미는 무아지경의 황홀경이고 마치 배고픔처럼 단순하다. 미에 대해 주절주절 지껄일 이유가 없는 것이다. 장미꽃 향수처럼 향기만 맡으면 그만이다. 그래서 예술비평이 전부 시시한 것이다. 미와 무관한 것, 즉 예술과 무관한 것은 예외지만. 티치아노가 그린 〈그리스도의 매장〉은 어쩌면 이 세상에서 가장 순수한 아름다움을 지닌 그림일지도 모른다. 그러나 비평가들이 이 작품에 대해 할 수 있는 말은 겨우 "실물을 보라"는 것뿐이다. 그 밖에는 작품 내력과 예술가의 삶에 대한 이야기나 좀 할 수 있을까. 그런데 사람들은 미에 온갖 자질—숭고함, 인간적 관심, 부드러움, 애정—을 덧붙인다. 요컨대 미만 가지고는 부족한 것이다. 미는 완벽하지만 사람들을 오랫동안 만족시키지는 못한다. 완벽한 것(그게 인간의 본성이지만)은 사람들의 주의를 오래 끌지 못하는 것이다. 어느 수학자가 라신의 완벽한 작품 〈페드르〉를 본 다음에 "그래서 이 비극의 주제가 뭡니까?"라고 물었다 해도, 그는 보통사람들의 생각만큼 어리석은 바보는 아니다. 파에스툼에 있는 고대 도리아식 신전이 시원한 맥주 한 잔보다 훨씬 아름다운 이유를 미로써 설명할 수 있는 사람이 어디 있겠는가. 결국 미와는 무관한 이유를 들어야 한다. 미는 막다른 골목이며 도착하고 나서는 어디로도 갈 수 없는 산꼭대기이다. 그래서 우리는 티치아노보다는 엘 그레코, 라신의 완벽한 걸작보다는 셰익스피어의 불완전한 작품에 더

5) 디킨스의 《골동품 상점》 여주인공.

많은 매력을 느끼는 것이리라. 어쨌든 미에 대한 이야기는 이 정도로 하자. 온갖 어중이떠중이들이 다 한마디씩 하니 이 기회에 나도 한번 떠들어 봤다. 미는 우리의 심미적 본능을 만족시킨다. 그러나 누가 만족하려 하겠는가? 어지간히 배를 채우는 것이 원없이 맘껏 먹을 수 있는 연회만큼이나 좋다는 말은 어리석은 소리다. 솔직히 말해서 미는 지루하다.

물론 비평가들이 에드먼드 드리필드에게 내린 평가는 모두 엉터리였다. 그의 가장 큰 특징은 작품에 박력을 더하는 사실주의도 아니고, 작품 전체에 흘러넘치는 미도 아니다. 생생한 뱃사람 묘사나 염전·폭풍·정적·시골마을의 시적인 정경 묘사도 아니다. 오직 그가 오래 살았다는 것—그것만이 특별했다. 노인을 공경하는 마음은 인류의 가장 바람직한 습성이라고 할 수 있다. 특히 영국은 다른 나라들보다도 이 성향이 강하게 뿌리내리고 있다. 다른 나라에서는 노인을 정신적으로 공경하지만, 영국에서는 실제로 받들어 모신다. 아름다운 목소리를 잃어버린 늙은 프리마돈나의 노래를 듣기 위해 코번트가든 극장을 가득 메우는 국민이 영국인 말고 누가 있으랴? 늙어서 다리도 마음대로 못 놀리는 무용수의 춤을 돈까지 내고 구경하면서 막간에 "세상에, 예순이 훨씬 넘었는데 저렇게 잘 추다니!" 탄성을 터뜨리는 사람이 영국인 말고 누가 있겠는가. 그러나 이런 가수나 무용수도 늙은 정치가나 작가에 비하면 아무것도 아니다. 배우는 일흔이 되면 슬슬 은퇴해야 하는데 정치가나 작가는 일흔에 전성기를 맞이하니, 이 사실에 씁쓸함을 느끼지 않는 젊은 인기배우가 있다면 거의 성인군자라고 해야 할 것이다. 마흔일 때는 고작 정치꾼이었던 사람이 일흔까지 살면 훌륭한 정객이 되어 존경을 받는다. 너무 늙어서 이제는 서기도 정원사도 치안판사도 못할 나이가 오히려 한 나라를 다스리기에는 가장 적합한 나이로 여겨지는 것이다. 생각해보면 이것도 신기한 일은 아닐지도 모른다. 예로부터 영국에서는 늙은이가 젊은이보다 더 현명하다는 생각을 젊은이들에게 끊임없이 불어넣었던 것이다. 그게 잘못된 상식임을 깨달을 즈음이면 젊은이도 이미 늙은이가 되어 있으므로 그냥 자기 편한 대로 거짓말을 계속하는 것이다. 게다가 정치가들과 어울리다보면, 나라를 다스리는 데에는(결과만 놓고 보자면) 고도의 지성은 필요 없다는 사실을 저절로 알게 된다. 그런데 왜 정치가뿐만이 아니라 작가까지 나이를 먹으면 존경받게 되는 걸까. 그 이유를 나는 아직도 이해할 수가 없다.

한번은 이렇게도 생각해봤다. 벌써 20년이나 변변한 작품을 내놓지 못한 늙은 작가에게 여전히 찬사를 보내는 것은 그가 이미 젊은 작가들의 경쟁자가 못 되므로 그의 장점을 아무리 칭찬해도 문제가 없기 때문인지도 모른다. 알다시피 두렵지 않은 상대를 칭찬하는 것은 다른 무서운 경쟁자를 견제하는 좋은 수단이다. 그러나 이렇게 생각하면 인간성을 너무 무시하는 것이 아닐까. 나는 싸구려 냉소주의자가 되고 싶지는 않다. 그래서 그 생각은 그만두고 다시 곰곰이 생각해봤다. 그래, 세상 사람들이 평균보다 오래 산 늙은 작가의 만년을 무조건 칭찬하는 진짜 이유는 지식인들이 서른이 넘으면 책을 읽지 않기 때문이리라. 그래서 나이가 들수록 젊을 때 읽은 책들이 찬란한 빛을 발하기 때문에 그 저자에 대한 존경심도 해마다 깊어지는 것이다. 물론 늙은 작가도 글은 계속 써야 한다. 항상 대중 앞에 노출되어 있어야 한다. 옛날에 걸작을 한두 편 썼으니까 충분하다고 안심할 수는 없다. 평범한 작품도 40, 50편쯤 써서 그 위에다 걸작을 잘 모셔놔야 한다. 시간이 걸리는 작업이다. 작품의 질로 독자들의 마음을 사로잡기가 어렵다면 양으로 승부하면 되는 것이다.

내 생각처럼 오래 사는 것이 곧 천재라면, 이 시대에 에드워드 드리필드만큼 오래 산 작가는 없을 것이다. 1860년대에는 그도 젊은 작가였는데(교양 있는 사람들은 그를 적당히 무시했다), 문단에서는 그저 그런 위치를 차지하고 있었다. 일류 비평가들은 그를 그럭저럭 칭찬했지만 젊은 비평가들은 가볍게 무시했다. 누구나 그의 재능은 인정했으나 그가 언젠가 영국문단의 위대한 지도자가 되리라고는 아무도 예상치 못했다. 그렇게 그는 일흔 번째 생일을 맞이했다. 그러자 문단 전체가 꿈틀거리기 시작했다. 마치 머나먼 동쪽 바다에서 태풍이 일어나 물결이 출렁이기 시작하듯이. 영국문단에 이토록 위대한 작가가 오랫동안 계셨는데도 아무도 눈치를 못 챘던 것이다! 온갖 도서관들이 드리필드의 책을 앞다투어 들여놓으려 했다. 블룸즈베리나 첼시처럼 문인들이 모이는 곳에서는 그의 소설을 다시 보자는 운동이 활발하게 일어났다. 수많은 문인들이 그의 작품을 연구하며 감상하고 평론하면서 글을 써댔다. 긴 글, 짧은 글, 열렬한 예찬, 에세이 따위가 줄줄이 나왔다. 그의 소설도 전집이나 선집 형태로 다시 출판됐다. 권당 정가도 1실링, 3실링 6펜스, 5실링, 1기니 등등 들쭉날쭉했다. 사람들은 그의 문체를 분석하며 철학을 검토하고 기교를 속속들이 연구했다. 일흔다섯이 되었을 때 드리필드는 모두에게 천재로 인정받았다. 여든이 되자 영국문단에서 제일가는 거장으로 떠받들렸고, 그 뒤 죽을 때까지 이 지위에 머물렀다.

지금 주위를 둘러보면 그의 뒤를 이을 작가가 없다는 것이 안타까울 뿐이다. 일흔이 넘은 작가들 몇 사람은 꽤 건강해서 조만간 드리필드의 빈자리를 메울 것 같기도 하다. 하지만 그들에게는 분명히 뭔가 부족하다.

이제까지 길게 늘어놓은 이야기는 사실 내 머리를 잠깐 스쳐갔을 뿐이다. 온갖 추억이 두서없이 머릿속에 떠올랐다. 어떤 사건이 떠오르고 나서 그보다 먼저 했던 대화가 한 토막 생각나기도 했다. 하지만 독자들의 편의도 꾀할 겸 여기서는 내 취향에 따라 순서대로 잘 정리해서 적어봤다. 그렇게 추억을 떠올리다가 깜짝 놀라기도 했다. 그토록 오랜 시간이 지났어도 사람들의 외모나 이야기 요점은 뚜렷이 기억나는데, 그들의 복장은 이상하게도 잘 기억이 안 났다. 특히 여자 옷은 지난 40년 동안 많이 달라졌을 테지만, 그래도 옛날 옷을 지금에 와서 떠올리려고 하면 실제 머릿속에 남은 장면이 아니라 나중에 본 사진이나 그림을 떠올리게 되는 것이다.

걷잡을 수 없는 상념에 잠겨 있는데 택시 한 대가 현관에 와서 멈췄다. 초인종이 울리더니 곧 앨로이 키어의 굵은 목소리가 들렸다. 나랑 만날 약속을 했다며 하인에게 말하고 있었다. 그는 힘이 넘치는 건장한 몸을 이끌고 단숨에 내 방으로 쳐들어왔다. 내가 사라진 과거들로 쌓아올렸던 사상누각은 눈 깜짝할 사이에 무너져버렸다. 거친 삭풍처럼 그가 공격적이고 피할 수 없는 '현재'를 몰고 온 것이다. 나는 그에게 말했다.

"지금 막 자문하던 중이었네. 에드워드 드리필드의 뒤를 이어 영국문단의 거장이 될 사람이 누가 있나 하고. 그런데 자네가 마치 여기 있소! 대답하듯이 불쑥 나타났지 뭔가."

그가 웃음을 터뜨렸으나 눈에는 의혹의 빛이 나타났다.

"아니, 마땅한 인물이 없을 것 같은데."

"자네는 어떤가?"

"어이쿠, 천만에! 나는 아직 쉰도 안 됐는걸. 25년만 더 기다려줘." 그가 웃으며 대꾸하더니 날카로운 눈길로 나를 쳐다봤다. "자네, 혹시 나를 놀리는 건가? 잘 모르겠군." 그러더니 갑자기 시선을 깔았다. "물론 가끔은 장래를 생각해보기도 해. 지금 정상에 있는 선배님들은 모두 나보다 열다섯에서 스물 정도는 많지. 그분들이 평생 그곳에 머무를 수야 없을 텐데, 그 뒤를 대체 누가 이을까? 아, 그래그래, 올더스 헉슬리가 있기는 해. 나보다 훨씬 젊기는 한데 별로 건강하지는 않고 몸을 돌보지도 않는 것 같지만. 뭐, 웬 천재가 혜성같이 나타나서 문단을 확 쓸어버리고 온갖 인기를 독차지하는 일이라도 생긴다면 또 몰라도……. 그렇지만 않다면야 앞으로 한 20년이나 25년쯤 지나면 내가 그 지위에 오를지도 모르지. 열심히 글을 계속 쓰면서 누구보다도 오래 살기만 하면 될 거야."

로이가 탄탄한 몸을 안락의자에 푹 묻었다. 나는 위스키 소다[6]를 그에게 권했다.

"아, 난 됐어. 6시 전에는 술은 안 마시거든." 그는 술을 거절하고 주위를 둘러봤다. "좋은 하숙집이군."

"그래, 맞아. 그런데 볼일은 뭐지?"

"드리필드 부인의 초대에 관해서 자네랑 얘기 좀 하고 싶어서 왔어. 전화로는 말하기 어려울 것 같았거든. 실은 말이지, 내가 드리필드의 전기를 쓰게 됐네."

"뭐? 아니, 왜 전에 만났을 때는 그 얘기를 안 했나?"

갑자기 로이에 대한 친밀감이 무럭무럭 솟았다. 옳거니, 역시 내 예상이 맞았다. 그가 단지 우정 때문에 나를 점심에 초대할 리가 없다고 처음부터 짐작했던 것이다. 왠지 기분이 좋았다.

"그때는 아직 결심이 서지 않았거든. 그런데 드리필드 부인이 나한테 꼭 해 달라고 부탁했어. 부인이 가진 자료를 모두 제공하겠다면서. 아주 오랫동안 수집한 자료들이야. 전기를 쓴다는 것은 어려운 일이고, 또 절대로 실패하면 안 되는 무거운 책임이 따르는 일이지. 하지만 좋은 전기를 완성한다면 꽤 자랑할 만한 업적이 될 거야. 소설가가 때로는 소설 말고 다른 중요한 일에도 손을 대면 사람들한테 훨씬 더 존경을 받게 돼. 나는 지금까지 온갖 비평문을 쓰면서 아주 진땀을 뺐네. 그런 책은 잘 팔리지도 않아. 하지만 그래도 쓰기를 잘했다고 생각하네. 그런 일을 안 했으면 도저히 얻지 못했을 지위를 이렇게 손에 넣었으니 말

---

6) 위스키에 소다수를 탄 음료.

이야.”

“그래그래, 좋은 계획이야. 지난 20년 동안 자네는 다른 누구보다도 드리필드와 친하게 지냈잖아.”

“그래, 맞아. 그런데 내가 그를 처음 만났을 때 그는 이미 예순이 넘은 노인이었어. 내가 그의 작품을 얼마나 흠모하는지 모른다고 편지에 적어 보냈더니 그가 언제 한번 놀러 오라고 했지. 그렇게 시작된 인연이야. 하지만 나는 그가 인생 초반에 어떤 삶을 살았는지는 전혀 몰라. 뭐, 그 시대에 대해 드리필드 부인이 그에게 물어봐서 기록해놓은 자료는 있지. 또 그가 직접 띄엄띄엄 써놓은 일기도 있어. 그의 소설에도 자전적인 부분이 많이 있고. 하지만 그것만 가지고는 부족해. 내가 어떤 전기를 쓰려고 하는지 아나? 나는 읽는 사람들의 마음을 훈훈하게 해주는 사소한 일들과 일화가 잔뜩 들어간 내면적인 전기를 쓰고 싶네. 그리고 전기적인 부분 사이사이에 그의 소설에 대한 철저한 비평도 넣고 싶어. 아, 물론 딱딱하고 골치 아픈 비평은 안 할 거야. 작가에게 공감하면서 그 내면까지 깊숙이 파고드는 비평……. 아주 정교하고 섬세한 작품비평을 할 거야. 그야 무척 힘든 작업이겠지. 하지만 부인은 나라면 할 수 있다고 격려해주고 계셔.”

“그럼, 자네라면 할 수 있어.”

“뭐, 못할 것도 없겠지. 나도 비평가이자 소설가 나부랭이니까 분명히 전기를 쓸 자격은 그럭저럭 갖춘 셈이지. 그러나 나를 도와줄 수 있는 사람의 도움이 있어야만 해. 안 그러면 다 소용없어.”

나한테 도와 달라는 거군. 그의 속셈은 알았지만 모르는 척 시치미를 뗐다. 로이가 몸을 쑥 내밀었다.

“전에 내가 물어봤잖아, 드리필드에 대해서 글 좀 쓸 생각이 있냐고. 그때 자네는 생각 없다고 대답했었지? 그 마음은 지금도 변함없나?”

“물론이네.”

“그럼 자네가 가진 자료를 나한테 주면 어떨까. 응?”

“어이쿠, 무슨 소리야. 나한테 무슨 자료가 있다고?”

“아니, 없긴 왜 없어.” 로이가 유쾌하게 말했다. 마치 어린애를 달래서 목구멍을 검사하려는 의사 같은 말투였다. “블랙스터블에서 살 때 자주 만났잖아?”

“하지만 그때 나는 어렸는걸.”

“그래도 뭔가 특별한 경험이 있었을 걸세. 자네도 알 거야. 에드워드 드리필드하고 30분만 같이 있으면 누구든지 그 탁월한 인격에 강한 인상을 받을 수밖에 없는걸. 열여섯 살 난 소년이라도 틀림없이 뭔가를 느꼈을 거야. 특히 자네는 그 또래 친구들보다 감수성도 풍부하고 관찰력도 좋았을 텐데, 안 그래?”

“아니, 그때는 위대한 작가라는 평판 자체가 없었는데 내가 무슨 수로 그의 인격을 탁월하다고 생각했겠나? 생각을 해봐. 자네가 온천요법으로 간장병을 치료하려는 공인회계사 앳킨스 씨 행세를 하면서 서부 잉글랜드 온천에 갔다고 해보세. 주위 사람들이 자네를 훌륭한 인격자라고 생각이나 하겠나?”

“뭐, 평범한 공인회계사랑은 뭔가가 다르다는 것쯤은 눈치채지 않을까?” 로이가 빙그레 웃으면서 말했다. 그 미소는 우쭐해하는 그의 말을 장난스럽게 포장해주었다.

“글쎄. 내가 기억하는 것은 별거 없어. 그가 입고 다니던 니커보커스 바지가 엄청나게 화려했다는 것 정도? 종종 그와 함께 자전거를 타고 소풍을 다녔지만, 같이 있는 모습을 남들에게 들키기는 싫었어. 좀 난처했지.”

“그래? 꽤 우스운 이야기군. 그래 그분은 무슨 이야기를 하던가?”

“글쎄. 별 이야기는 안 했어. 건축에 관심이 있었던가? 아, 농사 이야기도 했지. 괜찮은 술집이 있으면 한 5분만 들러서 한잔하고 가자고 했지. 그래서 술집에 들어가면 올해 작황이랑 석탄 값이랑, 뭐 그런 것들에 대해서 술집 주인하고 이야기하곤 했어.”

로이의 표정을 보니 못마땅한 눈치가 또렷했으나 나는 개의치 않고 이야기를 줄줄 늘어놨다. 로이가 지루함을 느끼면 얼굴이 부루퉁해진다는 사실을 처음 알았다. 드리필드가 나랑 같이 자전거 소풍을 다닐 때 무슨 중요한 말을 했는지는 기억이 안 나지만, 그래도 그때의 느낌은 지금도 생생하게 남아 있다. 블랙스터블을 자전거로 한 바퀴 돌면 특별한 기분을 느낄 수 있었다. 바닷가에는 자갈 해안이 길게 뻗어 있고 뒤쪽에는 늪지대가 펼쳐져 있는데, 또 내륙으로 반 마일만 들어가면 촌티가 풀풀 나는 켄트주의 시골마을이 나타나는 것이다. 푸르고 비옥한 넓은 들판과 거대한 느릅나무 숲 사이로 길이 구불구불 뻗어 있었다. 느릅나무 거목은 마치 맛있는 버터와 수제 빵에 크림과 신선한 계란을 먹고 건강하게 자란 켄트주 순박한 시골 아낙네처럼 떡하니 당당하게 서 있었다. 이따금 길은 울창한 산사나무 산울타리로 이어지는 오솔길이 된다. 양쪽에 늘어선 느릅나무가 길 위로 푸른 잎을 드리워 고개를 들면 조각난 푸른 하늘이 보일 뿐이었다. 포근한 날에 시원한 바람을 가르며 자전거를 타고 가면 아주 묘한 기분이 들었다. 이대로 세상은 가만히 멈추어 있고 인생은 영원히 계속될 것만 같은 느낌이었다. 열심히 페달을 밟으면서도 느긋하고 여유로운 기분을 느꼈다. 무슨 말을 안 해도 모두 행복했다. 누가 갑자기 신이 나서 속도를 높여 혼자 달려가면 다들 웃기다면서 낄낄거렸다. 그리고 잠깐은 나머지 두 사람도 온 힘을 다해 페달을 밟는다. 우리는 언제나 허물없이 서로를 놀리면서 농담을 던지고 또 제풀에 웃음을 터뜨리기도 했다. 때로는 작은 꽃밭이 딸린 시골집 앞을 지나치기도 했다. 꽃밭에는 접시꽃이랑 참나리가 피어 있었다. 길에서 조금 떨어진 곳에는 커다란 창고와 홉 건조장을 갖춘 농가가 있었다. 우리는 잘 익은 홉이 풍성한 화관처럼 고개를 숙이고 있는 홉밭을 지나간다. 그 동네 주막집은 친근하고 허름하여 여느 농가와 다를 바가 없다. 현관에는 종종 인동덩굴이 자라고 있었다. 주막 이름도 '즐거운 뱃사람', '활기찬 농부', '왕관과 닻', '붉은 사자' 따위로 흔하고 낯익은 이름이었다.

그러나 이런 이야기에 로이는 전혀 흥미를 느끼지 못했다. 그가 내 말을 가로막으며 물었다.

"문학에 대한 이야기는 안 했나?"

"문학? 안 했어. 그런 이야기를 하는 타입은 아니었으니까. 자기 작품에 대해 무슨 생각이야 했겠지만 남에게 말하지는 않았어. 아, 부목사에게 자주 책을 빌려줬는데, 가끔 그하고 문학에 관해 이러쿵저러쿵 얘기하기도 했어. 하지만 그때마다 그런 재미없는 얘기는 그만하라고 주변 사람들이 다들 말렸지."

"그가 한 말 중에 뭐 기억나는 거 없어?"

"아, 하나 있네. 한번은 내가 모르는 작품을 그가 이야기하기에 찾아서 읽어봤거든. 그래서 기억하지. 셰익스피어가 스트랫퍼드어폰에이번으로 물러나 저명인사가 되었을 때 혹시 자기 희곡을 다시 생각해본 적이 있다면, 아마 가장 관심을 보인 작품은 〈자에는 자로〉와 〈트로일러스와 크레시다〉일 거라던데."

"그래? 딱히 써먹을 만한 소재는 아니군. 셰익스피어보다 좀더 최근에 활약한 작가에 대해서는 뭐라고 안 했나?"

"글쎄, 그때는 별말 안 했던 것 같은데. 하지만 몇 년 전 드리필드 부부와 점심을 먹었을 때에는 한마디 했었어. 헨리 제임스가 '미국의 약진'이라는 세계사적인 대사건을 무시한 채, 영국의 시골 저택 다과회에서 오가는 시시한 잡담에나 신경을 쓰고 있다고. 드리필드는 그것을 가리켜 이탈리아어로 '커다란 거부'[7]라고 했지. 드리필드가 이탈리아어 인용구를 쓰다니! 깜짝 놀랐지 뭐야. 우습게도 그 자리에 있던 사람들 중에서 그 말을 알아들은 사람은 덩치 큰 공작부인 하나뿐이었어. 하여튼 드리필드는 이어서 말했어. '불쌍한 헨리는 넓은 정원 주위를 영원히 빙글빙글 돌고 있을 뿐입니다. 담이 높아서 안쪽은 들여다볼 수가 없어요. 저택 안에서는 다과회가 열리고 있는데 너무 멀어서 백작부인이 무슨 말을 하고 있는지 알아들을 수가 없는 겁니다.'"

로이는 이 이야기를 주의 깊게 들었으나 이윽고 고개를 무겁게 저었다.

"아, 아니야. 그것도 못 쓰겠어. 헨리 제임스 숭배자들이 엄청나게 반발할 테니까. 그나저나 저녁에는 뭐하고 지냈나?"

"드리필드가 서평을 쓰려고 책을 읽는 동안 우리들은 휘스트 놀이를 했지. 아, 드리필드는 노래를 자주 불렀어."

"오, 그래?" 로이가 강한 관심을 보이며 몸을 내밀었다. "무슨 노래였는지 기억해?"

"암, 기억하지. 〈군인에게 반한 마음〉이랑 〈술값이 싼 곳으로 오세요〉를 제일 잘 불렀어."

"뭐?"

로이는 눈에 띄게 실망했다.

"왜, 슈만의 곡이라도 부른 줄 알았나?"

"그래도 괜찮았을 텐데. 재미있는 이야깃거리가 됐을 거야. 아니, 나는 그가 뱃노래나 영국 전통 민요를 불렀을 줄 알았네. 마을 사람들이 장터에서 부르는 노래 말이야. 눈먼 악사가 깽깽이를 켜고, 마을 청년이 타작마당에서 동네 아가씨랑 춤을 추는 뭐 그런……. 그런 장면에 어울리는 노래를 불렀다면 아주 괜찮은 이야기를 쓸 수 있었을 텐데. 그가 유행가 따위를 불렀다고? 아, 상상이 안

---

7) 단테의 《신곡》 〈지옥편〉에서.

돼. 한 인물의 전기를 쓸 때에는 전체적인 조화를 생각해야 해. 엉뚱한 것을 집어넣으면 전체 인상이 흐트러질 거야."

"그 뒤 드리필드는 야반도주를 했네. 모두 감쪽같이 속아 넘어갔지."

로이는 거의 1분 동안이나 말없이 가만히 있었다. 그는 생각에 잠긴 눈길로 융단을 내려다보았다.

"아, 그래. 뭔가 좋지 않은 일이 있었다는 것은 나도 알아. 드리필드 부인이 얘기해 줬거든. 하지만 나중에 그가 펀코트를 구입해서 그 지방에 정착하기 전에 빚은 다 갚았다고 알고 있네. 그가 작가로서 성장한 과정에서 보자면 그 사건은 사소한 일일 뿐이야. 굳이 깊이 파고들 필요는 없을 걸세. 게다가 벌써 40년 전 일이잖나? 드리필드 선생한테는 아주 특이한 구석이 있긴 해. 그래, 그가 보통 사람이었다면 유명해지고 나서 남은 생애를 보낼 곳으로 굳이 블랙스터블을 선택하지는 않았을 거야. 그렇게 좀 안 좋은 사건도 있었잖아? 또 그가 젊을 때 힘든 나날을 보냈던 고향이기도 하고. 하지만 그는 그런 것에는 아랑곳하지도 않았어. 그런 게 모두 다 유쾌한 농담처럼 느껴졌나 봐. 점심에 초대받은 손님들한테 종종 야반도주 이야기를 스스럼없이 털어놨을 정도라니까. 드리필드 부인으로서는 입장이 난처했겠지. 그런데 여보게, 에이미를 좀더 이해해줄 순 없겠나? 에이미는 훌륭한 사람이야. 물론 선생은 온갖 걸작을 쓴 다음에 에이미를 만났지. 하지만 그녀 덕분에 그분이 당당하고 위엄 있는 인물로서 세상을 떠날 때까지 25년 동안 사람들에게 크나큰 존경을 받을 수 있었던 거야. 이 사실을 부정할 사람은 아무도 없어. 부인이 나한테는 다 솔직하게 털어놨네. 실은 무척 고생한 모양이야. 노년의 드리필드는 아주 특이했던지라, 점잖게 처신하게 만들려면 옆에서 끊임없이 신경을 써줘야 했나 봐. 때로는 굉장히 고집을 부려서 마음 약한 여자 같으면 못 버티고 나가떨어졌을 거라더군. 그래, 그의 이상한 식사 버릇도 부인이 애써서 고쳐줬지. 그 전에는 고기랑 채소를 다 먹으면 빵 한 조각으로 접시에 남은 소스를 싹싹 닦아 먹었다더군!"

"그가 왜 그랬는지 알겠나? 오랫동안 배고픈 시절을 경험했기 때문에 음식을 절대로 안 남기는 습관이 몸에 밴 거야."

"뭐, 그럴지도 모르지. 하지만 일류 작가가 그래서야 쓰겠나? 너무 볼품없잖아. 게다가 그는 술고래는 아니어도 자주 베어 앤드 키에 드나들면서 보통 사람들과 어울려 맥주를 걸치는 걸 좋아했대. 그야 나쁜 짓은 아니지. 하지만 여름에 뜨내기들이 많이 들락거릴 때에는 아무래도 눈에 띄지 않겠나? 게다가 생각 없이 아무하고나 이야기하고 말이야. 신분이 높은 사람으로서 체면을 지켜야 한다는 자각이 없어도 너무 없었어. 점심때는 에드먼드 고스나 커즌 경 같은 저명인사와 만나고, 저녁때는 그들에 대한 감상을 배관공이나 빵집 주인이나 위생설비 검사관 같은 사람들한테 이야기한다면 누가 봐도 좀 그렇지 않겠나, 응? 이상하지? 뭐, 그야 그 습관도 그럴싸하게 설명할 수는 있어. 그가 향토색을 사랑하고 다양한 인간 군상에 흥미가 있었던 거라고. 하지만 그보다 훨씬 골치 아픈 버릇이 있었네. 정말 처치하기 곤란했지. 글쎄, 그가 목욕하기를 그렇게 싫어했다더군. 알고 있나? 에이미는 남편을 목욕시키느라 엄청나게 고생을 했대."

"그가 태어난 시절에는 목욕을 너무 자주 하면 건강에 나쁘다는 속설이 퍼져 있었으니까. 처음에 쉰이 되기 전까지는 욕실이 없는 집에서 살았잖아?"

"뭐, 그래. 지금까지 일주일에 한 번밖에 목욕을 안 하면서 계속 살았으니, 이제 와서 습관을 바꿀 생각은 없다고 말했다더군. 또 부인이 매일 속옷을 갈아입으라고 하니까 그것도 싫다고 했대. 옛날부터 윗도리랑 아랫도리는 항상 일주일에 한 번씩 갈아입었는데 뭐가 문제냐면서 툴툴거렸다더라. 그렇게 자주 갈아입고 빨면 금방 해질 거라는 거야. 부인은 욕조에 온갖 입욕제랑 향수를 넣고 날마다 목욕을 하라고 권했지만 결국 성공하지 못한 모양이야. 심지어 막판에는 일주일에 한 번조차 안 하게 되었대. 마지막 3년 동안은 욕조에 한 번도 몸을 담그지 않았다더군. 어휴, 정말. 어디 가서는 절대로 못할 이야기야. 이런 비밀을 자네한테 모두 털어놓는 이유가 뭔지 아나? 그의 전기를 쓰는 일이 쉽지 않다는 것을 자네도 알아줬으면 해서 그래. 이것저것 신경 쓰고 머리를 굴려야 할 판이야. 드리필드는 금전 감각이 부족했고, 신분이 낮은 사람들과 어울려 노는 이상한 습성도 있었어. 또 좋지 않은 생활습관도 꽤 있었고. 그래, 그건 도저히 부정할 수 없는 사실이야. 하지만 이런 면모가 중요하다고는 생각지 않네. 진실이 아닌 거짓을 이야기할 생각은 없지만, 그냥 자세히 얘기하지 않고 넘어갔으면 하는 부분이 어느 정도 있기는 해."

"그냥 빠짐없이 다 이야기하는 편이 재미있지 않을까? 좋은 점뿐만 아니라 나쁜 점까지 모조리 다."

"아니, 그럴 수는 없어. 그랬다가는 에이미 드리필드한테 절교당할걸. 에이미는 내 신중함을 높이 평가해서 나에게 전기를 써 달라고 한 거야. 그러니 신사답게 행동을 해야지."

"멋진 신사인 동시에 훌륭한 작가이기는 힘들지."

"아니, 그렇지는 않아. 게다가 비평가가 어떤 존재인지 자네도 알고 있지 않나? 작가가 큰맘 먹고 진실을 말해봤자 그들은 냉소적이라고 비판할 뿐이야. 냉소적이라는 평판은 작가의 이미지를 해친다네. 뭐, 내가 아무런 배려 없이 진실을 모조리 들춰낸다면 커다란 파장을 일으킬 수는 있겠지. 미에 대한 정열과 책임감 결여, 아름다운 문장과 불결한 생활습관, 고상한 이상주의와 선술집에서의 음주—이런 것들을 전부 싸잡아 떡하니 내보인다면 그야 재밌기는 하겠지. 하지만 솔직히 말해 나한테 무슨 이득이 있겠나? 리튼 스트레이치를 따라 했다는 소리나 듣겠지. 그러니까 그런 짓은 안 해. 나는 단점은 슬쩍 암시하기만 하고 전체적으로는 매력적이면서 섬세한…… 뭐랄까, 하여간 주인공을 한없이 배려한 좋은 전기를 쓸 거야. 그래, 집필을 시작하기 전에는 항상 완성작을 머릿속에 미리 그려봐야 하거든. 이번 전기는 반다이크가 그린 초상화 같을 거야. 감정이 풍부하고 귀족적인 탁월함이 넘쳐흐르는 위엄 있는 작품이 될 거야. 자네도 대충 알 것 같지? 단어는 8만 개쯤 되지 싶네."

그는 잠시 황홀하고 아름다운 명상에 잠겨 있었다. 여백이 많은 고급 종이에 선명하고 우아한 활자가 인쇄되어 있는, 가볍고 세련된 8절 호화판 책이 그의 마음속에 떠오른다. 분명히 금박 활자로 제목을 박고 부드러운 검은 천으로 장정한 책이리라. 그러나 앞서 말했듯이 미적 황홀경은 영원히 지속될 수 없다. 그도 보통 사람인지라 아름다운 황홀경에 오래 잠겨 있을 수는 없었다. 그가 솔직한 미소를 띠며 말했다.

"그런데 드리필드의 첫 번째 부인이 문제야. 이 사람을 어떻게 취급한담?"

"소문나면 안 될 비밀이려나." 나는 나지막하게 말했다.

"그 여자는 정말 다루기 힘들어. 드리필드랑 오랫동안 함께 살았단 말이지. 이 문제에 대해서 에이미는 단호한 생각을 갖고 있지만, 덮어놓고 거기에 따를 수도 없거든. 에이미는 로지 드리필드가 남편에게 아주 나쁜 영향을 미쳤다고 주장하고 있어. 로지는 남편을 도덕적으로나 육체적으로나 경제적으로 망치는 일은 뭐든지 다 했다는 거야. 로지는 온갖 측면에서—특히 지적이고 정신적인 면에서 남편보다 훨씬 뒤떨어졌는데, 그가 유달리 강하고 생기 있는 사람이 아니었더라면 그녀 등쌀에 시달려서 살 수가 없었을 거라는군. 하기야 드리필드의 첫 번째 결혼이 불행했다는 것은 에이미뿐만 아니라 다른 사람들도 인정하는 사실이지. 그 여자가 죽은 지 벌써 몇 년이나 지났는데 굳이 해묵은 추문을 들춰내서 사적인 비밀을 만천하에 공개한다는 것은 좋은 일이 아니야. 하지만 드리필드의 걸작이 전부 그 여자와 함께 살 때 쓰였다는 사실은 도저히 무시할 수 없네. 아니, 물론 후기 작품도 훌륭해. 나는 누구보다도 그 순수한 아름다움을 높이 평가하고 있네. 후기 작품에는 훌륭한 고전적 중후함과 절제미가 있어. 하지만 전기 작품의 깊은 맛이나 박력, 생생한 삶의 냄새와 시끌벅적함이 미치지 못하는 건 틀림없는 사실이지. 그러니까 첫 번째 아내가 그의 작품에 미친 영향을 아예 무시할 수는 없어."

"그럼 어떻게 할 생각인가?"

"글쎄, 감수성이 무척 예민한 사람을 상처 입지 않게 살살 다루듯이 해야겠지. 그렇게 아주 신중하게 세심한 주의를 기울여 작업한다면, 그의 삶에서 그 부분을 못 다룰 것도 없을 거야. 또 자네도 이해할 테지만 남자답게 솔직하게 써서 독자들한테 좋은 인상을 주는 것도 가능하지 않을까."

"음, 실제로 그러기는 어려울 텐데."

"어렵겠지. 하여튼 자질구레한 것에 얽매일 필요는 없다고 생각해. 그저 펜을 휘두르는 거지. 쓸데없는 이야기는 안 할 생각이지만, 그래도 본질적인 것은 은근히 암시하여 독자들이 알아서 깨닫게 만들고 싶네. 여보게, 아무리 불쾌한 소재라도 위엄 있게 다루면 그럴싸하게 포장할 수 있어. 그렇지 않나? 하지만 진실을 파악하지 않고서는 아무것도 할 수 없네."

"그야 그렇지. 찬거리도 없이 요리를 할 수는 없으니."

로이가 훌륭한 연사답게 유창하게 말했다. 나는 이 친구처럼 설득력 있게 적절한 단어를 써서 말할 수 있으면 얼마나 좋을까 생각했다. 그의 입에서는 좋은 표현이 막힘없이 술술 흘러나왔다. 나는 그 뛰어난 말솜씨에 감탄하면서 한편으로는 부끄러움을 느꼈다. 열성적인 대중을 향해 강연하는 듯한 로이의 이야기를 이렇게 나 혼자서 들으려니까 왠지 민망해졌던 것이다. 그런데 그가 여기서 잠깐 숨을 돌렸다. 열변으로 붉어지고 더워서 땀이 난 그의 얼굴에 애교 있는 표정이 떠올랐다. 위압적으로 번쩍이던 두 눈도 부드럽게 풀어지면서 미소를 머금었다. 로이가 상냥하게 말했다.

"그러니까 이제 자네가 나설 차례야."

할 말이 없거나 대답이 궁할 때는 무조건 입을 다무는 편이 낫다. 나는 오랜 삶의 지혜를 이번에도 마음속에 새기면서 입을 다문 채 상냥하게 로이를 바라보았다.

"블랙스터블에서 그분이 어떻게 지내셨는지는 자네가 제일 잘 알고 있을 거야." 로이가 말했다.

"아니, 그렇지도 않을걸. 그가 옛날에 자주 만난 사람이라면 나 말고도 블랙스터블에 널려 있을 거야."

"그럴지도 모르지. 하지만 그런 사람들은 별 도움이 안 될 거야. 신경 쓸 필요도 없지."

"아, 그래. 극비 정보를 흘려줄 사람은 나밖에 없다 이거군?"

"뭐, 대충 그런 얘기인데……. 꼭 그런 식으로 표현해야 하나?"

로이는 내 표현이 마음에 안 든 모양이었다. 평소에도 내가 농담을 해도 남들이 웃지 않는 일이야 많으니까 상관없다. 가끔 생각하지만 세상에서 가장 순수한 예술가는 자기 농담에 자기 혼자 웃음을 터뜨리는 해학가가 아닐까.

"자네는 그 뒤 런던에서도 그를 만났지?"

"맞아."

"런던에서 그는 벨그라비아 남쪽에 있는 어느 집에서 살았고?"

"그래. 핌리코의 하숙집이었지."

로이는 불쾌한 듯이 웃었다.

"그가 런던 어디에 살았는지 정확한 이름을 가지고 논쟁하지는 마세. 하여튼 자네는 그들과 퍽 친하게 지냈지?"

"뭐, 그랬지."

"얼마나 그렇게 지냈나?"

"2년 정도."

"그때 자네는 몇 살이었지?"

"스무 살이었네."

"저기, 자네한테 부탁이 하나 있네. 그렇게 시간이 걸리는 일은 아니야. 자네가 조금만 도와주면 나한테는 정말 큰 도움이 될 거야. 드리필드에 대한 추억을 모두 적어줄 수 없겠나? 블랙스터블과 런던에서 있었던 추억 말이야. 첫 번째 부인에 대해서, 그리고 그들 부부의 관계에 대해서 기억나는 건 모조리 적어주게."

"어이쿠, 이 사람아, 그건 너무 힘든 부탁인데. 요새는 나도 이것저것 할 일이 많아서 안 돼."

"왜, 시간도 별로 안 걸릴 텐데 괜찮잖아. 대충 써도 돼. 문체에 신경 쓸 필요도 없네. 어차피 내가 다시 쓸 거니까. 나한테는 지금 드리필드에 대한 사실이 필요해. 자네한테 부담을 줄 생각은 없지만 드리필드는 위대한 작가니까 자네가 알고 있는 것을 빠짐없이 공개해야 하지 않겠나, 응? 자네는 그의 추억과 영문학을 위해서 그럴 의무가 있어. 안 그런가? 얼마 전에 자네가 말하지 않았나, 그에 대해 글을 쓸 생각은 전혀 없다고. 그래서 부탁하는 거야. 자네가 직접 쓸 생각이 없는 자료를 저 혼자만의 비밀로 간직하겠다니, 이솝우화에서 고깃덩이를 물고 가는 욕심쟁이 개랑 뭐가 다른가?"

로이는 이렇게 내 의무감과 게으름과 관용과 도덕성 등등 모든 것에 호소하려고 애썼다.

"그나저나 드리필드 부인은 왜 나를 펀코트로 초대하려고 하는 건가?"

"부인하고 내가 상의해서 자네를 초대하기로 한 거야. 거기서는 편하게 지낼 수 있을 걸세. 부인이 손님을 얼마나 잘 접대하는데. 요즘 같은 계절에는 경치도 아름답지. 자네가 드리필드에 대한 추억을 쓰기에는 더없이 좋은 장소일 거야. 적어도 부인은 그렇게 생각하고 계셔. 뭐, 꼭 그럴 거라고 장담할 수는 없겠지만. 그래도 블랙스터블 가까이에 있으면 자네도 뭔가 잊고 있던 추억이 생각날지도 모르잖아? 게다가 선생이 살던 집에서 선생의 책과 물건들에 둘러싸여 있으면 과거가 점점 현실미를 띨 수도 있지. 다 같이 그분을 추억하면서 이야기꽃을 피우다보면 새로운 사실이 툭 튀어나올지도 몰라. 에이미는 재치 있고 영리한 여자야. 몇 년 동안 습관적으로 드리필드가 하는 말을 꼬박꼬박 적어놨다고 하더군. 그러니까 자네가 별생각 없이 추억을 툭 내뱉어도 에이미가 모두 기록해줄 거야. 어떤가? 또 거기서는 테니스랑 수영도 할 수 있어."

"아니, 난 남의 집에 머무는 걸 별로 좋아하지 않아. 아침 9시에 억지로 일어나서 아침을 깨작깨작 먹기는 싫거든. 산책도 싫어하고 남이 기르는 새를 구경하는 취미도 없어."

"부인은 지금 무척 쓸쓸하고 외로우셔. 자네가 그 집에 가서 머물면 부인도 고마워하실 거야. 물론 나도 그렇고."

나는 생각에 잠겼다.

"좋아, 그럼 이렇게 하세. 블랙스터블에는 가겠네. 하지만 어디까지나 내 뜻대로 갈 거야. 가서 베어 앤드 키에 머물겠네. 드리필드 저택에는 자네가 있을 때 방문하지. 그럼 자네들끼리 에드워드 드리필드에 대해 마음껏 이야기하게나. 나는 싫증이 나면 언제든지 자리를 박차고 나갈 테니까."

로이는 화도 안 내고 유쾌하게 웃었다.

"아, 좋아, 좋아. 그리고 자네가 기억하는 내용 중에서 쓸 만한 게 있거든 좀 적어주겠나?"

"해보겠네."

"그럼 언제 갈 건가? 나는 금요일에 갈 건데."

"기차 안에서 나한테 귀찮게 말 걸지 않는다고 약속하면 자네와 함께 가겠네."

"좋아. 5시 10분 기차가 좋겠어. 데리러 올까?"

"아니, 빅토리아역까지 혼자 가겠네. 거기 플랫폼에서 만나세."

내 마음이 변할까 봐 두려웠던 걸까? 로이가 벌떡 일어나더니 기분 좋게 악수를 나누고 서둘러 떠나버렸다. 테니스 라켓과 수영복을 꼭 챙기라는 당부를 남기고.

12

로이와 그런 약속을 하자 자연히 처음 런던에 살게 된 시절이 머릿속에 떠올랐다. 그날 오후에는 할 일이 없었으므로 산책이나 나갈까 하는 생각이 들었다. 그래, 옛날 하숙집 주인이었던 허드슨 부인을 찾아가서 차라도 같이 마시자. 내가 런던에 갓 상경하여 하숙집을 찾고 있는 풋내기 의학생이었을 때, 성 누가 병원 부속 의학교 사무원이 허드슨 부인의 이름을 가르쳐주었다. 그렇게 찾아간 허드슨 부인 하숙집에서 나는 5년간 살았다. 그 집은 빈센트 광장에 위치했는데 1층에 있는 방 두 개를 내가 빌렸다. 2층 응접실 딸린 방에는 웨스트민스터 학교 선생이 살았다. 일주일마다 나는 1파운드, 선생은 1파운드 5실링을 방세로 냈다. 허드슨 아주머니는 몸집이 작고 민첩했으며 늘 바쁘게 움직이는 사람이었다. 얼굴색이 안 좋고 코는 커다란 매부리코였지만 눈은 정말로 아름다웠다. 그렇게 빛나고 생기 넘치는 눈은 그때까지 본 적이 없었다. 새까만 머리카락은 숱이 많아 탐스러웠다. 평일 오후나 일요일에는 그 시대의 유명한 여배우 저지 릴리처럼 앞머리를 곱게 내리고 뒷머리는 목덜미 근처에서 둥그렇게 묶고 있었다. 정말 친절한 사람이었지만 그때 나는 아직 어려서 시건방지게도 그런 친절을 마땅하게 받아들였다. 요리 솜씨도 아주 훌륭했다. 어쩜 그렇게 맛있고 폭신한 오믈렛을 만들던지! 부인은 매일 아침 일찍 일어나 하숙인들이 쓰는 거실 난로에 불을 지피면서 이렇게 말했다. "신사 양반들이 추위에 덜덜 떨면서 아침을 먹을 수는 없잖아요. 어휴, 오늘 아침은 유난히 춥네." 그 시절에는 조금이라도 덜 차가운 물을 쓰려고 전날 밤 대야에 물을 담아서 침대 밑에 넣어뒀다. 하숙인이 그걸로 첨벙첨벙 세수하는 소리가 안 들리면 허드슨 부인은 "어머나, 식당 옆방 총각이 아직도 자나? 저러다 또 수업에 지각할 텐데!" 2층으로 뛰어올라가 문을 쾅쾅 두드린다. "빨리 일어나요. 이러다가 아침밥도 못 먹고 가겠어요! 맛있는 대구 요리를 만들어놨단 말이에요!"

아주머니는 하루 종일 쉬지 않고 일했다. 늘 콧노래를 부르면서 밝고 행복한 미소를 띠었다. 남편은 부인보다 훨씬 나이가 많았다. 그는 어느 명문가에서 집사로 일했는데 구레나룻을 길렀고 예절에는 빈틈이 없었다. 가까운 교회 관리인으로 일하면서 뭇사람들의 존경을 받고 있었다. 그런데 집에서는 허드슨 아주머니를 도와 하숙인의 식사도 차리고 구두도 닦으며 설거지도 했다. 아주머니가 한가롭게 쉬는 시간은 저녁식사를 차리고 나서(나는 6시 30분, 선생은 7시에 저녁을 먹었다) 하숙인과 잠시 잡담을 할 때뿐이었다. 아, 드리필드 부인이 그랬듯이 아주머니가 하시는 말씀을 꼬박꼬박 기록해둘걸 그랬다. 이제 와서 후회가 된다. 허드슨 아주머니는 비속한 런던 사투리로 절묘한 농담을 잘 던졌다. 누구한테나 즉석에서 재치 있게 대응하고 언제나 시원시원하게 이야기했다. 어휘력도 풍부하여 늘 적절한 단어를 골라 썼다. 재미있는 비유나 생생한 표현이 입에서 줄기차게 쏟아져 나왔다. 남녀관계에 대해서는 엄격한 편이라 여자는 하숙인으로 받지 않았다. 여자를 한 지붕 아래 두었다가는 무슨 짓을 할지 모른다는 것이었다. "글쎄, 그네들은 머릿속에 온통 사내 생각밖에 없어요. 또 오후에 차 한잔 마실 때도 엄청 까다롭게 주문해요. 토스트가 얇다고 투덜거리고, 문을 벌컥 열면서 뜨거운 물 가져오라고 큰 소리로 명령하며, 어휴! 진짜 시끄럽다니까요." 그러나 이야기할 때에는 이른바 상스럽고 속된 언어를 마음껏 썼다. 그때 인기 있었던 코미디언 마리 로이드에 대해서 아주머니가 한 말은 그대로 아주머니한테도 들어맞는 느낌이었다. "그 여자는 정말 웃겨요. 그게 맘에 들어요. 가끔 아슬아슬할 정도로 심한 말은 해도 결코 선을 넘지는 않거든요." 허드슨 아주머니는 허물없이 익살 부리기를 좋아해서, 농담이 안 통하는 근엄한 남편보다는 하숙인들과 수다를 떨 때가 많았다("우리 남편은 교회 관리인이니까 어쩔 수 없어요. 늘 결혼식이랑 장례식에 참석하니까"). 아주머니는 종종 말했다. "내가 우리 남편한테 하는 얘기가 그거예요. 죽어서 무덤 속에 들어가면 웃을 수도 없으니까 지금 실컷 웃자고."

아주머니의 농담은 점점 심해졌다. 그녀가 14번지에서 하숙을 치고 있는 미스 부처와 싸운 이야기는 해마다 되풀이되는 재미난 무용담이었다.

"아, 재수 없는 여우예요. 하지만 운명의 날이 와서 주님이 그 사람을 데려가 버리면 정말 서운할 거예요. 뭐, 주님도 데려가 놓고 대체 어디다 쓸지 고민하시겠지만요. 그 여자가 한창이었을 때는 진짜 웃겼는데."

허드슨 아주머니는 이가 안 좋았다. 그래서 모두 뽑고 틀니를 할까 말까 하는 문제를 몇 년이나 우려먹으면서 기막히게 우스꽝스러운 해결책을 자꾸만 내놓았다.

"우리 남편이요, 어젯밤에 그랬어요. 이제 그만 시원하게 다 뽑지 그러냐고. 그래서 내가 그랬죠. '아니, 그러면 이렇게 좋은 이야깃거리가 없어져 버리잖아요?'"

벌써 몇 년이나 허드슨 아주머니를 만나지 못했다. 진하고 맛있는 차를 대접할 테니 놀러 오시라는 편지를 받고 찾아간 것이 마지막이었다. 편지에는 이런 말도 적혀 있었다. "이번 주 토요일이면 우리 남편이 일흔아홉으로 세상을 떠난 지 석 달째가 됩니다. 조지와 헤스터가 당신께 안부를 전해 달라고 하네요." 조지는 울위치 군수공장에서 일하고 있는 그들 부부의 아들인데 이제는 중년이 다 되었다. 그의 어머니는 조지가 조만간 예쁜 색시를 데려올 거라고 20년 동안 지치지도 않고 이야기하고 있다. 헤스터는 내가 그 집을 떠나기 얼마 전에 들어온 하녀로, 아주머니는 지금도 그녀를 '우리 집 말괄량이'라고 불렀다. 허드슨 아주머니는 내가 처음 만났을 때 서른이 훨씬 넘었는데 그게 벌써 35년 전 이야기다. 그러니까 지금은 많이 늙으셨을 테지만 왠지 아주머니가 돌아가신다는 상상은 할 수가 없었다. 나는 그린파크를 천천히 가로질러 가면서 그런 생각을 했다. 허드슨 아주머니는 공원 연못에 있는 펠리컨처럼 내 청춘 시절의 추억을 이루는 결정적인 부분이었다.

옆문으로 통하는 계단을 내려가자 헤스터가 문을 열어줬다. 헤스터도 이제는 쉰 살을 바라보는 통통한 아줌마가 되었다. 하지만 수줍게 미소 짓는 얼굴에는 어린 처녀 같은 모습이 남아 있었다. 나는 지하에 있는 작은 방으로 안내되었다. 조지의 양말을 깁고 있던 허드슨 아주머니가 안경을 벗고 나를 쳐다봤다.

"어머, 세상에! 어셴든 씨! 정말 오랜만이네요. 헤스터, 물은 끓고 있지? 자, 어서 앉아요. 맛있는 차를 내올게요."

허드슨 아주머니는 처음 만났을 때보다 좀더 살이 쪘고 몸놀림도 둔해졌다. 그러나 머리는 여전히 검었고, 단추처럼 까맣게 빛나는 눈은 기쁨으로 반짝이고 있었다. 나는 밤색 가죽을 씌운 작고 낡은 안락의자에 앉았다.

"그동안 잘 지내셨어요?" 내가 물었다.

"별 불만 없이 잘 지내고 있어요. 옛날만큼 젊지 않다는 것만 빼고. 선생님이 여기서 하숙하던 때만큼 빠릿빠릿하게 일할 수가 없어요. 뭐, 그래서 이제 저녁은 안 차려요. 아침식사만 내놓지."

"방은 다 찼고요?"

"다행히 전부 다 찼어요."

옛날보다 물가가 올라서 더 많은 하숙비를 받을 수 있게 되었고, 또 아주머니가 워낙 알뜰하신 분이라 생활하는 데 부족함은 없을 것 같았다. 하지만 요새는 하숙인들의 요구사항도 많아졌다.

"선생님은 아마 못 믿으실 거예요. 글쎄, 처음에는 욕실을 만들어 달라는 거예요. 그러더니 전등도 요구하고, 그것도 모자라 전화까지 내놓으래요! 세상에, 대체 어디까지 해 줘야 마음이 풀릴까요?"

"도련님은 마님께서 일을 그만두실 때도 되지 않았느냐고 하세요." 헤스터가 차를 준비하면서 말했다.

"어머, 웬 쓸데없는 참견이람? 내가 일을 그만둘 때는 무덤에 들어갈 때뿐이야. 조지랑 헤스터 말고는 이야기할 상대가 하나도 없어서야 심심해서 어떻게 살겠어요?" 아주머니는 따끔하게 말했다.

"도련님은 마님이 시골에 집을 얻어 느긋하게 사시면 좋을 거라고 말씀하세요." 헤스터는 꾸중을 듣고도 꿋꿋하게 말했다.

"시골은 무슨. 됐어요, 됐어. 지난여름에 의사가 6주일 정도 시골에 가서 쉬라고 했는데요. 정말이지 죽는 줄 알았어요. 아 진짜 너무 시끄럽더라고요. 늘 새가 짹짹거리고 닭이 꼬꼬댁거리며 소가 음매음매 하는 거예요. 런던에서 수십 년이나 조용히 살던 사람이 어떻게 그런 시끄러운 시골 동네에서 버티겠어요?"

몇 집 건너에는 복스홀 다리 길이 뚫려 있어서 철도마차가 딸랑딸랑 종을 울리며 달려가며, 승합자동차가 부르릉 달려가고, 택시도 경적을 빵빵 울리면서 달려가고 있었다. 하지만 허드슨 아주머니 귀에는 그 모든 소리가 그저 런던의 소리로 들렸다. 어머니의 부드러운 목소리가 우는 아이를 달래듯이 그 소리는 그녀를 편안하게 해 주었던 것이다.

나는 허드슨 아주머니가 오랜 시간을 보낸 거실을 둘러보았다. 볼품없기는 해도 아늑하고 편안한 방이었다. 뭐라도 사 드릴 게 없나 생각해 봤다. 방에는 축음기가 있었다. 없으면 사다 드렸을 텐데. 그거 말고는 적당한 물건이 떠오르지 않았다.

"아주머니, 뭐 필요한 거 없으세요?"

그러자 작은 구슬처럼 반짝이는 눈이 나를 가만히 쳐다봤다.

"글쎄요. 특별히 필요한 건 생각이 안 나네요. 아, 앞으로도 한 20년쯤 계속 일할 수 있는 건강과 체력이 필요하기는 해요."

나는 별로 감상적인 사람은 아니지만, 그 말을 듣는 순간 왠지 눈시울이 뜨거워졌다.

슬슬 헤어질 시간이 되었다. 나는 내가 5년간 머물렀던 방을 구경할 수 있겠느냐고 물어보았다.

"헤스터, 2층에 가서 그레이엄 씨가 지금 계시나 보고 와. 안 계셔도 방을 잠깐 구경하는 정도는 아마 괜찮겠지."

헤스터는 얼른 뛰어갔다가 곧 숨을 헐떡이면서 돌아와 그레이엄 씨가 안 계신다고 전했다. 아주머니는 나와 동행했다. 침대는 옛날에 내가 잠들어 꿈을 꾸던 그 조그만 철제 침대였다. 옷장도 세면대도 그대로였다. 그러나 거실에는 운동을 좋아하는 청년의 씩씩한 분위기가 감돌았다. 벽에는 크리켓 선수들과 반바지를 입은 보트 선수들 사진이 걸려 있었다. 방 한구석에는 골프채가 놓여 있고, 벽난로 위에는 대학의 문장이 새겨진 파이프와 담배통이 흩어져 있었다. 내가 젊었을 때에는 예술을 위한 예술이 성행하던 시절이었다. 그래서 나는 시대의 흐름에 발맞추어 벽난로 위에 무어인 융단을 장식하고, 창문에는 무늬가 아름다운 황록색 능직 커튼을 치며, 벽에는 페루지노, 반다이크, 호베마 같은 화가들의 복제화를 걸어 놓았다.

"선생님은 예술을 퍽 좋아하셨죠." 허드슨 아주머니가 슬쩍 놀리듯이 말했다.

"네, 분명히 그랬지요."

이 방에서 살던 때로부터 얼마나 많은 시간이 흘렀는지, 또 얼마나 많은 일이 있었는지 생각하니 쓰라린 가슴을 달랠 길이 없었다. 이 테이블에서 나는 푸짐한 아침과 간소한 저녁을 먹고 의학서를 읽고 내 첫 소설을 썼다. 이 안락의자에 앉아서 처음으로 워즈워스, 스탕달, 엘리자베스 시대의 희곡과 러시아 소설, 기번, 보즈웰, 볼테르, 루소를 읽었다. 그 뒤로 어떤 사람들이 이 테이블과 의자를 사용했을까? 의학도, 계약직 회사원, 도시에서 성공하려고 하는 젊은이, 식민지에서 일하다가 은퇴한 늙은이, 집안이 몰락하여 졸지에 거친 세파에 내던져진 사람 등등이 떠올랐다. 이런저런 상념에 잠겨 있노라니 아주머니 말씀처럼 가슴이 꽉 막히는 기분이 들었다. 이 방에서 가슴에 품은 희망, 밝은 미래의 꿈, 청춘의 불타는 정열, 후회, 환멸, 피로, 체념 따위—인간의 온갖 감정이 이 방에 머물던 여러 사람들의 마음속에 생겨났고, 그리하여 이 방 전체가 묘하게도 정체를 알 수 없는 복잡한 성격을 띠게 된 것만 같았다. 방을 가만히 바라보고 있노라니 문득 까닭도 없이 한 여인의 모습이 머릿속에 떠올랐다. 입술에 손가락을 댄 채 십자로에 서 있는 그녀는 뒤돌아서서 다른 한 손으로 손짓하여 부르고 있다. 내가 어렴풋이(그리고 좀 부끄러운 듯이) 느끼고 있는 바를 허드슨 아주머니도 고스란히 느끼셨나 보다. 아주머니는 살짝 웃더니 버릇대로 큼직한 코를 문질렀다.

"정말이지 사람이란 참 우습지요. 여기 살던 남정네들을 생각하면 말이죠, 내가 그 사람들에 대해 알고 있는 사실들을 이야기하면 선생님은 절대로 못 믿으실 걸요. 하여간 누구 하나 빠짐없이 다 이상해요. 잠자리에 누웠다가 문득 생각이 나서 웃음을 터뜨릴 때도 있어요. 뭐, 웃는 건 좋은 일이죠. 이따금 시원하게 웃지 못한대서야 세상 사는 맛이 있겠어요? 하숙하는 사람들은 참 별나고 재미있는 자들이라니까요."

13

허드슨 아주머니네 하숙집에 살게 된 지 2년이 지났을 때 나는 드리필드 부부를 다시 만났다. 그때 내 생활은 매우 규칙적이었다. 하루 종일 병원에 있다가 6시에 빈센트 광장으로 돌아왔다. 도중에 램버스 다리에서 〈스타〉 잡지를 사 가지고 와서 저녁식사 전까지 읽었다. 식사가 끝나면 한두 시간씩 책을 열심히 읽으면서 교양을 쌓았다. 나는 성실하고 부지런한 청년이었다. 독서를 마친 다음에는 잠자기 전까지 소설이나 희곡을 썼다. 그런데 6월도 다 끝나가던 어느 날, 이유는 기억이 안 나지만 나는 병원에서 평소보다 일찍 나와 복스홀 다리 길을 산책하게 되었다. 나는 떠들썩하고 흥청거리는 이 거리가 마음에 들었다. 이곳은 가슴이 뛰는 너저분한 활기로 가득 차 있어서 어느 때라도 무슨 놀라운 일이 벌어질 것만 같았다. 나는 백일몽이라도 꾸는 기분으로 한가롭게 거닐었다. 그러다 갑자기 내 이름을 부르는 소리를 듣고 깜짝 놀랐다. 걸음을 멈추고 그쪽을 돌아보니 그곳에는 천만뜻밖에도 드리필드 부인이 서 있었다. 부인은 나에게 미소를 보내면서 큰 소리로 말했다.

"나 모르겠어요?"

"아뇨, 압니다. 드리필드 부인이시죠?"

나는 다 큰 어른이 되었는데도 열여섯 살 때나 다름없이 얼굴이 빨개지는 것을 느꼈다. 정말로 당황스러웠다. 나는 '정직'에 대한 빅토리아 시대의 관념에 깊이 물들어 있었다. 그래서 드리필드 부부가 돈을 떼먹고 블랙스터블에서 도망쳐 버린 사건에 매우 커다란 충격을 받았다. 정말 비겁한 짓이 아닌가. 내가 부끄러운 만큼 그들도 몹시 부끄러울 거라고 생각했다. 그런데 드리필드 부인이 그 부끄러운 사건을 알고 있는 사람한테 일부러 말을 걸다니? 그저 놀라서 어안이 벙벙할 뿐이었다. 혹시 내가 먼저 부인을 보았더라면 나는 얼른 모른 체했을 것이다. 나랑 마주치면 부인이 당황할 게 뻔하니까 신경을 써 주자고 생각했을 것이다. 그런데 부인은 손을 내밀더니 아주 기쁜 듯이 내 손을 꼭 붙잡는 것이었다.

"블랙스터블 사람을 이런 데서 만나다니! 정말 기뻐요. 그때는 서둘러 떠나느라 작별인사도 못했잖아요."

부인이 웃자 나도 따라 웃었다. 그러나 그녀의 웃음은 즐겁고 천진했지만 내 웃음은 억지웃음이었다.

"우리가 도망친 뒤에 한바탕 난리가 났다고 들었어요. 그 얘기를 듣고 테드가 폭소를 터뜨렸는데, 정말 웃다가 숨넘어가는 줄 알았어요. 당신네 숙부님은 뭐라고 하시던가요?"

나는 얼른 정신을 차리고 적당히 둘러댔다. 부인이 나를 고지식한 녀석이라고 생각한다면 곤란했기 때문이다.

"아, 숙부님이 어떤 분인지 아시잖아요. 아주 구식이지요."

"맞아요, 그게 블랙스터블의 문제점이에요. 이제는 좀 눈을 뜰 필요가 있어요." 그러더니 부인은 나를 정답게 바라보았다. "못 본 사이에 어른이 다 되셨네요. 어머, 수염도 기르셨네!"

"네." 나는 짧은 콧수염을 간신히 꼬면서 말했다. "벌써 오래전부터 기르고 있어요."

"세월이 정말 빠르군요. 당신도 4년 전에는 어린 소년이었는데 이제는 이렇게 어른이 되었네요."

"그럼요, 당연하죠. 곧 스물하나가 되니까요."

나는 조금 거만하게 말했다. 그리고 부인을 찬찬히 살펴보았다. 부인은 깃털 장식이 달린 조그만 모자를 쓰고, 소매가 풍성하며 단이 긴 연회색 드레스를 입고 있었다. 무척 근사한 모습이었다. 전에도 얼굴이 곱다고는 생각했지만 이제야 비로소 아름답다는 걸 알게 되었다. 눈은 내가 기억하는 것보다 훨씬 파랬고 살결은 상아 같았다.

"우리는 이 근처에 살아요."

"저도 그렇습니다."

"블랙스터블을 떠난 뒤부터 계속 림퍼스 거리에 살고 있어요."
"저는 빈센트 광장에서 산 지 2년 되었습니다."
"그래요? 당신이 런던에 있는 줄은 알았어요. 조지 켐프가 알려 줬거든요. 그래서 런던 어디에 사는지 궁금해 했었죠. 있죠, 함께 우리 집에 가볼래요? 테드도 반가워할 거예요."
"그러죠."
집까지 걸어가면서 그녀는 드리필드에 대해 이야기해 주었다. 지금 그는 어느 주간신문의 문예 편집장인데, 최신작이 여느 때보다 훨씬 큰 성공을 거두어서 다음 작품의 인세를 선금으로 꽤 많이 받을 수 있을 것 같다고 했다. 부인은 블랙스터블 소식은 거의 다 알고 있는 듯했다. 조지 경이 드리필드 부부의 야반도주를 도왔다는 소문이 문득 생각났다. 분명히 그가 그들에게 편지를 써서 종종 연락하고 있는 것이리라. 그렇게 걷는 동안에 지나가는 사내들이 그녀를 자꾸 쳐다보는 것을 알아차렸다. 잠시 뒤 나는 그 이유를 깨달았다. 아마 그들이 보기에도 그녀가 예쁜가 보다. 나는 왠지 우쭐한 기분으로 걸음을 옮겼다.
림퍼스 거리는 복스홀 다리 길과 나란히 넓고 길게 쭉 뻗어 있는 거리였다. 집집마다 위풍당당한 회랑 현관이 있는데, 그 견고한 건물들은 칙칙하게 회칠을 해놓아 다들 비슷비슷해 보였다. 런던 시내에서 행세깨나 하는 사람들을 위해 지어놓은 집인 듯했다. 그러나 이 거리는 평판이 떨어지고 말았다. 아니, 어쩌면 그럴듯한 집주인을 맞이하는 데 실패했는지도 모른다. 사양길에 접어든 이 거리는 신세를 송두리째 망친 듯한 조심스런 분위기에 젖어 있었다. 말하자면 한때는 잘나가던 사람이 조용히 술에 취한 채 과거의 영광을 그리며 넋두리하는 모습 같았다. 드리필드 부부는 불그스름하게 칠한 집에 살고 있었다. 부인은 나를 좁고 어두운 현관으로 인도하더니 문을 열면서 말했다.
"자, 들어가세요. 테드한테 당신이 오셨다고 말할게요."
부인은 복도를 걸어갔고 나는 거실로 들어갔다. 드리필드 부부는 지하실과 1층을 빌려 쓰고 있었다. 집주인은 2층에 살았다. 내가 들어간 거실은 온통 경매에서 사들인 물건들로 꾸며놓은 듯했다. 두꺼운 벨벳 커튼은 꽃술과 고리로 장식되어 있고, 번쩍번쩍한 도금 의자와 소파에 씌운 누런 다마스크 천에는 징이 수없이 박혀 있었다. 방 한가운데에는 이불이 깔린 커다랗고 둥근 소파가 자리를 잡았다. 도금한 장식장 안을 살펴보니 상아 인형, 작은 도자기, 나무 조각품, 인도산 놋그릇 등 온갖 잡동사니가 다닥다닥 들어차 있었다. 벽에는 스코틀랜드 고지대의 계곡, 수사슴, 족장의 부하 따위를 그린 커다란 유화가 걸려 있었다. 이윽고 드리필드가 아내와 함께 나타나서 나를 따뜻하게 맞아 주었다. 그는 해어진 알파카 웃옷과 회색 바지를 입고 있었다. 그새 턱수염은 밀고 콧수염과 카이저수염을 기르고 있었다. 그가 뜻밖에도 키가 작다는 사실을 그때 처음 알았다. 하지만 전보다 뭔가 대단해 보이기는 했다. 어쩐지 이국적인 그 모습에서는 내가 생각하는 작가의 풍모가 드러났다.

"그래, 우리 새 보금자리가 어떻소?" 드리필드가 물었다. "부잣집 같지 않소? 왠지 자신감이 생긴단 말이지."

그러면서 그는 만족스럽게 주위를 둘러보았다.

"여기 말고 뒤편에는 테드의 집필 전용 서재도 있어요. 지하에는 식당도 있고." 부인이 말했다. "집주인인 미스 카울리는 오랫동안 지체 높은 귀부인을 모셨거든요. 그래서 그분이 돌아가셨을 때 가구를 모두 물려받은 거예요. 어때요, 이것도 저것도 다 훌륭하죠? 귀한 집에서 쓰던 물건인 줄 금방 알아보시겠죠?"

"로지는 이 집을 보자마자 홀딱 반해버렸소." 드리필드가 말했다.

"어머, 당신도 그랬잖아요!"

"우리는 계속 너저분한 곳에서 살았소. 그러니까 이렇게 화려하게 꾸미고 사는 것도 기분전환이 된다오. 왜, 퐁파두르 부인[8]도 그런 거 아니겠소?"

슬슬 가야겠다고 인사했을 때 드리필드 부부는 다음에 또 오라고 정답게 말했다. 토요일 오후에는 내가 좋아할 만한 사람들이 이 집에 항상 모인다고 했다.

14

나는 가보았다. 재미있었다. 또 가보았다. 가을에 성 누가 병원 부속 의학교 2학기가 시작되어 다시 런던으로 돌아오고 나서는 매주 토요일마다 꼬박꼬박 그 집을 찾아갔다. 이를 계기로 나는 예술과 문학의 세계에 발을 들였다. 실은 하숙집에서 남몰래 열심히 글을 쓰고 있었지만 아무에게도 알리지 않았다. 나처

8) 루이 15세의 총애를 받으면서 사치스럽게 살았던 여인.

럼 글을 쓰는 사람들을 만나면 가슴이 설렜다. 나는 그들이 하는 이야기를 열심히 귀담아 들었다. 이 모임에는 온갖 사람들이 다 모였다. 그때만 해도 주말에 여행을 가는 사람이 별로 없었고 골프는 조롱거리에 지나지 않았으므로 토요일 오후에는 다들 한가했다. 그런데 엄청난 거물이 모임에 온 적은 없었던 것 같다. 드리필드네 집에서 만난 화가, 작가, 음악가 가운데 정말로 유명해진 사람은 하나도 없는 듯싶다. 그래도 그 모임은 활기차고 문화적 분위기가 흘러넘쳤다. 배역을 따내려고 하는 젊은 배우도 있고, 영국인은 음악의 참맛을 모르는 민족이라고 탄식하는 중년 가수도 있었다. 드리필드네 집에 있는 소형 피아노로 자작곡을 연주해보더니 역시 음악회용 그랜드피아노가 아니면 제소리가 나지 않는다고 투덜거리는 작곡가도 있고, 주위의 권유에 못 이겨 짧은 신작을 발표하는 시인이며, 일거리를 찾는 화가도 있었다.

때로는 귀족이 찾아와서 화려함을 더해주기도 했다. 물론 매우 드문 일이었지만. 그 시절에는 자유분방한 삶과 예술을 사랑하는 귀족들이 아직 나타나지 않았던 것이다. 귀족이 예술가와 어울리는 것은 그가 불명예스럽게 이혼하거나 도박으로 파산하거나 해서 평판을 잃은 까닭에 자신의 계급 사회에서 활동하기가 어려워졌기 때문이었다. 그러나 오늘날에는 모든 것이 변했다. 의무교육이 남긴 가장 커다란 업적은 신사들과 귀족들 사이에 글쓰기 습관이 널리 퍼진 것이라 할 수 있다. 18세기에 호레이스 월폴이 《왕족 및 귀족 작가 목록》이라는 책을 냈는데, 그런 책을 지금 만든다면 아마 백과사전이 탄생할 것이다. 귀족 작위만 있으면 비록 명예직에 지나지 않더라도 누구나 유명한 작가가 될 수 있다. 문단에서 성공하는 데 이보다 더 좋은 수단은 없다 해도 과언이 아니다.

이따금 이런 생각을 한다. 귀족원은 머지않아 폐지될 수밖에 없는 상태이므로, 문필업이라는 직업을 귀족원 의원과 그 처자식들에게만 허락한다고 법률로 정해버리는 것이 현명한 조처가 아닐까. 이것은 세습적 특권을 포기하는 대가로 우리가 그들에게 제공할 수 있는 정중한 보상이 될지도 모른다. 공익을 위해서라는 명목으로 소녀 합창대에 열을 올리고, 경마에 열중하며, 도박에 목매느라 가산을 몽땅 없애버린 귀족(이런 사람이 숱하게 많다)에게는 문필업이 좋은 밥벌이 수단이 될 것이다. 또 자연도태 과정을 거쳐 귀족원 의원 말고는 아무것도 할 수 없게 돼버린 귀족들에게는 이 일이 즐거운 직업이 될 것이다. 그런데 요즘 시대에는 어느 분야에서나 전문화가 진행되고 있다. 따라서 이 방법을 채용한다면, 영문학의 위대한 영광을 위하여 마땅히 문학의 여러 분야를 다양한 귀족들에게 적당히 나누어서 맡겨야 할 것이다. 그럼 수준 낮은 문학 분야는 지위가 낮은 귀족에게 맡기자. 남작과 자작은 저널리즘이나 희곡 따위를 전문으로 하면 된다. 물론 소설은 백작의 특권이다. 실제로 이 어려운 분야에서 두각을 나타내고 있는 백작들도 꽤 있다. 그만큼 많이 있으면 소설에 대한 수요를 충족시키고도 남을 것이다. 후작에게는 이른바 미문학(美文學, belles-lettres)이라는—왜 그런 이름이 붙었는지 이해할 수 없지만—문학 분야를 맡기자. 미문학은 금전적 이득은 별로 없어도 명예로운 분야이므로 후작이라는 훌륭한 작위에 딱 알맞으리라.

문학의 최고봉은 시다. 시는 문학의 극치이자 목표이고, 인간정신의 가장 숭고한 활동으로 미(美)의 완성이다. 산문 작가는 시인이 지나가면 길을 양보해야 한다. 최고의 소설가도 시인에 비하면 별것 아니다. 시를 짓는 일은 귀족 중에서도 가장 높은 공작이 맡아야 함이 명백하다. 이 권리는 위반하면 엄벌에 처하여 철저하게 보호해야 할 것이다. 예술의 가장 명예로운 영역에 가장 명예로운 공작 이외의 사람들이 손을 댄다면 참을 수 없는 일이니까. 이 영역에서도 전문적 분업이 이루어져야 한다. 공작들은—알렉산더 대왕의 후계자들처럼—자기네끼리 시의 영역을 분할하되, 각자의 세습적 영향력과 타고난 적성에 따라 알맞은 분야를 특기 분야로 삼으면 좋을 것이다. 맨체스터 공작은 도덕적인 교훈시를 쓰고, 웨스트민스터 공작은 〈의무와 대영 제국의 책임〉이라는 감동적 송시(頌詩)를 쓰고, 데번셔 공작은 로마 시인 프로페르티우스를 본받아 연애 서정시를 짓거나 엘레지를 짓고, 말버러 공작은 가정의 행복, 징병, 낮은 지위에 만족하는 마음 따위를 목가적으로 노래하면 될 것이다.

누군가는 이렇게 지적할지도 모른다. 너무 진지한 시만 예로 들고 있다, 시의 여신은 위풍당당하게 대지를 활보할 뿐만 아니라 때로는 익살스럽고 가벼운 발걸음으로 깡충깡충 뛰기도 한다고. 또 "내가 사람들을 위해 시를 짓기만 한다면 누가 법률을 제정하든 상관없다"는 어느 현자의 말을 상기하는 사람도 있을지 모른다. 그리고 다양한 사람들의 변덕스런 마음이 갈망해 마지않는 노래를 도대체 누가 하프로 연주하겠느냐는 질문이 나올지도 모른다. 나는 물론 (뻔한 대답이지만) 공작부인들이라고 답하겠다. 로마 지방의 사랑에 들뜬 농부가 연인에게 토르콰토 타소의 시를 읊어주고, 또 험프리 워드 부인이 어린 친척 아이에게 소포클레스의 〈콜로노스의 오이디푸스〉 합창을 나지막하게 불러주던 시대는 이미 지나갔다. 요즘 사람들은 좀더 현대적인 것을 원하고 있다. 그러므로 가정적인 공작부인은 찬송가나 동요를 쓰는 것이 좋으리라. 포도 잎사귀와 덩굴로 만든 머리장식에다 딸기까지 섞어 넣으려는 말괄량이 공작부인이라면 뮤지컬을 작사하고, 코미디 신문에 실을 풍자시를 쓰고, 크리스마스카드나 폭죽에다 곁들일 표어를 만들면 된다. 그러면 상징적으로 높은 신분을 가지고 있을 뿐인 귀족들이 실제로도 영국인들의 마음속에서 높은 지위를 확립하게 될지도 모른다.

나는 이러한 토요일 오후 모임에서 에드워드 드리필드가 저명인사가 되어 있는 것을 깨닫고 깜짝 놀랐다. 그는 이럭저럭 스무 권이나 되는 책을 발표했다. 비록 수입은 변변찮아도 작가로서 높은 평판을 얻고 있었다. 훌륭한 비평가들도 그를 칭찬했다. 드리필드네 집에 찾아오는 지지자들은 모두 언젠가는 그가 인정을 받을 것이라고 믿었다. 그들은 드리필드가 위대한 작가인 줄 몰라보는 일반독자들을 비판했다. 누군가를 치켜세우는 가장 쉬운 방법은 다른 사람들을 깎아내리는 것이므로, 그의 명성에 방해가 되는 현대작가들을 열심히 헐뜯었다. 혹시 내가 그때 영국 문단의 사정을 나중만큼 파악하고 있었더라면, 바튼 트래퍼드 부인이 자주 드리필드네 집을 방문하는 것으로 보아(장거리 경주 선수가 갑자기 남들을 제치고 앞으로 뛰쳐나가듯이) 드리필드가 세상 사람들에게 인정받을 날도 머지않았음을 추측할 수 있었을 것이다. 이제 와서 솔직히 말하자면 이 부인을 처음 소개받았을 때 나는 그다지 관심이 없었다. 드리필드는 나를 고향에서 사귄 이웃사촌이자 젊은 의학도라고 소개했다. 부인은 달콤한 미소를 지으며 부드러운 목소리로 톰 소여에 대해 몇 마디 하더니, 내가 건넨 버터 바른 빵을 받아든 다음 드리필드와 하던 이야기를 계속했다. 그런데 그녀가 나타나자 분위기가 확 바뀌었다. 신나게 떠들던 사람들이 갑자기 얌전해진 것이다. 귓속말로 저 부인이 대체 누구냐고 물어봤다가, 아니 저분도 모르냐는 소리를 들었다. 이 작가도 저 작가도 죄다 저 부인이 발굴했다는 것이다. 30분쯤 지나자 부인은 자리에서 일어나 아는 사람들과 우아하게 악수를 나누더니 가볍게 몸을 돌려 밖으로 나갔다. 드리필드가 현관까지 따라가서 부인을 마차에 태워주었다.

바튼 트래퍼드 부인은 그때 쉰 살 정도였다. 몸집이 작고 가냘프지만 이목구비는 다소 뚜렷한 편이라서 얼굴이 좀 커 보였다. 구불구불한 은발은 밀로의 비너스처럼 곱게 손질했다. 젊었을 때에는 미인이었을 것 같았다. 수수한 검은 비단옷을 입고, 커다란 비즈와 조개껍질로 만들어 움직일 때마다 잘각잘각 소리가 나는 목걸이를 목에 걸고 있었다. 젊은 시절에는 불행한 결혼을 했다고 한다. 그러나 지금은 내무부 관리이자 선사인류 연구의 저명한 권위자인 바튼 트래퍼드와 재혼하여 오래오래 사이좋게 살고 있었다. 부인은 뼈 없는 연체동물 같은 기묘한 인상을 주었다. 부인의 정강이를 꼬집어보면(상대는 여자인 데다 위엄 있는 인물이라 도저히 그럴 수는 없지만) 손가락끼리 맞닿을 것만 같았다. 악수할 때는 꼭 넙치 살을 만지는 기분이었다. 얼굴은 이목구비가 뚜렷한데도 왠지 애매모호해 보였다. 자리에 앉으면 마치 등뼈가 없는 사람 같아서, 고급 쿠션과 마찬가지로 속이 백조 깃털로 채워져 있는 것처럼 보였다.

부인은 어느 모로 보나 부드러웠다. 목소리도 미소도 웃음도 모두 달콤했다. 색이 연한 조그만 눈은 꽃송이처럼 부드러웠다. 몸짓도 봄비처럼 연약했다. 이렇게 흔치 않은 매력 덕분에 부인은 작가들의 훌륭한 친구가 되고 지금처럼 명성을 얻을 수 있었다. 한 대작가가 수년 전에 세상을 떠나 모든 영어권 사람들에게 충격을 주었는데, 이 사람과 부인의 멋진 우정은 이미 세상에 널리 알려진 바이다. 이 작가가 부인에게 보낸 수많은 편지는 그가 죽은 뒤에 공개되었다. 부인이 주위의 권유를 받아 서한집을 출판한 것이다. 사람들은 앞다투어 그 책을 읽었다. 편지는 구구절절 그녀의 아름다움을 찬양하고 판단력에 경의를 표하는 내용으로 가득 차 있었다. 부인의 격려와 상냥한 배려와 재치와 고상한 취향이 자기를 수없이 도와줬다는 것이다. 부인에 대한 이 열정적인 애정표현이 바튼 트래퍼드 씨의 마음을 어지럽혔을 거라고 말하는 사람들도 있었지만, 그 점이 오히려 서간집에 대한 사람들의 흥미를 돋웠다. 그런데 바튼 트래퍼드 씨는 속된 편견 따위에서 벗어난 사람이었다(이것을 불행이라고 해도 될지 모르겠지만, 어쨌든 그의 불행은 이미 역사상 수많은 인물들이 초연하게 견뎌낸 것이었다). 그는 구석기시대 부싯돌이나 신석기시대 도끼머리에 대한 연구를 그만두고, 죽은 대작가의 전기를 집필하는 데 동의했다. 이 전기에서 그는 자기 아내가 얼마나 많은 분야에 걸쳐 그 작가의 천재적인 소양에 영향을 주었는지 뚜렷하게 밝혀놓았다.

바튼 트래퍼드 부인의 문학에 대한 관심과 예술에 대한 열정은 그녀의 엄청난 노력 덕분에 후세에 이름을 남기게 된 대작가가 세상을 떠난 뒤에도 결코 사라지지 않았다. 부인은 대단한 독서가였는데 눈여겨볼 만한 작가가 나타나면 귀신같이 알아보았다. 장래가 유망한 젊은이와 재빨리 개인적인 친분을 맺는 솜씨가 보통이 아니었다. 특히 《전기》가 출판되고 나서 부인은 큰 명성을 얻었다. 유명한 부인이 모처럼 관심을 보이는데 굳이 싫다고 할 작가는 없었다. 그리하여 부인은 금세 새로운 작가와 우정을 맺게 되었다. 그녀가 이거다 싶은 작품을 발견하면 바튼 트래퍼드 씨—그도 부인 못지않게 훌륭한 비평가였다—가 작품 잘 보았다는 따뜻한 말과 더불어 점심에 초대하는 편지를 작가에게 보낸다. 식사가 끝나면 그는 내무부에 가봐야 하므로 이제는 부인 혼자서 작가와 이야기를 나눈다. 이런 식으로 많은 신예 작가들이 초대를 받았다. 다들 어느 정도 재능이 있었으나 부인은 그 정도로 만족하지 않았다. 부인은 아직 천재가 나타나지 않았음을 직관적으로 깨달았다.

부인은 무척 조심스럽고 신중했다. 그래서 재스퍼 기번스가 나타났을 때에는 하마터면 기회를 놓칠 뻔했다. 과거의 기록을 보면 하룻밤 사이에 일약 스타가 된 작가도 있지만, 비교적 신중한 우리 시대에는 이런 경우가 거의 없다. 비평가들은 작가의 재능을 천천히 확인하고 싶어하며, 독자들은 그럴싸한 작품에 하도 많이 속아서 이제는 좀처럼 적극적으로 반응하지 않는다. 그러나 재스퍼 기번스가 하루아침에 유명해졌다는 것은 거의 정확한 사실이다. 오늘날 그는 완전히 잊혀버렸다. 그의 첫 번째 시집이 엄청난 선풍을 일으켰다는 사실도 이제 와서는 믿기 어려울 정도이다. 그를 절찬한 비평가들은 그들의 발언이 신문사 서류철에 잘 보관되어 있지만 않다면 얼씨구나 하고 모르는 척 잡아뗄 것이다. 그때 권위 있는 신문들은 마치 상금이 걸린 권투시합이라도 보도하듯이 법석을 떨면서 그 시집의 서평을 실었다. 일류 비평가들은 앞을 다투어 그를 열렬히 찬양했다. 기번스는 무운시(無韻詩)의 아름다움으로는 밀턴, 풍부한 감각적 비유로는 키츠, 오묘한 환상으로는 셸리에 버금간다는 찬사를 들었다. 심지어 비평가들은 싫증이 난 우상을 쳐부수는 데 기번스를 이용하기도 했다. 그들은 그를 몽둥이 삼아 테니슨 경의 쭈글쭈글한 엉덩이를 철썩 후려치고, 로버트 브라우닝의 대머리도 호되게 후려갈겼다. 독자들은 순한 양처럼 비평가들의 뒤를 따랐다. 시집은 몇 번이나 재판되었다. 메이페어의 백작부인 방에서도, 남쪽으로는 랜즈엔드에서 북쪽으로는 존 오그로츠에 이르기까지 전국의 목사관 응접실에서도, 글래스고, 애버딘, 벨파스트의 순박하고도 교양 있는 상인의 거실에서도 재스퍼 기번스의 멋진 시집이 눈에 띄었다. 왕실 전용 출판사에서 호화판 시집을 헌정하자 빅토리아 여왕께서 보시고는 답례로 《스코틀랜드 고지대 수필 선집》을—시인이 아닌 출판사 측에—하사하셨다는 소문이 퍼지자 국민들의 열광은 하늘을 찌를 듯했다.

놀랍게도 이 모든 일이 눈 깜짝할 사이에 일어났다. 옛날에 그리스의 일곱 도시들이 호메로스를 낳은 영예를 다투었다고 하는데, 재스퍼 기번스의 고향은 틀림없이 월솔이었으므로 이론의 여지가 없었다. 그 대신 누가 그를 처음 발견했느냐는 영예를 둘러싸고 열네 명의 비평가들이 치열하게 다투었다. 20여 년 동안이나 주간신문에서 서로를 칭찬했던 저명한 문예 비평가들은 이 문제를 둘러싸고 격렬한 논쟁을 벌였다. 그들은 애서니엄 클럽에서 서로 마주쳐도 상대를 무시하기에 이르렀다. 상류 사교계도 지지 않고 기번스를 자기네 손안에 넣으려 했다. 공작 미망인, 장관 부인, 주교 미망인 등이 앞다투어 그를 오찬이나 다과회에 초대했다. 그와 비슷한 입장에서 영국 사교계에 출입한 문인은 해리슨 에인스워스라고 전해지고 있는데(이 점을 대대적으로 선전하면서 에인스워스 전집을 간행하려고 한 야심찬 출판사가 하나도 없었다는 사실이 나로서는 좀 신기할 뿐이다), 공식 초대장 아래쪽에 오페라 가수나 복화술사(復話術師)만큼이나 근사한 이름이 인쇄된 최초의 영국 시인은 재스퍼 기번스일 거라고 확신한다.

그때는 아직 바튼 트래퍼드 부인에게는 작가와 가까워질 특별한 수단이 없었다. 그녀도 다른 사람들과 같은 입장에서 기번스에게 접근할 수밖에 없었다. 부인이 대체 어떤 놀라운 책략과, 기적적인 재치와, 부드러움과, 섬세한 배려와, 착실한 감언을 구사했는지 알 수 없다. 다만 짐작이나 해보고 경탄할 뿐이다. 하여간 부인은 재스퍼 기번스를 손아귀에 넣어버렸다. 머지않아 그는 부인의 부드러운 손에서 먹이를 받아먹는 강아지 꼴이 되어버렸다. 부인의 수완은 정말 엄청났다. 그녀는 그를 오찬에 초대하여 꼭 만나야 할 사람들을 만나게 했다. 자택에서 파티를 열어 영국 최고의 저명인사들 앞에서 자작시를 읊게 하고, 일류 배우들을 소개하여 희곡 집필 계약을 맺게 하며, 그의 시가 적당한 잡지에만 실리도록 세심하게 관리를 했다. 또 출판사를 주물러서 장관조차 깜짝 놀랄 만큼 대단한 계약을 따냈다. 그리고 자기가 승인한 집의 초대에만 응하도록 했다. 심지어 10년간 함께 살았던 아내와 이혼하게 만들었다. 그녀의 신념에 따르면 시인은 자기 자신과 예술에만 전념하기 위해 가정의 굴레에서 벗어나야 한다는 것이었다. 이윽고 파멸의 순간이 닥쳐왔을 때, 부인은 인간으로서 할 수 있는 일은 모두 했는데 어떻게 이런 일이 생기느냐고 푸념할 수도 있었을 것이다.

바로 그랬다. 파멸의 순간이 닥쳐왔다. 재스퍼 기번스는 두 번째 시집을 내놓았다. 그것은 첫 시집보다 더 낫지도 못하지도 않았다. 그냥 엇비슷했다. 융숭한 대접은 받았으나 비평가들의 열렬한 찬사는 더는 들려오지 않았다. 심지어 비판하는 사람도 있었다. 그 작품은 실망을 안겨주었다. 판매 성적도 좋지 않았다. 게다가 불행하게도 재스퍼 기번스는 술을 마시기 시작했다. 그는 큰돈을 써본 경험도 없고 사치스러운 오락에도 서툴렀다. 어쩌면 평범하고 가정적인 조강지처가 곁에 없어 쓸쓸했는지도 모른다. 그는 바튼 트래퍼드 부인네 집에서 열린 파티에서 추태를 보이기도 했다. 부인의 완곡한 표현을 빌리지 않는다면 그야말로 '곤드레만드레 상태'로 나타난 것이다. 그러나 부인은 손님들에게 "오늘밤에는 시인께서 기분이 별로 좋지 않으신가 봐요" 부드럽게 설명했을 뿐이다.

세 번째 시집이 나왔다. 실패작이었다. 비평가들은 그를 가차 없이 물어뜯었다. 마구 짓밟아 엉망진창으로 만들어놓았다. 에드워드 드리필드가 좋아하는 노래 가사를 인용하자면 '온 방을 질질 끌고 다니다가 얼굴을 짓밟아버린' 것이다. 하기야 말만 번지르르한 엉터리 시인을 불멸의 시성(詩聖)이라고 착각했으니 화가 날 만도 했다. 그래서 자기들 잘못을 모조리 그에게 덮어씌우고 분풀이를 했던 것이다. 그 뒤 재스퍼 기번스는 피커딜리에서 술에 취해 난동을 부리다가 체포되었다. 바튼 트래퍼드 부인은 오밤중에 바인 거리까지 달려가서 보석(保釋)을 요청해야 했다.

사태가 이 지경이 되었는데도 부인은 훌륭하게 처신했다. 그녀는 불평 한마디 하지 않았다. 따갑게 비난하는 일도 전혀 없었다. 그렇게 정성스레 돌봐준 남자가 이토록 실망만 안겨주었으니, 그녀가 씁쓸한 기분을 느끼더라도 뭐라고 할 사람은 없었을 것이다. 그러나 부인은 여전히 상냥하며 부드럽고 동정적이었다. 그녀는 똑똑한 사람이었다. 결국 그녀는 그를 버렸다. 그러나 뜨거운 벽돌이나 뜨거운 감자를 버리듯 하지는 않았다. 더없이 부드럽게 살며시 버렸다. 마치 자기 성격에 맞지 않는 일을 하려고 결심했을 때 흘리는 눈물처럼 소리 없이, 살며시. 너무나 교묘하고 조심스럽게 슬며시 버렸으므로 재스퍼 기번스는 자기가 버려진 줄도 몰랐을 것이다. 그러나 버린 것만은 의심할 여지가 없었다. 부인은 그를 욕하지 않았다. 그에 대해서는 침묵을 지켰다. 그가 화제에 오르면 부인은 그저 슬픈 미소를 지으며 한숨을 내쉴 뿐이었다. 그러나 그 미소는 최후의 일격이었고 그 한숨은 그를 깊숙이 매장해버렸다.

부인은 문학을 깊이 사랑했다. 이렇게 실패하고 나서도 작가에 대한 뒷받침을 그만둘 수는 없었다. 재스퍼 기번스 때문에 아무리 실망했다 해도, 사심 없이 이 세상에 이바지하려는 천성을 지닌 그녀는 타고난 재치와 동정심과 이해력을 그대로 썩혀둘 수가 없었다. 그래서 전과 다름없이 문학계 모임에 자주 드나들었다. 여기저기서 열리는 다과회, 야회, 파티 등에 참석하여 언제나 매력적이고 우아한 모습을 보이면서 사람들 이야기에 신중하게 귀를 기울였다. (노골적으로 말하자면) 이번에야말로 꼭 우승할 경주마를 찾아내 키우겠다고 결심하고는 감식안을 빛내면서 주의 깊게 사람들 이야기를 경청한 것이다. 바로 그때 그녀는 에드워드 드리필드를 만나 그 재능에 호감을 품기 시작했다. 드리필드는 분명 젊지는 않았다. 그러나 나이가 있는 만큼 재스퍼 기번스처럼 파멸할 가능성은 낮아 보였다. 부인은 그에게 우정을 베풀었다. 그처럼 재능이 풍부한 사람이 널리 알려져 있지 않다는 것은 참으로 부끄러운 일이라고 부인이 말하자 그는 더없이 감격했다. 기분이 좋아서 우쭐거렸다. 천재라는 소리를 듣고 기뻐하지 않을 사람이 어디 있겠는가. 바튼 트래퍼드는 드리필드에 대한 본격적인 글을 써서 〈쿼털리〉에 실을 생각이라고 했다. 또 드리필드를 오찬에 초대하여 도움이 될 만한 사람들과 만나게 해주었다. 부인은 그에게 지적으로 동등한 사람들을 사귀라고 했다. 가끔 그를 데리고 첼시 강변을 산책하면서 옛 시인이나 우정이나 사랑에 대해 이야기하기도 하고 찻집에서 차도 마셨다. 토요일 오후 림퍼스 거리의 드리필드네 집에 부인이 나타날 때는 마치 여왕벌이 결혼비행을 하려는 것 같은 장면이 연출되었다.

그녀는 드리필드 부인 앞에서도 완벽하게 처신했다. 조금도 잘난 척하지 않고 상냥하게 대했다. 초대해주셔서 고맙다고 정중하게 인사하며 로지의 외모를 칭찬했다. 에드워드 드리필드를 칭찬할 때는 이렇게 훌륭한 분의 반려자가 되셨으니 얼마나 행복하시겠냐며 다소 부러움이 섞인 어조로 로지에게 말했다. 그것은 순수한 친절에서 우러난 말이었다. 작가의 아내로서는 다른 여자가 남편을 칭찬하는 것만큼 화나는 일은 없다는 사실을 알고서 한 말은 아니었으리라. 부인은 소박한 여자라면 흥미를 느낄 만한 이야기를 했다. 예컨대 요리, 하인, 남편의 건강 따위를 이야기했다. 드리필드 씨의 건강은 잘 돌봐주고 계시지요? 이런 식이었다. 바튼 트래퍼드 부인은 훌륭한 작가가 실수로 장가들어버린 술집 여자를 대하는 스코틀랜드 귀부인이기나 한 것처럼—실제로 그랬지만—로지를 대했다. 정중하면서도 좀 쾌활한 태도로 로지의 마음을 편하게 해주려고 노력했다.

그런데 이상하게도 로지는 트래퍼드 부인을 몹시 싫어했다. 내가 알기로는 로지가 싫어했던 유일한 사람이 이 부인이었다. 요즘에는 양갓집 아가씨들도 '망할 년'이나 '빌어먹을' 같은 말들을 흔히 쓰지만, 그 시절에는 술집 여자들도 그런 비속어는 쓰지 않았다. 실제로 소피 숙모가 들으면 기절할 만한 말을 로지가 내 앞에서 내뱉은 적은 없었다. 그러기는커녕 누가 외설한 이야기라도 하면 얼굴이 온통 빨개지곤 했다. 그런데 트래퍼드 부인에 대해서만은 '그 요망한 늙은 여우!'라고 말했다. 로지의 친한 친구들은 로지를 타일러서 부인한테 공손해지도록 만드느라 몹시 애를 먹었다.

"어리석게 굴지 마, 로지!" 그들은 이렇게 말했다. 다들 그녀를 로지라고 불렀다. 나도 처음에는 부끄러워했지만 점점 로지라고 부르는 데 익숙해졌다. "그 여자가 마음만 먹으면 네 남편을 성공시켜줄 수도 있어. 그러니까 네 남편도 그녀한테 잘해줄 수밖에 없다고. 그 여자는 남을 성공시킬 재주가 있는 사람이니까."

드리필드네 파티에 참석하는 사람들은 보통 2~3주에 한 번 꼴로 가끔씩 찾아왔지만 나처럼 매주 토요일마다 찾아오는 사람들도 있었다. 그런 소수파 중에서도 가장 열성적인 인물은 퀜틴 포드, 해리 렛퍼드, 라이오넬 힐리어였다.

퀜틴 포드는 땅딸막한 사나이였다. 나중에 영화 같은 데서 인기를 끌게 된 근사한 얼굴의 소유자였는데, 쭉 뻗은 콧날과 아름다운 눈과 짧은 회색 머리와 검은 콧수염이 특징적이었다. 키가 4, 5인치만 더 컸어도 멜로드라마에 나오는 악당 같았을 것이다. 명문가 출신이라는 소문이 있었고 실제로도 유복했다. 그의 유일한 업무는 예술을 감상하는 것이었다. 연극 초연이나 회화 초대전에는 어김없이 참석했다. 그는 아마추어답게 아주 엄격한 비평을 해댔다. 모든 현대 예술가들의 작품에 대하여 정중하기는 해도 철저하게 경멸하는 말을 퍼부었다. 그가 드리필드네 집에 드나드는 것도 에드워드가 천재여서가 아니라 로지가 미인이어서 그런다는 것을 나는 금세 알아차렸다.

돌이켜보면 로지가 미인이라는 엄연한 사실을 누가 말해주기 전까지는 몰랐다는 것이 놀라울 뿐이다. 처음 로지를 만났을 때는 예쁘고 말고를 따질 생각도 안 했었다. 그리고 5년 만에 다시 만났을 때에는 그녀가 미인이라는 사실을 비로소 깨닫고 관심을 가지기는 했어도 그다지 깊이 생각하지 않았다. 나는 그녀의 아름다움을 자연의 섭리처럼 여겼다. 그것은 저녁 해가 북해나 터캔베리 성당의 종탑 너머로 지는 것과 마찬가지로 당연한 일이었다. 사람들이 로지의 아름다움을 이야기하면서 에드워드에게 찬사를 보내면 그는 잠깐 그녀를 보았고, 나는 그의 시선을 가만히 좇았다. 라이오넬 힐리어는 화가였는데 로지에게 모델이 되어 달라고 졸랐다. 그가 로지를 모델로 어떤 그림을 그리고 싶은지 이야기하면서 그녀의 아름다움을 찬양하면 나는 그저 당황하여 입을 딱 벌린 채 듣고만 있었다. 해리 렛퍼드는 그때 유명한 사진사를 알고 있어서 특별한 기회를 마련해 로지의 사진을 찍어주었다. 한두 주일 지난 토요일에 사진이 나와서 다 같이 구경했다. 그때 나는 로지가 이브닝드레스를 입은 모습을 처음 보았다. 길고 풍성한 소매에 가슴이 푹 파인 새하얀 새틴 드레스였다. 머리도 평소보다 더 정성들여 매만진 모양이었다. 옛날에 조이 거리에서 처음 만났을 때 풀 먹인 블라우스를 입고 밀짚모자를 쓰고 있었던 모습과는 딴판이었다. 그녀는 어른스럽고 아름다워 보였다. 그러나 라이오넬 힐리어는 화를 내면서 사진을 한쪽으로 밀쳐버렸다.

"이건 아니야! 사진으로는 로지의 매력을 다 표현할 수 없나봐. 아, 피부색이 중요한 건데!" 그가 로지를 보면서 말했다. "로지, 알고 있소? 당신 피부색은 정말이지 세기의 기적이라오."

로지는 아무 말 없이 새빨간 입술에 천진하고 장난스러운 미소를 머금었다.

"내가 당신 피부색을 조금이나마 그림으로 표현할 수 있다면 화가로서 평생을 먹고살 수 있을 텐데요. 부잣집 마님들이 몰려와서 그 그림처럼 초상화를 그려 달라고 나한테 애걸복걸할 테니까요."

머지않아 그가 로지를 모델로 그림을 그리고 있다는 소문을 들었다. 나는 화실에 가본 적이 없었고 그저 로맨스의 세계로 들어가는 입구라고만 생각했다. 그래서 그림이 어떻게 되어가고 있는지 구경하러 가도 되겠냐고 물어봤더니, 힐리어는 아직 아무한테도 보여줄 수 없다고 대답했다. 그는 화려하게 생긴 서른다섯 살 먹은 사내였다. 꼭 반다이크 초상화 같았다. 힐리어는 고상한 맛은 부족해도 익살스러운 면이 있었다. 키는 중간보다 좀 크고 늘씬했다. 멋진 갈기 같은 새까만 머리, 미끈한 콧수염, 뾰족한 턱수염을 기르고 있었다. 챙이 넓은 솜브레로와 스페인 식 망토를 좋아했다. 파리에서 오랫동안 살아서 그런지 모네, 시슬레, 르누아르처럼 영국에서는 거의 알려지지 않은 화가들을 칭찬했다. 그리고 (영국인들이 진심으로 숭배하고 있는) 프레더릭 레이튼 경, 알마 타데마 씨, G.F. 와츠 씨를 경멸했다. 그가 지금은 어떻게 살고 있는지 가끔 궁금해진다. 그는 런던에서 어떻게 성공해보려고 애쓰다가 실패하여 피렌체로 건너갔다. 거기서 미술학교를 차렸다는 소문은 들었다. 그러나 몇 년 뒤 우연히 피렌체에 갔을 때 사람들에게 물어보니 아무도 그의 소식을 몰랐다. 내가 보기에 그는 분명히 재능이 있었다. 그가 그린 로지 드리필드의 초상화를 나는 지금도 똑똑히 기억한다. 그 그림은 어떻게 되었을까? 완전히 없어져버렸을까? 아니면 첼시의 고물상 다락방 벽에 뒤집어진 채로 기대어져 있을까? 어느 지방 미술관 벽에라도 걸려 있으면 좋으련만.

드디어 구경하러 와도 된다는 허락이 떨어졌다. 그런데 나는 큰 실수를 저지르고 말았다. 힐리어의 화실은 풀럼 거리에 있었다. 상점들이 늘어선 거리 뒤편에 있는 화실들 중 하나였으므로 그곳에 가려면 어둡고 퀴퀴한 골목길을 통과해야 했다. 3월의 어느 화창한 일요일 오후, 나는 빈센트 광장에 있는 하숙집을 나와 한산한 거리를 걸어갔다. 힐리어는 화실에서 살고 있었다. 큼직한 소파에서 잠을 자고, 뒤쪽에 있는 작은 방에서 잡일을 했다. 거기서 아침식사를 만들기도 하고 붓도 빨고 세수도 하는 모양이었다.

내가 도착했을 때 로지는 아직 모델용 드레스를 걸친 채 그와 함께 차를 마시고 있었다. 힐리어가 나와서 현관문을 열어주었다. 그는 악수를 하더니 그대로 내 손을 붙잡은 채 나를 커다란 캔버스 앞으로 데려갔다.

"자, 보시오. 로지입니다."

로지의 전신상이 눈앞에 있었다. 실물보다 조금 작은 정도였다. 그녀는 하얀 비단 이브닝드레스를 입고 있었다. 내가 자주 보았던 왕립 미술원 전람회에 출품된 초상화들과는 전혀 달랐으므로 무슨 말을 해야 할지 몰랐다. 그래서 그만 머릿속에 처음 떠오른 생각을 소리내어 말해버렸다.

"언제 완성되나요?"

"이게 완성된 거요." 그가 대답했다.

순간 얼굴이 새빨개졌다. 아, 나는 지독한 멍청이다! 정말 죽고 싶었다. 지금은 어떤 화가의 작품을 보아도 침착하게 적절한 감상을 늘어놓을 수 있게 되었다고 자부하지만, 안타깝게도 그때는 그렇지 않았다. 지금이라면 미술을 잘 모르는 사람이 화가의 다양한 작품들을 감상할 때 제작자를 만족시키려면 과연 어떻게 해야 하는지 참고서라도 써줄 수 있다. 예컨대 철저한 사실주의 그림을 감상할 때는 "우아, 세상에!" 소리를 지르면 된다. 누가 시의원 미망인의 컬러 사진을 눈앞에 불쑥 내밀었을 때 당황한 빛을 감추려면 "무척 진지한 작품이군요" 말하자. 후기 인상파 작품을 칭찬하고 싶다면 나직하게 휘파람을 불어라. 입체파 그림에 대한 감상으로는 "정말 재미있는 작품이네요"라는 말이 최고이다. 그림에 압도됐을 때에는 "오!", 숨이 막히도록 놀랐을 때에는 "허, 이거 참!"도 좋다.

그러나 그때 나는 "똑 닮았네요" 말하는 것이 고작이었다.

"당신이 보기에는 초콜릿 선물상자 같은 화려함이 모자란 것처럼 보일 테지?" 힐리어가 말했다.

"아뇨, 정말 훌륭한 작품이라고 생각해요." 나는 안목이 있는 사람처럼 보이려고 서둘러 말했다. "왕립 미술원 전람회에 출품하실 건가요?"

"아니, 천만에요! 그로브너라면 또 모를까."

내 시선은 그림에서 로지로, 로지에서 그림으로 옮겨 갔다.

"로지, 포즈를 취해 봐요. 이 친구한테 한번 보여줍시다."

로지가 단상에 올라섰다. 나는 그녀와 그림을 뚫어져라 보았다. 갑자기 심장에 이상한 느낌이 들었다. 누가 날카로운 칼로 심장을 푹 찌른 것 같았다. 하지만 불쾌한 느낌은 전혀 없었다. 묘하게 기분 좋은 아픔이 느껴졌다. 돌연 다리가 후들후들 떨렸다. 실은 지금 내 눈앞에 떠오르는 것이 살아 있는 로지인지 그림 속 로지인지 구별이 안 간다. 로지를 회상할 때 머릿속에 떠오르는 것은 처음처럼 밀짚모자를 쓰고 블라우스를 입은 모습도 아니고 그 밖에 다른 모습들도 아니다. 그것은 바로 힐리어가 그린 하얀 실크 이브닝드레스를 입고 머리에 검은 벨벳 리본을 단 채 그의 지시대로 포즈를 취하고 있는 로지의 모습이다.

로지가 정확히 몇 살이었는지는 몰라도 대충 어림잡아 그때 서른다섯 살 정도였을 것이다. 하지만 그 나이로는 보이지 않았다. 얼굴에는 주름살 하나 없었고 피부는 어린애처럼 매끄러웠다. 이목구비는 눈에 띄게 잘생기지는 않았다. 그 시절 가게에서 팔던 귀부인들 사진에는 귀족다운 기품이 흘러넘쳤는데 로지의 용모에는 그런 게 전혀 없었다. 굳이 말하자면 조잡한 생김새였다. 코는 짤막하고 약간 두꺼웠다. 눈은 좀 작고 입은 큼직했다. 하지만 수레국화처럼 푸른 그 눈은 육감적인 붉은 입술과 더불어 아름답게 미소 짓고 있었다. 그렇게 밝고 정답고 부드러운 미소를 나는 본 적이 없었다. 본디 생기 없고 침울한 얼굴이건만 한번 생긋 웃으면 그 얼굴에 갑자기 놀라운 매력이 흘러넘치는 것이었다. 얼굴은 아무 빛깔 없이 깨끗했다. 눈 밑이 살짝 푸르스름한 것만 빼면 얼굴 전체가 아주 옅은 베이지 색을 띠고 있었다. 머리카락은 연한 금발인데 당시 유행에 따라 앞머리를 곱게 내리고 뒷머리를 높이 올렸다.

"정말 그리기 어려웠소." 힐리어가 그림과 로지를 번갈아 보면서 이야기했다. "당신도 알다시피 로지는 얼굴도 머리도 온통 금빛이잖소? 그런데도 전체적인 인상은 금빛이 아니라 오히려 은빛이란 말이지."

무슨 뜻인지 잘 이해할 수 있었다. 로지는 해라기보다는 달처럼 은은하게 빛나는 존재였다. 굳이 해에 비유한다면 하얀 새벽안개에 휩싸인 아침 해라고나 할까. 힐리어는 캔버스 한가운데에다 로지가 서 있는 모습을 그려놓았다. 로지는 두 손바닥을 내보이면서 양팔을 옆구리에 붙인 채 고개를 살짝 젖히고 있었다. 그래서 목과 가슴의 진주 같은 아름다움이 한층 두드러졌다. 그녀는 예상치 못했던 박수갈채를 받아 어리둥절해진 상태로 관객들 앞에 서 있는 여배우 같았다. 그러나 그녀는 봄날처럼 청초하고 무척 앳된 구석이 있어서 여배우라고 할 수도 없었다. 그 천진난만한 느낌은 두꺼운 화장이나 각광과는 거리가 멀었다. 마치 사랑에 눈뜬 처녀가 대자연의 섭리에 따라 연인의 포옹에 순순히 몸을 맡기려는 것 같았다. 그녀는 어느 정도 풍만한 곡선미를 두려워하지 않는 세대에 속했다. 몸매는 날씬했지만 가슴도 크고 엉덩이도 풍만했다. 나중에 바튼 트래퍼드 부인은 로지의 초상화를 보더니 신전에 제물로 바쳐지는 어린 암소 같다고 말했다.

15

에드워드 드리필드는 밤에 글을 썼다. 그래서 심심한 로지는 밤마다 친구랑 놀러 다니기를 좋아했다. 그녀는 사치스러운 편이었고 퀜틴 포드는 넉넉했다. 그는 로지를 마차에 태워 케트너나 사보이에 데려가서 맛있는 식사를 대접했고, 로지도 그를 위해 가장 호화로운 드레스를 입곤 했다. 해리 렛퍼드는 가난했지만 부자처럼 행세했다. 그도 역시 로지를 마차에 태워 로마노 식당이나, 소호에서 유행하던 조그만 레스토랑에 데려가서 저녁을 대접했다. 그는 꽤 능력 있는 배우였다. 하지만 배역을 너무 가려서 일자리를 얻지 못하고 놀 때가 많았다. 나이는 서른 정도였는데 얼굴은 못생겼지만 호감이 갔다. 말꼬리를 흐리는 버릇이 있어서 말이 좀 웃기게 들렸다. 로지는 그의 될 대로 되라는 식의 인생관을 좋아했다. 런던에서 제일가는 양복점에서 맞춘 양복을 값도 안 치르고 입고 다니는 뻔뻔함과, 돈도 없으면서 5파운드를 경마에 거는 무모함과, 재수 좋게 돈이 들어오면 시원하게 펑펑 써버리는 호쾌함을 좋아했던 것이다. 그는 쾌활하고 허영심이 강했다. 자기 자랑도 심하고 지조가 없었다. 로지한테서 듣자니 하루는 그가 전당포에 시계를 잡힌 돈으로 로지에게 점심을 사주고, 극장에서 좌석을 잡아준 배우 겸 지배인한테 2파운드를 빌렸단다. 연극이 끝나면 그 돈으로 셋이서 저녁을 먹자는 것이었다.

그런데 로지는 라이오넬 힐리어의 화실에 가서 둘이서 요리한 가벼운 음식을 먹고 수다를 떨면서 저녁시간을 보내는 것도 무척 좋아했다. 그녀가 나와 함께 저녁을 먹는 일은 거의 없었다. 나는 주로 하숙집에서 식사하고 로지는 드리필드와 함께 집에서 저녁을 먹었다. 그다음에 내가 로지를 데리러 갔다. 우리는 버스를 타고 뮤직홀에 갔다. 여러 군데를 다녔다. 파빌리온에 가기도 하고 티볼리에 갈 때도 있었다. 보고 싶은 게 있으면 메트로폴리탄에도 갔다. 하지만 우리가 가장 좋아하는 곳은 캔터베리였다. 입장료도 싸고 쇼도 훌륭했다. 맥주를 두 병 주문해놓고서 나는 파이프를 피웠다. 그곳에는 런던 남부에 사는 사람들이 천장까지 꽉꽉 들어차 있었다. 담배연기 자욱한 그 크고 어두운 홀을 로지는 즐거운 듯이 둘러보았다.

"나는 캔터베리가 참 좋아요. 편안하거든요."

나는 로지가 독서광이라는 사실을 알았다. 그녀는 역사를 좋아했다. 다만 여왕이나 왕족의 애첩의 생애 같은 특수한 역사에 한해서였다. 로지는 이따금 어린애처럼 흥분하여 눈을 반짝이면서 자기가 읽은 재미있는 이야기를 들려주었다. 헨리 8세의 여섯 왕비에 대해서는 하나부터 열까지 낱낱이 알고 있었다. 해밀턴 부인이나 피츠허버트 부인에 대해서도 거의 모르는 게 없었다. 지식욕이 왕성하여 루크레치아 보르자부터 스페인 왕 펠리페의 왕비에 이르기까지 닥치는 대로 읽었다. 게다가 프랑스 왕의 애첩들로 말하자면, 아녜스 소렐에서 뒤바리 부인에 이르기까지 모든 여인들의 행적을 소상히 알고 있었다.

"나는 실제로 있었던 이야기가 좋아요." 로지가 말했다. "소설에는 별로 흥미가 없어요."

로지는 블랙스터블에 대한 이야기를 좋아했다. 나와 함께 놀러 다녔던 것도 내가 블랙스터블 사람이어서 그랬을 것이다. 그곳에서 일어난 일은 전부 다 알고 있는 모양이었다.

"2주일에 한 번씩 어머니를 만나러 내려가곤 해요. 겨우 하룻밤 자고 올 뿐이지만." 로지가 말했다.

"어, 블랙스터블에 가시는 거예요?" 내가 깜짝 놀라 물었다.

"아니, 블랙스터블에는 안 가요. 아직 거기까지 가고 싶지는 않거든요. 하버샴에 가는 거예요. 어머니가 나를 만나러 거기까지 와주신답니다. 그러면 둘이서 내가 전에 일하던 호텔에 머무는 거죠."

로지는 결코 수다쟁이가 아니었다. 날씨가 좋은 날이면 뮤직홀에 갔다가 함께 걸어서 돌아오곤 했는데, 이럴 때 로지는 거의 말이 없었다. 하지만 그 침묵은 친숙함의 표시였다. 나는 마음이 편했다. 로지가 나를 무시하고 혼자만의 생각에 빠져 있는 것이 아니라, 서로 말없이 마음으로 통하고 있는 느낌이 들었다.

한번은 로지에 관해서 라이오넬 힐리어와 이야기한 적이 있었다. 나는 블랙스터블에서 처음 만났던 생기발랄한 젊은 여자가 이렇게 거의 모든 사람들에게 칭찬받는 미인으로 변신하다니 놀라울 따름이라고 말했다. (토를 다는 사람도 있기는 있었다. 이를테면 이런 식이다. "아, 물론 예쁘기는 하지. 그래도 내 취향은 아니야."

"확실히 아름다운 사람이지요. 하지만 아쉽게도 기품이 없어요.")

"그거야 놀라운 일도 아니오. 명쾌한 해답이 있지. 당신이 처음 만났을 때 로지는 생기발랄하고 토실토실한 촌색시였을 거요. 그걸 내가 아름다운 여인으로 만들어준 거지." 라이오넬 힐리어가 말했다.

그 말에 내가 뭐라고 대답했는지 잊어버렸지만 불손한 말이었던 것만은 틀림없다.

"그래, 알았소. 그 말을 들으니 당신이 미(美)에 대해서 아무것도 모른다는 것을 확실히 알겠구려. 내가 로지를 은빛으로 빛나는 태양 같다고 말하기 전에는 아무도 그녀를 대수롭게 여기지 않았소. 내가 초상화를 그리기 전까지는 로지의 머리카락이 이 세상 무엇보다도 아름답다는 사실을 아무도 몰랐단 말이오."

"로지의 목도 가슴도 태도도 골격도 그걸 모두 당신이 만들었단 말입니까?"

"물론이죠! 바로 그렇소."

힐리어가 로지 앞에서 그녀 이야기를 하면 로지는 말없이 미소 지으면서 귀를 기울였다. 창백한 뺨에 희미한 붉은빛이 감돈다. 추측컨대 처음에 그가 로지의 아름다움을 칭찬했을 때 그녀는 아마 자기를 놀리나 보다고 생각했을 것이다. 하지만 은빛이 도는 금빛으로 캔버스에 그려진 자기 초상화를 보고 그가 진심이라는 것을 알았을 때에도 로지는 그다지 동요하지 않았다. 물론 기뻐하기는 했다. 살짝 놀라기도 하고 좀 재미있어하는 듯했다. 그러나 으스대지는 않았다. 그를 조금 미쳤다고 생각하는 것 같았다. 나는 힐리어와 로지 사이에 무슨 특별한 관계가 있지나 않은지 의심해보았다. 블랙스터블에서 들은 소문도 있었고, 목사관 정원에서 내가 직접 보았던 사건도 잊을 수 없었다. 퀜틴 포드나 해리 렛퍼드와의 관계도 미심쩍었다. 로지는 그들과 깊은 관계를 맺고 있는 것처럼 보이지는 않았다. 오히려 단순한 친구 같기도 했다. 남자친구와 만날 약속도 모두가 듣는 데서 거리낌 없이 잡았다. 그들을 바라볼 때에도 익살스러운 어린애 같은 미소를 지었다. 그 무렵에는 나도 이 미소에서 매우 신비로운 매력을 발견할 수 있었다. 나는 가끔 로지와 함께 뮤직홀에 가서 나란히 앉으면 가만히 그녀 얼굴을 바라보았다. 내가 그녀에게 반했던 것 같지는 않다. 그저 그 옆에 조용히 앉아서 연한 금발머리와 옅은 금색 피부를 바라보는 것이 즐거웠다. 확실히 라이오넬 힐리어의 말은 옳았다. 신기하게도 로지의 금빛은 오묘한 달빛 같은 인상을 주었다. 구름 한 점 없는 하늘에서 빛이 서서히 사라져가는 여름날 저녁 같은 고요함이 느껴졌다. 그런데 그 한없이 차분한 태도에 지루한 구석은 전혀 없었다. 그 모습은 8월의 태양 아래 켄트주 해안선을 따라 조용히 반짝이면서 출렁이고 있는 바다처럼 생생하고 활발했다. 로지는 먼 옛날 이탈리아인이 작곡한 소나티네를 연상시켰다. 쓸쓸해 보이지만 도회적인 경쾌함도 있고 가볍게 속살거리는 명랑함도 있다. 그러면서 또 떨리는 한숨도 느껴진다. 이따금 로지가 내 시선을 느끼고 돌아볼 때도 있었다. 그녀는 잠시 말없이 나를 물끄러미 바라보았다. 무슨 생각을 하는지는 알 수 없었다.

한번은 이런 일도 있었다. 내가 림퍼스 거리에 있는 집으로 로지를 데리러 가자, 하녀가 나와서 마님이 아직 준비가 안 되었으니 응접실에서 기다리시라고 말했다. 잠시 뒤 로지가 나타났다. 검은 벨벳 드레스를 입고, 타조 깃털로 뒤덮인 챙 넓은 모자를 쓰고 있었다(파빌리온에 갈 예정이라 평소보다 화려하게 차려입은 것이다). 그 모습이 너무 아름다워서 순간 숨이 막혔다. 그 복장은 여성에게 일종의 위엄을 가져다주었다. 그 당당한 차림새와 로지의 처녀처럼 싱싱한 아름다움—그녀는 나폴리 박물관에 있는 정교한 프시케 조각상처럼 보일 때도 있었다—이 선명한 대조를 이루어 놀라운 매력을 발산했다. 로지에게는 정말 독특한 특징이 있었다. 눈 밑 피부가 옅은 푸른색을 띠고 있어서 촉촉하게 젖어 보이는 것이었다. 태어날 때부터 그런 거라고는 도저히 믿을 수 없었다. 그래서 한번은 눈 밑에 바셀린이라도 바르냐고 물어보았다. 꼭 그래 보였으니까. 그러자 로지가 생긋 웃더니 손수건을 꺼내어 내 손에 건네주면서 말했다.

"한번 닦아보세요."

어느 날 밤 우리는 캔터베리 극장에서 그녀의 집까지 걸어 돌아왔다. 현관에서 작별할 때 내가 손을 내밀자 로지는 조그맣게 웃더니 몸을 앞으로 구부렸다.

"당신은 정말 바보군요."

그러면서 로지는 내 입술에 입을 맞추었다. 가볍지도 않고 열렬하지도 않은 키스였다. 그녀의 도톰한 붉은 입술이 잠시 내 입술 위에 머물렀다. 나는 그 모양새와 따뜻함과 부드러움을 확실히 느낄 수 있었다. 이윽고 로지는 천천히 입술을 떼더니 아무 말 없이 문을 열고 미끄러지듯이 안으로 들어갔다. 나는 홀로 남았다. 너무 놀라서 줄곧 한마디도 못하고, 멍하니 그녀의 입맞춤을 받았을 뿐이다. 나는 한동안 그대로 서 있었다. 그러다가 몸을 돌려 하숙집으로 걸어갔다. 로지의 웃음소리가 아직도 귓가에 남아 있었다. 누구를 비웃거나 괴롭히는 웃음이 아니라 솔직하고 정다운 웃음이었다. 내가 좋아서 웃는 것 같았다.

16

그로부터 일주일이 넘도록 로지와 함께 외출할 기회가 없었다. 로지는 어머니와 같이 하룻밤을 보내려고 하버샴으로 갔다. 또 런던에서도 이런저런 약속이 많은 듯했다. 그 뒤 그녀는 헤이마켓 극장에 같이 가지 않겠느냐고 나한테 말했다. 요즘 하는 연극은 평이 좋아서 초대권을 얻을 수가 없었다. 그래서 값싼 일반 관람석에서 보기로 했다. 우리는 카페 모나코에서 스테이크와 맥주를 먹은 다음, 다른 손님들과 함께 서서 개장 시간을 기다렸다. 그때에는 질서 정연하게 줄을 서는 습관이 없었으므로 문이 열리자마자 다들 먼저 들어가서 자리를 잡으려고 난리를 쳤다. 겨우 들어가 자리에 앉았을 때에는 좀 지쳐버렸다. 덥고 숨이 찼다.

돌아가는 길에 세인트제임스 공원을 지나갔다. 무척 아름다운 밤이라 우리는 잠깐 벤치에 앉았다. 별빛 아래 로지의 얼굴과 금빛 머리칼이 은은하게 빛났다. 허물없이 뭐든지 이야기할 수 있는 친구이자 더없이 상냥한 누님 같은 분위기가 그녀의 온몸에서 풍겨났다. (영 어색한 표현이지만 그때 그녀에게서 받은 인상을 달리 어떻게 표현하면 좋을지 모르겠다) 밤에 활짝 피어나 달빛에게만 그 향기를 풍겨주는 은색 꽃 같았다. 나는 조용히 팔을 뻗어 로지의 허리를 안았다. 그녀가 나를 돌아보았다. 이번에는 내가 키스를 했다. 로지는 가만히 있었다. 그녀의 부드러운 붉은 입술은 마치 달빛을 받는 호수처럼 고요하고도 열정적으로 내 뜨거운 키스를 받아들였다. 그렇게 얼마나 오래 있었을까. 로지가 불쑥 말을 꺼냈다.

"나 배고파요."

"나도요."

"피시 앤 칩스[9]라도 먹으러 갈래요?"

---

9) 생선튀김에 감자튀김을 곁들인 영국의 전통 요리.

"그거 좋죠."

그때 나는 웨스트민스터 주변 지리를 잘 알고 있었다. 그곳은 의원들이나 문화인들이 모여 사는 멋진 동네가 아니라 허름한 빈민가였다. 우리는 공원을 나와 빅토리아 거리를 건너갔다. 나는 호스페리 거리에 있는 생선튀김 가게로 로지를 안내했다. 늦은 시각이라 가게에는 손님이 거의 없었다. 바깥에 사륜마차를 세워놓은 마부 한 사람뿐이었다. 우리는 튀김과 맥주 한 병을 주문했다. 초라해 보이는 여자가 들어와서 2펜스어치 튀김을 사서 종이에 싸 갔다. 우리는 맛있게 음식을 먹었다.

로지를 집까지 데려다주려면 빈센트 광장을 지나가야 했다. 우리 하숙집 앞까지 왔을 때 내가 말했다.

"잠깐 들렀다 가실래요? 제 방은 아직 못 보셨잖아요."

"어머, 하숙집 아주머니한테 들키면 어쩌려고요? 나중에 당신 입장이 난처해지면 안 되는데."

"아주머니는 지금쯤 곯아떨어지셨을 거예요."

"그럼 잠깐만 들렀다 갈까요?"

나는 조용히 열쇠로 문을 열었다. 로지의 손을 잡고 어두운 복도를 지나 내 방으로 갔다. 들어가서 거실 가스등을 켰다. 로지는 모자를 벗더니 머리를 거칠게 긁었다. 그러고는 거울을 찾았다. 그러나 그때 나는 한없이 예술적이었으므로 벽난로 위에 있던 거울을 떼어버렸다. 그래서 이 방에서는 자기 모습을 볼 방법이 없었다.

"침실로 가시죠. 거기에는 거울이 있으니까."

나는 침실 문을 열고 촛불을 켰다. 로지도 나를 따라 들어왔다. 그녀가 거울을 볼 수 있도록 촛불을 들어 비춰주었다. 로지가 머리를 정돈하는 동안 나는 거울에 비친 그녀를 보았다. 로지는 핀 두세 개를 뽑아서 입에 물고 내 빗을 집어 들더니, 목덜미에서 위쪽으로 머리를 빗어 올렸다. 잘 꼬아서 가볍게 다독거린 다음 핀으로 고정했다. 그렇게 열심히 머리를 매만지다가 거울 속에서 나와 시선이 마주치자 생긋 미소를 지었다. 핀을 다 꽂은 뒤 로지는 몸을 돌려 나와 마주섰다. 푸른 눈에 여전히 정다운 미소를 띠고 말없이 나를 바라보았다. 나는 촛불을 내려놓았다. 침실은 좁다랗고, 화장대는 침대 바로 옆에 있었다. 로지가 손을 들어 부드럽게 내 뺨을 어루만졌다.

나는 왜 하필 일인칭으로 이 글을 썼을까. 이제 와서 후회해본다. 자신을 사랑스럽고 감동적으로 서술할 때는 이것도 꽤 좋은 방법이다. 일인칭 시점은 생생하고 활기찬 모습이나 쓴웃음을 자아내는 모습을 묘사할 때 자주 사용되며 실제로 효과적이기도 하다. 독자의 속눈썹에 이슬이 맺히고 입술에 부드러운 미소가 어리는 광경을 상상하면서 자기 이야기를 써나가는 것은 물론 기분 좋은 일이다. 그러나 자신의 어리석음과 멍청함을 드러낼 때에는 과히 좋은 수단은 아니다.

일전에 〈이브닝 스탠더드〉에 실린 이블린 워 씨의 글을 읽었다. 그는 일인칭 시점으로 소설을 쓰는 것은 경멸할 만한 일이라고 주장했다. 그리고 찬성할 테면 찬성하고 반대할 테면 반대하라는 말만 남기고 더는 어떤 설명도 덧붙이지 않았다. 그 옛날 유클리드가 평행선에 대한 유명한 이론을 발표했을 때처럼 말이다. 나는 부쩍 관심이 생겨서 곧장 앨로이 키어에게—이 친구는 자기가 서문을 써주는 책까지 읽을 만큼 뭐든지 다 읽는 사람이었으므로—소설 작법에 대한 책을 추천해 달라고 부탁했다. 그의 조언에 따라 나는 먼저 퍼시 러벅 씨의 《소설의 기법》을 읽었고 소설을 쓰는 방법은 오로지 그가 존경하는 헨리 제임스처럼 쓰는 것임을 배웠다. 이어 E.M. 포스터 씨의 《소설의 제상(諸相)》을 읽었고 소설을 쓰는 유일한 방법은 E.M. 포스터 씨처럼 쓰는 것임을 배웠다. 다음으로 에드윈 뮤어 씨의 《소설의 구조》를 읽었는데 아무것도 배우지 못했다. 결국 일인칭 시점에 대한 정보는 어디에도 없었다. 그러나 디포, 스턴, 새커리, 디킨스, 에밀리 브론테, 프루스트 같이 살아 있는 동안에는 유명했으나 지금은 사람들의 기억에서 사라져버린 소설가들이 어째서 워 씨가 비난하는 일인칭 시점을 사용했는지, 그 이유라면 알 것 같았다.

우리는 나이를 먹을수록 인간의 복잡함과 모순, 부조리를 점점 더 의식하게 된다. 중년이나 초로의 작가가 좀더 중대한 주제를 다루는 대신 가공적 인물의 사소한 관심사에 치중하게 되는 단 하나의 이유가 바로 이것이리라. 왜냐하면 유명한 알렉산더 포프가 말했듯이 만약 '인간의 정당한 연구 대상이 인간 그 자체'라면, 실생활의 부조리하고 애매모호한 인간보다는 한결같고 실재적이며 의미 있는 작중인물을 다루는 것이 분명히 옳기 때문이다. 소설가는 가끔 신이라도 된 것처럼 작중인물에 대해 이것저것 다 이야기하려고 할 때가 있다. 하지만 또 그러지 않을 때도 있다. 이때 작가는 작중인물에 대하여 알아야 할 모든 사항을 이야기하는 것이 아니라 자기가 알고 있는 것만 이야기한다. 우리는 세월이 흐를수록 자신이 신이 아님을 깨닫게 된다. 그러므로 작가가 나이를 먹을수록 그 자신의 경험으로 안 것 이상은 쓰지 않으려고 하는 경향이 점점 강해지는 것도 그다지 놀라운 일은 아니다. 이렇게 제한된 목적을 달성하는 데에는 일인칭 시점이 더없이 효과적이다.

로지가 손을 들어 부드럽게 내 뺨을 어루만졌다. 그때 나는 스스로도 이해할 수 없는 짓을 했다. 그럴 때 하겠거니 하고 상상하던 것과는 전혀 다른 행동이었다. 내 목구멍에서 쥐어짜는 듯한 흐느낌이 새어나왔다. 부끄러워서였을까, 고독해서였을까(온종일 병원에서 온갖 사람들을 만났으니 외적으로는 고독하지 않아도 내적으로는 고독했을 것이다), 아니면 욕망이 너무 커서 그랬을까. 하여튼 나는 울음을 터뜨리고 말았다. 그런 내가 부끄러워서 억누르려고 애를 썼지만 아무 소용이 없었다. 자꾸만 눈에서 눈물이 넘쳐 뺨을 타고 흘러내렸다. 로지는 이것을 보자 약간 놀랐다.

"아, 왜 그래요? 울지 말아요! 네? 울지 마요."

로지가 두 팔로 내 목을 끌어안고 같이 울기 시작했다. 내 입술과 눈과 젖은 뺨에 입을 맞추었다. 그녀는 보디스[10] 앞섶을 풀고 내 머리를 가슴에 끌어안았다. 내 매끄러운 얼굴을 어루만졌다. 어린아이 달래듯이 나를 살살 흔들면서 얼렀다. 나는 그녀의 젖가슴에 키스를 했고 새하얀 목덜미에 키스를 했다. 로지는 보디스와 치마와 속치마를 조용히 벗었다. 나는 코르셋에 감싸인 그녀의 허리를 꼭 끌어안고 있었다. 그녀가 잠시 숨을 멈추더니 갑갑한 코르셋마저 벗어버렸다. 그녀는 얇은 슈미즈[11] 바람으로 내 앞에 섰다. 나는 그 허리에 손을 대었다. 피부에 울퉁불퉁하게 남은 코르셋 자국이 느껴졌다.

"불 꺼요." 그녀가 속삭였다.

---

10) 코르셋 위에 입는 여성용 윗옷.

11) 원피스 형태의 여성용 속옷.

그렇게 하룻밤이 지나갔다. 다음 날 아침 로지가 나를 깨웠다. 새벽빛이 커튼 사이로 스며들어와 아직 채 가시지 않은 밤의 어둠 속에서 침대와 옷장의 윤곽을 어렴풋이 비추고 있었다. 로지는 입맞춤으로 나를 깨웠다. 그녀의 머리카락이 흘러내려 내 얼굴을 간질였다.

"이제 일어나야죠. 하숙집 아주머니한테 들키면 안 되니까."

"아직 시간은 충분해요."

로지가 내 위로 몸을 굽히고 있었다. 그녀의 유방이 무겁게 내 가슴을 눌렀다. 잠시 뒤 로지가 침대에서 일어났다. 나는 촛불을 켰다. 로지는 거울 앞으로 가서 머리를 매만지더니 자신의 나체를 잠시 바라보았다. 허리는 본디부터 가늘었다. 발육이 좋으면서도 무척 날씬했다. 크고 탄력 있는 유방은 마치 대리석 조각처럼 가슴에 솟아 있었다. 애정행위를 위해 빚어진 육체 같았다. 점점 밝아오는 아침햇살과 겨루는 촛불빛 속에서 로지의 몸은 온통 은빛을 띤 금빛으로 빛났다. 오직 장밋빛 젖꼭지만이 다른 색을 띠고 있었다.

우리는 아무 말 없이 옷을 입었다. 로지가 코르셋을 다시 입지 않고 그냥 둘둘 말아놓았기에 내가 신문지로 싸주었다. 우리는 살금살금 복도를 지나 현관문을 열고 밖으로 나갔다. 순간 아침햇살이 계단을 뛰어오르는 고양이처럼 우리를 서둘러 맞아주었다. 광장에는 아무도 없었다. 태양이 벌써 동창을 비추고 있었다. 나는 그 태양처럼 싱싱한 젊음을 느꼈다. 우리는 팔짱을 끼고 림퍼스 거리 모퉁이까지 걸어갔다. 거기서 로지가 말했다.

"그만 돌아가세요. 누가 볼지도 모르니까."

나는 로지에게 키스를 했다. 그리고 걸어가는 그 뒷모습을 바라보았다. 그녀는 발바닥에 닿는 대지의 느낌을 즐기는 시골 여자처럼 느릿느릿 당당한 걸음으로 허리를 꼿꼿이 펴고 걸어갔다. 왠지 잠자리로 다시 돌아가고 싶지는 않았다. 그냥 계속 걷다보니 템스 강가에 이르렀다. 이른 아침이라 강물은 밝은 색을 띠고 있었다. 갈색 거룻배 한 척이 강을 따라 내려와 복스홀 다리 밑을 지나갔다. 바로 옆에서 두 사내가 보트를 젓고 있었다. 문득 심한 배고픔을 느꼈다.

17

그로부터 1년이 넘도록 로지는 나와 함께 외출하면 꼭 우리 하숙집에 들렀다

갔다. 1시간쯤 머물 때도 있었고, 아예 날이 샐 때까지 있다가 하녀가 현관 청소를 할 무렵에야 자리에서 일어나는 때도 있었다. 런던의 나른한 공기가 기분 좋게 상쾌해지는 따뜻한 아침, 인적 없는 거리에서 유난히 크게 울리던 우리 발소리, 차가운 겨울비가 내리던 날 한 우산을 쓴 우리가 서로 바싹 붙어서 말없이 즐겁게 종종걸음을 치던 일이 그리운 추억으로 떠오른다. 당직 경찰이 우리를 수상쩍은 눈으로 볼 때도 있었지만, 다 안다는 듯이 눈을 반짝일 때도 있었다. 우리는 커다란 건물 현관에 웅크려서 자고 있는 부랑자와 마주치기도 했다. 나는 (금전적으로 여유는 없었지만 허세를 좀 부리고 싶어서, 또 로지에게 멋진 모습을 보여주려고) 그 비쩍 마른 손이나 구부러진 무릎 위에 은화 한 닢을 올려놓았다. 그러면 로지는 정답게 내 팔을 꼭 껴안았다. 로지는 나를 정말로 행복하게 해주었다. 나는 로지를 깊이 사랑했다. 함께 있으면 마음이 더없이 편안했다. 로지의 흔들림 없는 차분한 성격이 곁에 있는 사람에게 그대로 전해졌다. 나는 삶의 순간순간을 즐기는 그녀와 같은 기분을 느낄 수 있었다.

로지와 깊은 관계를 맺기 전에는 그녀가 퀜틴 포드나 해리 렛퍼드나 힐리어와 사귀는 것이 아닌지 의심이 들기도 했다. 나는 로지의 연인이 되고 나서 직접 물어보았다. 그러자 로지는 나에게 입을 맞추며 말했다.

"바보 같은 소리 말아요. 물론 그 사람들을 좋아하기는 해요. 그건 당신도 아실 테죠? 나는 그들과 함께 놀러 다니는 게 좋아요. 하지만 그뿐이에요."

그럼 조지 켐프는? 그에 대해서도 묻고 싶었지만 그만뒀다. 로지가 벌컥 화내는 모습은 한 번도 못 보았지만 그렇게 화낼 수도 있는 사람이라고 생각했으니까. 그 질문을 하면 아마도 화낼 것이라는 막연한 예감이 들었다. 도저히 용서할 수 없는 독설을 로지가 나에게 퍼부을 기회를 주고 싶지는 않았다. 그때 나는 갓 스물하나가 된 젊은이였다. 퀜틴 포드나 그 밖의 사람들은 모두 늙은이 같아 보였다. 로지에게는 그들이 단순한 친구에 지나지 않는다는 것도 마땅한 일처럼 여겨졌다. 나만이 로지의 연인이라고 생각하자 자랑스러워서 가슴이 뛰었다. 토요일 오후 다과회에서 로지가 여러 남자들과 어울려 웃고 떠드는 모습을 바라보면서 나는 자기만족에 빠졌다. 왠지 가슴이 뜨거워졌다. 로지와 함께 보낸 밤들이 머릿속에 떠오른다. 이 엄청난 비밀을 까맣게 모르고 있는 사람들을 비웃어주고 싶은 기분이 들었다. 그런데 라이오넬 힐리어가 이따금 짓궂은 눈길로 이쪽을 보는 것이 좀 마음에 걸렸다. 속으로 나를 비웃고 있는 것 같았다. 혹시 로지가 우리의 관계를 그에게 밝힌 걸까? 갑자기 불안해졌다. 아니면 내 태도에 무슨 문제가 있어서 그가 낌새를 챈 걸까? 나는 힐리어가 우리 사이를 의심하는 것 같다고 로지에게 말했다. 로지는 언제나처럼 푸른 눈으로 나를 쳐다보며 웃을 뿐이었다.

"걱정 마세요. 그 사람은 원래 좀 이상한 상상을 잘하거든요."

퀜틴 포드와 친했던 적은 한 번도 없었다. 그는 나를 재미없는 놈이라고 여기는 듯했다(하긴 실제로 그랬다). 언제나 예의 바르지만 진지하지 않은 태도로 나를 대했다. 요즘에는 전보다도 더 냉담해진 것 같았지만 내 착각이겠거니 했다. 그런데 하루는 놀랍게도 해리 렛퍼드가 나한테 같이 연극도 보고 식사도 하러 가자고 했다. 나는 로지와 의논해보았다.

"그래요? 그럼 가셔야죠. 정말 재미있을 거예요. 해리랑 같이 있으면 웃음이 끊이지 않거든요."

그래서 나는 그와 함께 식사를 했다. 그는 매우 친절했으며 남녀 배우들의 재미있는 소문도 들려주었다. 또 냉소적인 재치를 발휘하면서 퀜틴 포드를 신랄하게 욕했다. 나는 로지 이야기를 시켜보려고 했지만 그는 아무 말도 하지 않았다. 그는 여자 후리는 데 익숙한 바람둥이 같았다. 의미심장한 눈빛이며 교묘한 말투로 보아 호색한이 틀림없어 보였다. 어쩌면 내가 로지의 애인이라는 사실을 알면서도 친근감을 느껴 저녁을 사주는 게 아닐까. 그렇게 의심하지 않을 수 없었다. 그런데 그가 안다면 아마 로지 주위의 다른 남자들도 알고 있을 것이다. 나는 속으로 우월감을 느꼈지만 겉으로 드러내지 않으려고 조심했다.

겨울이 되었다. 1월도 거의 끝나갈 무렵 림퍼스 거리에 새로운 인물이 나타났다. 잭 카이퍼라는 네덜란드계 유대인이었다. 암스테르담에서 온 다이아몬드 상인인데 일 때문에 런던에 몇 주일 머무르고 있었다. 이 상인이 어쩌다 드리필드 부부를 알고 찾아오게 되었는지는 모르겠다. 그러나 처음에는 작가에게 경의를 표하러 찾아왔을지 몰라도, 그 뒤에 자꾸 들락거린 이유는 따로 있었던 게 틀림없다. 그는 키가 크고 살집이 좀 있었다. 피부는 거무스름하며 머리는 벗겨졌고 코는 큼직한 매부리코였다. 나이는 쉰 살쯤 되었는데 정력적이고 관능적이며 의지가 강하고 명랑했다. 그는 거침없이 마음껏 로지를 찬미했다. 돈이 남아도는

지 날마다 그녀에게 장미꽃을 선물했다. 로지는 돈 낭비라고 놀리듯이 말했지만 즐기는 눈치였다. 나는 참을 수가 없었다. 그는 무례하고 수다스러운 남자였다. 그의 영어는 흠잡을 데 없이 유창했지만 외국 억양이 섞여 있어서 듣기 싫었다. 로지에게 지나친 찬사를 바치는 것도 마음에 안 들었다. 그녀의 친구라고 해서 우리랑 친하게 지내려는 뻔뻔한 태도도 싫었다. 퀜틴 포드도 그를 싫어한다는 것을 알게 되자 우리 사이에 연대감이 생겨났다.

"저놈이 오래 머물지는 않는다니 다행이야." 퀜틴 포드가 입을 삐죽거리며 검은 눈썹을 찌푸렸다. 그의 하얀 머리와 길고 창백한 얼굴이 무척 점잖아 보였다. "여자는 다 똑같아. 벼락부자를 좋아하지."

"저 사람은 정말 몰상식해요." 내가 말했다.

"맞아, 하지만 그게 매력이란 말이지." 퀜틴 포드가 말했다.

그로부터 이삼 주 동안 나는 로지를 거의 만나지 못했다. 잭 카이퍼가 밤마다 고급 레스토랑이나 극장으로 로지를 데리고 다녔기 때문이다. 나는 몹시 화가 났고, 내 마음은 크게 상처받았다.

"그는 런던에 아는 사람이 하나도 없대요." 로지가 내 마음을 달래려고 말했다. "여기 머무르는 동안에 이것저것 많이 구경하고 싶은가 봐요. 그런데 혼자 보러 다니는 건 불쌍하잖아요. 게다가 2주일만 있으면 떠날 사람인데."

하지만 왜 꼭 로지가 그와 함께 다녀야 하는가. 나는 도무지 이해할 수 없었다.

"글쎄, 그 사람 좀 불쾌하지 않나요?"

"아뇨, 재미있는 사람인데요. 우스운 말을 잘해요."

"그 사람이 당신한테 홀딱 반해 있다는 거 몰라요?"

"그래요. 어쨌든 그 사람도 즐겁고 나 또한 손해 볼 건 없으니 괜찮잖아요?"

"아니, 늙은 나이에 살도 찌고 불쾌한 남자로 느껴지지 않는가요! 난 보기만 해도 소름이 끼친다고요."

"어머, 난 그렇게 나쁘다고 생각지는 않는데." 로지가 말했다.

"그런 남자하고 꼭 사귈 필요가 있나요? 정말 돼먹지 못한 속물이란 말이에요."

로지가 머리를 긁적거렸다. 그녀의 안 좋은 버릇이었다.

"외국인은 어떤 점에서는 영국인과 전혀 달라서 재미있는걸요."

잭 카이퍼가 암스테르담으로 돌아가자 나는 속이 후련해졌다. 로지는 그가 떠난 다음 날 나와 같이 식사하기로 약속했다. 오랜만이니까 소호에서 식사하기로 했다. 로지는 나를 삯마차에 태워 소호로 데려갔다.

"그 끔찍한 늙은이는 이제 돌아갔나요?"

"그래요." 로지가 웃으면서 대답했다.

나는 로지의 허리를 끌어안았다. (연애에서 중요한 몫을 차지하는 이 즐거운 행위를 하려면 요즘의 택시 나부랭이보다 마차가 훨씬 낫다는 사실은 이미 다른 데서 이야기했으니 여기선 생략하겠다) 나는 그녀를 끌어안고 키스했다. 그 입술은 봄꽃 같았다. 이윽고 마차가 레스토랑에 닿았다. 나는 내 모자와 코트를 옷걸이에 걸었다. (길고 허리가 잘록한 코트인데 옷깃과 커프스가 벨벳으로 된 멋진 옷이었다) 그리고 로지의 케이프를 벗겨주려고 할 참이었다.

"괜찮아요. 그냥 입고 있을래요." 로지가 말했다.

"그럼 더울 텐데요. 그러다 밖에 나가면 감기 걸려요."

"상관없어요. 오늘 처음 입었는걸요. 어때요, 아름답죠? 보세요. 이 머프도 케이프랑 한 쌍이에요."

보아하니 모피로 된 케이프였다. 검은담비 털이라는 건 몰랐지만.

"비싸 보이는 옷이네요. 어떻게 구하신 거예요?"

"잭 카이퍼가 사줬어요. 어제 그가 출발하기 직전에 둘이서 사러 갔어요." 로지는 부드러운 모피를 어루만졌다. 새 장난감을 받은 어린애처럼 행복해 보였다. "이게 얼마인지 아세요?"

"글쎄요, 상상도 못하겠네요."

"260파운드예요. 이렇게 비싼 물건을 가져보긴 처음이에요. 너무 비싸다고 했는데도 그 사람이 막무가내로 사줄 테니까 그냥 받으라고 하더군요."

로지는 무척 즐거운 듯이 웃었다. 두 눈이 반짝반짝 빛났다. 그러나 내 얼굴은 딱딱하게 굳어졌다. 등골이 오싹했다.

"카이퍼가 그렇게 비싼 케이프를 당신한테 선물했다고요? 남편이 이상하게 여기지 않던가요?"

나는 냉정을 잃지 않으려고 애쓰면서 물어봤다. 그러자 로지는 장난스럽게 눈을 굴렸다.

"테드는 아무것도 몰라요. 혹시 웬 거냐고 묻거든 전당포에서 20파운드 주고 샀다고 하죠, 뭐. 그이는 절대로 아무것도 눈치채지 못할 거예요." 로지는 칼라에 얼굴을 비볐다. "아, 진짜 부드러워요! 누가 봐도 비싼 물건인 줄 알 거예요."

나는 어떻게든 음식을 삼키려고 애썼다. 괴로운 심정을 내비치지 않으려고 필사적으로 이야깃거리를 찾아 대화를 이어나갔다. 로지는 내 이야기에 그다지 귀를 기울이지 않았다. 오직 새 케이프에만 정신이 팔려 있었다. 1분마다 한 번씩 무릎에 놓인 머프를 내려다보았다. 그 시선에는 나른함과 관능과 자기만족이 가득히 배어 있었다. 그 모습을 보자 화가 났다. 로지가 멍청한 속물처럼 보였다.

"꼭 카나리아를 꿀꺽한 고양이 같네요."

나도 모르게 빈정거리고 말았다. 그러나 로지는 킥킥 웃기만 했다.

"그래요. 그런 기분이에요."

260파운드라니. 나에게는 매우 큰돈이었다. 어떻게 케이프 하나 사는 데 그만한 돈을 들인단 말인가? 상상도 못할 일이었다. 내 한 달 생활비가 14파운드였다. 그 정도면 부족함 없이 생활할 수 있었다. 수학에 약한 독자를 위해 대신 계산해드리자면, 1년 생활비가 168파운드인 셈이다. 그런데 그토록 비싼 물건을 단순한 우정의 표시로 선물하는 인간이 세상에 어디 있겠는가? 잭 카이퍼가 런던에 있는 동안 매일 밤 로지랑 동침하다가 그 값을 치르고 떠났다는 것밖에는 생각할 수 없었다. 로지는 어떻게 그럴 수 있었을까? 그게 얼마나 천하고 저속한 짓인지 모르는 걸까? 그토록 비싼 물건을 선물하다니, 정말 몰상식하기 짝이 없는 남자다! 로지는 왜 그걸 모르는 걸까? 행동거지를 보면 그녀는 진실로 아무것도 모르는 모양이었다.

"참 좋은 사람이죠? 하기야 유대인들은 모두 관대하니까요."

"돈이 있으니까 사줬겠죠." 내가 말했다.

"맞아요. 그 사람은 돈이 참 많아요. 떠나기 전에 선물을 주고 싶다면서 뭐가 갖고 싶으냐고 물어보지 뭐예요. 그래서 케이프랑 머프 한 쌍을 갖고 싶다고 했죠. 하지만 설마 이런 걸 사줄 줄은 꿈에도 몰랐어요! 상점에 가서 내가 아스트라한[12] 케이프를 보여 달라고 했더니 그가 아니라며, 검은담비를 보여 달라고 하는 거예요. 최고급 물건을 사야겠다면서요. 그리고 이걸 보더니 꼭 이걸 사라

12) 새끼양 모피.

고 어찌나 고집을 부리던지!"

로지의 새하얀 육체가 머릿속에 떠올랐다. 그 우윳빛 몸뚱이가 역겨운 늙은 뚱뚱보의 품에 안긴 것이다. 두툼하고 흐늘거리는 입술이 로지의 입술에 키스한 것이다. 나는 그때까지 부정하고 있었던 의혹이 결국 진실이었음을 깨달았다. 퀜틴 포드, 해리 렛퍼드, 라이오넬 힐리어와 함께 식사하러 외출했을 때에도 그녀는 나하고 그랬던 것처럼 그들과 같이 잤던 것이다. 나는 아무 말도 할 수 없었다. 입을 열면 욕설이 튀어나올 것만 같았다. 질투? 아니, 그보다는 굴욕을 느꼈다. 철저히 바보 취급을 당한 기분이었다. 금방이라도 지독한 욕설이 입에서 튀어나올 것 같아 어금니를 꽉 깨물었다.

우리는 극장에 갔다. 하지만 대사가 한 마디도 귀에 들어오지 않았다. 그저 내 팔에 닿는 검은담비 모피의 부드러운 감촉이 느껴질 뿐이었다. 끊임없이 머프를 쓰다듬는 로지의 손가락이 눈에 들어올 뿐. 다른 놈들은 그래도 참을 수 있었다. 그러나 잭 카이퍼는 도저히 용서할 수 없었다. 어떻게 그런 놈이랑 잠을 잘 수 있단 말인가? 정말이지 가난이 원수였다. 아, 돈이 있으면 얼마나 좋을까! 그러면 내가 더 좋은 것을 사줄 테니까 그 짜증나는 케이프 좀 그놈한테 다시 돌려보내라고 할 수 있으련만! 마침내 로지는 내가 말이 없는 것을 알아차렸다.

"오늘밤에는 말씀이 없으시네요."

"그런가요?"

"혹시 몸이 안 좋으세요?"

"아뇨, 전혀요."

로지가 곁눈질로 나를 보았다. 나는 마주 쳐다보지는 않았지만 로지가 늘 그렇듯 익살스럽고도 천진한 미소를 띠고 있다는 것은 알 수 있었다. 로지도 더는 말하지 않았다. 연극이 끝나 밖으로 나오니 비가 내리고 있었다. 우리는 마차를 잡아탔다. 나는 마부에게 림퍼스 거리 드리필드네 집으로 가 달라고 했다. 로지는 내내 말이 없었다. 그러나 마차가 빅토리아역에 다다르자 갑자기 입을 열었다.

"당신 집에는 안 가나요?"

"글쎄요. 좋을 대로 하시죠."

로지가 포장을 쳐들고 마부에게 내 주소를 일러주었다. 그리고 내 손을 더듬어 잡았다. 나는 아무 반응도 보이지 않았다. 그저 말없이 화난 표정으로 창밖을 바라보고 있었다. 빈센트 광장에 닿자 로지의 손을 잡고 마차에서 내려 집 안으로 들어갔지만 여전히 한 마디도 하지 않았다. 나는 모자와 코트를 벗었다. 로지는 케이프와 머프를 벗어 소파 위에 던져놓더니 나에게 다가오면서 물었다.

"왜 이렇게 화가 잔뜩 났어요?"

"화 안 났어요."

나는 고개를 돌려 로지를 외면했다. 그러자 그녀는 두 손으로 내 얼굴을 감쌌다.

"아이, 어쩜 이렇게 바보 같을까? 지금 잭 카이퍼가 나한테 모피 케이프를 사줬다고 화내는 거예요? 하지만 당신은 사줄 수 없잖아요, 그렇죠?"

"물론 그렇지요."

"그리고 테드도 못 사주죠. 그런데 내가 어떻게 260파운드나 되는 모피 케이프를 안 받겠다고 할 수 있겠어요? 전부터 모피 케이프를 하나 가지고 싶었는걸요. 그게 소원이었어요. 잭은 그 정도야 얼마든지 사줄 수 있는 사람이고요."

"그가 단순한 우정의 표시로 그런 것을 선물했다고 믿으란 말인가요? 아니, 그걸 어떻게 믿어요?"

"어머, 정말로 우정의 표시일지도 모르잖아요? 하여튼 그는 이미 암스테르담으로 돌아갔어요. 언제 돌아올지 기약도 없어요."

"그 녀석뿐만이 아니잖아요!"

나는 벌컥 화내면서 원망하는 눈초리로 로지를 바라보았다. 로지가 생긋 미소를 지었다. 오직 그녀에게서만 볼 수 있는 그 달콤하고 아름다운 미소를 생생하게 묘사할 수 있다면 얼마나 좋을까. 목소리도 이루 말할 수 없을 정도로 부드러웠다.

"아이 참, 왜 다른 사람들 때문에 골치를 썩이나요? 당신이 뭐 손해 보는 게 있다고 그래요? 내가 당신을 기쁘게 해주잖아요. 안 그래요? 나랑 함께 있으면 행복하지 않나요?"

"무척 행복하지요."

"그럼 됐잖아요. 괜히 화내고 질투하는 건 어리석은 짓이에요. 그냥 현재에 만족하면 되잖아요. 즐길 수 있는 지금 이 순간을 즐겨요. 백년쯤 지나면 어차피 다들 죽을 텐데, 뭐가 문제예요? 기회가 있을 때 즐겨야지요."

로지가 내 목을 끌어안으며 입을 맞추었다. 나는 분노를 잊어버렸다. 로지의 아름다움, 나를 포근히 감싸주는 로지의 상냥함만이 내 머릿속을 가득 채웠다. 로지가 내 귓가에 속삭였다.

"있는 그대로의 나를 받아들여 줘요."

"알았어요."

18

그러는 동안 나는 드리필드를 거의 만나지 못했다. 그는 낮에는 정신없이 편집 일에 매달렸고 밤에는 소설을 쓰느라 바빴다. 물론 토요일 오후 다과회에는 늘 참석했다. 그는 사근사근한 태도로 풍자적인 재밌는 농담을 던졌다. 나를 보면 기뻐하면서 다가와 잠시 이런저런 사소한 이야기를 나누었다. 하지만 늘 나보다 나이도 많고 더 중요한 손님들을 대접하느라 바빴다. 블랙스터블에 있을 때에 비하면 그가 멀게만 느껴졌다. 그는 이제 명랑하고 털털한 사내가 아니었다. 어쩌면 단순히 내가 너무 예민해서 그랬는지 모르지만, 그가 놀리기도 하고 농담도 나누는 사람들과 그와의 사이에는 보이지 않는 장벽이 있는 것만 같았다. 그는 상상의 세계에서 사느라 평범한 일상생활에서 점점 멀어지고 있는 듯했다. 그는 이따금 공식 석상에서 강연을 해 달라는 의뢰를 받기도 했다. 문학회에도 참가했다. 집필 활동을 통해 얻은 조그만 교제 범위에서 벗어나 꽤 많은 사람들과 사귀기 시작했다. 그리고 유명해진 작가와 친분을 맺고 싶어하는 상류사회 귀부인들의 오찬이나 다과회에 자주 초대받게 되었다. 로지도 함께 초대받았으나 좀처럼 남편과 동행하지 않았다. 파티가 싫다는 것이었다. 어차피 그쪽에서도 자기 말고 테드를 원할 테니까 자기는 안 가도 된다고 했다. 로지는 부끄럽기도 하고 외톨이 신세가 된 기분도 느꼈을 것이다. 귀부인들은 로지까지 초대해야 한다니 참 귀찮은 일이라는 생각을 노골적으로 드러낸 모양이다. 예의상 초대하기는 했어도 정중히 대접하기는 귀찮아서 파티 석상에서 그녀를 무시해버렸는지도 모른다.

에드워드 드리필드가 《생명의 잔》을 출판한 것은 바로 이즈음이었다. 여기서 그의 작품을 비평할 생각은 없다. 그를 연구한 책은 요즘에 잔뜩 나왔으니 독자 여러분도 그것으로 만족하실 것이다. 여기서는 그저 한마디만 하겠다. 《생명의 잔》은 그의 작품 가운데 가장 유명한 작품도 아니고 제일 인기 있는 작품도 아니지만, 나한테는 가장 흥미로운 작품이다. 이 소설은 진저리가 날 만큼 잔인한 데가 있다. 이는 감상적인 영국 소설들 사이에서 특별히 눈에 띄는 특징이다. 참신하고 좀 씁쓸한 맛이 있었다. 마치 설익은 사과 같았다. 베어 물면 이빨이 시큰거리지만 미묘한 단맛이 나서 아주 맛있게 느껴지는 것이었다. 드리필드의 모든 작품 중에서 나도 한번 그렇게 써봤으면 하는 유일한 작품이 《생명의 잔》이다. 어린아이가 죽는 비통한 장면은 감상을 배제하고 사실적으로 묘사되어 있어, 이어지는 기묘한 사건과 더불어 독자의 가슴에 지울 수 없는 인상을 남긴다.

그런데 안타깝게도 바로 이 부분이 드리필드의 삶에 풍파를 일으키고 말았다. 출판된 뒤 며칠 동안은 이 책도 그의 다른 작품들과 비슷한 경로를 밟는 것 같았다. 칭찬하거나 다소 비판하는 서평들이 발표되었고 판매 성적도 보통이었다. 로지에게 듣자니 드리필드는 300파운드쯤 벌 수 있으리라 예상하고 있는 듯했다. 그 돈으로 이번 여름에는 강변의 별장을 빌릴 계획이라고 했다. 처음에 발표된 서평 두서너 편은 애매모호했다. 그런데 그 뒤 맹렬한 공격을 퍼붓는 기사가 어느 조간신문에 실렸다. 작품을 비난하는 내용이 지면을 한가득 채우고 있었다. 요컨대 이 작품은 몹시 불쾌하고 음란하며, 이런 책을 대중 앞에 내놓은 출판사는 제정신이 아니라는 것이었다. 그리고 이 책이 영국 젊은이들에게 미칠 끔찍한 영향에 대해 이런저런 추측을 늘어놓았다. 또 여성에 대한 모욕이라고도 했다. 논평자는 이 책이 젊은 청년이나 순진한 처녀들 손에 들어가서는 안 된다고 단호하게 주장했다. 그러자 다른 신문들도 뒤를 이었다. 발매 금지 처분을 내려야 한다고 주장하거나, 즉시 검찰이 출동해야 할 사안이 아니냐고 진지하게 물어보는 어리석은 사람들도 있었다. 여기저기서 비난의 목소리가 터져 나왔다. 대륙 소설은 훨씬 더 사실적이라는 것을 익히 알고 있는 몇몇 비평가들은 에드워드 드리필드의 작품 중에서 이게 최고라고 굳세게 주장하기도 했다. 하지만 그들의 의견은 무시되었다. 이런 올바른 견해는 속된 취미에 맞추는 천박한 욕망의 소리로 간주되었기 때문이다. 《생명의 잔》은 도서관에서 대출 금지 처분을 받았으며, 역 구내서점 판매인들도 가게에 들여놓기를 거부했다.

이러한 사태에 드리필드는 물론 못마땅함을 느꼈다. 그러나 모두 포기하고 달관했는지 조용히 참았다. 그는 어깨를 으쓱하고 다부진 미소를 지으며 말했다.

"사실이 아니라고들 그러는데, 마음대로 생각하라지 뭐. 그게 진실인데 어쩌겠어."

이 시련의 순간에 친구들의 변함없는 우정이 그를 위로해주었다. 《생명의 잔》을 칭찬하는 것은 문학을 이해한다는 증거였고, 충격을 받는 것은 예술을 잘 모른다는 뜻으로 통했다. 바튼 트래퍼드 부인은 뛰어난 걸작이라고 망설임 없이 공언했다. 아쉽게도 지금은 남편이 〈쿼털리〉에 논문을 싣기에 적절한 시기가 아니지만, 그래도 에드워드 드리필드의 장래에 대한 자신의 신념은 변함없다고 말했다. 이런 대소동을 일으킨 작품을 이제 와서 읽어보면 신기하기도 하고 배우는 바도 많다. 왜냐하면 순진한 사람이 얼굴을 붉힐 만한 표현은 하나도 안 나오고, 요즘 독자들이 신경을 곤두세울 만한 내용도 전혀 없기 때문이다.

19

반년쯤 지나자 《생명의 잔》 소동도 가라앉았다. 그때 드리필드는 벌써 《그 열매로 인하여》라는 차기작을 시작한 상태였다. 의학교 4학년생이 된 나는 입원 환자를 돌보는 외과의의 조수로 일하고 있었다. 하루는 병원 회진을 돕게 되었다. 나는 병원 중앙 홀에서 담당 외과의를 기다리다가 편지함을 힐끗 보았다. 빈센트 광장의 우리 하숙집 주소를 모르는 사람이 가끔 병원으로 편지를 보냈기 때문이다. 그런데 놀랍게도 정말로 나한테 온 전보가 한 장 있었다. 펼쳐보니 이런 내용이었다.

오늘 저녁 5시에 방문 요망. 중대한 일.

이사벨 트래퍼드

대체 무슨 일일까. 지난 2년 동안 부인하고는 열 번쯤 만났다. 그러나 부인은 나를 눈여겨보지도 않았고 자택에 초대한 적도 없었다. 다과회에는 대체로 남자 손님이 부족하다는 얘기는 들었다. 그래서 애송이 의학도라도 불러서 사람 수를 채우려고 하는지도 몰랐다. 하지만 전보 내용으로 보아 파티는 아닌 것 같았다.

그날 나와 함께 일한 외과의는 지루하고 말이 많았다. 그에게서 해방됐을 때에는 벌써 5시가 넘은 시각이었다. 트래퍼드 부인 저택까지 가려면 20분은 족히 걸렸다. 그 집은 템스 강변 주택가에 있었다. 나는 6시가 다 되어서야 겨우 도착하여 초인종을 누르고 마님이 계시냐고 물었다. 나는 곧장 응접실로 안내되었다. 그런데 늦은 이유를 설명하려니까 부인이 내 말을 가로막았다.

"아니, 못 오실 줄 알았어요. 이렇게 와주셔서 기뻐요."

그 자리에 있던 남편이 한마디 했다.

"차를 한 잔 드시고 싶으실 거요."

"차를 마시기에는 시간이 좀 늦은 것 같은데요." 부인은 그렇게 말하면서 나를 부드럽게 쳐다보았다. 그 온화하고 아름다운 눈은 매우 상냥해 보였다. 부인이 물었다. "어때요, 차는 필요 없으시죠?"

실은 목마르고 배도 고팠다. 스콘[13] 하나와 커피 한 잔으로 점심을 때웠으니까. 하지만 솔직히 말하기도 뭐해서 그냥 차는 됐다고 사양했다.

"올굿 뉴턴 씨는 아시나요?" 부인은 내가 방에 들어갔을 때 커다란 안락의자에 앉아 있던 사내를 가리켰다. 그는 자리에서 일어나 있었다. "에드워드네 집에서 만나셨을 것 같은데요."

확실히 만난 적이 있었다. 별로 자주 오는 손님은 아니지만 이름은 유명해서 기억하고 있었다. 나는 왠지 주눅이 들어 한 번도 그와 대화해본 적이 없었다. 지금은 완전히 잊혀버렸지만, 그는 그 당시 영국에서 제일가는 비평가였다. 건장하고 뚱뚱한 사내였는데 포동포동한 하얀 얼굴, 연푸른색 눈, 희끗희끗한 금발이 특징적이었다. 눈동자 색깔에 맞춰 항상 연푸른색 넥타이를 매고 있었다. 드리필드네 집에서 작가들을 만나면 매우 정답게 굴면서 듣기 좋은 말을 늘어놓았지만, 그들이 돌아가면 짓궂은 농담을 하여 좌중의 웃음을 유도했다. 그는 낮고 단조로운 목소리로 단어를 잘 골라서 이야기했다. 아마 이 남자만큼 정확하게 친구를 비판할 수 있는 사람도 없을 것이다.

올굿 뉴턴과 나는 악수를 했다. 친절한 트래퍼드 부인은 나를 편안하게 해주

---

13) 영국의 전통 빵.

려고 일부러 내 손을 잡아 자기 옆 소파에 앉혔다. 테이블에는 아직 다과가 놓여 있었다. 부인은 잼 샌드위치 한 쪽을 집어 우아하게 오물거리며 먹었다.

"최근에 드리필드 부부를 만난 적이 있나요?" 지나가는 말처럼 부인이 물었다.

"지난 토요일에 만났습니다."

"그 뒤로는 못 만났어요?"

"네."

트래퍼드 부인은 올굿 뉴턴과 남편을 번갈아 바라보았다. 두 사람의 도움을 바라는 눈치였다.

"에둘러 말해봤자 소용없어요." 뉴턴이 어렴풋이 심술궂게 눈을 반짝이며 굵은 목소리로 딱 잘라 말했다.

부인은 몸을 돌려 나를 보았다.

"그럼 드리필드 부인이 도망간 것도 모르시겠네요."

"네? 뭐라고요!"

나는 놀라 자빠질 뻔했다. 내 귀를 믿을 수 없었다.

"당신이 사실을 말씀하시는 게 좋겠어요." 부인이 올굿에게 말하자 그가 의자에 앉은 채 몸을 쭉 폈다. 그리고 두 손끝을 맞대더니 거드름을 피우며 입을 열었다.

"어젯밤 일입니다. 내가 지금 쓰고 있는 평론 때문에 에드워드 드리필드를 만나야 했어요. 저녁식사를 마치고 날씨가 좋기에 그 사람 집까지 걸어가기로 했습니다. 그도 내가 오는 줄 알고 있었고, 또 어지간한 일이 없으면 밤에는 늘 집에 있으니까요. 뭐 시장님이 주최하는 파티나 왕립 미술원 만찬회라도 열리면 또 모르지만. 하여튼 그래서 그 집에 갔는데요. 거의 다 왔을 때 현관문이 열리더니 에드워드가 불쑥 나타나더군요. 아, 깜짝 놀랐습니다. 아니, 정확히는 허를 찔려 당황했지요. 아시다시피 임마누엘 칸트는 매일 똑같은 시각에 산책하는 습관이 있어서 쾨니히스베르크 사람들은 그걸 보고 시계를 맞췄다지 않습니까? 그런데 어느 날 칸트가 평소보다 한 시간 일찍 나타나자 다들 놀라서 파랗게 질렸다고 합니다. 엄청난 사건이 일어난 게 틀림없다고 생각한 거죠. 그래요, 바로 맞혔습니다. 그는 바스티유 감옥이 함락된 소식을 들은 겁니다."

올굿 뉴턴은 자기 이야기에 대한 청중의 반응을 살피려고 잠시 말을 끊었다.

부인이 미소 지으며 고개를 끄덕였다.

"드리필드가 이쪽으로 달려오는 것을 보자마자 나는 직감했습니다. 프랑스혁명은 아닐망정 뭔가 좋지 못한 일이 벌어진 게 틀림없다고 말이지요. 그는 지팡이도 안 들고 장갑도 안 꼈더군요. 낡은 검정색 알파카 작업복을 입고 넓적한 중절모를 쓰고 있었습니다. 표정이 왠지 무서웠어요. 심하게 흐트러진 모습이었죠. 부부생활의 파란곡절이야 저도 잘 알고 있으니까 혹시 부부싸움이라도 하고 집을 뛰쳐나왔나 했어요. 아니면 급한 편지를 부치려고 우체국으로 달려가는 줄 알았죠. 하여튼 그리스의 영웅 아킬레스를 피해 달아나는 트로이의 헥토르만큼이나 엄청난 기세로 달리더군요. 나를 보지도 못한 것 같았습니다. 보고도 못 본 체하는 게 아닌가 싶기도 했지요. 그래서 불러 세웠습니다. '에드워드!' 하고 부르자 화들짝 놀라는 것 같더군요. 잠시 동안은 내가 누군지도 모르는 듯했어요. 나는 그에게 물었습니다. '아니 여보시오, 어느 복수의 여신이 당신을 그렇게 수상쩍은 핌리코 지역으로 급히 달려가게 하는 거요?' 그러자 그가 아, 당신이었냐고 말했습니다. 그래서 대체 어디 가느냐고 물었더니 아무 데도 안 간다고 하더군요."

이래서야 올궂 뉴턴의 이야기가 언제 끝날지 알 수 없었다. 벌써 저녁 시간이 30분이나 지났는데도 내가 집에 안 돌아오니 하숙집 아주머니께서 초조하게 기다리고 계실 텐데.

"나는 내가 찾아온 용건을 말했어요. 그리고 그 골치 아픈 문제에 대해 상의하려면 그의 집으로 돌아가는 편이 낫겠다고 했지요. 하지만 그는 싫다고 하더군요. '심란한 일이 있어서 집에는 도저히 못 들어가겠소. 같이 좀 걸읍시다. 걸으면서 얘기하면 되잖소?' 그래서 우리는 발길을 돌려 같이 걷기 시작했습니다. 그런데 그 친구 걸음이 너무 빨라서 따라갈 수가 없었어요. 좀 천천히 걷자고 말해야 했죠. 존슨 박사라도 플리트 거리를 급행열차처럼 질주하면서 이야기할 수는 없었을 거예요. 에드워드는 차림새도 이상했고 아주 흥분해 있는 것 같았어요. 사람이 뜸한 길로 데려가는 것이 좋겠다고 생각했지요. 그리고 계획 중인 논평에 대해 이야기했습니다. 내가 생각해 놓은 주제가 예상보다 훨씬 거창해서 주간지 칼럼에 싣기에는 좀 적절치 않은 것 같다고 이야기했지요. 그렇게 충분히 설명하고 나서 의견을 물었습니다. 그런데 에드워드는 딱 한마디만 하더군요. '로지가 떠나갔어.' 순간 무슨 소리인지 이해를 못했습니다. 하지만 곧 깨달았죠. 그 건강하고 매력적인 여자, 파티 석상에서 나한테 종종 차를 건네주었던 그 여자 이야기라는 것을요. 그리고 에드워드의 말투로 보아, 그가 내게서 어떤 축하의 말이 아니라 위로의 말을 바란다는 것을 알았습니다."

올굿 뉴턴은 다시 한번 말을 끊고 푸른 눈을 깜빡거렸다.

"올굿 씨는 정말 말씀을 잘하시네요." 부인이 말했다.

"음, 대단하시구려." 트래퍼드 씨도 한마디 했다.

"아무래도 위로해줘야 할 것 같아서 '저런, 여보게' 하고 입을 뗐습니다. 하지만 그가 내 말을 가로막으면서 말하더군요. '방금 편지를 받았네. 로지가 조지 켐프 경이랑 같이 도망갔어.'"

나는 놀라서 숨을 삼켰다. 그러나 입은 여전히 다물고 있었다. 트래퍼드 부인이 흘깃 이쪽을 봤다.

"나는 조지 켐프 경이 누구냐고 물어봤죠. 그랬더니 블랙스터블에 사는 남자라고 하더군요. 곰곰이 생각할 여유가 없어 그냥 솔직하게 말하기로 했습니다. '아니, 차라리 잘됐네.' 그러자 에드워드가 그게 무슨 말이냐고 소리를 질렀습니다. 나는 멈춰 서서 그의 팔을 붙잡고 말했습니다. '그 여자는 자네를 배신했어. 자네 친구들과 실컷 놀아났단 말이야. 그런 소문이 자자하다고. 알겠나? 현실을 직시해. 자네 아내는 매춘부랑 다를 게 없네!' 그러자 그는 내 손을 뿌리치더니 낮게 으르렁거렸습니다. 마치 보르네오 정글에 사는 오랑우탄이 야자열매를 빼앗기기라도 한 것처럼 말이죠. 내가 붙잡을 새도 없이 그가 어딘가로 달려가 버렸습니다. 나는 놀라서 정신을 못 차렸죠. 다만 그의 고함과 달려가는 발소리만 들었을 뿐입니다."

"그를 붙잡았어야지요. 그런 상태에선 템스강에 몸을 던졌을지도 모르는데." 트래퍼드 부인이 말했다.

"나도 그 생각은 했습니다. 하지만 강 쪽으로 가지 않고, 우리가 방금 지나온 어느 골목길로 뛰어 들어갔거든요. 게다가 문학작품을 쓰는 도중에 자살한 작가가 없다는 사실도 생각났고요. 아무리 괴로운 일이 있어도 미완성 작품을 후세에 남기기는 싫은 거지요."

나는 이야기를 들으면서 기가 막혔다. 충격도 받고 실망도 했다. 그러면서 왜 트래퍼드 부인이 나를 이 자리에 불렀는지 알 수 없어서 고개를 갸우뚱했다. 부인은 나에 대해서 잘 모르니까, 이 사건이 나와 무슨 특별한 관련이 있다고 생각할 리 없다. 이 놀라운 소식을 알려주려고 일부러 부를 까닭이 없는 것이다.

"에드워드도 참 안됐어요." 부인이 말했다. "물론 이번 일이 불행한 재난처럼 보이기는 해도 실은 행운이라는 것을 부정할 사람은 없겠지요. 하지만 그래도 그 사람은 충격을 받았을 거예요. 다행히 성급한 짓은 아직 안 한 모양이지만."

그리고 부인은 나를 돌아보며 말했다.

"뉴턴 씨의 연락을 받고 곧장 림퍼스 거리로 가봤어요. 에드워드는 집에 없더군요. 하지만 하녀가 금방 나갔다고 했어요. 올굿 씨랑 헤어지고 나서 오늘 아침이 되기 전에 집에 들르기는 한 거지요. 그나저나 제가 당신을 왜 불렀는지 궁금하시지요?"

나는 침묵을 지켰다. 부인이 계속해서 이야기하기를 기다렸다.

"당신은 블랙스터블에서 드리필드 부부를 만났다고 들었습니다. 그러니 조지 켐프 경이 누구인지 아시겠지요? 에드워드 말로는 블랙스터블 사람인 것 같은데요."

"네. 중년에 접어든 사내입니다. 아내와 두 아들이 있지요. 아들은 저하고 비슷한 또래입니다."

"그런데 대체 어떤 사람인가요? 〈귀족 연감(年鑑)〉에도 실려 있지 않던데요."

나는 하마터면 웃음을 터뜨릴 뻔했다.

"아, 사실 그는 귀족이 아닙니다. 그 지방 석탄장수지요. 다만 하도 거드름을 피우고 다니니까 블랙스터블 사람들이 조지 경이라고 부르고 있을 뿐입니다. 뭐, 그냥 장난삼아 놀리는 거지요."

"거참, 시골 사람들의 농담은 제삼자로서는 이해하기 힘들 때가 많네요." 올굿이 말했다.

"우리가 힘을 합쳐서 에드워드를 도와줘야 해요." 부인이 그렇게 말하더니 의미심장한 눈으로 나를 바라보았다. "그 켐프란 사람이 로지 드리필드와 함께 도망쳤다면, 자기 아내는 버리고 간 거겠죠?"

"아마도요." 내가 대답했다.

"저기, 죄송하지만 부탁 하나만 들어주시겠어요?"

"제가 할 수 있는 일이라면 해드리지요."

"그럼 블랙스터블에 가서 상황이 어떻게 돌아가는지 보고 와주실래요? 켐프 부인과 접촉을 해봐야 할 것 같아요."

나는 남의 일에 끼어들기는 싫었다.

"제가 해낼 수 있을지 모르겠네요."

"그 부인을 만나주실 수 없나요?"

"아마 힘들 것 같습니다."

바튼 트래퍼드 부인은 내 대답을 무뚝뚝하다고 생각하는 듯했으나 내색은 안 했다. 그저 짧게 웃었을 뿐이다.

"그래요, 그럼 그 일은 제쳐 두죠. 지금 급한 일은 블랙스터블에 가서 켐프의 소식을 알아보는 거예요. 나는 오늘밤 에드워드를 만나러 갈 겁니다. 그 끔찍한 집에 혼자 있게 내버려둘 수는 없으니까요. 너무 가엾잖아요. 그래서 우리 부부는 그분을 이 집으로 모셔오기로 결정했어요. 빈 방이 있으니 거기서 작업하실 수 있게끔 할 겁니다. 그게 에드워드를 도와줄 가장 좋은 방법일 거예요. 안 그래요, 올굿 씨?"

"아, 그렇고말고요."

"그분이 이 집에서 오래오래, 아니 적어도 몇 주일쯤 머문다고 해서 문제될 건 전혀 없어요. 그러다가 여름이 되면 피서도 같이 갈 수 있겠지요. 피서는 브르타뉴로 갈 건데, 그분도 분명히 좋아하실 거예요. 기분 전환이 될 테지요."

"우선 급한 문제는 우리 젊은 의학도께서 블랙스터블에 가셔서 사정을 알아보고 와주시느냐 마느냐 하는 겁니다. 사태를 정확히 파악해야 하거든요. 그게 가장 중요합니다." 트래퍼드 씨가 부인만큼이나 상냥하게 나를 보면서 말했다.

바튼 트래퍼드 씨는 자기가 고고학에만 관심을 가지는 게 아니라는 사실을 증명하기 위해서인지 늘 정다운 태도를 보이면서 우스갯소리를 했다.

"설마 거절하시지는 않겠지요." 부인이 부드럽게 호소하는 듯한 눈으로 나를 보며 말했다. "우리 부탁 좀 들어주세요, 네? 이건 정말 중요한 일이에요. 게다가 선생님 말고는 아무도 못해요."

나도 부인 못지않게 대체 무슨 일이 일어났는지 알고 싶었다. 하지만 지금 이 순간 얼마나 괴로운 질투의 칼날이 내 가슴을 푹 찔렀는지 부인은 상상도 못했을 것이다.

"토요일까지는 병원을 떠날 수 없을 것 같습니다." 내가 말했다.

"아, 네. 그래도 돼요. 친절하시기도 해라. 에드워드의 친구들 모두가 당신에게 감사할 거예요. 그럼 언제쯤 돌아오실 건가요?"

"월요일 새벽에는 런던으로 돌아와야겠지요."

"알았어요. 그날 오후에 우리 집으로 와주세요. 같이 차를 마십시다. 하루빨리 오시기를 애타게 기다리고 있을게요. 아, 드디어 문제가 해결됐네요. 다행이에요. 그럼 이제 에드워드를 찾으러 가야겠어요."

이제 그만 가보라는 뜻이었다. 올굿 뉴턴도 작별인사를 하고 나와 함께 현관으로 나왔다.

"오늘의 이사벨은 아라곤의 캐서린 왕비 같기도 하네요. 참 단호하고 똑 부러지는 것이. 아, 좋아요, 좋아." 등 뒤에서 현관문이 닫히자 올굿 뉴턴이 입을 열었다. "이건 절호의 기회입니다. 우리 이사벨 여사께서 이 기회를 절대로 놓치실 리 없다고 봐도 틀림이 없겠지요. 상냥하고 마음씨 고운 부인이시니까요. 그야말로 먹이를 놓치지 않는 비너스[14]지요!"

나는 이게 무슨 소리인지 몰랐다. 앞서 독자 여러분께 설명한 바튼 트래퍼드 부인의 정체를 그때는 몰랐기 때문이다. 부인이 어떤 사람인지는 나중에야 알게 되었다. 하지만 올굿 뉴턴이 부인을 빈정대고 있다는 것만은 알아차렸으므로 나는 킥킥 소리 내어 웃었다.

"당신은 젊으니까, 위대하신 디즈레일리 수상이 '런던의 곤돌라'라는 웃기는 이름을 붙인 놈을 타고 가실 테지요?"

"아뇨, 버스 타고 갈 겁니다."

"아, 그래요? 혹시 이륜마차를 타고 가신다면 도중까지 같이 껴서 가려고 했는데. 아직도 구식인 이 몸이 승합자동차라고 부르는 그 놈을 타고 가시겠다면 어쩔 수 없지요. 나는 이 거추장스러운 몸뚱이를 사륜마차에 태워서 가야겠군요."

그가 손짓으로 사륜마차를 부르더니 나에게 통통한 손을 내밀어 악수를 청했다.

---

14) 라신의 〈페드르〉 제1막 3장에서 인용.

"당신이 맡은 사명을 헨리 군[15]이라면 '더없이 미묘한 사명'이라고 했겠지요. 그럼 힘내십쇼. 결과 보고를 들으러 월요일에 다시 오겠소."

20

그러나 내가 다시 올굿 뉴턴을 만난 것은 몇 년 뒤였다. 블랙스터블에 가보니 바튼 트래퍼드 부인의 편지가 와 있었다(부인은 빈틈없게도 내 주소까지 미리 알아놨던 것이다). 이유는 나중에 설명할 테니 이번 월요일에 자택이 아닌 빅토리아역 일등 대합실에서 6시에 만나자는 내용이었다. 그날 병원 일이 끝나자마자 나는 역으로 달려갔다. 잠깐 기다리고 있자니까 부인이 나타나 종종걸음으로 다가왔다.

"뭐 좀 많이 알아오셨어요? 우선 조용한 데로 가서 앉읍시다."

우리는 적당한 자리를 찾아 앉았다.

"여기로 오시라고 한 이유부터 말씀드릴게요. 실은 에드워드가 우리 집에 있거든요. 처음에는 안 오겠다고 했지만 우리가 잘 설득해서 데려왔죠. 그분은 지금 흥분해 있어요. 신경질도 부리고 몸도 안 좋아요. 그래서 그분과 당신을 만나게 하면 안 되겠다고 생각했죠."

나는 알아낸 사실을 숨김없이 트래퍼드 부인에게 전했다. 부인은 열심히 귀를 기울였다. 가끔 고개를 끄덕이기도 했다. 그러나 블랙스터블에서 일어난 소동을 부인이 이해하게끔 설명하기란 쉽지 않았다. 온 동네가 발칵 뒤집어진 것이다. 이런 엄청난 사건은 몇 년 만에 처음으로 다들 모이기만 하면 늘 그 이야기뿐이었다. 험프티 덤프티가 바닥에 뚝 떨어진 것이다. 조지 켐프 경이 달아나버린 것이다. 일주일쯤 전에 그는 사업차 런던에 가야 한다고 말했다. 그리고 이틀 뒤 파산선고 신청서가 제출되었다. 아무래도 그의 건축사업이 실패한 모양이다. 블랙스터블을 인기 있는 해수욕장으로 만들려는 계획이 호응을 얻지 못하자 그는 갖은 수단을 써서 자금을 긁어모았다. 작은 동네에 온갖 소문이 다 나돌았다. 없는 돈을 몽땅 털어 켐프한테 맡겨버린 수많은 주민들이 전 재산을 잃어버릴 위기에 처했다. 숙부도 숙모도 장사 쪽에는 어두웠고 나도 그분들의 말

15) 헨리 제임스로 추정된다.

씀을 이해할 만한 지식이 없었으므로, 금전 문제에 대한 자세한 사정은 알 길이 없었다. 그러나 켐프네 집은 저당을 잡혔고 가구에도 온통 판매 표찰이 붙어 있었다. 버려진 아내는 무일푼이었다. 스무 살과 스물한 살 난 두 아들은 석탄사업에 몸담고 있었으므로 똑같이 파산하고 말았다. 조지 켐프는 현금을 모조리 챙겨서 혼자 튀었다(사람들 말로는 1500파운드라고 하는데 어떻게 구체적인 액수까지 알아냈는지 모르겠다). 체포영장이 나왔다는 말도 있었다. 아마 외국으로 도망쳤을 텐데 오스트리아라는 소문도 있고, 캐나다라는 소문도 있었다.

"당장 잡아서 종신형에 처해야지." 숙부가 그렇게 말씀하셨다.

숙부뿐만 아니라 많은 사람이 분개했다. 전부터 마을 사람들은 켐프에게 반감을 품고 있었다. 싫어하는 이유는 가지가지였다. 그가 항상 시끄럽게 떠들고 다녔으니까, 남을 놀리고 술을 사며 가든파티에 초대했으니까, 훌륭한 마차를 타며 갈색 중산모를 멋지게 쓰고 다녔으니까……. 그러나 그의 가장 괘씸한 행실은 따로 있었다. 일요일 저녁 예배가 끝난 뒤 제의실에서 교회 집사가 숙부에게 말하기를, 지난 2년간 조지 켐프는 매주 하버샴에서 로지 드리필드를 만나 술집 2층에서 하룻밤을 보냈다는 것이었다. 술집 주인은 켐프의 터무니없는 사업 중 어느 부문에 돈을 투자했다가 모조리 떼인 것을 알고는 분개하여 그 비밀을 들춰내 버린 것이다. 그는 조지 경이 다른 사람을 속였다면 그래도 봐줄 수 있었겠지만, 그렇게 친절을 베풀어준 친한 친구인 자기마저 속이다니 너무 괘씸하다고 분통을 터뜨렸다.

"둘이 같이 도망쳤겠군." 숙부가 말했다.

"아마 그렇겠죠." 교회 집사가 맞장구쳤다.

저녁식사가 끝나고 하녀가 식탁을 치우는 사이에 나는 부엌으로 가서 메리 앤과 이야기를 나눴다. 메리 앤도 교회에 있었으므로 이야기를 들어 알고 있었다. 그날 저녁 신도들은 숙부님 설교가 귀에 들어오지도 않았을 것이다.

"숙부님은 두 사람이 같이 도망쳤을 거라고 하시던데." 나는 시치미를 뚝 떼고 말했다.

"아, 그야 그렇겠지요. 결국 로지가 정말로 사랑한 사람은 그 남자였던 거죠. 그놈이 새끼손가락만 까딱하면 로지는 누구든지 다 팽개치고 그놈한테 달려갔을 거라니까요." 메리 앤이 말했다.

나는 시선을 떨어뜨렸다. 굴욕감에 속이 부글부글 끓었고, 로지가 더없이 미웠다. 배신을 당한 기분이었다.

"로지를 다시는 볼 수 없으려나?"

그 말을 하는 순간 가슴이 미어지는 듯했다.

"아마 그렇겠죠." 메리 앤이 명랑하게 말했다.

블랙스터블에서 알아낸 사실 가운데 바튼 트래퍼드 부인이 알아야 할 내용들을 골라서 들려주자 부인은 한숨을 푹 내쉬었다. 만족의 한숨일까, 슬픔의 한숨일까. 알 수가 없었다.

"어쨌든 이것으로 로지도 끝장이군요." 부인은 한마디 하고 일어나서 손을 내밀었다. "어째서 문인들은 이렇게 불행한 결혼을 하게 되는 걸까요? 슬픈 일이에요. 정말 슬픈 일이에요. 수고해주셔서 감사합니다. 덕분에 사태가 어떻게 돌아가는지 잘 알았습니다. 이제 남은 중요한 문제는 이 사건이 에드워드의 작품 활동에 방해가 되지 않게 하는 거예요."

부인의 그 말은 나하고는 상관없는 것처럼 들렸다. 실제로 부인은 나 따위는 처음부터 마음속에 두지 않았을 것이다. 나는 부인을 빅토리아역 밖으로 데리고 나와서 첼시의 킹스로드로 가는 버스에 태워주었다. 그리고 하숙집으로 걸어 돌아왔다.

21

나와 드리필드의 만남은 뚝 끊겼다. 나는 양심에 켕겨서 그를 찾아갈 수 없었다. 게다가 시험을 준비하느라 바쁘기도 했다. 합격하고 나서는 바로 외국으로 떠났다. 드리필드가 로지와 이혼했다는 기사를 신문에서 본 기억이 어렴풋이 난다. 로지에 대한 소식은 더는 들을 수 없었다. 가끔 10~20파운드쯤 되는 적은 돈이 로지의 어머니에게 왔다. 뉴욕 소인이 찍힌 등기우편에 주소도 없고 편지도 없이 돈만 달랑 들어 있었다. 달리 그녀에게 돈을 보낼 사람도 없으니 아마 로지가 보낸 것이겠거니 하고 추측할 따름이었다. 이윽고 로지의 어머니는 나이가 들어 세상을 떠났다. 그 소식이 로지의 귀에도 들어갔는지 등기우편마저 딱 끊어지고 말았다.

22

앨로이 키어와 나는 약속대로 금요일에 빅토리아역에서 만나 블랙스터블 행 5시 10분 기차를 탔다. 우리는 흡연실 한구석에 편안히 마주 앉았다. 로지가 도망가고 나서 드리필드가 어떻게 지냈는지는 방금 로이에게서 대충 들었다. 로이는 바튼 트래퍼드 부인과 매우 가까운 사이가 되었다. 나는 로이의 성격을 잘 알고 부인에 대해서도 또렷이 기억하고 있으므로, 두 사람이 친해진 것도 극히 당연하다고 생각했다. 로이가 트래퍼드 부부와 함께 유럽 대륙을 여행하면서 바그너, 후기 인상파 회화, 바로크 건축을 실컷 감상했다는 이야기를 듣고도 크게 놀라지 않았다. 그는 첼시에 있는 부인의 저택을 부지런히 방문하여 점심을 같이 먹곤 했다. 그리고 세월이 흘러 몸이 쇠약해진 부인이 외출을 삼가고 응접실에서만 지내게 되자, 바쁜 시간을 쪼개어 일주일에 한 번씩은 꼬박꼬박 부인을 찾아가 대화를 나눴다고 한다. 로이는 친절하고 사려 깊은 남자였다. 부인이 세상을 떠나자 그는 부인의 탁월한 공감 능력과 위대한 판단력을 찬양하는 추도문을 썼다.

어쨌든 참 잘된 일이다. 로이의 친절이 이렇게 뜻밖의 형태로 보상을 받게 되었으니. 트래퍼드 부인은 에드워드 드리필드에 대한 정보를 로이에게 잔뜩 제공했던 것이다. 그 정보는 지금 로이가 매달리고 있는 드리필드 전기의 소중한 자료로 쓰이고 있다. 로지가 도망가고 나서 에드워드는, 로이의 프랑스어 표현을 빌리자면 '당황하여 얼이 빠진 상태(désemparer)'가 되었다. 그때 부인이 부드럽지만 좀 강제적인 방법으로 그를 자기 집으로 데려와서 무려 1년 가까이나 머물도록 설득했다고 한다. 여성적인 배려와 남성적인 기백을 갖춘 여인답게 부인은 드리필드를 정성스레 돌보고 변함없는 친절을 베풀면서 그를 지적으로 이해해주었다. 부인은 그저 상냥하기만 한 것이 아니라 더없이 영리하고 똑똑했다. 드리필드는 부인의 저택에서 《그 열매로 인하여》를 완성했다. 부인이 마치 자기가 작품을 완성한 것처럼 자랑스러워한 것도 마땅한 일이었다. 드리필드도 부인의 은혜를 알았는지 이 책을 그녀에게 헌정했다. 부인은 그를 이탈리아로 데려갔다(물론 못된 사람들이 이상한 소문을 퍼뜨리지 못하도록 트래퍼드 씨도 동행했다). 그곳에서 부인은 러스킨의 책을 손에 들고 이탈리아의 영원한 아름다움을 에드워드에게 가르쳐주었다. 영국으로 돌아와서는 그를 위해 템플에 집을 구해주고,

그곳에서 오찬회를 열어 훌륭한 여주인 역할을 맡았다. 그리하여 드리필드는 차차 명성이 높아짐에 따라 찾아오는 손님들을 그곳에서 맞이할 수 있었다.

그렇게 그의 명성이 높아진 데에는 트래퍼드 부인의 공이 컸다. 이 점은 인정하지 않을 수 없다. 그의 흔들림이 없는 명성은 이미 붓을 꺾은 만년에 이루어진 것이지만, 그 전에 부인이 끊임없이 노력하여 그 기반을 마련한 것은 틀림없는 사실이다. 부인은 드리필드를 영국 소설의 거장으로 평가해야 한다는 논문을 〈쿼털리〉에 실어 달라고 남편에게 부탁했을 뿐만 아니라(어쩌면 글재주가 있는 부인이 직접 펜을 들었는지도 모른다), 그의 작품이 나올 때마다 호평을 받도록 갖은 수를 다 썼다. 여기저기 뛰어다니면서 유력한 신문·잡지의 편집자들을 만나고, 더 나아가 유력한 경영자를 만나려고 애썼다. 저녁에는 파티를 열어 도움이 됨직한 인물들을 모조리 초대했다. 또 에드워드를 설득하여 부잣집 파티에서 자선사업을 위한 자작 낭독을 하게 했다. 그리고 그 사진이 주간지에 실리도록 손을 썼다. 그가 인터뷰를 하면 반드시 부인이 기사를 검토하여 수정했다. 그렇게 부인은 무려 10년이나 지치지도 않고 선전을 하면서 끊임없이 그를 대중 앞에 내세웠다.

트래퍼드 부인은 이러한 일을 멋지게 해냈다. 그러나 절대 분수를 잊지는 않았다. 그렇지만 부인을 빼놓고 드리필드만 파티에 초대해 봤자 헛일이었다. 그가 초대를 거절하기 때문이다. 두 사람이 초대를 받으면 함께 와서 함께 돌아갔다. 부인은 결코 그에게서 눈을 떼지 않았다. 그를 초대하려는 귀부인들은 마땅히 화를 냈지만, 결국 트래퍼드 부인의 치맛바람을 참고 견디든지 아니면 드리필드를 초대하지 말든지 할 수밖에 없었다. 대개 그들은 참고 견뎠다. 트래퍼드 부인이 기분이 상했을 때는 드리필드를 통해 불편함을 드러냈다. 그럴 때 부인은 여전히 매력적이고 상냥했지만 드리필드는 몹시 퉁명스러워졌다. 하지만 부인은 그의 매력을 끌어낼 줄 알았으므로 저명인사들이 모인 자리에서는 그를 한없이 돋보이게 해주었다. 그가 일류 작가로서 빛을 발하도록 완벽하게 돌봐줬다. 부인은 그가 당대 최고의 작가라는 확신을 언제나 숨김없이 드러냈다. 남들 앞에서는 항상 그를 '거장'이라고 불렀으며, 본인 앞에서도 장난스럽게 치켜세우는 투로 거장이라는 단어를 썼다. 그렇게 부인은 마지막까지 애교 있는 태도를 유지했다.

그러던 어느 날 무서운 일이 일어났다. 드리필드가 폐렴에 걸려 중태에 빠진 것이다. 한때는 생명이 위험할 정도였다. 바튼 트래퍼드 부인은 그녀가 할 수 있는 모든 것을 했다. 가능하다면 직접 그를 간호하고 싶었을 테지만, 그녀도 이미 예순이 넘은 허약한 노인이었다. 그래서 전문 간호사를 고용할 수밖에 없었다. 드리필드가 겨우 자리를 털고 일어나자 의사는 그에게 시골에 가서 요양하기를 권했다. 그리고 몸이 무척 약해졌으니 간호사도 따라가야 한다고 했다. 트래퍼드 부인은 그를 본머스로 보내려고 했다. 거기라면 자기가 주말마다 내려가서 그가 잘 지내는지 살펴볼 수 있을 테니까. 그러나 드리필드는 콘월로 가고 싶어했고, 의사도 펜잰스의 온화한 기후가 건강에 가장 좋을 거라면서 그의 의견을 지지했다. 이사벨 트래퍼드처럼 직감이 좋은 여자라면 충분히 불길한 예감을 느꼈을 법하지만, 어쨌든 그녀는 별말 없이 그를 보내줬다. 다만 간호사에게 몹시 중대한 임무를 맡게 되었으니 잘하라고 누누이 당부했다. 영문학을 대표하는 가장 위대한 인물의 생명과 행복을 당신 손에 맡기는 것이니, 이 더없는 막중한 책임을 잘 인식하라고 했다.

3주일 뒤 부인은 에드워드 드리필드의 편지를 받았다. 그가 교회에서 특별 결혼 허가증을 받아 간호사와 결혼했다는 내용이었다.

이 상황에서 트래퍼드 부인이 취한 행동만큼 그녀의 정신적 위대함을 단적으로 보여주는 예는 달리 없으리라. 그녀는 "유다! 배신자 유다!" 하고 외쳤을까? 히스테리를 부리면서 머리를 쥐어뜯고 바닥을 구르며 발버둥을 쳤을까? 학식 있고 어른스러운 남편에게 괜히 화풀이를 해댔을까? 남자의 불성실과 여자의 음란함을 통렬하게 비난했을까? 상처 받은 가슴을 어떻게든 달래려고 더러운 욕설을 고래고래 내뱉었을까? (정신과 의사들 말로는 아무리 정숙한 여성이라도 놀라울 만큼 많은 욕설을 알고 있다고 한다) 아니, 아니다. 전혀 그러지 않았다. 부인은 드리필드에게 우아한 축하 편지를 띄우고, 새색시에게도 사랑하는 친구가 이제 둘이 되어서 기쁘다는 편지를 보냈을 뿐이다. 런던으로 돌아오거든 둘이 함께 놀러 와서 머물다 가라는 말도 덧붙였다. 또 주위 사람들에게도 좋은 말만 했다. 에드워드 드리필드도 나이가 꽤 들었으니 그를 돌봐줄 여자가 필요해요. 그러니 전문 간호사를 아내로 맞이하면 더할 나위 없지 않겠어요? 그가 그녀와 결혼해서 다행이에요. 드리필드의 두 번째 부인은 정말 칭찬할 만하답니다. 얼굴이 예쁘지는 않아도 인상이 좋아요. 아, 물론 진정한 숙녀는 아니지요. 하지만 에드워드도 너무 고귀한 여자랑 같이 살면 오히려 불편할 테니까요. 그에게 잘 어울리는 아내랍니다.

바튼 트래퍼드 부인은 정말 인정이 넘쳐흐른다고 해도 거짓말은 아닐 것이다. 하지만 그 넘치는 인정 속에 독기가 서려 있다면 바로 이런 경우가 아닐까.

23

로이와 나는 블랙스터블에 도착했다. 로이를 마중 나온 차가 미리 대기하고 있었다. 눈에 띄게 호화롭지도 않고 추레하지도 않은 자동차였다. 운전사가 나에게 쪽지를 건네줬다. 내일 점심을 같이하자는 드리필드 부인의 전언이었다. 나는 택시를 타고 베어 앤드 키로 갔다. 해변에 호텔이 새로 생겼다는 이야기를 로이한테서 들었지만, 젊은 시절부터 자주 드나들던 안식처를 버리고 사치스러운 문명의 호사를 누릴 생각은 없었다. 그런데 역에 도착했을 때부터 낯선 느낌이 들었다. 모든 게 변해 있었다. 기차역도 예전 자리가 아니라 새로 생긴 도로 위쪽에 있었다. 자동차를 타고 큰길을 지나갈 때에도 이상한 기분이 들었다. 그러나 베어 앤드 키는 옛날 그대로였다. 전과 다름없이 무뚝뚝하게 손님을 맞아들였다. 입구에는 아무도 없었다. 운전사는 내 짐을 내려놓더니 바로 떠나버렸다. 나는 "계세요?" 하고 불러봤지만 대답이 없었다. 술집 안으로 들어가자 머리를 짧게 자른 젊은 여성이 콤프턴 매켄지 씨의 책을 읽고 있었다. 방이 있냐고 물어봤다. 그녀는 퉁명스런 얼굴로 이쪽을 보면서 아마 있을 거라고 대답했다. 하지만 도무지 움직이려 하지 않았다. 나는 방을 보여줄 수 있겠냐고 정중하게 물었다. 그러자 그녀가 일어나서 문을 열고 새된 소리로 "케이티!" 하고 불렀다.

"왜요?" 누군가의 목소리가 들렸다.

"손님이 방을 빌리고 싶대."

잠시 뒤 무늬가 있는 지저분한 옷을 입은 초라한 노파가 나타났다. 흰머리는 마구 흐트러져 있었다. 노파는 나를 데리고 2층으로 올라가서 좁고 누추한 방을 보여줬다.

"좀더 괜찮은 방은 없나요?" 내가 물어봤다.

"장사하러 오신 분들은 보통 이 방에 드시는데요."

"다른 방은 없어요?"
"독실은 여기밖에 없어요."
"그럼 2인실을 주세요."
"잠깐만요, 브렌트퍼드 부인한테 물어보고 올게요."

나도 그녀와 함께 1층으로 내려갔다. 노파는 어느 방문을 두드렸다. 들어오라는 말을 듣고 노파가 문을 열자 안에 한 여성이 있었다. 하얗게 센 머리가 구불구불 곱게 말린 오동통한 중년 여성이었다. 그녀는 책을 읽고 있었다. 베어 앤드 키 사람들은 다들 책을 좋아하나 보다. 손님께서 7호실을 마음에 안 들어 하신다고 케이티가 말하자 중년 여성이 나를 무심하게 보면서 지시를 내렸다.

"그럼 5호실로 안내하세요."

자기 집에 와서 머물라는 드리필드 부인의 제안을 굳이 거절하고, 해변에 멋진 호텔이 새로 생겼다는 로이의 말도 감상적인 이유로 귀담아듣지 않았던 것을 나는 이제 와서 후회하기 시작했다. 케이티는 나를 다시 2층으로 데려가 큰길이 내다보이는 큼직한 방을 보여주었다. 더블베드가 방의 대부분을 차지하고 있었다. 창문은 적어도 한 달은 안 열어본 것 같았다.

하지만 나는 이곳에 묵기로 했다. 그리고 저녁식사에 대해 물었다.

"드시고 싶은 게 있거든 말씀하세요. 나가서 사 올게요. 어차피 여기엔 아무것도 없으니까."

영국 여관의 사정은 잘 알고 있었으므로 넙치 튀김과 구운 고기를 주문했다. 그러고는 산책을 나갔다. 해변으로 내려가니 새로 만든 산책로가 나왔다. 전에는 황량한 벌판이었던 곳에 이제는 방갈로와 별장이 많이 들어서 있었다. 그러나 모두 다 초라하고 보잘것없었다. 보아하니 블랙스터블을 인기 있는 휴양지로 바꾸어보려던 조지 경의 꿈은 이렇게 오랜 세월이 지났는데도 아직 실현되지 못한 모양이었다. 퇴역군인 하나와 늙은 부인 둘이 부서진 아스팔트길을 따라 산책하고 있었다. 참으로 쓸쓸한 광경이었다. 차가운 바람이 불고, 안개비가 바다에서 이쪽으로 세차게 날려 왔다.

나는 시내로 돌아갔다. 쌀쌀한 날씨인데도 베어 앤드 키와 듀크 오브 켄트 사이의 공터에 남자들 몇 명이 모여 있었다. 눈은 연푸른색이고 툭 튀어나온 광대뼈는 불그레했다. 그들의 아버지 세대도 바로 그랬다. 푸른 털옷을 입은 선원들은 늙은이부터 10대 소년까지 나이가 다양했는데, 그중에는 아직도 금귀고리를 단 사람들이 있어서 신기하게 느껴졌다. 나는 큰길을 천천히 걸어갔다. 은행은 앞쪽을 개장 공사라도 한 듯했다. 그러나 옛날에 내가 우연히 만난 무명의 드리필드와 함께 탁본용지와 왁스를 샀던 문방구는 지금도 변함없이 그대로였다. 영화관도 두어 개 있었다. 그 요란한 광고판이 이 깨끗한 거리에 퇴폐적인 분위기를 퍼뜨리고 있는 것 같았다. 이를테면 우아한 귀부인이 술을 조금 과음한 듯한 느낌이었다.

6시가 되었다. 나는 장사꾼들이 주로 사용하던 방에서 춥고 쓸쓸한 기분으로 저녁을 먹었다. 커다란 6인용 테이블에서 나 혼자 식사를 했다. 칠칠치 못한 케이티가 식사 시중을 들었다. 난로에 불은 안 피우냐고 물어보자 그녀가 대꾸했다.

"6월에 불을 왜 피워요? 4월이 지나면 난로는 안 써요."

"돈은 낼 테니까 불 좀 피워주시오." 내가 항의했다.

"6월에는 안 피운다니까요. 10월이면 불을 피우겠지만 6월은 안 돼요."

나는 식사를 마치고 바에 가서 포트와인을 마셨다. 그러다 머리를 짧게 깎은 여자에게 말을 걸어보았다.

"손님이 없네요."

"그러게요."

"금요일 밤이니까 손님이 많을 줄 알았는데."

"그래요, 다들 그렇게 생각할 테죠."

그때 얼굴이 붉고 흰머리를 짧게 깎은 건장한 사나이가 뒤쪽에서 나타났다. 이 집 주인인 것 같았다.

"브렌트퍼드 씨인가요?"

"아, 네."

"당신 아버님을 잘 알지요. 어때요, 같이 포도주나 한잔하시겠소?"

나는 이름을 댔다. 어릴 때에는 블랙스터블에서 가장 널리 알려진 이름이었다. 그러나 실망스럽게도 상대가 전혀 모르는 것 같았다. 어쨌든 우리는 함께 술을 마시게 되었다.

"사업차 내려오셨나요?" 주인이 물었다. "장사하는 분들이 우리 집에 가끔 오시거든요. 그래서 가능한 한 편의를 봐드리고 있지요."

나는 드리필드 부인을 만나러 왔다고 했다. 그러나 자세한 이야기는 하지 않았다.

"드리필드 선생님은 자주 뵈었지요." 주인이 입을 열었다. "우리 가게를 아주 좋아하셨거든요. 자주 들러서 맥주를 한잔하고 가셨지요. 아, 취하도록 마신 적은 단 한 번도 없었어요. 그분은 바에 앉아 이야기하는 걸 즐기셨어요. 글쎄, 1시간이나 쉬지 않고 이야기를 하셨다니까요. 부인께서는 선생님이 여기 오시는 걸 몹시 싫어했어요. 그래서 그분은 말 한마디 없이 집에서 몰래 빠져나와 여기까지 터벅터벅 걸어오셨어요. 그 연세에 걷기도 힘드셨을 텐데. 물론 그분이 사라지면 부인은 어디 갔는지 금세 알아차렸어요. 즉시 우리 집으로 전화해서 거기 있느냐고 물어보셨죠. 그러고는 자동차를 몰고 와서 우리 마누라한테 부탁하는 거예요, '이봐요, 바에 가서 우리 남편 좀 데리고 와줄래요? 그렇게 남자들이 득실거리는 곳에는 들어가고 싶지 않거든요.' 그러면 마누라는 선생님한테 가서 말을 걸죠. '선생님, 부인께서 데리러 오셨어요. 맥주는 그만 드시고 집으로 돌아가세요.' 선생님은 자기 아내가 전화하거든 여기 없다고 하라며 우리 마누라한테 부탁했지만, 어떻게 그럴 수가 있겠어요. 나이도 지긋하신 분인데 혹시 무슨 일이라도 생기면 우리가 책임질 수도 없잖아요. 안 그래요? 알다시피 선생님은 이 교구에서 태어나셨어요. 그분의 첫 번째 부인도 블랙스터블 출신이었죠. 벌써 몇 년 전에 돌아가셨대요. 뭐, 저는 만나본 적도 없지만. 하여튼 선생님은 참 재미있는 분이셨어요. 아주 소탈하셨죠. 그런데 런던에서는 누구나가 알아주는 대단한 분이셨다더군요. 그분이 돌아가시자 신문에 크게 기사가 났을 정도니까요. 하지만 여기서 이야기할 때는 그런 티가 전혀 안 났어요. 저나 다른 손님들과 똑같은 평범한 사람이었죠. 물론 우리는 그분을 깍듯이 모시려고 했어요. 안락의자에 앉으시라고 했죠. 하지만 그분은 싫다고 하면서 꼭 카운터에 앉으셨어요. 발판에 발이 닿는 게 좋다고 하셨지요. 그분은 이곳에 계실 때가 제일 행복하신 것 같았어요. 이 술집이 너무 좋다고 말씀하셨죠. 술집에서는 인생을 볼 수 있다고요. 그리고 자기는 인생을 사랑한다고요. 정말 대단한 분이셨어요. 아, 우리 아버지 생각이 나네요. 아버지는 책을 전혀 읽지 않으셨어요. 프랑스 와인을 하루에 한 병씩 비우셨고요. 일흔여덟 살 때 병으로 돌아가셨죠. 그게 처음이자 마지막으로 앓으신 병이었어요. 드리필드 선생님이 돌아가셨을 때에는 아버지를 잃은 것만큼이나 슬펐어요. 며칠 전에 우리 마누라한테도 말했지만, 언제 한번 그분이 쓰신 책을 읽어보고 싶어요. 이 지방에 대한 책이 몇 권이나 된다던데요."

24

이튿날 아침은 춥고 날씨도 궂었다. 하지만 비는 내리지 않았으므로 큰길을 따라 목사관까지 걸어갔다. 가게 이름들은 낯이 익었다. 갠, 켐프, 코브, 이글던 등등, 켄트주에서는 흔한 이름이었다. 그러나 가는 길에 아는 얼굴은 하나도 못 봤다. 마치 내가 유령이 된 기분이었다. 옛날에는 이 동네 사람을 거의 다 알았는데. 서로 대화해본 적은 없어도 최소한 얼굴은 알고 있었다. 그런데 그때 몹시 초라한 소형차가 내 옆을 지나가더니 갑자기 멈춰 서서 다시 돌아왔다. 차에 탄 남자가 나를 묘한 눈으로 쳐다보더니 차에서 내려 이쪽으로 다가왔다. 키가 크고 뚱뚱한 노인이었다.

"혹시 윌리 어셴든이 아니오?"

그제야 나도 그가 누구인지 알아보았다. 학창시절에 나와 같은 반 친구였다. 그가 아버지의 뒤를 이어 의사가 되었다는 이야기는 들어서 알고 있었다.

"이야, 그동안 잘 지냈나?" 그가 안부를 물었다. "방금 손주놈을 태우고 목사관에 다녀오는 길일세. 알다시피 목사관이 이제는 사립 초등학교가 되었잖아. 그래서 이번 학기 초에 우리 손주를 그곳에 입학시켰지."

그는 차림새도 초라했고 머리도 헝클어져 있었다. 하지만 얼굴은 꽤 잘생겼다. 젊었을 때에는 틀림없이 미남이었을 것이다. 신기하게도 예전에는 미처 몰랐지만 말이다.

"아, 손주가 있나?" 내가 물었다.

"그럼. 벌써 셋이나 있지."

그 대답을 듣자 왠지 뒤통수를 얻어맞은 기분이었다. 그는 이 세상에 태어나 걸음마를 떼고, 어른이 되어 장가가서 아이를 낳더니, 이제는 손주까지 본 것이다. 보아하니 가난하고 힘들게 살아온 모양이었다. 그는 시골 의사답게 허세는 부리지만 상냥하고 붙임성 있는 사나이였다. 하지만 분명히 그는 이미 다 살았다. 그에 비해 나는 앞으로도 할 일이 많았다. 쓰고 싶은 소설과 희곡도 있고 미래에 대한 계획도 잔뜩 있다. 즐거운 일들이 끊임없이 나를 기다리고 있을 것이다. 하지만 어차피 남들이 보기에는 나도 그와 마찬가지로 이미 인생을 다 산 늙은이로 보일 것이다.

그 사실을 깨닫자 몹시 심란해졌다. 그래서 옛날에 같이 놀았던 그의 형제들이나 친했던 친구들 소식도 묻지 못했다. 쓸데없는 말이나 몇 마디 주고받고 헤어져버렸다. 조금 걷다보니 목사관이 나왔다. 큼직하고 방이 많은 건물이었다. 우리 숙부보다 진지하게 자기 의무를 생각하는 요즈음 목사에게는 어울리지 않는 집이었다. 너무 규모가 커서 유지비가 많이 들 터였다. 목사관은 커다란 정원 한가운데에 서 있었다. 그 주위는 푸른 들판이었다. 네모반듯한 커다란 간판에는 '신사 자제들을 위한 사립 초등학교'라는 문구와 더불어 교장의 이름과 학위가 적혀 있었다. 나는 담 너머로 안을 들여다보았다. 정원은 온통 황폐해졌고, 내가 잉어를 낚으며 놀던 연못도 이미 말라붙어 있었다. 교회에 딸린 밭은 여러 구획으로 나뉜 주택지가 되어 있었다. 울퉁불퉁한 길을 따라 조그만 벽돌집들이 몇 줄이나 늘어서 있었다. 나는 조이 거리를 산책했다. 그곳에도 바다를 향해 방갈로들이 세워져 있었다. 옛날에 요금소였던 곳도 이제는 아담한 찻집이 되었다.

정처 없이 이곳저곳 거닐었다. 조그만 노란 벽돌집이 늘어선 거리가 수없이 많았지만 인적은 전혀 없었다. 이곳에 대체 어떤 사람들이 사는지 알 길이 없었다. 항구까지 내려가 보았다. 그곳도 쓸쓸했다. 부두에서 좀 떨어진 곳에 화물선 한 척이 정박해 있을 뿐이었다. 창고 밖에 앉아 있던 선원이 내가 지나가자 유심히 바라보았다. 석탄 산업은 이제 사양길에 접어들어 광부가 블랙스터블로 오는 일도 없어졌다.

그럭저럭하다 보니 펀코트에 갈 시간이 되었다. 나는 베어 앤드 키로 돌아갔다. 다임러 자동차가 있다는 여관 주인의 말을 듣고는 그 차를 타고 갈 테니 준비해 달라고 부탁했었다. 돌아가 보니 그 차가 현관에서 기다리고 있었다. 세상에, 이렇게 낡아빠진 차는 처음 봤다. 거의 폐차나 마찬가지였다. 꽥꽥거리고 끽끽거리며 덜덜거리다가 갑자기 성난 듯이 마구 뒤흔들리는 것이었다. 이래서야 목적지까지 아무 탈 없이 갈 수 있을지 걱정이었다. 그런데 참으로 이상하고도 놀라운 것은 옛날에 숙부가 매번 교회까지 타고 가시던 사륜마차랑 똑같은 냄새가 이 자동차에서도 난다는 것이었다. 그것은 퀴퀴한 마구간 냄새였고, 마차 바닥에 깔아놓은 썩은 지푸라기 냄새였다. 이렇게 오랜 세월이 흘렀는데 마차도 아닌 자동차에서 그 냄새를 다시 맡을 줄이야. 정말로 이상했지만 어찌 된 일인지 알 수 없었다. 아무튼 향기나 악취만큼 과거를 생생하게 되살려주는 것도 없다. 나는 덜컹덜컹 시골길을 달리고 있다는 현실도 잊고, 먼 옛날 성찬식 접시를 옆에 놓은 채 마차 앞자리에 앉아 있던 어린 시절의 나 자신을 눈앞에 그려보았다. 맞은편에 앉은 숙모한테서 깨끗한 속옷 냄새와 오드콜로뉴 냄새가 희미하게 났다. 숙모는 검은 비단 코트를 입고 깃털이 달린 조그만 보닛을 썼다. 그 옆에 앉은 숙부는 발목까지 닿는 기다란 법의를 입고 뚱뚱한 허리에는 폭넓은 능직 비단 허리띠를 매셨다. 금줄에 꿴 황금 십자가는 숙부의 배까지 길게 내려와 있었다. 숙부의 목소리가 귓가에 울려 퍼진다.

"윌리, 오늘은 의젓하게 있어라. 뒤돌아보지 말고 똑바로 앉아 있어, 알았지? 교회는 놀이터가 아니니까. 너만치 못한 아이들에게 늘 모범을 보여야지."

펀코트에 도착했을 때 드리필드 부인과 로이는 정원을 거닐고 있었다. 내가 차에서 내리자 그들이 얼른 다가왔다.

"내가 키운 꽃들을 로이한테 보여주고 있었어요." 부인이 나와 악수하면서 말했다. 그러더니 한숨을 내쉰다. "이제 나한테는 꽃밖에 남은 게 없어요."

부인은 6년 전에 마지막으로 만났을 때보다 더 늙은 것 같지는 않았다. 상복을 입고 있어서 왠지 남들과 달라 보였다. 목둘레에는 새하얀 옷깃을 대었다. 저명한 고인에게 경의를 표하는 것 같았다.

"선생님께서도 제 꽃밭을 좀 구경하시겠어요? 그러고 나서 다 같이 점심을 들도록 해요." 드리필드 부인이 말했다.

우리 셋은 함께 걸었다. 로이는 깜짝 놀랄 만큼 원예에 정통했다. 꽃 이름은 말할 것도 없이 라틴어 학명을 줄줄 읊는 모양새는 마치 담배공장에서 기계로 담배를 찍어내듯이 거침없었다. 어디서 어떤 품종을 구할 수 있다는 둥, 이러저러한 꽃이 몹시 아름답다는 둥, 부인에게 끊임없이 이야기를 해댔다.

"에드워드의 서재를 지나서 갈까요?" 드리필드 부인이 제안했다. "생전 그대로 놔두었어요. 하나부터 열까지 고스란히 남아 있죠. 이 집을 구경하러 오시는 분들이 정말로 많은데요, 다들 에드워드의 작업실부터 보고 싶어하신답니다."

우리는 열려 있는 유리문을 지나 안으로 들어갔다. 책상 위에는 장미 꽃병이 있고, 안락의자 옆 조그만 둥근 테이블에는 〈스펙테이터〉가 놓여 있었다. 재떨이에는 거장의 파이프가 얹혀 있고 잉크스탠드는 꽉 차 있었다. 완벽하게 관리되고 있는 모양새였다. 그러나 어째서인지 이 방은 기묘하게도 생기가 없었다. 벌써부터 박물관의 곰팡이 냄새가 났다. 부인은 책장으로 다가가더니 가냘픈 미소를 지으면서 반은 장난기 어린, 또 반은 슬픔에 찬 태도로 푸른색 표지로 된 책 대여섯 권의 책등을 살짝 어루만졌다.

"에드워드는 선생님이 쓰신 작품을 정말로 좋아했어요. 여러 번 읽고 또 읽었지요."

"그런 말씀을 들으니 무척 기쁘군요."

나는 정중하게 대답했다. 하지만 전에 왔을 때에 내 저서는 없었다. 책장에서 슬며시 한 권 뽑아서 먼지가 있나 없나 책 윗부분을 손가락으로 쓸어보았다. 먼지는 없었다. 이번에는 샬롯 브론테의 책을 한 권 꺼내어 자연스럽게 대화를 나누면서 같은 실험을 해봤다. 이 책에도 먼지는 없었다. 결국 부인이 아주 훌륭한 살림꾼이며 성실한 하녀를 데리고 있다는 사실만 확인했을 뿐이다.

우리는 식당으로 가서 푸짐하게 차려진 영국식 로스트비프와 요크셔푸딩을 맛있게 먹었다. 식탁에서는 로이가 준비하고 있는 전기 이야기가 나왔다.

"로이 씨의 수고를 조금이라도 덜어드리고 싶어서 나도 힘닿는 데까지 자료를 모으고 있어요. 물론 조금은 고통스럽지만 한편으로는 흥미로운 작업이랍니다. 옛날 사진이 잔뜩 나왔는데 나중에 보여드릴게요."

점심을 마치고 응접실로 갔다. 드리필드 부인이 얼마나 공들여 방을 꾸며놓았는지 한눈에 알 수 있었다. 유명한 작가의 아내보다는 오히려 그 미망인에게 어울리는 방 같았다. 광목을 씌운 의자도, 말린 꽃을 채운 그릇도, 드레스덴 도자기 인형도 모두 애수를 띠고 있었다. 과거의 영광을 처량하게 그리고 있는 듯했다. 날씨가 꽤 쌀쌀하니 난롯불 좀 지피면 좋겠다는 생각이 들었다. 그러나 영국인은 보수적일 뿐만 아니라 추위 따위엔 아랑곳하지도 않는 강인한 민족이었다. 예컨대 그들은 남이 불편해하더라도 꿋꿋하게 자신의 원칙을 고수한다. 과연 10월 1일 이전에 난로에 불을 지핀다는 것을 드리필드 부인이 상상이나 할 수 있을지 의문이다. 부인은 예전에 나와 함께 이곳으로 오찬을 들러 왔던 귀부인들하고는 요새도 만나냐고 나에게 물었다. 왠지 뾰로통한 태도였다. 아마 유명한 작가였던 그녀의 남편이 세상을 떠나자 상류 사교계 부인들이 그녀를 외면하게 된 모양이었다. 이윽고 고인이 화제에 올랐다. 로이와 부인은 나한테 교묘한 질문을 던지면서 내 추억을 끄집어내려고 애썼다. 나는 잠자코 있을 작정이었으므로 실수로라도 입을 열지 않으려고 정신 바짝 차리고 있었다. 그때 갑자기 하녀가 작은 쟁반에 명함 두 장을 받쳐 들고 들어왔다.

"신사 두 분이 차를 타고 오셨어요. 이 저택과 정원을 구경해도 되겠냐고 하시는데요."

"어머나, 하필 이런 때!" 드리필드 부인이 크게 소리쳤다. 하지만 그 태도는 놀라울 정도로 활기찼다. "참 신기하네요. 안 그래도 조금 전에 우리 집을 구경하러 오는 사람들이 많다는 얘기를 했잖아요? 호랑이도 제 말 하면 온다더니. 정말 잠시도 조용한 때가 없네요."

"글쎄요, 그럼 미안하지만 그냥 가시라고 말하면 되지 않을까요?" 로이가 대꾸했다. 내 생각에는 아주 짓궂은 말이었다.

"아뇨, 그럴 순 없어요. 에드워드도 그러기를 바라지 않을 거예요." 부인은 명함을 보더니 나에게 건넸다. "죄송하지만 지금 안경이 없어서요."

나는 명함을 살펴봤다. 한 장은 '버지니아 대학 헨리 비어드 맥두걸'의 명함인데 연필로 '영문학 조교수'라고 적혀 있었다. 다른 한 장은 '장 폴 언더힐'의 명함으로, 아래에 뉴욕 주소가 쓰여 있었다.

"미국인이군요." 부인이 말했다. "들어오시라고 해요."

곧 하녀가 손님들을 모시고 들어왔다. 둘 다 키가 크고 건장하며 눈이 아름다운 청년이었다. 거무스름한 얼굴은 깨끗이 면도한 상태였다. 또한 두 사람 모두 뿔테 안경을 쓰고, 풍성한 검은 머리를 깨끗이 뒤로 빗어 넘기고 있었다. 그리고 똑같이 새로 맞춘 영국제 양복을 입고 있었다. 그들은 조금 부끄러운 것 같았으나 무척 공손한 태도로 매끄럽게 말을 했다. 자기들은 지금 영국 문학 여행을 하고 있는데 평소에 드리필드 선생님의 팬이라서 그분의 추억들이 어려 있는 신성한 성지인 이 저택을 꼭 한번 보고 싶어서, 라이의 헨리 제임스 저택을 보러 가던 중에 이렇게 불쑥 찾아오게 되었다고 말했다. 드리필드 부인은 라이에 가던 중이었다는 말을 듣자 불편한 심기를 드러내며 말했다.

"그 동네에는 좋은 골프장이 있다지요?"

이어서 부인은 로이와 나를 손님들에게 소개했다. 이럴 때면 로이가 얼마나 멋들어지게 대처하는지 감탄이 절로 나왔다. 그는 언젠가 버지니아 대학에 강연하러 갔다가 학부 주임교수네 집에서 머물렀다고 한다. 아, 그건 정말 잊지 못할 추억입니다. 저는 매력적인 버지니아 사람들의 친절한 환대에 감동했고, 또 그들의 회화와 문학에 대한 지적 호기심에도 깊은 감명을 받았습니다. ×××씨는 잘 지내시나요? ○○○씨는요? 보아하니 로이는 그곳에서 평생의 친구를 얻은 모양이었다. 그가 만난 사람들은 모두 친절하며 선량하고 현명한 것 같았다. 이윽고 젊은 조교수가 로이의 작품을 무척 좋아한다고 말했다. 그러자 로이는 자신이 무슨 의도로 이러저러한 책을 썼는지 겸손하게 이야기하더니 아쉽게도 그 목표는 결국 이루지 못한 것 같다고 고백했다. 드리필드 부인은 미소를 띤 채 귀 기울여 듣고 있었으나 그 미소가 점점 굳어져 가는 것이 보였다. 로이도 그것을 눈치챘는지 갑자기 화제를 바꾸었다.

"아, 이런, 제 작품 이야기만 줄줄 늘어놨네요. 지루하셨지요?" 로이가 큰 소리로 기운차게 말했다. "사실 저는 더없이 명예로운 임무를 띠고 이곳에 와 있는 겁니다. 부인께서 저에게 에드워드 드리필드의 전기를 써 달라고 부탁하셨거든요."

물론 손님들은 이 이야기에 커다란 관심을 보였다.

"죽여주게 힘든 임무예요." 로이가 익살스레 미국 영어로 말했다. "다행히 부인의 도움을 얻고 있지만요. 부인은 완벽한 아내일 뿐만 아니라 뛰어난 서기이자 비서이시기도 했거든요. 부인께서 저에게 주신 자료들은 놀라우리만치 충실해요. 그래서 저는 그저 부인의 지대한 노력과 애정 넘치는 열의에 기대고 있을 뿐입니다."

드리필드 부인은 얌전히 눈을 내리깔았다. 젊은 미국인들은 동정과 흥미와 존경이 담긴 큼직한 검은 눈으로 부인을 바라보았다. 한동안 대화가 이어졌다. 문학에 이어 골프가 화제에 올랐다. 손님들은 라이에서 한두 라운드 즐기고 싶다고 솔직하게 말했다. 로이는 이 이야기에도 멋지게 대응했다. 이러저러한 장애물은 주의하라고 조언하며, 런던에 오시거든 같이 서닝데일에서 골프나 한번 치자고 제안했다. 이윽고 부인이 그만 자리에서 일어나자고 손님들에게 말했다. 그녀는 에드워드의 서재와 침실은 물론 정원도 보여주겠다고 했다. 로이도 함께 가려고 일어섰으나 부인이 상냥한 미소를 띠면서도 딱 잘라 말했다.

"아니, 괜찮아요. 당신까지 수고스럽게 일어나실 필요는 없어요. 여기서 어셴든 씨랑 말씀 나누고 계세요."

"아, 네, 알았습니다. 그러지요."

손님들은 우리에게 작별인사를 하고 나갔다. 로이와 나는 다시 광목을 씌운 의자에 앉았다.

"분위기 좋은 방이지?" 로이가 말했다.

"아주 좋군."

"에이미가 이 방을 이렇게 꾸미느라 고생을 많이 했어. 선생님은 에이미와 결혼하기 2, 3년 전에 이 집을 구입하셨지. 에이미는 이 집을 팔자고 했지만 선생님이 강하게 반대하셨어. 선생님은 가끔 이상한 데서 고집을 부리시거든. 자네도 알다시피 이 집은 울프 씨의 저택이었는데 선생님의 부친께서 그 집 관리인으로 일하셨다더군. 선생님은 어릴 때 자기도 이런 집에서 사는 게 꿈이셨대. 그래서 이제 겨우 그 꿈을 이루었는데 어떻게 이 집을 팔겠느냐는 거지. 이렇게 주민들이 자기 내력을 다 알고 있는 동네에서 살고 싶어하는 사람은 흔치 않은데 말이야. 글쎄, 한번은 에이미가 하녀를 고용하려고 했는데 알고 보니 선생님의 종손녀였다더군. 에이미가 이 집에 처음 왔을 때에는 다락방부터 지하까지 온통 토트넘코트 거리의 가구상처럼 난잡하게 꾸며져 있었다고 하네. 짐작이 가지? 터키 융단이 깔린 응접실에 마호가니 장식장, 벨벳을 씌운 가구들이 들어차 있고, 곳곳에 복잡한 세공품이 장식되어 있었다고 해. 선생님께서는 신사가 사는 집은 그렇게 꾸며야 한다고 생각하셨나 봐. 에이미 말로는 차마 눈 뜨고 볼 수 없을 지경이었다더군. 하지만 선생님은 아내가 뭐 하나 마음대로 바꾸지 못하게 하셨대. 그래서 부인은 매우 신중하게 작업해야 했지. 이대로는 도저히 살 수 없겠다 싶어서 하나씩 하나씩 남편 몰래 서서히 갈아치우기로 결심하고 실행에 나선 거야. 가장 힘들었던 것은 남편 책상을 바꾸는 일이었다지 아마. 자네도 알지 모르겠지만 지금 서재에 있는 책상은 무척 오래된 진품이야. 나도 하나 가지고 싶을 정도지. 그런데 전에는 뚜껑이 달린 조잡한 미국산 책상이었다고 하네. 선생님은 벌써 몇 년이나 이 책상에서 수많은 작품을 썼으니 절대로 버릴 수 없다고 하셨대. 선생님이 물건에 집착하는 성격은 아니지만 그 책상은 특별했어. 오랫동안 사용한 물건이니 강한 애착을 느낄 만도 하지. 그런데 부인이 어떻게 그걸 포기하게 만들었느냐 하면, 뭐, 그 얘기는 본인한테 직접 듣게나. 정말 재미있을 걸세. 에이미는 대단한 여자야. 뭐든지 결국 자기 뜻대로 하고야 만다니까."

"그건 나도 알아차렸네." 내가 말했다.

방금 전에도 로이가 손님들과 같이 가려고 하니까 교묘하게 떨쳐냈던 것이다. 로이는 슬쩍 나를 보더니 웃음을 터뜨렸다. 그는 바보가 아니었다.

"자네는 나만큼 미국을 잘 알지는 못할 거야." 로이가 말했다. "미국 사람들은 죽은 사자보다 살아 있는 쥐를 좋아하지. 내가 미국을 좋아하는 이유 중 하나도 바로 그걸세."

25

드리필드 부인이 문학을 사랑하는 손님들을 배웅하고 나서 응접실로 돌아왔다. 그녀는 옆구리에 서류철을 끼고 있었다.

"아, 정말 훌륭한 분들이에요! 영국 젊은이들도 좀더 문학에 관심을 가지면 좋을 텐데. 그분들께 에드워드의 마지막 사진을 선물로 드렸어요. 그랬더니 내 사진도 달라기에 사인을 해서 줬죠." 부인은 거기까지 단숨에 이야기한 다음 로이를 향해 정답게 말했다. "로이, 당신이 몹시 인상적이었나 봐요. 그분들이 당신을 뵙게 되어 영광이라고 하더군요."

"저야 뭐, 미국에서 여러 번 강연을 했었으니까요." 로이가 겸손하게 말했다.

"아뇨, 그분들은 당신의 애독자예요. 당신 작품은 남성적이어서 참 좋대요."

서류철에는 옛날 사진이 많이 들어 있었다. 학생들이 모여서 찍은 사진이 있었는데, 머리가 헝클어진 개구쟁이 소년을 가리키면서 미망인이 이게 드리필드라고 하자 나는 그제야 그를 알아보았다. 또 다른 사진에서는 좀더 나이를 먹은 드리필드가 럭비 선수들 틈에 끼어 있었다. 저지 스웨터 위에 두툼한 겉옷을 입은 젊은 선원의 사진도 있었다. 드리필드가 집을 떠나 바다로 나갔을 때의 사진이다.

"이건 첫 번째 결혼식 때 찍은 사진이에요."

드리필드 부인이 말했다. 사진 속 드리필드는 턱수염을 기르고 흑백 체크무늬 바지를 입었다. 단춧구멍에는 고사리를 곁들인 커다란 흰 장미꽃을 꽂았다. 바로 옆 테이블에는 실크해트가 놓여 있었다.

"이 사람이 신부랍니다." 부인이 웃음을 참으면서 말했다.

아, 안타깝게도 무려 40년 전에 시골 사진사가 찍은 로지의 사진은 정말로 괴상망측했다. 호화로운 홀을 배경으로 로지는 커다란 꽃다발을 들고 뻣뻣하게 서 있었다. 정성 들여 주름을 잡은 드레스를 입었는데 허리는 꼭 졸라매고 치마는 페티코트로 크게 부풀려 놓았다. 앞머리는 눈언저리까지 내려와 있었다. 풍성한 머리 위에는 오렌지색 화관이 얹혀 있고, 그 화관에 달린 면사포가 등을 덮으며 길게 내려와 있었다. 그런 로지의 모습을 사랑스럽다고 생각한 사람은 나 하나뿐이었다.

"몹시 천해 보이네요." 로이가 말했다.

"실제로 그랬지요." 부인이 작은 소리로 맞장구쳤다.

우리는 에드워드의 사진을 계속 구경했다. 세상에 겨우 이름을 알리기 시작했을 즈음의 모습, 콧수염만 기른 모습, 나중에 수염을 싹 밀어버린 모습 따위. 나이가 들수록 얼굴은 점점 야위고 주름살이 늘었다. 젊었을 때의 모습은 고집스럽고 평범해 보였다. 그러나 점점 피로에 지친 고상한 모습으로 바뀌어갔다. 인생의 경험과 사색과 야심이 빚어낸 변화였다. 젊은 선원 시절의 사진을 다시 한번 보았다. 거기에는 벌써 모든 것을 초월한 듯한 태도의 조짐이 숨어 있었다.

그런 태도는 노년의 사진에서 더욱 뚜렷하게 나타났다. 나는 수년 전에 살아 있는 드리필드에게서도 그 태도를 어렴풋이나마 발견했었다. 그는 우리 앞에서 가면을 쓰고 있었으며 그의 행위에는 아무런 의미가 없었다. 진정한 그는 죽을 때까지 남에게 알려지지 않은 고독한 존재였던 것이다. 내가 보기에 그는 '글 쓰는 작가'와 '인생을 살아가는 개인' 사이를 소리 없이 오가는 망령이었다. 세상 사람들이 에드워드 드리필드라고 생각하는 '작가'와 '개인'이라는 두 꼭두각시 인형들을 그 유령은 차갑고 냉소적인 눈으로 바라보고 있는 것 같았다. 이 책에서 나는 분명히 에드워드 드리필드를 살아 있는 인간으로서 생생하게 묘사하지 않았다. 여기 나오는 드리필드는 육신을 지니고 제 발로 지상에 선 채 그럴싸한 동기에 따라 논리적으로 행동하는 인간이 아니다. 처음에 나는 그를 그렇게 묘사하려고 노력하지도 않았다. 그 일은 유능한 앨로이 키어 선생에게 기꺼이 맡기련다.

배우 해리 렛퍼드가 찍은 로지의 사진 몇 장과 라이오넬 힐리어가 그린 초상화 사진이 한 장 있었다. 보는 순간 가슴이 아팠다. 그것은 내 기억에 뚜렷이 남아 있는 로지의 모습이었다. 로지는 구식 드레스를 입었어도 생기 있게 빛나고 있었다. 넘쳐흐르는 정열에 몸을 떨고 있는 듯했다. 가슴을 활짝 펴고 큐피드의 화살을 맞으려고 하는 것 같았다.

"억센 시골여자 같네요." 로이가 말했다.

"젖 짜는 처녀 같은 여자가 취향에 맞는다면요." 드리필드 부인이 말했다. "나는 늘 백인계 깜둥이 같다고 생각했는데."

바튼 트래퍼드 부인도 자주 로지를 그렇게 불렀다. 로지의 두툼한 입술과 펑퍼짐한 코를 생각하면 속상하지만 그것도 완전히 틀린 말은 아니었다. 그러나 로지의 머리칼이 얼마나 아름다운 은빛 금발인지, 그 살결이 얼마나 고운 은빛 황금색을 띠는지 몰라서들 하는 말이었다. 그들은 로지의 매력적인 미소를 전혀 몰랐다.

"백인계 깜둥이라니, 말도 안 돼요. 그녀는 새벽하늘처럼 맑고 깨끗했어요. 마치 청춘의 여신 같았지요. 옅은 크림색과 분홍색이 섞인 장미꽃 말이에요."

내가 그렇게 말하자 드리필드 부인은 미소를 띠며 로이와 의미심장한 눈빛을 주고받았다.

"글쎄, 바튼 트래퍼드 부인한테서 이런저런 얘기를 들었네만. 뭐, 나도 고인을 나쁘게 말하고 싶진 않아. 하지만 그녀가 좋은 여자는 아니었지 않나?" 로이가 말했다.

"아니, 그건 오해일세. 정말 좋은 여자였어. 성내는 모습은 단 한 번도 본 적이 없네. 뭐든지 부탁만 하면 흔쾌히 들어줬지. 그녀가 남을 욕하는 소리는 들어본 적이 없어. 무척 마음씨 고운 사람이었어." 내가 말했다.

"내가 듣기로는 영 칠칠치 못한 사람이었다던데. 집도 언제나 지저분했다면서? 의자에는 먼지가 쌓여 있어서 앉지도 못할 지경이었다던데. 그뿐만 아니라 방구석에도 쓰레기가 잔뜩 쌓여 있었고 말이야. 그래, 몸가짐도 단정치 못했다지. 치마 밑으로 속치마가 2인치쯤 삐져나와 있었다고 하던데?" 로이가 말했다.

"그런 일에 소홀하기는 했지. 신경을 안 써도 아름다웠으니까. 마음 또한 무척 아름다웠어."

내 말에 로이는 웃음을 터뜨렸다. 드리필드 부인도 손으로 입을 가려 애써 웃음을 감추면서 말했다.

"어휴, 어셴든 씨, 그건 좀 과하시지 않나요? 사실은 사실대로 말해야지요. 그 여자는 분명히 색광이었어요."

"그건 어리석은 표현이군요." 내가 말했다.

"그럼, 에드워드를 그렇게 배신하고 떠났으니 딱히 좋은 여자는 아니었다고 하면 될까요? 그야 돌이켜보면 오히려 전화위복이었지만요. 그 여자가 남자랑 같이 도망치지 않았더라면 에드워드는 한평생 무거운 짐을 짊어지고 살아가야 했을 테니까요. 그런 악조건 속에서는 그토록 높은 지위에 오르지 못했을 겁니다. 하여튼 그 여자가 에드워드에게 아주 심한 짓을 했다는 사실은 누구도 부정할 수 없을 거예요. 소문으로는 아무 남자하고나 놀아났다던데요."

"아니, 그건 모르시는 말씀입니다." 내가 말했다. "그녀는 무척 단순한 여자였어요. 본질적으로 건강하고 순진했죠. 또한 다른 사람을 행복하게 해주기를 좋아했어요. 사랑이라는 것을 소중히 여겼지요."

"그런 것도 사랑일까요?"

"글쎄요, 그럼 사랑의 행위라고 합시다. 그녀는 날 때부터 사랑이 넘치는 여자였어요. 누구를 사랑하면 그 사람과 잠자리를 함께하는 것이 극히 자연스러운 일이었죠. 애초에 고민할 여지가 전혀 없었어요. 그건 부도덕한 행동이 아닙니다. 음란한 것도 아니고요. 다만 천성일 뿐입니다. 태양이 빛을 내고 꽃이 향기를 풍기듯이 자연스럽게 자기 자신을 내준 것이지요. 그러면 스스로도 즐겁고 친구에게도 즐거움을 줄 수 있으니 거리낄 이유가 없었겠죠. 그건 그 여자의 인격과는 무관한 거예요. 그녀는 늘 변함없이 진실하고 순수하며 천진난만한 여자였습니다."

드리필드 부인은 마치 고약한 피마자기름을 마시고는 입가심으로 레몬을 빨아먹기라도 하는 듯한 표정을 지었다.

"난 이해를 못하겠어요. 처음부터 에드워드가 대체 뭐가 좋다고 그 여자와 결혼했는지 모르겠어요."

부인이 말하자 로이가 불쑥 끼어들었다.

"그런데 자기 아내가 다른 남자들과 놀아나고 있다는 것을 선생님은 모르셨을까요?"

"당연히 몰랐지요." 부인이 얼른 대답했다.

"아뇨, 부인. 마땅히 알고 계셨습니다." 내가 반박했다.

"아니, 그럼 왜 참고 넘어간 거죠?" 부인이 물었다.

"제 생각은 이렇습니다. 그녀는 욕정에 불을 지르는 여자는 아니었어요. 다만 누가 보아도 사랑스러웠지요. 그 여자한테 질투를 느끼는 건 어리석은 짓입니다. 말하자면 숲속에 있는 깨끗한 연못 같은 존재예요. 첨벙 뛰어들면 참으로 기분 좋지요. 거기에 부랑자나 집시나 숲지기가 나보다 먼저 뛰어든다 해도 아무 상관없어요. 연못은 변함없이 맑고 시원할 테니까요."

로이가 또다시 웃음을 터뜨렸다. 드리필드 부인도 이번에는 거리낌 없이 가볍게 웃었다.

"자네가 그렇게 시적인 표현을 쓰니까 우스운데!" 로이가 말했다.

나는 한숨을 쉬었다. 일찌감치 깨달은 일이지만 내가 진지하게 이야기하면 사람들은 꼭 웃음을 터뜨리는 것이다. 하기야 내가 감정을 담아 쓴 글을 나중에 읽어보면 나조차도 웃고 싶은 기분이 들지만. 진지한 감정이란 본디 좀 우스운 걸까? 도무지 알 수가 없다. 영원하신 하느님의 입장에서 본다면 한낱 조그만 행성에서 하루살이처럼 살다 가는 인간이 여러모로 괴로워하고 발버둥 치는 모습이 단지 우습게만 보일지도 모른다.

부인은 나에게 뭔가 물어보고 싶은 모양이었다. 그러나 좀 망설이는 듯했다.

"혹시 그 여자가 다시 돌아오고 싶다고 하면 에드워드가 받아줬을까요?"

"저보다는 부인께서 그분을 더 잘 아시지 않습니까. 글쎄요, 제 생각에는 아마 받아주지 않으셨을 겁니다. 그분은 한 가지 감정을 완전히 소진해버리고 나서는 그 감정을 불러일으킨 대상에게 더는 관심을 안 갖는 성격이었던 것 같아요. 강렬한 감정과 극단적인 냉정함을 동시에 갖춘 독특한 분이셨지요."

"아니, 그게 무슨 소리인가! 선생님처럼 친절한 사람이 세상에 또 어디 있다고!" 로이가 소리 높여 항의했다.

부인은 가만히 나를 바라보더니 시선을 떨어뜨렸다.

"미국으로 간 뒤에 그 여자는 어떻게 됐을까요?" 로이가 말했다.

"켐프와 결혼했겠지요." 드리필드 부인이 말했다. "이름도 바꿨을 거예요. 물론 이 고장에는 다시는 얼굴을 내밀지 못했겠지요."

"그 여자가 언제 죽었죠?" 로이가 물었다.

"한 10년 전에요." 부인이 대답했다.

"그 소식은 어떻게 아셨습니까?" 내가 물었다.

"조지 켐프의 아들인 헤럴드 켐프한테서 들었어요. 그는 지금 메이드스톤에서 장사를 하고 있지요. 에드워드에게는 말하지 않았어요. 그이한테 그 여자는 벌써 옛날에 죽은 존재나 마찬가지였으니까요. 굳이 과거를 들출 필요가 없다고 생각했어요. 뭐든지 입장을 바꿔놓고 생각하면 현명한 판단을 내릴 수 있지요. 나 같으면 젊은 시절의 불행한 사건을 돌아보고 싶지 않을 거예요. 그래요, 역시 그이에게 말하지 않기를 잘했어요. 그렇지 않나요?"

26

드리필드 부인은 친절하게도 자가용으로 블랙스터블까지 태워다 주겠다고 말씀하셨지만 나는 그냥 걸어가는 쪽을 택했다. 내일은 펀코트에서 저녁식사를 함께하기로 했다. 그때까지 내가 에드워드 드리필드와 자주 만나던 두 시기에 대하여 생각나는 것들을 적어 가겠다고 약속했다. 인적 없는 구불구불한 길을 걸으면서 나는 무엇을 쓰면 좋을지 생각해보았다. 생략을 잘하면 좋은 글을 쓸 수 있다고들 하지 않는가? 그럼 이번에 나는 제법 좋은 글을 쓸 수 있을 것이다. 로이의 전기 자료로만 쓰기에는 좀 아깝다 싶을 정도이다. 내가 마음만 먹으면 폭탄을 던져 세상을 뒤흔들 수도 있다고 생각하니 왠지 웃음이 나왔다. 실은 에드워드 드리필드와 그의 첫 번째 결혼에 대해서 알고자 하는 모든 진실을 말해줄 수 있는 사람이 꼭 한 사람 있다. 그러나 이 사실은 나만의 비밀로 간직할 생각이다. 로이와 드리필드 부인은 로지가 죽었다고 믿고 있지만 그건 터무니없는 오해였다. 로지는 멀쩡히 살아 있었다.

언젠가 미국에서 내 희곡이 상연됐을 때의 일이다. 나는 잠시 뉴욕에서 머물게 되었다. 극장 지배인 밑에서 일하는 선전원의 적극적인 신문광고를 통하여 여러 방면에 내가 도착했다는 기사가 났다. 그래서인지 어느 날 편지 한 통이 날아왔다. 어디서 본 듯한 글씨였지만 누구인지 기억이 나지 않았다. 크고 둥글둥글한 것이 읽기는 쉽지만 교양이 없어 보이는 글씨체였다. 분명히 익숙한 필적인데 기억이 안 나자 짜증이 치밀었다. 바로 봉투를 열어 확인하면 될 텐데 그러지도 않고 겉봉만 노려보면서 골머리를 썩였다. 보기만 해도 싫증이 나는 글씨도 있지만, 일주일이 지나도록 도저히 봉투를 뜯을 마음이 안 드는 글씨도 있는 것이다. 마침내 나는 봉투를 뜯어 편지를 읽었다. 세상에, 이럴 수가! 나는 경악을 금치 못했다. 편지에는 뜻밖에도 이런 내용이 적혀 있었다.

당신이 뉴욕에 오셨다는 소식을 들었습니다. 다시 뵙고 싶네요. 나는 지금은 뉴욕에 살고 있지 않아요. 하지만 용커스와 뉴욕은 가까워서 차로 30분 거리밖에 안 됩니다. 당신은 무척 바쁘실 테니 약속은 그쪽 사정에 맞춰 잡아주세요. 마지막으로 만난 지 벌써 몇 년이 지났지만, 설마 옛 친구를 잊어버리지는 않으셨겠지요.

로지 이글던(전성(前姓) 드리필드)

주소를 보니 '앨버말'이라고 되어 있었다. 호텔이나 아파트 이름 같았다. 이어 용커스의 어느 거리 이름도 적혀 있었다. 마치 누군가가 내 무덤 위를 밟고 지나가기라도 한 것처럼 온몸에 오싹한 전율이 일었다. 그동안 로지 생각이 가끔 나기는 했어도 최근에는 이미 죽었을 거라고 확신하고 있었던 것이다. 나는 잠시 이름을 보고 어리둥절했다. 왜 켐프가 아니라 이글던일까? 그러나 곧 깨달았다. 아마 영국에서 도망칠 때 이글던—이것도 켄트주에서는 흔한 이름이었다—으로 새롭게 바꾼 것이리라. 처음에는 무슨 핑계를 대서 만남을 거절해야겠다는 생각부터 들었다. 오랫동안 못 만난 사람을 다시 만나려면 수줍어서 일단 도망치고 보는 것이 내 버릇이었다. 그러나 이내 호기심이 일었다. 로지의 현재 모습을 내 눈으로 확인하고, 그 뒤로 어떻게 지냈는지 이야기를 듣고 싶었다. 마침 주말에 돕스 페리에 갈 예정이었다. 그곳에 가려면 용커스를 지나야 한다. 그래서 나는 다음 주 토요일 4시에 만나러 가겠다고 답장을 보냈다.

앨버말은 꽤 최근에 지은 커다란 아파트였다. 제법 유복한 사람들이 살고 있는 듯했다. 입구에서 이름을 대자 제복을 입은 흑인 보이가 전화로 연락을 했다. 곧 다른 흑인이 나타나 나를 엘리베이터에 태우더니 방까지 안내해주었다. 긴장했는지 내 가슴은 이상할 정도로 두근거렸다. 흑인 하녀가 문을 열어주었다.

"들어오세요. 마님께서 기다리고 계십니다."

나는 거실로 안내되었다. 식당 겸 거실인지 방 한구석에는 훌륭하게 조각된 사각 테이블과 조리대가 놓여 있었다. 또 그랜드래피즈의 가구 제조업자들이 본다면 제임스 1세 양식이라고 할 법한 의자 네 개도 있었다. 다른 한구석에는 연푸른색 다마스크 천을 씌우고 금박을 입힌 루이 15세 양식의 가구가 배치되어 있었다. 곳곳에 아름답게 조각된 금테 둘린 작은 테이블들이 많이 있었다. 그 위에는 금박을 한 세브르자기 꽃병이며 청동 나체 여인상들이 놓여 있었다. 여인상을 덮고 있는 옷감은 된바람에 나부끼듯 휘날리면서 예의상 가려야 할 부분만 교묘하게 가리고 있었다. 그 여인들은 저마다 팔을 가볍게 뻗어 전등을 들고 서 있었다. 진열장에서만 볼 수 있는 굉장한 축음기도 있었다. 온통 도금을 했는데 꼭 세단체어(sedan chair)[16]처럼 생겼다. 옆면에 그려진 신하들과 부인들의 그림은 꼭 프랑스 화가 와토의 작품 같았다.

한 5분쯤 기다렸을까. 문이 열리더니 로지가 활기차게 걸어 들어왔다. 그녀는 두 손을 내밀며 나를 반겼다.

"세상에, 정말 꿈만 같아요! 오랜만이에요. 이게 얼마 만인지 생각조차 하기 싫네요. 아, 잠깐만요." 로지는 문간으로 가서 소리쳤다. "제시, 차를 가져와. 물이 잘 끓나 봐야 해!"

로지가 다시 돌아와 말을 이었다.

"내가 저 아이한테 차 끓이는 법을 가르치느라 얼마나 고생했는지 몰라요."

로지는 적어도 일흔은 되어 있었다. 목둘레가 네모나게 파인 근사한 푸른색 민소매 시폰 원피스를 입었는데, 다이아가 촘촘히 박혀 있고 길이는 매우 짧았다. 그 옷은 마치 손에 꼭 맞는 장갑처럼 로지에게 잘 어울렸다. 옷맵시로 보아 안에 고무 코르셋을 입고 있는 듯했다. 손톱에는 새빨간 매니큐어를 칠했고 눈썹은 족집게로 깔끔하게 정리했다. 못 본 사이에 살이 쪄서 턱도 두 겹이 되어

16) 17~18세기에 유행한 의자 가마.

있었다. 가슴팍은 하얀 분을 잔뜩 발랐어도 붉은 기가 돌았다. 얼굴도 좀 불그스레했다. 그래도 기운차고 건강해 보였다. 하얗게 세었지만 아직도 풍성한 머리카락은 짧게 잘라 곱슬곱슬하게 파마를 했다. 젊을 때는 부드럽게 물결치는 천연 곱슬머리였지만 지금은 이제 막 미용실에 다녀온 것처럼 인공적인 냄새를 풍겼다. 그 점이 옛날과는 사뭇 다른 인상을 주었다. 그러나 변하지 않은 것도 하나 있었다. 바로 로지의 미소였다. 그 미소는 여전히 순진하며 익살맞고 사랑스러웠다. 옛날에는 들쑥날쑥 못생겼던 치아가 이제는 고른 모양새로 새하얗게 빛나고 있었다. 아마도 돈이 꽤나 들었을 것이다.

흑인 하녀가 정성껏 끓인 차와 다과용 샌드위치, 쿠키, 캔디를 가져왔다. 깨끗한 나이프, 포크, 냅킨도 있었다. 아주 세련되고 멋져 보였다.

"미국에 와서도 차는 도저히 끊을 수가 없더군요." 로지는 버터를 바른 따끈따끈한 스콘을 집으면서 말했다. "내 입맛에는 이게 제일 맛있어요. 의사 선생님은 먹지 말라고 하시지만요. 선생님이 그러시더라고요. '부인, 차를 드실 때마다 쿠키를 대여섯 개나 드시면 도저히 살을 뺄 수가 없어요.'"

그러면서 로지는 나에게 미소를 보냈다. 그 모습을 보니 문득 로지가 예전이나 다름없는 여자처럼 느껴졌다. 비록 부자연스런 머리에 하얀 분을 발랐고 살이 통통하게 쪘어도 말이다. 로지가 말을 이었다.

"하지만 좋아하는 음식을 좀 먹어야 건강에 좋잖아요?"

로지하고는 전부터 허물없이 대화하던 사이였다. 이내 우리는 겨우 몇 주 전에 헤어졌다가 다시 만난 사람들처럼 지껄이게 되었다.

"내 편지 받고 놀랐나요? 드리필드라는 이름을 굳이 쓴 건 말이죠, 그게 없으면 내가 누구인지 못 알아볼까 봐 그랬던 거예요. 실은 이 나라로 건너올 적에 이름을 이글던으로 바꿨어요. 조지가 블랙스터블을 떠날 때 좀 좋지 못한 일이 있었거든요. 당신도 소문은 들었겠지만. 그래서 새 고장에서 새 이름으로 처음부터 다시 시작하기로 한 거죠."

나는 이해한다는 듯이 애매하게 고개를 끄덕였다.

"하지만 조지도 이미 10년 전에 죽었어요."

"저런, 많이 힘들었겠군요. 안타깝습니다."

"괜찮아요. 그이도 나이를 먹을 만큼 먹었으니까. 젊어 보이기는 했어도 실은 일흔이 넘었었죠. 하여튼 나한테는 큰 타격이었어요. 그이는 정말로 좋은 남편이었거든요. 결혼하고 나서 죽을 때까지 나한테 싫은 소리 한 번 하지 않았어요. 게다가 죽고 나서는 많은 유산을 남겨주었고요."

"아, 그래요. 다행이군요."

"미국에서 사업에 성공했거든요. 예전부터 하고 싶어하던 건축업을 시작했죠. 태머니 공제조합 협회하고도 친해졌어요. 20년 전에 진작 미국으로 건너올걸 그랬다고 늘 아쉬워했죠. 그이는 처음 도착한 날부터 이 나라가 마음에 들었나 봐요. 아주 활력이 넘쳤죠. 이 나라에서는 솟구치는 활력이야말로 성공의 열쇠예요."

"영국에는 한 번도 돌아오시지 않았나요?"

"네. 돌아가고 싶지도 않았어요. 조지는 이따금 영국에 가자고 얘기했지요. 아, 물론 잠깐 다녀오자고요. 하지만 그 계획은 결국 실현되지 않았어요. 이젠 그이도 없으니 영국에 굳이 가볼 마음도 안 나네요. 뉴욕에 살다가 런던에 가면 무척 지루할 것 같아요. 전에 우리는 뉴욕에서 살았어요. 조지가 죽고 나서 여기로 이사 온 거죠."

"왜 용커스로 오신 건데요?"

"글쎄요, 그냥 예전부터 좋아했어요. 은퇴하면 용커스에 가서 살자고 조지한테 자주 말했었는데. 뭐랄까, 여기는 메이드스톤이나 길퍼드 같은 데랑 비슷한 구석이 있거든요."

나는 미소를 지었다. 그게 무슨 말인지 이해할 수 있었다. 용커스는 시내전철이 달리고 자동차가 빵빵거리며 화려한 영화관과 네온사인이 있는 도시지만, 구불구불한 골목길이 얽혀 있어서 어쩐지 호화판 영국 도시 같은 분위기가 났기 때문이다.

"있죠, 가끔은 블랙스터블 사람들이 지금쯤 어떻게 지내고 있을까 생각해보기도 해요. 하지만 이미 다들 세상을 떠났겠죠. 그 사람들도 내가 죽었다고 생각할 테고."

"흠. 저도 벌써 30년이나 가 보지를 못했네요."

그때는 로지가 죽었다는 소문이 블랙스터블에 퍼진 줄도 몰랐다. 아마 조지가 죽었다는 소식이 잘못 전해진 모양이다.

"여기서는 당신이 에드워드 드리필드의 첫 번째 부인이었다는 사실을 아무도 모르지요?"

"아, 그럼요! 누가 알았다가는 기자들이 득달같이 우리 아파트로 우르르 몰려올 걸요. 아주 난리가 나겠죠. 참, 가끔은요, 어디서 브리지 게임을 하다 보면 테드의 소설 이야기가 나오기도 하거든요. 그때마다 웃음을 참느라 죽을 것 같다니까요! 미국에는 그 사람 팬이 많답니다. 나는 그렇게 좋은 줄 모르겠던데."

"원래 소설은 거의 안 읽으시는 편이었죠?"

"역사책 읽는 건 좋아했지만요. 어차피 지금은 책 읽을 시간도 없어요. 이 나라 신문 일요판은 정말 재미있어요. 영국에서는 볼 수 없는 거죠. 요즘엔 이거 보느라 바빠요. 또 브리지 게임도 자주 하고요. 브리지에 푹 빠져 살아요."

순간 옛날 생각이 났다. 소년 시절 로지를 처음 만났을 때 그녀가 휘스트를 너무 잘해서 감탄했던 것이다. 아마 브리지를 할 때에도 민첩하며 대담하고 정확하게 게임을 이끌어갈 것이 뻔했다. 한편이 되면 든든하고 적이 되면 무서울 것이다.

"테드가 죽었을 때 여기서 얼마나 큰 소동이 일어났는지 몰라요. 당신도 알면 놀라실 걸요? 테드가 인기 있는 줄은 알았지만 그렇게 거물인 줄은 몰랐어요. 신문이 온통 그 사람 기사로 도배가 됐다니까요. 그 사람이랑 펀코트 저택 사진이 잔뜩 실렸고요. 아니, 언젠가 그 집에 살고 싶다는 얘기는 했었지만. 그런데 어쩌다 간호사랑 결혼했대요? 바튼 트래퍼드 부인이랑 결혼할 줄 알았는데. 그래, 재혼해서 자식은 얻었나요?"

"아니요."

"테드는 자식을 바랐어요. 내가 첫아이를 낳은 뒤 더는 애를 낳지 못한다는 사실을 알자 그는 무척 충격을 받았었죠."

"네? 아이가 있었다고요? 저는 전혀 몰랐어요." 나는 깜짝 놀랐다.

"네, 있었어요. 애가 생겨서 테드가 나하고 결혼한 거예요. 그런데 애를 낳을 때 난산으로 고생했어요. 의사 선생님이 더는 애를 가질 수 없다고 말씀하셨죠. 그 애가 살아 있었다면 나도 조지랑 함께 도망치지는 않았을 거예요. 불쌍한 우리 딸은 여섯 살 때 죽었어요. 정말 사랑스럽고 그림같이 예쁜 아이였죠."

"처음 듣는 이야기군요. 그런 말씀은 한 번도 안 하셨는데."

"네. 이런 슬픈 이야기는 차마 할 수가 없었어요. 우리 애는요, 뇌막염에 걸려서 병원에 갔어요. 우리 부부는 독방에다 애를 입원시키고 의사의 허락을 얻어 그 곁에 있었어요. 그때 그 애가 괴로워하던 모습은 죽을 때까지 잊지 못할 거예요. 내내 울면서 비명을 질렀어요. 하지만 우리는 아무것도 해줄 수 없었죠."

로지가 울먹이는 소리로 말했다.

"그 일을 드리필드가 《생명의 잔》에서 묘사한 거로군요."

"네, 맞아요. 테드는 신기한 사람이에요. 그도 나처럼 너무 슬퍼서 그 이야기를 차마 입에 올리지 못했거든요. 그런데 글로는 써냈단 말이지요. 하나도 빠짐없이 모두 다. 그때는 내가 미처 신경 쓰지 못했던 사소한 일들까지 모조리 썼더군요. 나중에 그 글을 읽고 그제야 아, 그랬구나 하고 고개를 끄덕였어요. 혹시 테드를 냉정하다고 생각하시나요? 아뇨, 그건 아니에요. 그도 나하고 똑같이 억장이 무너지는 심정이었어요. 그날 밤 병원에서 돌아오자마자 어린애처럼 엉엉 울었는걸요. 정말 기묘한 사람이죠."

《생명의 잔》은 폭풍처럼 거센 항의를 받았던 작품이다. 특히 어린애의 죽음과 그 뒤에 일어난 사건 때문에 작자는 맹렬한 비난에 시달렸다. 그 묘사는 나도 기억하고 있었다. 정말 비참했다. 감상적인 면은 조금도 없었다. 독자의 눈물을 자아내기는커녕, 천진난만한 어린애한테 이토록 잔인한 고통을 주었다는 점에서 분노를 샀다. 이런 악행이 세상에 존재하다니, 최후의 심판 때 이에 대한 설명이 필요할 것이라고 누구나가 생각했다. 박력이 넘치는 글이었다. 그런데 이것이 실제로 일어난 일이었다면, 그 뒤에 일어난 사건도 실제로 있었던 일일까? 90년대의 대중을 격분케 한 것도 그 부분이었고 비평가들이 끔찍하고도 믿을 수 없는 일이라고 비난한 것도 그 대목이었다.

《생명의 잔》에서 남편과 아내(이름은 잊어버렸다)는 아이가 죽자 병원을 떠나 가난한 셋방으로 돌아온다. 그들은 차를 마신다. 저녁 7시, 차를 마시기에는 늦은 시각이었다. 일주일이나 잔뜩 긴장한 채 끊임없이 괴로워했던 그들은 이제 피로와 슬픔으로 기진맥진해 있었다. 그들은 아무 말도 하지 않았다. 비탄에 젖어 입을 다물고 있었다. 시간만이 덧없이 흘러갔다. 그때 갑자기 아내가 벌떡 일어나 침실로 가더니 모자를 썼다.

"나갔다 올게요." 부인이 말했다.

“알았소.” 남편이 대답했다.

그들은 빅토리아역 가까이에 살고 있었다. 그녀는 버킹엄 궁전 거리를 지나 공원을 가로질렀다. 피커딜리 거리로 접어들더니 천천히 피커딜리 서커스 방향으로 걸어갔다. 지나가던 한 남자가 그녀와 눈이 마주쳤다. 그는 멈춰 서서 그녀를 돌아보았다.

“안녕하세요.” 그가 말을 붙였다.

“안녕하세요.”

그녀는 대답하면서 멈춰 섰다. 그리고 생긋 웃었다.

“같이 한잔하러 갈래요?”

“네, 좋아요.”

두 사람은 피커딜리 거리 뒷골목의 어느 술집에 들어갔다. 매춘부들이 모여 있는 그곳에는 사내들이 여자를 고르러 들락거렸다. 거기서 두 사람은 맥주를 마셨다. 여자는 남자와 함께 재잘거리면서 웃었다. 자기 자신에 대해서는 되는 대로 이야기했다. 이윽고 남자는 여자의 집에 같이 가도 되겠느냐고 물었다. 여자는 그건 안 되지만 호텔이라면 갈 수도 있다고 말했다. 그들은 택시를 타고 블룸즈베리에 가서 방을 빌려 하룻밤을 함께 보냈다. 이튿날 아침 여자는 버스를 타고 트래펄가 광장으로 갔다. 거기서 공원을 지나 집으로 돌아갔다. 남편은 마침 아침식사를 하려던 참이었다. 그들은 아침을 먹고 나서 아이의 장례식을 치르러 병원에 갔다.

“로지, 뭐 좀 물어봐도 될까요?” 나는 물었다. “소설에서 아이가 죽은 다음에 일어난 일은 실제로도 있었던 일인가요?”

로지는 잠시 의아하다는 듯이 나를 바라보았다. 이어 입술에 미소가 떠올랐다. 옛날과 다름없이 아름다운 미소였다.

“글쎄요, 무척 오래된 일인걸요. 아무래도 상관없죠, 뭐. 당신한테는 모두 맘 편히 얘기할게요. 테드가 사실을 알고서 쓴 건 아니에요. 순전히 추측해서 쓴 거죠. 하지만 그가 그만큼이나 알고 있다는 것에 놀랐어요. 나는 한마디도 안 했거든요.”

로지가 담배 한 개비를 꺼내더니 생각에 잠긴 듯이 끝을 테이블에 대고 톡톡

쳤다. 그러나 불은 붙이지 않았다.

"소설에 나왔듯이 애가 죽고 나서 우리는 병원에서 집으로 돌아왔어요. 걸어서 왔지요. 택시 안에 가만히 앉아 있을 수 없을 것 같았거든요. 몸속이 텅 빈 것 같았고, 혼이 빠져나간 기분이었죠. 울고 또 울어 이제는 눈물조차 말라버렸어요. 기운이 하나도 없었지요. 테드가 나를 위로했지만 나는 됐으니까 제발 조용히 하라고 소리쳤어요. 그가 입을 다물었죠. 우리는 복스홀 다리 길의 셋방에 살고 있었는데, 거실과 침실밖에 없는 3층 방이었죠. 그래서 애를 병원에 입원시켰던 거예요. 셋방에서는 제대로 돌볼 수도 없고 여주인도 싫어하는 눈치였거든요. 테드도 입원시키는 편이 낫다고 했고요. 아, 여주인은 나쁜 사람은 아니었어요. 과거에는 매춘부였다고 하던데. 테드하고는 종종 몇 시간이나 이야기를 나누기도 했죠. 하여튼 우리가 집에 가니까 그 소리를 듣고 여주인이 올라와서 말을 걸었어요.

'아이는 오늘 좀 어때요? 괜찮아요?'

그러자 테드가 대답했죠.

'죽었소.'

나는 아무 말도 할 수 없었어요. 잠시 뒤 여주인이 차를 가져다줬어요. 나는 아무것도 먹고 싶지 않았지만 테드가 권해서 억지로 햄 샌드위치를 먹었어요. 그러고는 창가에 가서 앉았죠. 여주인이 테이블을 치우러 왔을 때에도 나는 뒤돌아보지 않았어요. 그 누구하고도 이야기하고 싶지 않았어요. 테드는 뭔가를 읽고 있더군요. 하지만 읽는 척할 뿐 책장은 넘기지도 않았어요. 눈물방울이 떨어져 책을 적셨지요. 나는 우두커니 창밖을 내다보고 있었어요. 때는 6월 말, 28일이었어요. 해가 길었죠. 우리 집은 길모퉁이에 있어서 술집에 들락거리는 사람들과 왔다 갔다 하는 전차가 보였어요. 낮이 영원히 끝나지 않을 것만 같더니, 어느새 밤이 찾아왔어요. 가로등이 환하게 모두 켜졌고, 거리에는 사람들도 가득 찼죠. 나는 기진맥진한 상태였어요. 두 다리도 납덩이처럼 무거웠어요. 그래서 테드에게 말했죠.

'가스등 안 켜요?'

'켜고 싶소?'

'네. 깜깜한 데 앉아 있어 봤자 뭐하겠어요.'

그러자 테드가 가스등을 켰어요. 그러고는 파이프 담배를 피웠죠. 기분이 좀 나아지겠다 싶었어요. 하지만 나는 그냥 가만히 앉아서 바깥만 내다보고 있었어요. 아, 내가 왜 그랬을까? 나도 잘 모르겠네요. 하여튼 이대로 방에 가만히 앉아 있으면 미쳐 죽어버릴 것만 같았어요. 밝고 사람들이 북적북적한 곳으로 가고 싶었어요. 테드를 피해서 달아나고 싶었어요. 아니, 아니……. 테드가 생각하고 느끼는 모든 걸 피해서 달아나고 싶었어요. 그런데 방은 두 개밖에 없었죠. 나는 침실로 갔어요. 그 애의 조그만 침대가 아직 그대로 놓여 있었지만 그쪽은 보지도 않았어요. 나는 옷을 갈아입고 모자와 베일을 썼어요. 그리고 테드가 있는 거실로 돌아와서 말했죠.

'나갔다 올게요.'

테드가 이쪽을 보더군요. 내가 옷을 갈아입은 걸 봤겠지요. 그러나 내 말투로 보아 함께하고 싶지 않다는 걸 알아차렸을 거예요.

'그래, 알았소.'

소설에서는 내가 공원을 가로질러 갔다고 하지만 실은 아니었어요. 나는 빅토리아역까지 곧장 걸어가서 마차를 잡아타고 채링크로스로 갔어요. 요금은 겨우 1실링이었죠. 마차에서 내린 다음에는 강변도로를 따라 걸었어요. 집을 나오기 전부터 무엇을 할지 이미 정해놓았죠. 혹시 해리 렛퍼드라는 분 기억나세요? 그때 그 사람은 아델피 극장에 조연 희극배우로 출연하고 있었어요. 그래서 그를 만나러 배우 대기실로 가서 내 이름을 댔어요. 나는 전부터 그를 좋아했어요. 지조가 좀 없고 금전적으로 문제가 있긴 해도 재미있는 사람이니까요. 결점투성이지만 무척 좋은 사람이에요. 그래, 그 사람이 보어전쟁에서 전사했다는 건 알고 계세요?"

"아뇨, 몰랐습니다. 그가 자취를 감추어 연극 포스터에서도 그 이름을 찾아볼 수 없게 된 것은 알고 있었지만. 무슨 사업이라도 시작한 줄 알았습니다."

"아니에요. 전쟁이 일어나자마자 바로 입대했다가 레이디스미스에서 전사했대요. 하여튼 대기실 입구에서 기다리고 있으니까 그가 곧 나타났어요. 나는 얼른 말했죠. '해리, 오늘밤은 실컷 놀아요. 우선 로마노에 가서 저녁이라도 먹을까요?' 그랬더니 그가 말하더군요. '그거 좋지. 여기서 잠시 기다리고 있어요. 연극이 끝나면 얼른 세수하고 곧장 달려오겠소.' 글쎄, 분장하고 있는 그의 얼굴만 봐도 기분이 좀 나아지는 것 같았어요. 그는 그때 경마 염탐꾼 역을 맡고 있었어요. 체크무늬 양복에다 중산모를 쓰고, 빨간 코를 붙이고 있어서 보기만 해도 웃음이 나왔지요. 나는 연극이 끝날 때까지 기다렸어요. 그리고 그가 나오자마자 같이 로마노까지 걸어갔지요.

'배고파요?' 그가 묻더군요.

'굶어 죽을 것 같아요' 하고 대답했죠. 실제로 그랬으니까.

'그럼 최고급 요리를 먹읍시다. 아, 돈은 걱정 말아요. 미인이랑 같이 식사하러 간다고 빌 테리스한테서 2파운드를 꿔 왔으니까.'

'우리 샴페인도 마셔요.'

'샴페인? 그거 좋죠! 만세!'

전에 로마노에 가보셨는지 모르겠지만 거긴 정말 근사한 곳이에요. 극장 관계자들이나 경마꾼들이 자주 드나드는 곳이죠. 또 게이어티 극장 여배우들도 오고요. 아주 훌륭한 식당이었어요. 하여튼 거기 갔더니, 로마에서 온 가게 주인이 해리랑 아는 사이라서 우리한테 인사하러 왔어요. 그는 이탈리아 사투리가 섞인 엉터리 영어로 지껄여 대서 우리를 웃겼지요. 아는 사람이 어려움에 빠지면 5파운드 정도는 기꺼이 빌려주는 사람이었어요.

'그래, 애 상태는 좀 어때요?' 해리가 나한테 물었어요.

'괜찮아졌어요.'

나는 거짓말을 했어요. 남자들이 얼마나 이상한지 당신도 알잖아요? 때로는 여자 마음을 전혀 이해하지 못한다니까요. 내가 불쌍한 우리 아이 시체를 병원에 남겨두고 저녁을 먹으러 나온 줄 알면 다들 나를 돌았다고 생각할 거예요. 뭐, 사실대로 말하면 안타깝다느니 뭐라느니 하면서 나를 위로해주기야 하겠지요. 하지만 내가 바라는 건 그게 아니었어요. 난 그저 웃고 싶었어요."

로지는 줄곧 만지작거리던 담배에 불을 붙였다.

"아내가 애 낳느라 고생하고 있을 때 남편이 참다못해 밖으로 뛰쳐나가 외간 여자랑 놀아나는 일도 있잖아요? 나중에 아내가 그 사실을 눈치채면……. 신기하게도 그런 건 귀신같이 알아챈단 말이지요. 하여튼 그 순간 아내는 화가 나서 길길이 날뛰어요. 자기가 그렇게 괴로워할 때 바람이나 피우다니 절대로 용서할 수 없다면서요. 하지만 나라면 그 아내에게 이렇게 말하겠어요. 남편이 당신을 사랑하지 않는 게 아니다, 당신이 괴로워하든 말든 상관없어서 그러는 게 아니다. 오히려 당신이 괴로워하니까 자기도 너무 괴로운 나머지 순간 정신이 나간 것뿐이다. 그래요, 정신이 멀쩡하면 바람피울 생각이나 하겠어요? 나는 잘 알고 있지요. 그때 내 기분이 꼭 그랬으니까.

식사를 마치자 해리가 나한테 물었어요. '자, 이제 어떻게 할까요?'

나는 되물었죠. '네? 무슨 소리예요?'

그때는 댄스홀도 없어서 어디 갈 데도 마땅치 않았거든요.

'우리 집에 와서 앨범 구경이나 하겠소?'

해리가 그렇게 묻기에 나는 '좋아요' 대답했죠.

그는 채링크로스의 작은 집에 세들어 살고 있었어요. 방 둘에 조그만 욕실과 부엌이 딸린 곳이었죠. 우리는 택시를 타고 그곳으로 가서 하룻밤을 보냈어요.

다음 날 아침 집에 돌아가니까 아침이 차려져 있었어요. 테드는 막 식사를 하려던 참이었죠. 혹시 그가 무슨 말이라도 하면 나도 쏜살같이 소리지르며 덤벼들 생각이었어요. 이젠 될 대로 되라는 심정이었거든요. 결혼하기 전에도 혼자 벌어먹고 살았으니 다시 그러면 된다고 생각했어요. 조금이라도 수틀리면 그 즉시 보따리 싸서 나가버리려고 했지요. 그런데 내가 들어가니까 그는 고개를 들어 쳐다보기만 하는 거예요. 잠시 뒤 이러더군요.

'마침 잘 왔소. 당신 소시지까지 내가 먹어버리려던 참이었는데.'

나는 자리에 앉아 그에게 차를 따라줬어요. 그는 계속 신문을 읽었죠. 아침식사를 마치고 우리는 병원에 갔어요. 그는 지난밤에 어디 갔었느냐고 물어보지도 않았어요. 대체 무슨 생각을 하는 건지 모르겠더군요. 나한테 한결같이 친절하게 구는 거예요. 아, 그때 나는 정말 비참한 기분이었어요. 도저히 못 이겨낼 것만 같았죠. 그는 내 마음을 편하게 해주려고 필사적으로 노력했어요."

"그 소설을 읽고 무슨 생각을 하셨어요?"

"글쎄요, 그가 그날 밤 일을 대충 파악하고 있다는 걸 깨닫고는 깜짝 놀랐죠. 무엇보다도 그런 일을 소설로 썼다는 데에 당황했어요. 소설로 쓸 만한 소재는 아니잖아요? 어휴, 당신네 작가들은 참 이상한 족속이에요."

그때 전화벨이 울렸다. 로지가 수화기를 들어 귀에 댔다.

"아, 바누치 씨. 안녕하세요? 이렇게 연락을 다 주시고. 기뻐요. 네, 저야 건강히 잘 지내죠. 네? 여전히 예쁘냐고요? 호호, 고마운 말씀이네요! 그럼요, 좋죠. 이 나이쯤 되면 칭찬은 사양하지 않는 법이지요."

로지는 상대와 이야기를 나누기 시작했다. 말투로 보아 허물없이 친한 사이인 것 같았다. 나는 굳이 주의해서 듣지는 않았다. 이야기가 좀 길어질 것 같아서 딴생각이나 하기로 했다. 작가의 인생이란 무엇일까. 그것은 시련으로 가득 찬 삶이다. 우선은 가난과 세상의 무관심을 이겨내야 한다. 조금 유명해지고 나서도 방심해선 안 된다. 세간의 평판이 얼마나 불안정한지 알고 있어야 한다. 모든 것은 변덕스러운 대중의 손에 달려 있다. 취재를 요청하는 신문기자, 사진을 찍으려는 사진사, 원고 독촉을 하는 편집자, 세금을 빼앗아가는 공무원, 오찬에 초대하는 상류사회 사람, 강연을 의뢰하는 협회 간사, 결혼해 달라는 여자, 이혼해 달라는 여자, 사인해 달라는 젊은이, 배역을 달라는 배우, 돈 좀 빌려 달라는 낯선 사람, 부부간의 문제에 대해 조언을 구하는 대담한 부인, 자기 작품을 비평해 달라는 성실한 청년, 그리고 대리인, 출판인, 지배인, 재미없는 사람, 숭배자, 비평가, 작가 자신의 양심—이 모든 것들에 작가는 끊임없이 대응해야 한다. 그 대신 작가에게도 한 가지 보상이 있다. 뭔가 가슴에 맺힌 응어리가 있으면—괴로운 추억, 친구를 잃어버린 슬픔, 보답 없는 사랑, 상처 받은 자존심, 친절을 베푼 사람에게 배신당한 분노 따위—어떤 감정이든 고통이든 모조리 글로 써버릴 수 있는 것이다. 그렇게 소설 주제나 에세이 소재로 승화시킴으로써 뭐든지 훌훌 털어버릴 수 있다. 그러므로 작가는 이 세상에서 유일한 자유인이다.

로지가 수화기를 내려놓고 나를 보았다.

"내 남자친구 중 하나예요. 오늘밤 브리지 게임을 하기로 했거든요. 차로 데리러 온대요. 이탈리아 이민자인데 무척 좋은 사람이에요. 뉴욕 변두리에서 큰 식료품 가게를 했는데 지금은 은퇴했어요."

"재혼을 생각해본 적은 없나요, 로지?"

"없어요. 청혼이야 많이 받았지만. 난 지금 이대로가 행복해요. 나보다 나이 많은 늙은이하고 결혼하기는 싫고, 이 나이에 젊은이랑 결혼하는 것도 우습잖아요? 난 이미 인생을 충분히 즐겼어요. 이대로 살다 죽어도 여한이 없어요."

"왜 조지 켐프와 함께 도망친 건가요?"

"글쎄요. 옛날부터 좋아했으니까요. 테드하고 만나기 훨씬 전부터 그이와 사귀었어요. 아, 물론 우리가 결혼할 날이 올 줄은 꿈에도 몰랐어요. 그이는 이미 처자식도 있고, 사회적인 지위도 있어 남들 눈을 의식할 수밖에 없었으니까요. 그런데 어느 날 갑자기 나를 찾아와서 그러는 거예요. 자기는 완전히 파산해서 알거지가 되었고 며칠 뒤에는 체포영장도 발부될 테니 미국으로 도망갈 거라고요. 그러면서 같이 가자고 하는데, 아, 내가 어쩌겠어요? 돈 한 푼 없이 그렇게 먼 곳으로 혼자 떠나게 할 순 없잖아요! 그토록 큰 저택에서 사치스럽게 살면서 전용 마차까지 굴리던 사람인데. 너무 불쌍하잖아요. 어차피 나야 뭐, 고생하는 걸 겁내는 성격도 아니고."

"당신이 진심으로 좋아한 것은 결국 그 사람 하나뿐이었던 것 같은데요. 안 그래요?"

"그럴지도 모르죠."

"그 사람의 어디가 그렇게 좋았나요?"

로지의 시선이 벽에 걸린 사진으로 옮겨갔다. 왜 지금까지 눈치채지 못했을까. 벽에는 아름답게 조각된 금테 액자에 든 조지 경의 확대 사진이 걸려 있었다. 미국에 온 지 얼마 안 돼서 찍은 듯했다. 어쩌면 결혼식 사진일지도 모른다. 몸의 4분의 3만한 크기였다. 그는 단추를 가지런하게 채운 기다란 프록코트를 입고 높은 실크해트를 멋지게 비스듬히 쓰고 있었다. 단춧구멍에는 커다란 장미꽃을 꽂고 은제 손잡이가 달린 지팡이를 옆구리에 낀 채 서 있었다. 오른손에 든 큼직한 궐련에서 연기가 모락모락 피어올랐다. 왁스를 발라 끝을 날카롭게 다듬은 풍성한 콧수염을 기르고, 대담한 눈빛으로 위풍당당한 태도를 취하고 있었다. 넥타이에는 다이아몬드가 박힌 말발굽 모양의 핀을 꽂았다. 더비 경마를 보러 가려고 한껏 모양을 낸 술집 주인 같았다.

"어디가 좋았냐고요?" 로지가 말했다. "그이는 언제나 흠잡을 데 없는 신사였어요."

몸의 삶과 작품에 대하여

몸의 삶과 작품에 대하여

윌리엄 서머싯 몸의 생애

세상에는 좀처럼 그 가치를 정당하게 평가받지 못하는 작가가 있다. 이 책 《달과 6펜스》의 저자 윌리엄 서머싯 몸(1874~1965)도 그중 한 명이었다면 뜻밖으로 들릴까? 물론 몸이 일반 독자나 극장 관객에게 절대적인 인기를 얻는 유명 작가였음은 틀림없다. 몸 연구자인 로버트 롤링 콜더는 몸을 20세기 전반부에서 "사상 최고 몸값을 받았던 작가"였으리라고 말했을 정도이다. 그러나 동시대 쟁쟁한 영미 비평가들은 입을 모아 몸을 이류 취급했다. 몸 자신도 회상록 《서밍 업》(1938)에서 "나는 비평가들에게 20대에는 잔인하다, 30대에는 경박하다, 40대에는 냉소적이다, 50대에는 능란하다는 말을 들었고, 60대인 지금은 피상적이라는 말을 듣는다"고 불평했다.

그러나 현시점에서 돌이켜보면, 동시대 영미 비평가들은 주로 예술적—미학적 관점에서만 몸의 작품을 평가한 탓에, 그의 작품에 특이한 형태로 나타나는 시대성이나 국제성을 이해할 수 없었지 않았나 싶다. 몸의 통속성이 실은 이 작가의 강점이었음을 간과했다고 바꿔 말해도 좋다. 따지고 보면 찰스 디킨스(1812~1870)도 인기 작가였다는 의미에서는 충분히 통속 작가였다고 말할 수 있으므로, '통속적'이라는 평가가 반드시 그 작가를 깎아내리는 것이라고는 보기 어렵다. 그렇다면 몸이 작가 인생에서 먼저 극작가로서 상업적 성공을 거두었다는 사실은, 그가 지금은 어떤 시대이며 대중은 무엇을 원한다는 것을 꿰뚫어 보는 재능을 가졌던 덕분이라고 생각해도 좋을 것이다. 즉 몸은 시대를 읽는 데 탁월했다. 다만 그의 작품이 동시대 주요 문학 조류와는 거리가 멀기 때문에 바로 최근까지 영문학사 책에서 과소평가 받은 데에 불과하다.

몸의 작품은 지금 읽어도 여러 각도의 수요에 응하는 중층적 매력이 있다. 인

켄터베리의 킹스 스쿨
서머싯 몸이 열네 살까지 다녔던 학교. 몸에게는 가정 생활과 언어 등으로 학교 생활이 원만하지 못했다.

생이나 인생 관찰에 관한 심오한 메시지를 찾고 싶은 독자에게는 충분한 대답이 될 것이고, 영국인 작가의 글다운 냉소와 기지 넘치는 문장을 읽고 웃고 싶은 독자도 만족하리라 장담한다. 현재 아카데미즘의 세계에서도 다양한 독자가 어떻게 영문학 작품을 수용했는지에 초점을 맞추어 시대상과 문화사를 이끌어내는 형태로 영문학사를 재편하는 작업이 진행 중인데, 바로 그런 관점에서 몸 재평가 분위기가 고조되고 있다. 다음에서 몸 문학의 중층적 매력의 일부를 찾아보자.

윌리엄 서머싯 몸은 1874년 파리의 영국대사관에서 태어났다. 아버지 로버트 몸은 파리 영국대사관의 고문변호사였다. 어머니 이디스 메리 몸은 군인 가정에서 태어난 매우 아름다운 여성이었다.

파리에서 몸은 자유롭고 행복한 소년 시절을 보냈지만, 그 행복은 오래가지 않았다. 몸이 여덟 살 때 어머니 이디스가 결핵으로 죽고, 아버지 로버트도 2년 뒤에 암으로 세상을 떠났기 때문이다. 아름답고 따뜻한 추억만을 남기고 일찍 죽은 어머니에 대한 사랑을 몸은 평생 간직했다고 한다. 아버지가 죽은 뒤 몸은 영국 켄트주에서 목사로 있던 작은아버지 헨리 맥도널드 몸 부부에게 의지한다. 그러나 영국에서의 생활은 고독했다. 무엇보다 성직자로서 엄격한 작은아버지에게 애정을 느낄 수 없었다. 작은아버지의 뜻으로 입학한 캔터베리의 킹스 스쿨에서도 원만히 지내지 못했다. 몸은 프랑스에서 태어나 어린 시절을 보냈기에 영어보다 프랑스어에 더 익숙했다. 그런데 또래 아이들이 그가 영어를 프랑스 사투리처럼 발음한다며 놀려대는 바람에 본디 말을 더듬던 버릇이 더 심해졌다.

서머싯 몸(1874~1965)
클로드 해리스가 찍은 사진(1927).

킹스 스쿨에서의 엄격하고 괴로운 학생 생활에서 벗어나기를 바라던 몸은 다행인지 불행인지 열네 살 때 폐결핵에 걸려 프랑스 남부에서 어쩔 수 없이 요양하게 되었다. 열여섯 살 때는 독일 하이델베르크로 유학 가는 것을 허락받았다. 그곳에서 그는 작은아버지에게 강요받았던(강요받았다고 느꼈던) 그리스도교 신앙에서 해방되어 문학·연극·그림 등 예술을 폭넓게 가까이했으며, 하이델베르크 대학의 학생들과 예술을 논하는 등 조숙한 청년기를 보냈다. 열 살 위인 존 엘링엄 브룩스라는 동성애자와 만난 것도 이 시기이다. 몸은 브룩스와 교제하면서 동성애에 눈뜨고, 작가가 되고 싶다는 생각도 더욱 강해졌다고 한다.

열여덟 살 때 몸은 영국으로 돌아오는데, 옥스퍼드 대학에 진학해서 목사나 회계사가 될 것을 권하는 작은아버지의 뜻에 반하여 런던의 세인트 토머스 병원 부속 의과대학에 진학한다. 작은아버지의 간섭에서 벗어나 의학 공부는 대충하고 몰래 작가 수업을 쌓기 위해서였다. 그래도 일단 1897년에는 의사 면허를 취득했다. 이 병원에서 여러 계층 사람들의 인생을 관찰한 것은 뒷날 글을 쓰는 데 유익한 경험이 되었다.

이처럼 의대생 시절의 몸은 진찰받으러 온 하층 계급 출신 환자와 만나거나 병상에서 고통받던 환자의 죽음을 접했다. 이런 경험이 램버스라는 빈민가에서 씩씩하게 살아가는 여주인공 라이자의 인생을 자연주의적으로 그린 장편 소설

데이비드 로우가 그린 서머싯 몸의 캐리커처

《램버스의 라이자》(1897)로 열매 맺는다. 큰 감동을 주는 수작인 이 첫 작품은 상업적으로도 나름대로 성공을 거두었지만, 같은 해 몸은 이 소설에서 아서 모리슨의 단편집 일부를 표절했다는 이유로 모리슨 본인에게서 비판받는다. 이때 몸은 즉시 부인했지만, 뒷날 자신의 회상록 《서밍 업》에서 모리슨의 단편 소설의 영향을 받았음을 진지하게 인정한다. 결국 이 사건으로 작가 인생까지는 빼앗기지 않았지만, 이것이 작가로서의 성실함을 의심받게 되는 계기가 된 것은 분명하다.

그 뒤 《크래덕 부인》(1902), 《회전목마》(1904)와 같은 소설은 호평받지 못했지만, 1907년에 발표한 희곡 〈프레더릭 부인〉이 런던의 코트 극장에서 큰 인기를 얻고 뉴욕에서도 대성공을 거둠으로써 몸의 인생은 일변한다. 서른여덟 살에 런던 고급 주택지 메이페어에 있는 호화 저택으로 이사하여 깔끔한 정장을 차려입고 사교계와 문단 파티에 드나드는 등 시대의 총아가 된 것이다. 그 뒤에도 오스카 와일드식의 재치 넘치는 대사와 사회를 풍자하는 작품 특성이 인기를 끌어 〈잭 스트로우〉(1908), 〈도트 부인〉(1908), 〈가정과 미인〉(1919), 〈순환〉(1921) 등 그의 희곡은 런던 대극장에서 상연되는 것이 관례가 되었다.

이렇듯 몸에게는 세속적인 일면이 있었으며, 생계를 위해 작품을 쓴다고 자기 자신도 인정했다. 그러나 동시에 자신의 상업적 성공이 갖는 의미를 객관적으로 바라보는 냉정함도 지니고 있었고, 사교계가 공허한 세계임을 금방 간파했다. 그러한 몸이 다음으로 펴낸 작품은 자전적 색채가 강한 장편소설 《인간의 굴레》(1919)이다. 시대와 종교의 질곡에서 영혼의 해방을 주장하는 이 작품은 흔히 몸의 대표작으로 간주되지만, 출판 당시에는 제1차 세계대전 중이라는 사정도 한몫하여 거의 화제가 되지 못했다. 이 소설이 높은 평가를 받은 것은 오히려 전쟁 뒤 《달과 6펜스》가 출판되어 베스트셀러가 되고 나서이다.

낚시로 여가를 즐기는 서머싯 몸

망각의 저편에 있던 《인간의 굴레》에 새 생명을 불어넣었을 만큼 큰 인기와 호평을 받은 《달과 6펜스》는 십수 년의 구상을 거쳐 쓰인 걸작이다. 제목 《달과 6펜스》는 《타임스》의 〈문예면 부록〉에 게재된 전작 《인간의 굴레》의 서평에서 따온 말이다. 그 서평에는 "다른 청년들과 마찬가지로 주인공 필립은 '달'을 동경한 나머지 발치에 있는 '6펜스' 은화는 보지 못했다"고 쓰여 있다. 이것을 읽은 몸이 '달'은 이상을, '6펜스'는 현실을 나타내는 비유로 받아들여 《달과 6펜스》의 스트리클런드에게도 응용할 수 있겠다고 생각한 것으로 추측된다.

이 소설을 구상하던 중 제1차 세계대전이 발발했다. 몸도 지원병으로서 프랑스 전선에 투입되거나 첩자로서 스위스며 러시아에서 비밀 활동을 하는 등 국제적으로 움직였다. 이러한 가운데서 글을 쓰기란 당연히 참으로 가혹했다. 이 시기 몸은 몇 달 동안 간첩 생활에 전념했다가 건강을 해쳐서 요양하기를 수차례 반복했다. 이 요양 기간에 그냥 쉬기만 하기에는 지루했는지 미국, 사모아, 말레이 반도, 타히티, 중국 등을 방문하고, 이 소설의 모델이 된 고갱의 발자취를 더듬는 등 정력적으로 소재를 수집했다.

《달과 6펜스》 이후에도 몸은 특출한 집필력과 인기를 유지하면서 잡지 연재, 장편 소설, 단편 소설, 여행기, 희곡, 자서전, 회상록 등 다양한 장르의 작품을 계속해서 출판했다. 그중에서도 장편 소설 《과자와 맥주》(1930), 《면도날》(1944) 등은 앞으로 더욱 읽혀야 할 수작이다.

몸에게는 진심으로 사랑했다고 전해지는 연인이자 여배우 수 존스가 있었

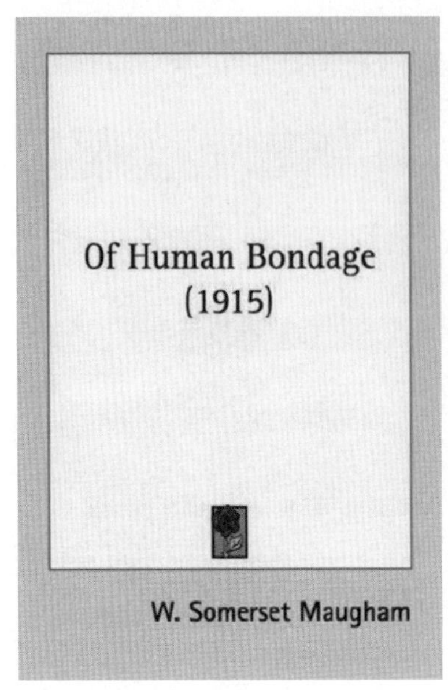

《인간의 굴레》(1915) 초판본 속표지

다. 그녀에게 결혼을 신청했다가 거절당하자 그는 런던 사교계의 꽃이었던 시리 웰컴과 홧김에 결혼해 버린다. 1919년, 마흔세 살 때이다. 당연히 이 결혼은 원만하지 못했다. 그들은 1929년에 이혼한다. 이런 와중에, 시리와 결혼하기 전부터 몸을 열렬히 지지하던 파트너가 있었다. 뒷날 미국으로 귀화하는 영국인 제럴드 핵스턴이다. 둘은 제1차 세계대전 전에 런던에서 알게 되었는데, 대전 중에는 함께 있지 않았다. 전쟁이 끝나고 핵스턴의 영국 입국 허가가 떨어지지 않자(영국 정부는 아직도 그 이유를 밝히고 있지 않다) 둘은 함께 전세계를 여행하기도 하고, 프랑스 남부에 있는 몸의 별장에서 머물기도 한다. 불편한 점도 있었겠지만, 당시 영국에서 동성애가 법률로 금지되어 있던 점을 생각하면 둘에게는 이것이 가장 안전한 생활이었을지 모른다. 핵스턴이 1944년에 쉰둘의 나이로 세상을 떠나고부터는 몸의 런던 비서인 앨런 썰이 핵스턴의 빈자리를 채운다. 몸에게 동성애 성향이 있다는 사실은 그와 가까운 사람들 사이에는 공공연한 비밀이었지만, 세상에 알려지는 일은 절대로 없었다. 몸은 위선적 발언이 많이 담겨 있다고 평가되는 자신의 회상록 《회상》(1962)에서도 동성애 가능성을 단호하게 부인한다. 그러나 그가 죽은 뒤, 작가인 몸의 조카 로빈 몸이나 지인이자 극작가 노엘 카워드 등은 《회상》이 거짓임을 밝힌다.

몸은 1965년 프랑스 남부 니스의 한 병원에서 세상을 떠났다. 향년 91세였다. 몸의 간호와 치료에 끝까지 지시를 내린 사람은 앨런 썰이었다.

몸은 많은 얼굴을 가진 사람이었던 것 같다. 영국 사회의 인습과 제약을 혐오하면서도, 그 뿌리 깊은 관습을 이겨내기가 얼마나 어려운지 잘 알고 있었던 탓에 비겁했다. 영국을 대표하는 작가라는 자부심이 있으면서도, 어딘가 나약하고 교활한 모습을 내비쳤다. 돈의 중요성을 충분히 알면서도 돈을 경멸했다. 코

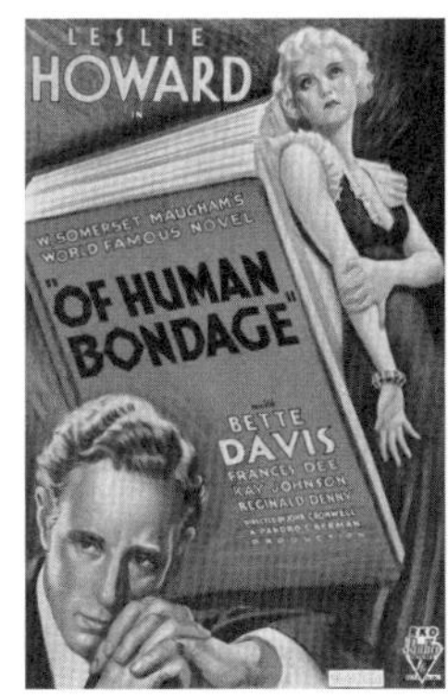

영화 〈인간의 굴레〉 한 장면(오른쪽)**과 포스터**(위)

즈모폴리턴이면서도 어딘가 영국적이었다. 몸은 대다수 사람과 마찬가지로 그런 모순 속에서 살았던 작가였는지 모른다.

《달과 6펜스》

'어느 천재 예술가의 초상'에 숨은 이야기

《달과 6펜스》는 작가인 화자가 자신의 젊은 시절을 추억하며, 죽은 뒤 '천재'로 불리게 된 화가 찰스 스트리클런드의 반평생을 이야기하는 구성의 소설이다. 스트리클런드는 프랑스 후기 인상파 화가인 폴 고갱(1848~1903)을 모델로 한 인물로 간주되지만, 실제로는 스트리클런드와 고갱 사이에는 닮은 점보다 다른 점이 더 많다. 따라서 이 소설에 그려진 예술가상은 몸이 독자적으로 창작한 것으로 생각하는 편이 적절할 것 같다. 어쨌든 독자에게 인상 깊은 것은 소설 첫머리부터 스트리클런드라는 예술가의 '위대함'을 화자가 반복해서 강조한다는 점이다. 독자는 그를 '가깝게 알고 지냈다'고 주장하는 이 냉소적인 화자를 통해 그 '천재'의 '창조적 충동'의 근원을 찾는 여행을 떠나게 된다.

스트리클런드의 생애는 참으로 비범하다. 20세기 초 런던에서 주식 중개인을 하며 평범한 가정의 좋은 아버지, 좋은 남편으로서 17년을 보낸 뒤 어느 날 갑자기 그 모든 것을 버리고 오로지 그림을 그리기 위해 홀로 파리로 이주한다. 이처럼 영국 사회에서는 당연시되는 아버지와 남편으로서의 의무를 내던진 스트리클런드는 파리에서도 의식주라는 인간의 최소 필요에 거의 신경을 끈 채 그림 그리기에만 몰두하고, 주위 사람들에게는 철저하게 냉혹하고 잔혹하고 무관심한 태도로 일관한다. 이러한 성격이 더욱 두드러지게 나타나는 것은, 자기 재능을 알아봐 주는 유일한 인물이자 착한 예술가인 스트루브에게서 애처 블랑슈를 멋대로 빼앗은 끝에 그녀를 자살로 내몬 사건이다. 이 사건 뒤 그는 방랑을 거듭하다 남태평양의 섬 타히티로 흘러들어가, 한센병에 걸려 몸이 썩어들어가는 것을 자각하면서 한쪽 벽 가득 대작을 완성하고 운명을 다한다.

인습적인 런던에서 예술가의 도시 파리로, 파리에서 남태평양의 현관문인 마르세유로, 그리고 마지막으로는 남태평양의 '원시적'이고 '관능적'인 자연이 풍부한 타히티로 이동하는 궤적은 퇴폐한 분위기가 떠도는 영국 사회에 자리잡은 병마라고도 할 수 있는 인습, 체면에 대한 집착, 위선적 도덕관 등을 스트리클런드가 한 꺼풀씩 벗겨 내며 원시의 동물적 상태로 회귀해 가는 여정으로도 보인다. 바꿔 말하면, 스트리클런드는 후기 인상파 화가 고갱이나, 아프리카 조각의 영향을 강하게 받아 입체주의의 길을 개척한 피카소와 마찬가지로 '원시'의 생명력에서 영감을 얻어 예술 작품을 창작함으로써 서양중심주의 예술관에 의문을 던짐과 동시에 (스트리클런드에게 그런 의식이 있었는지 아닌지는 제쳐 두고) 서양 예술을 새로운 형태로 활성화하고자 했다고도 해석할 수 있다. 유럽 사상사로 눈을 돌려 봐도, 18세기 이후 유럽에서는 주로 낭만파가 '프리미티비즘'이라 불리는 원시 상태로의 회귀를 주장했으며, 특히 남태평양에는 문명에 물들지 않은 본연의 인간 본성을 지닌 '고귀한 야만인'이 산다는 동경과 편견 섞인 전설이 유포되어 20세기 중반까지 남아 있었다고 한다. 고갱이나 스트리클런드의 타히티행은 먼저 이러한 유럽 미술사 및 사상사의 흐름 속에서 이해해야 할 것이다.

한편 오늘날 혼란한 세계를 봐도 알 수 있듯이, 서양과 동양의 관계는 '원시에의 동경'이라는 한마디로 요약할 수 있을 정도로 단순하지는 않다. 에드워드 사이드가 명저 《오리엔탈리즘》에서 밝혔듯이, 서양인은 서양 이외의 지역을 서양 문명의 계몽의 빛이 도달하지 않은 '야만스럽고' '뒤떨어졌으며' 이단 종교를 믿는 사람들이 사는 무시무시한 '암흑'의 땅으로 오랫동안 간주해 왔다. 한편,

그러한 땅의 풍부한 자연이 환기하는 관능적인 이미지는 다양한 성적—미적 매력으로 서양인 남성을 유혹하는 힘을 지녔다. 식민주의의 역사란 유럽의 많은 민족과 국가가 천연자원을 찾아 인도 등으로 진출하여 영토를 점령하고 경제적으로 착취함과 동시에, '미개'한 땅을 '문명화'하는 것이 '백인의 책임'이라고 칭하고 현지인들에게 그리스도교와 그 밖의 학문을 주입한 과정을 가리킨다. 서양은 동양을 단순히 열등하다고 치부했을 뿐 아니라 매혹적이고 위험한 존재라는 두려움도 품었던 것이다.

《달과 6펜스》(초판발간 1919) **표지**

《달과 6펜스》의 스트리클런드나 화자와 타히티와의 만남도 이러한 서양의 '오리엔탈리즘'적 시선을 되풀이한다. 타히티는 색채 풍부한 '에덴동산'이라는 자연에 둘러싸인 관능적인 이미지로 그려지며, 스트리클런드의 아내인 타히티인 여성 아타는 서양인이 상상하는 동양 여성의 전형에 가까운 순종적이고 헌신적인 인물이다. 스트리클런드는 이렇게 자연 풍부한 세계에서 영감을 얻어, 마침내 "원시의 숲을 연상케 하는 관능적이고 정열적이고 주체할 수 없는…… 그러나 동시에 소름 끼치는 무언가, 사람을 공포의 구렁텅이로 밀어 넣는 무언가"를 표현하는 경지에 도달한다. 즉 그는 원시세계에서 서양의 상식 범주가 허용하는 인간성을 벗어난 영역에 발을 들여놓음으로써 "인간이 한 일이라 생각되지 않을 정도의" 일생의 대작을 완성하게 된다. 그러나 그와 동시에 '미개한' 사회가 지니는 무시무시한 일면인 한센병에 걸려 문자 그대로 육체를 갉아먹혀 목숨을 잃는다. 즉 '동양'은 '원시성'과 매혹적인 '관능성'으로 '서양' 예술에 새로운 숨결을 불어넣기도 하지만, 그와 동시에 서양인에게 죽음을 가져다 줄만큼 끔찍함과 위험도 가지고 있다. 이처럼 이 소설에는 서양이 동양에 품는 전형적인 이미지가 알기 쉬운 형태로 반영되어 있다.

그렇지만 이렇게 역사적 문맥에 따라 이해한 뒤에 스트리클런드의 이야기를 읽어도 독자에게는 석연치 않은 부분이 남는다. 어느 천재 예술가의 '창조적 충동'의 비밀이 밝혀져야 할 이야기 마지막 부분에서 스트리클런드가 벽 한가득 그린 대작을 "자연이 끝까지 숨겨 왔던 깊은 곳까지 파고들어, 거기에 감추어져 있던 아름답고도 잔인한 비밀을 파헤친" 것으로 설명하면서도 그 '비밀'이 무엇인지 제시하지 않는다는 점이다. 화자는 "스트리클런드 자식, 무덤까지 비밀을 가지고 갔는가" 라고 말할 뿐이다.

고갱 〈이아 오라나 마리아〉(1891)
타히티 말로 '아베 마리아'이다. 고갱은 성서의 한 대목을 남태평양적 시각으로 해석한 이 작품을 마음에 들어 했다. 《달과 6펜스》에서 화가로 변신한 주인공 스트리클런드가 타히티행을 택함으로써 원시 세계의 관능과 공포가 고갱의 예술작품 세계 속으로 동화되어 간다.

즉 독자에게는 이 천재 화가의 '창조 충동'의 비밀은커녕 그 내면도, 예술관도 수수께끼로 남는다. 스트리클런드는 무엇을 표현하려고 그림을 그렸을까? 런던에 남은 가족과 타히티의 가족은 그에게 어떤 존재였나? 그림이 그토록 소중했다면, 런던에서 주식 중개인으로 일하면서 가족에게 평범한 남편과 아버지 행세를 하던 17년 동안 그는 날마다 그런 기분으로 살았을까? 화자의 이야기는 첫머리부터 끝 부분까지 이 공허한 물음을 중심으로 겉돌 뿐이며, 화자와 함께 독자도 파란만장해 보이는 불가사의한 한 예술가의 인생을 저만치에서 바라보는 데에 불과하다. 이 문제를 몸의 회상록 《서밍 업》에 드러난 그의 인간관—인간성은 일관되지 않고 모순을 담고 있으며, 동일 인물 안에는 양립할 수 없어 보이는 성질들이 공존한다—이나 장편 소설 《인간의 굴레》의 주제인 '인생의 무의미함'으로 환원하여, 이 소설에서는 스트리클런드라는 인물의 인간성이 신비롭게 그려졌다고 결론지을 수도 있다. 그러나 여기에서는 '어느 천재 예술가의 초상'으로서의 스트리클런드의 수수께끼 같은 이야기를 어째서 무색투명한 전지적 화자가 아니라 독신 남성인 작가가 말하느냐를 생각해 볼 필요가 있지 않을까?

이렇게 다른 각도에서 질문을 제기해 보면, 《달과 6펜스》라는 소설은 다른 양상을 띠고 우리 앞에 나타난다. 이 소설은 독신 남성 작가인 화자가 어느 남성 예술가의 수수께끼를 풀고자 하는 욕망에 떠밀려 남태평양으로 여행을 떠나 그 인물에 관해 이야기하는 구성을 가진다. 즉 자신의 마음을 잡아끄는 이해 불가능한 타자를 관찰하고 알고자 하는, 그리고 그의 삶에 다가가고자 하는 이 소설은 겉으로는 나타나지 않지만 실은 동성애적 시선으로 이야기한 숨은 사랑 이야기라고도 할 수 있다. 실제로 남태평양이라는 '오리엔탈리즘'을 환기하게 하는 장소가 무대로 설정된 점이며 독신 남성이라는 존재가 중요한 역할을 한다는 점 등 이 소설에는 동성애 소설의 전통적 요소들이 암호화된 형태로 나타난다. 그러나 동성애적 욕망을 드러내는 요소는 결코 명확한 형태로 표현되지 않았다. 19세기 말에 극작가 오스카 와일드(1854~1900)가 동성애 죄로 투옥된 사실이 국민들 기억에 강하게 남아 있는 20세기 초 영국에서는 사회나 문학 작품 안에 동성애적 욕망이 공공연히 받아들여지거나 그러한 표명이 용인될 여지가 없었기 때문이다. 이렇게 보면 몸은 겉으로는 대중이 좋아할 법한 '천재 예술가 이야기'를 대중이 기꺼이 받아들일 법한 '오리엔탈리즘적 도식'을 반복하는 형태로, 즉 대중의 욕망을 끌어들임으로써 묘사하고—'통속 작가' 몸의 교묘함은 이런 부분에 있다—그 바닥에는 동성애적 짝사랑 이야기를 몰래 묻었다고도 생각할 수 있다.

영화 〈달과 6펜스〉(1942) 포스터

신비로운 타자의 내면에 접근하고자 하는 절망적이고 비밀스러운 사랑 이야기. 이 숨은 주제가 몸 문학에 여태까지 알려지지 않았던 종류의 깊이를 더해준다고 이해해도 좋다. 자신과는 다른 존재의 내면에 접근하여 그 사람의 인생을 알고자 하는 것, 동성애적으로도 이성애적으로도 있을 법한 이 욕망이 인간을 문학으로 유혹하니까.

'어느 천재 예술가의 초상'의 바깥 틀–세계의 변용

앞서 《달과 6펜스》에 숨은 일면을 다루었는데, 몸이라는 '통속 작가'에 숨은 흥미는 다른 일면에서도 찾아볼 수 있다. 몸은 프랑스 출생인 데다 독일에서 체재한 적도 있었기에 프랑스어와 독일어에 능했을 뿐만 아니라, 제1차 세계대전 중에 스위스에서 간첩으로 암약했을 때 경험을 토대로 《어셴든》(1928)이라는 첩보 소설까지 썼을 정도로 세계적 시야를 갖춘 작가이다. 즉 그는 인간 내면을 깊이 파고들어가는 미시적 시점을 지닌 한편, 세계정세를 거시적으로 바라보고 그릴 줄 아는 작가였다. 따라서 그의 작품은 영국 작가의 작품이라는 범주에 가두기에는 의미가 크다.

이를테면 남태평양이라는 무대를 설정할 때도 몸은 아름답고 '고귀한 야만인'이 사는 낙원이라는 서양 관점의 전형적인 이미지를 이용하면서도, 실은 20세기에 들어 유럽 열강에 더해 새로운 제국으로 대두하던 미국이나 일본이 격전을 벌이는 지정학상 매우 중요한 곳임을 잘 알고 있었다. 따라서 이 지역에서 이루어지는 포경, 선교사의 전도 활동, 호텔 경영 모두가 제국의 이익, 즉 영토 분쟁이나 항만 지배권과 암암리에 그러나 밀접하게 연관되어 있음을 알아보았다. 즉 제1차 세계대전의 표면상 무대는 유럽이었을지 모르지만, 뒤에서는 남태평양이나 유럽에서 남태평양으로 들어가는 현관문인 마르세유에서 싸움이 벌어졌다.

그러기에 《달과 6펜스》에 나온 마르세유에는 '중국인 여관'이나 술집에 드나드는 P&O 기선 회사 소속 인도인 선원, 버크 범선을 타고 스웨덴에서 온 금발의 바이킹, 군함에서 내린 일본 해군, 영국 선원과 에스파냐 선원, 프랑스 순양함의 쾌활한 승무원, 미국 화물선의 흑인 선원 등 다양한 국적의 사람들이 사람과 물자가 전세계를 이동했던 흔적으로서 그려진다. 프랑스령 타히티만 해도 '원시적'인 자연이 남아 있는 듯이 묘사되는 한편, 화자나 스트리클런드가 이용하는 호텔 드 라플레르에는 영어와 프랑스어를 구사하는 여주인 티아레와 중국인 요리사가 서양식 서비스를 제공한다고 묘사된다. 이는 이 섬이 '문명에 물들지 않은 원시 세계'라고 믿는 것은 완전한 망상이며, 실제로는 자본주의의 영향으로 근대화가 확실히 진행되었음을 시사한다.

영화 〈비밀요원〉(1936) 포스터
서머싯 몸의 소설 《어센든》(1928)을 원작으로 만든 알프레드 히치콕 감독의 영화.

더욱 흥미로운 것은 이 호텔에는 대중 소비 사회의 상징이라고도 할 수 있는 축음기가 갖추어져 있으며 스트리클런드의 집에도 미국제 난로가 있다는 사실을 티아레가 화자에게 설명하는 부분이다. 대중 소비문화라는 미국형 자본주의가—20세기 초 유럽의 대다수 작가와 지식인이 전통 유럽 문명을 위협하는 '문화적 타자'로서 경멸하고 혐오했던 것—런던이나 파리와 같은 유럽의 대도시뿐만 아니라 남태평양의 섬들까지 잠식하기 시작했음을 여실히 드러내는 대목이다. 이는 세계 지배 세력이 옛 유럽 제국에서 새 제국 미국으로 바뀌고 있음을 보여 줄 뿐만 아니라, 새 세상에서는 국민국가로서의 제국이 패권을 다투는 것이 아니라 국경을 넘어 전세계로 퍼지는 미국형 자본주의가 사방으로 뻗어 가리라는 가능성도 시사한다.

이러한 세계 질서의 재편성은 《달과 6펜스》의 결말 부분을 생각하는 데 중요한 의미가 있다. 스트리클런드의 최후에 관해 여러 사람에게서 이야기를 들은 뒤 화자는 런던으로 돌아가 스트리클런드 부인과 재회한다. 스트리클런드에게 버려졌던 20년 전에는 어떤 의미에서 인습적인 영국 사회를 대표하는 인물이었다. 그러나 오랜만에 만난 부인은 늙거나 여위기는커녕 나이를 느낄 수 없는 젊음을 유지하고 있었으며, 스트리클런드의 그림을 연구하는 테일러 씨라는 미국(!) 비평가와 대화를 나누며, 베를린 출판사가 스트리클런드의 그림을 원색 복제화로 판매했다는 사실 등을 쾌활하게 이야기한다. 명백히 부인은 스트리클런드의 예술이나 그림을 아끼는 기색이 없으며, 사후 발견된 '천재 화가'의 '부인'으로서 남편의 '상품 가치'를 놓치지 않고 복제한 작품을 팔아 재산을 축적하면서 영리하게 살아가고 있었다. 말하자면 스트리클런드가 그림에 담았던 '창조의 충동'도 '혼'도, 그리고 그의 작품에 담겨 있던 예술의 후광도 부인과 전세계로 퍼져 나가는 대중 소비사회에 모두 소비되어 버리는 얄궂은 결과가 되어 있었다.

즉 《달과 6펜스》에서 몸은 확실히 '어느 천재 예술가의 초상'을 그리고 그 내면에 다가가려 했다. 단, 세계의 변용이라는 틀 안에 이 '어느 천재 예술가의 초상'을 넣어 보면 짓궂게도, 예술가와 예술이 신성하게 여겨졌던 시대는 지나갔음이 명확히 드러나도록 장치되어 있다. 바꿔 말해 이 소설은 제1차 세계대전 전후 세계에서 예술이 놓인 위치를 거시적으로 바라보고, 예술이나 예술가의 의미가 자본주의나 대중 소비사회의 발전에 따라 어쩔 수 없이 변화되고 있음을 부각한다. 조금 더 파고들어 보면, 이 소설은 몸의 분신인 화자가 '예술'의 알레고리인 스트리클런드의 상을 탐구하는 이야기라고도 할 수 있을지 모른다. 만약 그렇다면 그것은 '이류' 취급받았던 '통속 작가'가 작품에 몰래 끼워 넣은 비아냥일까, '일류 예술'에 대한 계속된 동경일까?

《과자와 맥주》

해학적으로 바라본 인간과 삶

《과자와 맥주》는 서머싯 몸이 소설가로서도 극작가로서도 성공을 거둔 원숙기에 쓴 작품이다. 그는 오랫동안 작가로서 폭넓은 활동을 펼치며 많은 작품을 남겼는데, 그중에서도 이 소설은 《인간의 굴레》 《달과 6펜스》와 더불어 손꼽히는 명작이다. 작가 스스로도 뚜렷한 이유는 밝히지 않았으나 자신의 작품 가운데 이것을 가장 좋아한다고 말했다. 그의 여든 번째 생일을 기념하여 하이네만 출판사에서 이 작품을 1,000부 한정 호화판으로 찍어냈을 정도이다.

《과자와 맥주》의 화자인 소설가 어셴든은 작자 본인을 투영한 인물이다. 그가 동료 작가 앨로이 키어의 전화를 받는 첫 장면은 매우 유명하다.

'외출했을 때 누가 전화를 걸어와서, 중요한 볼일이 있으니 돌아오면 바로 전화해 달라는 전갈을 남겼다면, 그 일은 이쪽보다 저쪽에게 더 중요한 일인 경우가 많다. 선물을 하거나 친절을 베풀려고 할 때는 대부분 그다지 서두르지 않는 법이다.'

왠지 눈에 익은 글이다. 인간과 인생을 멀리서 해학적으로 바라보는 작가의 태도가 첫머리에서부터 잘 드러나 있다.

처음에 작가는 이 주제로 단편을 쓸 예정이었던 듯하다. 1930년 초판이 나온 지 수년 뒤에 선집(1934년)이 나왔는데, 그 책 서문에 다음과 같은 단편용 메모가 실려 있다.

'나는 저명한 소설가의 회상기를 써 달라는 의뢰를 받는다. 내가 소년일 때 사귄 친구인데 평범한 아내와 함께 W에 살고 있었다. 아내는 태연하게 남편을 배신한다. 이 고장에서 그는 훌륭한 소설을 몇 편이나 쓴다. 나중에 비서와 재혼한다. 이 둘째 부인은 남편을 잘 보필하여 유명해지게 만든다. 만년에 그는 뜻밖에도 저명인사가 되어 왠지 불편한 기분을 느끼면서 살아가지 않았을까.'

이 메모는 분명히 《과자와 맥주》의 내용을 담고 있다. 보통 사람들은 유명해지면 현실에 안주하여 거드럭거리게 마련이다. 그때까지 어떤 삶을 살았든지 말이다. 특히 허영심 강한 아내가 저명인사다운 생활을 유난스럽게 연출한다면 더욱 그렇다. 하지만 모험으로 가득 찬 자유분방한 삶을 즐기던 사람에게는 그렇게 거드럭거리는 태도가 우스워 보일 뿐이다. 이처럼 저명인사가 애써 체면을 차리고 잘난 체하느라 고생하는 모습을 몸은 우스꽝스럽게 그려냈다. 그는 본래 우상을 믿지 않았던 것이다.

그런데 《과자와 맥주》는 유명한 작가의 만년을 풍자적으로 묘사하는 데 그치지 않는다. 단편 집필을 미루는 사이에 새로운 착상이 떠올랐던 것이다. 전부터 어떤 매력적인 여성상을 나타내 보이고 싶었는데, 이번 기회에 그려버리자는 생각이 들었다. 그리하여 몸은 인기작가 만년의 삶과 어느 매력적인 여성상을 교묘하게 합친 작품을 만들어 냈다. 정확히는 그 여성을 인기작가의 첫 번째 아내로 삼아 꿩도 먹고 알도 먹었다.

얼마 전에 작고한 인기작가 드리필드의 둘째 부인에게서 전기를 써 달라고 의뢰를 받은 앨로이 키어는 만년의 드리필드를 잘 알고 있었지만 예전의 삶은 전혀 몰랐다. 그래서 무명 시절의 드리필드와 그의 첫 번째 아내하고 친하게 지냈던 화자 어셴든에게 정보를 좀 달라고 부탁한다. 그 부탁을 받자 화자의 머릿속에 과거의 추억이 차례차례 떠오른다. 추억은 크게 두 시기로 나뉜다. 시골 숙부의 목사관에 살던 그가 드리필드 부부를 만나서 같이 자전거로 소풍도 다니고 교회 기념비의 탁본도 뜨던 소년 시절과, 주로 드리필드의 첫 번째 아내 로지와 깊은 관계를 맺었던 청년 시절이다.

어셴든이 열다섯 살쯤 먹은 소년이었을 때는 빅토리아 여왕(재위 1837~1901) 시대 말기였다. 이때 영국 사람들은 빅토리아 시대의 엄격한 계급제도와 도덕관념을 따르고 있었다. 소설에서는 하인의 아들 따위가 어떻게 목사네 조카하고 허물없이 대화할 수 있느냐는 얘기도 나오고, 문란한 남녀관계에 대한 세간의 따가운 눈총도 그려진다. 그런데 어셴든이 스무 살 의대생이 되었을 때는 이미 에드워드 7세(재위 1901~1910) 시대가 시작된 뒤였다. 제1차 세계대전이 일어나기 전 이 평화로운 시대에는 국왕이 화려한 것을 좋아하기도 했고 빅토리아 시대에 반발하는 풍조도 생겨나서, 엄격했던 도덕이 완화되고 오페레타 같은 오락이 성행하게 되었다. 소설에서 여주인공 로지가 화려한 옷을 입고 뮤직홀에 다니면서 남자친구들과 신나게 노는 장면에서도 이런 사회상을 엿볼 수 있다. 로지는 이 시대에 잘 어울리는 여인이었다. 현실에서는 전기 집필을 도와 달라는 앨로이 키어의 부탁을 받은 화자가 그와 함께 드리필드 미망인을 만나고 마지막에는 미국에서 노년을 보내고 있는 로지와의 재회를 추억한다. 이 현재 이야기에 두 시기의 추억이 교묘하게 얽혀 들어가는 과정은 매우 자연스럽다. 덕분에 독자는 복잡한 시간 변화에도 아랑곳없이 이야기를 술술 읽어나갈 수 있다.

이어서 《과자와 맥주》에 나오는 인물들을 살펴보자. 소설이 간행되자 곧바로 누가 모델이냐는 문제가 불거졌다. 알다시피 화자는 몸 자신을 나타낸 인물이다. 여주인공 로지의 모델은 그때에는 밝혀지지 않았으므로 문제가 되지 않았다. 문제는 드리필드와 키어의 모델이었다.

《과자와 맥주》(초판발간 1930) 표지

우선 드리필드의 모델은 《과자와 맥주》가 출판되기 2년 전에 세상을 떠난 토머스 하디로 추정되었다. 사람들은 빅토리아 시대 최후의 대작가에게 이게 무슨 불경한 짓이냐고 비난했다. 하지만 드리필드와 하디는 확실히 비슷한 점이 많다. 소설에서 몇 번이나 강조하듯이 둘 다 오래 살았으며 재혼도 했고, 기념비 탁본이나 건축에도 관심을 두었다. 여든 번째 생일에는 나라에서 축하를 받았으며, 신문과 교회로부터 작품이 부도덕하다는 비난을 받은 적도 있다. 또한 시골 농민들의 삶을 묘사했다. 그리고 사소한 것으로는 젊었을 때 턱수염을 길렀으나 나중에는 콧수염을 길렀다는 사실도 비슷하다. 몸은 선집 첫머리에서도, 또 '80세 기념판 서문'에서도 한결같이 하디를 모델로 삼지는 않았다고 말했다. 그러나 실은 하디 사후에 미망인이 '소문나면 안 될 비밀'을 모두 숨긴 채 번듯한 하디 전기를 엮어서 내놓은 것을 비판하고 싶었던 게 아닐까.

하지만 하디를 조롱할 의도는 없었던 듯하다. 실제로 작가는 드리필드라는 인물보다는 그 주변 사람들을 풍자하고 있다. 즉 세상 사람들이 기대하는 대문호의 이미지에 억지로 드리필드를 끼워 맞추려고 애쓰는 둘째 부인, 드리필드를 추종하는 비평가들, 문단의 기대주를 마치 '우승할 경주마' 점찍듯이 찾아내서 기르다가 영 아니다 싶으면 헌신짝처럼 쉽게 버리는 트래퍼드 부인 같은 유한부인이 비판의 대상이다. 어셴든이 문학을 사랑하는 상류사회 사람들과 함께 만년의 드리필드를 방문하는 장면(제4장)에서 늙은 작가는 어셴든에게 재빨리 윙크를 한다. 이는 까다로운 아내와 수다스런 세상 사람들 앞에서 이렇게 점잖은 대작가 노릇을 하고 있지만, 마음속 깊은 곳에는 먼 옛날 로지를 이해하고 사랑했던 자유로운 자기 자신이 여전히 살아 있다는 것을 알리는 신호이리라.

한편 작가는 앨로이 키어를 아주 신랄하게 묘사하고 있다. 키어는 재능이 거의 없는데도 뛰어난 처세술 덕분에 문단에서 높은 지위에 오르고 수많은 독자들을 얻은 것으로 그려져 있다. 어느 날 밤 서평을 쓰려고 《과자와 맥주》를 읽은 휴 월폴은 자신을 풍자한 것임을 즉시 깨닫고 충격으로 한숨도 못 잤다고 한다. 그는 곧바로 몸에게 항의 편지를 보냈으나 몸은 이렇게 대답할 뿐이었다. "키어는 여러 사람을 조합해서 만든 인물이다. 그중에는 나 자신도 포함되어 있다." 그러나 월폴을 아는 수많은 작가들도 키어의 모델이 월폴이라는 사실을 금세 알아챘다고 한다. 리튼 스트레이치(새로운 전기문학 창시자로서 우상파괴가 특기였다)도 "나쁜 마음을 품고 그려낸 월폴의 초상이 실린 재미있는 책"이라고 했다. 스트레이치는 몸뿐만 아니라 월폴도 잘 알고 지냈었다. 몸은 선집 서문에서는 월폴을 언급조차 하지 않았으나 '80세 기념판 서문'에서는 확실히 월폴을 마음속에 두었다고 고백했다. 그러나 비평가들에게 잘 보이려고 애쓰는 작가는 비단 월폴 하나만이 아니라는 말도 덧붙였다. 참고로 월폴은 몸보다 열 살 어린 소설가였다. 케임브리지 대학을 나와 소설가가 된 그는 한때 많은 독자를 거느린 인기작가로서 문학에 대해 강연하고 평론과 작가론도 썼지만, 1941년 세상을 떠나자 대중은 그를 잊어버렸다.

그런데 로지의 모델은 누구였을까. 발간 당시에는 베일에 싸여 있었지만 로버트 콜더, 테드 모건, 셀리나 헤이스팅스 같은 전기작가들의 노력 덕분에 이제는 확실히 밝혀졌다. 로지의 모델은 그때 막 이름을 알려가던 무대 여배우 수 존스였다. 영국 근대극(近代劇)의 선구자로 알려진 헨리 아서 존스의 딸이다. 수와 몸은 1906년에 처음 만났는데 그때 몸은 서른셋, 수는 스물셋이었다. 수는 불행한 결혼을 했다가 남편과 헤어진 상태였다. 로지처럼 매력적이고 아름다운 여성이었다. 몸은 수에게 반해 몇 번이나 데이트를 신청했다. 이윽고 그들은 이 작품 16장에서처럼 친밀한 관계를 맺게 되었다. 어머니처럼 넓고 따뜻한 수의 품에 안기는 것이 외로운 몸에게는 더없이 행복한 순간이었다. 그들의 관계는 약 8년간 지속되었다. 《과자와 맥주》를 쓸 때 몸은 그녀가 피해를 당하지 않도록 일부러 세부사항을 바꿨다. 유명한 극작가의 딸이자 교양 있는 여성인 수가 직업도 신분도 나이도 전혀 다른 로지라는 여성으로 바뀌었다. 하지만 수의 순진무구하고 명랑한 성격과 '은빛으로 빛나는 태양' 같은 인상은 로지와 똑같았다고 한다. 몸의 평생 친구이자 왕립 미술원 원장이었던 초상화가 제럴드 케리가 그린 수의 초상화를 보면 확실히 로지와 비슷하다. 내면의 밝은 빛이 풍만한 육체 밖으로 흘러넘치는 것 같은 그 여인을 누구나 사랑할 수밖에 없으리라.

《면도날》(초판발간 1944) **표지**

오랫동안 사귄 끝에 몸은 진정으로 수와 결혼할 마음을 먹었다. 1913년 끝 무렵 약혼반지를 준비하여 수에게 청혼했지만 거절당하고 말았다. "서로 사랑하는 기쁨을 누려본 적이 없다"는 몸의 고백은 진실이었던 것 같다. 수는 어느 백작 아들과 결혼했는데 이 두 번째 결혼도 결국 불행하게 막을 내렸다. 그녀는 1948년 영국에서 세상을 떠났다. 이 작품 마지막에는 미국에서 노년을 즐기는 로지의 모습이 나온다. 몸은 사랑하는 수의 밝은 미래를 꿈꾸었던 것이다.

선집 서문에서 몸은 이렇게만 말했다. "어떤 매력적인 여성을 예전부터 그려보고 싶었다." 그러나 '80세 기념판 서문'에서는 그 여성과 깊은 관계였음을 고백했다. "젊었을 때 나는 어느 매력적인 여성과 몇 년이나 친밀한 관계를 유지했다. 그녀는 아주 심각하고 골치 아픈 결점을 지닌 절조 없는 미인이긴 했어도 무척 성실한 사람이었다. 그녀와의 관계는 결국 끝나 버렸지만 그 추억은 세월이 지나도 여전히 가슴속에 남아 있었다. 언젠가 소설로 쓸 기회가 있으리라 생각했는데 좀처럼 그 기회가 오지 않았다."

성적으로 자유분방한 여성과 결혼한다는 것은 쉽지 않은 결정이었으리라. 몸은 훌륭한 작가이자 신사라는 현재 신분을 유지하고 싶었을 테니까. 그런데도 왜 진심으로 청혼을 했을까? 아마 수와 함께라면 타고난 동성애 경향을 억누르고 남부끄럽지 않은 평범한 부부로서 살아갈 수 있을 거라고 생각하지 않았

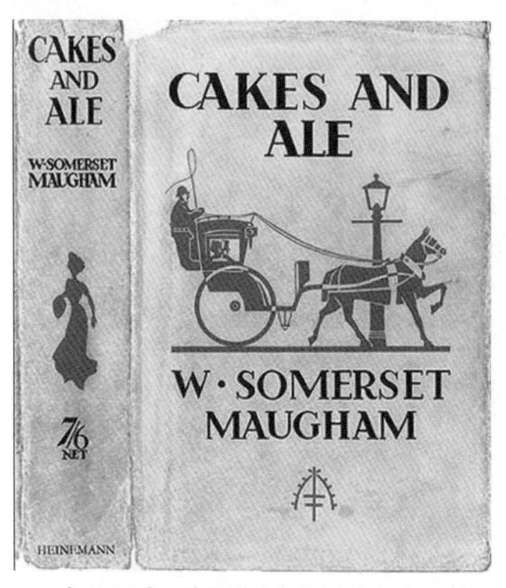

1954년, 몸은 여든 살을 기념하여《과자와 맥주》 호화 장식 기념판을 발간한다.

을까. 수는 몸이 사랑한 유일한 여성이었다고 봐도 좋다. 청혼을 거절당했는데도 그는 그녀를 원망하지 않고 그 추억을 가슴속에 영원히 간직했다. 그리고《과자와 맥주》라는 가공의 세계에서 그녀를 로지라는 인물로 멋지게 되살려내는 데 성공했다. 이 점에서 작가는 틀림없이 흡족했을 것이다. 로지라는 인물을 창조한 것은 이 작품의 가장 주목할 만한 특징이며, 매력의 원천이기도 하다.《과자와 맥주》는 몸이 수 존스에게 바친 이별선물이라고 할 수 있다.

작자는 결점도 있지만 장점도 많은 여인 로지에게 매력을 부여하기 위해 여러모로 노력했다. 이를테면 로지를 비판하는 사람들을 편협하고 가식적인 속물로 묘사했다. 그 결과 키어와 드리필드 미망인뿐만 아니라, 드리필드를 인기작가로 키워내려고 열과 성을 다하는 트래퍼드 부인도 우스꽝스런 인물로 희화화되었다. 훌륭한 작품이 아닌 물밑 작업으로 작가의 평판을 높이려는 행위를 몸은 비판한 것이다. 트래퍼드 부인과 그 남편도 실제 모델이 있었다. 캠브리지 대학 부속 피츠윌리엄 미술관 관장이었던 시드니 콜빈 부부였다. 콜빈 부인은 저명한 소설가 스티븐슨과 가까운 사이였으며, 이 소설에서처럼 그들이 주고받은 편지를 모아 서간집을 출판했다.

냉소적이고 희극적인 '어른의 책'

《과자와 맥주》는 몸의 대표작의 하나이다. 하지만 독자들은 몸의 또 다른 대표작《인간의 굴레》를 읽을 때와는 사뭇 다른 태도로 이 작품을 대할 것이다.《인간의 굴레》는 무시무시하고 박력 있는 작가의 필치 때문에 독자들도 똑바로 앉아서 숙연하게 읽어야 할 것 같은 느낌이 들지만,《과자와 맥주》는 분위기가 좀더 여유로우므로 독자들도 느긋하고 편안하게 독서를 즐길 수 있다. 여기서는 인생과 인간을 차분히 살펴보면서 느긋하게 감상하는 태도가 엿보인다. 과장을 더하자면 《인간의 굴레》는 비극적인 청춘의 책이고 《과자와 맥주》는 희극적인 어른의 책이다.

몸은 스스로 재미난 얘기를 늘어놓는 이야기꾼이라고 자처했다. 《인간의 굴레》만 보면 믿을 수 없지만 《과자와 맥주》를 보면 이해가 간다. 전화에 대해 가볍고도 날카롭게 묘사하는 소설 도입부를 읽는 사이에 독자들은 인간과 인생에 통달한 냉소적인 화자의 이야기에 끌려들어 마지막까지 흥미진진하게 귀를 기울이게 된다.

화자의 이야기에는 줄거리와 상관없는 내용도 군데군데 섞여 있다. 귀족제도를 폐지하는 대신 귀족들에게 문필업을 시켜주자는 농담인지 진담인지 알 수 없는 이야기, 작가가 쓰는 소설기법 논문은 결국 자기변호의 산물에 불과하다는 흥미롭고도 전문적인 이야기 따위, 온갖 내용들을 독자는 자연스레 받아들이게 된다. 또한 저자는 기운찬 서비스 정신 때문인지 아니면 장난기가 넘쳐서인지, 라신의 희곡이나 말라르메의 시 구절을 작중에서 은근슬쩍 인용한다. "이걸 누가 알아보겠어?" 하고 교양 있는 독자의 자존심을 건드리면서 독자에게 도전하는 것이다.

작품 제목인 '과자와 맥주(Cakes and Ale)'는 셰익스피어의 《십이야》에도 나오는데, '인생의 향락, 삶의 쾌락'을 뜻하는 관용구이다. 이것은 로지와 그녀가 가져다주는 쾌락을 의미한다. 이 소설에는 또 '소문나면 안 될 가정의 비밀'이라는 부제도 붙어 있다. 이것도 드리필드 미망인, 키어, 트래퍼드 부인 같은 사람들의 입장에서 본 로지를 뜻한다. 제목도 부제도 참으로 적절하다.

여든 살 생일을 맞이한 몸이 《인간의 굴레》가 아닌 《과자와 맥주》를 기념 호화판으로 발간한 것은 수(=로지)와 나눈 사랑이 그의 생애에서 가장 즐겁고 행복한 일이었기 때문이 아닐까.

서머싯 몸 연보

1874년 1월 25일 윌리엄 서머싯 몸 파리에서 태어나다. 그의 집안은 원래 아일랜드 출신이나, 17세기 웨스트모얼랜드주로 이주했다. 할아버지는 런던의 유명한 법정변호사. 아버지 로버트 몸 역시 파리에서 법률사무소를 열었고, 뒤에 파리 주재 영국대사관의 고문변호사로 위촉되었다. 어머니는 영국 왕실의 피가 섞인 군인의 딸로서, 풍요한 금발, 아름다운 얼굴로 파리 사교계의 꽃이었다. 또한 그녀는 작가였던 어머니의 영향으로 글도 썼으며, 작가 메리메 등과도 친교가 있었다.

1882년(8세) 어머니 폐결핵으로 세상을 떠나다. 4형제의 막내로서 어머니의 사랑을 독차지해 온 그에게 어머니의 죽음은 너무도 큰 슬픔이었고, 스스로도 말하듯 지울 수 없는 상처였다. 자전적 소설 《인간의 굴레*Of Human Bondage*》는 이날의 슬픔으로부터 시작된다.

1884년(10세) 아버지 폐암으로 죽다. '역사상 가장 여행을 많이 한 작가' 몸은 아버지의 방랑벽을 이어받은 것 같다. 몸의 저서나 편지나 자택의 현관에 새겨진 거북이 등딱지 무늬는 아버지가 북아프리카 산속에서 가져온 것이었다. 고아가 된 그는 이제까지 살던 파리를 뒤로 하고, 영국 남부의 켄트주 휫스터블의 목사인 작은아버지에게 가 살게 되며, 가까이에 있는 킹스 스쿨의 부속 예비학교에 입학한다. 작은아버지는 매우 완고한 사람이라, 그는 전혀 이해 받지 못한 채 자라나다.

1887년(13세) 킹스 스쿨에 진학. 내성적인 성격, 프랑스 사투리가 섞인 영어, 게다가 타고난 말더듬 증세 때문에 급우들로부터 놀림당하고, 학교생활에 재미를 붙이지 못하다. 강압적인 작은아버지, 학교에서의 괴로운 경험은 정신 형성에 크게 영향을 주어 그는 점점 고독하고 자의식이 강한 소년으로 성장해 가다.

1890년(16세) 폐결핵에 감염되어 한 학기를 남 프랑스 이에르에서 전지 요양하다. 여기서 모파상을 비롯한 프랑스 작가들의 소설을 읽다.

1891년(17세) 작은아버지를 설득, 학교로 돌아가지 않고 독일에서 유학하다. 아름다운 옛 도읍에서 마음껏 해방을 맛보다. 하이델베르크대학에서는 청강생으로 주로 어학과 수학을 공부하다. 각지에서 모여든 학생들과 사귐으로써 문학·예술에 대한 관심을 높이다. 이 무렵부터 신앙을 버리고 무신론자가 되다. 처음으로 이탈리아, 스위스 등지로 짧은 여행을 해 보고 비로소 여행의 즐거움을 알게 되다.

1892년(18세) 귀국, 작가가 되겠다고 남몰래 결심하다. 작은아버지의 권고로 회계사 공부를 시작하지만, 자유로운 생활을 그려 세인트 토머스 부속 의학교에 입학해 런던의 빈센트 광장 가까이에 하숙을 정하다. 그러나 의학에 원래부터 흥미가 없던 그는 학업은 적당히 넘기고 작가 수업에 전념하다. 의대생 시절, 인습과 사회적 가면 아래 감추어진 인간의 적나라한 모습을 가까이에서 관찰하여 귀중한 체험을 얻다. 뒷날 그의 작품에서 볼 수 있는 리얼리즘적 묘사며 유물론적인 세계관은 이 시기에 형성된 것이다.

1897년(23세) 그의 첫 장편 소설 《램버스의 라이자 *Liza of Lambeth*》를 출판. 의학생 시절 런던 남부 램버스 빈민굴을 왕진하고, 부인과 조수로서 63명의 아기를 받아낸 경험을 바탕으로 한 작품. 모파상의 영향을 받은 사실주의 소설이다. 세평은 여러 가지였으나 작가로서 성공할 수 있다는 자신감을 갖게 되다. 의사 자격증을 얻지만 작가가 되기 위해 동경하던 에스파냐로 떠나다.

1898년(24세) 르네상스 시대 이탈리아를 무대로 한 역사 소설 《성자만들기 *The Making of a Saint*》 출판. 역사 소설이야말로 성공의 지름길이라는 비평가의 속론에 현혹되어 쓴 것으로서, 평판은 썩 좋지 않았다. 《인간의 굴레》 원형이라 불리는 《스티븐 캐리의 예술적 기질 *The Artistic Temperament of Stephen Carey*》을 썼으나 출판은 하지 않다.

에스파냐에서 로마로 가다.

1899년(25세) 단편집 《정위 *The Orientations*》 출판.

1901년(27세) 장편 《영웅 *The Hero*》 출판. 보어 전쟁에서 암시받은 작품으로 스스로 재미없는 소설이라고 규정짓다.

1902년(28세) 장편 《크래덕 부인 *Mrs. Craddock*》 출판. 영국인의 속물근성을 냉소적으로 묘사하다. 첫 단막 희곡 〈난파(難破)〉 베를린에서 상연.

1903년(29세) 2월 1898년에 쓴 4막 희곡 〈명예로운 사람 *A Man of Honour*〉 상연. 그러나 성공을 거두지 못하자 〈현세의 이득 *Loaves and Fishes*〉 〈프레더릭 부인 *Lady Frederick*〉 상연도 단념하고 소설에 집중하기로 하다. 몸에게는 악전고투의 시절이었다.

1904년(30세) 이른바 일인칭 소설로 불리는 최초의 작품 장편 《회전목마 *The Merry-Go-Round*》 출판. 파리로 건너가다. 몽파르나스의 아파트를 빌려 보헤미안 생활을 하다. 그곳에서 작가 아놀드 베네트와 화가 제럴드 케리 등과 가까이 사귀다. 《인간의 굴레》에 등장하는 그리피스와 크론쇼 등은 여기에 모인 예술가 지망생들을 모델로 한 인물. 수 존스(《과자와 맥주 *Cakes and Ale*》에 등장하는 로지의 모델이 된 여배우)와 연애를 시작해 8년 동안 관계를 이어가다.

1905년(31세) 여행기 《성처녀의 나라 *The Land of Blessed Virgin*》 출판. 이 안달루시아 지방 여행기에는 당시의 유미주의자(唯美主義者) 오스카 와일드의 화려한 문장과 환상적인 언어를 흉내 낸 흔적이 엿보인다. 세르반테스에 열을 올려 에스파냐에 머물다.

1906년(32세) 장편 《주교의 앞치마 *The Bishop's Apron*》 출판. 돈을 위해 쓴 작품이었으나 평판은 좋았다.

1907년(33세) 〈프레더릭 부인〉을 런던의 코트 극장에서 공연. 공백을 메우기 위해서였던 것이 뜻밖에도 큰 성공을 거둬 일 년 넘도록 장기흥행을 하다.

1908년(34세) 〈프레더릭 부인〉의 성공으로, 묻혀 있던 〈잭 스트로우 *Jack Straw*〉 〈도트 부인 *Mrs. Dot*〉까지 상연되다. 오랫동안 꿈꾸었던 부와 명성을 얻다. 그러나 '마몬에게 영혼을 판 사나이'라는 비판을 받으며 통속 작가라는 낙인이 찍히다. 장편 《탐험가 *The Explorer*》《마술사 *The Magician*》 출판. 《마술사》는 위스망스의 영향을 받은 공포 소설로, 때와 상황에 따라 사실주의 소설, 역사 소설, 주제 소설로 고양이 눈처럼 바뀐다.

1909년(35세) 희곡 〈페넬로페 *Penelope*〉 〈스미스 *Smith*〉 상연.

1910년(36세) 희곡 〈열 번째 사나이 *The Tenth Man*〉 상연.

1911년(37세) 희곡 〈현세의 이득〉 상연.

1912년(38세) 에스파냐의 세비야에서 자전적 소설 《인간의 굴레》 집필에 착수. 인생은 무의미하나 생각하기에 따라서는 즐거운 것이기도 하다는 필립의 깨달음은 곧 몸의 인생관이기도 하다.

1914년(40세) 희곡 〈약속의 땅 *The Land of Promise*〉을 상연. 이 무렵 시리 웰컴과 가까워지다. 시리는 실내 장식 디자이너로서 꽤 이름이 알려져 있었다. 7월 제1차 세계대전이 일어나자 호기심이 강한 몸은 프랑스 적십자 야전 의무대에 지원. 외과수술 조수 겸 구조 운전병으로서 프랑스 전선에 나가 부상병의 비참한 모습을 보고 깊은 충격을 받다. 작가이자 어학에 능한 것이 인연이 되어 정보국에 근무하게 되다. 총성을 들으면서 《인간의 굴레》를 교정보다.

1915년(41세) 스위스의 제네바를 근거지로 첩보 활동. 《인간의 굴레》 출판. 미국에서 드라이저가 이 작품을 격찬해 주었으나 전쟁 중이니만큼 큰 반향은 불러일으키지 못하다.

1916년(42세) 첩보 생활로 건강을 해쳐 요양차 미국으로 건너가다. 다시 오래전부터 구상하던 소설 《달과 6펜스 *The Moon and Sixpence*》 취재를 위해 타히티섬을 비롯하여 남태평양의 여러 섬을 찾아가다.

1917년(43세) 중대 비밀 임무를 띠고 러시아에 가다. 톨스토이, 도스토옙스키, 체호프 등 대문호를 낳은 고장에 대한 매력에 끌려 병약한 몸임에도 미국에서 일본을 거쳐 블라디보스토크에서 기차를 타고 시베리아를 횡단, 페트로그라드에 들어가다. 케렌스키 임시 정부와 독일과의 단독 강화를 저지함으로써 사회주의 정부 수립을 방해하는 것이 그의 임무였다. 시리와의 사이에 외동딸 엘리자베스가 태어나면서 두 사람 결혼하다.

1918년(44세) 북유럽을 거쳐 귀국. 러시아에서의 과로와 영양실조로 건강 악화, 스코틀랜드 북부의 요양소에서 휴양하다. 여기서, 폴 고갱의 극적인 생애에서 모티프를 얻은 《달과 6펜스》의 구상을 다듬다.

1919년(45세) 희곡 〈시저의 아내 *Caesar's Wife*〉 〈가정과 미인 *Home and Beauty*〉 상연. 장편 《달과 6펜스》 출판. 베스트셀러가 되어 각국어로 번역되고 장편 작가로서 부동의 지위를 확립하다. 이것이 계기가 되어 《인간의 굴레》도 재평가받다. 이때가 몸의 황금시대.

1920년(46세) 희곡 〈미지의 것 *The Unknown*〉 상연. 중국 여행.

1921년(47세) 단편집 《나뭇잎의 하늘거림 *The Trembling of a Leaf*》 출판. 1916년의 태평양 여행의 수확. 〈비 *Rain*〉 〈레드 *Red*〉 등이 여기에 수록. 희곡 〈순환 *The Circle*〉 상연. 이 작품은 인간의 로맨틱한 꿈은 반드시 환멸로 끝난다는 것을 주제로 한, 몸 희곡의 최대 걸작이라 평가되다.

1922년(48세) 여행기 《중국의 병풍 *On a Chinese Screen*》 출판. 희곡 〈수에즈의 동쪽 *East of Suez*〉 상연. 둘 다 중국 여행에서 얻은 견문을 토대로 한 작품이다. 다음 해까지 보르네오, 말레이를 여행하다.

1923년(49세) 런던에서 희곡 〈높은 사람들 *Our Betters*〉 상연. 단편 《가정과 미인》 출판. 그 밖에 〈편지 *The Letter*〉 〈고향 *Home*〉 등 십수 편의 단편 발표.

1924년(50세) 희곡 《현세의 이득》 출판.

1925년(51세) 장편 《오색의 베일 *The Painted Veil*》 출판. 의학생 시절에 읽은 단테의 《신곡》 가운데 한 구절에서 모티프를 얻은 작품이다.

1926년(52세) 단편집 《카수아리나 나무 *The Casuarina Tree*》 출판. 보르네오, 말레이 여행의 산물로서 〈오지 주둔소 *The Outstation*〉 〈파티에 가기 전에 *Before the Party*〉를 수록하고 있다. 희곡 〈정숙한 아내 *The Constant Wife*〉 상연.

1927년(53세) 단편 《밀림의 발자국 *Footprint in the Jungle*》 출판. 〈편지〉 각색 상연.

1928년(54세) 단편집 《어셴든 *Ashenden*》 출판. 첩보활동 시대의 경험을 바탕으로 한 열다섯 편의 단편 수록. 희곡 〈성화 *The Sacred Flame*〉 뉴욕 상연. 이 작품을 비롯한 〈셰피 *Sheppey*〉 등 네 편의 희곡은 입센류(流)의 문제작으로서 극계에서 물러날 각오로 상연한 것이다. 그 무렵 타락한 극단 풍조에 대한 저항.

1929년(55세) 5월 아내와 이혼. 남프랑스 리비에라의 카프페라곶에 무어풍의 별장을 사다. 일 년 내내 열대식물이 무성한 그 집에는 르누아르, 마티스, 피사로, 피카소 등의 작품을 비롯해 세계 곳곳의 미술품이 가득했다.

1930년(56세) 여행기 《일등실의 신사 *The Gentleman in the Parlour*》, 장편 《과자와 맥주 *Cakes and Ale*》 출판. 《과자와 맥주》는 문단 내막을 폭로한 면이 보이며, 그 무렵에 죽은 토머스 하디를 모델로 했다고 해서 물의를 일으키다. 희곡 〈가장 *The Breadwinner*〉 상연. 키프로스, 뉴욕 여행.

1931년(57세) 단편집 《일인칭 단수 *First Person Singular*》 출판. '나'라는 사람을 내세워 그가 이야기하는 식으로 쓴 단편 여섯 편 수록. 그의 대표작 《달과 6펜스》 《면도날 *The Razor's Edge*》도 일인칭 소설이다.

1932년(58세) 장편 《그늘진 인생 *The Narrow Corner*》, 단편집 《책가방 *The Book Bag*》 출판. 몸에게는 드문, 술을 배경으로 한 작품인데 그의 비관적인 인간관이 깔려 있다. 희곡 〈수고 *For Services Rendered*〉 상연.

1933년(59세) 영국 현대 작가의 소설·시·에세이를 뽑아 서문과 작품을 수록한 《여행자 독본》을 뉴욕에서 발간. 희곡 〈셰피〉 상연. 이 작품을 최후로 희곡과 결별하다. 에스파냐 여행.

1934년(60세) 단편집 《심판의 자리 *The Judgement Seat*》 출판. 지금까지의 단편을 거의 다 수록하다. 서인도 제도에 있는 프랑스 유형수의 섬 데귈을 방문했으나 기대한 만큼의 수확을 얻지 못하다.

1935년(61세) 여행기 《돈 페르난도 *Don Fernando*》 출판. 에스파냐 황금시대의 이색적인 성인·문인·화가·신비사상가 등의 생애를 논한 것으로서, 몸의 에스파냐에 대한 정열을 자못 흥미 있게 보여주다.

1936년(62세) 콩트집 《코즈모폴리턴 *Cosmopolitans*》 출판. 여행기 《남해 기행 *My South Sea Island*》 시카고에서 출판. 남미와 서인도 제도 여행.

1937년(63세) 장편 《극장 *Theatre*》 출판. 중년 여배우 줄리아가 젊은 연인과 사랑에 빠졌으나 마침내 애욕의 사슬을 끊고 오로지 예술에만 정진한다는 얘기로서, 몸 원숙기의 걸작이라 평가된다. 줄리아는 《과자와 맥주》의 로지와 함께 몸이 그린 여성상의 쌍벽.

1938년(64세) 자전적 회상록 《서밍 업 *The Summing Up*》 출판. 몸의 인생관 내지 문학관을 알 수 있는 중요한 저서이다. 인도 여행.

1939년(65세) 장편 《크리스마스 휴가 *Christmas Holiday*》 출판. 그 무렵 험악한 사회 정세와 정치적인 문제를 언급. 몸의 소설 중에서는 이색적인 작품이다. 9월 1일 제2차 세계대전이 일어나자, 자가용 요트 '세일러'호에 식량을 가득 싣고 마르세유로 탈출 기도. 뒤에 영국 정보국으로부터 정보수집 의뢰를 받고 마지노 전선 및 군수공장 시찰. 《세계문학백선 *Tellers of tales*》 뉴욕에서 출판.

1940년(66세) 평론 《싸우는 프랑스 *France at War*》 출판. 사기를 높이기 위해 전쟁미담을 수록한 것. 6월 15일 파리 함락, 카누를 타고 영국으로 탈출. 나치스의 블랙리스트에 올라 있었다. 10월 뉴욕으로 건너가 1946년까지 머물다.

1941년(67세) 자서전 《극히 개인적 *Strictly Personal*》 뉴욕에서 출판.

1942년(68세) 정보국의 의뢰를 받아 쓴 장편 《동트기 전 *The Hour before the Dawn*》을 출판.

1943년(69세) 《현대 영미 명작선》 출판. 엘리엇과 오든의 시, 스타인벡과 포크너의 소설 등을 폭넓게 싣고 있다.

1944년(70세) 장편 《면도날》 출판. 전쟁으로 친구를 잃고 인생의 의의에 회의를 느껴, 연인도 직업도 버리고 정처 없이 구도의 여행에 오르는 한 청년의 이야기. 불안에 떠는 젊은 병사들의 마음을 사로잡아 몸 생애 최고의 베스트셀러가 되었다. 38년도의 인도 여행에서의 경험이 아로새겨져 있다.

1946년(72세) 장편 《예나 지금이나 *Then and Now*》 출판. 《인간의 굴레》 원고 미국 국회도서관에 기증.

1947년(73세) 단편집 《환경의 동물 *The Creatures of Circumstance*》 출판. 〈대령의 아내 *The Colonel's Lady*〉 〈요양소 *Sanatorium*〉 등이 수록.

1948년(74세) 단편집 《이곳저곳 *Here and There*》 출판. 장편 《카탈리나 *Catalina*》 출판. 이 작품은 16세기의 에스파냐를 무대로 한 몸 최후의 소설이며 이후 10년간은 문예 비평, 에세이에 전념하다. 《세계의 십대소설 *Ten Novels and Their Authors*》 출판. 〈대령의 아내〉 〈연(鳶)〉 등 4개의 단편을 각색한 시나리오 〈사중주 *Quartet*〉 발표.

1949년(75세) 에세이 《작가의 수첩 *A Writer's Notebook*》 출판. 의학생 시절부터의 노트로서, 인생론과 각지의 풍물, 인물에 대한 감상, 창작 메모 등이 수록되어 있는데, 르나르의 《일기》에 자극을 받아 발표한 듯하다. 일흔다섯 생일을 축하하기 위해 샌프란시스코에 가다.

1950년(76세) 《인간의 굴레》 요약본 발간. 〈요양소〉 등 단편 셋을 각색한 시나리오 〈삼중주 *Trio*〉 발표.

1951년(77세) 10월 내셔널 북 리그의 정기 강연회에서 강연. 이어 평론집 《작가의 관점 *The Writer's Point of View*》 출판. 미국에도 '몸연구소'가 설립되어 몸의 문헌이 전시되다.

1952년(78세) 평론집 《방랑의 무드 *The Vagrant Mood*》 출판. 〈탐정소설의 쇠망 *The Decline and Fall of the Detective Story*〉 등 여섯 편 에세이 수록. 직접 편집한 《키플링 산문선 *A Choice of Kipling Prose*》 출판. 옥스퍼드대학에서 명예 학위를 받다. 네덜란드 여행.

1953년(79세) 프랑스의 희곡을 번역한 〈고귀한 에스파냐인 *The Noble Spaniard*〉 출판.

1954년(80세) 여든 살을 기념하여 《과자와 맥주》의 호화 한정판 출판. BBC에서 '80년의 회고'가 방송되다. 엘리자베스 여왕으로부터 컴패니언 오브 오너의 칭호를 받다. 그리스와 로마 방문.

1955년(81세) 절판되었던 《크래덕 부인》의 신판 간행. 《중국의 병풍》 《일등실의 신사》 《돈 페르난도》를 합본한 《여행기 *The Travel Books*》 출판.

1956년(82세) 《마술사》 신판 간행.

1957년(83세) 추억 깊은 하이델베르크 방문.

1958년(84세) 평론집 《관점 *Points of View*》을 출판. 이 책으로 60년에 걸친 작가 생활에 종지부를 찍는다고 선언하다. 윈스턴 처칠과 함께 왕립대학협회의 부회장에 선출되다.

1959년(85세) 일본 여행.

1961년(87세) 컴패니언 오브 리터러처의 칭호를 얻다.

1962년(88세) 〈회상 *Looking Back*〉이란 제목의 글을 미국 잡지 《쇼 *Show*》 6월호에서 8월호에 걸쳐 연재. 지금까지 언급한 적 없는 그의 결혼생활에 대해 말함으로써 독자들의 관심을 모으다. 그가 고른 그림에 해설을 더한 화집 《순수하게 자신의 즐거움을 위하여 *Purely for My Pleasure*》 출판.

1965년(91세) 12월 16일 남프랑스 니스의 앵글로 아메리칸 병원에서 영면(永眠)하다.

이철범
동국대 영문학과를 거쳐 동국대대학원 졸업. 1953년 《연합신문》에 평론 현실과 부조리문학을 발표해 등단, 1957년 동인지 《현대의 온도》에 모더니즘 시를 발표했다. 《문학》《문학평론》 주간, 경향신문·서울신문 논설위원 및 《문예중앙》 편집인을 역임했다. 지은책에 평론집 《한국신문학대계》《이 어두운 분열의 시대》《이데올로기의 시대, 문학과 자유》《고난의 시대 문학은 무엇인가》 등과, 시집 《로스앤젤레스의 진달래》《현대의 묵시록》 등이 있다.

세계문학전집084
William Somerset Maugham
THE MOON AND SIXPENCE/CAKES AND ALE
달과 6펜스/과자와 맥주
서머싯 몸/이철범 옮김
동서문화창업60주년특별출판
1판 1쇄 발행/2017. 1. 20
1판 2쇄 발행/2024. 2. 1
발행인 고윤주
발행처 동서문화사
창업 1956. 12. 12. 등록 16-3799
서울 중구 마른내로 144 동서빌딩 3층
☎ 546-0331~2 Fax. 545-0331
www.dongsuhbook.com
잘못된 책은 구입하신 곳에서 바꾸어드립니다.
*

사업자등록번호 211-87-75330
ISBN 978-89-497-1549-0 04800
ISBN 978-89-497-1515-5 (세트)